READER'S DIGEST
AUSWAHLBÜCHER

Die Kurzfassungen in diesem Buch erscheinen
mit Genehmigung der Autoren und Verleger

502 (244)
Printed in Germany
ISBN 3 89915 035 X

READER'S DIGEST AUSWAHLBÜCHER

Reader's Digest

DEUTSCHLAND · SCHWEIZ · ÖSTERREICH

INHALT

Seite 7

C. J. Box

Gefährliche Jagd

Joe Pickett hat zwei Leidenschaften: seinen Beruf als Jagdaufseher und seine Familie. Doch diese Idylle gerät jäh ins Wanken, als er eines Morgens eine Leiche auf dem Holzstoß in seinem Vorgarten findet. Seltsamerweise scheint außer Joe niemand großes Interesse an der Aufklärung dieses Verbrechens zu haben. Auf der Suche nach der Wahrheit riskiert Joe seine Karriere und bringt das Leben seiner Familie in Gefahr.

Seite 145

Kitty Ray

Nells geheimer Garten

Als die Londoner Literaturdozentin Ellis in das kleine Cottage ihrer verstorbenen Großtante Nell zieht, entdeckt sie deren verborgenes Tagebuch. Es erzählt die Geschichte einer tragischen Liebe und eines großen Geheimnisses zwischen zwei Schwestern. Ein Geheimnis, das Ellis einen Weg in die Zukunft weist.

Auch nach drei Jahren hat Carol Starkey, Bombenexpertin bei der Polizei von Los Angeles, das schreckliche Unglück noch nicht überwunden, das ihr Leben im Bruchteil einer Sekunde veränderte. Aber nun muss sie sich den quälenden Erinnerungen stellen, will sie den heimtückischen Bombenleger finden, der gezielt Anschläge auf Polizisten verübt.

Ein kleines Missgeschick bringt ungeahnten Schwung in das Leben von Sophia Dukakis.
Es ist der Auftakt zu einer außergewöhnlichen Freundschaft, und plötzlich findet sich die Frankfurter Buchhändlerin in einer aufregenden neuen Welt wieder: umgeben von einer adligen Familie, charmanten Verehrern – und Pomponia, einem süßen Hundewelpen.

Gefährliche
C. J. BOX
JAGD

Die Entdeckung einer vom Aussterben bedrohten Tierart kann eine ganze Region in Aufruhr bringen. Und in einigen Menschen weckt sie mörderische Instinkte …

PROLOG

Wenn die Kugel eines Hochleistungsgewehrs auf lebendes Fleisch aufschlägt, macht sie ein unverwechselbares Geräusch, das selbst auf riesige Entfernung unverkennbar ist. Es gibt selten ein Echo oder einen allmählich verklingenden Nachhall oder das verebbende Brummen, das charakteristisch für einen Fehlschuss ist. Das Geräusch eines Treffers ist stumpf und kompakt wie ein aus der Luft kommendes Ächzen. Wenn man es einmal gehört und erkannt hat, vergisst man es nicht so leicht wieder.

Als Joe Pickett, Jagdaufseher in Wyoming, das Geräusch hörte, war er gerade dabei, einen zwei Meter hohen Wildzaun um die zum Trocknen aufgestellten Heuhaufen eines Ranchers zu ziehen. Er hielt inne, seine Drahtzange verharrte mitten in der Drehung. Dann trat er zurück, senkte den Kopf ein wenig und lauschte. Er steckte die Zange in die Gesäßtasche seiner Jeans und nahm seinen Cowboyhut ab, um sich die Stirn mit einem großen Taschentuch abzuwischen. Sein rotes Uniformhemd klebte ihm an der Brust, und er fühlte, wie ihm der Schweiß in einem warmen Rinnsal über den Rücken und in seine Wrangler-Jeans lief.

Er wartete. Mit den Jahren hatte er gelernt, dass man sich draußen, fern der Stadt, sehr leicht von Geräuschen jeder Art täuschen ließ. Ein einzelner scharfer Knall, den man von ferne hörte, konnte natürlich ein Gewehrschuss sein, aber es konnte ebenso gut ein umstürzender Baum oder die Fehlzündung eines Motors sein. „Sei dir nie sicher über den ersten Schuss, bevor du nicht den zweiten gehört hast“, war ein Grundsatz in freier Natur. Erfahrene Wilderer wussten das auch. Das führte bei ihnen zu einer deutlichen Verbesserung ihrer Treffsicherheit, damit sie keinen zweiten Schuss abgeben mussten.

Auf eine Weise hoffte Joe, keinen zweiten Schuss zu hören. Der Zaun war noch nicht fertig, und wenn jemand schoss, war es seine Pflicht, der Sache nachzugehen. Joe machte den Job erst seit einer Woche und war hoffnungslos im Rückstand mit dem Abarbeiten von Aufträgen, die sich angesammelt hatten, seit der legendäre Jagdaufseher Vern Dunnegan vor drei Monaten den Dienst quittiert hatte. Es war Sache des Staates, die Wapitiherden von privatem Heu fern zu halten. Selbst wenn er von morgens bis abends Zäune errichtete, war ihm schleierhaft, wie er das bis zum Beginn der Jagdsaison schaffen sollte.

Es war eigentlich nichts Ungewöhnliches, wenn in Twelve Sleep County, Wyoming, Schüsse fielen. Jeder besaß hier eine Schusswaffe. Es konnte ein Rancher sein, der auf einen Kojoten schoss.

Pau-wopp.

Joes Blick wandte sich nach Nordwesten, in die Richtung, aus der der zweite Schuss gekommen war, zu den Ausläufern der Berge, wo der Wald bis hinunter in die mit hohem Beifuß bewachsene Steppe reichte. Der Schuss war aus großer Entfernung gekommen, zwischen fünf und acht Kilometern.

Maxine, Joes acht Jahre alte gelbe Labradorhündin, hörte den Schuss ebenfalls und kam aus ihrem schattigen Plätzchen unter Joes grünem Ford Pick-up hervorgesprungen. Sie wusste, dass es jetzt Zeit war, an die Arbeit zu gehen. Joe öffnete die Beifahrertür mit dem Wild-und-Fisch-Logo von Wyoming darauf, und sie sprang mit einem Satz hinein. Er nahm seine .270er-Winchester mit Zielfernrohr aus ihrem Futteral hinter dem Sitz und montierte sie auf den Gewehrständer vor dem Heckfenster. Sein Revolvergurt lag zusammengerollt auf dem Wagenboden. Er schnallte ihn um.

Als er in den Pick-up stieg, hörte er zwei weitere Schüsse kurz hintereinander. Der zweite war eindeutig ein weiterer Treffer. Wahrscheinlich waren mindestens zwei – womöglich sogar drei – Tiere erlegt worden.

Joe schaltete auf Allradantrieb um und fuhr mit hoher Geschwindigkeit in Richtung der Berge. Es gab keine festen Wege, daher fuhr er mit den linken Reifen auf einem Kuhpfad, während die rechten durch die hüfthohe Beifußsteppe holperten. Maxine lehnte sich gegen die Windschutzscheibe, dabei stützte sie beide Vorderpfoten auf das Armaturenbrett, um so die heftigen Stöße und Schlingerbewegungen des Pick-ups auf dem holprigen Terrain geschickt auszubalancieren.

„Mach dich bereit“, sagte Joe zu ihr – obwohl er nicht wusste, wofür. Sein Mund war trocken, und er hatte offen gesagt ziemlich viel Angst.

Ein Jagdaufseher begegnete in seinem Revier selten jemandem, der nicht bewaffnet war. Die Jäger hatten natürlich Jagdgewehre, Schrotflinten und Pistolen. Selbst Wanderer, Angler und Camper waren nur allzu oft bewaffnet. Aber jetzt war es mitten im Sommer, und die Jagdsaison hatte noch nicht begonnen. Die einzigen Menschen, die jetzt große Tiere schossen, konnten nur Wilderer oder Viehdiebe sein, und beide konnten verdammt gefährlich werden, wenn man sie auf frischer Tat ertappte.

Joe Pickett erreichte die Kuppe eines kleinen Hügels und schätzte schnell die Situation ab: Drei große Maultierhirsche lagen tot auf der Seite am Fuße des Hanges. Ihre Kehlen waren aufgeschlitzt, um sie ausbluten zu lassen, aber sie waren noch nicht zum Ausnehmen aufgeschnitten. Ein großer, bärtiger Mann in T-Shirt und Jeans stand breitbeinig über dem größten der drei Böcke. Er war groß gewachsen und von massiger Statur, mit kräftigen Armen und einem mächtigen Brustkorb. Er war mindestens zwanzig Kilo schwerer als Joe, aber er wirkte nicht bedrohlich, nur sehr verblüfft über die Tatsache, dass er erwischt worden war. Er hielt ein Messer in der Hand, von dem noch das Blut tropfte. Sein Jagdgewehr stand etwa 15 Meter von ihm entfernt gegen einen Busch gelehnt. Sein Pick-up, ein klappriger Ford 250, schaute mit der Nase zwischen den Bäumen auf dem gegenüberliegenden Hang hervor.

Der Mann warf einen kurzen Blick auf Joes Pick-up, und seine Kinnlade fiel herunter.

Joe fuhr schnell den Hang hinunter und stellte seinen Wagen zwischen den Mann und das Jagdgewehr, damit der Wilderer nicht an es herankam. Er stieg aus, befahl Maxine, im Wagen zu bleiben, und näherte sich dem Mann und dem toten Hirsch.

„Bitte lassen Sie das Messer fallen“, forderte Joe und taxierte das Wild und den Wilderer. Der Mann warf das Messer neben sich ins Gras. Joe sah keinen Grund, seinen Revolver zu ziehen. Er sah überhaupt selten einen Grund, seine Waffe zu ziehen, und selbst wenn er es tat, war er – egal, auf welche Entfernung – ein notorisch schlechter Schütze, der schlechteste in seinem Kurs.

„Sie sind ungefähr vier Monate zu früh dran für die Jagdsaison“, sagte Joe. Er erkannte jetzt den Mann – einen Händler aus dem Ort namens Ote Keeley.

Keeley seufzte. „Fleisch für den Kochtopf, Jagdaufseher. Bloß für den Eigenbedarf. Einige von uns haben eine Familie zu ernähren.“ Keeley hatte einen ausgeprägten Südstaatenakzent.

Joe hockte sich beim nächsten und größten Bock nieder und strich mit den Fingern über den weichen Bast, der noch das Geweih bedeckte.

„Und da mussten Sie ausgerechnet die einzigen Trophäen in der Herde schießen, bloß um Ihre Gefriertruhe zu füllen?“ Er schaute zu Ote

Keeley auf. Sein Blick war hart geworden. „Jemand, dem es bloß um das Fleisch gegangen wäre, wäre wahrscheinlich mit einer oder zwei großen Hirschkühen glücklich gewesen."

Joe wusste, dass Geweihe von dieser Größe, die noch mit Bast überzogen waren, in Asien – wo ihnen sowohl heilende als auch aphrodisische Kräfte zugeschrieben wurden – tausende von Dollars einbrachten.

„Ich muss Sie anzeigen. Ote Keeley, richtig?"

Keeley war sichtlich überrascht. Er lief rot an.

„Das soll wohl ein Witz sein, oder?" Ote fragte es auf eine Art, als wolle er eine zusätzliche Strafanzeige für Fluchen vermeiden. Er machte einen Schritt über den toten Bock auf Joe zu. „Hey – ich kenne Sie. Sie sind doch der brandneue Jagdaufseher, nicht wahr?"

Joe nickte, zog seinen Block aus der Hosentasche und begann eine Strafanzeige zu schreiben.

„Ich hab von Ihnen gehört. Sie sind doch der Armleuchter, der den Gouverneur von Wyoming wegen Angelns ohne Angelschein festgenommen hat, richtig?"

Joe spürte, wie ihm heiß wurde. „Ich wusste nicht, dass er der Gouverneur war", sagte er und wünschte im selben Moment, er hätte nichts gesagt. Ote Keeley lachte und klopfte sich auf den Schenkel.

„‚Ich wusste nicht, dass er der Gouverneur war'", wiederholte Keeley. „Ich hab davon in der Zeitung gelesen. Alle haben es gelesen." Er wurde ernst. „Hey, Sie wollen mich doch nicht im Ernst anzeigen, oder? Ich bin von Beruf Jagdausstatter. Ich kann meine Familie nicht ernähren, wenn mir meine Gewerbelizenz entzogen wird. Das ist kein Witz. Ich bin sicher, wir können das regeln."

Joe sah Ote Keeley an. „Ich mache auch keine Witze. Ihren Führerschein, bitte."

Erst jetzt schien Ote Keeley allmählich zu begreifen, dass es Joe ernst war. Joe ertappte ihn dabei, wie er zu seinem Jagdgewehr schielte.

„Kein Mensch wird diese Viecher vermissen", sagte Keeley. „Vern Dunnegan hätte sich nicht so angestellt."

„Ich bin nicht Vern Dunnegan", versetzte Joe und verbarg seine Überraschung über das, was Keeley da gerade über seinen Vorgänger und Mentor gesagt hatte.

„Das sind Sie weiß Gott nicht", sagte Keeley, als er seine Brieftasche aus seiner Jeans zog und sie Joe unter die Nase hielt. Als Joe nach ihr greifen wollte, packte ihn Keeley beim Arm, sodass Joe das Gleichgewicht verlor. Und noch ehe er seine Balance wieder gefunden hatte, hatte Keeley ihm den Revolver aus dem Holster gerissen.

Eine Sekunde lang starrten sich Joe Pickett und Ote Keeley mit einem Ausdruck echter Überraschung an, dann hob Keeley den Revolver und richtete ihn direkt auf Joes Gesicht.

„Ah, guck mal, was jetzt passiert ist?“, sagte Keeley fast staunend.

„Ich würde vorschlagen, Sie geben das zurück“, sagte Joe und versuchte, ein Zucken in seinem Gesicht zu verhindern. Er hatte schreckliche Angst. „Geben Sie mir das wieder, und wir sind quitt.“

Ote Keeley spannte den Hahn des Revolvers. Joe sah, wie die Trommel sich drehte. Stumpfe Nasen aus Blei füllten jede einzelne Kammer, und die Mündung des Laufs gähnte schwarz und riesig. Keeley umschloss mit der anderen Hand den Griff und fixierte sein Ziel.

„Jetzt stecken wir richtig, *richtig* tief drin“, sagte Keeley mehr zu sich selbst als zu Joe. Joe dachte an seine Töchter, Sheridan und Lucy, die beide zu Hause waren und wahrscheinlich gerade draußen im Garten spielten. Er dachte an seine Frau, Marybeth, die immer befürchtet hatte, dass so etwas irgendwann mal passieren würde. Und dann konzentrierte sich Joes ganzes Bewusstsein, sein ganzes Wesen auf eine schlichte Frage: Würde er mit offenen oder mit geschlossenen Augen sterben?

KAPITEL I

BESCHLÜSSE, ZWECKE UND GRUNDSÄTZE

(b) Zwecke. Zweck dieses Gesetzes ist es, ein Mittel bereitzustellen, mit dem das Ökosystem, von dem gefährdete und bedrohte Arten abhängig sind, erhalten werden kann, ein Programm bereitzustellen für den Erhalt solcher gefährdeter und bedrohter Arten und Schritte einzuleiten, die dazu geeignet sind, die Ziele der Verträge und Konventionen zu erreichen, die in diesem Abschnitt dargelegt wurden.

Gesetz zum Schutz gefährdeter Arten, Ergänzungen von 1982

Joe lebte, aber es war nichts, worauf er sonderlich stolz war. Es war jetzt Herbst, und der Sonntagmorgen dämmerte kalt und schiefergrau. Er machte gerade Pfannkuchen für seine Mädchen, als er zum allerersten Mal von dem blutigen Monster hörte, das von den Bergen herabgestiegen war und in der Nacht versucht hatte, ins Haus einzudringen.

Die sieben Jahre alte Sheridan Pickett erzählte ihren Traum laut dem Stoffbären, der ihr als Vertrauter diente. Die dreijährige Lucy hörte entsetzt mit.

Der Fernseher lief leise.

Das Monster, sagte Sheridan, sei sehr spät in der Nacht durch den dunklen, steilen Canyon hinter dem Haus von den Bergen heruntergekommen. Sie habe es durch ihr Fenster beobachtet, nur wenige Zentimeter vom Kopfende ihres Bettes entfernt. Sie habe schon immer geahnt, dass es der Canyon sein würde, aus dem eines Tages ein Monster kommen würde, und sie sei stolz, auch wenn sie ein bisschen Angst habe, dass sie Recht gehabt hatte. Das einzige Licht sei der Mond gewesen, der durch das trockene Laub der Pyramidenpappel geschienen habe. Das Monster habe erst am hinteren Tor gerüttelt, habe dann die Klinke ausprobiert und sei dann unbeholfen (ungefähr so wie die Mumien in alten Filmen) durch den Garten zur Hintertür getorkelt. Seine Augen und Zähne hätten gelb geleuchtet, und als das Monster sich plötzlich umgedreht und sie direkt angeschaut habe, sei es eine Sekunde lang gewesen, als sei ein Stromstoß durch ihren Körper gefahren. Etwas Weißes, ein großer Sack oder eine Schachtel, habe an seiner Hand gebaumelt.

„Sheridan, hör auf, von Monstern zu erzählen!", rief Joe. Der Traum beunruhigte ihn, weil die Details so präzise waren. Sheridans Träume waren normalerweise fantastischer, bevölkert von sprechenden Haustieren und magischen Dingen, die fliegen konnten. „Du wirst deiner kleinen Schwester Angst einjagen!"

„Ich hab schon Angst!", rief Lucy und zog ihre Decke näher zu sich heran.

„Und dann ging der Mann langsam weg durch den Garten zum Tor in Richtung Holzstapel, wo er in einen großen Schatten hinunterfiel. Und er ist immer noch da draußen", schloss Sheridan, an ihre Schwester gewandt, und riss dabei die Augen auf, um den vollen Effekt zu erzielen.

„Schluss jetzt, Sheridan!", sagte Joe schroff und trat in das Zimmer, einen Pfannenwender in der Hand. Er trug flauschige Hausschuhe und seinen abgetragenen Frotteebademantel, den er sich vor zehn Jahren in Jackson Hole gekauft hatte, wo er seine Flitterwochen mit Marybeth verbracht hatte. „Du hast ‚Mann' gesagt. Du hast nicht ‚Monster' gesagt, du hast ‚Mann' gesagt."

Sheridan schaute herausfordernd zu ihm auf. „Vielleicht war es ja ein Mann. Vielleicht war es ja gar kein Traum."

JOE HÖRTE ein Fahrzeug draußen, das mit viel zu hohem Tempo die geschotterte Bighorn Road heraufgerast kam, doch bis er das Wohnzimmer bis zum Vorderfenster durchquert hatte, war der Wagen oder Truck schon vorbei.

Durch das Fenster sah man auf den Vorgarten, der noch grün vom Sommer war und mit Plastikspielsachen übersät. Dann kam der weiße Zaun, den er erst kürzlich frisch gestrichen hatte, parallel zu der Schotterstraße. Weiter hinten, über dem Weg, tauchte die Landschaft in einen mit Weiden zugewachsenen Sattel ab, wo der Fluss Twelve Sleep sich in sechs von Biberdämmen verstopfte Wasserläufe verzweigte und wo er einen Moment innehielt, um Luft zu holen, bevor er in einem kraftvollen Strom an der Stadt Saddlestring vorbeifloss. Dahinter befand sich das Tal, das plötzlich anstieg und in eine steile Bergformation überging, die Wolf Mountain genannt wurde, ein Gipfel der Twelve-Sleep-Kette.

Weil sie den Wolf Mountain vor sich und die Ausläufer und den Canyon im Rücken hatte, führte die Familie Pickett in ihrem Haus, das 13 Kilometer von der Stadt entfernt war, ein Leben, das von vielen Schatten geprägt war.

Die Vordertür ging auf, und Maxine kam hereingestürmt, gefolgt von Marybeth. Marybeths Wangen waren gerötet, und sie sah verärgert aus. Sie trug leichte Wanderstiefel, Baumwollhosen, einen Anorak und eine Wollmütze. Der Anorak spannte um ihren von der Schwangerschaft gerundeten Bauch.

„Es ist kalt da draußen", sagte Marybeth und streifte die Mütze ab. Ihr blondes Haar fiel ihr auf die Schultern. „Hast du den Wagen gesehen, der vorhin hier vorbeigerast ist? Das war Sheriff Barnums Wagen."

„Barnum?", fragte Joe verwundert.

„Und dein Hund hat fast durchgedreht, als wir zum Haus zurückgingen. Noch vor einer Minute hätte er mir fast den Arm ausgerissen." Marybeth machte Maxines Leine ab, und Maxine trottete zu ihrem Wassernapf und trank schlabbernd.

Joe hatte ein völlig ausdrucksloses Gesicht, wenn er nachdachte.

Dieser Ausdruck ärgerte Marybeth manchmal, weil sie Angst hatte, die Leute könnten ihn für einfältig halten.

„Wohin wollte Maxine?", fragte er.

„Sie wollte wieder zurück nach draußen", antwortete sie. „Zu dem Holzstoß."

Joe drehte sich um. Sheridan und Lucy hatten aufgehört zu essen und schauten ihn an. Sheridan nickte triumphierend. „Besser, du holst dein Gewehr", erwiderte sie.

Joe brachte ein Lächeln zustande. „Iss dein Frühstück", sagte er.

„Worum geht's hier eigentlich?", wollte Marybeth wissen.

„Um schreckliche Monster", sagte Sheridan mit großen Augen. „In dem Holzstapel ist ein schreckliches Monster."

Plötzlich hörten sie Motorlärm aus Richtung Saddlestring, der immer näher kam. Joe dachte exakt das, was Marybeth jetzt sagte: „Irgendwas geht hier vor. Ich frag mich, warum noch keiner hier angerufen hat."

Joe hob den Telefonhörer ab, um sich zu vergewissern, dass der Apparat funktionierte. Der Wählton war laut und deutlich zu hören.

„Vielleicht liegt es daran, dass du hier neu bist. Die Leute hier können sich immer noch nicht an die Tatsache gewöhnen, dass Vern Dunnegan nicht mehr da ist", sagte Marybeth, und Joe wusste sofort, dass sie jetzt wünschte, sie könnte es wieder zurücknehmen.

Joe schnallte sich sein Holster über den Bademantel, setzte seinen schwarzen Stetson-Hut auf und ging auf die hintere Veranda hinaus. Als er die großen Spritzer getrockneten Blutes zwischen seinen Hausschuhen sah, zog er seinen Revolver und klappte die Trommel heraus, um sich zu vergewissern, dass er geladen war. Dann schaute er über die Schulter nach hinten.

Eingerahmt vom Esszimmerfenster, sah er Sheridan, Lucy und Marybeth. Seine drei Mädchen verkörperten unterschiedliche Phasen des gleichen schmerzlich schönen blonden und gertenschlanken Frauentyps. Ihre grünen Augen fixierten ihn. Er wusste, wie albern er aussehen musste.

Joe hielt die Waffe mit beiden Händen vor den Körper, dann ging er um eine junge Kiefer herum und durch das offene Tor in dem verwitterten Zaun zum Holzstoß.

Joe holte tief Luft und wich unwillkürlich zurück, in den Ohren das klopfende Geräusch seines eigenen Herzschlags. Ein großer, bärtiger

Mann lag ausgestreckt über dem Holzstapel, die großen Hände mit den Handflächen nach unten über dem Bauch gefaltet. Der Kopf des Mannes ruhte auf einem Baumstamm, sein Mund war gerade so weit geöffnet, dass seine zwei gelben Zahnreihen zu sehen waren. Sein langes Haar und der Vollbart waren durch das Blut verfilzt. Breite Streifen dunklen Blutes strömten über sein beigefarbenes Wildlederhemd hinunter. Es war Ote Keeley, und er sah tot aus.

Eine Hand Keeleys umklammerte den Griff einer kleinen Plastikkühltasche ohne Deckel. Joe kniete nieder und schaute in die Kühltasche. Sie war leer bis auf einige verstreute kleine Tierexkremente, die wie Tränen geformt waren. Die Innenwände der Kühltasche waren verkratzt, als wären sie mit scharfen Krallen bearbeitet worden. Was immer da drin gewesen war, hatte verzweifelt versucht herauszukommen, und es war ihm gelungen.

Joe stand auf, und dann sah er das einzelne hellbraune Pferd, das an der Koppel stand. Es war gesattelt, und die Zügel hingen vom Zaum herunter. Das Pferd war scharf geritten worden.

Joe starrte auf Keeleys ausdrucksloses Gesicht und dachte an jenen Tag im Juni zurück, als Keeley Joes eigene Waffe auf sein Gesicht gerichtet und den Hahn gespannt hatte. Auch wenn Keeley sich damals eines Besseren besonnen hatte, theatralisch geseufzt und die Waffe um den Finger hatte wirbeln lassen wie der einsame Held aus einem Western, war Joe danach nie wieder der Alte gewesen. Er hatte in jenem Moment damit gerechnet, sterben zu müssen, und auf alle Fälle hatte er es verdient gehabt, nachdem er so dumm gewesen war, sich seine Waffe abnehmen zu lassen. Aber es war nicht geschehen. Joe hatte seine Waffe mit zitternden Händen wieder in das Holster gesteckt. Keeley hatte ihm bloß dabei zugeschaut, einen abwesenden Ausdruck im Gesicht.

Wortlos hatte Joe eine Strafanzeige wegen Wilderns geschrieben und den Durchschlag Ote Keeley gegeben, der ihn genommen und in seine Hosentasche gesteckt hatte, ohne auch nur einen Blick darauf zu werfen.

„Ich werde nichts über das sagen, was gerade passiert ist, wenn Sie es auch nicht tun", hatte Keeley gesagt.

Joe hatte das Angebot nicht ausdrücklich angenommen, aber er hatte Keeley auch nicht verhaftet. Damit war der Handel besiegelt gewesen. Es war ein Handel, mit dem sich Joe später herumquälte, gewöhnlich spätabends. Ote Keeley hatte ihm etwas weggenommen, das er nie mehr zurückbekommen würde. In gewisser Weise hatte Keeley Joe doch getötet, ein kleines bisschen jedenfalls. Joe hasste ihn dafür, obwohl er nie ein Wort darüber sprach, außer zu Marybeth. Was die ganze Sache noch schlimmer machte, war, dass die Geschichte von dem Vorfall trotzdem durchsickerte.

Während des Sommers war Keeley betrunken gewesen und hatte allen in der Bar erzählt, was passiert war. Die Geschichte von dem neuen Jagdaufseher, der sich von einem hiesigen Jagdausstatter den Revolver hatte abnehmen lassen, war so recht nach dem Geschmack der Leute hier. Sogar Joes Vorgesetzter in Cheyenne hatte die Gerüchte gehört und Joe daraufhin angerufen. Joe hatte ihm bestätigt, was tatsächlich geschehen war, und der Vorgesetzte hatte ihm einen Verweis erteilt, der in seiner Personalakte bleiben würde. Eine Untersuchung war noch immer möglich.

Keeleys gerichtlicher Verhandlungstermin wegen Wilderei sollte in zwei Wochen stattfinden, aber dort würde er nun ja nicht mehr erscheinen können.

Joe zwang sich, den Blick von Keeley zu wenden. Es *war* ein Monster da gewesen.

Die Hintertür wurde zugeknallt, und Sheridan kam in ihrem Nachthemd den Weg entlanggelaufen, um zu sehen, was Joe gefunden hatte.

„Geh *sofort* ins Haus zurück!“, herrschte Joe seine Tochter in einem so unerwartet scharfen Ton an, dass Sheridan auf ihren nackten Füßen herumwirbelte und unverzüglich zurück ins Haus rannte.

Auf seinem Weg durch das Haus und zum Telefon sagte Joe Marybeth, wer der Tote war.

NATÜRLICH war County Sheriff O. R. „Bud“ Barnum nicht da, als Joe die Zentrale in Saddlestring anrief. Laut Auskunft von Wendy, der kettenrauchenden Sekretärin, war auch Hilfssheriff John McLanahan nicht im Hause. Beide, sagte sie, seien am Morgen zu einem Campingplatz in den Bergen am Crazy Woman Creek gefahren, weil von dort ein Notruf gekommen war.

„Ein paar Camper meldeten, sie hätten gestern Nacht gesehen, wie ein verwundeter Mann auf einem Pferd mitten durch ihr Lager geritten sei“, erzählte Wendy Joe.

„Haben Sie Funkkontakt zu Sheriff Barnum?“, fragte Joe.

„Ich denke schon.“

„Dann rufen Sie ihn an, und sagen Sie ihm, der Verwundete auf dem

Pferd sei Ote Keeley gewesen und er liege jetzt tot auf meinem Holzstapel hinter dem Haus.“

Joe konnte hören, wie Wendy vor Schreck nach Luft schnappte und dann versuchte, ihre Fassung wiederzugewinnen.

„Können Sie das noch einmal sagen?“

JOE LEGTE den Hörer auf und machte sich auf den Weg zur Hintertür.

„Du gehst da doch nicht etwa noch mal raus?“, flüsterte Sheridan.

„Nur eine Minute“, sagte Joe in einem, wie er hoffte, beruhigenden Tonfall. Er schloss die Tür hinter sich und ging langsam zu dem Leichnam von Ote Keeley hinüber. Dabei ließ er den Blick durch den Garten schweifen, über den blutbefleckten Weg, den Holzstoß, den Canyon hinter dem Haus. Er versuchte sich ein klares Bild zu verschaffen von allem, wie es jetzt war, bevor der Sheriff und die Hilfssheriffs eintrafen. Er wollte nicht noch einmal etwas vermasseln.

Joe hockte sich neben die Kühltasche und zog zwei leere Umschläge und einen Bleistift aus der Tasche seines Morgenmantels. Mit der Spitze des Radiergummis schnippte er ein paar kleine Stücke von dem Tierkot aus der Kühltasche in einen der Umschläge. Den würde er ins Hauptquartier zur Analyse schicken. Er kratzte noch weitere Bröckchen zusammen und tat sie in einen zweiten Umschlag. Beide Umschläge klebte er zu und steckte sie wieder in die Tasche. Den Rest ließ er für den Sheriff.

Zurück im Haus, zog Joe seine Alltagsuniform an: Jeans und sein rotes Wildlederhemd mit dem Gabelbockabzeichen am Ärmel. Über der Brusttasche war sein Namensschild, auf dem JAGDAUFSEHER und darunter J. PICKETT stand.

Als er nach unten kam, lagen die Mädchen vor dem Fernseher, und Marybeth saß am Tisch und starrte vor sich hin. Ihr Blick hob sich, bis er Joes traf.

„Es wird alles gut werden“, sagte Joe beruhigend und zwang sich zu einem Lächeln. Er bat Marybeth, ein paar Sachen zusammenzupacken und mit den Kindern nach Saddlestring zu fahren. Sie könnten sich in einem Motel einquartieren, bis das alles hier vorbei und der Garten wieder sauber war.

„Wer bezahlt uns das Zimmer, Joe? Wird der Staat dafür aufkommen?“, fragte Marybeth leise, damit die Kinder nichts hören konnten.

„Du meinst, wir können es nicht?“, erwiderte Joe ungläubig.

Sie schüttelte den Kopf.

Marybeth hielt die Zügel kurz bei dem schmalen Familienbudget. Es war Monatsende. Sie würde es wissen, wenn sie blank waren, und offenbar war das der Fall. Joe fühlte, wie er errötete.

„Können wir nicht die Kreditkarte nehmen?", fragte er.

„Die haben wir fast voll ausgeschöpft. Aber für ein oder zwei Nächte dürfte es noch reichen."

„Tut mir Leid, Schatz", murmelte Joe. Er setzte seinen staubigen schwarzen Hut auf und ging nach draußen, um auf die Ankunft des Sheriffs und seiner Mitarbeiter zu warten.

NACHDEM die Hilfssheriffs gemessen, markiert und fotografiert hatten, sperrten sie den Holzstapel mit gelbem Absperrband ab und entrollten einen Leichensack. Joe stellte sich mit dem Rücken vor das Fenster, damit niemand von seiner Familie sehen konnte, wie die Hilfssheriffs Ote Keeley in den Sack zwängten.

Sheriff Barnum war als Erster eingetroffen. Trotz seines Alters bewegte er sich noch schnell und mit steifer Eleganz. In seinem hellen, vom Wetter gegerbten Gesicht leuchteten blassblaue Augen. Joe beobachtete, wie sein Blick den Tatort absuchte.

Joe hatte Fragen erwartet und war auf sie vorbereitet. Er informierte Barnum darüber, dass er die Kotproben genommen hatte, um sie zur Untersuchung ins Hauptquartier zu schicken, aber Barnum hatte nur abgewinkt.

„Jawohl, das ist ganz sicher Ote", hatte Barnum gesagt, bevor er zurück zu seinem Chevrolet Blazer gegangen war. „Sie werden einen Bericht darüber schreiben?" Joe nickte. Das war's dann aber auch. Keine Fragen, keine Notizen. Joe war überrascht und fühlte sich überflüssig.

Von der Seite des Hauses aus beobachtete Joe, wie der Sheriff mit der einen Hand das Mikro seines Funkgeräts vor den Mund hielt und mit der anderen wild in der Luft gestikulierte. An seinen Bewegungen konnte Joe erkennen, dass Barnum sich immer mehr über irgendjemanden oder irgendetwas ärgerte. Joe ging es genauso, aber er versuchte, es nicht zu zeigen.

Joe ging ins Haus hinein. Marybeth beobachtete ihn nervös von ihrem Platz auf der Couch aus.

„Ist er weg?", fragte sie und meinte damit offensichtlich Keeleys Leichnam.

Joe versicherte ihr, dass er weg war. Dabei bemerkte er, wie sie sich mit der Hand über ihren runden Bauch strich. Ihr war nicht bewusst, dass sie das tat. Er erinnerte sich an diese Geste von früher, als sie erst mit Sheridan und später mit Lucy schwanger gewesen war. Sie hielt ihre Arme über ihr ungeborenes Baby, als wolle sie es vor allem Unangenehmen, das außerhalb ihres Bauches passierte, beschützen. Marybeth war eine gute Mutter, dachte Joe, und sie erzog die Kinder mit großer Sorgfalt. Sie ärgerte sich darüber, wenn sich Ereignisse von außen ohne ihre vorherige Zustimmung, Erlaubnis oder Planung in ihr Familienleben drängten.

„Es ist der Kerl, der dir vor einer Weile deine Waffe abgenommen hat“, sagte Marybeth langsam, der diese Erkenntnis allmählich gedämmert war. „Ich habe seine Frau kennen gelernt. Beim Frauenarzt. Sie ist mindestens auch im fünften Monat.“ Sie verzog mitleidig das Gesicht. „Sie haben eine Kleine ungefähr in Sheridans Alter und ich glaube noch ein jüngeres Kind. Die armen Kinder …“

Joe nickte und goss Kaffee in einen Becher, um ihn Sheriff Barnum zu seinem Auto zu bringen.

„Warum musste er hierher kommen?“, fragte Marybeth. „Ausgerechnet zu *unserem* Haus?“ Es ist nicht unser Haus, dachte Joe. Es gehört dem Staat Wyoming. Wir wohnen hier bloß.

Aber Joe sprach es nicht aus und ging stattdessen mit einem kurzen „Bin gleich zurück“ durch die Vordertür nach draußen.

Barnum war gerade dabei, sich zu verabschieden. Ärgerlich hängte er das Mikrofon in seine Halterung am Armaturenbrett und nahm den Becher Kaffee in Empfang.

„Was wir bisher wissen, ist, dass Keeley letzten Donnerstag mit zwei weiteren Führern in die Berge gefahren ist, um nach Wapitis Ausschau zu halten und ihr Lager aufzuschlagen“, sagte Barnum, ohne Joe direkt anzuschauen. „Sie haben irgendwo da draußen ein Jagdausstatterlager. Sie wurden nicht vor morgen zurückerwartet, deshalb hat sie bisher auch noch keiner vermisst.“

„Wer waren die anderen Führer?“, fragte Joe.

„Kyle Lensegrav und Calvin Mendes“, antwortete Barnum und schaute ihn endlich an. „Sie kennen die beiden?“

Joe nickte. „Ich bin ihnen ein paarmal begegnet. Ihre Namen wurden mit dem von Ote Keeley im Zusammenhang mit einem Wildererring erwähnt. Aber soweit ich weiß, hat sie noch nie jemand bei irgendwas erwischt.“

Joe hatte einmal ein Bier in der „Stockman Bar“ mit ihnen getrunken. Sie waren beide Mitte dreißig und beide richtige Naturburschen.

Lensegrav war lang und dünn, und seine dicken Brillengläser thronten auf einer Hakennase. Er trug einen blonden Bart.

Mendes war klein und untersetzt, mit dunklen Augen und einem charmanten Lächeln.

Pickett hatte gehört, dass Mendes und Ote Keeley zusammen beim Militär gewesen waren und beide an der Operation „Desert Storm“ im Golfkrieg teilgenommen hatten.

„Nun, keiner hat Lensegrav oder Mendes gesehen“, fuhr Barnum fort. „Meine Vermutung ist, dass sie versuchen werden, Himmel und Hölle in Bewegung zu setzen, um aus dem Staat rauszukommen, weil sie ihren guten alten Kumpel Ote Keeley aus irgendeinem Grund ein paarmal in die Brust geschossen haben.“

„Oder sie sind immer noch oben in den Bergen“, entgegnete Joe.

„Ja.“ Barnum hielt einen Moment inne und zog einen Schmollmund. „Oder so. Ich habe die Highway-Patrouille schon verständigt, dass sie im ganzen Staat nach ihnen Ausschau halten soll. Das Problem ist nur, dass ich bisher noch nicht weiß, was für einen Wagen sie fahren. Keeleys Pick-up und der Pferdeanhänger stehen noch oben am Crazy Woman Creek. Wir versuchen gerade herauszufinden, ob noch einer der Ausstatter ein Fahrzeug dabeihatte.“

Joe nickte zustimmend. Dann folgte eine ungemütliche Minute des Schweigens.

Sheriff Barnum war eine Institution im Twelve-Sleep-Bezirk, und er war seit 24 Jahren im Amt. Er hatte selten einen Gegenkandidaten, wenn er zur Wahl antrat, und bei den wenigen Malen, wo er einen gehabt hatte, hatte er siebzig Prozent der Stimmen geholt. Er war ein zupackender Sheriff, einer, der überall mitmischte, von den Bürgerbewegungen bis hin zum Organisieren von Football- oder Basketballspielen in der Highschool. Er kannte jeden im Bezirk, und umgekehrt kannte und respektierte jeder ihn.

Es gab sehr wenig, was Sheriff Barnum entging.

„Ihr Büro hätte mich heute Morgen anrufen sollen“, bemerkte Joe unvermittelt. „Ich war näher am Geschehen dran als jeder andere.“

Barnum warf einen prüfenden Blick auf Joe, als sehe er ihn zum ersten Mal.

„Sie haben Recht“, sagte Barnum. Und dann: „War das nicht Ote Keeley, der Ihnen Ihre Waffe abgenommen hat, während Sie ihm eine Strafanzeige schrieben?“

„Ja“, antwortete Joe. Er spürte, wie seine Ohren heiß wurden.

„Seltsam, dass er hierher gekommen ist“, meinte Barnum.

Joe nickte.

„Vielleicht wollte er Ihnen wieder Ihre Waffe abnehmen.“ Barnum grinste schief, um zu zeigen, dass er Spaß machte. Barnum war schlau, ohne Zweifel. Joe kannte den Sheriff noch kaum, aber Barnum hatte ihn schon mit einem seiner wunden Punkte aufgezogen. Joe fragte ihn, ob er plane, in dem Jagdlager Nachforschungen anzustellen.

„Das würde ich gern, aber im Moment bin ich in der Klemme“, brummte Barnum und schlug mit der Faust auf das Armaturenbrett. „Das Lager liegt in einer Gegend ohne befahrbare Straßen, sodass wir nicht rankönnen. Unser Helikopter ist an den Forest Service ausgeliehen, damit sie den Waldbrand unten im Medicine Bow Forest bekämpfen können. Wir kriegen ihn frühestens morgen Abend zurück. Und meine Jungs vom berittenen Aufgebot sind schon alle oben in den Bergen, um sich auf die Jagdsaison vorzubereiten.“ Barnum schaute entnervt zu Joe herüber. „Wir kommen nicht zu dem Lager rauf, außer wir laufen dorthin. Und eines weiß ich ganz sicher: Ich werde nicht zu Fuß gehen.“

Joe dachte einen Moment darüber nach. „Ich kenne einen Typen, der weiß, wo dieses Jagdlager liegt, und ich hab ein paar Pferde.“

Barnum setzte gerade zu einem Widerspruch an, doch dann überlegte er es sich anders. „Okay, warum eigentlich nicht, nachdem Sie sich freiwillig melden. Wann könnten Sie los?“

Joe rieb sich das Kinn. „Ich muss mich noch ausrüsten, aber ich bin sicher, so um zwei oder drei Uhr könnte ich abmarschbereit sein.“

„Nehmen Sie McLanahan mit“, sagte Barnum. „Ich häng mich ans Funkgerät und sag ihm, er soll sich seinen Sattel schnappen und sein Schießeisen und dann seinen faulen Hintern hierher bewegen. Ihr Jungs könntet da oben in üble Dinge geraten, und ich will sicher sein, dass ihr dann ordentlich bewaffnet seid. Wer ist der Typ, der weiß, wo dieses Jagdlager ist?“

„Wacey Hedeman“, sagte Joe.

„Wacey Hedeman?“ Barnum stieß einen leisen Pfiff aus. „Er hat angekündigt, dass er bei der nächsten Wahl gegen mich antreten will, dieser luftgetrocknete Mistkerl.“

Joe zuckte mit den Achseln. Wacey war der Jagdaufseher im Nachbarbezirk, aber er hatte den Twelve-Sleep-Bezirk in der Zeit mitbetreut, als Vern schon weggegangen war und Joe den Posten noch nicht bekommen hatte.

„Verdammt!“ Barnum fluchte heftig. „Ich hasse es, wenn Dinge zu solchen Cowboygeschichten ausarten!“

Er fluchte erneut und wandte sich dann seinem Funkgerät zu.

WACEY meldete sich nicht in seinem Büro, aber Joe hatte eine gute Idee, wo man ihn finden konnte. Bevor er mit dem Pick-up losfuhr, um Wacey zu suchen, küsste er Marybeth und seine Mädchen zum Abschied. Lucy gab ihm einen gelangweilten Kuss. Sie fand es überhaupt nicht gut, wenn er das Haus verließ, egal, zu welcher Zeit und aus welchem Grund, und das war ihre Art, es ihm zu zeigen.

Sheridan und Lucy waren verstört, als sie hörten, dass auch sie aus dem Haus mussten. Marybeth erzählte ihnen zwar, wie aufregend es sein würde, in einem Motel zu übernachten, aber die beiden waren noch nicht davon überzeugt.

Joe hielt an der Tür inne und drehte sich noch einmal um. Sheridan beobachtete ihn streng. „Bist du okay, mein Schatz?“, fragte er sie.

„Ich bin okay, Papa.“

„Das nächste Mal, wenn du mir erzählst, du hättest ein Monster gesehen, werde ich dir glauben.“

„Okay, Papa.“

„Du weißt doch noch, wer morgen Abend kommen wird, oder?“, fragte Marybeth.

Joe hatte den ganzen Morgen nicht daran gedacht. „Deine Mutter.“

„Meine Mutter“, wiederholte Marybeth. „Wir werden also spätestens bis dahin wieder hier sein. Du hoffentlich auch.“

Joe schnitt eine Grimasse.

WÄHREND ihre Mutter im Schlafzimmer einen Koffer packte, tat Sheridan genau das, was man ihr eingeschärft hatte, nicht zu tun: Sie ging zum Esszimmerfenster, um zu beobachten, was draußen geschah. Vorher jedoch vergewisserte sie sich, dass Lucy noch immer in ihre Decke eingewickelt auf dem Boden lag und fernsah. Lucy würde nämlich ihre ältere Schwester mit größtem Vergnügen verpetzen.

Der Mann, den ihr Vater Sheriff Barnum nannte, war im Garten neben dem Holzstapel, und ein anderer Mann, der die gleiche Polizeiuniform anhatte, stand neben ihm. Der Sheriff hatte dem Holzstapel den Rücken zugekehrt, zeigte in Richtung der Berge und redete. Einmal ging der Sheriff vom Holzstapel zum Haus hinüber. Er blieb direkt vor Sheridans Fenster stehen und rief dem anderen Mann die Anzahl der Schritte zu, die er vom Stapel bis zum Fenster gezählt hatte. Bevor er zurückging, blickte er zu Sheridan hinüber und grinste ihr zu. Es war dieses typische „Geh-mir-aus-dem-Weg,-Kind"-Grinsen. Sheridan war nicht sicher, ob sie Sheriff Barnum mochte. Seine Augen gefielen ihr nicht.

Während Sheriff Barnum zum Holzstapel zurückkehrte, dachte Sheridan darüber nach, wie überrascht sie über das Vorgefallene war. Wie konnte es sein, dass das, was sie in der Nacht zuvor für ein Monster gehalten hatte, das ihrer „blühenden Fantasie" (wie ihre Mutter es immer nannte) entsprungen war, sich als „echt" entpuppt hatte? Ein unheimlicher Gedanke kam ihr: Was, wenn ihre Fantasie so stark war, dass sie Dinge in die Wirklichkeit „hineinträumen" konnte? Aber dann entschied sie, dass das nicht der Fall war. Denn wenn das so wäre, hätte sie schon längst etwas viel Schöneres als dieses Monster „erschaffen". Ein Haustier zum Beispiel – ein „wirkliches" Tier, ganz für sich allein.

Sheridan hatte ihre Brille auf. Sie wünschte sich jetzt, sie hätte diese auch gestern Nacht aufgehabt, damit sie das Gesicht des Mannes genau hätte anschauen können, als er sie angesehen hatte. Wenn sie ihn ganz deutlich gesehen hätte, hätte sie bestimmt ihrer eigenen Wahrnehmung mehr vertraut und wäre ins Schlafzimmer ihrer Eltern gelaufen, statt sich einzureden, sie hätte einen Albtraum von Monstern aus den Bergen gehabt.

Sie hasste die Tatsache, dass sie die einzige Schülerin in ihrer Klasse war, die eine Brille tragen musste. Sie würde nie vergessen, wie schrecklich sie sich an ihrem ersten Schultag gefühlt hatte. Es war schon schlimm genug, dass sie eins von den neuen Mädchen in der Schule war und dass einige andere Mädchen sie bereits in die Kategorie „verrückte Typen vom Land" eingeordnet hatten, in die alle Schüler kamen, die außerhalb der Stadt wohnten. Aber das Schlimmste von allem war, dass sie auch noch mit einer Brille dort aufkreuzen musste.

Und dann war sie auch noch die Tochter des neuen Jagdaufsehers in einer Gegend, in der der örtliche Jagdaufseher eine wichtige Person war, weil fast jeder Vater ihrer Mitschüler jagte. Es hieß, Sheridans Vater könne andere Leute ins Gefängnis bringen. Bis jetzt, in den zwei

Wochen, seit die Schule begonnen hatte, hatte sie noch keine einzige Freundin in ihrer Klasse gewonnen.

Sheridans einzige Freunde waren ihre Tiere, oder besser, waren ihre Tiere gewesen, denn sie waren alle verschwunden. Der Verlust von Jasmine, ihrer Katze, hatte sie tief getroffen. Sie hatte ihre Eltern angefleht, ihr ein neues Tier zu schenken, aber die sagten, Sheridan würde warten müssen, bis sie ein bisschen älter sei. Sie hatte zufällig mitgehört, wie ihr Vater ihrer Mutter von Kojoten erzählt hatte (obwohl sie das nicht wissen sollte), und sie hatte begriffen, dass Jasmine von Kojoten gefressen worden war. Wie auch zuvor schon ihr Hündchen. Sie wünschte, sie hätte heimlich ein Tier, eines, von dem weder ihre Eltern noch die gemeinen Mädchen in der Schule noch die Kojoten etwas wussten. Ein geheimes Tier, das nur ihr gehörte. Ein Tier, das sie lieb haben konnte und das sie, Sheridan, so lieben würde, wie sie war: ein einsames Mädchen, das von einem Ort zum nächsten gezogen war, bevor es je Freundschaften hatte schließen können, und das eine kleine Schwester hatte, die so entzückend war, dass es keine Worte dafür gab, und ein Baby, das unterwegs war und das für lange Zeit, vielleicht sogar für immer, den größten Teil der Liebe und Aufmerksamkeit ihrer Eltern beanspruchen würde.

Da sah sie draußen etwas, was sie rasch wieder zurück in die Realität brachte. Etwas hatte sich in dem Holzstapel bewegt; etwas Hellbraunes war über die unterste Reihe von Baumstämmen geflitzt und schoss in ein dunkles Loch nahe dem Erdboden zwischen zwei Holzstämmen.

Der Sheriff und der jüngere Mann sprachen noch immer miteinander, und es sah nicht so aus, als ob sie irgendetwas bemerkt hätten. Auch sie konnte jetzt nichts mehr sehen. War es ein Eichhörnchen gewesen? Dafür war es zu groß gewesen. Ein Murmeltier? Dafür war es zu geschmeidig und zu schnell gewesen. Sie hatte diese Art von Tier noch nie zuvor gesehen, und sie kannte jeden Meter dieses Gartens und jedes Lebewesen darin. Sie wusste sogar, wo das Nest der winzigen Feldmäuse war, und hatte die zappelnden rosafarbenen Mäusebabys beobachtet, bevor sie die Augen aufgeschlagen hatten. Aber dieses Tier war lang und dünn, und es bewegte sich schnell wie der Blitz.

Sheridan fuhr zusammen, als ihre Mutter hinter ihr in scharfem Ton ihren Namen sagte. Sie drehte sich schnell um, aber ihre Mutter blickte zum Glück nur auf sie und nicht durch das Fenster auf den Holzstoß. Sheridan sagte kein Wort, als ihre Mutter sie vom Fenster weg, durch das Haus und zum Auto führte.

Während ihre Mutter aus der Einfahrt bog, beobachtete Sheridan durch das Heckfenster, wie das Haus immer kleiner wurde. Als sie die erste Hügelkuppe auf dem Weg zur Stadt erreicht hatten, war das kleine Haus nur noch so groß wie eine Streichholzschachtel.

Hinter dem Streichholzschachtelhaus, dachte Sheridan, war ein Holzstoß. Und in dem Holzstoß war das Geschenk, das ihre Fantasie ihr gemacht hatte.

KAPITEL II

Es gab 55 Jagdaufseher im Staat Wyoming, eine Elitegruppe, und Joe Pickett und Wacey waren zwei von ihnen. Im Abstand von drei Jahren hatten beide die staatliche Akademie in Douglas absolviert, und beide hatten die schriftlichen und mündlichen Aufnahmeprüfungen sowie den Persönlichkeitstest bestanden, die Voraussetzung für die Ausbildung zum Jagdaufseher waren. Beide verdienten knapp 30 000 Dollar im Jahr.

Als Joe die zweispurige Schnellstraße zum Eagle Mountain Club entlangfuhr, dachte er darüber nach, welche abrupte Wendung der Morgen genommen hatte, weil Ote Keeley aus den Bergen quasi mitten in die sonntägliche Familienroutine der Picketts – dass Joe seiner Familie Pfannkuchen machte –, hineingeritten war. Es war ein Frühstücksritual, das sie bei ihren Umzügen quer durch den Staat Wyoming stets begleitet hatte, erst nach Baggs im Süden des Staates, dann nach Saddlestring, als er unter dem hoch angesehenen Jagdaufseher Vern Dunnegan gearbeitet hatte, und dann nach Buffalo, wo er seine erste eigenverantwortliche Stelle als Jagdaufseher angenommen hatte. Im Laufe von neun Jahren hatten sie in sechs verschiedenen staatlichen Häusern gewohnt. Schließlich hatten sie dann ihr Familienritual wieder zurück in den Saddlestring-Bezirk mitgenommen, nachdem Vern plötzlich aus dem Staatsdienst ausgeschieden war und Joe endlich die Stelle bekommen hatte, die er sich am meisten gewünscht hatte – an dem Ort, den er und Marybeth am liebsten mochten.

Fast hätte er den Job gar nicht bekommen. Vern hatte Joe empfohlen und seinen Einfluss in der Zentrale geltend gemacht, um Joe ein Bewerbungsgespräch mit dem Direktor zu verschaffen. In einer seiner größeren

„Armleuchter-Aktionen“ – wie Joe und Marybeth es später genannt hatten – hatte Joe das falsche Datum für den Termin mit dem Direktor in seinen Kalender eingetragen und das Vorstellungsgespräch schlicht verpasst. Der Direktor war wütend gewesen, dass er sich für Joe eingesetzt hatte, und nur dank Verns Intervention hatte Joe einen zweiten Termin beim Direktor bekommen und sich die Stelle sichern können.

Das Haus in Saddlestring war in den Eingang eines kleinen Canyons hineingebaut, auf einem Grundstück, zu dem eine Scheune, eine Pferdekoppel und eine frei stehende Garage gehörten. Sowohl Marybeth als auch Joe hatten bemerkt, um wie viel größer ihnen das Haus vorgekommen war, als Vern und seine Frau es noch bewohnt hatten. Sie erinnerten sich, wie sie damals in dem schattigen Garten hinter dem Haus gesessen und Cocktails geschlürft hatten, während Vern Steaks gegrillt und Georgia, seine attraktive Frau (sie hatten keine Kinder), im Haus Drinks gemixt und Salat angemacht hatte. Die Zukunft war ihnen damals so rosig erschienen. Aber das war zwei Kinder und einen Labrador her, und dasselbe Haus mit den drei Schlafzimmern war voll besetzt. Das Baby würde es noch kleiner machen.

Er wusste, dass heute wahrscheinlich der letzte Sonntag für mindestens drei Monate gewesen war, an dem er Frühstück für seine Mädchen hatte machen können. Die große Jagdsaison im Twelve-Sleep-Bezirk würde am Dienstag mit der Gabelbocksaison eröffnet werden. Danach würde die Saison für Maultierhirsche und Wapitis folgen, dann die für Elche. Joe würde draußen in den Bergen auf Patrouille sein.

Die Jäger begannen vor dem Morgengrauen, und entsprechend würde auch Joes Arbeitstag vor dem Morgengrauen beginnen. Nach dem Gesetz konnten die Jäger bis eine halbe Stunde nach Einbruch der Dunkelheit jagen, und Joe würde noch wesentlich länger draußen bei ihnen sein, Lizenzen und Jagdscheine prüfen und sich vergewissern, dass das Wild weidgerecht gejagt wurde und niemand widerrechtlich Privatbesitz betrat. In Wyoming waren die Jagdtiere Eigentum der Bevölkerung, und diese nahm sich ihren Besitz sehr zu Herzen. Joe nahm seinen Beruf ebenso ernst.

Er dachte daran, wie Sheridan gesagt hatte: „Besser, du nimmst deinen Revolver mit“, und das beunruhigte ihn. Sheridan hatte sicherlich seinen Sam-Browne-Gurt und die Waffe darin bemerkt, wenn er nachts nach Hause kam. Seine .270er-Winchester hatte ihren festen Platz in dem Fenstergewehrhalter seines grünen Dienstford. Doch noch nie hatte eines seiner Kinder auch nur angedeutet, er solle rausgehen und etwas schießen. Vielleicht war ihnen gar nicht bewusst, was er eigentlich den ganzen Tag machte. Er hatte Sheridan einmal im Vorbeigehen sagen hören, dass ihr Vater von Berufs wegen „Tiere rette". Ihm gefiel diese Definition, auch wenn sie nur teilweise zutraf.

Joe fuhr langsam, um eine Herde Maultierhirsche vorbeizulassen, die die Schnellstraße überquerte und zu den Ausläufern der Berge weiterzog, die zu Wacey Hedemans Bezirk gehörten.

Wacey und Joe waren beide im praktischen Teil ihrer Ausbildung von Vern Dunnegan betreut worden. Vern erzählte jedem, der es hören wollte, dass sie seine „besten Jungs" waren. Da ihre Bezirke aneinander grenzten, arbeiteten Wacey und Joe oft bei Projekten und Untersuchungen zusammen. Sie errichteten gemeinsam Heuzäune, teilten sich Pferde und Schneepflüge, wenn diese für die Patrouille gebraucht wurden, baten einander um Unterstützung, wenn nötig, und tauschten Notizen aus. Das hatte zwangsläufig dazu geführt, dass Joe Wacey gut kannte. Sie waren sogar so etwas wie Freunde geworden. Wacey faszinierte Joe und stieß ihn gleichzeitig ab. Wacey kannte den Bezirk und verstand sich gleichermaßen gut mit Ranchern und mit Wilderern. Früher war Wacey Rodeocowboy gewesen, er besaß einen lockeren, öligen Charme, der fast bei jedem wirkte, Joe eingeschlossen. Sogar Marybeth schien Wacey zu mögen, obwohl sie Joe einmal mit der Äußerung erschreckt hatte, dass sie ihm nicht traue.

Einiges von dem, was Joe über Wacey wusste, hätte sie in ihrer Meinung bestärkt, aber das behielt er für sich.

JOE BOG von der Schnellstraße ab und lenkte seinen Pick-up in die Einfahrt des Eagle Mountain Club. Ein uniformierter Wächter in einem weißen Wärterhäuschen winkte ihn durch, und das schmiedeeiserne Tor schwang auf. Doch als Joe anfuhr, eilte der Torwächter plötzlich aus der Tür seines Häuschens und kam auf ihn zu.

„Ich dachte, Sie seien jemand anders, als ich Sie durchwinkte", sagte er und beugte sich herunter, damit er ins Wageninnere schauen konnte.

„Sie dachten, ich sei Wacey Hedeman", erwiderte Joe. „Er hat genau den gleichen Wagen. Ich bin hier, um Wacey zu treffen."

Der Wachposten sah Joe scharf an. „Sind Sie schon einmal hier gewesen?"

„Einmal, mit Wacey." Joe senkte die Stimme. „Und nun lassen Sie mich bitte durch. In der Nähe von Saddlestring ist ein Mord passiert, und ich brauche bei den Ermittlungen Waceys Hilfe."

Der Wächter trat zurück, ließ sich aber noch einen Moment Zeit, um Joes Fahrzeugkennzeichen zu notieren.

Der Eagle Mountain Club war eine exklusive private Ferienanlage auf einer Hügelkuppe mit Blick auf den Big Horn River. Die Aufnahmegebühr betrug 290 000 Dollar, und Mitglied konnte man nur auf Einladung werden. Der Klub hatte nur 250 Mitglieder, und neue Mitglieder wurden nur aufgenommen, wenn alte starben oder austraten. Der Klub besaß einen Golfplatz mit 36 Löchern, der sich bis in die Ausläufer der Bighorn Mountains hineinzog, sowie eine private Fischzucht, einen Schießplatz, eine Start- und Landebahn und ungefähr sechzig Häuser, die alle viele Millionen Dollar gekostet hatten, und das zu einer Zeit, als eine Million Dollar noch ein geradezu obszöner Betrag gewesen war. Nur wenige Leute im Staat wussten überhaupt von diesem Klub, und der Zugang zu ihm war bewusst schwierig. Es waren immerhin 300 Kilometer bis zur nächsten größeren Stadt – Billings in Montana.

Nur wenige der Bewohner blieben über den Winter, und die meisten waren schon fort. Als Joe die breiten, leeren Straßen hinauffuhr, die von gepflegten Rasenflächen gesäumt waren, hatte er das Gefühl, nicht an diesen Ort zu gehören. Wahrscheinlich sollte er dieses Gefühl auch haben, denn man wollte hier bewusst elitär bleiben.

Die Häuser standen ein Stück abseits der Straße, und die Zufahrtswege waren durch Messingschilder mit den Nachnamen der Besitzer gekennzeichnet. Als er den Namen Kensinger sah, wendete Joe.

Waceys verdreckter grüner Ford Pick-up stand neben dem klotzigen zweigeschossigen Blockhaus. Joe parkte seinen Wagen dahinter und stieg aus. Seine Schritte waren das einzige Geräusch, das er hören konnte. Er klopfte an die Tür.

Die breite Vordertür aus Eiche ging auf, und Wacey stand in der Tür und schaute Joe mit einem säuerlichen Ausdruck im Gesicht an. Wacey war immer noch schlank und muskulös – der Körper eines Rodeoreiters –, und sein Mund war unter einem mächtigen rotbraunen Revolverheldenschnauzbart versteckt. Das Einzige, was er anhatte, war sein rotes Wildlederuniformhemd.

„Komm rein, Joe", sagte Wacey leise.

Jemand im Innern des dunklen Hauses, eine Frau, fragte Wacey, was er da mache.

„Mein Kollege Joe Pickett vom Saddlestring-Bezirk ist hier!“, rief Wacey über die Schulter. „Ich komme gleich!“

Er formte für Joe mit dem Mund den Namen „Aimee Kensinger“. Dann: „Sie hat ein echtes Faible für uns Jagdaufseher.“

Joe lächelte ungewollt. Wacey war schon einer. Er hatte ihm einmal erzählt, dass Aimee Kensinger, die Vorzeigefrau von Donald Kensinger von Kensinger Communications, auf Cowboytypen in Uniform stand. Joe wusste, dass Wacey in letzter Zeit häufig im Eagle Mountain Club verkehrte, wobei seine Besuche zufällig immer mit Donald Kensingers Geschäftsreisen zusammenfielen.

Wacey trat hinaus auf die Veranda. „Du störst. Was ist los?“, fragte er.

Joe Pickett erzählte Wacey, was am Morgen passiert war. Er ließ sich noch einmal bestätigen, dass Wacey auch wirklich wusste, wo Ote Keeleys Jagdlager lag. Er erzählte ihm von der Kühltasche, und Wacey schien interessiert.

„Ote Keeley. Das war doch der Typ …“

„Ja“, erwiderte Joe schroff.

„Wann müssen wir los?“, fragte Wacey.

„Jetzt“, drängte Joe. „Sofort.“

„Ich muss Arlene anrufen“, sagte Wacey. Arlene war seine Frau.

„Das kannst du von unterwegs.“

Wacey begann zu lächeln. Er zwinkerte Joe zu und nickte mit seinem Kopf in Richtung Tür. „Sie wird meine Kampagne für die Kandidatur zum Sheriff finanzieren“, sagte er in verschwörerischem Ton.

Aimee Kensinger kam auf die Veranda, in einen dicken weißen Bademantel gehüllt. Sie hatte ein offenes Gesicht, das von dunklen Haaren umrahmt war. Ihre Füße waren nackt, ihre Waden wohlgeformt.

Joe sagte Hallo.

„Hallo, Officer“, erwiderte Aimee Kensinger. Es war ein selbstbewusstes, sehr eindeutiges Schnurren. Joe war gleichzeitig alarmiert und angenehm berührt.

„Vergiss es, Süße“, sagte Wacey sanft zu ihr und knuffte sie brüderlich in den Arm. „Er ist verheiratet.“

„Das bist du auch, Honey“, versetzte sie.

„Aber bei Joe ist das anders“, sagte Wacey und zuckte mit den Achseln, als könne er das selbst nicht verstehen.

„Schön für Sie“, bemerkte sie. Joe konnte nicht sagen, ob sie das so meinte oder nicht.

Am Posten, der am Crazy-Woman-Creek-Campingplatz errichtet worden war, herrschte inzwischen das reinste Chaos. Der Mord an Ote Keeley und die Möglichkeit eines Lagers von bewaffneten Verdächtigen hatte die Fantasie des gesamten Tales entfacht. Eine ganze Schar von Neugierigen hatte sich auf dem Campingplatz eingefunden, darunter Polizisten aus Saddlestring, die gerade dienstfrei hatten, Mitglieder der freiwilligen Feuerwehr, der Bürgermeister, der Herausgeber der Wochenzeitung *Saddlestring Roundup*, sogar ältere Offiziere des örtlichen Kriegsveteranenvereins, bewaffnet mit M-1-Karabinern aus der Zeit des Koreakrieges.

Sheriff Barnum hatte nichts gegen die Menschenansammlung – im Gegenteil, er hatte seine wahre Freude daran.

Joe Pickett und Wacey Hedeman sattelten ihre Pferde – Joe hatte seine sechs Jahre alte braune Stute Lizzie mitgebracht – und ließen sich die Hände schütteln von Leuten, die ihnen viel Glück wünschten, während sie auf die Ankunft von Hilfssheriff McLanahan warteten. Joe und Wacey kamen sich bald so vor wie die Stars des örtlichen Footballteams. Männer klopften ihnen auf die Schulter und gaben ihnen im Vorbeigehen einen Klaps auf den Rücken. Viele sagten, sie wünschten, sie könnten mitkommen.

Schließlich traf McLanahan ein, gerüstet wie für einen kleinen Krieg. In seinem Chevrolet Blazer und seinem Pferdeanhänger sah Joe mehrere Scharfschützengewehre mit Nachtzielfernrohren, halbautomatische Karabiner, die mit panzerbrechender Munition geladen waren, ein paar MAC-10-Maschinenpistolen, M-16-Sturmgewehre und halbautomatische Schrotflinten.

„Typischer Barnum-Overkill", lästerte Wacey laut genug, dass es alle hören konnten. Ein paar Leute lachten.

„Meine Anhänger", flüsterte Wacey Joe zu.

Barnum hatte den drei Reitern befohlen, „so viel mitzunehmen, wie ihr könnt". Er machte deutlich, dass er die Operation befehligte und dass die beiden Officer ihm unterstellt waren, was unter den vorliegenden Umständen offiziell richtig war. Er gab ihnen den „dringenden Rat", sich mit mehr Feuerkraft auszurüsten. Beide hatten Handfeuerwaffen – Joe seinen Smith-&-Wesson-Magnum-Revolver, den, den er sich seinerzeit von Ote Keeley hatte wegnehmen lassen, und Wacey seine 9-mm-Beretta. Wacey wurde schließlich doch noch dazu überredet, wenigstens einen der Karabiner in einem Futteral an seinen Sattel zu schnallen. Joe und Wacey halfen McLanahan, einem jungenhaft wirkenden ehemaligen Offizier einer Militärhochschule, seine Satteltaschen auf die beiden Packpferde zu laden, damit sie endlich loskonnten.

Barnum konnte sich eine spöttische Bemerkung nicht verkneifen, als er sah, dass Joe, statt sich beim Bezirkswaffenarsenal zu bedienen, seine private Remington-Schrotflinte mitnahm, die in erster Linie für die Vogeljagd gedacht war. Wenn er schon eine Flinte mitnehmen müsse, meinte Barnum, dann sollte es wenigstens eines der kurzläufigen Gewehre aus dem Pick-up sein.

Joe erklärte, dass er die Flinte schon seit seiner Jugendzeit besitze und dass er sich vertraut damit fühle. Joe war als ausgezeichneter Schütze bekannt, wenn es um Vögel oder gelegentlich auch um Tontauben ging. Seltsamerweise traf er selten ein Ziel, wenn es fest war. Aber wenn es sich bewegte oder aus dem Unterholz aufstob, traf er. Er besaß die Fähigkeit, ein sich schnell bewegendes Ziel rein mit Instinkt und rascher Reaktion zu treffen, und musste dabei gar nicht richtig zielen. Sobald er zielte, schoss er daneben.

Barnum überredete Joe schließlich dazu, seine Flinte wenigstens mit grobem Schrot für Großwild zu laden, damit er, wenn es nötig sein sollte, auch „ein Haus weghauen" konnte.

Joe dachte im Stillen, wie sonderbar es war, die Flinte, die er seit seiner Kindheit zum Schießen von Enten und Birkhühnern benutzt hatte, mit Geschossen zu laden, die einzig dafür bestimmt waren, einen Menschen zu töten. Aber er tat es, und er füllte zusätzlich noch eine Satteltasche mit einem Dutzend Patronen.

Barnum nahm Joe und Wacey noch einmal kurz beiseite, während sie darauf warteten, dass Hilfssheriff McLanahan seine Satteltaschen festzurrte.

„Ratet mal, wer auf dem Weg ist, um sich diesen Feldzug anzuschauen, Jungs", sagte Barnum.

Joe und Wacey wechselten Blicke, aber keiner von beiden kam darauf.

„Vern Dunnegan!" Barnum klopfte Joe und Wacey auf die Schulter. „Euer Mentor. Er hat eine Nachricht geschickt."

„Wieso ist Vern hier?", fragte Joe.

„Er war gerade in der Gegend und hat im Radio davon gehört, nehme ich an", sagte Barnum. „Also vermasselt's nicht, Jungs. Nicht nur das ganze Tal wird seine Augen auf euch richten, sondern auch Vern." Der Sarkasmus in Barnums Stimme war nicht zu überhören.

Als sie schließlich aufgesessen und ihre Pferde zum Beginn des Pfades gelenkt hatten, konnten sie hören, wie Sheriff Barnum über Funk versuchte, seinen ausbleibenden Helikopter ausfindig zu machen.

„Wie weit noch?“, fragte Joe Wacey, als sie durch ein stilles Espenwaldstück ritten. Wacey, der ein paar Meter vor ihm ritt, zügelte sein Pferd und lehnte sich seitlich aus dem Sattel.

„Noch ein paar Stunden“, sagte er.

„Genau das hatte ich befürchtet.“

Wacey nickte. Sie würden es nicht mehr bei Tageslicht bis zum Jagdlager schaffen.

Joe lenkte seine Stute neben Waceys Palomino-Pferd. Zwei Espen, so dünn und rund wie Baseballschläger, standen zwischen ihnen. Das Waldstück war dicht bewachsen, und schwarze Wurzeln wanden sich aus einem Teppich limonenfarbenen Laubes hervor.

„Und da kommt der Grund dafür“, brummte Wacey.

Es war still in dem Wäldchen, das Licht gedämpft, aber sie konnten Hilfssheriff McLanahan und sein Packpferd hören, die außen um das Waldstück herumritten. Bei McLanahans Packpferd standen die prall gefüllten Jagdtaschen so weit ab, dass er Joe und Wacey nicht in das Waldstück hatte folgen können. Durch eine schmale Schneise in den Bäumen konnten sie einen kurzen Blick auf den Hilfssheriff erhaschen. Es war offensichtlich, dass McLanahan ein weit schlechterer Reiter war als Joe an seinem schlimmsten Tag.

„Wenn ich gewählt werde, schmeiß ich den raus, noch bevor ich die Visitenkarten drucken lasse“, sagte Wacey leise.

Sie warteten auf Hilfssheriff McLanahan am Fuße einer Anhöhe, die zu beiden Seiten von Wacholderbäumen gesäumt war. Nasse Flecken von morgendlichem Schnee lagen in den Schatten der Felsbrocken. Die Espenwälder leuchteten in der Abendsonne, die ihre hellgelben und purpurroten Farben noch intensiver erscheinen ließ.

Joe dachte an den Gegensatz der letzten paar Stunden. Am Crazy Woman Creek schien er von Bewunderern umringt gewesen zu sein und hatte sich wie ein Mitglied einer mächtigen Streitmacht gefühlt. Hier, in der kühlen, rasch dunkler werdenden Stille der Bighorns, fühlte er sich winzig und unbedeutend.

„Morgen werde ich ganz schön wund sein!“, brüllte McLanahan schon von weitem, als er sie sah.

Joe bemerkte, wie Wacey sein Gewicht ruckartig im Sattel verlagerte, ein vertrautes Zeichen dafür, dass er sich ärgerte.

„Wenn man sich an jemanden heranschleicht, empfiehlt es sich, die Stimme zu senken!“, zischte Wacey McLanahan zu, als dieser näher kam. „Das ist ein alter, schlauer Indianertrick. Wir gehen nämlich davon aus, dass die Leute, die wir suchen, an beiden Seiten ihres Kopfes Ohren montiert haben.“

Hilfssheriff McLanahan, sichtlich wütend, schickte sich an, etwas zu erwidern, verkniff es sich dann aber. Es war nicht ratsam, sich mit Wacey anzulegen.

„Sie sind langsam, und wir sind spät dran“, fuhr Wacey in scharfem Flüsterton fort. „Wir schaffen es nicht mehr bis zum Lager vor Einbruch der Dunkelheit. Wir werden nicht umhinkommen, hier oben zu übernachten und dann im Morgengrauen in das Jagdlager zu gehen und nachzusehen, ob wir dort noch jemanden fangen können.“

„Dass wir erst so spät los sind, ist nicht meine Schuld“, verteidigte sich McLanahan.

„Natürlich nicht!“, antwortete Wacey, wandte sich ab und trieb sein Pferd vorwärts.

„Kein Grund zur Sorge“, versicherte Joe McLanahan. „Und weiter geht’s.“

Joe schnalzte mit der Zunge, und sein Pferd setzte sich in Bewegung. Ihn beschäftigte die Frage, warum Wacey so ungewöhnlich gereizt schien. Er hoffte, es hatte nichts damit zu tun, dass Erfolg oder Scheitern dieses Unternehmens unweigerlich ein Thema bei seiner bevorstehenden Kandidatur gegen Barnum sein würde.

DIE DREI Männer pflockten ihre Pferde im blauen Schein fluoreszierender Batterielampen an und breiteten ihre Schlafsäcke direkt am Fuße eines Granitfelsvorsprungs aus. Sie waren so dicht am Jagdlager, sagte Wacey, dass ein Feuer nicht infrage kam.

Marybeth hatte ein halbes Dutzend Schinkenbrote geschmiert, die sie im Dunkeln aßen. McLanahan ließ eine Literflasche Jim Beam Bourbon kreisen, der Waceys Laune ein wenig aufhellte.

„Wie wär’s, wenn Sie zu Ihrem Funkgerät gingen“, sagte Wacey zu McLanahan, „und Barnum darüber informierten, wo wir sind und was wir machen. Und sagen Sie ihm, dass wir noch vor Morgengrauen zum Jagdlager gehen werden.“

McLanahan nickte und schlenderte davon, um seine Segeltuchsäcke zu durchwühlen.

„Ihn auf der Gehaltsliste zu haben ist, als wären einem zwei gute Männer weggelaufen", klagte Wacey, als er außer Sicht war.

„Nimm's ein bisschen leichter mit ihm", mahnte Joe.

Wacey brummte nur und kaute sein Sandwich.

„Mich würde interessieren, was in der Kühltasche war, die Keeley bei sich hatte", begann er unvermittelt.

„Mich auch."

„Könnte alles Mögliche gewesen sein", fuhr Wacey fort. „Es kann natürlich auch sein, dass es letztlich überhaupt nichts zu bedeuten hat."

Joe nickte. Dann zählte er die Ranchhäuser zwischen dem Crazy Woman Creek und dem Haus der Picketts auf, in denen Keeley Hilfe hätte suchen können.

„Es muss einen Grund gegeben haben, warum er zu unserem Haus gekommen ist", sagte Joe. „Ich weiß nur nicht, welchen."

„Schickst du diese Kühltasche und den Tierkot nach Cheyenne zur Analyse?"

„Ja."

„Dann werden wir's wissen", sagte Wacey.

„Vielleicht wollte Ote Ihnen ein paar Dosen Bier bringen", mischte sich jetzt Hilfssheriff McLanahan ein, der in diesem Moment zurückkam. „Vielleicht dachte er, Sie sollten einen miteinander trinken und Frieden schließen."

„Und, McLanahan", fragte Wacey. „Haben Sie Barnum erwischt?"

McLanahan erzählte Joe und Wacey, dass er mit Sheriff Barnum gesprochen und ihm den Stand der Dinge mitgeteilt hatte. Er sagte, Barnum habe den Helikopter ausfindig gemacht, aber er könne frühestens morgen Nachmittag zurück in Saddlestring sein. Von den beiden anderen Jagdausstattern, Kyle Lensegrav und Calvin Mendes, gebe es noch keine Spur. „Und raten Sie mal, wer noch unten in der Einsatzzentrale war. Vern Dunnegan!"

Joe hatte bemerkt, dass Wacey ihn scharf angesehen hatte, um zu sehen, wie er reagierte. Joe zuckte nicht einmal mit der Wimper.

„Vern lässt euch ausrichten, dass ihr vorsichtig sein und ihm keine Schande machen sollt."

Vern war wie Barnum eine Art Legende – der beliebteste und einflussreichste Wildhüter, den es je im Bezirk gegeben hatte, und ein Mann, dessen Wort etwas galt in der Gemeinde. Der Typ von Mann, der um zehn Uhr morgens mit den Mitgliedern des Stadtrats im „Alpine Café" Kaffee trank und der nicht nur unnachgiebige Härte gegenüber Wilderern und Gesetzesbrechern an den Tag legte, sondern auch bekannt dafür war, dass er schon mal ein paar Strafanzeigen „in Ordnung brachte" und bei dem einen oder anderen Einheimischen ein Auge zudrückte. Obwohl er in erster Linie ein Angestellter des Staates war, sah Vern sich selbst immer gern als Unternehmer. Er rühmte sich, 31 Jahre Erfahrung als Geschäftsmann zu haben. Vern hatte immer in irgendwelchen städtischen Projekten seine Finger mit drin, sei es das lokale Anzeigenblatt, ein Videoverleih, Satellitenschüsseln oder irgendein Lokalsender. Vern besaß immer ein paar Anteile und hatte einen oder zwei Partner. Aus irgendeinem Grund verschwanden dann die Partner stets aus der Stadt, und Vern war der alleinige Eigentümer. Dann verkaufte er es und stürzte sich in ein neues Unternehmen. Manche sagten, er sei ein guter Geschäftsmann. Die meisten vermuteten, bei ihm sei es die nackte Geldgier und er plündere jedes Unternehmen systematisch aus, bis die Partner empört das Handtuch warfen.

Vern Dunnegan hatte einen großen Schatten geworfen. Er hatte sowohl Joe als auch Wacey ausgebildet. Keiner wusste mehr über die Kniffe und Tricks der Wilderer und Gesetzesbrecher – oder über die dunklen Seiten von Menschen, die sich in der Natur bewegten – als Vern Dunnegan.

Vor sechs Monaten war Vern aus dem Dienst ausgeschieden, um für ein großes Energieunternehmen als Außendienstrepräsentant für „lokale Beziehungen" zu arbeiten, was immer das sein mochte. Es ging das Gerücht, dass Verns Gehalt sich mehr als verdreifacht hatte.

DIE DREI Männer diskutierten darüber, wie sie nun vorgehen würden. Sie beschlossen, im Morgengrauen von drei Seiten gleichzeitig in das Lager einzudringen. Wacey würde sich mit Joe und McLanahan über Handzeichen verständigen. Falls jemand im Lager sein sollte, würden sie ihn oder sie umzingeln und schnell entwaffnen.

„Wir wissen nicht, ob die zwei tatsächlich etwas mit Otes Tod zu tun haben", sagte Wacey. „Ote kann sich auch auf eigene Faust aus dem Lager entfernt haben, ist dann irgendwie in Schwierigkeiten geraten und danach mitten in der Nacht zu Picketts Haus geritten. Möglicherweise wissen die beiden nicht einmal, wo er ist und was eigentlich los ist."

„Andererseits – “, unterbrach ihn McLanahan, der seine Erregung angesichts der Aussicht, an einem richtigen Einsatz teilzunehmen, kaum zügeln konnte.

„– könnte es auch sein, dass die beiden sich mit Ote betranken, Streit mit ihm bekamen und mehrmals auf ihn geschossen haben“, vollendete Wacey den Satz. „Wir müssen also auf so ziemlich alles gefasst sein.“

„Wenn sie was damit zu tun haben, werden sie vermutlich gar nicht mehr dort sein“, sagte Joe. „In dem Fall haben sie sich wahrscheinlich bereits abgesetzt und sind längst in Montana.“

JOE LAG in seinem Schlafsack, fand aber keinen Schlaf. Er bezweifelte, dass die anderen schlafen konnten. Die Nacht war sternenklar, und es war kälter, als er es erwartet hatte. Er konnte seinen Atem im Licht der Sterne sehen.

Joe dachte an seine Frau und seine Töchter. Höchstwahrscheinlich waren sie gut in ihrem Motelzimmer gelandet. Marybeth würde Lucy eine Geschichte vorlesen, und Sheridan würde bestimmt aus dem Motelfenster beobachten, ob weitere Monster im Anmarsch waren.

Er fragte sich, wie sich der Vorfall mit Keeley wohl auf seine Töchter auswirken würde, speziell auf Sheridan. Es war eine Sache, nach Monstern Ausschau zu halten, und eine andere, sie tatsächlich zu sehen. Würde Sheridan sich die Frage stellen, ob ihre Eltern – besonders ihr Vater – tatsächlich in der Lage waren, sie zu beschützen? Der Beziehung zwischen einem Vater und seinen Töchtern kam große Bedeutung zu. Sie verließen sich auf ihn, sie erwarteten Großes von ihm, weil er ihr Vater und daher ein großer Mann war. Er wusste, eines Tages würde er etwas tun, was diesem Anspruch nicht gerecht wurde, und sie würden es sehen. Es war unvermeidlich.

Joe Pickett hatte zwei Leidenschaften. Eine war seine Familie, die andere sein Beruf. Er hatte immer versucht, sie voneinander zu trennen, aber an diesem Morgen hatte Ote Keeley sie zwangsweise zusammengebracht. Joe betrachtete jetzt beide anders, und was er sah, schmerzte ihn. Marybeth hatte sich nie darüber beklagt, wie ihr Leben verlaufen war, seit sie Joe Pickett geheiratet hatte. Sie wollte damals eigentlich Karriere machen – sie war eine intelligente und attraktive Frau. Aber durch die Heirat mit Joe – noch während der Collegezeit –, die Kinder und das ständige Umziehen quer durch den ganzen Staat Wyoming, von einem heruntergekommenen Haus zum nächsten, war ihr Leben ganz anders verlaufen, als sie oder ihre ehrgeizige Mutter es sich vorgestellt hatte. Marybeth verdiente einen gewissen Standard oder zumindest ein festes eigenes Zuhause. Joe hatte ihr weder das eine noch das andere bieten können. Das nagte an ihm.

Joe liebte seinen Job – er war schließlich ein Naturbursche –, aber das Schuldgefühl, das er heute Morgen empfunden hatte, als er erfuhr, dass sie sich nicht einmal ein Motelzimmer in der Stadt leisten konnten, verfolgte ihn noch immer. Sein Glaube, dass das, was er tat, gut war – und dass er es gut machte –, würde weder seine Töchter durchs College bringen noch seiner Frau erlauben, jemals richtig Urlaub zu machen.

Joe versuchte, sich bequemer in seinem Schlafsack zu betten. Und während er hinauf zu den harten weißen Sternen starrte, wurde ihm klar, wenn die Dinge sich für ihn und seine Familie ändern sollten, würde höchstwahrscheinlich *er* sich ändern müssen. Marybeth und seine Mädchen verdienten Besseres als das, was sie hatten; um ihnen mehr zu bieten, würde er das andere aufgeben müssen, das er so sehr liebte.

Doch zuerst ging es um die Sache mit dem toten Mann in seinem Garten und um ein nur wenige Kilometer entferntes Jagdlager.

Wacey seufzte im Schlaf, dann schnarchte er wieder. Offensichtlich war er erschöpft. Joe wünschte, er hätte auch so schlafen können.

VOR DEM Morgengrauen hatten sie schweigend ihre Schlafsäcke zusammengerollt, ihre Pferde gesattelt und folgten nun Wacey bergauf über den Gipfel in das Flusstal, in dem das Lager lag.

Obwohl Joe wusste, dass er geschlafen haben musste, konnte er sich eigentlich nicht erinnern, aufgewacht zu sein. Er war aus einer Art Halbschlaf voller lebhafter Träume, die keinen Zusammenhang ergaben, hinübergeglitten in den Wachzustand.

Es war immer noch dunkel. Die drei Männer banden ihre Pferde in einem kleinen Kiefernwäldchen an. Wacey schüttete Hafer ins Gras, damit die Pferde durch Fressen abgelenkt waren und ruhig blieben, während sie den Rest des Weges hinunter zum Lager gingen. Die Kälte, die sich während der Nacht über den Boden gesenkt hatte, begann langsam zu weichen. Dann sahen sie plötzlich Segeltuchzelte, blaugraue Kleckse, die sich von dem dunklen Gras und den Bäumen abhoben – das Lager. Wacey ging in die Hocke, und Joe und McLanahan folgten sofort seinem Beispiel. Sie konnten vom Lager aus nicht gesehen werden, weil sie sich hinter einer Hecke aus jungen hohen Kiefern verbargen.

Wacey beugte sich zu Joe und McLanahan herüber und flüsterte, McLanahan solle die linke Seite und Joe die rechte übernehmen. Er selbst würde sich weiter geradeaus den Pferdepfad entlangpirschen und hinter einem Granitvorsprung direkt hinter dem Lager verstecken. Sobald sie alle eine gute Deckung gefunden hätten, von wo aus sie das Lager überschauen konnten, würden sie warten, bis es hell war. Dann würde Wacey die Jagdausstatter auffordern, mit hinter dem Kopf verschränkten Händen herauszukommen. Wenn nur er zu ihnen spräche, würden die Jagdausstatter nicht wissen, wie viele Männer da draußen waren.

Joe war beeindruckt. Wacey schien der geborene Führer zu sein. Er hatte sie ganz ohne Karte direkt zu dem Jagdlager geführt und wie selbstverständlich das Kommando übernommen. Diese Seite von Wacey hatte Joe bis jetzt noch nicht gekannt.

„Habt ihr die Pferde gesehen?“, fragte Wacey im Flüsterton. „Es sind zwei dort auf der Koppel. Wahrscheinlich ist also doch jemand im Lager.“

McLanahan massierte mit dem Daumen den Schaft seiner Schrotflinte. Er war nervös und hatte wahrscheinlich Angst. In seinem Gesicht war keine Spur mehr von der jugendlichen Abenteuerlust, die Joe noch am Abend vorher bei ihm bemerkt hatte. Joe verstand das nur allzu gut.

IN GEDUCKTER Haltung pirschte sich Joe zwischen den Bäumen hindurch zur rechten Seite des Lagers. Er glitt an einem dicken, umgestürzten Kiefernstamm entlang, bis er die Wurzeln erreichte. Erst da richtete er sich auf und spähte zum Lager hinüber.

Drei Zelte waren im Halbkreis aufgeschlagen, jeweils mit dem Eingang zu einer Feuerstelle und einem stabilen hölzernen Picknicktisch.

Hinter den Zelten war der Bereich, der zum Aufhängen der Wapitis und Maultierhirsche genutzt wurde. Die Querbalken, an denen die erlegten Tiere zum Häuten und Kühlen aufgehängt wurden, waren hoch in den Bäumen mit Drähten befestigt, ebenso wie ein rostiger Flaschenzug zum Hochwinden der bis zu 225 Kilo schweren Tierkörper. Joe konnte jetzt auch die provisorische Pferdekoppel zwischen den Bäumen erkennen.

Im Lager herrschte Stille. Nur das leise Murmeln eines schmalen Baches war zu vernehmen. Sie hatten es irgendwie geschafft, das Lager zu umzingeln, ohne warnende Alarmrufe von Vögeln auszulösen, und die

Pferde hatten sie offenbar auch nicht gewittert, denn diese verhielten sich ebenfalls still.

Joe schaute auf die Uhr und wartete. Das warme Licht der Morgendämmerung begann jetzt vom Gipfel herabzukriechen. Bald würde das Lager in helles Sonnenlicht getaucht sein.

Joe versuchte sich vorzustellen, wer in den Zelten sein mochte. Dabei bemerkte er eine schnelle Bewegung, ein leichtes Zittern der Seitenwand des ihm am nächsten stehenden Zeltes. Er steckte den Lauf der Flinte vorsichtig zwischen die Wurzeln des Baumes, bis die Mündung auf das Zelt gerichtet war.

Wieder bewegte sich die Zeltwand, dann folgte ein scharfer Ruck von der Innenseite. Joe behielt sowohl die Seite als auch den Eingang im Auge und hielt den Atem an. Ein gedämpftes Grunzen kam aus dem Innern des Zeltes.

Schließlich richtete Joe sich vorsichtig zu voller Größe auf, in der Hoffnung, Sichtkontakt zu Wacey oder Hilfssheriff McLanahan aufnehmen zu können, aber er konnte keinen von beiden sehen. Also ging er wieder in Deckung, ertastete den Sicherungshebel der Flinte und legte ihn um.

Eine deutlich sichtbare runde Ausbuchtung erschien nun in der Zeltwand, etwa dreißig Zentimeter über dem Boden. Die Ausbuchtung glitt langsam an der Wand herunter, dabei drückte sie hart von innen gegen die Plane, bis sie direkt über dem Boden liegen blieb. Joe brachte das Korn der Flinte mit der Mitte der Ausbuchtung in Deckung. Er dachte unwillkürlich an seine notorische Unfähigkeit, irgendetwas zu treffen, was sich nicht bewegte, und der Gedanke beunruhigte ihn.

Jetzt bahnte sich die Auswölbung ihren Weg nach draußen, und zum Vorschein kam der Kopf eines riesigen Dachses. Das Tier schwenkte den Kopf von einer Seite zur anderen, dabei hielt es schnuppernd die Nase in die Luft.

Joe ließ die Schrotflinte sinken und schloss kurz die Augen. Dann beobachtete er den Dachs, wie er sich mühsam unter der Wand des Zeltes hervorzwängte. Joe bemerkte den rosa Farbton seines Kopfes und das leuchtende Rot des Fleischstückes in seiner Schnauze. Der Dachs hatte irgendetwas im Innern des Zeltes gefressen. Für einen kurzen, knisternden Moment starrten Joe und der Dachs sich in die Augen.

Dann ging alles viel zu schnell. Ganz am Rande seines Gesichtsfeldes sah Joe, wie der Eingang des mittleren Zeltes aufging und ein Mann in altmodischer langer Unterwäsche heraustrat. Jemand schrie – McLanahan oder Wacey –, und der Mann reagierte, indem er sich in die Richtung wandte, aus der der Schrei kam. Ein Gewehrlauf kam neben dem Mann zum Vorschein, und unvermittelt zerriss eine schnelle Serie ohrenbetäubender Explosionen die morgendliche Stille.

Irgendetwas schlug Joe hart ins Gesicht, und plötzlich fand er sich auf dem Boden wieder und hielt mit seiner behandschuhten Hand eine höllisch brennende Stelle unter seinem rechten Auge. Als er den Handschuh wegzog, konnte er sein eigenes Blut sehen, das auf dem Leder verschmiert war. Es folgten weitere Explosionen, dann hörte er ein Klingeln in seinen Ohren.

Joe kroch hastig zurück hinter die schützende Baumwurzel. Das mittlere Zelt brach jetzt unter dem Gewicht des stürzenden Mannes zusammen, der noch im Fallen versuchte, sein Gewehr zu erheben. Flecken von dunklem Rot verbreiteten sich auf seinem Unterhemd. Der Mann blieb reglos und mit ausgestreckten Armen liegen, sein Gewehr direkt neben sich.

Wacey schrie McLanahan an, er solle aufhören zu feuern. Dann wandte sich Wacey wieder zum Lager. „Falls noch jemand im Zelt ist", schrie er, „werfen Sie zuerst Ihre Waffen raus, und kommen Sie dann langsam heraus, die Hände hinter dem Kopf verschränkt! Hier draußen sind zwölf bewaffnete US-Marshals, und einer Ihrer Leute liegt schon am Boden!"

Joe legte seine Flinte an und richtete sie auf das ihm am nächsten stehende Zelt. Der Kolben der Waffe war sofort nass und glitschig von seinem Blut. Sein Gesicht war taub. Er würde seine Wunde später untersuchen.

Im Lager regte sich nichts.

Wacey schrie eine neue Warnung. Joe und Wacey behielten nervös den Mann im Auge, der auf dem Zelt lag, aber er regte sich nicht.

Wacey trat hinter dem Fels hervor und ging langsam in das Lager, den Karabiner im Anschlag. Er hatte mindestens einen Schuss aus dem Karabiner abgefeuert, denn beim Durchladen wurde nun eine leere Geschosshülse ins Gras ausgeworfen. McLanahan richtete sich aus seiner Deckung auf der gegenüberliegenden Seite des Lagers auf und lud seine Flinte neu.

Du also hast auf mich geschossen, dachte Joe. Eine deiner Schrotkugeln ist abgeprallt und hat mich im Gesicht getroffen, McLanahan!

Wacey hatte schnell entschieden, dass in dem Zelt, das ihm am nächsten stand, niemand war, und näherte sich jetzt dem Zelt, aus dem der Mann gekommen war. Er beugte sich über den Mann, offenbar um sich zu vergewissern, dass er keine Gefahr mehr bedeutete. Joe hüpfte über den Bach und näherte sich dann dem Zelt, aus dem der Dachs hervorgekrochen war.

„Jemand da?“, rief Wacey in die Richtung des letzten Zeltes. Joe roch es, noch bevor er es sah; und als Wacey den Zelteingang aufriss, würgte Joe und wandte sich schnell ab.

Kyle Lensegrav und Calvin Mendes lagen noch in den Schlafsäcken, in denen sie zwei Nächte zuvor erschossen worden waren. Ihre bleichen nackten Arme und Teile ihrer Gesichter waren von dem Dachs bis auf die Knochen abgenagt worden.

SHERIDAN saß im Schatten der großen Pappel in ihrem Garten und aß trockenes Müsli aus einer Schüssel. Sie trug immer noch ihr blaues Schulkleid, hatte aber die Schuhe und die Socken ausgezogen. Sheridan kaute und beobachtete dabei den Holzstoß in der Hoffnung, dass dort etwas passierte.

Jemand hatte ihre Mutter aus der Stadt angerufen, um ihr zu sagen, dass es ihrem Vater gut gehe und er bald nach Hause kommen werde. Mama hatte ihr gesagt, dass die bösen Kerle geschnappt worden seien und dass ihr Vater ein bisschen verletzt sei, aber bald wieder in Ordnung sein werde. Er werde die Nacht im Krankenhaus in Saddlestring verbringen und eine Menge Fragen beantworten müssen, und dann werde er nach Hause kommen. Das war gut.

Das Motel war für eine Nacht ganz nett gewesen, aber Sheridan war froh, wieder zu Hause zu sein. In der Schule hatten sich die anderen Mädchen um sie geschart und sie über den toten Jagdausstatter und ihren Vater ausgefragt und darüber, was in den Bergen passiert war. Sheridan hatte auf einmal im Mittelpunkt des Interesses gestanden, weil sie einen echten Toten gesehen hatte. Auf eine seltsame Weise hatte das Monster ihr nicht nur ein Geheimnis eingebracht, sondern auch viel Glück. Ein Mädchen, Melanie, das sehr beliebt war und noch nie ein Wort mit Sheridan gewechselt hatte, hatte sie sogar gefragt, ob sie ihre beste Freundin werden wolle.

Beinahe hätte Sheridan ihrer Mutter erzählt, was sie in dem Holzstoß gesehen hatte, aber dann hatte sie sich doch entschieden, es nicht zu tun.

Sheridan hatte eine wahre Freude an ihrem Geheimnis, und sie wollte das Tier wiedersehen. Irgendwie wusste sie, dass das, was sie in dem Holzstoß gesehen hatte, wichtig war. Wenn schon die Tatsache, dass sie einen toten Mann gesehen hatte, ihr so viel Aufmerksamkeit einbrachte, was würde dann erst passieren, wenn die Leute von ihrem geheimen Tierchen erfuhren?

Ein leises Geräusch erregte ihre Aufmerksamkeit. Glänzende schwarze Augen schauten sie von dem Holzstoß her an, und sie hielt die Luft an, aus Angst, dass schon die leiseste Bewegung das kleine Tier verscheuchen könnte. Sheridan wusste nicht, wie lange es sie schon so anschaute. Das Tierchen saß vollkommen still und war auf den ersten Blick kaum zu erkennen.

Das kleine Wesen hatte einen runden, knubbeligen Kopf. Seine Ohren waren rund und standen gerade vom Kopf ab wie bei einer Mickymaus. Das Tierchen hatte eine kleine rosa Nase, die an der Spitze einer schlanken Schnauze saß, und es sah so aus, als habe es kein Kinn. Es war hellbraun und hatte einen dunklen Streifen, der über seinen Kopf und zwischen den Augen hindurch verlief. Sie konnte lediglich einen langen, dünnen Hals hinter seinem Kopf erkennen, denn der Körper war hinter den Holzstämmen verborgen. Sheridan hatte ein solches Tier noch nie gesehen, aber irgendwie erinnerte es sie an ein Wiesel, das ihr Vater ihr kürzlich einmal gezeigt hatte.

Sheridan freute sich, dass sich das Tier nicht gleich wieder in den Holzstoß zurückgezogen hatte, sondern dablieb und sich von ihr anschauen ließ. Sie mochte seine Augen und fand, dass es nicht nur süß, sondern auch klug aussah.

Ohne den Blick von dem Tierchen abzuwenden, nahm sie eine Hand voll Getreideflocken. Sie warf sie auf die Baumstämme und bemühte sich dabei, keine schnellen Bewegungen zu machen. Sofort zog sich das Tier in sein Versteck zurück.

Sheridan bereute schon, was sie getan hatte – sie dachte, sie hätte das Tierchen erschreckt und in sein Versteck zurückgetrieben –, als der kleine, runde Kopf wieder zwischen den Stämmen hervorlugte. „Hallo, kleines Kerlchen, da bist du ja wieder“, flüsterte Sheridan.

Das Tier reckte sich jetzt mehrere Zentimeter aus den Stämmen hervor. Sheridan konnte seine kleinen Schultern sehen, die klauenartigen Vorderläufe und den langen, schmalen Körper. Der dunkle Streifen zog sich über seinen Körper, soweit sie ihn sehen konnte. Das Tierchen schaute auf ein Weizenstückchen, das direkt unter ihm in einem Astgelenk lag. Es blickte von dem Korn zu Sheridan und wieder zurück auf das Korn. Dann schoss es plötzlich blitzartig ganz aus dem Loch heraus, stopfte sich das Weizenstückchen in seine Backe, wirbelte herum wie ein kleiner brauner Tornado und verschwand ebenso blitzartig wieder in dem Holzstoß.

Sheridan stieß einen lang gezogenen Pfiff aus. „Mannomann", sagte sie. „Mannomann."

Sie warf den Rest des Müslis auf den Holzstoß. Sie hoffte, das Tierchen würde jetzt wissen, was das Geräusch bedeutete – Futter.

Und dann waren es auf einmal drei! Ihre Köpfchen kamen aus dem Holzstapel hervorgeschossen. Sheridan erkannte sofort, dass das erste Tier, das sie gesehen hatte, das größte und dunkelste war. Das zweite war von einem etwas helleren Braun und hatte einen kleineren Kopf. Das kleinste war von fast hellgelber Farbe und noch schlanker als die beiden anderen. Sheridan war überwältigt vor Glück, als sie die drei leuchtenden Augenpaare auf sich ruhen sah. Sie kicherte und hielt sich dabei die Hand vor den Mund.

Eines nach dem anderen, das große dunkle Tier vorneweg, schossen die drei Geschöpfe aus dem Holzstoß, stopften sich hastig die Backen mit dem Müsli voll und flitzten dann wieder zurück in ihre Löcher zwischen den Holzstämmen. Beim dritten Ausflug schienen alle schon viel gelassener zu sein und waren nicht mehr so hektisch in ihren Bewegungen. Das große dunkle Tier wagte sich am weitesten vom Holzstoß weg. Es richtete sich gerade auf seinen Hinterläufen auf. Dann stopfte es sich mit seinen zierlichen Vorderpfötchen ein Korn in seine inzwischen prall gefüllten Backen. Es sah wachsam aus – und gleichzeitig furchtbar komisch. Jetzt stand es nur etwa einen Meter von Sheridan entfernt.

„Was machst du da, Sherry?"

Lucys Stimme erschreckte Sheridan ebenso sehr wie die Tiere. Alle drei verschwanden wie der Blitz wieder in ihrem Holzstoß.

„Was war das?", fragte Lucy und setzte sich neben Sheridan ins Gras. Lucy konnte so lästig sein!

Sheridan erklärte mit erhobenem Zeigefinger und Große-Schwester-Miene, dass die Tiere ihr gehörten und ihr Geheimnis waren. Sie schärfte Lucy ein, ihrer Mutter ja nichts davon zu erzählen. Lucy begriff nicht ganz. Sie fragte immer wieder, ob sie jetzt mit den Tierchen spielen dürfe.

„Wenn du Mama und Papa was von ihnen erzählst, dann werden sie sterben, und wir kriegen eine Menge Ärger“, zischte Sheridan. „Alle meine Tiere sterben, sobald jemand was von ihnen weiß!“

„Können sie auch meine Tiere sein?“, fragte Lucy.

Sheridan unterdrückte den spontanen Impuls, Nein zu sagen, und entschloss sich stattdessen, ihr einen Handel vorzuschlagen.

„Gut, sie können auch deine Tiere sein“, sagte sie schließlich. „Aber sie müssen ein Geheimnis bleiben.“

„Können wir ihnen Namen geben?“, fragte Lucy. Sie wollte immer allem einen Namen geben. Sheridan willigte ein.

Dann schickte sie Lucy mit der leeren Schüssel ins Haus zurück, um neues Müsli zu holen.

Der Helikopter traf schließlich am späten Nachmittag im Jagdlager ein, um die Männer, die lebendigen wie die toten, zum Bezirkskrankenhaus zu fliegen. Sheriff Barnum und mehrere Beamte des DCI, der Kriminalpolizei des Staates Wyoming, warteten am Krankenhaus, um mit Joe zu sprechen. Er wurde mindestens fünfmal vernommen, jedes Mal von einem anderen Mann, einer davon war auch Sheriff Barnum.

Zwar konnte Joe nicht bestätigen, dass er tatsächlich gesehen hatte, dass der Mann sein Gewehr auf Wacey oder Hilfssheriff McLanahan gerichtet hatte, aber er konnte bezeugen, dass er gesehen hatte, wie der Mann seine Waffe erhoben hatte.

Ob es möglich sei, wurde er gefragt, dass der Mann die Hände über den Kopf habe heben wollen, um sich zu ergeben? Joe antwortete, das glaube er nicht. Die staatlichen Fahnder gaben sich damit dann auch zufrieden. Es war offensichtlich, dass man die Schüsse auf den Mann als gerechtfertigt ansah.

Erstaunlicherweise war der Mann, auf den Wacey und McLanahan geschossen hatten, noch am Leben gewesen und mit dem Helikopter nach Billings in die Chirurgie geflogen worden. Man rechnete nicht damit, dass er die Nacht überstand. Er war insgesamt siebenmal getroffen worden – von fünf Schrotgeschossen (McLanahan) und zwei .30er-Gewehrkugeln (Wacey).

Der Mann war Clyde Lidgard, der in einem heruntergekommenen Wohnwagen außerhalb von Saddlestring an der Straße zur Müllgrube wohnte. Lidgard war ein labiler Typ, eine Art Einsiedler, der von einer Invalidenrente von der Sägemühle sowie von den bescheidenen Zuwendungen lebte, die er dafür erhielt, dass er sich um Wochenendhäuser in den Bergen kümmerte. Soweit man wusste, hatte er nie mit einem der drei getöteten Männer verkehrt.

Lidgard galt als verrückt, aber nicht als gefährlich, obwohl man ihn in den Bergen selten ohne seine alte Repetierbüchse sah. Keiner hatte je zuvor die 9-mm-Pistole bei ihm gesehen, die man in Lidgards Manteltasche gefunden hatte und die, wie sich später herausstellte, die Tatwaffe gewesen war, mit der alle drei Jagdausstatter erschossen worden waren. Warum Lidgard im Lager geblieben war, nachdem er die Männer erschossen hatte – zwei davon, während sie in ihrem Zelt geschlafen hatten –, war unbegreiflich und Gegenstand von allerlei Spekulationen. Vielleicht habe er das Lager für sich allein gewollt, meinte einer der staatlichen Ermittler. Oder er habe einfach bloß nicht gewusst, was er tun sollte, mutmaßte McLanahan. Vielleicht habe er ja auch auf jemanden gewartet, vermutete Barnum.

Wacey kam noch am gleichen Abend in Joes Krankenzimmer, direkt nachdem Marybeth gegangen war. Wacey sah noch erschöpfter aus, als Joe sich fühlte. Er berichtete, dass alle Indizien darauf hindeuteten, dass Clyde Lidgard der Todesschütze sei. Alles, worauf sie jetzt noch warteten, sei der Bericht vom DCI, dass die Waffe, die sie bei Lidgard gefunden hatten, tatsächlich auch die Tatwaffe sei.

Wacey erzählte, er habe nicht nur mit Reportern der Lokalzeitungen gesprochen, sondern auch mit Rundfunk- und Fernsehreportern, die teilweise bis aus Denver gekommen seien. Nicht ohne den Anflug eines verschmitzten Grinsens berichtete er Joe, dass man ihn, Joe und unglücklicherweise auch Hilfssheriff McLanahan als Helden betrachten würde. Barnum habe sich hingegen die Frage gefallen lassen müssen, warum er die kleine Gruppe ohne Unterstützung in die Berge geschickt habe.

„Ich stehe gut da, und Barnum steht schlecht da“, schloss Wacey. „Damit kann ich leben.“

„Das glaube ich dir aufs Wort“, sagte Joe. „Aber jetzt beantworte mir bitte eine Frage.“

„Schieß los.“

„Hat Clyde Lidgard seine Waffe erhoben, um auf dich zu schießen?“

Wacey schüttelte den Kopf. „Nicht auf mich. Er hat auf McLanahan gezielt. Deshalb hat McLanahan ja auch wie wild drauflosgeballert.“

„Aber warum hast du dann auch noch zweimal auf ihn geschossen?

McLanahan hat mit grobem Schrot gefeuert, aber du hast dem Kerl zweimal mit deinem Gewehr in die Lunge geschossen."

Wacey zuckte mit den Schultern. „Würdest du nicht wollen, dass ich zur Stelle wäre, wenn Clyde Lidgard sein Gewehr auf dich richten würde?"

BALD nachdem Wacey das Krankenzimmer verlassen hatte, spürte Joe die Anwesenheit einer anderen Person neben seinem Bett. Als er die Augen aufschlug, stand jemand direkt über ihm. Das Licht in seinem Zimmer war ausgeschaltet worden. Für einen Moment vergaß er zu atmen. Doch dann erkannte er die Silhouette von Vern Dunnegan, seinem alten Vorgesetzten und Mentor, dem Mann, der den großen Schatten warf. Vern knipste die Nachttischlampe an.

„Hallo, mein Junge", sagte er leise.

Joe konnte Vern jetzt klar erkennen. Vern hatte einen sauber gestutzten, von grauen Fäden durchzogenen dunklen Bart, der ein rundes, joviales Gesicht einrahmte. Er hatte eine dicke Nase und forschende dunkle Augen. Seine Bewegungen waren trotz seiner massigen Gestalt stets flink gewesen, und er vermittelte den Eindruck eines aufrechten Mannes. Vern hatte ein lebendiges, fröhliches Lachen, das oftmals verbarg, was er wirklich dachte. Es war eines der Dinge, die Marybeth nie an ihm gemocht hatte. Sie meinte, er sei berechnend und manipulativ, und sie mochte es nicht, wenn ihr Mann manipuliert wurde. Aber Verns Verhalten gegenüber Joe war stets fair und immer zu Joes Vorteil gewesen.

Vern setzte sich auf das Bett neben Joes Knie. Joe fühlte, wie die Matratze durchhing. „Ich habe eben mit Wacey gesprochen", sagte Vern. „Meine Jungs haben ihre Sache gut gemacht da oben. Was ist mit deiner Backe, wo dich der gute McLanahan erwischt hat?"

Joe nickte und sagte, es gehe ihm gut, er sei nur ziemlich müde. Geistesabwesend betastete er den Verband auf seinem Gesicht.

„Brauchst du einen Drink? Ich habe meinen Flachmann in der Tasche. Neuerdings trinke ich Maker's Mark anstelle des alten Jim Beam, den ich gewöhnt war. Ich bin in der Bourbonhierarchie aufgestiegen."

Joe lehnte dankend ab. Er erinnerte sich, wie wütend Marybeth immer gewesen war, wenn er spätabends von einem Besäufnis mit Vern nach Hause gekommen war.

Vern schien seine Gedanken zu lesen. „Wie viele Kinder habt ihr jetzt?", fragte er.

„Zwei. Sheridan und Lucy. Und Marybeth ist schwanger."

Vern lachte leise und schüttelte den Kopf. „Eine Frau, die dich liebt, zwei wundervolle Kinder. Hast du noch deinen Labrador?"

„Maxine? Ja."

„Erzähl mir von Ote Keeley", bat Vern.

Joe berichtete ihm all die Einzelheiten, nach denen ihn Sheriff Barnum nie gefragt hatte.

„Interessant", sagte Vern. „Hast du die Kotproben eingeschickt?"

Joe nickte.

„Schon irgendwas gehört?"

„Noch nicht. Ich hab vor, morgen dort anzurufen."

„Sag mir Bescheid, okay? Ich interessiere mich immer noch für diese Dinge."

„Mach ich", versprach Joe. „Wie geht's Georgia?"

„Der geht's gut. Sie lebt nicht schlecht von dem Unterhalt, den ich ihr zahle."

„Das wusste ich nicht", entgegnete Joe betroffen.

„Weißt du, Joe, ich bin zu dem Schluss gekommen, dass ich ihr keinen Gefallen damit tue, wenn ich mit ihr zusammenbleibe und nebenher anderen Frauen nachrenne, wie du ja weißt. Eines Morgens vor ungefähr acht Monaten bin ich dann einfach aufgestanden, hab meine Sachen gepackt und bin gegangen. Ich hab sie erst vor Gericht wiedergesehen." Vern lächelte und zuckte mit den Achseln. „Männer lieben die Abwechslung. So sind wir eben. Ich meine, das könnte jedem passieren", fuhr er fort. „Natürlich jedem außer Joe Pickett, der edel und rein und gut ist."

„Ich weiß jetzt wirklich nicht so genau, was du damit sagen willst", erwiderte Joe.

Vern beugte sich vor und zog das Nachttischtablett zu sich heran, um sich mit den Ellbogen darauf abzustützen. „Marybeth ist eine Klassefrau, ganz klar", fuhr Vern fort. „Aber würde dir ein bisschen Abwechslung nicht auch mal Spaß machen? Hast du je Aimee Kensinger kennen gelernt? Sie steht auf Kerle wie uns. Kerle in Uniform, die eine Waffe tragen und draußen in der freien Natur arbeiten. Schau dich doch mal an, Joe. Groß, schlank. Glänzende braune Augen. Die Frauen fliegen auf handfeste Typen wie dich."

„Du bist doch sicherlich nicht hierher gekommen, um mit mir darüber zu reden", bemerkte Joe.

Vern lachte und zog eine Papierserviette unter einem Wasserglas auf dem Tablett hervor. Er faltete sie zu einem Rechteck und zog dann einen Kugelschreiber aus der Brusttasche seines Hemdes.

„Das ist der Staat Wyoming“, erklärte er und zeichnete die Umrisse des Yellowstone Park in die nordwestliche Ecke und die der Rocky Mountains vom oberen bis zum unteren Ende der Serviette. Er suchte nach dem Bedienungsknopf für die elektrische Bettregulierung und hob das Kopfende ein Stück an, damit Joe besser sehen konnte.

„Joe, was du hier siehst, sind zwei Pipelines, die derzeit im Bau sind.“ Er zog zwei dicke schwarze Striche von Norden nach Süden auf der Ostseite der Rocky Mountains. „Die Idee dahinter ist folgende: Die Pipeline soll bei den Naturgasfeldern in Alberta beginnen, Montana und Wyoming durchqueren, um dann als Erste an das Energieversorgungssystem in Südkalifornien angekoppelt zu werden. InterWest Resources, meine neue Firma, sind die Guten. CanCal, unsere Konkurrenz, sind die Bösen. Jede Pipeline kostet ungefähr eine Million Dollar pro Kilometer. Wer als Erster da unten ankommt, hat ein Vermögen investiert, um danach unglaublich abzusahnen. Wer als Zweiter ankommt, hat bloß ein Vermögen investiert.“

Vern zeichnete den Verlauf der CanCal-Pipeline auf die Serviette. Sie zog sich durch das Powder-Flussbecken bis in die Nähe von Lander in Zentralwyoming und machte dann einen scharfen Knick nach links und durch die Wind River Mountains.

„CanCal arbeitet daran, Umwelt- und Behördengenehmigungen zu kriegen, damit sie ihre Pipeline über den South Pass und weiter nach Los Angeles legen können.“ Für Los Angeles malte Vern mehrere Dollarzeichen auf die Serviette. „Die bürokratischen Hürden, die diese Firmen überwinden müssen, sind der helle Wahnsinn. Umweltverträglichkeitsstudien, Anträge auf die Erteilung von Weg- und Nutzungsrechten für Bundes- und Staatsland, das Gleiche noch einmal für Privatgrundstücke, und so weiter und so fort. Es ist unglaublich. Wir bei InterWest haben bald mehr Anwälte auf der Gehaltsliste als Bauarbeiter.“

Joe nickte. Das Wettrennen zwischen den beiden Firmen nach Kalifornien war seit mehr als einem Jahr Dauerthema in den Nachrichten. Er schaute zu, wie Vern seinen Kugelschreiber bis zum Ende der InterWest-Pipeline auf der Serviette zog.

„Ich habe die Jungs von InterWest kennen gelernt, als sie vor zwei Jahren zum ersten Mal nach Saddlestring kamen. Sie nahmen Kontakt mit mir auf, weil ich alles und jeden kannte.“ Vern lachte, und sein Blick wanderte zu Joes Gesicht. „Sie hatten sich die topographischen Karten angeschaut und festgestellt, dass sie sechs Monate Vorsprung gewinnen könnten, wenn sie ihre Pipeline durch die Bighorns führen. Sie fragten mich, ob das möglich wäre. Ich sagte ihnen, es könnte klappen, wenn sie den richtigen Mann hätten, der die Grundstückseigentümer, die Jungs vom Land und vom Bund bearbeiten würde. ‚Gebt dem richtigen Mann ein Scheckbuch', hab ich ihnen gesagt."

Joe drehte die Serviette um. Die Pipeline führte direkt durch die Berge und durch das Twelve Sleep Valley.

„Der richtige Mann war natürlich ich", fuhr Vern fort. „Dann hab ich mit ihnen über ein Gehalt verhandelt, zum ersten Mal in meinem Leben über ein richtiges Gehalt, dazu ein Prozent des Aktienkapitals der Gesellschaft. Ich hab ihnen versprochen, ihnen eine Route für ihre Pipeline zu liefern, und gnade mir Gott, wenn ich's nicht schaffen würde."

Joe schaute von der Serviette auf. „Und? Hast du's geschafft?"

Vern lehnte sich triumphierend zurück. „Die Verträge mit den privaten Eigentümern sind abgeschlossen, die Genehmigungen für die Grundstücke in Bundes- und Staatsbesitz sind juristisch geklärt, jetzt warten wir nur noch auf den abschließenden Umweltverträglichkeitsbescheid vom Landschaftsschutz und die Zustimmung von ein paar Stadtratsversammlungen, dann haben wir die Pipeline über den Berg, im wahrsten Sinne des Wortes." Vern beugte sich wieder vor. „Saddlestring ist eine sterbende Stadt, Joe. Diese Pipeline bedeutet eine wahre Goldgrube für den ganzen Bezirk. Es wird wieder so sein wie bei dem Ölboom Anfang der Achtziger. Die Menschen in der Region werden lukrative Arbeitsplätze haben."

Joe schüttelte den Kopf. Was für ein Glücksspiel hatte Vern da mit der Kommune und dem Umweltschutz getrieben.

„InterWest brauchte jemanden, der die Leute hier kennt, also sind sie zu mir gekommen. Sie brauchten jemanden, dem die Leute vertrauen und der eine blütenweiße Weste hat. Du bist auch so jemand, Joe."

„Willst du mir einen Job anbieten?"

Vern beugte sich noch ein Stück weiter vor und sagte leise: „Ich fühle bloß mal so ein bisschen vor."

„Wie hoch wäre das Gehalt?"

„Das Dreifache von dem, was du jetzt verdienst, Joe. Für die Dauer des Projekts. Fünf bis zehn Jahre, vielleicht noch mehr. Und wer weiß, was danach kommt. Und vielleicht auch noch ein paar Anteilsoptionen."

Joe wurde ganz heiß. Ihm war, als hätte Vern seine Gedanken gelesen, die er in der Nacht zuvor in den Bergen gehabt hatte.

„Du hast Frau und Kinder, Joe. Du bist ein netter, gesunder Kerl. Und jetzt bist du sogar noch ein verdammter Held. Keiner würde jemals an deiner Aufrichtigkeit zweifeln, wenn du mit den Leuten sprichst. Du hast Besseres verdient." Mit einem Lachen, das tief aus dem Bauch herauskam, setzte Vern hinzu: „Du gehörst einer aussterbenden Art an. Es gibt nicht viele Männer wie dich, Joe."

Er steckte den Kugelschreiber wieder in seine Brusttasche zurück. „Ruf mich an", sagte er und stand auf. „Und mach es bald."

AUF JOES Drängen hin ließen die Ärzte ihn widerstrebend kurz nach Vern Dunnegans Besuch gehen, obwohl es schon spät war. „Mir geht's prächtig", versicherte Joe. Er erledigte den Versicherungskram und machte seinen Pick-up im Parkhaus ausfindig.

Als er vom Bighorn Highway auf den schmalen Kiesweg bog, der an seinem Haus vorbeiführte, dachte er: Meine Frau und meine Kinder, mein fester Halt im Leben, werden jetzt zu Hause sein. Das Gespräch mit Vern hatte einen schlechten Geschmack in seinem Mund hinterlassen.

Selbst so einfache Dinge wie das Ausschalten der Scheinwerfer, das Herausziehen des Zündschlüssels und das Aussteigen aus dem Pick-up fielen Joe schwer. Er war völlig erschöpft. Das Einzige, was ihn während der letzten paar Stunden aufrecht gehalten hatte, war die Aussicht, nach Hause zu kommen.

Die Schrotkugel war an seinem Wangenknochen entlanggeschrammt und dann stecken geblieben. Die Ärzte hatten sie ohne Probleme entfernt, aber er würde an dieser Stelle für den Rest seines Lebens eine Narbe behalten.

Die erste Person, die er sah, als er das Haus betrat, war Missy Vankeuren, seine Schwiegermutter.

Sie hatte es sich auf der Couch gemütlich gemacht und ein Dutzend Hochglanzmagazine fächerförmig wie ein riesiges Pokerblatt um sich herum auf dem Boden ausgebreitet. Sie trug einen cremefarbenen Kaschmirpullover und eine schwarze Steghose. Ihr dunkles Haar war kurz geschnitten, und sie sah wie immer jünger aus, als sie war. Sie war eine attraktive Frau, war es immer schon gewesen. Als sie aufschaute, bestand kein Zweifel, dass sie in seinem Gesicht las wie in einem Buch, weil er zu müde war, um ein herzliches Willkommen zu heucheln. Tatsache war, dass er in dem ganzen Trubel vergessen hatte, dass sie kommen würde.

„Ich hab zu Hause nie die Gelegenheit zu lesen", sagte sie anstelle einer Begrüßung. „Also hab ich meine ganzen Zeitschriften mitgebracht und genieße es, hier die Zeit zum Lesen zu haben."

„Das ist prima", sagte Joe in Ermangelung einer besseren Erwiderung. Missy lebte jetzt in Phoenix und ging mit einem steinreichen Kabelfernsehmagnaten aus, der zu der Politschickeria von Arizona gehörte.

Marybeth kam aus der Diele und hatte ihr Perfekte-Gastgeberin-Gesicht mit dem großen Grinsen aufgesetzt. „Die Mädchen möchten einen Gutenachtkuss."

„Das tu ich doch gern", murmelte Joe.

Er drückte Marybeths Hand, als er an ihr vorbeiging, dann öffnete er die Tür zum Kinderzimmer. Dort küsste er Sheridan im oberen Bett und Lucy im unteren.

„Was ist denn mit deinem Gesicht passiert?", fragte Sheridan. „In der Schule haben sie gesagt, man hätte auf dich geschossen."

„Es war ein Unfall, keine Absicht", erklärte Joe.

„Erzählst du uns morgen davon?", fragte Sheridan.

„Ja, aber jetzt müsst ihr schlafen", antwortete er.

Lucy verdrehte die Augen und zog die Decke über den Kopf.

„Ich hab die ganze Zeit aus diesem Fenster geschaut", erzählte Sheridan. „Aber ich hab nichts gesehen. Keine Monster mehr."

„Du wirst auch keine mehr sehen", versicherte ihr Joe. „Das ist jetzt alles vorbei."

Lucy tat so, als schliefe sie. Das tat sie, um ihren Vater dafür zu bestrafen, dass er fort gewesen war. Er küsste sie und sagte ihr Gute Nacht, aber sie reagierte nicht, nur der Anflug eines Lächelns war auf ihrem Gesicht zu erkennen.

JOE GOSS sich in der Küche einen Bourbon mit Wasser ein. Er hatte keine der Schmerztabletten genommen, die der Arzt ihm mitgegeben hatte, weil er sie sich für morgen aufheben wollte.

„Hier steht, dass es nicht immer nur darauf ankommt, wie viel Gramm Fett man zu sich nimmt", hörte er Missy Vankeuren aus dem anderen Zimmer sagen. Joe nahm an, dass sie mit Marybeth sprach. „Du musst trotzdem auf die Kalorien achten. Nur weil etwas wenig Fett hat, heißt das noch lange nicht, dass du reinhauen kannst wie ein Scheunendrescher."

Joe trank ein Viertel des Drinks und füllte dann den Rest mit Jim Beam auf. Normalerweise trank er kaum noch Alkohol; dafür hatte er mehr als genug auf dem College und während seiner Zeit bei Vern getrunken. Aber sein Alkoholkonsum stieg immer, wenn seine Schwiegermutter zu Besuch war.

Er kam ins Wohnzimmer und setzte sich. Marybeth sah ihren Mann mit einem Stirnrunzeln an und erbot sich dann, ihrer Mutter etwas zu trinken zu holen. Joe begriff, dass das ein versteckter Tadel dafür war, dass er sie nicht selbst gefragt hatte.

„Habt ihr Rotwein? Ich könnte jetzt gut einen vertragen."

„Joe, würdest du eine Flasche aufmachen?", bat Marybeth.

„Wo steht die?"

„In der Küche", antwortete Marybeth. „Und für mich bitte auch ein Glas."

Joe fand den Wein auf einem Regal in der Küche.

Marybeth, grummelte er vor sich hin, während er den Korkenzieher suchte, war eine wunderbare, starke Frau mit klugen Ansichten – außer wenn ihre Mutter in der Nähe war. Wenn Missy auf Besuch eingeflogen kam, wechselte Marybeth von der Rolle von Joes Frau und Partnerin in die von Missys Tochter, derjenigen mit dem – laut Missy – unausgeschöpften Potenzial. Ihrem Lieblingskind – laut Missy. Marybeth sei jemand, hatte Missy einmal gesagt, als sie betrunken war, die zu früh und gesellschaftlich zu niedrig geheiratet hatte. (Sie mochte sich an diese Bemerkungen inzwischen vielleicht nicht mehr erinnern, Joe jedenfalls hatte sie nicht vergessen.) Statt die gut gekleidete, wohlhabende Firmenanwältin zu sein, die sie hatte werden sollen, war Marybeth jetzt die Frau eines Jagdaufsehers, der weniger als 30 000 Dollar im Jahr verdiente.

Aber noch, so dachte Missy zweifellos, noch war es nicht zu spät. Zumindest glaubte Joe das aus vielem, was Missy sagte oder tat, herauszuhören.

Sie hatten all dies schon mehr als einmal durchgekaut. Marybeth fand, dass Joe zu hart über ihre Mutter urteilte. Missy wolle doch nur das Beste für sie wie jede Mutter. Und auf eine Art sei Missy stolz auf Joe, hatte Marybeth gesagt. Joe scheine treu zu sein und ein guter Vater. Marybeth hätte es viel schlimmer treffen können.

Joes Stimmung war säuerlich, als Marybeth in die Küche kam. Er schenkte zwei Gläser voll und reichte sie ihr.

„Du bist nicht sehr entgegenkommend", stellte Marybeth fest, und ihre Augen blitzten.

Joe trat näher an sie heran, damit das, was er ihr zu sagen hatte, nebenan nicht zu hören war. Er habe gerade die abenteuerlichste Erfahrung seines Lebens hinter sich, angefangen von der Entdeckung von Ote Keeleys Leiche über die Schießerei im Jagdlager, dem Entdecken der verstümmelten Leichen, dem Hagel von Fragen danach bis hin zu seinem Krankenhausaufenthalt. Und das Letzte, was er jetzt, nachdem er endlich wieder zu Hause war, gebrauchen könne, sei Missy Vankeuren.

Jetzt loderte echter Zorn in Marybeths Gesicht auf.

„Dafür kann sie nichts", protestierte Marybeth. „Sie ist lediglich hier, um ihre Enkelkinder zu besuchen. Es ist nicht ihre Schuld, dass vor unserem Haus ein Mann gestorben ist. Außerdem hat sie ein Recht darauf, mich und ihre Enkelkinder zu besuchen, die sie ganz toll finden."

„Aber warum ausgerechnet jetzt?", fragte Joe lahm.

„Thomas Joseph Pickett", sagte Marybeth in scharfem Ton, „geh ins Bett. Du bist müde und unausstehlich, und wir können das morgen besprechen."

Ihr Ton ähnelte dem, den sie anschlug, wenn sie böse auf die Kinder war und sie bei ihren förmlichen Namen nannte. Es traf sich gut, dass sie Recht hatte, denn er hatte nicht mehr die Energie für einen Streit.

Joe ging wieder ins Wohnzimmer. Missy blickte von ihrer Zeitschrift auf. Sie wusste offenbar, dass die zwei sich gestritten hatten.

„Ich gehe dann mal ins Bett", erklärte Joe. Er wusste, dass es bescheuert klang.

„Tu das", erwiderte Missy mit einem Säuseln. „Nach allem, was du durchgemacht hast. Gute Nacht, Joe. Träum was Schönes." Missy vertiefte sich wieder in ihre Zeitschrift und entließ ihn mit dieser Geste.

ALS MARYBETH später ins Schlafzimmer kam, schreckte Joe hoch. Er hatte geträumt, er sei wieder in den Bergen, im Lager, und erlebe alles noch einmal.

„Wie spät ist es?", fragte er.

Marybeth entfernte ihr Make-up im Badezimmer nebenan. Sie rubbelte eine Spur zu fest in ihrem Gesicht herum. Offensichtlich war sie noch immer sauer.

„Mitternacht“, antwortete sie. „Missy und ich waren noch mal kurz weg.“

„Es tut mir Leid, Liebes“, sagte Joe. „Ich brauche einfach etwas Schlaf.“

„Dann schlaf.“

„Das werde ich, wenn du mir die Flasche mit den Tabletten aus dem Bad holst.“

Marybeth brachte ihm ein Glas Wasser und die Flasche mit den Schmerztabletten und ging dann wieder zum Waschbecken zurück.

Sie hatte sich bis auf ihren BH und den Slip ausgezogen. Joe fand, dass sie wundervoll aussah. Sie stand auf den Zehenspitzen, um näher mit dem Gesicht an den Spiegel heranzukommen, und er bewunderte ihre Beine. Marybeth hatte einen festen, athletischen Körper. Die einzige Stelle, an der sie schwanger aussah, war ihr Bauch. Sie sah perfekt aus, fand er.

„Willst du wissen, wer mich im Krankenhaus besucht hat?“, fragte Joe, als sie ins Bett kam und sich an ihn schmiegte.

„Wacey.“

„Ja, der auch“, antwortete er. „Aber nach ihm kam Vern Dunnegan.“

Joe fühlte, wie sie sich straffte. „Und, was wollte er?“

„Er wünschte uns bloß alles Gute und sagte, er finde, ich hätte meine Sache gut gemacht da oben mit Wacey. Er sagte, er sei stolz auf seine beiden Jungs.“

„Du bist *mein* Junge, nicht Verns“, stellte Marybeth klar. Dann warnte sie ihn. „Sei vorsichtig mit diesem Mann. Ich traue ihm nicht. Ich habe ihm noch nie getraut.“

Joe lachte darüber.

Die Tabletten begannen zu wirken. Er fühlte, wie betäubende Wellen langsam über ihn hinwegschwappten. „Er war nur ganz kurz da, aber er sagte, er wolle mich im Laufe dieser Woche noch mal treffen, um mit mir über meine Zukunft zu sprechen.“

„Komm, sag schon, was wollte er?“, fragte Marybeth stockend.

„Er hat mir quasi einen Job bei InterWest Resources angeboten“, erwiderte Joe. „Für eine Menge Geld.“

„Du machst Witze!“, rief Marybeth und setzte sich auf.

„Nein, tu ich nicht“, bekräftigte Joe.

„Meine Güte, Joe“, seufzte sie. „Meine Güte.“

KAPITEL III

LISTEN

Der Minister des Inneren soll im Bundesregister eine Liste aller Arten veröffentlichen, die von ihm oder dem Minister für Handel zu bedrohten Arten erklärt worden sind, sowie eine Liste aller Arten, die von ihm oder dem Minister für Handel zu gefährdeten Arten erklärt worden sind.

Gesetz zum Schutz gefährdeter Arten, Ergänzungen von 1982

Die Beerdigung der drei toten Jagdausstatter war anders als alles, was Joe Pickett je erlebt hatte. Ote Keeleys Testament hatte eine außerordentliche Klausel enthalten: Er wünschte ausdrücklich, in seinem 1989er-Ford F-250 Lariat Turbodiesel bestattet zu werden. Dies hatte Komplikationen mit dem Personal des Friedhofs vom Twelve-Sleep-Bezirk verursacht, weil es noch nie so ein riesiges Loch hatte ausheben müssen. Organisiert hatten die Trauerfeier die Witwen von Ote Keeley und Kyle Lensegrav (Calvin Mendes war ledig gewesen) sowie der unkonventionelle Pfarrer Cobb von der First Alpine Church von Saddlestring.

Joe Pickett stand, dem feierlichen Anlass entsprechend in Anzug und Hut, auf einem Hang und lauschte Pfarrer Cobb, der, auf der Haube des Pick-ups stehend, die Trauerrede hielt. Die Witwen und Kinder von Keeley und Lensegrav flankierten den Pick-up, auf dessen Ladefläche die drei mahagonifarbenen Kiefernsärge ruhten.

Es war ein wunderschöner Tag. Eine sanfte Brise ließ die Blätter der Pyramidenpappeln rascheln, und die Sonne strahlte vom Himmel herab. Tau glitzerte im spätherbstlichen Gras, und die letzten Schwaden des sich verziehenden Morgennebels vom Fluss verharrten in den Baumwipfeln.

Die Trauergäste bestanden aus ein paar Mitgliedern der First Alpine Church und einigen Saufkumpanen der drei Verstorbenen. Joe registrierte, dass keine weiteren Jagdausstatter anwesend waren, und wenn er sich's genau überlegte, war er darüber nicht sonderlich überrascht. Keeley, Lensegrav und Mendes waren schon vor geraumer Zeit wegen ihrer radikalen Ansichten und ihrer Neigung, offen gegen die Wildschutzbestimmungen zu verstoßen, aus dem Berufsverband der Jagdausstatter von Wyoming ausgeschlossen worden.

„Die Verstorbenen waren echte Salz-der-Erde-Typen", predigte Pfarrer Cobb, ein untersetzter Junggeselle mit einem Bürstenschnitt, „die ihre Autos liebten. Sie waren Relikte aus einer Zeit, als die Männer noch vom Land lebten und allein mit ihren Fähigkeiten und ihrem Geschick in der freien Natur ihre Familien ernährten. Die Verstorbenen waren Sportsmänner von bestem Kaliber. Und diese Jungs kannten wirklich ihr Kaliber. Sie aßen Hirsch, nicht Lamm. Sie aßen Wild, nicht Schwein. Sie aßen Wildente, keine Brathähnchen …"

Ote Keeleys Frau war nicht zu übersehen, da sie die einzige Schwangere auf der Beerdigung war. Sie war dünn, klein und ernst. Joe schätzte, dass sie normalerweise nicht mehr als 45 Kilo wog. Mrs Keeley hatte kurz geschnittenes blondes Haar und ein verkniffenes, hartes Gesicht. Sie hielt ein kleines Mädchen an der Hand, das eine fünf Jahre alte Version seiner Mutter war, aber im Gegensatz zu dieser ein hübsches, wenn auch gequältes Gesicht hatte.

Joe hatte sich der Witwe Ote Keeleys vor Beginn des Trauergottesdienstes vorgestellt und gesagt, dass ihm Leid täte, was geschehen sei, und dass auch er Kinder habe und ein weiteres unterwegs sei.

Mrs Keeley hatte ihn angestarrt, dabei hatten sich ihre Augen zu Schlitzen verengt. „Sind Sie nicht das Schwein, das meinem Otie seine Gewerbelizenz wegnehmen wollte?"

Das kleine Mädchen war nicht zusammengezuckt angesichts ihrer Sprache, aber Joe. Er hatte sich entschuldigt und bemerkt, dass dies wohl nicht der rechte Zeitpunkt für eine solche Diskussion sei.

Pfarrer Cobb beendete seine Ansprache mit den Worten, dass es gewisse Dinge gebe, die die Familien der Verstorbenen ihren Lieben mit auf den Weg in das Leben danach geben wollten.

„Kyle Lensegrav wäre im Himmel verloren ohne seine Denver-Broncos-Jacke." Mrs Lensegrav drapierte die Jacke über einen der Särge.

Mrs Keeley kam als Nächste.

„Nicht jeder Mann hat das Geschick, die Entschlossenheit und den Scharfsinn, einen Elch zur Strecke zu bringen, der für immer zu den fünf größten Trophäen von Nordamerika nach den Kriterien des Boone and Crockett Club zählen wird!", fuhr Cobb fort. „Ote Keeley aber kann dies von sich behaupten, und diese wuchtige Schönheit …" Mrs Keeley schwankte fast unter dem Gewicht des riesigen Elchgeweihs. Doch unter Aufbietung aller Kräfte schaffte sie es, das Geweih auf den Sarg ihres verstorbenen Mannes zu legen.

„… wird nun für alle Ewigkeit über Otes himmlischem Sessel prangen!“

Dann ließ Pfarrer Cobb den Pick-up an, brachte ihn in Position und sprang heraus. Joe schaute zusammen mit dem Rest der kleinen Trauergemeinde zu, wie der Ford langsam vorwärts rollte, in das riesige Loch hinein, wo er mit einem dumpfen Schlag aufschlug.

NACH der Beerdigung fuhr Joe zur Arbeit. Maxine wartete schon auf dem Rücksitz des Pick-ups auf ihn. Ihr kräftiger Schwanz klopfte rhythmisch wie ein Metronom gegen die Werkzeugkiste.

Joe fuhr heute Streife in einem Gebiet des Landverwaltungsbüros westlich von Saddlestring, einer riesigen, nahezu baumlosen Fläche, die sich vom Fluss bis zu den Ausläufern der Bighorns erstreckte. Es war trügerisches, kompliziertes Land, und er hatte es immer gemocht. Von ferne sah es aus, als wäre es einfach eine wuchtige, langsam vom Tal zu den Bergen ansteigende Anhöhe. In Wirklichkeit war es aber ein wellenförmiges Land aus Hügeln, durchbrochen von Schluchten und Steppe, in denen Gabelböcke und Maultierhirsche gediehen. Die Herden dieser Tiere hatten schon vor langer Zeit gelernt, wie sie die Schluchten nutzen konnten, um schnell zu verschwinden, wenn sie verfolgt wurden.

An diesem Tag wurde die Gabelbocksaison eröffnet, der einzige Tag, an dem richtig was los sein würde, und es war Joes Aufgabe, die Jagdscheine und Konzessionen der Jäger zu überprüfen. Die meisten Jäger, die er am Morgen kontrolliert hatte, waren Einheimische, die auf Fleisch aus waren. Doch er hatte auch das Wohnwagenlager eines Jagdausstatters aus Michigan mit vier verkaterten Kunden aus der Autobranche kontrolliert, die allesamt ausrüstungsmäßig auf dem neuesten Stand waren. Sie wollten losziehen, sobald sie wieder nüchtern waren.

Joe fragte sich, wie Missy Vankeuren wohl reagieren würde, wenn Marybeth ihr von seinem Jobangebot bei InterWest Resources erzählen würde. Insgeheim wünschte er sich, dabei zu sein, wenn Marybeth ihr die Neuigkeit erzählte. Es war noch eine ganz besondere Nacht geworden, nachdem er Marybeth von dem Angebot erzählt hatte, und ihnen beiden war beinahe ein bisschen schwindlig geworden bei der Vorstellung, wie das ihr Leben verändern könnte. Marybeth hatte nicht gesagt, er solle das Angebot annehmen, und Joe hatte nicht gesagt, dass er es annehmen wolle. Aber die Möglichkeiten, die sich daraus ergaben, hatten sie beide elektrisiert.

Als er das Wohnwagenlager verließ, hörte er in der Ferne das Dröhnen von Gewehrschüssen, und er fuhr in die Richtung, aus der die Schüsse gekommen waren. Mehr als einmal hörte er das typische, jäh abbrechende Pau-wopp, das ihm sagte, dass der, der da geschossen hatte, auch etwas getroffen hatte.

Wie sich herausstellte, waren es gleich mehrere Schützen, die getroffen hatten: Drei einheimische Jäger hatten vier Gabelböcke erlegt – genau einen zu viel. Die Jäger erklärten Joe, eine Kugel hätte einen Bock durchschlagen und habe dann ganz aus Versehen auch noch eine Kuh getroffen. Joe glaubte ihnen zwar, belehrte sie aber trotzdem, dass es verboten sei, in eine Herde zu schießen, und dass man sich immer ein bestimmtes Ziel aussuchen müsse. Dann schrieb er dem Jäger, der die zwei Tiere abgeschossen hatte, eine Strafanzeige. Joe bat die Männer, alle vier Tiere an Ort und Stelle ausbluten zu lassen und zu säubern und das vierte Tier zum „Round Home" zu bringen, einem Gasthaus in Saddlestring, in dem durchreisende und hiesige Alkohol- und Drogenabhängige untergebracht waren.

Während des restlichen Vormittags fuhr Joe von Lager zu Lager und hielt unterwegs immer mal wieder an, um durch sein Fernglas den Blick über die Landschaft schweifen zu lassen. Er liebte es, im Freien zu arbeiten, in dem hügeligen Land und in den Bergen. Er wusste, dass es nicht mehr viele Jobs wie den seinen auf der Welt gab.

Joe erinnerte sich noch lebhaft daran, wie ihm im Alter von zehn Jahren zum ersten Mal klar wurde, dass er Jagdaufseher werden wollte. Er und sein jüngerer Bruder Victor hatten im Garten hinter dem Haus geschlafen, wie sie es fast immer im Sommer taten – in Schlafsäcken, die über dem Trampolin ausgebreitet waren. Es war eine sternenklare Nacht, und ein leichter Wind wehte. Drinnen im Haus schrien, stritten und tranken seine Eltern, was nicht ungewöhnlich war für eine Freitagnacht. Draußen in seinem Schlafsack las der junge Joe Pickett beim Schein einer Taschenlampe die neueste Ausgabe einer Zeitschrift über Fische und Wildtiere. Er las sie jeden Monat von vorne bis hinten. In jener Nacht war der Streit zwischen seinen Eltern heftiger als gewohnt. Aus dem Haus kam das laute Klirren von zerbrechendem Glas, dann hörte er seinen Vater schreien: „Verdammt, Frau!" Und dann hörte er, wie seine Mutter weinte und sein Vater sie tröstete.

Joe lag auf dem Bauch in seinem Schlafsack und wünschte sich, er würde irgendwo in den Bergen leben, weit weg von dem Ort, an dem er sich gerade befand. Da entdeckte er die Anzeige im hinteren Teil des Magazins:

WIE MAN JAGDAUFSEHER WIRD

Keine Lust mehr, an einem Schreibtisch, einem Fließband oder hinter einer Theke zu stehen? Dieser preiswerte Fernstudienkurs bereitet Sie auf eine aufregende Karriere vor. Forst- und Jagdaufseher jagen Pumas, springen aus Flugzeugen ab, um verirrte und verwundete Tiere zu retten, oder helfen verletzten Campern.

Führen Sie das Leben in der freien Natur, das Sie so sehr lieben. Schlafen Sie unter Kiefern. Fangen Sie sich Ihr Frühstück in eisigen Bächen. Ein freies, großartiges Leben, von dem viele nur träumen können!

Unter dem Text war ein Foto von einem wettergegerbten, lächelnden Prototyp von Jagdaufseher mit einem feschen sechseckigen Hut auf dem Kopf, der etwas im Arm hielt, das aussah wie ein Luchs. Und dieser Jagdaufseher hatte wirklich toll ausgesehen!

„Ich will Jagdaufseher werden“, hatte Joe laut gesagt. Gleich am nächsten Tag hatte er die fünf Dollar für den Studienkurs eingeschickt. Damit waren die Weichen gestellt gewesen.

JOE PARKTE seinen Pick-up auf einer Hügelkuppe, von der aus er fast das gesamte wellige Land überschauen konnte, aß sein Mittagessen und trank Kaffee. Er montierte sein Fernglas ans Fenster und ließ das Funkgerät eingeschaltet.

Von diesem Aussichtspunkt aus konnte er bald darauf ein Schauspiel verfolgen, das sich weit unter ihm abspielte. Eine große Herde von fast achtzig Gabelböcken graste vorsichtig weit verstreut auf einem Plateau und zog dabei langsam von Osten nach Westen. Im Westen, unterhalb des Plateaus, schlängelte sich ein einzelnes weißes Fahrzeug einen holprigen Serpentinenpfad hinauf. An den Bewegungen der Gabelböcke konnte Joe erkennen, dass sie das Fahrzeug noch nicht bemerkt hatten.

Während er genüsslich sein Sandwich mit Huhn und Salat aß, beobachtete Joe das weiße Auto. Er erkannte das Modell, einen alten Scout, und die zwei älteren Jäger, die in ihm saßen. Joe beobachtete, wie sie ihr Fahrzeug anhielten und langsam zum Plateau hinaufstiegen. Sie brauchten fast eine halbe Stunde, bis sie oben waren. Dort angekommen, duckten sie sich hinter hohes Beifußgebüsch und zielten auf die Gabelböcke.

Joe beobachtete die Herde. Plötzlich kam Bewegung in sie. Gleich darauf stob die Herde, als wäre sie eine riesige Einheit, pfeilgeschwind nach Osten über das Plateau, dabei zog jedes einzelne Tier eine dünne Staubfahne hinter sich her. Dann hallte der Knall zweier Schüsse zu Joe herüber, einer davon eindeutig ein Treffer.

Joe startete den Wagen und fuhr über den Hügel. Die Herde war jetzt schon weit weg – eine rasch entschwindende weiße Wolke. Gabelböcke sind die zweitschnellsten Säugetiere der Erde – nur der afrikanische Gepard ist noch schneller.

Als Joe seinen Pick-up schließlich über den Rand des Plateaus lenkte, hatten die Jäger den Gabelbock bereits komplett gehäutet und ausbluten lassen und waren gerade dabei, die Hinterläufe des Tieres mit einem Haken an einem Baum zu befestigen.

Joe erkannte in den beiden Männern Hans und Jack, der eine ein pensionierter Rancharbeiter, der andere ein pensionierter Lehrer, beide aus Saddlestring. Hans arbeitete jetzt halbtags als Hausmeister und reinigte Geschäfte in der Innenstadt, zum Beispiel den Drugstore und den Videoverleih.

Hans und Jack gingen seit mehr als dreißig Jahren zusammen auf die Jagd, sie hatten die Gabelbockjagd zu einem alljährlichen Gewerbe entwickelt. Dafür hatten sie ihren alten Scout zu einer Art fahrender Fleisch verarbeitender Anlage umgebaut.

Joe schaute zu, wie die Jäger das Tier in Viertel zerlegten und jedes Stück mit einer Winde zu einer Tiefkühlbox hochhievten.

Nach einer Weile richtete Hans plötzlich eine seltsame Frage an Joe: „Haben Sie jemals was davon gehört, dass oben in den Bergen vom Aussterben bedrohte Arten gefunden worden sind, Mr Pickett?"

„Was?", fragte Joe, der hellwach geworden war.

„Hans!", rief Jack und sah seinen Kumpel scharf an.

„Ich hab doch nur gefragt", erwiderte Hans mit einem unschuldigen Ausdruck im Gesicht. Hans und Jack wechselten einen kurzen Blick und wandten sich dann wieder ihrer Arbeit zu. Joe wartete, dass mehr kam, was schließlich auch der Fall war.

„Es wäre wahrscheinlich für alle das Beste, wenn nie was gefunden würde", sagte Hans mit einem Blick zu Joe. „Ich schätze, wir würden hier nicht mehr jagen können, wenn irgendjemand glauben würde, dass hier draußen vom Aussterben bedrohte Tiere leben."

„Verdammt richtig", erwiderte Jack.

„Wie kommen Sie eigentlich auf dieses Thema?", fragte Joe. „Wissen Sie irgendwas?"

„Ach was, ich hab nur so gefragt", antwortete Hans.

„War nur Quatsch", beeilte sich Jack hinzuzufügen.

„Wenn Sie irgendetwas wissen, müssen Sie es melden", mahnte Joe eindringlich. Er fragte sich, ob die beiden ihn nun auf den Arm nahmen oder nicht.

„Genau das würden wir tun", versicherte Jack. „Da können Sie ganz sicher sein."

„Aber selbstverständlich", bekräftigte Hans.

Ein seltsames Intermezzo, dachte Joe.

Joe wünschte ihnen viel Glück für den Rest des Tages. Er hatte kein Problem mit Jägern, die wegen des Fleisches jagten. Verglichen mit dem Kauf von in Zellophan verpacktem Fleisch im Supermarkt fand er das Jagen im Grunde ehrlicher. Joe hatte nie die Argumente von Leuten verstanden, die aus Prinzip gegen die Jagd waren und dabei seelenruhig einen Hamburger essen konnten. Er fand, die Leute sollten ruhig wissen, dass Tiere für ihren Fleischkonsum sterben mussten.

Für Hans und Jack war die Jagd nach Fleisch immer noch etwas, was mit einem bestimmten Lebensstil zu tun hatte, und weniger ein Sport. Der Gruß „Na, schon deinen Wapiti geschossen?" war in den kleinen Bergdörfern genauso normal wie ein „Hallo", und die Gesundheit und Größe von Wildtierherden war eine Sache von großem öffentlichem Interesse.

Joe vermutete, dass hier der Grund dafür lag, dass die Morde im Jagdlager das Stadtgespräch waren. Niemand hatte je davon gehört, dass so etwas schon einmal passiert war. Sicher, es gab immer mal wieder Jagdunfälle, bei denen Menschen ums Leben kamen. Aber dass jemand während der Jagdsaison absichtlich jemand anders tötete, war für die Leute von Saddlestring etwas Unbegreifliches.

Und je mehr Joe darüber nachdachte, desto mehr wurde ihm klar, dass die Morde auch für ihn unbegreiflich waren.

ZUFRIEDEN mit dem Tag und der Arbeit, die er getan hatte, fuhr er zurück in die Stadt. Vern Dunnegan hatte früh am Morgen angerufen und sich für fünf Uhr mit ihm in der Stockman Bar verabredet. Wenn es wie in den alten Zeiten war, würde Vern in der letzten Nische auf der rechten Seite sitzen, hinter dem Poolbillardtisch. Das war Verns Stammplatz.

Die Stockman Bar war ein düsterer Laden, in dem sie Schnaps und Bier unter den verstaubten Köpfen von einheimischem Wild servierten. Ganz gleich, welcher Tag oder welche Tageszeit es war, es schien immer die gleiche Anzahl von Gästen anwesend zu sein. Joe ging zielstrebig an einem Dutzend Männern, die an der Theke saßen, vorbei und steuerte zu dem Billardtisch im hinteren Bereich. Vern saß in seiner angestammten Nische, und er war nicht allein.

„Du bist früh dran", sagte Vern anstelle eines Grußes und streckte ihm die Hand hin. „Darf ich vorstellen, Joe, das ist Aimee Kensinger."

Joe nahm den Hut ab. „Wir kennen uns schon."

„Siehst du, das hab ich dir doch gesagt", sagte Aimee zu Vern.

Vern bedeutete Joe, ihm gegenüber Platz zu nehmen.

„Trinkst du ein Bier mit?" Es klang mehr nach einer Feststellung als nach einer Frage. „Aimee muss gleich los."

„Ach ja, das hatte ich schon ganz vergessen", sagte Aimee sarkastisch. Ihre Stimme gefiel Joe. Als sich seine Augen an die Dunkelheit gewöhnt hatten, konnte er sehen, dass sie einen flauschigen schwarzen Pullover trug und eine feine goldene Halskette. Sie lächelte ihn an. „Man sieht sich, Joe Pickett."

Vern stand auf und ließ sie durch. Beim Hinausgehen wuschelte sie Joe durchs Haar, was ihn verlegen machte. Aimee Kensinger war zweifellos eine schöne Frau. Vern begleitete sie bis zur Theke und kam dann mit einem Tablett mit vier Bourbon und vier Bier zurück.

„Happyhour", sagte Vern. „Zwei zum Preis von einem." Er kippte einen Bourbon hinunter und spülte mit Bier nach. „Du siehst gut aus, Joe. Was macht deine Schusswunde?"

Joe antwortete, dass sie gut verheile, und nahm einen tiefen Zug aus einem der Biergläser. Das kühle Bier schmeckte gut. Der Anblick von Aimee Kensinger war noch immer präsent.

„Sie mag mich noch immer", sagte Vern lächelnd. „Obwohl ich keine Uniform mehr trage." Vern kippte seinen zweiten Bourbon hinunter. „Und dich mag sie auch."

Joe gab keine Antwort. Er versuchte zu schätzen, wie viel Vern getrunken hatte. Vern hatte immer ordentlich was weggepackt.

„Hast du schon über das nachgedacht, worüber wir neulich geredet haben?"

„Ich muss erst mit Marybeth darüber sprechen", erwiderte Joe. „Wir haben wirklich noch keine Gelegenheit dazu gehabt."

Vern ließ Joe nicht aus den Augen. „Sie ist eine kluge Frau", sagte er. „Sie wird dich in die richtige Richtung lenken. Willst du, dass ich mal mit ihr rede?"

„Das wird nicht nötig sein." Joe fühlte einen leisen Groll gegen seinen einstigen Boss in sich hochsteigen. Vern glaubte immer, er könne jeden zu allem überreden. Normalerweise konnte er das auch. Aber aus irgendeinem Grund, den Joe nicht genau benennen konnte, spürte er einen Widerstand gegen das Jobangebot in sich.

„Eins weiß ich auf jeden Fall", stellte Joe fest und nahm einen Schluck aus seinem Bierglas. „Ich weiß, dass ich keine große Entscheidung treffen werde, bevor diese Jagdausstattermorde nicht endgültig geklärt sind."

Vern saß vollkommen regungslos da und starrte Joe ungläubig an.

„Was zum Teufel gibt es denn da noch zu klären, Joe?", fragte Vern, und seine Stimme klang tief und hart. „Clyde Lidgard hat drei einheimische Schrotttypen erschossen, und ihr Jungs habt ihn erschossen. Fall erledigt."

„Mir sind da noch zu viele Fragen offen", antwortete Joe. „Warum hat er es getan? Wieso war er da oben? Warum ist er dort geblieben, wenn er es getan hat? Warum kam Ote Keeley ausgerechnet zu *meinem* Haus? Was war in der Kühltasche? Ich finde, da sind noch eine Menge Dinge zu klären."

Vern saß vollkommen still, einen Ausdruck unverhohlener Verachtung im Gesicht. Sein Blick durchbohrte Joe regelrecht.

Obwohl Joe spürte, wie seine Entschlossenheit bröckelte, erwiderte er den Blick, ohne mit der Wimper zu zucken, fest entschlossen, sich die Weiterführung der Untersuchung nicht ausreden zu lassen.

„Joe", sagte Vern mit einer Stimme, die kaum lauter war als ein Flüstern. „Jetzt lass uns beide mal ein paar Takte über die *wirkliche Welt* reden." Vern sprach die beiden vorletzten Wörter mit einer Vehemenz, die Joe völlig unvorbereitet traf.

„Ich kenne die Antworten auf diese Fragen nicht, und offen gestanden, interessieren sie mich auch nicht", zischte Vern. „Morde sind immer schmutzig. Wenn der Killer erschossen wird, bevor er reden kann, bleiben immer tausend Fragen offen. Quäl dich nicht damit herum, unbedingt alles genau wissen zu wollen. Vergiss das Ganze, und schau nach vorn!"

Joe dachte darüber nach, was Vern gesagt hatte. Besonders diese Eindringlichkeit, mit der er es sagte, konnte er nicht begreifen.

„Ich habe heute mit ein paar Jägern gesprochen, die mich fragten, ob ich irgendwas davon wüsste, dass oben in den Bergen eine vom Aussterben bedrohte Tierart gefunden worden sei“, erzählte Joe. „Sie wollten sich nicht näher darüber auslassen, und ich weiß nicht, ob sie bloß Spaß gemacht haben oder nicht.“

„Wer war das?“, fragte Vern. Er kannte jeden im Bezirk.

„Hans und Jack.“

„Zwei alte Tratschweiber“, sagte Vern und tat sie mit einer verächtlichen Handbewegung ab.

„Ich weiß nicht“, protestierte Joe. „Ich dachte immer, die beiden wären okay.“

„Joe …“, seufzte Vern.

„Ich habe die Pflicht, es herauszufinden und Bericht darüber zu erstatten“, erklärte Joe. „Das weißt du.“

„Pflicht? Gegenüber wem?“, fragte Vern. „Dem Wyoming-Wild-und-Fisch-Department? Dem amerikanischen Fisch-und-Wildlife-Service? Dem Präsidenten der Vereinigten Staaten?“

„Vern“, versuchte Joe es mit Vernunft. „Du weißt, was wir tun müssen, wenn wir so etwas entdecken. Oder auch nur den Verdacht hegen. Und was, wenn es irgendwie mit den Morden zu tun hat?“

Vern verdrehte die Augen. Das hatte er immer getan, wenn er fand, dass Joe etwas unglaublich Naives gesagt hatte.

„Weißt du, Joe, was ich dir jetzt sage, wird dich schockieren. Aber ich kenne gute Männer, die eine vom Aussterben gefährdete Tierart auf ihrem Land gefunden und das Tier lieber erschossen und vergraben haben, als es der Welt mitzuteilen. Ich weiß von einem Rancher drüben in der Nähe von Cody, der einmal ein Tier auf seinem Land entdeckte, eine Art Vielfraß, von dem er *wusste*, dass es als ausgestorben galt. Er pustete das kleine Vieh in Stücke und verfütterte diese an seine Hunde. Der Rancher wusste, wenn er es gemeldet hätte, wäre er von seinem eigenen Land vertrieben worden, bloß damit ein paar elitäre, abgedrehte Spinner von sich hätten behaupten können, sie würden die Welt retten.“

Vern beugte sich über den Tisch zu Joe herüber und fuhr leise fort: „Ist dir klar, was mit diesem Tal passieren würde, wenn herauskäme, dass da oben in den Bergen etwas sein könnte? Selbst wenn es nicht mehr wäre als ein albernes Gerücht, das irgend so ein paar alte Tratschweiber in die

Welt gesetzt haben? Oder selbst wenn du, der Jagdaufseher, melden würdest, dass da oben irgendetwas sein könnte? Denk doch nur mal an die Leute, die in der Sägemühle arbeiten. Denk an die Fahrer der Holztransporte, an die Cowboys, die Jagdausstatter, die Angelführer. Sie alle würden ihren Job verlieren, weil die von der Bundesbehörde sofort das ganze Tal absperren würden. Umweltschützer aus dem ganzen Land würden anrücken und Pressekonferenzen darüber abhalten, dass sie hier sind, um die unschuldigen kleinen Geschöpfe vor den dummen Einheimischen zu schützen. Und völlig unabhängig davon, ob man da oben jemals was finden würde oder nicht, die Umweltschützer würden über Jahrzehnte hinweg die Gerichte damit beschäftigen!“ Vern redete sich richtiggehend in Rage. „Rancher in der dritten Generation würden ihre Höfe verlieren. Auch andere Leute – Lehrer, Einzeljagdausstatter, Restaurantbesitzer – würden ihren Job verlieren. Und alles bloß, weil Joe Pickett, der außergewöhnliche Superjagdaufseher, den Verdacht hegt, dass möglicherweise oben in den Bergen irgendein seltenes Ding sein könnte. Die halbe Stadt würde dich dafür hassen. Deine Mädchen würden in der Schule von allen angefeindet. Sie würden das meiste abkriegen, Joe, und du allein wärst schuld daran.“

Joe ertappte sich dabei, dass er Verns Blick nicht mehr standhielt und nach unten auf die Tischplatte schaute. Doch gleichzeitig dachte er, InterWest Resources und ihre Pipeline würden der Gegend auch nicht allzu viel Freude bringen.

Aber Vern war noch immer nicht fertig. „Es wäre vielleicht etwas anderes, wenn die Gesetze zum Schutz gefährdeter Arten wenigstens biologisch irgendeinen Sinn ergeben würden und nicht nur bloße politische Gedankenspielereien wären. Aber dies ist nicht der Fall. Hör mir mal zu!“

Vern fuhr fort aufzuzählen, dass mehr als 950 Pflanzen und Tiere als „gefährdet“ oder „bedroht“ galten und dass weitere 4000 Kandidaten für die künftige Aufnahme in die Listen bereitstanden. Und dass – zwanzig Jahre und Milliarden von Dollars später – weniger als dreißig Arten von der „Gefährdeten“-Liste gestrichen worden seien.

Er erklärte, die Gesetze seien heuchlerisch; Arten, die als „attraktiv“ gälten, wie Wölfe und Grislibären, erginge es besser als Arten, die das menschliche Auge als hässlich empfinde, und das Ganze habe sowieso überhaupt keine vernünftige wissenschaftliche Grundlage. Vern behauptete, er habe sich die Zahlen angeschaut und ausgerechnet, dass mittlerweile mehr als 190 Millionen Dollar für den Weißkopf-Seeadler,

Gefleckte Eulen, Rotkokardenspechte, Grislibären, Westindische Seekühe, Florida-Buschblauhähne und Schreikraniche ausgegeben worden seien. Alsdann schlug er den Bogen zu allgemeineren, globalen Betrachtungen und erklärte, dass mindestens 99 Prozent aller Arten, die je auf der Erde existiert hätten, auf natürliche Weise ausgestorben seien, ganz ohne menschliche „Einmischung". Den Schneckenspritzfisch, den Colorado-Squawfisch, die Getüpfelte Eule und das Mount-Graham-Roteichkätzchen würde gewiss niemand vermissen.

„Tiere sterben nun einmal, Joe", fuhr Vern fort. „Arten sterben aus. Das war schon so, bevor der erste Fisch an Land kroch und Lungen entwickelte, und es wird immer so sein. Was gibt uns das Recht zu bestimmen, was lebt und was stirbt? Wer zum Teufel sind wir, dass wir uns anmaßen, Gott zu spielen?"

Joe lehnte sich zurück. Er fühlte sich ganz benommen.

Vern entging diese Reaktion natürlich nicht, und offenbar im Glauben, er habe Joe überzeugt, kippte er den letzten Bourbon hinunter und lächelte.

„Wo wir gerade von Gott sprechen", sagte Vern. „Hast du schon mal was von der ‚Gottesschwadron' gehört?"

Joe schüttelte den Kopf.

„Die gibt es wirklich. Das ist keine Erfindung von mir. Sie besteht aus dem Innenminister, dem Verteidigungsminister, dem Landwirtschaftsminister und noch ein paar anderen Jungs. Ihr Job ist es, zu entscheiden, welche Arten im nationalen Interesse leben dürfen und welche sterben müssen. Es ist nicht zu fassen, diese unglaubliche Arroganz, die dahinter steckt."

Joe und Vern tranken schweigend ihr Bier aus. Als Joe aufstand, um zu gehen, hielt Vern ihn am Arm fest. Wieder trafen sich ihre Blicke.

„Da liegt ein Angebot auf dem Tisch, Joe. Das Zeitfenster für dieses Jobangebot beginnt sich zu schließen. Wenn du nicht zugreifst, machst du einen großen Fehler, Joe."

Joe war sich nicht sicher, ob er das als Ratschlag oder als Drohung auffassen sollte.

„Ich werde dir Bescheid geben, Vern", versprach Joe. „Sieht so aus, als gäbe es da eine Menge Dinge, die ich entscheiden muss."

„Du wirst schon das Richtige tun", bekräftigte Vern und tätschelte Joes Hand. „Du bist ein guter Mann, Joe, und ich bin sicher, du wirst das Richtige tun."

SHERIDAN und Lucy tauften das größte Tier – das erste, das sie gesehen hatten – auf den Namen Lucky, das kleinere braune nannten sie Hippity-Hop, und das lange, dünne bekam den Namen Elway. Lucky war der Vater, Hippity-Hop die Mutter und Elway der Sohn. Sie fanden, dass die Namen genau zu ihrer Persönlichkeit passten. Und Mannomann, die konnten vielleicht was wegfuttern!

Die Tierchen fraßen alles, nicht nur Müsli. Genüsslich stopften sie sich die Backen auch mit kleinen Stückchen von Würstchen und Gemüse voll.

Sheridan versteckte während des Abendessens immer kleine Teile von ihrem Essen in ihrer Serviette, um sie später nach draußen in den Garten zu bringen. Während Mama den Tisch abräumte oder zu Oma Missy ins Zimmer ging, baten sie und Lucy dann, noch ein bisschen spielen zu dürfen. Dann liefen sie in den Garten und fütterten heimlich ihre kleinen Freunde.

Lucky, Hippity-Hop und Elway konnten gurren und schnattern, und wenn sie wütend oder in Spiellaune waren, gaben sie einen trillernden Laut von sich, der sich anhörte wie eine gedämpfte Babyrassel. Sheridan dachte manchmal, es könne einfach nicht sein, dass ihre Mutter oder Oma Missy sie nicht hörten, aber sie schienen tatsächlich nichts zu merken.

Wenn die Tiere mit dem Fressen fertig waren oder nicht aus ihrem Versteck hervorkamen, wollte Lucy immer mit Sheridan „Tiere spielen". Lucy tat dann so, als sei sie eines der Tiere. Sheridan warf ihr imaginäres Futter ins Gras, und Lucy, die eine gute Schauspielerin war, ahmte die Tiere nach, wie sie das Futter mit den Pfötchen aufhoben und sich in die Backen stopften.

Sheridan wusste, dass dies nicht lange gut gehen würde. Irgendwas würde passieren. Das war noch immer so gewesen.

Aber bis dahin war es wundervoll.

ZU HAUSE angekommen, legte Joe seinen Hut auf den Schreibtisch und rief sofort die Zentrale in Cheyenne an, wo er sich zur Abteilung Biologie/Labor durchstellen ließ. Er erzählte einem Techniker von dem Päckchen, das er ihnen geschickt hatte, und fragte, ob der Inhalt schon untersucht worden sei.

„Bleiben Sie dran!", sagte der Mann.

Nach kurzem Warten hatte er einen Mann an der Strippe, der sich als

Chefbiologe vorstellte. Joe hörte ihm zu und fühlte, wie ihm heiß und kalt wurde.

„Was meinen Sie damit, Sie haben es nicht?“, fragte Joe irritiert.

„Genau das“, antwortete der Biologe.

„Können Sie noch mal nachschauen? Es ist wichtig“, bat Joe eindringlich. „Es ist noch nie irgendwas verloren gegangen, das ich zur Untersuchung eingeschickt habe.“

Es folgte eine lange Gesprächspause. „Sicher können wir noch mal nachschauen. Aber keiner hier kann sich erinnern, ein solches Päckchen erhalten zu haben. Vielleicht hat es jemand anders gefunden. Bleiben Sie dran!“

Joe lehnte sich in seinem Drehstuhl zurück. Er rief sich in Erinnerung, was die Jungs in Cheyenne oft über die Jagdaufseher draußen „an der Front“ dachten – und umgekehrt. Vern hatte ihn schon vor Jahren davor gewarnt, dass die Chefs der Geschäftsstelle manchmal das Gefühl hatten, die Jagdaufseher würden wie die Einheimischen leben und dabei vergessen, dass sie Angestellte des Staates waren, und anfangen, sich für die Anwälte der örtlichen Rancher oder Jäger zu halten. Aber die Abneigung beruhte auf Gegenseitigkeit. Joe hatte noch nie vor acht Uhr früh oder nach 17 Uhr in der Zentrale angerufen, weil er wusste, dass das Büro nur in dieser Zeit besetzt war. Er fing manchmal um fünf Uhr früh mit seiner Streife an, aber in Cheyenne gingen die Uhren eben anders. Und Biologen bekamen dasselbe Gehalt am Monatsende, ob sie nun ein Päckchen fanden oder nicht.

Aus dem Augenwinkel konnte er sehen, wie Sheridan und Lucy im Wohnzimmer spielten. Lucy spielte offenbar einen Hund oder dergleichen: Sie stellte sich auf die Hinterbeine, um irgendwelche unsichtbaren Genüsse zu erhaschen, die Sheridan ihr hinhielt. Es war drollig anzuschauen. Außerdem hatte ihm Marybeth in der Nacht zuvor gesagt, dass es den Mädchen außerordentlich gut gehe und dass die Geschichte mit Ote Keeley beide offensichtlich nicht weiter belastet habe. Marybeth hatte ihm erzählt, beide Mädchen hätten an den vergangenen zwei Tagen häufig bei dem Holzstoß hinten im Garten gespielt und nicht einmal andeutungsweise erwähnt, was dort passiert sei. Marybeth meinte, sie bekomme allmählich das Gefühl, dass man sich wegen dieser Sache keine Sorgen mehr zu machen brauche.

„Nein, tut mir Leid“, sagte der Biologe, als er zurück ans Telefon kam. „Wir haben ein Päckchen gefunden und es aufgemacht, aber es war ein

Stück von einem toten Adler, das ein Jagdhüter aus Ranchester uns geschickt hat. Er wollte, dass wir prüfen, ob der Adler erschossen wurde."

Joe stieß einen stillen Fluch aus. Der Biologe versprach ihm, sofort anzurufen, falls das Päckchen doch noch auftauchen sollte.

Dann ging Joe in die Küche, um sich eine Tasse Kaffee zu holen. Marybeth und Missy saßen am Tisch und verstummten, als er hereinkam, womit sie ungewollt zeigten, dass sie über ihn geredet hatten. Marybeth strahlte und lächelte ihn an. Missy schaute ihn mit einer Art distanziertem Respekt an, wie er ihn bei ihr noch nie gesehen hatte. Keine von beiden fragte ihn nach dem Jobangebot. Sie versuchten beide, seine Stimmung einzuschätzen.

Im Büro klingelte das Telefon, und Joe entschuldigte sich.

Am anderen Ende der Leitung war erst einmal Schweigen, nachdem Joe sich gemeldet hatte. Dann sagte eine Frauenstimme so leise, dass sie kaum zu verstehen war: „Sie kennen mich nicht. Ich arbeite in der Zentrale in Cheyenne."

Joe griff hinter sich und zog die Bürotür zu. Dann setzte er sich an seinen Schreibtisch.

„Sie haben wegen des Päckchens angerufen", sagte die Frau.

„Wer sind Sie?", fragte Joe.

„Das tut nichts zur Sache", antwortete die Frau. „Ich brauche diesen Job. Ich gebe Ihnen den guten Rat, vergessen Sie das Päckchen, und tun Sie so, als sei nichts passiert."

Joe runzelte die Stirn. Es war nun schon das zweite Mal, dass er diesen Rat bekam. Während sie sprach, zog er die Schreibtischschublade auf. Der andere Umschlag, der mit den letzten paar Bröckchen des Tierkots, war noch da.

Die Frau hielt kurz inne, dann fuhr sie fort: „Lassen Sie es mich mal so sagen: Alles, was Sie zu uns einschicken, wird verloren gehen."

„Warum tun Sie das?", fragte Joe.

Am anderen Ende war ein gereizter Laut zu hören. „Das weiß ich auch nicht", erwiderte die Frau. „Ich fand einfach, ich sollte es tun. Aber jetzt muss ich auflegen."

„Danke", sagte Joe, aber sie hatte bereits aufgelegt.

Joe überlegte, was er tun sollte. Dann rief er seinen alten Collegefreund Dave Avery an. Dave arbeitete jetzt als Biologe beim Montana-Wild-und-Fisch-Department in Helena. Nachdem sie sich auf den neuesten Stand gebracht hatten – Dave hatte sich in der Zwischenzeit scheiden lassen, war aber schon wieder verlobt –, fragte Joe ihn, ob er ihm eine Probe für eine unabhängige Analyse schicken könnte.

„Wo wurde das Zeug gefunden?“

„In meinem Garten.“

„Und meine Kollegen in Wyoming können nicht sagen, vom wem es stammt?“

„Sie sind sich da nicht so ganz einig“, antwortete Joe ausweichend.

„Klingt so, als wolltest du mich herausfordern“, scherzte Dave.

„Stimmt“, sagte Joe und zwang sich zu einem Lachen. Dave erklärte sich bereit, es sich anzuschauen, was auch immer es war, und sowohl über die Probe als auch über die Ergebnisse Stillschweigen zu bewahren.

Joe glaubte, dass die Frau aus dem Labor ihm die Wahrheit über die verschwundene Probe gesagt hatte. Er wünschte, sie hätte es nicht getan, denn die Sache war damit erheblich komplizierter geworden.

DIE REIFEN von Joe Picketts Pick-up machten ein zischendes Geräusch, als er durch die nassen Straßen Saddlestrings zum Büro des Sheriffs fuhr. Es regnete, deshalb waren nur wenige Leute auf den Straßen. Regen war eine Seltenheit zu dieser Jahreszeit. Die Leute in Wyoming, das war Joes Beobachtung, wussten nicht, was sie tun sollten, wenn es regnete. Sie versuchten lediglich so schnell wie möglich ins Trockene zu kommen. Dieselben Leute, die im Winter auf alle vier Räder Schneeketten aufzogen und sich durch peitschende Schneestürme kämpften, bloß um in der Stadt einen Happen essen zu gehen, hatten keine Ahnung, was sie tun sollten, wenn es regnete. Nur die wenigsten würden sich mit einem Regenschirm draußen blicken lassen, weil sie fanden, dass es „verstädtert“ und affig aussah. Aber Joe mochte Regen und wünschte sich, es gäbe mehr davon.

Vern hatte Recht gehabt. Saddlestring war eine sterbende Stadt. Vor zehn Jahren waren die Kohlezechen im Bezirk noch in Betrieb gewesen, und die Ölquellen im Twelve-Sleep-Ölfeld hatten kräftig gesprudelt. Aber jetzt waren sie versiegt. Die Viehpreise waren auf einem Zehnjahrestief. Ein Viertel der Ladenlokale in der Hauptstraße war mit Brettern vernagelt. Verns Pipeline würde nicht nur Erdgas, sondern auch wieder neues Leben und Dollars in die Kommune pumpen.

Joe betrat das Büro des Sheriffs und hängte seinen Hut und seine Jacke an den Garderobenständer. Sheriff Bud Barnum saß hinter seinem Schreibtisch, auf dem sich Berge von Papieren und Post stapelten. Vor dem Schreibtisch stand ein einzelner, mit braunem Leder überzogener Stuhl. Joe nahm ein paar ungeöffnete Briefe herunter und setzte sich.

Barnum sah müde aus. Seine blasse Hautfarbe spielte ins Gräuliche, und unter den Augen bemerkte Joe dunkle Ringe. Joe war etwas verlegen.

Dann platzte er heraus: „Kann ich Ihnen eine Frage zu den Morden an den drei Jagdausstattern stellen?"

„Schießen Sie los", seufzte Barnum und setzte sich ein wenig gerader in seinem Stuhl auf, den Blick unter den schweren Augenlidern auf Joe gerichtet.

„Ich würde gerne wissen, wie der Stand der Untersuchung ist."

„Der Stand der Untersuchung", äffte ihn Barnum mit einem theatralisch verdutzten Gesichtsausdruck nach, „liegt auf der Hand. Die ballistische Abteilung des staatlichen Labors hat zweifelsfrei nachgewiesen, dass alle drei Geschosse aus nächster Distanz aus ein und derselben Neunmillimeterpistole abgefeuert wurden, und diese Pistole wurde von Hilfssheriff McLanahan und Mr Hedeman und Ihnen selbst bei Mr Clyde Lidgard gefunden. Lidgard liegt in kritischem Zustand im Krankenhaus in Billings, ohne bisher das Bewusstsein wiedererlangt zu haben, und die Ärzte da oben sagen jeden Tag, dass er die nächste Nacht nicht überleben wird, aber bis jetzt hat er sie alle überstanden. Falls Mr Lidgard nicht aus dem Koma aufwacht und uns eine Geschichte erzählt, die sich von der unterscheidet, die wir schon kennen, ist der Fall so gut wie abgeschlossen."

Joe wartete, ob noch mehr kommen würde. Aber mehr kam offensichtlich nicht.

„Das heißt also, sobald Clyde Lidgard stirbt, ist die Untersuchung beendet", fasste Joe zusammen.

„Falls nicht irgendein neuer Beweis kommt, der es unumgänglich macht, den Fall wieder aufzurollen", bestätigte Barnum. „So einfach ist das."

Joe nickte. „Sein Wohnwagen ist durchsucht worden?"

Barnums Ton wurde eine Spur sarkastischer. „Er wurde sowohl vom Büro des Sheriffs als auch von den Jungs vom Staat durchsucht. Es wurde nichts gefunden, was Lidgard hätte be- oder entlasten können. Der Bericht ist bei den Akten, falls Sie es wünschen sollten, ihn zu lesen. Lidgard war ein seltsamer Vogel, und sein Wohnwagen war ein komischer Ort. Er liebte es, jede Menge Fotos mit seiner Instamatic zu schießen. Es gibt tausende von Fotos da draußen. Der Wohnwagen wurde abgeschlossen und versiegelt."

„Was dagegen, wenn ich mal einen Blick reinwerfe?", bat Joe.

„Darf ich fragen, warum?", gab Barnum zurück und zog die Augenbrauen hoch.

Joe zuckte mit den Achseln. „Ich denke, ich nehme diese ganze Sache ein bisschen persönlich, weil Ote Keeley in meinem Garten gestorben ist."

„Was gibt es da noch zu ermitteln? In den mehr als zwanzig Jahren, die ich inzwischen Erfahrung mit solchen Dingen habe, bin ich zu dem schmerzlichen und manchmal unpopulären Schluss gelangt, dass viele Dinge exakt so sind, wie sie zu sein scheinen."

„Das mag wohl sein", erwiderte Joe. „Ich würde mich trotzdem gerne selbst davon überzeugen."

Der Sheriff schaute Joe sehr lange an. „Dann gehen Sie, und tun Sie, was Sie nicht lassen können", sagte er nach einer langen Pause. „Die Schlüssel von Lidgards Wohnwagen sind bei der Akte. Aber nehmen oder zerstören Sie keines der Beweismittel, außerdem könnte es sein, dass wir vielleicht einen Verwandten ausfindig machen, der irgendwas von dem Krempel da draußen haben will."

Joe bedankte sich und stand auf.

„Joe", sagte Barnum eindringlich, „sollten Sie nicht eigentlich draußen in den Wäldern sein und Wilderer schnappen oder Eingeweidehaufen zählen oder was immer ihr Jungs da draußen so macht?"

„Ja, das sollte ich", erwiderte Joe ruhig. Er sagte nicht, was er dachte, nämlich: Und sollten Sie nicht eigentlich da draußen sein und jeder noch so vagen Spur nachgehen, statt hier auf Ihrem Arsch zu sitzen, Kaffee zu trinken und sich den Kopf über Ihre Wiederwahl zu zerbrechen?

Joe ließ sich von Hilfssheriff McLanahan eine Kopie von dem Bericht und die Wohnwagenschlüssel geben. Draußen regnete es immer noch.

Es war dunkel in Clyde Lidgards Wohnwagen. Der strömende Regen ließ nur wenig Licht durch die schmierigen Dachfenster herein. Der Strom war abgestellt. Joe nahm seine Taschenlampe aus dem Gürtel und knipste sie an. Er kam sich wie ein Voyeur vor. Die Untersuchungen, die Joe durchführte, wurden gewöhnlich draußen gemacht. In dem Wohnwagen fühlte er sich beengt und eingeschlossen. Er fand, dass er Clyde Lidgard eigentlich nicht gut genug kannte, um in seinem Zuhause herumzustöbern.

Der Wohnwagen war klein und verdreckt; der Staub von Jahren bedeckte den Boden und die Schränke. Joe ging zum Küchentisch in der Mitte des Wohnwagens. Er leuchtete mit seiner Taschenlampe herum und entdeckte dabei eine Diele, die von dem Raum abging, in dem er stand. Alle Türen waren weit offen, das Ergebnis der Durchsuchung, die der Sheriff vorgenommen hatte, vermutete Joe. Am Ende der Diele konnte Joe im Lichtkegel der Taschenlampe den Fuß eines Bettes ausmachen, das in einem großen Schlafzimmer stand. Von der Diele gingen noch zwei weitere Räume ab. Eine Tür führte in ein winziges Badezimmer, eine zweite in einen kleinen Raum, der offenbar als Abstellkammer gedient hatte.

Joe ging durch die schmale Diele, dabei blieb sein Holster an einem aus der Wand ragenden Nagel hängen. Er trat einen Schritt zurück, löste seinen lästigen Gürtel und legte das Holster auf den Tisch. Die Taschenlampe behielt er bei sich.

Dann ging er ins Bad. Alte Marilyn-Monroe-Bilder, von Dampf und Feuchtigkeit wellig geworden, bedeckten Wände und Decke. Ein Eckregal war voll gestellt mit Dutzenden von verstaubten Arzneifläschchen aus Barretts Apotheke.

Der kleine Abstellraum war voller Kartons, Schachteln, Kleider und Krimskrams. Joe richtete den Lichtkegel seiner Taschenlampe auf mehrere der Kartons, die ihm am nächsten standen. Sie waren voll mit Umschlägen, und als er sie öffnete, fielen lauter Fotos heraus.

Als Nächstes ging Joe in Lidgards Schlafzimmer. Das Doppelbett füllte fast den ganzen Raum aus. Joe musste sich seitlich um das Bett herumzwängen, um alles sehen zu können. Er öffnete die Schiebetür des Wandschranks. Lidgard hatte überraschend viele Kleider – sie füllten den gesamten Schrank aus. In dem Fach über den Kleidern fand Joe ein Dutzend Schachteln für .303er-Gewehrpatronen. Einige davon waren leer, aber aus irgendeinem Grund hatte Lidgard sie nicht weggeworfen. Joe stellte sich auf das Fußende des Betts, um sicherzugehen, dass er nichts in dem Fach übersehen hatte. Auf der dicken Staubschicht waren frische Fingerspuren zu erkennen. Joe vermutete, dass sie von den anderen Ermittlern stammten. Aber das, wonach er suchte, fand Joe nicht.

Schließlich zog er einen kleinen Notizblock aus seiner Hemdentasche.

Lidgards Wohnwagen, notierte er. *Keine Neunmillimeterpatronen.*

Joe musste mehrmals hin- und hergehen, um die ganzen Fotokartons aus dem Abstellraum in die Küche zu schleppen, wo das Licht besser war. Die jüngsten Fotos waren in Barretts Apotheke entwickelt worden, wo Lidgard auch seine Medikamente geholt hatte. Joe schaute sich die Fotos an und achtete sorgfältig darauf, dass er sie danach wieder in die richtigen Umschläge steckte.

Wenn Joe gehofft hatte, dass die Fotos noch irgendetwas anderes als die Tatsache verraten würden, dass Lidgard ein zwar miserabler, aber überaus produktiver Fotograf war, so sah er seine Hoffnung schnell enttäuscht. Lidgard hatte seine Kamera offenbar überall mit hingeschleppt. Vor allem für Bäume und Büsche schien er eine Vorliebe zu haben. Joe kniff die Augen zusammen, um zu sehen, ob er irgendwas in diesen Bäumen und Büschen erkennen konnte, aber er konnte nichts finden, das irgendwie von Bedeutung hätte sein können. Viele der Fotos zeigten Landschaften: Steppe, Ausläufer, Berge, das Flusstal. Es gab Fotos von den Berghütten, um die sich Lidgard kümmerte, und von Gebäuden in der Innenstadt von Saddlestring. Zwei ganze Filme handelten ausschließlich von Schneewehen. Auf einem Winterfoto konnte Joe eine Herde Wapitis erkennen, die in großer Entfernung – die Tiere waren kaum größer als Fliegendreck – über die Ebene zog.

Die jüngsten Fotos waren vom letzten Sommer. Es bestand also eine Lücke von mindestens zwei Monaten zwischen Lidgards letzten Fotos und dem Zeitpunkt, als Wacey und McLanahan auf ihn geschossen hatten. Joe hielt diese Lücke in seinem Notizbuch fest. Er fragte sich, was Lidgard wohl veranlasst haben mochte, seine ziellose Knipserei einzustellen.

Als Joe fertig war, brachte er die Kartons wieder zurück in die Abstellkammer. Er hatte versucht, einen Hinweis darauf zu finden, wer Clyde Lidgard war und wie es passieren konnte, dass er auf diese Weise in einem Lager endete. Gefunden hatte er nichts, und die Fotos hatten ihn bloß deprimiert. Lidgard hatte sie – aus welchen Gründen auch immer – geschossen, entwickeln lassen und dann weggelegt.

Joe atmete tief durch und öffnete den Kühlschrank. Beißender Gestank schlug ihm entgegen. Als er mit der Taschenlampe hineinleuchtete, entdeckte er einen verschimmelten Hamburger und eine sauer gewordene Milch. Er verdrehte die Augen. Dann öffnete Joe das Tiefkühlfach. Der Gestank, der daraus hervorquoll, war fast noch widerlicher, obwohl das Fach fast leer war.

Joe atmete aus und trat die Wohnwagentür auf, um frische Luft zu schnappen. Dann wandte er sich wieder dem Tiefkühlfach zu. Die Unterschale war voll mit gefrorenem Blut. Büschel von braunem Haar klebten an dem Blut und an den Seiten des Faches. Noch vor kurzem hatte Clyde Teile von Tieren in seinem Tiefkühlfach aufbewahrt. Und jetzt waren sie weg.

JOE STAND vor dem Wohnwagen, die Hände auf den Knien, und atmete tief durch, um die Übelkeit zu verscheuchen. Die Luft war erfüllt von dem kräftigen, würzigen Duft von feuchtem Beifuß, und Joe sog sie dankbar ein. Der Sonnenuntergang tauchte die Ausläufer in ein dunkles, schmutziges Rot.

Joe richtete sich wieder auf. Im selben Moment hörte er von hinten einen gewaltigen Knall. Joe fuhr herum. Eine riesige Stichflamme schoss aus dem Wohnwagen und versengte ihm das Gesicht.

Es war bemerkenswert, wie schnell der Wohnwagen in hellen Flammen stand. Joe schaute hilflos zu. Falls es doch noch irgendein Beweisstück da drinnen gegeben haben sollte, jetzt war es unwiederbringlich verloren. Wie konnte das passieren? Er hatte keinen Gasgeruch bemerkt.

Ihm fiel ein, dass er sein Holster im Wohnwagen hatte liegen lassen, und fluchte laut. Dann ließ ihn etwas herumfahren.

Auf der Straße, die nach Saddlestring führte, leuchtete ein Paar Bremslichter auf. Wenn nicht gerade in dem Moment eine kleine Gabelbockherde die Straßenseite gewechselt und das Fahrzeug so zum Bremsen gezwungen hätte, hätte Joe wahrscheinlich die Rückansicht eines dunklen Chevrolet Suburban nicht mehr erkennen können.

Vern Dunnegan fuhr einen Suburban, aber das taten auch viele andere. Vern war es auch, der Joe den Trick beigebracht hatte, bis zur Abenddämmerung zu warten, wenn man sich an Jäger heranschleichen wollte, da das die Zeit war, in der man ein fahrendes Fahrzeug ohne Licht am schwersten erkennen konnte.

Joe fragte sich, ob das Verns Suburban gewesen war, und wenn ja, was Vern da draußen bei Lidgards Wohnwagen zu suchen hatte.

ALS JOE nach Hause kam, stand Waceys matschbespritzter Pick-up in der Einfahrt. Lucy und Sheridan spielten im Wohnzimmer. Lucy spielte wieder ein Tier, und Sheridan fütterte sie mit unsichtbaren Leckerbissen, während Missy amüsiert zuschaute. Wacey lehnte am Türrahmen von Joes Büro, wo Marybeth gerade Joes Schreibtischkalender durchsah.

„Möchtest du eins von deinen Bieren, bevor ich sie alle wegtrinke?“, fragte Wacey.

„Klar.“

Wacey kam mit einer gekühlten Flasche zurück. „Ich hab gehört, dass Clyde Lidgards Wohnwagen abgebrannt ist. Wie zum Teufel ist das passiert?“

Joe hatte schlechte Laune. Er hatte über Funk die Freiwillige Feuerwehr Saddlestring – die, zehn Minuten nachdem der Rahmen des Wohnwagens in sich zusammengefallen war, eingetroffen war – und Sheriff Barnum alarmiert, der reumütig aufgestöhnt hatte. Die Feuerwehr hatte das entdeckt, was von Joes Waffe und seinem Holster noch übrig war. Die zu einem schwarzen Klumpen zusammengeschmolzene Masse schwelte noch immer auf der Ladefläche seines Pick-ups. Selten war Joe Pickett sich so idiotisch vorgekommen.

Marybeth hatte ein seltsames Lächeln im Gesicht. Joe schaute verwirrt von ihr zu Wacey. „Wacey hat einen Vorschlag für uns“, sagte Marybeth.

„Aimee Kensinger muss für drei Wochen mit ihrem Mann nach Venedig“, erklärte Wacey. „Sie hat mich gefragt, ob ich jemanden kennen würde, der vertrauenswürdig genug ist, um für die Zeit ihrer Abwesenheit ihr Haus zu hüten und jeden Tag mit ihrem Jack-Russell-Terrier Gassi zu gehen.“

Joe nickte langsam, er wartete darauf, dass noch etwas kam.

„Er hat vorgeschlagen, uns zu fragen“, fuhr Marybeth in einem Ton fort, an dem Joe hörte, dass ihr die Idee gefiel. „Unsere ganze Familie. Sogar meine Mutter.“

Wacey zeigte mit dem Daumen über die Schulter in Richtung Wohnzimmer, wo Missy saß. „Auf diese Weise könnte sie mehr in dem Stil leben, an den sie gewöhnt ist“, sagte er in gespielt affektiertem Ton, sodass Joe wider Willen lächeln musste. „Es wird wie ein Familienurlaub sein, ohne dass wir wirklich verreisen.“

Joe wandte sich zu Marybeth. „Du möchtest das also machen?“

Marybeth erklärte ihm die praktischen Vorteile. „Wir haben zu wenig Platz, meine Mutter muss auf der Couch schlafen. Es wäre wirklich eine Art Urlaub.“

„Den ihr zwei, soweit ich weiß, noch nie gehabt habt“, fiel Wacey ein. „Eine Wahnsinnsgelegenheit!“

„Wir ziehen Dienstag ein“, freute sich Marybeth.

„Dann ist die Sache ja wohl bereits entschieden“, bemerkte Joe mit bissigem Unterton.

Auf dem Weg zur Tür hielt Wacey plötzlich inne und schaute Sheridan und Lucy beim Spielen zu. Lucy saß in der Hocke und sperrte den Mund auf. „Das ist aber ein süßes kleines Hündchen“, sagte Wacey.

„Ich bin kein Hündchen!“, schrie Lucy zurück und reckte die Beine, wobei sie die Hände angewinkelt in Brusthöhe hielt, während Sheridan sie mit einem unsichtbaren Leckerbissen fütterte.

„Was bist du dann?“

„Ich bin kein Hündchen“, wiederholte Lucy und ließ sich wieder in die Hocke zurücksinken.

JOE BEGLEITETE Wacey nach draußen zu dessen Pick-up. Wacey blieb noch einen Moment im Dunkeln stehen, bevor er einstieg.

„Joe, weißt du, was die Leute sagen werden, wenn rauskommt, dass du Lidgards Wohnwagen abgefackelt hast?“

„Wieder so eine Armleuchternummer“, brummte Joe zerknirscht und griff auf die Ladefläche seines Pick-ups, um zu fühlen, ob seine Waffe inzwischen so weit abgekühlt war, dass man sie anfassen konnte. Sie war immer noch warm. Joe beschrieb in knappen Worten, was passiert war, und beteuerte, dass er nicht verstehen könne, wie das Feuer habe ausbrechen können. Von dem Suburban, den er gesehen zu haben glaubte, erwähnte er nichts.

„Was für ein Pech!“, seufzte Wacey und schaute auf die jetzt nutzlos gewordene Waffe. „Ich wette, Barnum lacht sich kaputt darüber. Morgen weiß es die halbe Stadt.“

Joe seufzte. Er konnte einfach nicht fassen, dass er seine Waffe schon wieder verloren hatte.

„Bist du sicher, dass du dieser Geschichte weiter nachgehen solltest?“, fragte Wacey.

„Ote Keeley ist auf meinem Holzstapel gestorben. Das macht es in gewisser Weise zu einer persönlichen Sache für mich. Und nach meinem Empfinden passen die einzelnen Teile einfach nicht zusammen. Es will mir nicht einleuchten, dass Clyde Lidgard so ganz ohne Grund drei Männer erschießt und dann seelenruhig in dem Lager wartet, bis wir ihn finden. Und ich verstehe auch nicht, warum Ote Keeley den ganzen weiten Weg bis zu meinem Garten geritten ist, um dann auf meinem Holzstapel zu sterben.“

„Joe …“ Waceys Stimme klang genervt, als verliere er langsam die Geduld. „Clyde Lidgard war ein Idiot. So jemanden kannst du nicht verstehen. Deshalb ist er ja ein Idiot. Lass es doch einfach dabei!“

„Du hörst dich schon an wie Barnum und all die anderen.“

„Vielleicht hat er ja ausnahmsweise mal Recht“, sagte Wacey. „Vertrau mir, Joe. Der Fall ist eingehend untersucht worden. Alle sind zufrieden. Wir sind bloß Wild-und-Fisch-Jungs. Eingeweide und Federn, wie unsere Kritiker gern sagen. Wir sind keine Detektive. Spiel nicht den einsamen Cowboy hier. Du blamierst bloß die Abteilung und reitest dich noch mehr in die Scheiße, wenn das überhaupt noch möglich ist.“

Joe kickte geistesabwesend einen Kieselstein zur Seite und starrte auf den Boden.

„Und man kann ja nie wissen“, sagte Wacey, „am Ende gerätst du mal an einen bösen Buben, willst deinen Revolver ziehen, und dann wird dir einfallen, dass du deinen verdammten Revolver schon wieder verloren hast.“ Joe konnte sehen, dass Wacey ihn im Dunkeln angrinste.

„Der Punkt geht an dich“, erwiderte Joe säuerlich.

Nach einer langen Pause sagte Wacey: „Noch eine Woche gehe ich arbeiten, dann melde ich meine Kandidatur an. Ich versuche, beim Staat eine Beurlaubung durchzukriegen, aber wenn sie mir die nicht bewilligen, muss ich den Dienst quittieren.“

„Und was, wenn du nicht gewinnst?“, fragte Joe.

„Ich werde gewinnen“, antwortete Wacey, zuversichtlich wie immer.

Wacey öffnete die Fahrertür seines Pick-ups, und sie schauten sich im trüben Licht der Innenbeleuchtung an. „Ich mach keine Witze, Joe“, sagte Wacey und stieg ein. „Lass diese Jagdausstattergeschichte sein. Geh wieder an die Arbeit, und mach dir ein paar schöne Tage mit deiner Familie im Eagle Mountain Club. Du hast eine Familie, die schwer in Ordnung ist – und eine tolle Frau.“

Joe schaute Waceys Rücklichtern nach, als sie sich auf der Bighorn Road entfernten.

Marybeth stand plötzlich neben ihm, und er erschrak ein wenig. „Wir scheinen eine Glückssträhne zu haben“, sagte sie gut gelaunt und hakte sich bei ihm unter. „Erst das Jobangebot und jetzt der Eagle Mountain Club.“

„Wahrscheinlich habe ich diese Glückssträhne heute Nachmittag abgerissen“, seufzte Joe.

„Was stört dich eigentlich so daran, in das Kensinger-Haus zu ziehen?", fragte Marybeth. „Du wirktest jedenfalls nicht gerade begeistert, als Wacey dir davon erzählt hat."

„Ich fühle mich wahrscheinlich einfach mies bei dem Gedanken, dass wir in so einer Bruchbude wohnen, dass uns das Aufpassen auf anderer Leute Häuser schon wie Urlaub vorkommt."

„Ach, Joe", erwiderte Marybeth und drückte ihn. „Wir wissen doch beide, dass das nicht für immer so bleiben wird."

JOE ÖFFNETE seine Post, während Marybeth sich für die Nacht fertig machte. Die Post enthielt größtenteils Reklame, doch als er einen Brief von der Zentrale in Cheyenne öffnete und den Inhalt las, erstarrte er. Er musste ihn dreimal lesen, bis er ihn verstand. Dann blies er heftig die Luft durch die Nase.

„Was ist?", fragte Marybeth.

„Die Zentrale", antwortete Joe gedehnt. „Ich muss Freitag zu einer Anhörung in Cheyenne erscheinen. Sie untersuchen den Vorfall, als Ote Keeley mir die Waffe abgenommen hat. Die Rede ist von ‚angeblicher Fahrlässigkeit im Umgang mit einer Dienstwaffe'. Hier steht, dass mir die Suspendierung vom Außendienst droht."

„Wieso jetzt auf einmal?", fragte Marybeth. „Das ist doch schon Monate her."

„Der Staat arbeitet in geologischen Zeiteinheiten", erwiderte Joe ironisch. „Das weißt du doch."

„Diese Scheißkerle!", zischte Marybeth. Sie sagte selten solche Sachen, deshalb schaute Joe erstaunt auf. „Ausgerechnet jetzt, wo sich gerade alles so gut anließ!"

KAPITEL IV

Sheridan ging nach draußen, um ihren Tieren zu sagen, dass sie eine Weile nicht da sein würde, aber sie waren nirgends zu finden. Und nicht nur das: Sheridan hatte außerdem das Gefühl, dass jemand sie beobachtete.

Sie hatte Sonnenblumenkerne, Croutons, Trockenfutter für Hunde und Getreideflocken in ihren Taschen. Es war mehr Futter, als sie den Tieren jemals gebracht hatte, aber sie wusste ja nicht, wann sie wieder zurückkommen würde, um sie das nächste Mal zu füttern. Sheridan war sehr bestürzt darüber, dass sie das Haus schon wieder verlassen musste, diesmal, um in das Haus von völlig fremden Leuten zu ziehen. Ihre Großmutter hatte gesagt, die Mädchen in der Schule würden sie darum beneiden, aber das interessierte Sheridan herzlich wenig. Sie hielt es für einen großen Fehler, die ganze Familie nach Eagle Mountain zu verfrachten, genauso wie sie es für falsch gehalten hatte, als sie, ihre Mutter und Lucy in dem Motel in der Stadt gewohnt hatten. So viele Dinge, die ihre Eltern angeblich zu ihrem Wohl taten, fand sie überhaupt nicht gut. Das hatte sie ihrer Mutter und Oma Missy auch gesagt. Und ganz bestimmt wollte sie Lucky, Hippity-Hop und Elway nicht verlassen.

Aber die Tiere schienen nicht da zu sein.

Nun war es freilich nicht so, dass die Tiere jedes Mal sofort aus dem Holzstoß gesprungen kamen, wenn sie Sheridan kommen sahen. Manchmal dauerte es eine ganze Weile, bis sie sich zeigten. Aber als Sheridan jetzt durch den Garten ging, kam ihr der Holzstoß irgendwie verlassen vor. Das heimliche Leben schien aus ihm gewichen zu sein.

Sheridan streute ein paar Sonnenblumenkerne auf den Stapel und wartete. Schließlich seufzte sie und setzte sich unter die Pappel, das Kinn in die Hände gestützt. Heiße Tränen schossen ihr in die Augen. Wo konnten die Tiere hin sein? War es möglich, dass sie verletzt waren oder gar Schlimmeres? Waren sie in der Nacht zurück in die Berge gelaufen? Konnte es sein, dass sie Sheridan einfach nicht mehr mochten?

„Das ist heute wirklich ein schlimmer Tag“, sagte sie laut zu sich selbst.

Dabei konnte sie sich noch immer nicht des Gefühls erwehren, dass sie beobachtet wurde.

Sheridan ging um den Stamm des Baumes herum und schaute hinüber zum Haus, weil sie erwartete, ihre Mutter oder Großmutter am Fenster zu sehen. Oder zumindest Lucy. Aber da war niemand. Vielleicht war es das, dachte sie. Vielleicht spürten ihre kleinen Freunde auch, dass jemand sie beobachtete.

Sheridan kniff die Augen zusammen und schaute sich in alle Richtungen um. Dann ließ sie den Blick über den Rest des Gartens schweifen, über das enge Sandsteintal, das rot in der Abendsonne leuchtete, ja sogar über das Dach des Hauses. Aber sie konnte niemanden sehen. Ihre Fantasie erwachte wieder. Sie musste an das Monster denken. Es kam von irgendwoher ganz tief in ihr selbst, als hätte es dort die ganze Zeit über auf den richtigen Moment gewartet. Vielleicht, so vermutete sie, war das Monster zurückgekommen, um Lucky, Hippity-Hop und Elway zu holen.

Vielleicht hätte sie ihrer Mutter und ihrem Vater doch von den Tierchen erzählen sollen. Ihr Vater hätte sie einfangen und hübsche Häuschen für sie bauen können wie damals den Kaninchenstall. Am Ende war es ihre Schuld, dass die Tierchen tot waren, bloß weil sie nichts gesagt hatte.

Schließlich beschloss Sheridan, den Tieren noch ein bisschen Zeit zu geben. Sie warf neues Futter auf den Holzstapel, diesmal heftiger, damit sie es auch bestimmt merkten.

Plötzlich hörte sie das vertraute Trillern, und mit einem Schlag war sie wieder glücklich.

Aber das Geräusch kam nicht aus dem Holzstapel. Sheridan stand ganz still und lauschte lächelnd.

Als sie das Geräusch wieder hörte, wandte sie blitzschnell den Kopf in die Richtung, aus der es kam: von der Rückseite der Garage.

Tatsächlich! Sie hatte sie gefunden. Sie waren umgezogen, aus welchem Grund auch immer. Das Geräusch kam von der anderen Seite der dichten Fliederbüsche, und Sheridan kroch auf Händen und Füßen dorthin. Sie kannte jede Ecke in der Umgebung des Hauses so gut, dass sie sicher war, wo sie ihre Lieblinge finden würde: unter der Garage.

Das Erste, was sie sah, als sie wieder aus den Büschen herauskroch, war Lucky, der seinen Kopf aus einem Riss in dem Beton streckte und dann wieder unter der Garage verschwand.

„Junge, bin ich froh, dich zu sehen", sagte Sheridan und schüttete den Inhalt ihrer Taschen in das Loch. „Das dürfte euch für eine Weile reichen." Ihr wurde fast schwindlig vor Erleichterung. „Ich komme, so schnell ich kann, wieder zurück, darauf könnt ihr euch verlassen." Sie lächelte. „Ihr seid ja ganz schön schlau. Dieser Platz ist viel sicherer für euch."

Statt durch die Fliederbüsche zurück in den Garten zu kriechen, hüpfte Sheridan jetzt lieber an ihnen entlang bis zum Ende des Zaunes an der Ecke zur Pferdekoppel. Dann wollte sie umdrehen, um den Garten durch dasselbe Tor zu betreten, das auch das Monster benutzt hatte.

Als sie den Blick zur Koppel wandte, sah sie am Fenster des Stalls das Gesicht eines Mannes, und sie bekam einen fürchterlichen Schreck.

Das fremde Gesicht verschwand vom Fenster und tauchte ein in den

Schatten des Stalls, dann erschien ein Mann in der Tür, sodass Sheridan ihn in voller Größe sehen konnte. Er stand nun im Licht, trat aber nicht nach draußen auf die Koppel. Jetzt winkte er Sheridan zu sich herein. Dabei lächelte er einladend.

Sheridan konnte sich nicht bewegen, so verängstigt war sie. Also hatte sie Recht gehabt – sie war beobachtet worden. Was sollte sie jetzt tun? Sie wusste nicht, ob sie ihre Mutter um Hilfe rufen, zum Tor rennen oder zurück zur Garage laufen sollte. Wenn sie zurück zur Garage rannte, würde der Mann ihr vielleicht folgen und womöglich die Tiere sehen.

„Du bist Sheridan, nicht wahr?“, fragte der Mann freundlich. Er sprach gerade so laut, dass sie ihn hören konnte. „Ich muss nur mal kurz mit dir reden. Hab keine Angst. Ich kenne doch deinen Vater.“

Der Mann kam ihr tatsächlich irgendwie bekannt vor. Sie hatte ihn schon einmal zusammen mit ihrem Vater gesehen. Zwar wusste sie, dass sie nicht mit Fremden reden sollte, aber wenn er ihren Vater und ihren Namen kannte, war er dann wirklich ein Fremder?

Sie überlegte, ob sie zu dem Mann gehen oder laut um Hilfe schreien oder zurück zum Haus rennen sollte. Wenn der Mann gesehen hatte, wie sie die Tiere fütterte, würde er es womöglich ihrer Mutter erzählen. Und wenn sie schreiend wegrannte, würde sie vielleicht ihren Vater blamieren.

Der Mann lächelte immer noch und winkte sie zu sich.

Sheridan gab sich einen Ruck und ging zu ihm hinüber. Der Mann blieb im Stall. Da wurde Sheridan plötzlich klar, dass er dort stand, damit er vom Haus aus nicht gesehen werden konnte, und in dem Moment wusste sie, dass sie die falsche Entscheidung getroffen hatte. Sie machte kehrt, um wegzurennen, aber er war blitzschnell bei ihr und zerrte sie gewaltsam in eine der dunklen Pferdeboxen.

Dort riss er sie herum und drückte sie gegen die Heuballen. Ihre Schreie wurden von seiner Hand erstickt. Sein Gesicht war so nah an ihrem, dass seine Hutkrempe gegen ihre Stirn drückte und ihre Brille von seinem Atem beschlug.

„Tut mir Leid, dass ich das tun musste, Schätzchen“, sagte er leise, als Sheridan aufgehört hatte, sich zu wehren. „Wirklich. Ich wünschte, du wärst nicht hier vorbeigekommen. Ich habe nicht mit dir gerechnet, und du hast mich gesehen.“

Der Mann hielt ihr noch immer mit seiner großen, rauen Pranke den Mund zu, deshalb war sie gezwungen, in hastigen, kurzen Stößen durch die Nase zu atmen.

„Bevor ich meine Hand wegnehme, musst du etwas verstehen, Sheridan. Hörst du mir zu?“

Sheridan versuchte zu nicken. Sie zitterte am ganzen Körper.

„Hörst du mir zu?“, fragte der Mann wieder. Diesmal war seine Stimme ganz sanft.

Sie bejahte mit den Augen.

„Du hast ein Geheimnis, nicht wahr, kleines Mädchen? Du hast ein paar niedliche Freunde in dem Holzstapel, nicht? Ich hab dich beobachtet und gesehen, wie du sie gefüttert hast.“

Die große, schwere Hand drückte noch immer auf ihren Mund.

„Wissen deine Mutter und dein Vater von ihnen?“

Sie versuchte, den Kopf zu schütteln. Der Mann erkannte, was sie sagen wollte, denn er lächelte ein wenig.

„Du lügst mich doch nicht an, Sheridan?“

Sie versuchte so nachdrücklich wie möglich zu verneinen. Der Mann schob sein Gesicht noch näher an ihres heran. Das Einzige, was sie von seinem Gesicht sehen konnte, waren seine Augen.

„Okay. Das ist gut. Wir beide haben jetzt ein Geheimnis, nicht wahr? Nur wir beide. Und wir werden dieses Geheimnis für uns behalten. Du sagst niemandem etwas davon, okay? Schau mich an!“

Sheridan hatte den Blick abgewandt und zur Tür geschaut, in der Hoffnung, dass ihr Vater dort erscheinen würde.

„Schau mich an!“, zischte der Mann.

Sheridan gehorchte.

„Wenn du irgendjemandem auch nur ein Sterbenswörtchen davon erzählst, reiß ich dir deine hübschen grünen Augen aus, klar? Und das wird noch nicht alles sein.“

Sheridan fühlte, wie er mit seiner freien Hand hinter sich griff. Sie hörte ein schnappendes Geräusch, dann starrte sie in den Lauf einer riesigen schwarzen Waffe.

„Damit werde ich deinen Vater erschießen. Und deine hübsche Mutter und deine klitzekleine Schwester. Du sollst mich ansehen!“

Sheridan hatte aufgehört zu zittern; sie fühlte nichts mehr. Vor Entsetzen und Angst war sie wie erstarrt.

„Ich lass dich gehen, sobald du wieder lächeln kannst“, sagte der Mann. „Und mit diesem Lächeln gehst du dann ins Haus und erzählst niemandem, was hier passiert ist. Deine Tiere im Holzstapel werden sowieso in den Himmel gehen, verstehst du? Aber deine Familie wird nicht in den Himmel oder sonst wohin gehen, wenn du dein kleines Mäulchen hältst."

Dann ließ der Mann seine Hand sinken. Er hatte so fest zugedrückt, dass ihre Lippen gegen die Schneidezähne gepresst worden waren, und sie spürte den salzigen Geschmack von Blut in ihrem Mund.

„Hast du mir zugehört, Sheridan?"

„Ja." Ihre Stimme war dünn und versagte ihr fast den Dienst.

„Dann lächle!"

Sheridan versuchte es, aber ihr war nicht nach Lächeln zumute.

„Du kriegst das noch besser hin, Schätzchen. Versuch's!"

Ihr Mund lächelte.

„Damit können wir leben", stellte der Mann fest und trat einen Schritt zurück. Sheridan stand auf.

„Hab keine Angst vor mir!", ermahnte er sie. Er klang jetzt ganz normal. Sie war verwirrt und verängstigt.

„Es wird nichts Schlimmes passieren, weil wir eine Abmachung getroffen haben. Ich werde sie nicht brechen, wenn du sie auch nicht brichst. Und vielleicht werden wir eines Tages ja sogar Freunde. Das wär doch schön, nicht wahr?"

„Ja", antwortete sie zaghaft, aber es war gelogen.

Dann strich der Mann ihr Kleid über ihrem Körper glatt. „Vielleicht wirst du das sogar mögen." Beide schauten auf, als sie hörten, wie ihre Mutter nach Sheridan rief.

„Du gehst jetzt besser, Schätzchen!", befahl er.

DAS HAUS, nach dem Joe suchte, stand am Ende einer schlammverschmierten Straße inmitten einer dichten Gruppe schattiger Flusspappeln. Auf dem schiefen Schild, das an einem Pfosten an der Landstraße hing, war zu lesen:

OTE KEELEY – Jagdausstattungsservice
Geführte Jagden
Wapiti • Maultierhirsch • Gabelbock • Elch
seit 1996

Das Haus der Keeleys war ein Kiefernblockhaus, das ziemlich verwohnt aussah. Über den Türen und einem Schuppen hingen Geweihe. Joe stellte den Motor ab und blieb noch einen Moment bei geöffnetem Fenster sitzen.

Bevor Joe am Morgen das Haus verlassen hatte, hatte er in der Zentrale in Cheyenne angerufen, um mit dem Beamten, Assistant Director Les Etbauer, zu sprechen, der ihm Anfang der Woche diesen unglaublichen Brief geschickt hatte. Da Etbauer jedoch noch nicht im Büro gewesen war, hatte Joe ihm die Nachricht hinterlassen, dass er ihn am Nachmittag aufsuchen würde.

Joe stieg aus. Als er sich der Eingangstür des Hauses näherte, ließ ihn das unverwechselbare Geräusch einer Schrotpatrone, die in eine Flinte geladen wurde, mitten in der Bewegung erstarren. Verdammt! Und er war wieder unbewaffnet.

Langsam hob er beide Hände, damit völlig klar war, dass er nicht versuchte, nach einer Waffe zu greifen.

Jeannie Keeley, Ote Keeleys Witwe, stand in der Tür und hielt ein Schrotgewehr auf ihn gerichtet. Sie trug eine Art Uniformkittel und verwaschene Jeans.

Mit betont ruhiger Stimme sagte Joe, wer er sei und dass er gerne bereit sei, ihr seinen Dienstausweis zu zeigen.

„Ich weiß, wer Sie sind!“, fuhr Jeannie Keeley ihn an.

„In diesem Fall würde ich vorschlagen, dass Sie Ihre Waffe irgendwo hinlegen, wo sie keinen Schaden anrichten kann“, sagte Joe ruhig, aber es schwang eine gewisse Schärfe in seiner Stimme mit.

Jeannie Keeley zuckte mit den Achseln, trat ins Haus zurück und stellte das Gewehr in einen Ständer neben der Tür. *„Sorry“,* sagte sie, ohne dass es wirklich nach einer Entschuldigung klang. „Normalerweise bin ich tagsüber nicht zu Hause und hab deshalb nicht damit gerechnet, dass jemand hier aufkreuzt. Ich hab ein krankes Kind hier, und außerdem bin ich ein bisschen nervös, seit Ote tot ist.“

„Das verstehe ich. Ich würde Ihnen gern ein paar Fragen zu Ote stellen.“

Jeannie Keeley stand in der Tür und versuchte, stark auszusehen, dachte Joe. Er las den Namen, der auf ihrem Kittel eingestickt war. Sie arbeitete als Bedienung in einem Restaurant in Saddlestring, das auf frittierte Rocky-Mountains-Austern und Einpfundhamburger spezialisiert war.

„Ach, was soll’s“, meinte sie schließlich. „Kommen Sie rein!“

Joe setzte sich an einen Naturholztisch in der Küche, während Jeannie Keeley sich um ein Mädchen in Sheridans Alter kümmerte. In dem dunklen Haus gab es vier Zimmer. Die Wände in der Küche und im

Esszimmer waren über und über mit Jagdtrophäen bestückt. Vom Esszimmer gingen ein Badezimmer, ein Schlafzimmer und ein Kinderzimmer mit Etagenbetten ab.

April, das Mädchen mit dem verstörten Gesichtsausdruck, das Joe auf der Beerdigung gesehen hatte, lag in dem unteren Bett eines Etagenbettes, aber Joe konnte nur ein Knäuel aus zerwühlten Laken und nasses dunkles Haar sehen. Jeannie gab April ein Glas Wasser und sagte ihr, sie solle brav liegen bleiben und still sein, bis der Mann wieder weg sei. Das Mädchen nickte anstelle einer Antwort. Joe bemerkte noch ein zweites Kind – er konnte nicht erkennen, ob es ein Junge oder ein Mädchen war –, das auf dem Fußboden spielte. Es trug nur eine Wegwerfwindel und ein abgetragenes, schmutziges T-Shirt.

Jeannie kam in die Küche zurück und fragte Joe, ob er einen Kaffee wolle. Als er dankend ablehnte, schenkte sie sich selbst eine Tasse ein und setzte sich dann zu ihm.

Mrs Keeley hatte eine nicht angezündete Zigarette im Mund. Sie nahm sie heraus und legte sie in einen Aschenbecher.

„Ich darf nicht rauchen, weil ich schwanger bin, wie man ja deutlich sieht", erklärte sie. „Aber manchmal steck ich mir einfach so eine in den Mund. Das hilft für eine Weile."

Dann erzählte sie Joe eine Menge Dinge, von denen er lieber nichts gewusst hätte, zum Beispiel, dass Ote nicht versichert gewesen war, als er starb. Dass Ote jeden Dollar, den sie beide verdient hatten, für Pferde, Waffen, Jagdbedarf und den verdammten Pick-up ausgegeben hatte, in dem er beerdigt worden war. Dass der Ford-Händler in Casper, wo Ote den Wagen gekauft hatte, ihr im Nacken saß, weil Ote offensichtlich die letzten drei Raten nicht bezahlt hatte, und dass er den Wagen jetzt zurückhaben wolle, was doch ein echter Witz sei. Dass Ote alles, was er beim Militärdienst gespart hatte, in dieses Blockhaus und ein Stück Land in Wyoming investiert hatte, damit er sich seinen Traum erfüllen konnte, Tiere totzuschießen und möglichst weit weg von den Menschen zu sein. Ote sei lieber mit Kyle Lensegrav und Calvin Mendes zusammen gewesen als mit irgendjemand anders. Außerdem sei Ote ein gemeiner Scheißkerl gewesen. Er habe ihr nichts hinterlassen, nicht einmal den verdammten Wagen. Sie werde staatliche Unterstützung in Anspruch nehmen, das Haus verkaufen und wegziehen müssen. Vielleicht werde sie die Kinder mitnehmen, vielleicht auch nicht. Eine gute Kellnerin werde überall einen Job kriegen.

Joe hörte geduldig zu und beobachtete sie dabei. Er war auf diesen Wortschwall genauso wenig vorbereitet wie darauf, dass sie mit einem Gewehr in der Hand in der Tür gestanden hatte. Sie hörte nicht auf zu reden. Er war überrascht, wie ruhig die Kinder im Nebenzimmer waren, und fragte sich, ob sie einfach nur Angst vor ihrer Mutter hatten. Und bald würde sie noch ein Kind haben.

„Als er starb, war er in Ihrem Garten", empörte sie sich, und ihre Augen blitzten. „Er besaß nicht einmal den Anstand, in seinem eigenen Garten zu sterben. Und um die Beerdigung zu bezahlen, musste ich seine Pferde verkaufen."

Joe schielte auf seine Uhr. Er würde bald aufbrechen müssen, wenn er pünktlich in Cheyenne sein wollte.

„Sind Sie nicht der Typ, dem Ote die Knarre abgenommen hat?", fragte Jeannie Keeley plötzlich.

Joe nickte.

„Verdammt, war er da stolz drauf!", tönte sie mit breitem Grinsen. „Eine ganze Zeit lang hat er über nichts anderes geredet. Sie müssen das verstehen, wenn Ote seinen Gewerbeschein verloren hätte, hätte er auch gleich tot sein können. Ich hätte glatt die Wände hochgehen können, wenn er mit dem Thema anfing."

Joe schaute sie an, während sie sprach, aber seine Aufmerksamkeit wurde abgelenkt von der absoluten Stille im Nebenzimmer, wo die Kinder waren. Er fragte sich, was mit dem kleinen Mädchen im Bett nicht stimmte.

„Ote mochte Sie", redete Jeannie Keeley weiter. „Er hat eine Weile mit dieser Pistolengeschichte angegeben, dann tat es ihm Leid. Er sagte, Sie seien ein guter Typ, Sie seien fair und ehrlich, nicht so wie Vern Dunnegan."

Joe fragte sie, was sie damit meine.

Jeannie Keeley zuckte mit den Achseln. „Das Einzige, was ich weiß, ist, dass Ote einmal wirklich sauer war, weil Vern ihn bei irgendwas erwischt hatte – wahrscheinlich beim Wildern – und Ote dafür bluten ließ."

„Sie meinen Schweigegeld?", fragte Joe ungläubig.

„So was in der Art", antwortete Jeannie Keeley. „Ote musste was für Vern machen, aber fragen Sie mich nicht, was. So laufen diese Dinge doch", versetzte sie, als habe sie vergessen, dass Joe auch Jagdaufseher war.

„Nicht unbedingt", stellte Joe energisch fest.

Er konnte ihr nicht länger zuhören. Also stand er auf und fragte sie, ob er ein Glas Wasser haben könne. Sie deutete zum Spülbecken. Auf dem Weg dorthin blieb er an der Tür zum Kinderzimmer stehen. April sah aus, als habe sie Fieber, die Haare klebten ihr an der Stirn, aber ihr Blick war ruhig. Auf dem Boden saß ein kleiner Junge mit großen dunklen Augen. Als er sich nach Joe umdrehte, las Joe in seinem Blick, dass er darauf wartete, dass Joe hereinkommen und ihm einen Klaps versetzen würde. Aber Joe konnte bei beiden Kindern keine Verletzungen oder blauen Flecke erkennen.

In der Küche drehte Joe den Wasserhahn auf und füllte sein Glas. Jeannie Keeley starrte ihn an.

„Hat Ote Ihnen eigentlich das gegeben, was er Ihnen geben wollte, um diese Sache wieder in Ordnung zu bringen?“, fragte sie.

Joe hielt inne, das Glas fast schon an den Lippen.

„Ote sagte, er hätte etwas, wenn Sie das sehen würden, würden Sie alle Verfahren gegen ihn sofort einstellen. Hat er es Ihnen gegeben?“

„Nein. Hat Ote Ihnen gesagt, was es war?“, fragte Joe.

„Irgendwas, was er und die Jungs gefunden haben. Irgendein Tier.“

„Was für ein Tier?“

Sie hielt inne und runzelte die Stirn. Aus dem Kinderzimmer kam ein lautes „Mama!“. Es war das kleine Mädchen.

„Halt den Mund, und sei still!“, brüllte Jeannie Keeley, ohne den Blick zur Kinderzimmertür zu wenden. Sofort herrschte Ruhe.

„Was für ein Tier?“, wiederholte Joe.

„Genau kann ich mich nicht mehr erinnern. Aber wir mussten darüber lachen. Ich hatte auf der Highschool einen Sportlehrer, der so hieß, daran erinnere ich mich noch.“

„Wie hieß dieser Sportlehrer?“

„Merle Miller. Wir nannten ihn immer ‚Killer Miller‘.“

„War es vielleicht“, Joe durchkramte sein Gedächtnis, „ein Miller-Wiesel?“ Er erinnerte sich vage an diesen Namen aus einem Biokurs, den er einmal belegt hatte. Das Einzige, woran er sich noch erinnerte, war, dass es westlich der Rocky Mountains heimisch gewesen war und seit mindestens einem Jahrhundert, wenn nicht länger, als ausgestorben galt.

„Könnte sein“, sagte sie. „Das kommt mir jedenfalls bekannt vor.“

„Hat er Ihnen noch irgendwas darüber erzählt?“, wollte Joe wissen.

„Ote hat mir nie irgendwas erzählt“, versetzte Jeannie Keeley düster.

WÄHREND Joe aus dem Pappelwäldchen in die Steppe und das gleißende Sonnenlicht fuhr, gingen ihm drei Dinge nicht aus dem Kopf. Das Erste war das, was Jeannie ihm über das Tier gesagt hatte, was Ote ihm hatte geben wollen. Das Zweite war die geradezu verstörte Art, wie Jeannie Keeley ihm von Ote erzählt hatte. Das Dritte war der verstörte Ausdruck in Aprils Gesicht, das Joe gesehen hatte, als Joe sie das erste Mal in ihrem Zimmer gesehen hatte. Er hatte diesen Ausdruck schon einmal gesehen, allerdings nur bei Haustieren. Maxine, die Labradorhündin, hatte ihn gelegentlich. Es schien dann, als wollte sie sagen: Bitte schlag mich, wenn du dich dadurch besser fühlst.

Seine Reifen glitten vom Schotter hinüber auf den glatten Fahrbahnbelag der Landstraße. Joe stieg aufs Gas, und der Motor heulte auf. Er konnte gar nicht schnell genug von diesem Ort wegkommen. Um im Staat Wyoming jagen und angeln zu dürfen, dachte Joe, mussten die Leute eine Lizenz erwerben und gegebenenfalls eine Prüfung absolvieren, um nachzuweisen, dass sie mit Feuerwaffen umgehen konnten und mit den Vorschriften des Wild-und-Fisch-Ministeriums vertraut waren. Zum Kindererziehen dagegen war keine Prüfung erforderlich.

ALS JOE die Wild-und-Fisch-Zentrale in Cheyenne betrat, seinen Namen nannte und erklärte, dass er hier sei, weil er um vier Uhr eine Verabredung mit Les Etbauer habe, veränderte sich die Atmosphäre im Zimmer schlagartig. Die Frau am Empfang schaute ihn misstrauisch an und wich hinter ihre Theke zurück, als hätte er eine ansteckende Krankheit. Außerdem bemerkte Joe, dass zwei junge Beamtinnen ihm seltsame Blicke zuwarfen, als sie seinen Namen hörten. Dann drehten sie sich schnell zu ihren Computern um, als würden sie dort die faszinierendsten E-Mails lesen, die sie je bekommen hatten. Die Dame am Empfang zeigte Joe den Weg, einen langen Gang entlang, und sagte ihm, er solle draußen Platz nehmen und warten. Auf der Milchglasscheibe stand: LESLEY ETBAUER, ASSISTANT DIRECTOR.

Joe nahm seinen Hut ab und setzte sich. Er kam sich vor, als wäre er wieder in der Schule und man hätte ihn zum Direktor gerufen.

Auf der langen Fahrt nach Cheyenne hatte Joe viel Zeit zum Nachdenken gehabt. Er hatte nicht nur darüber nachgegrübelt, wohin ihn die weitere Untersuchung der Morde führen würde, sondern auch über das, was Vern ihm in der Bar gesagt hatte. Die Schlüsse, zu denen er gekommen war, beunruhigten ihn.

ER WÜRDE vom Dienst suspendiert werden. Es war nur eine Frage der Zeit, bis Etbauer diese Worte aussprechen würde. Etbauer sagte eine ganze Menge Wörter, dachte Joe, aber nicht diese, jedenfalls noch nicht. Joe konnte das alles noch immer nicht glauben. Sein Mund war trocken, seine Hände waren feucht. Joes Beurteilungen waren stets gut gewesen, wenn nicht sogar ausgezeichnet. Er hatte seinen Job gut gemacht, davon war er immer überzeugt gewesen. Sein Arbeitseinsatz war weit über das hinausgegangen, was von ihm verlangt wurde. Außerdem hatte er den Vorfall mit Ote Keeley ordnungsgemäß gemeldet, weil er es so richtig gefunden hatte. Nie hätte er gedacht, dass es irgendwelche Konsequenzen haben würde, und wenn, dann schlimmstenfalls einen milden Verweis. Schließlich hatte er die Waffe zurückbekommen und Ote Keeley ganz unnachsichtig wegen eines Falles von Wilderei festgenommen.

Und nun würde er suspendiert werden. Joe fühlte sich, als hätte er einen Tritt in die Magengrube bekommen.

Etbauer redete und redete in einem betont sachlichen Tonfall. Er saß hinter seinem Schreibtisch und las mit nasaler Stimme laut den Bericht vor, den Joe über den Vorfall mit Ote Keeley verfasst hatte. Außerdem hatte er in einem Handbuch der Geschäftsstelle Passagen gefunden, die vom Umgang mit Dienstwaffen handelten, die er jetzt laut vorlas.

Etbauer hatte ein breites, vom Alkohol aufgedunsenes Gesicht und dicke Brillengläser. Joe wusste nicht viel über Etbauer, aber er hatte so einiges gehört. Laut Wacey war Etbauer direkt vom Militär zum Wild-und-Fisch-Department gewechselt, ohne einen richtigen Job dazwischen gehabt zu haben. Wacey hatte Etbauer einmal als den „ultimativen Regierungsbeamten“ bezeichnet, einen Mann, der noch nie in seinem Leben einen Gehaltsscheck bekommen hatte, der nicht vom Staat ausgestellt war. Er hatte ganz einfach seine Zeit abgesessen und war dabei automatisch aufgerückt, wenn andere die Stelle gewechselt oder in den Ruhestand gegangen waren, dabei scheffelte er Wertpapiere und baute sich eine nette Pension auf.

Joe hatte einzelne Wörter immer als eine endliche Zahl von Einheiten einer Währung betrachtet, und er war jemand, der viel vom Sparen hielt. Mit Wörtern, fand er, sollte man klug umgehen. Manchmal wünschte er sich, jedem Menschen wäre eine bestimmte Anzahl an Wörtern zugeteilt worden, mit denen er sein ganzes Leben lang auskommen müsste. Und wer seine Zuteilung von Wörtern aufgebraucht hätte, wäre gezwungen zu schweigen. Dann, so dachte Joe, hätte er noch immer mehr als genug auf seinem Konto, während Leute wie Etbauer den Mund halten müssten.

Joe bemerkte, dass Etbauer irgendwann eine Pause gemacht hatte, und sprang zurück in die Gegenwart. Etbauer starrte ihn an.

„Ich sagte", betonte Etbauer, pikiert darüber, dass Joe ihm nicht zugehört hatte, „wie konnte so etwas passieren?"

„Leichter, als Sie sich das vorstellen können", versetzte Joe. „Ich war gerade dabei, eine Strafanzeige zu schreiben. Es steht in dem Bericht. Ich hatte das Klemmbrett in der einen Hand und einen Kugelschreiber in der anderen."

„Aber er nahm Ihnen Ihre Waffe ab, während Sie da einfach herumstanden", entgegnete Etbauer ungläubig.

Da stand Joe plötzlich von seinem Stuhl auf, griff über den Schreibtisch, riss Etbauer sein Namensschild von der Brusttasche seines Hemdes und setzte sich wieder. Etbauer schaute ihn mit weit aufgerissenen Augen an.

„Sehen Sie, was ich meine?", fragte Joe und hielt das Namensschild hoch. „Selbst wenn Sie begreifen, was passiert, können Sie manchmal einfach nicht schnell genug reagieren, weil Sie so verdattert darüber sind, dass es überhaupt passiert."

Etbauer schluckte und versuchte, seine Autorität wiederzugewinnen. Aber seine Stimme war noch dünn. „Geben Sie mir mein Namensschild zurück."

Joe schob es über den Schreibtisch. „Sie dachten, ich würde Ihnen ins Gesicht schlagen, stimmt's?", fragte Joe. „Und Sie waren trotzdem nicht in der Lage, etwas dagegen zu tun. Nun, das ist genau das, was mir mit Ote passiert ist. Ich habe es vermasselt, aber das lag daran, dass ich in dem Moment nicht damit gerechnet habe. Genau wie Sie."

Etbauers Gesicht war rot angelaufen. Er schaute Joe nicht in die Augen, als er sagte, er habe den Bericht sorgfältig studiert und Joe werde mit Wirkung vom nächsten Dienstag, dem 30. September, vom Dienst suspendiert, und zwar ohne Bezüge. „Wir haben vor zu untersuchen", fuhr Etbauer fort, „ob Sie sich einer ernsthaften Verletzung Ihrer Dienstpflichten schuldig machen, indem Sie fortgesetzt Straftaten untersuchen, die bereits aufgeklärt sind. Und ob Sie Beweismaterial vernichtet haben, das auf eine Verbindung des Beschuldigten zu der Straftat hindeuten könnte."

Als Joe fragte, wer diese Meldungen gemacht habe, antwortete Etbauer vorsichtig, dass er „nicht befugt sei, darüber Auskunft zu geben".

„Aufgrund Ihrer jüngsten Handlungen“, fügte Etbauer hinzu, „werden wir ferner untersuchen, ob Sie selbst als Verdächtiger für die Straftaten infrage kommen. Sind Sie sich über den Ernst dieser Angelegenheit im Klaren?“

Joe nickte. Und ob er sich darüber im Klaren war, aber er hatte Schwierigkeiten, überhaupt einen Ton herauszubekommen. „Ich werde verdächtigt?“, krächzte er schließlich.

„Ja, Sie werden verdächtigt“, bestätigte Etbauer mit einem unbarmherzigen Lächeln. „Wir hoffen, dass die Sache schnell geklärt werden kann, weil das sonst die gesamte Abteilung in ein schlechtes Licht rücken würde. Sie können die Suspendierung bei der nächsten Sitzung der Wild-und-Fisch-Kommission Ende nächsten Monats anfechten. Ihre Dienstpflichten werden in der Zwischenzeit einem Jagdaufseher aus einem Nachbarbezirk übertragen.“

Joe stellte fest, dass sein Mund so trocken war, dass er nicht einmal schlucken konnte.

„Sie können jetzt gehen“, sagte Etbauer.

Joe stand auf. Er wusste, später würde ihn die Sache umhauen, aber jetzt empfand er nur Wut und eine seltsame Gelassenheit.

„Geben Sie den Saddlestring-Bezirk wenigstens Wacey Hedeman“, schlug er vor. „Er kennt ihn ziemlich gut, und er ist ein guter Mann.“

„Wir werden darüber nachdenken“, sagte Etbauer zerstreut und fummelte an seinem Namensschild herum. „Sie können jetzt gehen.“

Bevor Joe die Tür öffnete, wandte er sich noch einmal zu Etbauer um.

„Hat Ihnen eigentlich jemand gesagt, dass Sie das hier tun sollen?“, fragte er.

„Natürlich nicht“, erwiderte Etbauer schroff.

„Es hat Sie also niemand angerufen und gesagt: ‚Les, ich will, dass du diese Geschichte mit Pickett und seiner Dienstwaffe ganz hoch hängst.‘?“

„Natürlich nicht!“ Er reagierte wie jemand, der glaubte, sich verteidigen zu müssen. „Ich betrachte dieses Gespräch als beendet!“

Joe öffnete die Tür. „Das war nie ein Gespräch“, stellte er fest. „Vielleicht eine Art Lynchjustiz, aber kein Gespräch.“

Er knallte die Tür so fest hinter sich zu, dass er für einen Moment auf dem Flur stehen blieb, um sich zu vergewissern, dass er die Scheibe nicht zertrümmert hatte.

Joe fand ein leeres, nicht abgeschlossenes Büro und rief Marybeth im Haus der Kensingers an. Er empfand noch immer diese seltsame Ruhe, aber das Bedürfnis, mit seiner Frau zu sprechen, war groß.

Als Marybeth ans Telefon ging, fragte er sie, wie ihr das neue Zuhause gefiele.

„Oh, es ist ganz schön", sagte sie, aber er konnte an ihrer Stimme erkennen, dass sie total hingerissen war. „Fünf Schlafzimmer, eine wunderschöne Sonnenterrasse mit Blick auf den Twelve Sleep River, ein Whirlpool, eine Küche, die so groß ist wie unser ganzes Haus, und ein Esszimmer von der Größe eines Stadions."

Joe fühlte sich schon allein dadurch besser, dass er ihre Stimme hörte. Nach dem, was er gerade mitgemacht hatte, tat es gut, sie zu hören.

„Was hält Sheridan davon?"

Marybeth machte eine Pause, bevor sie antwortete. „Ich bin mir nicht sicher. Aus unerfindlichen Gründen scheint sie es nicht wirklich toll zu finden. Zu Mittag hat sie nichts gegessen, und auch mit meiner Mutter wollte sie nicht raus. Sie sitzt nur im Wohnzimmer und starrt aus dem Fenster. Ich hoffe, sie brütet nicht irgendeine Krankheit aus."

Joe stimmte ihr zu. Dann sagte er es: „Marybeth, die Abteilung hat mich mit Wirkung von nächstem Dienstag ohne Bezüge vom Dienst suspendiert, und zwar wegen der Geschichte mit Ote Keeley. Außerdem verdächtigen sie mich, dass ich irgendwie in die Jagdausstattermorde verwickelt bin."

Marybeth schnappte nach Luft. „O mein Gott, Joe!"

Er sagte nichts, und auch Marybeth blieb stumm. Schließlich fragte er, ob sie noch am Apparat sei.

„Joe, was hat das zu bedeuten?"

„Zweierlei, denke ich", sagte Joe mit so viel Zuversicht in der Stimme, wie er aufbringen konnte. „Erstens, dass es ein paar einflussreiche Leute gibt, die mich aus dem Weg haben wollen. Zweitens, dass es ganz so aussieht, als würdest du dich in diesem Moment mit dem neuesten Angestellten von InterWest Resources unterhalten."

„Bist du sicher?", fragte sie. „Joe, willst du das wirklich?" Ihre Sorge war echt, und er liebte sie dafür.

„Ich sehe keine großen Alternativen. Ich habe eine Familie zu ernähren."

„Joe …"

„Ich habe noch drei Tage, bis ich offiziell vom Dienst suspendiert werde", fiel ihr Joe ins Wort. „Ich komme noch heute Nacht zurück. Aber warte nicht auf mich."

„Ich liebe dich, Joe Pickett", sagte Marybeth.

„Ich liebe dich auch."

Joe ging nach unten in eine Abteilung, über deren Eingangstür Abteilung Wildtier-Biologie stand. Er ging am Schreibtisch der Sekretärin vorbei, die bereits Feierabend hatte, und trat in ein Labyrinth aus kleinen Kabinen und Tischen, die mit Laborgeräten voll gestellt waren. Es roch nach nassem Fell und Federn und einem starken Desinfektionsmittel. Joe ging durch den Mittelgang und hielt Ausschau nach jemandem, der noch arbeitete.

Schließlich sah er eine Frau aus ihrer Kabine kommen mit einer zusammengefalteten Jacke über dem Arm und jenem gehetzten Blick, der ihm sagte, dass sie Kinder in der Tagesstätte hatte und diese jetzt abholen musste.

„So spät noch im Dienst am Freitagabend?", fragte Joe lächelnd.

„Es ist später geworden, als ich wollte", erwiderte sie, während sie ihn kurz musterte und sich offensichtlich wunderte, was er am Freitag nach fünf noch da unten zu suchen hatte. „Kann ich Ihnen irgendwie helfen? Ich bin nämlich ein bisschen in Eile."

Joe erkannte ihre Stimme wieder. „Ich bin Joe Pickett", stellte er sich vor. „Ich glaube, wir haben letzte Woche miteinander telefoniert."

Ihr Gesichtsausdruck bestätigte, dass er Recht hatte.

„Tut mir Leid, Sie zu stören, wo Sie gerade so in Eile sind, also mach ich's kurz", begann Joe. „Ich finde es toll, was Sie getan haben. Dazu hat eine Menge Mut gehört, und ich weiß, dass Sie deswegen Schwierigkeiten bekommen könnten. Was mich betrifft, reden wir im Moment nicht mal miteinander. Ich kenne Ihren Namen nicht, und ich werde Sie auch nicht danach fragen."

Die Frau schwankte, ob sie stehen bleiben oder einfach weitergehen sollte. Schließlich entschied sie sich für Ersteres.

„Ja?", fragte sie.

„Würden Sie mir bitte zeigen, wo ich Informationen über eine gefährdete Art einsehen kann? Es geht um ein Tier, das als ausgestorben gilt."

Ihr Gesicht war starr wie eine Maske. „Ist diese Art in Wyoming und den Rocky Mountains beheimatet?"

„Hm."

Sie überlegte eine Sekunde und zuckte dann mit den Achseln. „Na gut, kommen Sie“, sagte sie beherzt. „Eine Minute kann ich noch aufbringen, und dann lass ich Sie mit dem Kram alleine.“

Rasch ging sie durch das Zimmer in eine Bibliothek, die mit Nachschlagewerken und Zeitschriften voll gestopft war. Joe folgte ihr. In der Bibliothek standen ein Faxgerät, ein Computer und ein Mikrofilmlesegerät. Sie fuhr den Computer hoch, klickte sich durch eine Reihe von Menüs und lud eine Dokumentendatenbank.

„Sie kommen damit klar?“, fragte sie.

„Ja“, antwortete Joe. Er hoffte es jedenfalls.

„Geben Sie den Suchbegriff ein. Wenn die Suche irgendwas ergibt, erscheinen eine Indexnummer und ein Titel für die Publikation. Die Nachschlagewerke sind in den Regalen hinter Ihnen und im Zimmer nebenan.“ Sie stand auf und raffte schnell ihre Sachen zusammen. „Also, ich bin dann weg.“

„Noch etwas … Hat jemand das Päckchen gefunden, das ich eingeschickt habe?“

Sie seufzte. „Versuchen Sie’s mal in der Müllverbrennungsanlage.“

„Nochmals vielen Dank.“

„Vergessen Sie’s.“ Die Frau wandte sich zum Gehen. „Ich meine das wirklich so. Achten Sie darauf, dass Sie den Computer und das Licht ausschalten, wenn Sie gehen.“

„Versprochen“, grinste Joe. Die Frau gefiel ihm.

Er setzte sich und wandte sich dem Monitor zu. Dann klickte er auf SUCHWORT und tippte MILLER-WIESEL ein.

ALS JOE mit dem Lesen fertig war, fuhr er in die Innenstadt von Cheyenne und kaufte sich in einer Pfandleihe einen Smith-&-Wesson-Magnum-Revolver für 275 Dollar. Ein Stück weiter die Straße hinunter erstand er in einem Laden eine Schachtel Patronen.

„HE, KLEINES Mädchen!“, rief der Mann aus dem Fenster seines Wagens und hielt neben Sheridan an. „Soll ich dich ein Stück mitnehmen?“

Sheridan blinzelte gegen die Staubwolke, die der Mann beim Bremsen aufgewirbelt hatte. Es war derselbe, der sich im Pferdestall versteckt hatte. Da das Auto sehr hoch war, konnte Sheridan nur sein Gesicht und seine Hand sehen, die auf dem Lenkrad lag. Er trug eine Sonnenbrille, und er lächelte.

„Ich darf nicht zu fremden Männern ins Auto steigen“, sagte Sheridan trotzig.

Der Mann lachte. Er konnte so nett aussehen. „Aber ich bin doch kein fremder Mann, Schätzchen. Ich kenne deinen Vater, hast du das schon vergessen? Und dich kenne ich auch!“

Sheridan nickte. Sie trug ein blaues Trägerkleid und Schnürschuhe, und auf ihrem Rücken hing ihr Schulranzen. Weil sie zurzeit im Eagle Mountain Club wohnte, musste sie einen anderen Bus nehmen als sonst, und der hatte fast immer Verspätung. Sie hatte das Gefühl, dass ihr gleich schlecht werden würde. Seit dieser Mann sie in den Stall gezerrt hatte, hatte sie kaum noch an etwas anderes als an ihn denken können. Und jetzt war er schon wieder hier, direkt vor ihr. Möglichst unauffällig versuchte sie rechts und links die Straße hinunterzuschielen.

„Da kommt niemand“, brummte der Mann.

Sheridan wandte den Blick ab, damit er nicht sehen konnte, wie viel Angst sie hatte.

„Machen wir's kurz“, sagte der Mann. „Wie hast du die Wiesel dazu gekriegt, aus dem Holzstoß rauszukommen?“

„Ich habe Futter darauf gestreut“, antwortete Sheridan.

„Was für Futter?“

„Trockenes Müsli“, zählte sie auf. „Rosinen, Nüsse, Hamburger-Stücke.“

Der Mann schien über etwas nachzudenken. „Sheridan, verheimlichst du mir etwas?“

Sheridan fühlte, wie es ihr kalt über den Rücken lief. „Nein“, log sie. Hoffentlich fragte er sie nicht, ob sie wisse, wo die Wiesel jetzt waren. Sie war nicht sicher, ob sie es schaffen würde, ihn anzulügen, ohne dass er es merkte. Aber er fragte sie nicht, und wie die meisten Erwachsenen glaubte er, alles zu wissen.

„Wir haben doch immer noch unsere Abmachung, nicht wahr, Schätzchen?“

Sheridan nickte. Sie ertappte sich dabei, dass sie zurückwich.

„Wenn ich die Wiesel nicht aus dem Holzstoß kriege, wirst du mir helfen müssen“, drohte der Mann. Er ließ den Wagen an. Über den Motorlärm hinweg rief er: „Nimm's leicht, Schätzchen!“ Dann brauste er davon. Im Rückspiegel sah er noch, wie der gelbe Schulbus über der Hügelkuppe auftauchte und abbremste, um Sheridan mitzunehmen.

DIE ERSTE schriftliche Beschreibung eines Miller-Wiesels stammte von einem gewissen Captain Meriwether Lewis aus den *Journals of the Lewis and Clark Expedition* aus dem Jahre 1805. Die Passage war nicht besonders umfangreich. Lewis schrieb, die Gruppe sei auf kleine Kolonien der „putzigen Tierchen“ gestoßen, kurz nachdem sie die Mündung des Missouri erreicht hatte und dem Jefferson River zu den Rocky Mountains gefolgt sei. Die Tiere gruben sich ähnlich wie Präriehunde in die Erde ein, und zwar entlang der traditionellen Bisonrouten. Ihr Name stamme von Rodney „Mandan“ Miller, einem Gehilfen eines Feldmessers der Expedition, der sich den Fuß verknackst habe, als er in eines der Erdlöcher getreten sei. Lewis schrieb, die Tiere stünden manchmal auf den Hinterläufen eng beieinander und gäben schnatternde Warnlaute von sich, wenn sich die Expeditionsgruppe nähere. Die Miller-Wiesel, schrieb er, seien „fröhliche kleine Weggefährten“, die sich hauptsächlich von Bisonkadavern ernährten.

Joe fuhr Richtung Norden. Er ließ das Fenster offen, um in tiefen Zügen den frischen, trockenen Duft der mit Beifuß bewachsenen Flächen einzuatmen, die sich wie eine endlose, faltige Steppdecke nördlich von Casper in alle Richtungen ausbreiteten. Es war kurz vor der Abenddämmerung, jener besonderen Tageszeit, in der stille Herden von Maultierhirschen aus ihren geheimen Verstecken und dem Beifußgestrüpp hervorkamen – eine kurze, magische Zeit, in der die Sonne die braune und weiße Farbe von hunderten von Gabelböcken beleuchtete, die sie wie Lichtfeuer in dem grauen Busch erscheinen ließ. In wenigen Minuten würde sich das Licht ändern, und die Gabelböcke würden wieder mit der fleckigen Beschaffenheit des Landes verschmelzen, als wären sie nie wirklich da gewesen.

Joe fuhr ohne Pause durch. Nur zum Tanken hielt er an, weil er gegen Mitternacht wieder bei Marybeth sein wollte.

Ein seltsames, fast Schwindel erregendes Gefühl überkam ihn. Er hatte schon tausende von Sonnenuntergängen in Wyoming erlebt, aber aus irgendeinem Grund berührte ihn dieser ganz besonders. Seine Gefühle schwankten zwischen Schuld, Erleichterung und hellem Zorn. Schuld, weil er Marybeth und seine Familie enttäuschte, Erleichterung, weil dieses Kapitel seines Lebens – die langen Arbeitszeiten, die schlechte Bezahlung, der Frust, der daher kam, dass er seinen Job gut machen wollte, dabei aber immer wieder auf die Gleichgültigkeit der Regierungsbürokratie stieß – abgeschlossen war; und blanke Wut, weil er eine Schachfigur in einem Spiel war, das irgendjemand spielte, ein Gefühl, das er überhaupt nicht von sich kannte.

Joe verdrängte den Gedanken, dass dies vielleicht eines der letzten Male war, dass er mit diesem Pick-up fuhr oder seine Uniform trug. Ihm war klar, dass er nicht bloß seinen Job verlieren würde – er würde auch das Bild, das er von sich selbst hatte, verlieren. Doch statt darüber nachzugrübeln, richtete er seine Gedanken auf das, was er in der Bibliothek erfahren hatte.

Nicht mehr als dreißig Zentimeter lang und von verblüffender Schnelligkeit war das Miller-Wiesel dem Mungo näher verwandt als jede andere nordamerikanische Gattung. Miller-Wiesel waren Allesfresser und aggressiv, und sie ernährten sich von Eiern, Schlangen, Mäusen, Vögeln, Eidechsen, Früchten, Insekten, Wurzelknollen und Samenkörnern. Sie verfolgten sogar Füchse und Hunde. Man schätzte, dass im frühen 19. Jahrhundert zeitweilig bis zu einer Million Miller-Wiesel im Gebiet der westlichen Rocky Mountains und der Great Plains zu Hause gewesen waren. Sie lebten in Familienverbänden zwischen fünf und dreißig Angehörigen und zogen mit ihren Kolonien mehrmals im Jahr um, stets im Gefolge der Bisons. Diese brauchten die Wiesel nicht nur wegen ihrer Kadaver, von denen sie sich ernährten, sondern auch, weil sie mit ihren Hufen die Erde aufwühlten und dabei Pflanzen, Wurzeln und Kleintiere zutage förderten, von denen sich das Miller-Wiesel ernährte.

Bei den Indianern galt das Miller-Wiesel als Glücksbringer; Abbildungen von ihm tauchten als Malereien auf Tipihäuten und als Perlenschmuck auf Kleidungsstücken auf. Der Grund dafür war simpel: Wo es Miller-Wiesel gab, das wussten die Indianer, da würden auch die Bisons nicht weit sein.

Was dann schließlich zum Aussterben der Miller-Wiesel führte, war die nahezu gänzliche Ausmerzung der riesigen Bisonherden in den Great Plains. Da das Miller-Wiesel auf den Bison angewiesen war, starb es aus, als der Bison verschwand.

War es möglich, dass noch ein paar von ihnen existierten?

Es war möglich, dachte Joe. Vielleicht hatten die Wiesel gelernt, sich anders zu ernähren. Zum Beispiel gab es in den Bergen eine ganze Menge von Wapitis, Elchen und Maultierhirschen, von denen man sich ernähren konnte.

Und Vern hatte Recht. Wenn eine Kolonie von Miller-Wieseln entdeckt würde, wüsste es innerhalb weniger Stunden via Internet die weltweite Wissenschafts- und Umweltschützergemeinde. Das würde der jetzt schon sterbenden Stadt Saddlestring einen Schlag versetzen, von dem sie sich wahrscheinlich nicht mehr erholen würde. Bundesbeamte der unterschiedlichsten Behörden, Journalisten, Biologen und Umweltschützer aus der ganzen Welt würden anrücken, alle mit ihren speziellen politischen Programmen im Gepäck, und jeder von ihnen würde versuchen, sein eigenes Ding durchzuziehen. Die Rancher, Holzarbeiter, Jagdausstatter, Touristenführer und Einwohner von Saddlestring würden dem nichts entgegenzusetzen haben.

Joe hatte noch keinen greifbaren Beweis für die Existenz der Wiesel, den er irgendjemandem hätte vorlegen können. Aber wenn man alles, was passiert war, in einem bestimmten Licht betrachtete, einem Licht, das dem Sonnenlicht, das die Gabelböcke aus der Beifußsteppe herausgelockt hatte, ähnelte, dann schien alles darauf hinzudeuten, dass eine Tierart, die seit hundert Jahren als ausgestorben galt, fröhlich und munter in den Bighorns weiterlebte – und dass drei Männer, die das herausgefunden hatten, ermordet worden waren. Und der Mörder war laut Sheriff Barnum und den staatlichen Ermittlern Clyde Lidgard. Aber wenn Lidgard es nicht gewesen war – und Joe konnte sich nicht dazu durchringen, das zu glauben –, wer dann? Und warum schienen ausgerechnet diejenigen, die eigentlich das größte Interesse an den Möglichkeiten, die sich aus dieser Entdeckung ergaben, hätten haben müssen, nämlich seine Kollegen, so desinteressiert und wollten ihn sogar aus dem Weg haben?

Joe lächelte bitter.

Es blieben ihm genau drei Tage Zeit, um die Antworten auf diese Fragen zu finden, und er war vollkommen auf sich allein gestellt.

IN WALTMAN, vor einem kleinen rosafarbenen Gemischtwarenladen etwa fünfzig Kilometer von jeder bewohnten Gegend entfernt, fand Joe ein Münztelefon und rief Dave Avery, seinen Freund vom Wild-und-Fisch-Department Montana, in dessen Haus in Helena an. Er fragte Dave, ob er die Proben, die er ihm geschickt hatte, schon analysiert habe.

„Sag mal, Joe, willst du mich auf den Arm nehmen?“, fragte Dave argwöhnisch. „Ist das irgendein Spielchen, das du da mit mir treibst?“

Das bedeutete, dass Dave die Proben erhalten und getestet hatte.

„Warum sagst du das?“, fragte Joe.

Dave schnaubte. „Das weißt du genau, Joe. In diesem Kot war von allem ein bisschen drin. Kiefernzapfen, Pflanzen, Spuren von Knorpel, sogar Haare vom Wapiti. Die Exkremente könnten von einem Fuchs stammen, aber dafür sind die Kötel ein bisschen zu klein. Du hast dieses Spiel gewonnen, Joe. Ich hatte gedacht, ich könnte diesen Kot relativ leicht identifizieren. Aber ich stehe vor einem Rätsel. Leider habe ich nicht die blasseste Ahnung, von wem er stammt."

Für Joe war dies eine weitere Bestätigung, dass er auf der richtigen Spur war.

„Schon mal was vom Miller-Wiesel gehört?", wollte Joe wissen.

„Wovon?", fragte Dave zurück. Dann folgte eine lange Stille. Dave Avery kannte sich sehr gut mit den Arten der Region aus, den existierenden wie den früheren. „Das ist jetzt kein Scherz, oder? Hast du tatsächlich welche gesehen?"

Joe erzählte ihm, was passiert war, wo er die Proben gefunden hatte und was er vermutete.

„Ist dir klar, was für ein Ding du da möglicherweise lostrittst?", fragte Dave, als Joe fertig war. „Wenn die Bundesbehörden das rauskriegen, ist hier die Hölle los."

„Das ist im Moment meine geringste Sorge", seufzte Joe. „Könntest du mir in der Zwischenzeit einen Gefallen tun?"

„Klar."

„Mach noch ein paar Tests, damit wir ganz sicher sind, dass wir uns nicht irren. Dann schließ die Kotproben mitsamt der Analyse weg. Und zu niemandem ein Sterbenswörtchen, bis ich die Sache hier geklärt habe."

Dave wollte noch wissen, wie lange es dauern werde, bis Joe sich wieder bei ihm melden werde.

„Drei Tage."

FÜNFZIG Kilometer nördlich von Waltman bog Joe vom Highway auf eine wenig benutzte Ranchzufahrt ab. Er erreichte eine Anhöhe und hielt an einer Stelle, wo er vom Highway aus nicht gesehen werden konnte.

Joe stellte den Motor ab und schwang sich aus dem Pick-up. Ein Kalifornischer Eselhase sprang in mächtigen Sätzen davon, was ihn im Scheinwerferlicht doppelt so groß erscheinen ließ, als er eigentlich war.

Joe strich mit den Fingern über den Griff seines neuen Revolvers und hob die Waffe. Dann spannte er den Hahn mit dem Daumen. Die Trommel drehte sich leise. Über den langen Lauf zielte er auf den inzwischen weit entfernten Eselhasen und drückte ab. Die .357er ging los, dabei erschütterte ein heftiger Rückstoß seine Hände, und vor dem Hasen spritzte eine Staubwolke auf.

Joe feuerte wieder und dann noch einmal – so lange, bis ihm bewusst wurde, dass es dreimal nur klick gemacht hatte, weil die Trommel leer war. Achthundert Meter weiter flitzte der Kalifornische Eselhase in langen Sätzen auf die Berge zu.

Mit klingenden Ohren und halb taub von dem erschütternden Knall des schweren Revolvers, stolperte Joe zu seinem Pick-up zurück, um neu zu laden.

IN DER Stockman Bar sah Joe Vern Dunnegan schon von weitem in seiner angestammten Nische am hinteren Ende sitzen. Vern hielt ein großes Glas Bourbon mit Wasser in den Händen.

Als Joe näher kam, blickte Vern auf, und in diesem Moment huschte etwas über sein Gesicht – vielleicht eine Mischung aus Überraschung und Zorn. Joe hatte kaum Gelegenheit, den Blick zu registrieren, da wich er auch schon einem breiten, übertriebenen Grinsen. Joe ließ sich schwer in die Nische sinken.

„Du bist aber noch verdammt spät auf“, begrüßte ihn Vern und musterte Joe eingehend.

„Ich komme gerade aus Cheyenne zurück“, erklärte Joe. „Das ist vielleicht eine verdammt lange Strecke.“

„Und was führt dich in die Stockman Bar, wenn du offensichtlich schon über deine normale Schlafenszeit hinaus bist?“, fragte Vern.

Joe schaute ihn an. „Ich glaube, ich möchte den Job bei InterWest annehmen, den du mir angeboten hast“, sagte Joe feierlich. „Soeben bin ich vom Dienst suspendiert worden.“

Vern runzelte melodramatisch die Stirn. „Suspendiert? Du? Das gibt’s doch gar nicht.“

Joe hatte das Gefühl, dass Vern längst nicht so überrascht war, wie er tat.

Sie spielten jetzt eine Art Spiel miteinander. Aber bei dieser Art von Spiel war Joe ein blutiger Amateur und Vern ein ausgebuffter Profi.

Joe berichtete Vern, was passiert war, und endete dann: „Und deshalb will ich also jetzt bei dir arbeiten.“

„Warum wehrst du dich nicht?“, fragte Vern. „Das klingt nach einer lächerlichen Überreaktion. Damit kämen die bei einer Anhörung vor Gericht doch nie durch."

„Dafür habe ich weder die Zeit noch das Geld, schließlich habe ich eine Familie zu ernähren", erwiderte Joe wahrheitsgetreu. „Außerdem bin ich nicht sicher, ob ich meinen Job überhaupt wiederhaben will, wenn das Department zu so einem Verhalten fähig ist."

Vern leerte sein Glas und bestellte zwei neue Drinks für sie beide.

„Joe", begann Vern, nachdem die Kellnerin die Drinks gebracht hatte, „ich fürchte, hier liegt ein kleines Missverständnis vor."

„Wie meinst du das?"

Vern schmunzelte auf seine freundlichste Art, als nähme er die Verlegenheit für beide auf sich. „Joe, ich kann mich nicht erinnern, dir jemals tatsächlich einen Job bei InterWest angeboten zu haben. Ich meine gesagt zu haben, ‚ich fühl bloß mal so ein bisschen vor'. Erinnerst du dich nicht mehr an diesen Satz?"

„Doch, daran erinnere ich mich", bestätigte Joe. Er wollte Vern immer noch vertrauen. „Aber ich weiß, was ich gehört habe und was du gemeint hast."

„Schau", erklärte Vern. „Es wird nicht funktionieren. Ich habe mit meinen Bossen bei InterWest geredet. Sie fragten mich, ob du bereit wärst, die Verpflichtung einzugehen, und ich musste ihnen die ehrliche Antwort geben, dass du das – zu dem Zeitpunkt – nicht tatst. Vielleicht, wenn du früher zu mir gekommen wärst. Bevor diese Geschichte in Cheyenne passiert ist."

Joe lehnte sich zurück. Er wollte etwas sagen, verkniff es sich aber.

„Einer der Gründe, warum ich dich mit an Bord haben wollte, war deine weiße Weste und dein tadelloser Ruf", fuhr Vern fort in einem Ton, der fast so klang, als wolle er sich entschuldigen. „Aber du hast in jüngster Zeit deinen eigentlichen Job vernachlässigt und bist stattdessen in der Gegend herumgerannt, um diesen Jagdausstatterfall wieder aufzurollen. Glaub ja nicht, dass das niemand gemerkt hat. Es wird gemunkelt, dass du aus einem unerfindlichen Grund, den nur du kennst, Clyde Lidgards Wohnwagen abgefackelt hast. Ich glaube tatsächlich nicht, dass es für dich einen Job bei uns gibt, Joe. Tut mir Leid."

Zum zweiten Mal an diesem Tag war Joe wie vom Donner gerührt. Was sollte er Marybeth erzählen, wenn er nach Hause kam? Und seinen Töchtern. Und seiner Schwiegermutter. Das Schlimmste daran war, dass er eigentlich gar nicht zu Vern hatte gehen wollen, um ihn um den Job zu bitten. Er hatte es getan, weil er dachte, dies sei er seiner Familie schuldig.

Als er aufstand, spielte er mit dem Gedanken, Vern einfach mit aller Kraft die Faust in das grinsende Gesicht zu rammen. Aber er tat es nicht. Selbst dazu fühlte er sich zu niedergeschmettert.

„Es ist noch nicht alles verloren, Joe“, sagte Vern, als Joe sich seinen Hut aufstülpte. „Wacey wird vielleicht einen neuen Hilfssheriff brauchen. Er wird diesen McLanahan feuern, sobald er das Amt übernimmt. Noch ist nicht alles verloren.“

Joe drehte sich um und beugte sich in die Nische hinab. Dabei stützte er sich mit beiden Händen auf die Tischplatte und schob das Gesicht ganz dicht vor Verns. „Da irrst du dich, Vern“, sagte Joe fast flüsternd. „Ich habe heute meinen Job und mein Haus verloren. Mein Glaube daran, dass schon alles gut werden wird, wenn du nur deinen Job ordentlich machst, hart arbeitest und ehrlich bist, ist im Moment ziemlich ins Wanken gekommen. Meine Familie ist genau ein Monatsgehalt davon entfernt, auf der Straße zu stehen. Ein Monatsgehalt. Soeben ist meine einzige Aussicht auf einen anderen Job geplatzt. Du setzt noch einen drauf, indem du mir erzählst, ich hätte meinen guten Ruf verloren. Und dann wagst du es, mir seelenruhig zu sagen, es wäre noch nicht alles verloren?“

Vern wollte die Hand auf Joes Schulter legen, aber Joe wehrte die Geste ärgerlich ab.

„He, Joe!“, rief Vern erregt. „Es wird Zeit, dass du anfängst, mehr über Joe Pickett nachzudenken und weniger darüber, was deine Familie und alle anderen denken. Das ist eines der Dinge, die ich gelernt habe, Joe.“ Verns Blick wurde hart, und seine Lippen verzogen sich zu einem spöttischen Lächeln. „Willkommen in meiner Welt. Der *wirklichen* Welt. Das ist ein Ort, wo die netten Dinge nicht notwendigerweise den netten Menschen passieren. Ich“, fuhr Vern hochtrabend fort, „bin Unternehmer. Ich schaffe Wohlstand. Ich habe diese InterWest-Sache auf die Beine gestellt. Man hat dir ein Angebot gemacht, und du hast die Chance verstreichen lassen.“

Ihre Blicke bohrten sich ineinander.

„Vern, hast du schon einmal was von einer Tierart namens Miller-Wiesel gehört?“

Verns Mundwinkel zuckten leicht, und sein Mund verzog sich zu einem falschen Lächeln. „Das Miller-Wiesel ist ausgestorben“, antwortete er kalt. „Es existiert nicht mehr, auch wenn alle paar Jahre mal wieder irgendwo das Gerücht auftaucht, jemand hätte eins gesichtet. So ähnlich wie beim Yeti."

„Vern", presste Joe hervor. „Wenn ich rauskriege, dass du deine Finger da irgendwie mit drinhast, dann lass ich dich hochgehen."

Joe sah den gleichen Ausdruck, den er beim Hereinkommen gesehen hatte, in Verns Gesicht. Aber diesmal mischte sich eine Spur von Angst mit hinein. Joe registrierte es mit Genugtuung.

KAPITEL V

Im Esszimmer stand ein langer dunkler Hartholztisch, der gut und gerne 14 Personen Platz bot. Es war mitten in der Nacht, und Joe saß im Bademantel am Fuße des Tisches unter einem abgedimmten Kronleuchter und erging sich in Selbstmitleid.

Das Haus der Kensingers war großartig, aber er hatte es mit leicht belustigter Teilnahmslosigkeit besichtigt. An den Wänden hingen zeitgenössische Originalgemälde von James Bama und Bill Schenck, Vertretern der so genannten „Western-Art"-Schule, und Drucke mit englischen Jagdmotiven aus dem achtzehnten Jahrhundert. Von den Deckenbalken hingen zweitausend Dollar teure Navajo-Decken, und im von Bücherregalen gesäumten Arbeitszimmer befand sich ein riesiges, auf ein Stativ montiertes Teleskopfernrohr, durch das man den Twelve Sleep River und die Wildtiere betrachten konnte, die von den Gebirgsausläufern herunterkamen, um unten am Fluss zu trinken. Die Unwirklichkeit dieses Ortes war angesichts der Situation, in der er steckte, überwältigend.

„Kann ich dir irgendwas bringen?" Es war Marybeth. Sie stand im Schatten der großen Flügeltür. Er schaute sie an, als würde er sie zum ersten Mal sehen. Sie trug ein weites T-Shirt, das ihr fast bis zum Knie reichte. Das Baumwoll-T-Shirt spannte über ihrem schwangeren Bauch. Ihre Beine unter dem Shirt waren fest und schlank. Das Haar fiel ihr bis auf die Schultern und war vom Schlaf zerzaust. Sie sah hinreißend aus.

Als er nach Hause gekommen war, hatte er ihr alles erzählt: was in der Wild-und-Fisch-Zentrale vorgefallen war, was Dave Avery ihm bestätigt und was Vern ihm über den Job und seinen Ruf gesagt hatte.

„Auf die eine oder andere Weise hat dieser Mann dafür gesorgt, dass er immer noch Macht über dich hat“, hatte Marybeth gesagt. „Vern Dunnegan wird vermutlich der einzige Mensch werden, den ich jemals wirklich zu hassen gelernt habe.“

Er hatte ihr von seinem Plan erzählt, am nächsten Tag noch einmal zum Crazy Woman Creek Canyon zu fahren, wo die Jagdausstatter ermordet worden waren – solange er noch die dienstliche Befugnis hatte, das zu tun. Vielleicht würde er irgendetwas finden, was seinen Verdacht, den er inzwischen hegte, erhärten würde. Als er fertig gewesen war, hatte sie ihn angesehen und gesagt: „Das ist eine Menge Stoff zum Nachdenken.“ Und dann war sie ins Bett gegangen.

Jetzt war sie zurückgekommen. Sie löste sich vom Türrahmen, zog sich einen Stuhl heran und setzte sich neben ihn an den Tisch. Sie legte ihre warme Hand auf sein Bein und schaute ihm in die Augen. „Joe, ich habe über alles nachgedacht, was du mir erzählt hast.“

Er wartete, was als Nächstes kommen würde.

„Es ist noch nicht alles verloren, Joe. Du hast mich. Du hast deine Familie. Du hast Charakter. Das ist eine Menge, und das können wahrlich nicht viele Menschen von sich sagen. Wir lieben dich, und wir wissen zu schätzen, was wir an dir haben und was du getan hast.“

Joe schaute seine Frau zweifelnd an.

„Du bist ein guter Mann, Joe, der Letzte deiner Art. Vergiss das nicht. Es gibt nicht mehr viele wie dich. Dein Gefühl für Anstand und Ehrlichkeit ist vorbildlich, außerdem hast du ein gutes Herz. Du musst tun, was du tun musst. Die Dinge werden sich irgendwie klären. Wir werden auf die Probe gestellt, weiß der Himmel, warum.“

Joe war verblüfft. Aus irgendeinem Grund – und er fühlte sich jetzt mehr als bloß ein bisschen schuldig deswegen – hatte er geglaubt, sie wolle ihm sagen, dass sie genug habe und es vielleicht das Beste sei, wenn sie mit den Kindern für eine Weile zu ihrer Mutter nach Arizona ziehen würde. Aber nun bewies sie ihm, dass sie ihm stärker verbunden war, als er je geglaubt hätte. Er wollte sie nach dem Grund fragen, aber sie ließ ihn nicht.

„Frag mich nicht, Joe. Das hat nichts mit Logik zu tun. Ich kann es dir eigentlich auch nicht anders erklären, als dass ich dir vertraue und das bis zum bitteren Ende gemeinsam mit dir durchstehe.“

„Da hast du dir aber einiges vorgenommen“, erwiderte Joe.

„Das kann man wohl sagen“, bestätigte Marybeth. „Aber du hast mich bisher noch nie enttäuscht.“

Marybeth war ihm noch nie so schön vorgekommen wie in diesem Augenblick.

„Ich weiß gar nicht, was ich jetzt sagen soll", murmelte Joe und wurde rot.

Marybeth nahm seine Hand und legte sie auf ihren Bauch. Unter der gespannten Haut konnte er fühlen, wie sich das Baby bewegte.

„Wir machen wunderbare Babys", sagte sie sanft. „Wir bringen gute kleine Menschlein in die Welt, die eine Mutter und einen Vater haben, die sie lieben und für sie sorgen. Diese Kinder wissen, was richtig und was falsch ist, weil ihre Eltern ihnen beibringen, wie sie das eine vom andern unterscheiden können, und weil ihre Eltern ihnen das auch vorleben. Irgendwann werden wir dafür belohnt werden, Joe. Wir müssen nur ganz fest daran glauben. So einfach werden wir nicht aufgeben."

Joe starrte Marybeth an. Er wusste immer noch nicht, was er sagen sollte.

„Aber jetzt, in diesem Moment, will ich dich einfach nur in meinem Bett haben", fuhr sie fort. „Ich brauche dich dort."

Er folgte ihr in ein Schlafzimmer, das er noch nie vorher gesehen hatte, und in ein Bett, in dem er noch nie zuvor geschlafen hatte. Sie liebten sich auf eine warme, unbeholfene Weise, und wenigstens für ein paar kurze, wunderschöne Momente vergaß er, wo er war.

JOE WUSSTE nicht, wie lange er geschlafen hatte, aber als er die Augen aufschlug, war es draußen noch dunkel. Vorsichtig schlüpfte er aus dem Bett, um Marybeth nicht zu wecken, und ging barfuß über die kalten Steinfliesen in die Diele. Bis sieben Uhr wollte er im Sattel sitzen, um dann gegen Mittag das Jagdlager zu erreichen.

Was er danach tun würde, wusste er noch nicht, auch nicht, wie weit er gehen würde.

„Papi?"

Joe hatte gerade einen Blick auf seine Armbanduhr geworfen, als die Stimme ihn herumfahren ließ. Als er in das Kinderzimmer trat, sah er Sheridan aufrecht im Bett sitzen.

„Schätzchen", fragte Joe, „warum schläfst du nicht? Es ist erst halb vier!"

Er strich ihr über das Haar und drückte sie sanft auf ihr Kissen zurück.

„Ich kann nicht schlafen", antwortete Sheridan. Ihre Stimme klang heiser.

„Was ist los mit dir? Ist es das neue Haus?“, wollte Joe wissen. „Weil du in einem neuen Bett schlafen musst?“

Sheridan gab keine Antwort, aber er spürte, dass sie ihm etwas erzählen wollte. Er hörte sie schniefen und wusste, dass sie geweint hatte.

„Du kannst es mir ruhig sagen“, sagte er in sanftem Ton.

Da setzte sie sich plötzlich auf, schlang die Arme um seinen Hals und bettete ihr Gesicht an seine Brust. „Ich mag dieses Haus nicht“, schluchzte sie.

„Ist das alles?“, fragte er.

Sie schwieg ungewöhnlich lange. Dann antwortete sie verzagt: „Das ist alles.“

„Wir bleiben ja nicht für immer hier“, tröstete er sie.

Er rieb sanft ihre Schulter, bis er das Gefühl hatte, dass sie wieder eingeschlafen war. Schließlich erhob er sich und ging zur Tür.

„Ich liebe dich und Mami“, hörte er Sheridan noch murmeln. „Ich liebe unsere ganze Familie.“

Joe war schon an der Tür und wandte sich jetzt um.

„Und deine ganze Familie liebt dich, Sheridan. So, und jetzt schlaf schön.“

JOE RITT schnell und schaffte es bis zum Mittag zum Jagdlager. Hier oben in den Bergen war es kalt. Graue, tief dahinjagende Wolken füllten einen Himmel, der ungewöhnlich nahe schien. Im Lager angekommen, saß er ab, streckte sich und nahm Lizzie den Sattel ab. Sie waren beide ordentlich ins Schwitzen geraten. Ihr Rücken dampfte förmlich.

Joe rubbelte Lizzie mit seinen Handschuhen ab und streute ihr etwas Hafer auf den Boden. Erst wenn Lizzie trocken war und verschnauft hatte, würde er weiterreiten.

Bis auf ein paar Jäger hatte Joe bisher keine Menschenseele gesehen. Während Lizzie sich ausruhte, setzte er sich auf einen Stein, zog seine Thermosflasche aus der Satteltasche und goss sich eine Tasse Kaffee ein. Zusätzlich zu seiner neuen Smith&Wesson, die er an der Hüfte trug, hatte er noch seine Remington-Flinte mitgenommen, die er mit grobem Schrot geladen hatte.

Er breitete eine topographische Landkarte auf seinen Knien aus und suchte, bis er die Stelle gefunden hatte, an der das Jagdlager lag. Entlang dem Crazy Woman Creek, ein paar Zentimeter oberhalb des Lagers, in dem er sich jetzt befand, verlief laut Karte ein steiler und enger Canyon.

Was Joe am meisten interessierte, war die Stelle, wo der Bach begann und der Canyon sich zu verbreitern schien. Sie sah aus wie eine riesige Schüssel, ungefähr drei Kilometer lang und fünf Kilometer breit, die von schroffen Felswänden gesäumt war. Das Gebiet lag in einer Gegend, in der keine Wege eingezeichnet waren. Der einzige Weg zu dieser Stelle schien der stromaufwärts am Bach entlang zu sein.

Joe war noch nie in dieser Senke gewesen. Er hatte Vern mal danach gefragt, weil sie ein so einzigartiges topographisches Gebilde war. Vern hatte ihm geantwortet, er sei bloß einmal dort gewesen. Jäger mieden diese Senke, hatte Vern gesagt, weil sie, obgleich abgelegen und wahrscheinlich sehr wildreich, einer dieser Orte war, „aus denen man einen Hirsch nur mit Messer und Gabel rauskriegt“, wie Vern sich ausgedrückt hatte.

Aber Ote Keeley, Kyle Lensegrav und Calvin Mendes hatten eine Menge Zeit mit dem Aufspüren und Jagen von Wapitis hier oben verbracht. Joe wäre kein bisschen überrascht gewesen, wenn sie den Drang verspürt hätten herauszufinden, was dort bachaufwärts, jenseits des engen Canyons war.

Genau dorthin wollte er.

SHERIDAN hatte zum Frühstück nicht viel gegessen, weil sie Bauchweh hatte. Die vergangene Nacht war bisher die schlimmste von allen gewesen. Sie hatte schreckliche Träume gehabt. In einem Traum, dem fürchterlichsten von allen, war der Mann in ihrem Zimmer gewesen und hatte auf einem Stuhl am Fuß ihres Bettes gesessen. Dann, in einem anderen Traum, war sie wieder im Stall gewesen, und der Mann hatte sie gegen die Boxenwand gedrückt und ihr den Mund zugehalten, ihr seinen Atem ins Gesicht geblasen und auf sie eingeredet. Er würde ihrer Mutter was tun, hatte er gesagt. Und dem Baby, das bald kommen würde, würde er auch was tun.

Sheridan war nahe daran gewesen, ihrem Vater von dem Mann und ihren heimlichen Freunden zu erzählen, als er in der Nacht bei ihr im Zimmer gewesen war. Sie war *so* nahe dran gewesen. Aber dann hatte sie wieder an die schrecklichen Träume denken müssen und sich schließlich doch nicht getraut.

Nachdem ihr Vater das Haus verlassen hatte, hatte sie lange an die fremde Zimmerdecke gestarrt und schließlich einige Entscheidungen getroffen.

Als Erstes würde sie versuchen, einen Weg zu finden, um zu ihrem Haus zurückzukehren, damit sie sich vergewissern konnte, ob die Tierchen noch dort waren, und um sie zu füttern.

Zweitens würde sie ihrem Vater alles erzählen. Wenn jemand sie und ihre Familie beschützen konnte, dann er.

Gleich fühlte sie sich ein bisschen besser. Sie würde warten müssen, bis ihr Vater wieder nach Hause kam. Und dann würde sie reden. Es war höchste Zeit.

DEN ERSTEN Kilometer kam er gut voran, auch wenn die dunkelgrauen Wände des Canyons immer steiler wurden, bis der Himmel schließlich nur noch ein Band blauen Lichts hoch über ihm war. Hier und da sah er indianische Felsmalereien: Szenen mit pfeilgespickten Wapitis und bemalte, mit Federn geschmückte Männer auf ihren Pferden.

Die Felswände rückten schließlich so nahe zusammen, dass Joe abstieg und die Steigbügel über den Sattel hängte, damit sie sich nicht an den Wänden verhakten. Lizzie war unruhig, hatte die Ohren angelegt und die Augen weit aufgerissen. Als die Felswände sich um sie herum schlossen, führte Joe sie behutsam am Halfterseil und redete ihr fortwährend gut zu, um sie zu beruhigen. Er ging im Bett des Baches vor ihr her, meist hüpfte er von Stein zu Stein.

An einer Stelle, wo die Wände so nahe heranrückten, dass sie buchstäblich ihre Flanken berührten, scheute Lizzie und riss das Halfterseil so heftig nach oben, dass sie Joe damit rücklings in den Bach zog. Ihre Augen waren weiß und weit aufgerissen vor Panik. Joe versuchte sie festzuhalten, dabei glitt das Seil schmerzhaft durch seine Hände. Doch Lizzie blieb erst stehen, als sie mit den Hufen auf den glitschigen Felsen ausrutschte und mit einem dumpfen Aufschlag und heftigem Spritzen im Bach landete. Ihr Atem kam stoßweise aus den weit geblähten Nüstern, sie zitterte. Joe näherte sich ihr behutsam und redete beruhigend auf sie ein, mit genau den gleichen Worten, mit denen er in der vergangenen Nacht Sheridan getröstet hatte. Nach zehn endlos langen Minuten rappelte sich Lizzie schwerfällig auf.

„Wir haben schon die Hälfte geschafft, Lizzie“, sagte Joe aufmunternd. „Gleich wird es besser, das versprech ich dir. Keine Angst. Es ist alles nicht so schlimm, wie es aussieht.“

Als sich die Canyonwände schließlich öffneten, war die Senke in den Bergen noch größer und üppiger bewachsen, als Joe erwartet hatte. Es war ein wunderschöner, außergewöhnlicher Ort. Rings um die Senke herum ragten schroffe rote Felswände empor, die vor Blicken und Wind schützten. Dünne Wasserrinnsale liefen an den Wänden herunter. Joe vermutete, dass diese Rinnsale im Frühling richtige Wasserfälle werden konnten, die die Senke mit ihrem Tosen erfüllten.

Etwas knackte zwischen den uralten, hohen Bäumen, und Joe zog mit einem Griff seine Schrotflinte aus ihrem Futteral. Das Geräusch stammte von einem riesigen Hirsch, der jetzt zwischen den Bäumen hindurch floh. Joe legte die Flinte griffbereit über den Sattelknauf.

Joe wusste, was für ein einzigartiger Ort dies war. Es war ein Gefühl, wie es derjenige gehabt haben musste, der zuerst in ein Naturwunder wie den Yellowstone Park oder den Grand Canyon hineingeritten war. Nur wenige Menschen in der heutigen Welt würden jemals die Chance haben, zu sehen, was er sah, oder zu erleben, was er erlebte.

Dachte er jedenfalls.

JOE HATTE die grasbewachsene Anhöhe fast schon hinter sich, als er plötzlich begriff, wo er war. Später konnte er nicht mehr sagen, warum er eigentlich stehen geblieben war. Es war ein Gefühl, das er in seinem Nacken spürte, gerade so, als berühre ihn ein Geist. Doch als er sein Pferd zügelte und sich im Sattel umdrehte, hatte er nicht den geringsten Zweifel, was das war, das jetzt direkt vor ihm lag: ein Schlachtfeld!

Es war ein baumloser Hang, der sich vom Rande einer dunklen Baumgruppe bis hinunter zum Tal zog. Das Eigenartige an diesem Feld, das jetzt von trockenem, hohem Gras überwuchert war, war das Fehlen jeglichen Lebens. Nichts regte sich im Gras. Es gab auch keine Vögel. Es war tot, und Joe wollte wissen, warum.

Was Joe sah, waren Erdhaufen. Er zählte 26. Aber die Löcher oben auf den Erdhaufen waren verstopft von Gestrüpp oder Grasbüscheln, die der Wind in sie hineingeweht hatte.

Als Joe über das Feld ging, von Erdhaufen zu Erdhaufen, fand er genau das, was er befürchtet hatte: 6-mm-Geschosshülsen, die im Boden vergraben waren, sowie leere Schrotpatronen. Er beugte sich über ein vertrocknetes altes Hirschviertel, das aber nicht alt genug war, dass er nicht das Gift sehen und riechen konnte, mit dem es durchsetzt war. Es war Compound 1080, eine tödliche Substanz, die von Leuten bevorzugt wurde, die das Töten von Raubtieren sehr ernst nahmen.

In dem Kadaver eines Kaninchens fand Joe mehrere leere M-44-Patronen. Diese Giftpatronen, die schon lange gesetzlich verboten waren, gaben automatisch eine Ladung Zyanid in das Maul jedes Tieres ab, das sie berührte.

Wie betäubt sammelte Joe alles an Beweisstücken auf, was er fand. Dann holte er seine Kamera aus der Satteltasche und verschoss mehrere Filme. Er fand eine Ansammlung winziger Knochen, die in die weiche Erde eines Hügels gedrückt worden waren, und tat sie in einen Plastikbeutel. Anschließend sammelte er eine Hand voll Sechsmillimetergeschosshülsen und die M-44-Patronen ein.

Schließlich setzte er sich auf einen umgestürzten Baum und starrte einfach nur auf das Feld und versuchte sich vorzustellen, wie es hier ausgesehen hatte, als es noch von Miller-Wieseln gewimmelt hatte – wahrscheinlich der letzten Kolonie, die es von den Tieren auf Erden gegeben hatte.

ES WAR fast Abend, als Joe das Jagdlager verließ und den Berg hinunterritt. Die lange Passage durch den Canyon hatte er fast wie im Traum hinter sich gebracht, und Lizzie hatte gewusst, dass es jetzt heimwärts ging.

Joe dachte an die Auswirkungen dessen, was er gesehen hatte, und die waren gewaltig. Schreckliche Dinge waren dort oben geschehen, in seinem Zuständigkeitsbereich. Natürlich gab es jetzt keinen Zweifel mehr daran, dass hier eine Verschwörung im Gange war. Wahrscheinlich keine geplante, eher eine Verkettung von Ereignissen, die sich schlagartig zu etwas Großem und Schrecklichem ausgeweitet hatte. Allerdings war er verblüfft über die Gründlichkeit, mit der die Täter vorgegangen waren. Sie hatten mit den Miller-Wieseln angefangen, dann hatten sie auch die Jagdausstatter umgebracht.

Diese Entwicklung deutete darauf hin, dass sie womöglich noch nicht ganz fertig waren mit ihren Plänen.

Gott, war er wütend! Seines Wissens war dies das erste Mal, dass jemand mit einer gezielten Aktion eine ganze Art ausgerottet hatte.

„WIR HABEN wunderschöne Sonnenuntergänge, nicht wahr, mein Schatz?“, sagte Sheridans Mutter.

„Ja“, antwortete Sheridan mit ausdrucksloser Miene. Sie hatte andere Dinge im Kopf. Die Geschichte, die sie sich ausgedacht hatte, um zurück zu ihrem Haus an der Bighorn Road zu fahren, hatte funktioniert.

Sie hätte ihre Bücher aus der Bücherei vergessen, hatte sie gelogen. „Ich muss eine Inhaltsangabe über eines schreiben."

Unterwegs im Auto fragte Marybeth Sheridan, was mit ihr los sei.

„Mir geht's gut, Mama", log Sheridan. Ihr Schulranzen lag auf dem Wagenboden. Sie habe ihn mitgenommen, um die Bücher darin zu transportieren, hatte sie ihrer Mutter gesagt. Doch in Wirklichkeit enthielt er einen prall gefüllten Beutel mit Essensresten.

„Hast du was von den Dingen mitgehört, die dein Vater und ich gestern Nacht besprochen haben, als er nach Hause kam?"

Sheridan schüttelte den Kopf. Ihre Mutter schien erleichtert zu sein. Zum Glück war es draußen schon fast dunkel, denn Sheridan wusste, dass ihre Mutter genau sehen konnte, wenn sie log.

Das Auto bremste ab, und ihre Mutter bog in die Einfahrt ein. „Es steht noch!", rief sie aus.

Sheridan schaute durch die Windschutzscheibe. Das Haus war ganz dunkel. Es sah so aus, als parke der Pick-up ihres Vaters an seinem angestammten Platz neben dem Haus. Aber es war nicht der Wagen ihres Vaters.

„Wacey muss mit deinem Vater mitgefahren sein und seinen Wagen hier stehen gelassen haben", vermutete Marybeth. „Ich wusste nicht, dass er mitkommen würde." Sie schaltete den Motor ab. „Aber nun lass uns voranmachen", fuhr sie fort. „Deine Großmutter macht heute Abend Lasagne, und die wollen wir uns doch nicht entgehen lassen!"

Sheridan stand hinter ihrer Mutter, als diese die Vordertür aufschloss und hineinging. Marybeth streckte die Hand aus, um das Licht anzuknipsen, blieb dann aber plötzlich stehen, und Sheridan stieß gegen sie.

Ihre Mutter rührte sich nicht. „Kein Licht anmachen, Schatz. Bleib ganz still."

„Was ist denn?", fragte Sheridan ängstlich.

„Ich hab hinten im Garten Licht gesehen."

Sheridan konnte es jetzt auch sehen. Gelbes Licht fiel durch das Küchenfenster und huschte über die Decke.

Marybeth schob Sheridan zur Couch. „Bleib mal kurz hier. Ich schau nach, was los ist."

Sheridan setzte sich und hielt ihren Ranzen ganz fest. Sie sah, wie ihre Mutter in die Küche ging. Ihre Silhouette zeichnete sich vor dem Küchenfenster ab.

„Mama …"

Ihre Mutter drehte sich um. „Da ist ein Mann draußen am Holzstapel, mit einer Taschenlampe. Er kickt mit den Füßen die Stämme auseinander.“ Sie sprach in lautem, erregtem Flüsterton. „Ich glaube, er will unser Holz stehlen.“

In dem Moment, als Sheridan hörte, dass ein Mann draußen beim Holzstapel war, stieg blitzschnell Panik in ihr hoch: der Wagen, der draußen parkte, die Tatsache, dass ihre Mutter nichts davon wusste, der Freund ihres Vaters.

Wie hieß er bloß?

„Mami!“, schrie Sheridan. Sie sprang von der Couch auf und rannte in die Küche. Im gleichen Moment griff ihre Mutter nach dem Schalter und knipste das Außenlicht an. Der Garten war plötzlich hell erleuchtet.

„Gehen Sie von dem Holz weg!“, schrie ihre Mutter und schlug mit der flachen Hand gegen die Fensterscheibe, als wäre der Mann ein streunender Hund, der im Abfall herumwühlte.

Das Fenster splitterte, und draußen war ein scharfer Knall zu hören. Marybeth wurde rückwärts zu Boden geschleudert. Sie schlug hart mit dem Hinterkopf auf das Linoleum.

Sheridan fiel auf die Knie und robbte über den Boden zu ihrer Mutter. Sie nahm das Gesicht ihrer Mutter zwischen beide Hände.

„Mami …!“

„Ich bin verletzt, mein Schatz“, flüsterte ihre Mutter mit klarer Stimme. „Er hat auf mich geschossen, und ich glaube, er hat mich getroffen. Ich weiß nicht, wer es war.“

Sheridan verbarg wimmernd den Kopf an ihrer Brust. Sie konnte das kräftige Pochen ihres Herzens hören.

„O Gott!“, seufzte ihre Mutter mit erstickter Stimme. „Ich kann nichts fühlen. Alles ist taub.“

Es war alles so schnell gegangen, dass Sheridan die Situation noch gar nicht richtig begriffen hatte.

Plötzlich war ihre Mutter von Licht überflutet, und Sheridan konnte Blut sehen, viel Blut, das sich in einer Lache auf dem Fußboden ausbreitete. Ihre Mutter schaute von Sheridan zu der Quelle des Lichts, und Sheridan folgte ihrem Blick. „Bleibt, wo ihr seid, ihr zwei“, sagte der Mann ruhig. Dann verschwand der Lichtkegel der Taschenlampe wieder. Sie hörten, wie der Mann versuchte, durch die zugesperrte Hintertür hereinzukommen.

„Lasst mich rein!“, befahl der Mann.

Sheridans Mutter hob die Hand und drückte Sheridans Arm. „Lauf weg, Sheridan!"

„Ich kann nicht", wimmerte Sheridan. Und dann sprudelte es nur so aus ihr heraus. „Es ist alles meine Schuld. Er hat gesagt, wenn ich irgendjemandem was verraten würde, würde er unserer Familie was tun. Er hat gesagt, er würde dir und Lucy und Paps was tun. Und dem Baby." Ihre heißen Tränen tropften auf das Gesicht ihrer Mutter.

„Schließt endlich diese verdammte Tür auf!" Der Mann begann jetzt, sich gegen die Tür zu werfen. Dann folgte ein gewaltiges Krachen.

„Geh jetzt, schnell!", befahl ihre Mutter. „Renn zur Vordertür raus, und lauf weg, so schnell du kannst. Versteck dich irgendwo, und warte, bis dein Vater und Wacey zurückkommen." Ihre Stimme war nicht mehr so fest, wie sie es noch vor einer Minute gewesen war. „Und bleib nicht stehen, Sheridan, hörst du?"

Sheridan stand wie angewurzelt. Eine Welle der Erkenntnis überrollte sie. „Aber Mami, das da draußen *ist* Wacey!", schrie sie. „Es war Wacey, der gesagt hat, er würde uns was tun!"

Doch die Augen ihrer Mutter waren geschlossen, und ihre Hand war auf den Boden gesunken. Aber Sheridan konnte fühlen, dass ihr Herz noch immer klopfte.

„Ich liebe dich, Mami", flüsterte Sheridan, und dann war sie auch schon aufgesprungen und rannte zur Vordertür hinaus – just in dem Moment, als die Hintertür nachgab und Wacey Hedeman ins Haus stolperte.

So SCHNELL wie noch nie in ihrem Leben rannte Sheridan Pickett zum vorderen Tor. Sie spürte nicht einmal die Sohlen ihrer Tennisschuhe auf dem Gras oder dem betonierten Gehweg. Was sollte sie jetzt bloß tun? Sie konnte nach draußen auf die Bighorn Road laufen und hoffen, dass jemand sie sah und mitnahm, oder sie konnte um die Garage herum und in den hinteren Garten laufen. Aber auf der Straße konnte der Mann sie besser sehen und sie erschießen oder überfahren. Den Garten hinter dem Haus und das umliegende Gelände kannte Sheridan sehr gut. Vielleicht würde er dort nicht zuerst nach ihr suchen. Dadurch würde sie Zeit gewinnen. Also rannte sie zur Garage.

Das Licht im Haus war jetzt an, und Wacey kam zur Vordertür heraus. Er hatte die Pistole in der Hand und spähte hinaus zur Straße. Sheridan war sicher, dass er nicht gesehen hatte, wie sie in den dunklen Büschen zwischen Haus und Garage verschwunden war.

Sheridan hörte, wie er ihren Namen rief. Jetzt verließ sie die Büsche und rannte durch das Tor des Pferchs. Der Stall war leer und dunkel. Das Pferd ihres Vaters war nicht da.

Sie zog eine schwere Pferdedecke von einem Querbalken, warf sie über ihre Schulter und rannte dann nach draußen Richtung Sandrock Canyon. Sie würde zu dem Ort laufen, von dem sie einst gedacht hatte, dass von dort die Monster gekommen waren.

Sie hörte, wie Wacey erneut ihren Namen rief.

Er war jetzt draußen auf der Straße.

SHERIDAN kletterte die Schlucht hinauf. Wilde Rosensträucher rissen an ihren Kleidern, ihrem Haar und ihrer Haut, als versuchten sie, sie dorthin zurückzuziehen, wohin sie gehörte. Sie hüllte ihren Kopf und ihre Arme in die Pferdedecke und zwängte sich durch das Dickicht.

Schließlich hielt sie an. Sie konnte nicht mehr. Ihre Brust schmerzte vom Atmen, und ihre Beine und Arme waren so schwer, dass sie sie kaum noch bewegen konnte.

Sheridan sank zu Boden und lehnte sich gegen einen Felsblock. Das Bild ihrer Mutter, wie sie in ihrem Blut auf dem Boden lag, füllte ihr ganzes Denken. Sie lauschte in der Hoffnung, nicht zu hören, dass Wacey ihr folgte.

Doch stattdessen hörte sie ihn laut und deutlich ihren Namen rufen.

„Sheridan, ich weiß, dass du mich hören kannst!“, schrie er. Seine Stimme hallte durch den Canyon, und einige Worte echoten von den Wänden zurück. „Du musst mir zuhören.“

Sie streckte den Kopf unter der Pferdedecke hervor.

„Was passiert ist, tut mir wirklich Leid, Sheridan. Deine Mutter hat mir einen riesigen Schreck eingejagt, und ich habe geschossen, bevor ich überhaupt wusste, auf wen.“

Es hört sich an, als würde er die Wahrheit sagen, dachte Sheridan.

„Ich habe einen Krankenwagen angerufen, und er ist schon unterwegs. Deine Mami wird wieder ganz gesund werden. Gerade habe ich mit ihr gesprochen. Sie macht sich solche Sorgen um ihr kleines Mädchen. Sie will, dass du wieder zurückkommst.“

Wacey Hedeman war ein guter Lügner. Das Letzte, was ihre Mutter zu ihr gesagt hatte, war, dass sie wegrennen solle. Sheridan glaubte, was ihre Mutter sagte. Und sie glaubte ihr einiges mehr, als sie Wacey Hedeman glaubte.

Er machte eine ganze Weile so weiter. Sie hörte zu, sagte aber nichts und bewegte sich nicht. Allmählich wurde ihr Atem wieder ruhiger. Die Decke roch nach Lizzie und dem Sattel ihres Vaters. Der Geruch hatte etwas Tröstliches.

Waceys Ton wurde harscher. „Beweg deinen kleinen Hintern hier runter, Sheridan! Wenn nicht, kriegst du mehr Ärger, als du dir vorstellen kannst!“ Er klang jetzt richtig wütend.

„Na gut“, fuhr er fort, „bleib heute Nacht genau da, wo du bist. Schon bald werden hier ganz viele Leute sein. Du solltest nicht einmal daran denken, hier runterzukommen, bevor sie wieder weg sind. Sollte ich dich sehen, werden noch viel mehr Leute sterben. Du wirst die Erste sein, und dann werde ich das mit deiner Mutter zu Ende bringen. Und danach werde ich all diese verdammten Wiesel schmoren!“

Es war das Erste, was sie ihm aufs Wort glaubte.

Sie blickte auf, und orangefarbene Lichtkringel flackerten über die Felswand vor ihr. Dann verschwand Wacey im Dunkel der Nacht.

Sheridan kletterte auf den Felsen, unter dem sie gesessen hatte, und schaute hinunter. Verblüfft stellte sie fest, dass sie ganz schön weit gerannt war.

Dann sah sie, dass der Holzstoß brannte. Die roten Flammen züngelten in die kalte Nachtluft. Wacey stand im Garten, ins Licht der Flammen getaucht, und immer wieder sah sie, wie er hinauf zu den Bergen starrte, als würde er nach ihr Ausschau halten. Aber er konnte sie dort oben nicht sehen, so weit weg, wie sie war.

Wacey machte kehrt und ging zurück ins Haus. Leider war die Entfernung zu groß für Sheridan, um ins Haus sehen zu können. Sie hätte gerne gewusst, wie es um ihre Mutter stand.

JOE ERREICHTE die Anhöhe auf der Bighorn Road kurz vor seinem Haus. Was er in der Ferne sah, übertraf seine schlimmsten Albträume. Sein Haus und die Straße davor waren in zuckendes Blau- und Rotlicht getaucht. Hinter dem Haus züngelten orangefarbene Flammen in den sternklaren Himmel und tauchten den Hang dahinter in flackerndes Licht.

Mitten aus dem lodernden Chaos erhob sich schwerfällig ein Rettungshubschrauber über das Dach des Hauses.

Für eine Schrecksekunde hatte Joe vergessen, dass seine Familie auf dem Eagle Mountain war. Er trat das Gaspedal bis zum Anschlag durch. Der Pferdeanhänger hing schwer hinter ihm.

Mehrere Fahrzeuge blockierten die Einfahrt. Er hielt am Straßenrand und sprang aus dem Pick-up.

Hilfssheriffs in kurzen dunklen Jacken und Stetson-Hüten standen auf dem Rasen vor dem Haus und verglichen ihre Notizen. Durch das vordere Aussichtsfenster sah Joe Sheriff Barnum telefonieren.

Als Joe die Tür öffnete, um ins Haus zu gehen, versperrte ihm plötzlich Wacey den Weg. An dem verstörten, panikartigen Ausdruck in Waceys Gesicht erkannte Joe sofort, dass etwas ganz Schreckliches passiert sein musste.

„Verdammt, lass mich durch!", schnauzte Joe.

„Joe, jemand hat auf Marybeth geschossen."

Joe blieb abrupt stehen. Die Worte trafen ihn wie ein Keulenschlag.

Wacey legte die Hände auf Joes Schultern, um ihn zu beruhigen und ihn gleichzeitig am Eintreten zu hindern.

„Joe, ich kam vor ungefähr einer halben Stunde hier vorbei und sah, dass es hinter dem Haus brannte. Ich sah Marybeths Wagen draußen stehen, und da die Tür nicht abgeschlossen war, ging ich rein. Ich fand sie auf dem Küchenboden liegend. Im Küchenfenster ist ein Einschussloch, und die Hintertür wurde eingetreten."

Joe hatte das Gefühl, als würde ihm der Boden unter den Füßen weggezogen. „Wer ..."

„Das wissen wir nicht." Wacey hatte einen verzweifelten Ausdruck im Gesicht.

„Ist Marybeth okay? Wieso war sie überhaupt hier?"

„Wir wissen noch nicht, wie es um sie steht. Der Rettungshubschrauber ist auf dem Weg nach Billings. Sie dürfte in einer halben Stunde in der Klinik sein."

Joe starrte an Wacey vorbei ins Haus. Der Küchenboden war mit dunklem rotem Blut bedeckt.

„Joe, hast du irgendeine Idee, wer so etwas getan haben könnte? War jemand hinter dir her? Irgendwelche Probleme im Bezirk mit Jägern oder so?"

Joe schüttelte den Kopf. Er wollte keine Zeit damit vertun, Wacey zu berichten, was er in dem Jagdlager herausgefunden hatte, da er nicht wusste, ob es möglicherweise einen Zusammenhang mit dem gab, was Marybeth zugestoßen war.

„War sie allein?", fragte Joe. „Oder war eines der Kinder bei ihr?"

„Sie war allein. Aber keine Angst, Joe, wir werden rauskriegen, wer das war. Wir werden diese Schweine bis Mitternacht geschnappt haben. Ich tippe auf betrunkene Jäger."

Joe nickte mechanisch, ohne wirklich hingehört zu haben. „Wacey, ich muss den Pferdeanhänger abkoppeln und nach Billings fahren. Kannst du mir beim Abkoppeln helfen und dann meine Schwiegermutter in Eagle Mountain anrufen und ihr sagen, was passiert ist? Ich werde sie und die Kinder vom Krankenhaus aus anrufen, sobald ich Genaueres weiß."

Wacey nickte. Sie koppelten den Pferdeanhänger ab. Joe bat Wacey, Lizzie in den Pferch zu bringen und ihr Wasser und Futter zu geben.

„Soll ich den Sattel auch mitnehmen?", fragte Wacey und leuchtete mit seiner Taschenlampe auf den Sattel hinten im Auto, an dem noch die prall gefüllten Satteltaschen und das Futteral mit der Winchester hingen.

„Nein", sagte Joe bestimmt. „Der bleibt bei mir."

ALS JOE losfuhr, fragte er sich, warum Wacey offensichtlich so betroffen von dem gewesen war, was Marybeth zugestoßen war. Entweder besaß Wacey doch mehr Gefühlstiefe, als Joe geglaubt hatte – oder irgendwas stimmte da nicht.

Joe versuchte das komische Gefühl, das in ihm aufstieg, abzuschütteln, aber es wollte einfach nicht weichen. Vielleicht begann er, langsam an Verfolgungswahn zu leiden, seitdem er das Todesfeld oben im Canyon entdeckt hatte. Möglicherweise wollte er aber auch bloß seine Wut an jemandem auslassen, weil er nicht hatte verhindern können, was seiner Frau passiert war, und sich deswegen schuldig fühlte.

Billings in Montana war anderthalb Stunden entfernt. Er versuchte sich vorzustellen, was Marybeth jetzt dachte, und schickte seine Gedanken zu ihr, die jetzt irgendwo da oben Richtung Krankenhaus flog. Er sagte ihr, dass er sie liebte und dass sie um Himmels willen keine Schwäche zeigen solle. Sie könne nicht einfach sterben, weil er nämlich ohne sie, seinem festen Halt auf diesem Planeten, weder die Kraft noch die Fähigkeit haben würde, ihre wunderbare kleine Familie zusammenzuhalten.

Seine Hände umklammerten das Steuer. Er trat fester auf das Gaspedal.

DIE CHIRURGIE war im dritten Stock. Er hetzte die Treppen hinauf, zwei Stufen auf einmal, und erreichte die Tür zum OP genau in dem Moment, als eine massige Frau in einem grünen OP-Kittel herauskam.

„Ich bin der Ehemann", sagte Joe atemlos. „Joe Pickett."

„Warten Sie bitte hier, ich hole den Doktor", erwiderte die OP-Schwester.

Ein kleiner, drahtiger Mann kam aus dem OP und steuerte direkt auf Joe zu. Sein OP-Kittel war blutbefleckt.

„Vielleicht möchten Sie sich lieber setzen", sagte der Arzt statt einer Begrüßung.

„Es geht schon." Joe versuchte, sich auf das Schlimmste gefasst zu machen.

„Ihr Zustand ist jetzt stabil, aber sie ist noch immer nicht ganz über den Berg", erklärte der Doktor geradeheraus. „Das Baby, es war ein Junge, hat sie verloren. Es wäre vielleicht möglich gewesen, es zu retten, aber angesichts seines Zustandes wäre das nicht das Klügste gewesen. Wir mussten uns zwischen Ihrer Frau und einem schwer geschädigten Fötus entscheiden."

Joe trat langsam zurück, bis er sich gegen die Wand lehnen konnte. Er wusste nicht, was er hätte sagen sollen, also nickte er stumm, um zu zeigen, dass er verstanden hatte.

„Die Kugel ist unterhalb des Brustbeins eingetreten, von ihrem Brustkorb abgeprallt und im unteren Bereich des Rückens wieder ausgetreten. Sie hat möglicherweise ihre Wirbelsäule verletzt. Wir können noch nicht sagen, wie schwer diese Verletzung ist."

Joe fand es gut, dass der Arzt so offen zu ihm sprach. Aber er taumelte unter der Ungeheuerlichkeit dessen, was ihm da soeben gesagt worden war. Sein Baby – sein erster Sohn – war tot, und seine Frau würde vielleicht nie wieder gehen können.

„Wann kann ich sie sehen?", fragte Joe mit tonloser Stimme. Der Doktor seufzte. „Vielleicht in einer Stunde. Aber rechnen Sie nicht damit, dass sie dann schon wach ist."

Der Doktor legte die Hand auf Joes Schulter. „Seien Sie stark, helfen Sie ihr mit Ihrer Liebe, wieder gesund zu werden. Das ist der beste Rat, den ich Ihnen geben kann."

Joe bedankte sich bei ihm, drehte sich um und ging mit zitternden Knien den Flur hinunter. Er fand die Herrentoilette, ging hinein, machte das Licht aus und weinte zum ersten Mal seit den Tagen seiner Kinderzeit.

WACEY wusste genug über die Telefonleitungen im Twelve-Sleep-Bezirk, um sie lahm legen zu können. Die Verteilerstation, die Saddlestring versorgte, lag auf dem Gipfel des Wolf Mountain. Wacey stand in Joe

Picketts Vorgarten und blickte zu dem einsamen roten Licht auf dem Gipfel des Wolf Mountain hinauf. Er hatte sich freiwillig gemeldet, bis zum Morgen am Tatort zu bleiben, dann würde Sheriff Barnum McLanahan oder jemand anders schicken, um ihn abzulösen.

Im Licht der vorderen Veranda schaute er auf seine Armbanduhr und dann zum Berg hinter dem Haus. Er war sicher, dass Sheridan sich dort versteckte.

In der Vermittlungsstelle liefen tausende von Telefonkabeln zur Hauptfernleitung zusammen. Ein einziger Schuss aus einem großkalibrigen Gewehr in die richtige Stelle der Hauptfernleitung würde die Telefonverbindungen im gesamten Tal lahm legen. Es würde Tage dauern, den Schaden zu beheben.

Wacey hatte einen Karabiner in seinem Gewehrschrank. Sheridan würde nicht merken, dass er zwischenzeitlich weggegangen war.

ES WAR erst 23 Uhr, aber es kam Joe schon viel später vor, als er Münzen in das Telefon in der Eingangshalle des Krankenhauses schob, um Missy Vankeuren anzurufen. Er hatte sich zurechtgelegt, was er ihr sagen und wie er Sheridan und Lucy so schonend wie möglich beibringen würde, was passiert war. Vor allen Dingen galt es jetzt, Ruhe zu bewahren. Dies war der Moment, sich als guter Vater zu erweisen.

Seine Schwiegermutter nahm nach dem zweiten Läuten ab. Ihre Stimme klang wütend und kalt. „Ja bitte?“

„Missy, hier ist Joe.“

Für einen Moment war Schweigen in der Leitung. Und dann: „Ach, hallo, Joe! Ich war ein bisschen überrascht. Ich hatte eigentlich Marybeth erwartet.“ Joe war über ihre Reaktion verwirrt. Dann wurde ihm klar, dass sie bisher offensichtlich noch niemand verständigt hatte. Aber Wacey hatte doch gesagt, er werde sie anrufen …

„Marybeth hat gesagt, sie werde spätestens in einer Stunde wieder hier sein“, erklärte Missy. „Das war vor vier Stunden, Joe. Mein Abendessen ist ruiniert!“

„Missy, ich rufe aus dem Krankenhaus in Billings an.“

Schweigen.

„Jemand hat auf Marybeth geschossen, während sie unten im Haus war. Sie wissen nicht, wer. Die Ärzte sagen, dass sie durchkommt, aber das Baby ist …, ist tot.“ Wieder Schweigen, und erst jetzt merkte er, dass die Leitung tot war. Hatte sie überhaupt etwas von dem mitbekommen, was er ihr gesagt hatte? Joe konnte sich nicht vorstellen, dass sie einfach aufgelegt hatte. Also wählte er erneut, und diesmal sagte eine Stimme vom Band, dass der Anschluss zurzeit nicht erreichbar sei. Auch die Leitung von Sheriff Barnums Büro, den er anschließend anrufen wollte, war tot.

JOE KONNTE nicht sitzen, er konnte aber auch nicht still stehen. Die Zeit verstrich quälend langsam. Es würde immer noch mindestens eine halbe Stunde dauern, bis Marybeth aus dem OP gerollt werden würde.

Also versuchte er noch dreimal, Missy und Barnum zu erreichen. Offenbar waren jedoch die Leitungen im ganzen Bezirk tot.

Joe wanderte durch die Flure, dabei schaute er alle paar Augenblicke auf seine Armbanduhr. Dann schlenderte er den Flur zur Entbindungsstation hinunter und ertappte sich plötzlich dabei, wie er auf eine junge Mutter starrte, die, noch erschöpft von der Entbindung, darauf wartete, dass eine Krankenschwester sie zu ihrem Zimmer fuhr. Sie hielt ein winziges rosiges Baby im Arm. Der Anblick traf ihn wie ein Schock. Wie benommen stieg er die Treppe zum nächsten Stock hinauf.

Hier lagen offensichtlich nur ältere Leute. Ein Beamter der örtlichen Polizei stand lässig am Schwesternzimmer und unterhielt sich leise mit einer attraktiven Krankenschwester. Er blickte nur einmal kurz auf, als Joe an ihm vorbeiging, und wandte sich dann wieder der Schwester zu. Joe bemerkte den leeren Stuhl des Polizeibeamten neben einem Zimmer am Ende des Flures. Neugierig trat Joe näher. Auf der Karte an der Wand stand: C. LIDGARD.

Joe brauchte ein paar Sekunden, bis der Groschen fiel. Vorsichtig spähte er den Gang hinunter. Der Polizist stand mit dem Rücken zu ihm, er hörte die Krankenschwester kichern. Schnell schlüpfte Joe in das Zimmer und schloss die Tür.

Clyde Lidgard lag in dem dunklen Raum, fast bis zum Skelett abgemagert. Ein Wirrwarr von Schläuchen quoll aus seinen Armen. Sein Gesicht auf dem Kissen war der Tür zugewandt.

Joe starrte auf Lidgards Gesicht, als wolle er ihn durch schiere Willenskraft aus dem Koma reißen.

„Sag mir, was du weißt, Clyde“, flüsterte Joe. „Sag mir bitte, was du weißt.“

Als Clyde Lidgards Augen sich langsam öffneten, stand Joe wie erstarrt. Es konnte doch nicht möglich sein, dass Lidgard tatsächlich wach war.

„Können Sie mich hören, Lidgard?“, fragte Joe leise. Er rechnete jeden Moment damit, dass der Polizist ins Zimmer geplatzt kam und ihn rauswarf.

Lidgard spitzte die Lippen, als lutsche er an einem Bonbon.

„Sie sind ja ganz ausgetrocknet. Möchten Sie etwas Wasser?“, murmelte Joe und goss etwas Wasser aus einem Plastikkrug in einen kleinen Pappbecher. Er hielt Lidgard den Becher an die Lippen, und Lidgard trank. Sein Blick folgte Joes Bewegungen.

„Wissen Sie, wer ich bin?“, drang Joe in ihn.

„Jagdaufseher.“ Seine Stimme war so schwach, dass Joe es fast nicht hörte. „Jagdaufseher.“ Joe beugte sich über Lidgards Gesicht. Dabei roch er den gleichen Geruch wie bei einem Maultierhirsch oder Wapiti, nachdem er erschossen worden war.

„Richtig“, erwiderte Joe. „Ich bin der Jagdaufseher Joe Pickett. Sie müssen mir erzählen, was oben in dem Jagdlager passiert ist.“

„Ich werde jetzt sterben“, sagte Lidgard.

„Sie dürfen nicht sterben, bevor Sie mir nicht alles über das Jagdlager und die Miller-Wiesel erzählt haben“, beharrte Joe.

An den Mundwinkeln Lidgards konnte Joe ein kaum wahrnehmbares Zucken erkennen, als versuche er zu lächeln.

„Ich hab ein paar schöne Fotos von den Wieseln gemacht“, sagte Lidgard mit schwacher Stimme. „Aber ich hab nie sehen können, ob sie was geworden sind. Stattdessen bin ich gestorben.“

Joe gab Lidgard noch etwas Wasser. Draußen auf dem Flur war es immer noch still.

„Sie haben geredet und Ihr Gewissen erleichtert. Eine riesige Last ist von Ihnen gewichen“, sagte Joe. „Danach haben Sie sich viel besser gefühlt. Und *dann* sind Sie gestorben.“

„Bestimmt?“, fragte Lidgard.

„Ja. Erzählen Sie mir alles“, antwortete Joe.

Als Joe einige Zeit später aus dem Zimmer trat, stand der Polizist immer noch vor dem Schwesternzimmer, und Clyde Lidgard war tot.

Das Erste, was Joe wahrnahm, als Marybeth aus dem OP gefahren wurde, war, dass sie, verglichen mit Lidgard, bemerkenswert gesund aussah. Er suchte und fand ihre Hand unter dem Laken und drückte sie, während er neben dem Bett herging.

Die Schwestern brachten sie aufs Zimmer und sagten ihm, dass sie ihr gerade ein starkes Beruhigungsmittel gegeben hatten, deshalb würde sie bis zum Morgen schlafen.

Aber das Mittel wirkte noch nicht voll, und für einen Moment schlug Marybeth die Augen auf.

„Du wirst wieder ganz gesund werden", sagte Joe und zwang sich zu einem Lächeln. „Du schaffst das!"

Marybeth schaute ihn an, als suche sie eine Art Bestätigung. Er hoffte, dass er sie ihr geben konnte.

„Marybeth, weißt du, wer das getan hat?"

„Ich konnte ihn nicht genau sehen. Ich weiß nur, dass es ein Mann war."

„Gibt es irgendwas, was du mir sagen kannst?", fragte Joe.

„Was ist mit meinem Baby?" Ihre Stimme klang belegt.

Joe schüttelte langsam den Kopf.

Sie wandte den Kopf ab und schloss ganz fest die Augen. Tränen quollen aus ihnen hervor.

Plötzlich drehte sie sich zu ihm um, dabei suchte sie verzweifelt seinen Blick. „Wo ist Sheridan?", fragte sie. „Ich hab ihr gesagt, sie soll wegrennen."

KAPITEL VI

Sheridan hatte sich noch nie so durchgefroren, so hungrig und so allein gefühlt. Als das Feuer unten in dem Holzstoß ausgegangen war, hatte sich die Dunkelheit über den Berg gesenkt. Sheridan hatte sich am Fuß der Felswand zusammengerollt und so gut es ging in die Pferdedecke eingewickelt. Wie gerne würde sie sich jetzt ihren Pyjama anziehen oder die Zähne putzen, einfach, um sich wenigstens ein bisschen normal zu fühlen.

Sheridan hatte geschlafen, aber sie wusste nicht, wie lange. Ein scharfer Knall – ein Gewehrschuss von irgendwo oben in den Bergen – hatte sie aus dem Schlaf geschreckt. Sie kletterte wieder auf den Felsen und schaute hinunter. Die Lichter im Haus waren noch immer an, aber den Mann konnte sie nirgends sehen. Wenn sie nur wüsste, wo er war!

Sheridan wünschte sich, sie hätte irgendetwas, womit sie sich verteidigen konnte, falls Wacey sie fand. Aber die Pferdedecke, eine Haarspange und ein paar Münzen waren alles, was ihr zur Verfügung stand. Noch nicht mal einen Stock hatte sie! Die tollen Leute in den Spielfilmen würden jetzt irgendetwas Schlaues aus diesen Dingen basteln und damit den bösen Mann besiegen. Leider war dies kein Film, und sie war nicht so schlau. Stattdessen fror sie und hatte schreckliche Angst.

Dann sah sie plötzlich Scheinwerfer vom Wolf Mountain herunterkommen, den Fluss überqueren und wenig später die Bighorn Road heraufkommen. Der Pick-up bog in die Einfahrt. Sie hörte eine Tür knallen, konnte aber nicht sehen, wer ausstieg.

Gleich darauf ging das Licht auf der Veranda an, und Wacey trat heraus. Er hatte ein Gewehr bei sich.

„Halloooo! Sheridan? Gibt's dich noch?"

Sheridan fing an zu weinen. Einen Moment lang hatte sie geglaubt, der Fahrer sei ihr Vater. „Ich kann dich hööören. Hör auf zu flennen, sonst krieg ich am Ende noch ein schlechtes Gewissen."

Wacey hatte sie also weinen gehört, dachte Sheridan entsetzt. Bestimmt wusste er jetzt, wo sie war.

„Du hörst dich jämmerlich an, Sheridan. Warum kommst du nicht einfach runter? Dann brauch ich nicht zu dir raufzukommen und dich zu holen."

Wacey hatte die Flinte angelegt und versuchte, Sheridan durch das Zielfernrohr zu orten, aber zum Glück schaute er in die falsche Richtung. Vielleicht hatte das Echo ihres Schluchzens ihn verwirrt. Jedenfalls kam er nicht zu ihr herauf. Noch nicht.

Das würde sich aber bestimmt ändern, sobald die Sonne aufging.

Es war drei Uhr morgens in Saddlestring, Wyoming, als Joe Pickett die Hauptstraße aus Richtung Billings entlanggebraust kam und um die Ecke von Barretts Apotheke bog. Dort hielt er an und schaltete den Motor ab. Joe fühlte sich unglaublich müde und ausgelaugt, schließlich hatte er zwei Nächte nicht geschlafen. Und er war unheimlich wütend.

Im Innern der Apotheke brannte gedämpftes Licht. Joe hatte den Pick-up mit der roten Aufschrift Hans' Gebäudereinigung draußen auf dem Parkstreifen vor der Tür bemerkt. Durch das Fenster konnte Joe sehen, dass Hans innen mit einem Staubsauger hantierte. Joe klopfte an die Scheibe und hielt seine Dienstmarke an das Fenster. Hans überlegte einen Moment, dann gab er Joe ein Zeichen, er solle zur Hintertür kommen.

„Ich darf Sie eigentlich gar nicht reinlassen", begrüßte ihn Hans, als er die Tür aufschloss. „Bill Barrett hat mir eingeschärft, niemals jemanden nach Ladenschluss reinzulassen, nicht mal ihn selbst, weil es hier drin jede Menge Betäubungsmittel und solches Zeug gibt."

Joe bedankte sich und schob sich an ihm vorbei. „Es ist eine offizielle Wild-und-Fisch-Department-Sache, in der ich hier ermittle. Was für ein glücklicher Zufall, dass Sie da sind."

Hans brummte zustimmend und schloss die Tür hinter ihnen ab. Joe ging durch den Laden und steuerte zielstrebig auf die Fototheke zu. Er zog die riesige Schublade heraus, in der die Umschläge mit den fertig entwickelten Bildern lagen. Joe schaute sich alle Umschläge mit dem Buchstaben „L" an. Aber er fand nicht das, was er suchte. Wütend knallte er die Schublade wieder zu.

Es gab also einen einfachen Grund, dachte Joe, warum Clyde Lidgard in seinem Wohnwagen keine Fotos aus den zwei Monaten vor den Jagdausstattermorden gehabt hatte: Er hatte sie schlicht noch nicht vom Entwickeln abgeholt. Aber offenbar hatte das jemand anders getan.

Vielleicht, dachte Joe und verzog das Gesicht zu einer Grimasse, war er ungefähr zehn Schritte hinter allen anderen her wie schon die ganze Zeit über, seit Beginn dieser Geschichte. Aber vielleicht auch nicht.

Er zog die Schublade noch einmal auf. Hinter „XYZ" fand er eine Rubrik „Nicht abgeholt", die zehn Umschläge enthielt. Drei davon waren für Clyde Lidgard.

Joe riss den ersten Umschlag auf und legte die Fotos auf die Theke. Was er sah, kam ihm ziemlich bekannt vor: verschwommene, verwackelte Schnappschüsse von Bäumen, Wolken, einem Schachtdeckel. Und dann entdeckte er, was er suchte: und zwar gleich Dutzende von Fotos.

DIE STOCKMAN BAR war seit zwei Uhr geschlossen, doch Joe fuhr sicherheitshalber trotzdem vorbei – man konnte ja nie wissen. Dann fuhr er weiter zum „Holiday Inn" am Stadtrand, stellte seinen Wagen ab, stülpte seinen Hut auf und ging hinein.

Er zeigte dem Nachtportier seine Dienstmarke und sagte, vermutlich sei ein Paket für ihn im Hotel abgegeben worden, und zwar zu Händen von Vern Dunnegan.

Als der Nachtportier mit dem Finger die Eintragungen durchging, beobachtete ihn Joe genau. Sein Finger hielt bei Raum 238 an.

„Ich kann keine Benachrichtigung für ein Paket finden", stellte er bedauernd fest.

„Könnten Sie bitte trotzdem mal nachsehen? Vielleicht ist es noch hinten."

Der Nachtportier entschuldigte sich, um nachzusehen. Die Tür hinter dem Schalter schwang hinter ihm zu.

Joe sprang blitzschnell hoch, setzte sich auf die Theke und griff nach der Schublade, die die Schlüssel enthielt. Es gab zwei Reserveschlüssel für Zimmer 238. Joe nahm einen von ihnen und steckte ihn ein.

Der Portier kam kurze Zeit später ohne Paket wieder, entschuldigte sich und wünschte Joe eine gute Nacht. Joe ging zum Seitenflügel des Hotels und stieg die Treppe hinauf, dabei nahm er zwei Stufen auf einmal.

Zimmer 234, 236, 238. Niemand war auf dem Gang zu sehen. Joe spannte den Hahn seiner .357er-Magnum und drehte den Schlüssel im Schloss. Dann trat er in das Zimmer und schloss die Tür hinter sich.

Joe hielt einen Moment inne, damit sich seine Augen an die Dunkelheit gewöhnen konnten. Es war eine Suite mit zwei Innentüren, die vermutlich zum Schlafzimmer und zum Badezimmer führten. Jemand hustete, das Geräusch kam aus der linken Tür. Vorsichtig öffnete er sie.

Drinnen roch es nach abgestandenem Bourbon und Zigarettenrauch. Er konnte niemanden sehen, aber er spürte, dass mehr als eine Person im Bett lag. Mit der Rechten richtete er den Revolver auf das Bett und tastete mit der Linken nach dem Lichtschalter.

Die Nachttischlampen auf beiden Seiten des Bettes gingen an, und Joe schwang den Revolver herum, bis er direkt auf Vern Dunnegans schweißnasse Stirn gerichtet war. Vern saß jetzt aufrecht im Bett und starrte benommen in die Revolvermündung. Eine ältere, hagere Frau mit blonden Strähnchen im Haar hielt sich mit beiden Händen die Bettdecke vor den Mund. Sie unterdrückte einen Schrei.

„Joe, um Himmels willen!", sagte Vern mit von Schlaf und Wut erstickter Stimme. „Was zum Teufel willst du hier?"

„Ich habe nach dir gesucht", antwortete Joe. „Und ich habe dich gefunden."

Die Frau zitterte und schaute von Joe zu Vern. Joe erkannte in ihr eine der Kellnerinnen aus der Stockman Bar wieder.

„Evelyn", drohte Joe, „wenn du nicht sofort aus diesem Bett steigst, wird dir gleich Vern Dunnegans Hirn um die Ohren fliegen."

Evelyn Wolters kreischte auf und sprang aus den Federn. Hastig raffte sie ihre Kleider vom Fußboden auf.

„Evelyn, kennst du Sheriff Barnum?“, fragte Joe.

Sie nickte hastig.

„Gut. Dann zieh dich an, setz dich in deinen Wagen, und fahr rüber zu ihm. Sag ihm, er soll sofort zu Joe Picketts Haus rausfahren, und zwar mit allen Hilfssheriffs, die er auftreiben kann. Hast du verstanden?“

Evelyn nickte. Joe trat zur Seite, damit sie aus dem Zimmer konnte.

Vern und Joe starrten sich schweigend an. Verns Gesicht war rot angelaufen, seine Augen waren zu Schlitzen verengt.

„Joe, was zum Teufel geht hier vor? Du willst das doch nicht wirklich tun, Joe? Oder? Das passt doch gar nicht zu dir.“

Joe spannte mit dem Daumen den Hahn der Smith & Wesson. Die Trommel drehte sich zur nächsten Kammer, die mit einem Hohlspitzgeschoss geladen war. Kleine Muskeln in Verns Schläfen begannen zu zucken.

„Da wär ich nicht so sicher, Vern“, sagte Joe mit mühsam beherrschter Stimme. „Vielleicht hast du mich bloß noch nicht in einer Nacht erlebt, in der jemand auf meine Frau schießt, mein ungeborener Sohn stirbt und eine meiner Töchter verschwindet.“

Vern schüttelte den Kopf. Sein berühmtes Lachen ertönte. „Joe, du glaubst doch nicht im Ernst, dass ich irgendwas mit all dem zu tun habe, oder? Ich wollte gerade mit Evelyn von der Stockman Bar aufbrechen, als einer von den Jungs, der draußen bei deinem Haus gewesen war, reinkam und erzählte, dass auf Marybeth geschossen worden sei. Wacey hätte ihm aufgetragen, er solle mir sagen, was draußen im Haus der Picketts passiert sei. Kurz danach haben Evelyn und ich Feierabend gemacht, und wir fuhren hierher.“

„Halt den Mund, Vern! Du steckst so tief in der Sache drin, dass du nicht mehr rauskommst. Hier!“ Er warf die Umschläge mit Clyde Lidgards Fotos auf die Bettdecke. Vern sah ihn verwirrt an, dann nahm er die Fotos aus einem der Umschläge und blätterte sie durch.

„Es sind miserable Fotos“, fuhr Joe fort, „wie alle Aufnahmen von Clyde Lidgard. Wenn man es nicht schon wüsste, würde man nicht ahnen, dass diese pelzigen Dinger, die da ihre Köpfe aus der Erde stecken, die letzten Miller-Wiesel auf Erden waren.“

Vern steckte die Fotos in den Umschlag zurück und öffnete den zweiten.

„Natürlich sind die Negative an einem sicheren Ort, du brauchst also an diese Option gar nicht erst zu denken", bemerkte Joe.

Vern schien in seinem Bett regelrecht zu schrumpfen, während er die Fotos durchsah. In seinem Gesicht spiegelte sich deutlich, dass er wusste, dass er verloren hatte.

„Nun weiß ich, dass die meisten dieser Fotos schlecht sind. Aber Lidgard hat es trotzdem geschafft, ein paar recht gute von dir und Wacey hinzukriegen. Auf einem davon kann man sogar eine Schachtel M-44-Patronen erkennen, die aus deinem Tornister hervorschauen."

„Wo hast du das alles gefunden?", fragte Vern. „Woher wusstest du, wo du suchen musstest?"

„In Barretts Apotheke", sagte Joe. „Weil Clyde Lidgard es mir gesagt hat. Er hat mir alles gesagt."

„Clyde Lidgard?"

„Ich bin nicht hier, um mit dir zu diskutieren", erwiderte Joe. „Du hast jetzt genau zwanzig Sekunden Zeit, um dich anzuziehen, weil wir beide nämlich jetzt meine Tochter suchen werden."

JOE FUHR aus der Stadt, die rechte Hand am Lenkrad, auf dem Schoß die linke Hand mit der .357er-Magnum, die, immer noch gespannt, auf Verns massigen Bauch zielte. Draußen begann es hell zu werden.

Joe schlug die Richtung zu seinem Haus ein. Wenn Marybeth Sheridan gesagt hatte, sie solle wegrennen, dann bestand die Chance, dass seine Tochter sich immer noch irgendwo in der Nähe des Hauses befand. Es empfahl sich sowieso, dort mit der Suche anzufangen.

Vern trug eine ausgebeulte Jogginghose, ein T-Shirt, Pantoffeln und einen Bademantel. Joe hatte ihm nicht mehr Zeit zum Anziehen gelassen.

„Tut mir echt Leid, dass alles so gekommen ist, Joe", fing Vern wieder an, „und dass du überhaupt da mit hineingezogen wurdest."

„Halt den Mund!"

„Tut mir wirklich Leid, dass ich dir den tollen Job nicht mehr geben konnte, als du ihn schließlich wolltest. Besonders jetzt, wo er wieder zu haben wäre. Ich wette, das wusstest du nicht, oder?"

Joe schnaubte. Vern probiert es doch immer wieder, dachte er. Er kann's einfach nicht lassen.

„Es ist schwer zu glauben, wie diese ganze Sache ausgeufert ist", seufzte Vern. „Wie verfahren die ganze Geschichte geworden ist."

„Apropos verfahren ... War eigentlich dieser Les Etbauer in der Zentrale dir was schuldig?“

„Er ist mir immer noch einiges schuldig“, bestätigte Vern. „Ich hab ihm diesen ruhigen Job verschafft.“

So etwas Ähnliches hatte Joe sich schon gedacht.

„Mir sind viele Leute was schuldig“, fuhr Vern fort. „Ein bisschen was davon könnte auch dir zugute kommen, wenn du jetzt bloß mal ein bisschen die Ruhe bewahren würdest. Wir müssen hier doch nicht unbedingt auf verschiedenen Seiten stehen, Joe.“

„Halt's Maul, Vern!“, stieß Joe zwischen den Zähnen hervor.

„Mensch, Joe“, jammerte Vern. „Du könntest wenigstens höflich sein.“

Der Knall des Schusses im Inneren des Pick-ups war ohrenbetäubend, doch noch lauter als das Klingeln in Joes Ohren war das schrille Fluchen Verns, als er sich panisch nach einer Wunde absuchte. In der Beifahrertür des Pick-ups klaffte jetzt ein Loch mit einem Durchmesser von dreißig Zentimetern, nur knapp neben Verns Bauch.

Eine Weile fuhren sie schweigend. Im Wagen roch es scharf nach Kordit.

„Wie ist Wacey eigentlich in diese Sache reingeraten?“, fragte Joe ruhig.

Vern rieb sich das Gesicht und seufzte. „Wacey mit ins Boot zu holen war die einzige Dummheit, die ich je begangen habe. Aber er war es, der mir von diesem Idioten Clyde Lidgard erzählte. Er sagte, Lidgard hätte ihm von ein paar kleinen Tieren erzählt, die er oben im Canyon gesehen hatte. Wacey wusste natürlich von der Pipeline, und er hatte, wie alle anderen auch, schon mal was von Miller-Wieseln gehört. Also sagte er Clyde, dass er das unbedingt für sich behalten müsse, weil es ein großes Regierungsgeheimnis sei, von dem nur er und Clyde etwas wissen durften. Das gefiel Clyde. Dann erzählte Wacey mir davon.“

„Und danach bist du mit Wacey und Clyde da raufgeritten, und ihr habt dort die Wiesel ausgelöscht“, stellte Joe fest. „Aber leider habt ihr nicht alle erwischt, und Ote Keeley und seine Kumpel fanden das, was ihr übrig gelassen habt.“

Vern nickte.

„Ote muss gehofft haben, dass du die Anzeige gegen ihn fallen lässt, wenn er dir ein Miller-Wiesel bringt“, bestätigte Vern. „Und so bist du dann in diese ganze dumme Geschichte hineingezogen worden.“

Joe nickte.

„Ich habe dich und Wacey immer als *meine Jungs* betrachtet", fuhr Vern mit brüchiger Stimme fort. „Meine Schützlinge. Und jetzt passiert so was: Wacey dreht durch, und du zielst mit einem Revolver auf mich. Ich bin enttäuscht, Joe. Wie konnte es nur so weit kommen?"

„Wer hat die Jagdausstatter umgebracht?", fragte Joe unbarmherzig weiter.

Vern seufzte und warf den Kopf zurück, als habe er Schmerzen. „Wacey hat die Jagdausstatter getötet. Und dann hat er Clyde erledigt. Er ist ein verdammter geistesgestörter Hitzkopf. Immer will er derjenige sein, der alles im Griff hat. Ich hatte keine Ahnung, dass er so verrückt sein könnte. Das mit den Jagdausstattern war nie so geplant gewesen. Wacey behauptet, sie wären betrunken gewesen, als er im Camp angekommen sei. Sie hätten ihm ein paar von den Wieseln gezeigt, die sie ausgegraben hatten, und herumgenölt. Und schließlich hätte dann einer von ihnen nach seinem Gewehr gegriffen."

„Wacey hat also Clyde Lidgard gesagt, er solle dort oben bleiben und das Lager bewachen, bis wir aufkreuzen würden?"

Vern nickte.

„Und ich hatte mich noch gewundert, wieso Wacey so zielstrebig zu dem Lager raufmarschieren konnte", sagte Joe. „Das war so, weil er die Nacht davor dort oben verbracht hatte und genau wusste, was wir dort vorfinden würden."

„Wacey wollte sichergehen, dass Clyde erschossen wurde", bestätigte Vern.

„Was hatte Wacey bei alldem zu gewinnen?"

Vern ließ sich gegen die Beifahrertür sinken. Es war, als ob jede Frage ihn weiter zu Boden drücken würde. „Es war ihm jedes erdenkliche Mittel recht, um Sheriff zu werden, wenn du das glauben kannst. Er wollte die große Nummer sein."

„Das glaub ich dir sofort."

„Ich erzählte Wacey, dass ich ein paar Dinge gegen Barnum in der Hand hätte. Das war Teil der Absprache, bevor die Sache anfing, aus dem Ruder zu laufen. So fing es an. Alles, was ich wollte, war, eine Menge Geld zu verdienen, und alles, was Wacey wollte, war, Sheriff zu werden. Die Pipeline kam gerade auf Saddlestring zu. Aber die Dinge liefen aus dem Ruder, weil Wacey sich in seinem Wahn, alles vertuschen zu wollen, immer weiter in die Scheiße ritt. Ich warnte ihn davor, deine Tochter in die Mangel zu nehmen, aber er war absolut überzeugt davon, dass sie was von den Miller-Wieseln wusste. Ständig sagte er, wenn er diese Wiesel finden und unschädlich machen könnte, hätte die ganze Sache ein Ende."

Joe war wie vom Donner gerührt. „Was?", schrie er.

Vern sah verängstigt aus. „Du wusstest das mit deiner Tochter nicht?"

„Was wusste ich nicht?" Joe wechselte den Revolver blitzschnell von der linken in die rechte Hand, stieß den Lauf gegen Verns Nase und presste dessen Kopf gegen das Fenster.

„Mein Gott, Joe!", schrie Vern.

„Was?"

„Wacey glaubte, sie hielte sich ein paar von ihnen als Haustiere!", keuchte Vern, die Augen starr auf den Revolverlauf gerichtet. „Deshalb hat er sich einen Weg ausgedacht, wie er euch aus eurem Haus und rauf zum Eagle Mountain kriegen konnte – damit er in Ruhe nach den Wieseln suchen konnte. Heute Morgen hat er mir gesagt, er würde heute zu eurem Haus fahren."

Außer sich vor Entsetzen, drückte Joe den Revolver noch härter gegen Verns Nase. „Wacey hat sich an meine Tochter rangemacht?"

„Bitte, Joe …", flehte Vern. Seine Augen schienen förmlich aus ihren Höhlen zu quellen.

„Hat Wacey auf Marybeth geschossen, Vern? War er dort, um nach Wieseln zu suchen, und hat dann auf meine Frau geschossen?"

Vern wollte gerade eine Antwort stottern, aber Joe, der die Antwort bereits kannte, schnitt ihm das Wort ab. „Und dieses Schwein war mein Freund", sagte er mehr zu sich selbst als zu Vern. Joe erinnerte sich, wie Wacey versucht hatte, ihn daran zu hindern, sein Haus zu betreten, und ihn zurück auf die Straße gedrängt hatte. Wacey hatte dem Polizisten gesagt, er solle Vern suchen und ihm sagen, dass jemand auf Marybeth geschossen habe. Und gegenüber Joe hatte Wacey noch großartig betont, dass er dableiben und alles überwachen würde.

„Sheridan hatte offensichtlich Recht", sagte Joe leise. „Es gibt doch Monster da draußen."

WENN die Morgendämmerung über die Bighorns hereinbricht, tut sie dies schnell und unvermittelt, mit einem kräftigen Sonnenlicht, das sich über die Berge ergießt. Ein gleißender Strahl brach durch die Windschutzscheibe des Pick-ups.

Einige hundert Meter vor seinem Haus hielt Joe an. „Steig aus!", sagte er zu Vern. „Wir gehen den Rest des Weges zu Fuß. Ich will nicht, dass er uns kommen hört. Und mach die Tür leise zu.“

Joe steckte seinen Revolver ins Holster und zog seine Schrotflinte hinter dem Sitz hervor. Dann schob er eine Patrone in den Lauf.

Vern machte ein paar zaghafte Schritte in seinen Pantoffeln, dann blieb er stehen. „Ich seh aus wie ein Clown“, murmelte er.

„Du *bist* ein Clown“, erwiderte Joe. „Und sei bloß still, wenn wir uns meinem Haus nähern. Du hast nur eine einzige Chance, am Leben zu bleiben, nämlich indem du mir hilfst, meine Tochter zu finden.“

Vern stöhnte. „Aber dann sind wir hoffentlich fertig?“

„Dann sind wir fertig.“

Keiner sagte dem anderen, was er damit meinte.

SHERIDAN wickelte sich aus der Pferdedecke. Die Sonne ging bereits auf. Sie spürte keinen Hunger mehr – über diesen Punkt war sie längst hinaus. Die Nacht war lang und schrecklich gewesen. Sie war schmutzig, und alles tat ihr weh. Ihr ganzer Körper schien mit Kratzern, blauen Flecken und Dornen übersät zu sein.

Endlich konnte sie sehen, was um sie herum war, aber sie wusste, dann konnte er das auch.

Wacey war nicht im hinteren Garten. Das bedeutete, dass er entweder im Haus war – oder sich bereits an sie heranschlich.

Hinter dem Haus, oben auf der Bighorn Road, erregte in diesem Moment etwas ihre Aufmerksamkeit: Es war das kurze Aufblitzen eines Lichtstrahls der Morgensonne, der von der Windschutzscheibe eines Autos reflektiert wurde. Ein grüner Pick-up, genau wie der ihres Vaters, war unter ein paar Bäumen ein Stück vom Haus entfernt geparkt. Zwischen dem Haus und dem Pick-up sah sie zwei Männer die Bighorn Road herunterkommen. Der erste Mann war groß und trug einen langen, wehenden Bademantel. Und hinter ihm ging ihr Vater! Sheridan holte tief Luft und rannte los.

WACEY stand an dem zersplitterten Küchenfenster. Als er kurz etwas Buntes auf dem Berg aufblitzen sah, trat er einen Schritt zurück und nahm sein Fernglas vom Küchentisch. Sheridan Pickett kam den Hang heruntergerannt, als wäre der Leibhaftige hinter ihr her. Ihr wehender Blondschopf leuchtete in der Morgensonne.

„Verdammt!“, fluchte er.

Der nächste Job, den er zu erledigen hatte, würde alles andere als angenehm sein. Aber er musste erledigt werden, genauso wie das Rösten der Miller-Wiesel.

Junge, dachte er, wie tief bist du gesunken. Angefangen hatte es damit, drei schwer bewaffnete Jäger zu töten, als Nächstes hatte er dann auf eine unbewaffnete Frau geschossen. Und jetzt wartete er auf eine Siebenjährige. Doch seltsam, es war eigentlich gar nicht so schwer. Er würde einen verdammt guten Sheriff abgeben, wenn er sich so außerordentlich gut in ein verbrecherisches Gehirn hineindenken konnte.

Wacey wartete, bis Sheridan durch das Hintertor rannte, bevor er mit seiner Flinte hinaus auf die Veranda trat.

Als Sheridan ihn sah, erstarrte sie. Wacey setzte sein strahlendstes Lächeln auf, während die Verandatür hinter ihm zuknallte.

Was er jedoch nicht verstand, war, warum sie den Blick plötzlich von ihm abwandte und auf die eine Hausseite richtete. Er folgte ihrem Blick und erkannte Vern.

„Wacey", sagte Vern, „unser Spiel ist aus, Kumpel, und wir sollten hier so schnell wie möglich verschwinden, solange wir es noch können."

Wacey starrte ihn verwirrt an. Vern sah aus, als wäre er gerade aus dem Bett gestiegen und den ganzen Weg von Saddlestring hierher zu Fuß gekommen.

„Du siehst echt bescheuert aus, Vern", seufzte Wacey. „Was ist los?"

JOE KAM hinter der anderen Seite des Hauses hervor. Wacey stand mit dem Rücken zu ihm. Dann sah er Sheridan draußen im Garten, über und über mit Dreck und Blut beschmiert.

„Was tust *du* hier?", fragte Wacey Vern mit überschnappender Stimme. „Ich habe die restlichen Wiesel ausgelöscht, und wir haben's fast geschafft!" Dann gestikulierte er in Richtung Sheridan: „Rühr dich ja nicht von der Stelle, Schätzchen!"

Sheridan stand wie angewurzelt. Aber Joe wusste, dass sie ihn sehen musste. Er schickte ein Stoßgebet zum Himmel, dass sie ihn nicht verraten möge.

„Lass uns von hier verschwinden, solange wir noch können", drängte Vern. „Sie wissen Bescheid über die Wiesel, und Barnum ist bereits auf dem Weg hierher."

„Wie zum Teufel konnte das passieren?", zischte Wacey.

„Das erzähl ich dir unterwegs im Auto!", rief Vern kopfschüttelnd.

„Erzähl's mir jetzt!"

Vern seufzte. „Clyde Lidgard ist aus dem Koma aufgewacht und hat alles erzählt. Jemand hat ein paar Bilder gefunden, die er oben in den Bergen gemacht hat, auf denen wir beide drauf sind. Wir müssen hier weg! Und zwar sofort!"

„Noch nicht", sagte Wacey, und seine Hand fuhr zum Holster, in dem sein Neunmillimeterrevolver steckte. „Ich muss hier noch was zu Ende bringen."

Joe glaubte, Wacey würde die Waffe auf Vern richten. Aber dann sah er, wie sich die Waffe gegen Sheridan wandte. Wacey zog sie in weitem Bogen aus dem Holster, dann hörte Joe seine Tochter schreien ... Wie konnte Wacey – derselbe Wacey, der so oft mit Joe den Kaffee geteilt hatte, wenn sie morgens die Wapitis beim Äsen beobachtet hatten, derselbe Wacey, der sich immer zwischen ihn und Vern auf die Sitzbank von Verns Wild-und-Fisch-Pick-up gequetscht hatte –, wie konnte derselbe Wacey jetzt seinen Ncunmillimeterrevolver auf Joes Tochter richten?

Joe riss seine Schrotflinte hoch und schoss Wacey in den Ellbogen.

Dann lud er durch, und zwei weitere Schüsse durchschlugen Waceys Knie. Er brach zusammen und sank auf den Boden, vor Schmerz ganz zusammengekrümmt.

Vern stand starr vor Entsetzen, mit weit aufgerissenem Mund, die Hände wie zur Abwehr erhoben.

Sheridan kam Joe entgegengeflogen, und er fing sie in seinen Armen auf. Sie klammerte sich mit aller Kraft an seinen Hals. Sie schluchzte, und er küsste und drückte sie immer wieder.

„Deiner Mami geht's gut", flüsterte er. „Ich hab sie gestern Nacht gesehen, und sie ist okay."

„Ich hab solche Angst um sie gehabt", schluchzte Sheridan. „Es war alles meine Schuld."

„Nein, das war es nicht, Liebes", tröstete sie Joe. „Das darfst du niemals denken. Du bist so ein tapferes Mädchen, eine richtige Heldin. Deine Mami wird stolz auf dich sein."

„Ist er tot?", fragte sie.

„Es tut mir Leid, dass du das alles mit ansehen musstest", antwortete Joe. Dann ließ er sie schnell auf das Gras hinunter, weil er bemerkte, wie Vern sich über Wacey gebeugt und die Autoschlüssel aus seiner Tasche gefischt hatte. Nun schickte er sich an, einfach wegzugehen.

„Was glaubst du, wohin du jetzt gehst?", fragte Joe.

„Wir sind fertig, schon vergessen?“, rief Vern über die Schulter zurück. „Ich habe meinen Part erfüllt, und du hast den deinen wahrlich auch erfüllt! Ich hatte ganz vergessen, was für ein Wahnsinnsschütze du bist.“ Wieder kam dieses typische Vern-Lachen.

„Keinen Schritt weiter, Vern“, warnte Joe. „Wir warten jetzt auf Barnum. Und dann gehst du ins Gefängnis.“

„Wir sind fertig, Joe. Wir hatten eine Abmachung.“ Vern wurde wütend. „Denk daran, du bist mir noch was schuldig.“ Er versuchte es einfach immer wieder.

Wacey stöhnte. Er lebte, aber er blutete stark.

„Bleib stehen, Vern!“, drohte Joe.

Vern ging weiter an der Rückseite des Hauses entlang.

„Schau weg, Liebes!“, sagte Joe streng zu Sheridan.

„Nein, ich will das sehen!“, protestierte sie.

„Schau weg!“

Sheridan gehorchte widerwillig.

Joe legte seine Schrotflinte an und wartete, bis Vern so weit weg war, dass die Streuung des Schrots nicht zu groß sein würde. Dann schoss er ihm in die Hüfte. Vern fiel zu Boden wie ein Stein.

„Verdammt!“, schrie Vern und wälzte sich auf dem Boden. „Ich kann's einfach nicht glauben! Du hast mich in den Arsch geschossen!“

„Es war das Mindeste, was ich tun konnte“, erwiderte Joe. „Und wenn du versuchst aufzustehen, schieß ich noch mal.“

Joe fand Waceys Revolver im Gras und schob ihn in seinen Gürtel. Er hockte sich neben Wacey. „Kannst du mich hören?“, wollte er wissen.

Wacey grunzte und nickte mit schmerzverzerrtem Gesicht.

„Wacey, der einzige Grund, warum ich dich für das, was du meiner Familie angetan hast, nicht getötet habe, ist der, dass du dann nicht mehr darüber nachdenken könntest, was du getan hast“, stieß Joe tonlos hervor. „Ich will, dass du Gelegenheit hast, dir darüber Gedanken zu machen, was du meiner Familie, mir und diesen Jagdausstattern angetan hast.“

„Ruf einen Krankenwagen! Ich verblute!“

„Hast du verstanden, was ich gesagt habe?“, fragte Joe ruhig.

„Ja! Fahr zur Hölle!“, zischte Wacey. Er zitterte heftig.

„Nein“, sagte Joe und stand auf. „*Du* wirst zur Hölle fahren, Wacey. Und nimm Vern Dunnegan gleich mit.“

„Papi, schau!“, rief Sheridan und zeigte zur Straße.

Evelyn hatte getan, was sie versprochen hatte. Gleich mehrere Dienstwagen des Sheriffs kamen aus der Stadt herangebraust.

Joe lehnte sein Gewehr gegen den Zaun und trat hinaus auf den Kiesweg. Sheridan wich nicht von seiner Seite. Sie war sein Schatten. Er schätzte, dass das noch lange Zeit so bleiben würde.

EPILOG

Es war Frühling – oder das, was in Wyoming als Frühling durchging. Joe betrat das Haus so leise er konnte, zog in der Diele seine Stiefel aus und tauschte sie gegen Pantoffeln, dann hängte er seinen Parka, seine verdreckte Wrangler und sein rotes Wildlederhemd an den Nagel, warf seinen Stetson auf den Wandschrank und zog seinen Bademantel an. Es war Sonntag, und es war seine Aufgabe, Pfannkuchen zu backen.

Joe hatte das Haus schon sehr früh verlassen wegen eines telefonischen Hilferufs vom Campingplatz, wo Umweltschützer ihre Zelte aufgeschlagen hatten. Sie kamen aus Arlington, Virginia, und kampierten bereits seit fast zwei Wochen dort, um die Maßnahmen zur Rettung der Miller-Wiesel zu überwachen. Sie hatten ihm in heller Panik berichtet, „ein riesiger Schwarzbär oder Grislibär" streiche um ihre Zelte herum. Joe war sofort losgefahren. Vor Ort hatte er jedoch schnell festgestellt, dass der Bär in Wirklichkeit ein Elch gewesen und außerdem längst wieder verschwunden war. Widerwillig hatten sie Joes Elch-Hypothese akzeptiert und sich dann wieder in ihre 800-Dollar-Schlafsäcke begeben.

Mit einem Rührgerät verquirlte Joe Eier, Mehl, Backpulver und Buttermilch in einer Schüssel zu einem sämigen Teig. Dann fettete er die gusseiserne Pfanne mit Butter ein und stellte sie auf den Herd.

NACHDEM die Existenz von Miller-Wieseln erst einmal amtlich bestätigt worden war, war so ziemlich alles, was Vern vorausgesagt hatte, tatsächlich eingetreten.

Aufgrund unzähliger gefaxter Anträge von Dutzenden von Umweltverbänden wurde von Bundesrichtern ein sofortiger Stopp jeglicher Aktivität in dem Gebiet verhängt. Anträge von Umweltorganisationen mit Sitz in Europa, Kanada, Grönland und Asien trafen ein. Die Registrierung des Miller-Wiesels als gefährdete Art wurde beantragt und in Rekordzeit bewilligt. Biologen, Naturwissenschaftler, Journalisten und Umweltforscher fielen in Scharen in Saddlestring ein und belegten sämtliche Hotelzimmer und Campingplätze.

Dann entdeckte ein Forschungsteam zwei weitere kleine Wieselkolonien. Untersuchungen zeigten, dass die Tiere, die sich fast ausschließlich von Bisonaas ernährt hatten, sich tatsächlich inzwischen auf eine Ernährung, die hauptsächlich aus Wapitiaas bestand, umgestellt hatten. Die Fernsehzuschauer erfreuten sich an Dokumentarfilmen, die die possierlichen Tierchen zeigten, wie sie auf ihren Hinterläufen standen und Rücken an Rücken auf ihren Erdhöhlen trillerten. Das Landesparlament von Wyoming erklärte das Miller-Wiesel zur „Offiziellen gefährdeten Art von Wyoming“, noch vor dem Grislibären, der Wyoming-Kröte und dem wieder angesiedelten Rotwolf.

Es kostete Joe große Anstrengung, Interviews zu vermeiden. In den Berichten, die in den Medien erschienen, wurden der Mord an den Jagdausstattern, die Bedrohung seiner Familie, die Schüsse auf seine Frau, der Tod Clyde Lidgards und die Verhaftung von Wacey und Vern lediglich als Nebengeschichte erwähnt, die zur Entdeckung der Miller-Wiesel geführt hatte – wenn überhaupt.

EINE der Kolonien, die aus 18 Miller-Wieseln bestand, starb buchstäblich vor laufenden Kameras aus, und eine ganze Nation betrauerte den Verlust. Eine Autopsie ergab, dass die Tiere an einer Virusinfektion gestorben waren, die sie sich wahrscheinlich vom Hund eines Forschers zugezogen hatten. Die andere Kolonie schrumpfte ohne nachvollziehbaren Grund von 28 auf 13 Tiere. Daraufhin entbrannte eine hitzige Debatte darüber, ob die überlebenden Miller-Wiesel in eine Zuchtstation verlegt werden sollten oder ob man sie im frisch ernannten Miller-Wiesel-Ökosystem sich selbst überlassen sollte.

Der *Saddlestring Roundup*, die örtliche Zeitung, schätzte, dass die Entdeckung der Miller-Wiesel zum Verlust von mindestens 400 Arbeitsplätzen in der Holz- und Landwirtschaft sowie in der Freizeit- und Tourismusbranche am Ort geführt hatte.

DIE GERICHTSVERHANDLUNGEN gegen Vern Dunnegan und Wacey Hedeman waren auf den Sommer verschoben worden. In der Stadt ging das Gerücht um, sie hätten sich zerstritten und jeder sei gewillt, den anderen in jedem Anklagepunkt zu belasten.

Les Etbauer schied einen Tag nach Verns Verhaftung aus dem Wild-und-Fisch-Department aus. In der offiziellen Stellungnahme des Departments hieß es, Etbauer habe einen ernsthaften Mangel an Urteilsvermögen erkennen lassen, als er Joe Pickett vom Dienst entbunden habe, und Joe Pickett sei unverzüglich wieder auf seinem Posten eingesetzt worden. Joe erhielt sogar eine Auszeichnung und eine kleine Gehaltserhöhung. Etbauer dagegen wurde sofort vom Gouverneur als Berater angestellt, um als Bindeglied zwischen der staatlichen und verschiedenen ländlichen Geschäftsstellen zu dienen. Sheriff O. R. „Bud" Barnum gewann die Wiederwahl mit einer Mehrheit von 87 Prozent der Wählerstimmen, wobei die restlichen 13 Prozent auf Ulkkandidaten entfielen, zu denen sogar ein paar Haustiere und Marshal Matt Dillon zählten. Zwei Wähler stimmten für Joe Pickett.

Die Pipeline, die InterWest Resources gebaut hatte, wurde achtzig Kilometer vor den Bighorn Mountains einfach zugemacht. Auch eine Untersuchung durch den Kongress hatte keine Beweise für eine Verbindung zwischen InterWest und den Netzwerken, die Vern für sie gesponnen hatte, erbracht. Schließlich fusionierte InterWest mit CanCal, aber die Marktsituation hatte sich inzwischen derart verändert, dass die Spezialisten voraussagten, dass das Pipelineprojekt auf Jahre hinaus gestorben war.

MARYBETH kam mit einem Packen Sonntagszeitungen von ihrem Spaziergang zurück. Sie brauchte zum Gehen noch einen Stock. Jeder der Fortschritte, die sie gemacht hatte, vom Rollstuhl zum Gehwagen, dann zu den Krücken und jetzt zum Stock, hatte sich früher eingestellt, als die Ärzte es vorausgesagt hatten.

Alle staunten über Marybeths Kraft – und ihre Willensstärke. Die Ärzte bescheinigten ihr, dass sie wieder völlig gesund werden würde. Daran hatte Joe nie gezweifelt.

Missy Vankeuren war zurück nach Arizona geflüchtet; ihr neuer Ehemann brauche sie, damit sie ihn bei seiner Kandidatur zum Senat unterstützen konnte, hatte sie gesagt.

Es waren jetzt drei Kinder, die um den Tisch saßen und sich auf Joes Pfannkuchen freuten. Sheridan, inzwischen acht, und Lucy, mittlerweile vier, teilten Tisch und Familie mit April Keeley, ihrem Pflegekind. Es war Marybeths Idee gewesen, und sie hatte sie bereits verfolgt, als sie noch im Rollstuhl saß, nachdem sie erfahren hatte, dass Jeannie Keeley die Stadt gleich nach der Entbindung verlassen und nur das Baby mitgenommen hatte. Der kleine Sohn war an Lungenentzündung gestorben. April, das kranke Kind, das Joe im Hause der Keeleys gesehen hatte, hatte Jeannie einfach zurückgelassen. April war altersmäßig zwischen Sheridan und Lucy und entdeckte ganz langsam, dass sie den beiden Mädchen vertrauen konnte.

Joe hatte sich Sorgen gemacht, dass es vielleicht Spannungen zwischen den Kindern geben könnte, aber das war nicht der Fall. Im Gegenteil, sie waren als Familie noch enger zusammengewachsen.

NACH dem Frühstück steckten Joe und Sheridan die übrig gebliebenen Pfannkuchen und etwas Schinkenspeck in einen Beutel und gingen in den Garten. Die Sonne schien, es versprach ein warmer Tag zu werden. Sheridan brach ein paar Bröckchen von einem Pfannkuchen ab und streute sie auf den Boden bei der Garage. Es dauerte nicht lange, und die Miller-Wiesel kamen aus ihrem Versteck geflitzt und fraßen alles auf. Joe und Sheridan wechselten verschwörerische Blicke und schauten lächelnd zu.

Es gab einen guten Grund, warum die Miller-Wiesel von dem Holzstoß in den geräumigen Hohlraum unter der Garage umgezogen waren. Wie sich herausstellte, hatte Sheridan zwar richtig gelegen, als sie Lucky als Männchen und Hippity-Hop als Weibchen identifiziert hatte, jedoch der von Sheridan als „Sohn“ bezeichnete Elway hatte inzwischen zehn Babys bekommen. Acht davon hatten überlebt.

Es war faszinierend, den Kleinen zuzuschauen. Sie versuchten immer wieder, auf den Hinterläufen zu stehen wie ihre Eltern, und Joe und Sheridan mussten jedes Mal lachen, wenn sie dann das Gleichgewicht verloren, übereinander purzelten und sich danach unverdrossen immer wieder aufrappelten, bis sie es schafften, sich in der berühmten Pose aufrecht zu halten.

„Sie werden langsam groß“, meinte Sheridan.

„Ja, das kann man wohl sagen“, bestätigte Joe.

„Papi, was, glaubst du, würde passieren, wenn jemand was von den kleinen Kerlchen erfahren würde?“, fragte Sheridan. Sie und Joe hatten abgemacht, niemandem ein Sterbenswörtchen zu sagen. Alle glaubten, dass die Miller-Wiesel, die Ote Keeley von den Bergen mitgebracht hatte, in dem Feuer am Holzstoß umgekommen waren, genau so, wie Wacey es behauptet hatte.

„Nun, genau weiß ich das nicht“, antwortete Joe. „Aber ich bin ziemlich sicher, dass es da draußen ein paar Biologen gibt, die ausflippen würden, wenn sie was davon wüssten.“

„Wie lange können wir das noch machen?“, fragte Sheridan. „Den Miller-Wieseln helfen, meine ich.“

„So lange du möchtest“, erwiderte Joe. „So lange, wie du das Gefühl hast, dass es wichtig für dich ist.“

„Sie werden wohl in ein paar Wochen so weit sein“, stellte Sheridan wehmütig fest und kämpfte mit den Tränen.

Joe erzählte ihr, wo er die Tiere aussetzen würde. Er hatte ein kleines, geschütztes Tal hoch oben in den Bighorns gefunden, weit weg von irgendwelchen Straßen. Es lag auf einer natürlichen Wapiti-Zugroute, war voller Maultierhirsche und nur etwa 15 Kilometer von der Grenze des Miller-Wiesel-Ökosystems entfernt.

Sheridan schniefte und fragte Joe, ob sie ihre Freunde jemals wiedersehen würde.

„Noch diesen Sommer“, versprach Joe, „werden wir beide zusammen in die Berge reiten. Und dann werde ich dir zeigen, wo die Wiesel sind, wenn du mir versprichst, nie jemandem was davon zu erzählen.“

„Na klar!“, rief sie. „Ich kann nämlich ein Geheimnis für mich behalten.“

Joe lachte. „Das weiß ich doch.“

C. J. BOX

Foto: Graig Marrs

Unterwegs in den Wäldern von Wyoming

C. J. Box war gerade als Naturführer mit einem Jäger im Boot unterwegs, als er sich plötzlich beobachtet fühlte. Und richtig: Über ihm, in einem Baum versteckt, saß ein Jagdaufseher mit rotem Hemd und Stetson-Hut. Sie winkten sich zu. Diese Begegnung ereignete sich 1981, als Box nach seinem Abschluss an der Universität von Denver als Naturführer arbeitete. Und als er später als Reporter für eine Kleinstadtzeitung in Wyoming unterwegs war, wollte er unbedingt genau diesen Jagdaufseher interviewen. Box erfuhr dabei, dass dieser Jagdhüter alleine ein Gebiet von mehreren tausend Quadratkilometern zu betreuen hatte, mit seiner Labradorhündin als einziger Unterstützung. Das Gespräch hinterließ einen solch nachhaltigen Eindruck, dass der Jagdaufseher später zum Vorbild für den Romanhelden Joe Pickett wurde.

Überhaupt fließt vieles von dem, was Box als Naturführer und Reporter erlebt hat, in sein Romandebüt *Gefährliche Jagd* mit ein: die wilde Natur der westlichen Rocky Mountains, die er kennt wie seine Westentasche, die Tiere, die heute von vielen sehr unterschiedlichen Gefahren bedroht sind, und natürlich die Eigenheiten der Einheimischen.

Heute leitet C. J. Box eine Firma, die internationales Tourismusmarketing von fünf Rocky-Mountains-Staaten koordiniert. Mit seiner Frau Laurie, den Töchtern Molly, Becky und Roxanne und natürlich mit Pferden, Katzen und vielen anderen Tieren lebt er in der Nähe von Cheyenne.

KITTY RAY
NELLS
GEHEIMER
GARTEN

Marions Stimme klang schroff. „Deine Mutter hat möglicherweise eine Lösung für dein Problem, Nell. Sie hat eine Frau gefunden, die dein Kind nehmen und es wie ihr eigenes aufziehen will.“

KAPITEL 1

Ellis bog von der Landstraße ab und fuhr einen holprigen Feldweg entlang, der von hohen Bäumen gesäumt wurde. Mit dem Auto war sie hier noch nicht oft gewesen, aber sie konnte sich gut daran erinnern, wie sie als kleines Mädchen an der Hand ihrer Mutter zu Fuß diesen Weg entlanggegangen war.

Als sie die Lichtung erreichte, hielt sie an und betrachtete nachdenklich das kleine Haus. Es gehört mir, dachte sie. Der perfekte Unterschlupf für eine schwangere, allein stehende Frau, in deren Leben es mehr Fragen als Antworten gibt.

Jedes Mal wenn Ellis in den vergangenen sechs Monaten hierher gekommen war, waren Handwerker da gewesen, die gesägt und gehämmert hatten. Das Radio war immer auf voller Lautstärke gelaufen. Doch jetzt war alles ruhig. Sie lehnte sich einen Moment zurück, machte die Augen zu und genoss die Stille, bevor sie die Autotür öffnete und ausstieg. Es roch nach feuchtem Gras und nach den letzten Heckenrosen, die noch im Gestrüpp am Rand der Lichtung blühten.

Sie spürte ein leichtes Flattern im Bauch – war das ihr Baby? Hatte es sich gerade zum ersten Mal gemeldet? Schützend legte sie beide Hände auf ihren Bauch und staunte wieder einmal, wie rund und sinnlich sich ihr Körper anfühlte.

Ellis Jones war keine Schönheit im konventionellen Sinn. Sie hatte intelligente, aristokratische, aber eher herbe Züge – von der zarten Grazie ihrer Mutter hatte sie nichts geerbt. Sie geriet mehr nach ihrem Vater, von dem sie den kräftigen Körperbau hatte. Ihr Gesicht hatte sich durch die Schwangerschaft nicht verändert, und ihre dichten braunen Locken waren so widerspenstig wie immer, aber sie staunte jeden Tag aufs Neue über die weibliche Üppigkeit ihres Körpers, die bislang alles andere als ausgeprägt gewesen war.

Sie war etwas zu früh dran, der Möbelwagen sollte erst in einer guten Stunde kommen. Die Möbelpacker würden ihre Sachen ins Haus schleppen, Geschirr, Töpfe und Pfannen auspacken und die Wohnzimmermöbel aufstellen. Nur ihre Bücher wollte Ellis selbst in die Regale räumen. Wenn dann der Möbelwagen leer und alles ausgepackt war, würden die Packer die Kartons wieder mitnehmen und Ellis allein in ihrem Häuschen zurücklassen.

Endlich Frieden, dachte sie, als sie den Schlüssel im Schloss drehte und über die Schwelle ins kühle, stille Hausinnere trat, wo es noch nach frischer Farbe roch. Genau das brauche ich jetzt. Frieden und Ruhe.

ALS SIE ihn das erste Mal gesehen hatte, hatte sie am offenen Fenster ihres Büros gestanden. Es war Semesteranfang, und sie trank mit ihrer Freundin Harriet ein Gläschen Sherry, während sie die Studienanfänger begutachteten, die über den Campus zur Mensa strebten. Aus der Ferne teilten sie ihre neuen Studenten gleich in verschiedene Kategorien ein: die Radikalen, die Aufsässigen, die Angeber und die Aufreißer. Seit fünf Jahren spielten sie jedes Mal zu Semesteranfang dieses Spielchen – zwei Akademikerinnen, beide über dreißig, deren Leben sich fast ausschließlich um universitäre Belange drehte.

„Oh, là, là!", sagte Harriet und deutete mit ihrem Sherryglas hinaus auf eine Gruppe von Studenten. „Der bekommt von mir den Titel ‚Supermann des Jahres'!"

„Welchen meinst du?", wollte Ellis wissen.

„Den da drüben vor dem Studentensekretariat. Der Blonde mit dem roten T-Shirt."

Harriet hatte Recht – er fiel wirklich auf, ein blonder Narziss in schwarzer Lederjacke und elegant geschnittener Kakihose. Lachend warf er den Kopf zurück und genoss es sichtlich, im Mittelpunkt zu stehen. An jedem Arm hing ein hübsches Mädchen, das ihn anhimmelte.

Seine arrogante Haltung gefiel Ellis nicht besonders, und sie ließ ihren Blick zu dem jungen Mann daneben wandern. Er war schmal, blass, mit ziemlich langen dunklen Haaren und klugen, kantigen Gesichtszügen. Er war unauffällig gekleidet, trug verwaschene Jeans und ein graues Sweatshirt. Du gefällst mir, dachte sie. Du gefällst mir wirklich sehr …

Die Gruppe setzte sich in Bewegung. Der dunkelhaarige junge Mann blieb ein bisschen zurück. Spürte er, dass er beobachtet wurde? Er blieb direkt unter ihrem Fenster stehen, hob den Kopf und sah Ellis direkt in die Augen. Ellis stand wie erstarrt da, mit ihrem Sherryglas in der Hand. Monate später erinnerte er sie an diese erste Begegnung und dass er sich gleich in sie verliebt habe. „Du sahst aus wie ein Gemälde von Vermeer", sagte er, „wie du da am Fenster standst, umrahmt vom grünen

Efeu. Die Sonne fiel auf dein Gesicht, und das Glas funkelte in deiner Hand."

Er saß nicht in ihrem Seminar für englische Literatur, was Ellis erleichtert zur Kenntnis genommen hatte. Ihr Verstand sagte ihr, dass es absolut lächerlich war zu glauben, er könne bei diesem ersten Blickkontakt die gleiche überwältigende Zärtlichkeit für sie empfunden haben wie sie für ihn. Nachts lag sie wach und dachte an ihn. Du bist 34, ermahnte sie sich, du könntest seine Mutter sein, und du bist noch nicht einmal hübsch. Aber ihre heimliche Leidenschaft wurde in den folgenden Wochen nicht weniger, sondern immer heftiger. Und obwohl intime Beziehungen zwischen Studenten und dem Lehrkörper von der Universitätsleitung alles andere als gern gesehen wurden, wusste sie genau, dass bisher nur der Mangel an Gelegenheit sie daran gehindert hatte, wegen dieses jungen Mannes, der noch keine zwanzig war, ihre Karriere aufs Spiel zu setzen.

Sie fand heraus, wie er hieß: Joe Leavis. Er studierte englische und amerikanische Geschichte, stammte aus Nordengland, sprach mit einem starken Yorkshire-Akzent und hatte ein sanftes, tiefes Lachen. Sie beobachtete ihn heimlich, doch wenn er in ihre Richtung schaute, wandte sie schnell den Blick ab. Wenn sie sich zufällig begegneten, gab sie sich betont desinteressiert. Aber ihre Gefühle für ihn waren stärker als alles, was sie bisher erlebt hatte, und sie konnte nichts dagegen tun.

Dann tauchte er zu Beginn des zweiten Quartals völlig unerwartet in ihrem Büro auf, und sie wusste plötzlich, dass es ihm nicht anders ging als ihr – und dass sie ihn bremsen musste, weil er sich bestimmt nicht zurückhalten würde. Doch als er ihr die Hand gab und seine Finger die ihren umschlossen, war es zu spät: Sie konnte, sie wollte sich nicht mehr verstellen, es gab kein Zurück.

Er war fast so befangen wie sie. Der Grund seines Besuchs sei, so sagte er, dass er mit seiner Fächerwahl nicht zufrieden sei und wechseln wolle. Ob er an ihrem Seminar für englische Literatur teilnehmen könne?

Sie zog sich hinter ihren Schreibtisch zurück, weil sie eine Barriere zwischen sich und ihm errichten wollte. Mit ihrer strengsten Dozentinnenstimme fragte sie ihn, was er sich von einem Fachwechsel verspreche, immerhin habe er bereits ein ganzes Quartal studiert. „Wie ist Ihr Name?", fragte sie ihn, als würde sein Name nicht seit drei Monaten ständig in ihren Träumen erscheinen. „Lewis? Leavis?" Sie gab sich seriös, wie es sich für eine Dozentin gehörte, aber in ihrer Nervosität begann sie, die Papiere auf ihrem Schreibtisch hin und her zu schieben. Ihre Hände zitterten, sie hatte sich verraten.

„Leavis ist mein Name“, sagte er leise, „Joe Leavis.“ Und dann beugte er sich über den Schreibtisch und legte seine Hände beruhigend auf ihre zitternden Finger. Nicht einmal 24 Stunden später waren sie ein Paar.

ELLIS stand in dem frisch gestrichenen, leeren Raum in ihrem Häuschen, und auf einmal sah sie sein schmales, kluges Gesicht vor sich, so deutlich, als stünde er vor ihr. Sie wusste, dass er objektiv gar nicht so besonders gut aussah, aber wie sie dieses Gesicht liebte! Sie hatte ihn aufgegeben, weil sie keinen anderen Weg gesehen hatte, aber sie konnte sich nicht vorstellen, wie dieser Schmerz je vergehen sollte.

Um neun Uhr abends waren die Möbelpacker fertig. Dies hier war nun ihr Zuhause. Obwohl es noch früh war, fühlte sie sich reif fürs Bett. Sie war in der achtzehnten Woche und wurde noch immer schnell müde. Während sie im Flur nach der Tasche mit ihrem Nachthemd suchte, flog ihr eine dicke Fliege um die Nase. Ellis öffnete die Haustür und wedelte so lange mit den Armen, bis sich die Fliege, vom letzten Schimmer des Tageslichts angezogen, in Zickzacklinien gehorsam nach draußen bewegte. Nachdenklich sah Ellis hinter ihr her.

Der Himmel war mit violetten Wolkentupfern gesprenkelt, die Bäume hoben sich schwarz gegen den Sonnenuntergang ab. Sie trat hinaus auf die Lichtung und sog den süßen Duft der Heckenrosen ein. Ihr Haus, ein typisch englisches Cottage, hatte früher ein Strohdach gehabt, war aber jetzt mit roten Hohlziegeln gedeckt und frisch gestrichen. An jedem Giebelende ragte ein kompakter Schornstein in die Luft. Hinter dem Haus befand sich das ehemalige Klohäuschen, in dem jetzt Ellis’ Kühlschrank untergebracht war. Und dahinter lag zwischen den Bäumen ein wunderschöner großer Teich.

Innen im Haus war es ziemlich eng. Der vordere Teil bestand aus einem kleinen quadratischen Flur und zwei Zimmern, der hintere aus einer winzigen Küche und einem schlichten, weiß gekachelten Badezimmer. Vom Flur aus führte eine steile Holztreppe hinauf zum Schlafzimmer. Es gab keine Zentralheizung, keinen Anschluss an die Kanalisation, kein Telefon und keinen Fernseher, aber es gab eine Sickergrube, elektrischen Strom und einen Wassertank im Dachgeschoss, in den mit einer modernen Pumpe vom Brunnen vor der hinteren Tür Wasser gepumpt wurde.

Hier wollte Ellis die Zeit ihrer Schwangerschaft verbringen. Sie hatte vor, ihr derzeitiges Forschungsprojekt abzuschließen – eine Abhandlung über den Wandel des Frauenbildes in der Literatur des zwanzigsten Jahrhunderts –, aber heute Abend wollte sie nicht mehr damit anfangen.

Es war dreißig Jahre her, dass ihre Großtante Nell hier bei einem Brand ums Leben gekommen war. Sie war in ihrem Sessel eingeschlafen und hatte nicht gemerkt, dass das Feuer um sich gegriffen hatte. Das Wohnzimmer war vollkommen ausgebrannt. Das war kurz nachdem Ellis mit ihrer Mutter hier gewesen war, um Nell kennen zu lernen. Sie hatte mit ihren vier Jahren schon genau gewusst, dass sie einen guten Eindruck machen musste – Großtante Nell hatte ihren Vater als Gärtner im Kräutergarten eingestellt, als sonst niemand bereit gewesen war, ihn zu beschäftigen. So hatte ihre Mutter es ihr erklärt, und Ellis war klar gewesen, dass sie sich von ihrer besten Seite zeigen musste. Brav saß sie auf einem dreibeinigen Hocker am gusseisernen Herd, und Nell bombardierte sie mit Fragen: Ob sie ihren Namen mochte? Ob sie wusste, dass sie, Nell, ihn ausgewählt hatte? Es war ein regelrechtes Verhör gewesen, und Ellis hatte schließlich hinter den Röcken ihrer Mutter Schutz gesucht.

„Bist du intelligent?“, fragte Nell.

„Ja, Tante Nell“, antwortete Ellis ohne Zögern. Es war die erste Frage, bei der sie sicher war, dass sie die Antwort wusste. Aber Nell hatte nur laut gelacht.

„Nenn mich nicht Tante!“, befahl sie. „Du kannst mich Nell nennen, aber auf keinen Fall Tante!“ Sie roch nach Rauch, und als sie sich hinunterbeugte, um Ellis zu umarmen, brachte der stechende Geruch sie zum Niesen. Doch der Duft, der Ellis in Erinnerung geblieben war, war das liebliche, intensive Aroma des großen Fliederbuschs gewesen, der zwischen dem Haus und dem Teich wunderschön geblüht hatte. Den Fliederbusch gab es noch, und er hatte auch geblüht, als Ellis im Frühjahr hergekommen war, um zu überprüfen, wie die Bauarbeiten vorankamen.

Den „Kräutergarten“, die Gärtnerei, die Nell im Krieg aus dem Nichts geschaffen hatte, hatte Nell Ellis’ Vater William vermacht, dem Mann ihrer Nichte. Erst mit einundzwanzig hatte Ellis erfahren, dass die Großtante ihr das Cottage im Wald vererbt hatte, aber bis vor kurzem hatte sie dem alten Gemäuer nicht besonders viel Beachtung geschenkt. Aus einer Laune heraus hatte sie dann doch beschlossen, es renovieren zu lassen. Damals hatte sie noch nicht gewusst, dass sie ein Versteck brauchen würde. Joe hatte sie nie etwas von dem Haus erzählt, aber vor ihrer Schwangerschaft war das ihr einziges Geheimnis gewesen. Jetzt war das Kind, das sie erwartete, ihr großes Geheimnis, und sie war froh, dass er keine Möglichkeit hatte, sie zu finden.

Die Tiffanylampe, die sie ins Wohnzimmer gestellt hatte, verbreitete in der Dämmerung einen warmen Lichtschein. Ihr neues Zuhause wirkte sehr gemütlich und einladend, und zum ersten Mal seit Monaten hatte Ellis das Gefühl, dass sie hier zur Ruhe kommen würde. Sie fragte sich unwillkürlich, ob Nell, ihre energische, eigenwillige Großtante, mit den Veränderungen am Haus einverstanden gewesen wäre. Fast kam es ihr vor, als sei die Tante noch da.

Da hörte sie in der Ferne ein leises Rattern – der Intercityexpress fuhr auf der anderen Seite des Tals von Norwich nach London. Das Geräusch brachte sie zurück in die Wirklichkeit. Sie schüttelte den Kopf und widerstand der Versuchung, sich umzudrehen und nachzusehen, ob Nell vielleicht im Schatten der Bäume stand und alles begutachtete.

Bis zu der Begegnung mit Joe war sie mit ihrem Leben ganz zufrieden gewesen: Sie lebte im hübschen alten Universitätsviertel und unterrichtete ein Fach, das sie liebte. Im Urlaub unternahm sie Wanderungen durch die Toskana oder besichtigte mit ihrer Mutter die antiken Stätten Griechenlands. Jedes Jahr entfloh ihre Mutter eine Woche ihrer „häuslichen Sklaverei", wie sie es nannte, um ihrer Tochter Gesellschaft zu leisten. Sie sei glücklich mit ihrem Leben, sagte Ellis immer, wenn die unvermeidliche Frage nach ihrem Familienleben kam, es gefalle ihr gut, allein zu leben. Und das hatte auch gestimmt – bis Joe Leavis alles aufgemischt hatte.

„Hör auf damit!", hatte Joe immer gesagt, wenn sie Bedenken anmeldete. „Mach dir keine Sorgen. Warum kannst du es nicht einfach genießen?"

„Weil unsere Beziehung unsere Zukunft ruinieren könnte", sagte Ellis. „Du machst dir nur keine Sorgen, weil du noch so jung bist. Ich bin älter als du, ich kann die Fallstricke sehen. Wir können sie nicht einfach ignorieren und hoffen, dass sie irgendwie verschwinden."

„Warum nicht?" Joe ließ sich nicht beirren. „Die Zeiten haben sich geändert, Dr. Jones. Wir leben in den Neunzigerjahren. Heutzutage ist alles erlaubt."

Sie saßen bei Ellis am Küchentisch. Joe nahm ihr Gesicht zwischen beide Hände. „Wie alt warst du, als du das erste Mal mit einem Mann geschlafen hast?"

Ellis merkte, dass sie rot wurde. „Du weißt genau, wie alt ich war. Was hat das damit zu tun?"

Joe grinste triumphierend. „Man kann also kaum behaupten, dass du mehr Erfahrung hast als ich. Ich habe meine Unschuld vor fünf Jahren verloren und du?“ Er legte den Kopf schief und lächelte verschmitzt. „Es war im Januar, stimmt’s? Am Siebzehnten. Oder hast du es schon vergessen?“

Natürlich hatte sie es nicht vergessen. Nachdem er bei ihr im Büro gewesen war, war er ihr nach Hause gefolgt. Im strömenden Regen stand er von fünf Uhr nachmittags bis zehn Uhr abends vor ihrem Haus, bis sie sich schließlich seiner erbarmte und ihn hereinließ. Er war völlig durchnässt und zitterte vor Kälte. Sie flößte ihm einen Brandy ein und schickte ihn nach oben in die Badewanne. Sie selbst verschwand in der Küche, um ihm eine Suppe zu kochen. Diese Suppe aß er erst am nächsten Tag. Ellis hatte ihm die Tür zu ihrer Wohnung geöffnet und damit auch die Tür zu ihrem Leben …

Und nun stand sie vor ihrem Haus in Suffolk und legte die Hände auf den Bauch, um ihr ungeborenes Kind zu berühren. Dieses Kind war alles, was ihr von ihm geblieben war. Vermutlich war es ein Mädchen, das hatte man ihr jedenfalls beim letzten Ultraschall gesagt.

Sie hatte Joe nichts von der ungeplanten Schwangerschaft gesagt. Dass sie schwanger geworden war, hatte Ellis in ihrem Entschluss, die Beziehung zu beenden, nur noch bestärkt. Sie wollte ihm einfach nicht die Verantwortung für ein Kind aufbürden! Er war doch selbst fast noch ein Kind. Trotzdem erschien ihr eine Zukunft ohne ihn schrecklich trostlos, und bei dem Gedanken daran, dass sie das Kind allein großziehen musste, wurde ihr ganz schwindlig.

Etwa einen Monat zuvor war Joe, der jüngste Sohn einer großen Familie, nach Hause gefahren, um seine verwitwete Mutter zu besuchen. Er hatte versprochen, bald wiederzukommen, und einfach nicht zur Kenntnis genommen, dass sie sich von ihm trennen wollte. „Aber wir lieben uns doch!“, hatte er protestiert. „Wir schaffen das schon. Ich weiß es!“

„Du überlegst es dir bestimmt anders“, hatte er kurz vor seiner Abreise gesagt. Als er schon fast an der Treppe gewesen war, hatte er sich noch einmal umgedreht. „Du brauchst mich nur zu rufen. Wenn du es nicht mehr aushalten kannst, dann ruf mich, und ich komme.“ Er sah sie bittend an. „Du brauchst nur zu flüstern. Ich höre dich …“

Doch ihre Wohnung war jetzt leer, und an der Uni würde man ihm mitteilen, Dr. Jones mache ein Sabbatjahr und wolle ihre Adresse nicht bekannt geben. Wenn sie dann in einem Jahr wieder auftauchte, hatte er sie bestimmt längst vergessen. Letztlich würde er ihr für ihr Verhalten dankbar sein.

Der Himmel verfärbte sich zu einem dunklen Indigoblau, und die Luft kühlte ab, während sich langsam die Nacht über die Lichtung senkte. Ellis schaute auf ihre Armbanduhr, aber es war inzwischen schon zu dunkel, um die Ziffern zu erkennen. Die Blätter rauschten wie ein leises Echo aus der Vergangenheit, die Luft vibrierte. „Wie war es damals?“, fragte sie die Schatten. „Wie war es, ganz allein hier zu wohnen?“ Sie horchte mit angehaltenem Atem. Nichts. „Nell?“, rief sie. In der Stille schien ihre Stimme widerzuhallen. „Sag mir, wie war es?“ Die einzige Antwort war das Rascheln eines kleinen Vogels, der sich für die Nacht im Fliederbusch niederließ.

Nur einen Kilometer von ihr entfernt auf der anderen Seite des Tals saßen ihre Eltern vermutlich gerade beim Abendessen und unterhielten sich über den überraschenden Entschluss ihrer Tochter, ein Jahr freizunehmen. Bisher hatte Ellis immer nur an ihr berufliches Weiterkommen gedacht, und sie wunderten sich sicher über die neue Entwicklung.

Am Abend zuvor war sie im Dower House, dem Haus ihrer Eltern, gewesen. Eigentlich hatte sie vorgehabt, ihnen gleich beim Abendessen von ihrer Schwangerschaft zu erzählen. Aber als sie mit ihnen am Tisch saß, verließ sie der Mut. Ihr Vater William war ganz erfüllt gewesen von seinen Plänen für das brachliegende Stück Land hinter dem Kräutergarten. Er hatte Ellis sofort einen Entwurf in die Hand gedrückt, kaum dass sie zur Tür hereingekommen war, und hatte den ganzen Abend das Gespräch beherrscht. Er konnte von nichts anderem reden als von den verschiedenen Lavendelsorten, die er dort anpflanzen wollte. Die Gärtnerei war für ihn nicht nur ein Job, mit dem er sein Geld verdiente, William war regelrecht besessen von seinen Pflanzen. Ihrer Mutter war diese Begeisterung schon immer ein Dorn im Auge gewesen, deshalb hatte Ellis das Gefühl gehabt, dass es nicht ganz der geeignete Zeitpunkt war, um von ihrem Baby zu erzählen. Ihr war aber auch klar, dass sie nur einem Konflikt aus dem Weg gehen wollte, denn früher oder später musste sie den beiden die Wahrheit sagen …

Im Lagerraum lag ein Päckchen auf dem Fensterbrett, das in altmodisches Packpapier gewickelt war. Ellis entdeckte es erst, als sie ins Bett gehen wollte. Einer der Handwerker hatte einen Zettel dazugelegt: *Dr. Jones, das hier haben wir gefunden, als wir den Brotofen eingerissen haben.* Vorne auf dem Päckchen stand ein einziges Wort: *Ellis.* Neugierig setzte sich Ellis unten auf die Treppe und begann, die Verpackung aufzureißen. Im Innern befand sich ein in Stoff gebundenes, abgegriffenes Buch. Es roch etwas muffig, und die Seiten hatten braune Stockflecken. DIESES BUCH GEHÖRT war in schwarzer Schnörkelschrift auf das Deckblatt gedruckt und darunter handschriftlich: *Eleanor Carter.*

Großtante Nell. Ellis hatte nicht gewusst, dass ihr Taufname Eleanor gewesen war, denn jeder hatte sie Nell genannt. Wieder glaubte Ellis eine fast greifbare Präsenz zu spüren. Sie beschloss, doch noch nicht ins Bett zu gehen, und begann zu blättern.

Namen, Daten, Orte, Seite um Seite dicht beschrieben. Das Gefühl von Nells Gegenwart wurde immer stärker. Ellis hatte die Schatten gefragt, wie es war, ganz allein hier zu wohnen, und nun fiel ihr die Antwort sozusagen in den Schoß. Denn was sie in ihren Händen hielt, war das Tagebuch ihrer Großtante. Ellis lehnte sich an die Wand, schlug die erste Seite auf und begann zu lesen.

Neujahr 1941. Ich hasse Violet …

KAPITEL 2

Auf dem Weg durchs Dorf in Richtung Dower House blieb Nell Carter ein Stück hinter den anderen zurück. Sie hasste den Krieg, sie hasste die Kälte, aber vor allem hasste sie Violet. Sie konnte sie nicht mehr ertragen.

Ihr Gesicht schmerzte, und ihre Handflächen brannten, weil sie den ganzen Abend zur Musik der Militärkapelle den Rhythmus geklatscht und dazu gelächelt hatte, bis sich ihr Mund verkrampfte. Sie hatte so getan, als würde sie sich amüsieren, während Violet durch die Dorfhalle hüpfte und tanzte, zuerst mit Laurence, dann mit einer ganzen Reihe eifriger junger Männer in Uniform. Ihre Schwester stolperte jetzt in ihren hochhackigen Stiefelchen vor ihr her. Laurence hatte ihr den Arm um die Hüfte gelegt, sie schmiegte den Kopf an seine Schulter und kicherte. Laurence war auf eine Privatschule gegangen, hatte Jura studiert und war dabei, eine vielversprechende Karriere als Anwalt zu machen, die leider durch den Krieg unterbrochen worden war, und Nell fragte sich, was er und Violet eigentlich aneinander fanden.

Aber vielleicht war es doch nicht so erstaunlich, dass sich Laurence in Violet verliebt hatte. Im Verlauf des Abends hatte Nell nur einmal getanzt, nachdem Violet Laurence zu verstehen gegeben hatte, er solle ihre Schwester auffordern. Violet war schön und hatte eine bezaubernde

Figur. Neben ihr wirkte Nell ungelenk und ein wenig grob. Sie hatte haselnussbraune Augen und dichtes, widerspenstiges braunes Haar – Violet hingegen war blond und hatte strahlend blaue Augen. Nell hatte die römische Charakternase ihres Vaters, Violet ein niedliches Stupsnäschen wie ihre Mutter. Neben einer so hübschen Schwester blieb Nell meistens unbemerkt. Niemand beachtete ihren Witz und ihre Intelligenz.

„Warum kannst du nicht ein bisschen mehr wie Violet sein?“ Dieser Satz zog sich wie ein Refrain durch Nells Kindheit, zu Hause und in der Schule, während die vier Jahre jüngere Violet von einem süßen kleinen Mädchen zu einer bezaubernden jungen Frau heranwuchs und keinen Augenblick daran zweifeln musste, dass sie um ihrer selbst willen bewundert wurde. Und trotzdem konnte Nell ihrer kleinen Schwester nie richtig böse sein, auch wenn Violet Nell manchmal ein bisschen herablassend behandelte. Schließlich war es nicht Violets Schuld, dass die Natur sie so großzügig beschenkt hatte.

Violet hatte Laurence Palmer an ihrem einundzwanzigsten Geburtstag auf einem Tanztee im Londoner West End im Jahr 1940 kennen gelernt. Nell war nicht dabei gewesen, denn ihr Vater, der gerade Inventur in seinem Textilgeschäft machte, hatte sie nicht weglassen wollen, also hatte Violet eine Freundin mitgenommen. Laurence hatte gerade Wochenendurlaub von seinem Jagdgeschwader und hielt sich nur achtundvierzig Stunden in London auf, aber die kurze Zeit genügte den beiden, um festzustellen, dass sie füreinander bestimmt waren.

„Aber Mama, wer weiß, wie viel Zeit uns bleibt!“, rief Violet, als ihre Mutter etwas erstaunt fragte, ob die Hochzeit denn wirklich so schnell gefeiert werden müsse. Ende Oktober waren sie verheiratet, und Laurence Palmer war mit seiner jungen Frau nach Suffolk gezogen. Da hatten Violet und er gerade einmal fünf Tage miteinander verbracht.

Nell wäre für ihr Leben gern aufs College gegangen, aber ihre Mutter hatte davon nichts hören wollen. Seit fast sechs Jahren, also seit ihrem neunzehnten Geburtstag, arbeitete sie deshalb im Betrieb ihres Vaters. Sie hatte ganz unten angefangen und sich systematisch von der Verkäuferin zur Filialleiterin in einem der drei Geschäfte ihres Vaters hochgearbeitet. Sie war stolz auf ihren Erfolg, und ihr Vater war der Meinung, dass sie Talent hatte für den Einzelhandel. Wenn der Krieg erst vorbei war, dann wollte er ihr helfen, sich selbstständig zu machen.

Dann kam der Tag, an dem ihre Mutter vorschlug, dass sie zu Violet nach Suffolk ziehen sollte. Nell fragte sie sofort, warum sie sich in die Einöde von Suffolk begeben sollte, wenn sie in London gebraucht wurde? London werde von Tag zu Tag gefährlicher und Violet fühle sich einsam, so mitten auf dem Land und ohne Ehemann, erwiderte ihre Mutter.

„Aber Violet braucht mich doch gar nicht!“, protestierte Nell. „Ihre Schwiegereltern wohnen ganz in der Nähe.“

„Rede keinen Unsinn. Sie hat schreckliche Angst vor ihrer Schwiegermutter, und sonst kennt sie keine Menschenseele. Was soll sie denn ganz allein dort anfangen?“

„In der Landwirtschaft arbeiten“, schlug Nell vor. „Sie könnte zum Beispiel lernen, mit dem Traktor zu fahren.“

„Für so etwas ist sie doch viel zu fein!“ Ihre Mutter war richtig schockiert über diese Idee. „Nein, du fährst hin, das ist die perfekte Lösung! Es hat gar keinen Sinn, wenn du dich sträubst, ich habe ihr schon gesagt, dass du kommst, und sie freut sich unheimlich! Sei nicht so egoistisch!“

Zwei Tage später wurde der Laden, in dem Nell arbeitete, von einer Brandbombe getroffen und in einen rauchenden Trümmerhaufen verwandelt. Nell hatte keinen Grund mehr, sich zu wehren.

Sie hatte einmal mit ihrem neuen Schwager getanzt und ihm bei der Hochzeit kurz die Hand gereicht, als der Fotograf alle für das große Familienfoto aufstellte. Erst beim anschließenden Empfang hatte sie ihm etwas mehr Beachtung geschenkt. Der arme Mann schien ganz benommen vom rasanten Tempo der Ereignisse. Nell hatte während der Feier ein paarmal bemerkt, dass er Violet ganz verwundert anschaute, als würde er sich fragen, wieso in aller Welt er plötzlich mit dieser wunderschönen, lebhaften Unbekannten verheiratet war.

Violets Schwiegereltern waren ein merkwürdiges Paar. Sir Gerald war groß, sah gut aus mit seinen grauen Schläfen und seinen kühlen graubraunen Augen. Er hatte einen festen Händedruck und eine beeindruckende Ausstrahlung, obwohl er schon Mitte sechzig war. Er hinkte etwas wegen einer alten Verletzung aus dem Ersten Weltkrieg, aus dem er hoch dekoriert zurückgekehrt war. Laurences Mutter Marion hingegen war klein und kräftig, hatte ein kantiges Gesicht und wirkte nüchtern und etwas schroff. Sie war es offensichtlich gewohnt, das Sagen zu haben.

„Mit Ihrer Schwester haben Sie nicht viel gemeinsam, stimmt's?“, hatte sie gesagt, als Nell ihr beim Empfang die Hand gegeben hatte. Aber sie hatte Nell freundlich angelächelt und ihr herzlich die Hand geschüttelt. „Was halten Sie denn von der ganzen Sache?“, wollte sie dann wissen und zeigte auf ihren Sohn und ihre Schwiegertochter.

Nell murmelte etwas von einem „schönen Paar“, woraufhin Lady Palmer nur kurz entgegnete: „Das heißt gar nichts, finde ich.“ Aus dieser Bemerkung schloss Nell, dass für die Palmers mit ihrem Landgut in Suffolk die Tochter eines Textilwarenhändlers nicht unbedingt das war, was sie sich für ihren Sohn erträumt hatten, mochte sie auch noch so hübsch sein.

„ALLES in Ordnung, Nell?“, hörte sie jetzt Laurences Stimme, und eine Sekunde lang sah sie das Leuchten seiner Augen, als er sich im Dunkeln nach ihr umdrehte.

„Ja, klar!“, rief sie. „Ich muss nur aufpassen, dass ich nicht stolpere!“ Er flüsterte Violet etwas ins Ohr, und sie kicherte begeistert.

Sie nahmen die Abkürzung über den Friedhof und bogen in die Post Office Row ein. Nell blieb stehen und rieb sich die schmerzenden Waden. Auch ihre Finger waren ganz taub vor Kälte. Energisch klopfte sie ihre Wollhandschuhe gegeneinander, um den Kreislauf in Schwung zu bringen. Violet hatte darauf bestanden, dass sie mitkam, aber eigentlich wäre sie lieber zu Hause am Kamin sitzen geblieben.

„Heute ist Silvester! Wir gehen nicht ohne dich zu der Feier, Nell!“

Warum hatte sie sich nur überreden lassen! Wider besseres Wissen hatte sie der Gedanke, in der Nähe ihres Schwagers zu sein, nach Suffolk gelockt. Sie konnte verstehen, warum sich Violet in Laurence verliebt hatte – er war ein wunderbarer Mann. Mit seinen dichten braunen Locken sah er fast so gut aus wie sein Vater, und seine strahlend blauen Augen wurden ganz klein, wenn er lachte, was sehr charmant wirkte. Er war klug, freundlich, redegewandt, aber bis zum heutigen Abend hatte sich Nell bewusst von ihm fern gehalten, weil sie gleich nach seiner Ankunft gemerkt hatte, dass sie auf dumme Gedanken kam, wenn er sie ansah. Es beunruhigte sie, dass sie etwas für ihn empfand, was sie nicht empfinden durfte.

Sie hatte das Gefühl, dass sie auf der Silvesterfeier dafür hatte bezahlen müssen, denn sie war die einzige Frau gewesen, für die sich kein Partner gefunden hatte. Du bist selbst schuld, sagte sie sich, während sie durch die Dunkelheit stapfte, du hättest in London bleiben sollen.

Violet und Laurence warteten ein Stück weiter vorne. Nell sah ihre Umrisse, sah, wie sie die Köpfe zusammensteckten und sich der helle Nebelhauch ihres Atems zärtlich vermischte.

In der Ferne hörte man das Gelächter der letzten Gäste, die von der Dorfhalle heimwärts strebten. Dazwischen hörte man immer wieder die Soldaten grölen, die auf dem Feld hinter der Schmiede bei den Flakscheinwerfern Dienst hatten und feierten, so gut es eben ging, während sie für König und Vaterland Wache schoben. Der Rest des Bataillons war auf „Old Hall" untergebracht, dem großen Landhaus auf der anderen Seite des Tals, das Laurences Eltern gehörte. Seine Mutter hatte sich dort im Dienstbotenflügel einquartiert und meinte etwas verdrossen, man müsse eben seinen „Beitrag leisten", während Sir Gerald in London im Verteidigungsministerium militärische Strategien austüftelte.

„Beeil dich ein bisschen, Nell!", rief Violet. „Ich erfriere!"

Wie konnte ihr denn kalt sein? Den ganzen Abend hatte Nell ihre Schwester beobachtet: Mit sämtlichen Männern war sie durch die Dorfhalle gewirbelt, erhitzt und glücklich.

„Eifersucht ist eine gefährliche Krankheit, mein Kind!", hatte ihre Mutter einmal zu ihr gesagt. Vor allem, wenn keine Aussicht auf Heilung besteht, dachte Nell jetzt, als sie sah, dass Laurence sich hinunterbeugte, um seine Frau zu küssen. Wie sehnlich sie sich wünschte, sie wäre an Violets Stelle! Wenn sie vorher gewusst hätte, was sie für den Mann ihrer Schwester empfinden würde, wäre sie niemals in seine Nähe gekommen.

Als Nell Laurence und Violet erreichte, legte ihr Laurence den Arm um die Schultern.

„Arme Nell", sagte er und beugte sich hinunter, sodass seine Wange kurz ihr Gesicht berührte, „du bist bestimmt auch halb erfroren!"

Nell fühlte sich durch die Berührung unendlich getröstet und schmiegte sich dankbar an ihn. Sein Mantel roch angenehm nach dem Pfeifentabak, den er den ganzen Abend geraucht hatte.

Doch dann ließ Laurence sie schnell wieder los, so, als ob er spüre, dass seine Geste missverstanden werden könne. Und Nell stand wieder allein da. Auf dem Weg zum Haus knirschte der Kies unter ihren Schuhen. Nell und Violet warteten Füße stampfend auf der Veranda, während Laurence nach dem Schlüssel suchte.

„Ich bin völlig erschöpft", sagte er, als er den beiden Frauen die Tür aufhielt. „Ich muss sofort ins Bett. Prost Neujahr, ihr zwei!"

Nell spürte, wie seine Hand im Vorübergehen die ihre streifte. Ihre Knie begannen zu zittern. Darauf war sie nicht gefasst gewesen. Und plötzlich fühlte sie seine Lippen heiß auf ihrer Wange. In der Dunkelheit konnte sie sein Gesicht nicht sehen und wusste daher nicht, ob diese

Geste beabsichtigt oder eher zufällig war. Als Violet endlich den Lichtschalter gefunden hatte, war Laurence bereits die Hälfte der Treppe hinaufgegangen.

Später saß Nell mit angezogenen Knien unter ihrer Decke, die Kissen im Rücken und vor sich das Tagebuch, das ihre Mutter ihr zu Weihnachten geschenkt hatte. Als sie mit anhören musste, wie Laurence mit Violet schlief, tat ihr der ganze Körper weh vor Einsamkeit und Eifersucht. Sie schlug die erste Seite ihres Tagebuchs auf und schrieb mit klammen Fingern: *Ich hasse Violet.*

NELL schlief schlecht und stand schon früh auf, weil sie sich nicht mehr in ihrem Bett hin und her wälzen und an Laurences flüchtigen Kuss denken wollte. Als Violet kurz nach neun im Morgenrock herunterkam, hatte Nell bereits den Kamin im Wohnzimmer ausgeräumt und Feuer gemacht. Sie war weniger gesprächig als sonst, doch Violet schien das nicht weiter aufzufallen.

Laurence wolle ausschlafen, erklärte sie. Ihr armer Schatz müsse sich schon morgen wieder bei seiner Einheit melden, deshalb brauche er noch ein bisschen Ruhe. Er habe aber versprochen, heute mit ihr nach Ipswich zu fahren, um im Regent Theatre die Crazy Gang anzuschauen. Ob Nell Lust habe mitzukommen?

„Nein danke“, antwortete Nell, rührte in ihrem Porridge und wich dem Blick der Schwester aus.

„Sei doch nicht so stur!“, rief Violet. „Wenn ich dich nicht überreden kann, dann sag ich es Laurence. Er wird dich schon rumkriegen!“ Mit diesen Worten flatterte sie munter davon, um sich anzukleiden und auf der „Home Farm“, dem Bauernhof des palmerschen Landgutes, Milch zu holen. Nell blieb allein mit ihren Schuldgefühlen und fragte sich, ob sie widerstehen könnte, wenn Laurence versuchen sollte, sie „rumzukriegen“.

Aber sie quälte sich umsonst. Als Violet Laurence bat, seine Überredungskünste einzusetzen, schaute er nur kurz zu Nell hinüber, wandte sich dann ab und kramte nach seiner Pfeife. „Wenn Nell nicht mitkommen möchte, dann können wir sie nicht zwingen“, meinte er etwas schroff.

Nell spürte, wie ihr das Blut ins Gesicht schoss. Unter dem Vorwand, sie habe in ihrem Zimmer etwas Wichtiges vergessen, verließ sie schnell den Raum, hörte aber noch, wie Violet sich beschwerte. „Du hättest nicht so unhöflich sein dürfen, Liebling“, sagte sie, doch Nell konnte nicht mehr verstehen, was Laurence dazu zu sagen hatte.

Die beiden fuhren also allein nach Ipswich. Und als Laurence am nächsten Morgen zurückmusste zu seiner Truppe, blieb sie in ihrem Zimmer. Sie habe Kopfschmerzen, erklärte sie Violet und tat so, als höre sie nicht, dass Laurence einen Abschiedsgruß die Treppe heraufrief. Aber der Versuchung, aus dem Fenster zu spähen, konnte sie doch nicht widerstehen. Sie sah, wie er Violet zum Abschied küsste, bevor er in seinen Riley kletterte. War es Wunschdenken, oder schaute er wirklich zu ihr herauf, als er abbog? Ach, was für ein kindischer Gedanke! Die flüchtige Zärtlichkeit nach der Silvesterfeier hatte nichts zu bedeuten, das zeigte doch der liebevolle Abschied von Violet.

Sie wusste genau, was sie zu tun hatte: So schnell es ging, musste sie nach London zurückkehren. Aber als sie Violet von ihren Plänen erzählte, war ihre Schwester vollkommen empört. „Ich will nichts davon hören!“, rief sie. „Du kannst mich doch hier nicht mitten in der Pampa allein sitzen lassen!“

„Wie du meinst“, erwiderte Nell zögernd, „aber wenn Laurence nach Hause kommt, packe ich meine Sachen und nehme den ersten Zug nach London. Ich will nicht das fünfte Rad am Wagen sein.“

IMMER öfter nahmen sie am Dorfleben teil. Mrs Dowes, die den Dorfladen führte und die Zeitungen austrug, rutschte am vierten Tag des Jahres auf Glatteis aus und brach sich den Arm. Nell, die ohnehin gern etwas Nützliches tun wollte, bot ihr deshalb an, für sie die Zeitungen auszutragen. Marion Palmer beschloss zur gleichen Zeit, dass nun auch Violet ihren Beitrag leisten musste. Sie sollte dafür sorgen, dass der örtliche Strickzirkel die Hilfeleistungen für die Soldaten verstärkte. Fortan verbrachte Violet viele Stunden damit, Socken, Mützen oder Handschuhe zu stricken und die Frauen im Dorf zu überreden, sich an der Aktion „Stricken für den Sieg“ zu beteiligen. Wenn Nell und sie sich am Ende des Tages zu ihrem bescheidenen Abendessen hinsetzten, war sie oft so müde, dass sie nicht mehr viel redete. Trotzdem nahm sie sich immer die Zeit, an Laurence zu schreiben, mindestens viermal in der Woche.

Manchmal durften sie Lady Marions Morris ausborgen und nach Ipswich fahren, um einzukaufen. Dort suchten sie nach Artikeln, die inzwischen zum Luxus geworden waren – Orangen und Nylonstrümpfe, Dosenpfirsiche und Kondensmilch. Auch Marion Palmer gab ihnen immer eine Einkaufsliste mit, auf der als letzter Punkt stets eine Flasche Johnnie Walker verzeichnet war. Der Whisky sei das Einzige, was zwischen ihr und dem Abgrund der Verzweiflung stehe, meinte Marion dazu und lachte.

Nell und Violet begannen sich in ihrem gemeinsamen Haushalt einzurichten. Sie hörten Radio, vor allem die Sendung „Die Küchenfront", um Tipps für den Haushalt zu bekommen. Violet hörte gern „Musik bei der Arbeit", während Nell am liebsten die Abendkonzerte mit Werken von Bach, Haydn und Schubert einschaltete. Klassische Musik war nicht so ganz Violets Geschmack, aber sie blieb trotzdem am Radio sitzen. „Ich weiß nicht, wo Laurence im Augenblick ist, aber er hört das bestimmt auch gerade", sagte sie dann.

Es hatte nicht den Anschein, als würde Laurence bald auf Urlaub kommen, und Nell hatte allmählich das Gefühl, dass sie ihre Verliebtheit überwunden hatte. Wahrscheinlich war sie nur einsam gewesen und hatte nicht genug zu tun gehabt. Bei dem Gedanken, ihn wiederzusehen, bekam sie kein Herzklopfen mehr. Sie fühlte sich jetzt der Situation gewachsen.

ES WAR Ende Januar. Nell fühlte sich inzwischen in ihrer neuen Umgebung richtig wohl und war fast froh, dass sie nicht in London war.

„Die Mädels aus London", wie Nell und Violet inzwischen bei den Einheimischen hießen, waren sich in diesen Wochen näher gekommen als jemals zuvor. Ohne die Eltern und ohne Laurence wandte sich Violet automatisch an ihre ältere Schwester, wenn das Dröhnen der feindlichen Bomber einen Sirenenalarm auslöste oder sie sich nicht entscheiden konnte, was sie zum Abendessen kochen sollte.

Zum ersten Mal in ihrem Leben fühlte sich Nell ihrer schönen Schwester ebenbürtig oder sogar überlegen, denn sie kam mit kritischen Situationen einfach besser zurecht. Für Nell war es ein angenehmes Gefühl zu wissen, dass sie weniger Angst hatte und einfallsreicher war, wenn es darauf ankam.

Sie hatte inzwischen sogar einen Verehrer. Jedenfalls nannte Violet ihn so. Er war einer der Soldaten beim Flakscheinwerfer auf dem Feld hinter Youngmans Schmiede. Während die anderen ihre Witze rissen und wie die Schulkinder herumalberten, stand er ruhig und ernst daneben. Er war Nell gleich aufgefallen, als sie anfing, die Zeitungen auszutragen. An einen Sandsack gelehnt, hatte er dagesessen, ein Buch gelesen und nichts um sich herum wahrgenommen.

Nach einer Weile fing er an, sie zu grüßen. Es war an einem kalten, feuchten Morgen, als er sie fragte, ob sie nicht eine Zigarette für ihn habe. Da kaufte sie am Ende ihrer Runde im Dorfladen die letzte Schachtel Kensitas, ging wieder den Hügel hinauf und warf die Zigaretten über die Sandsäcke. Sie war plötzlich verlegen.

„Bleiben Sie doch noch", bat er sie, als sie gleich wieder gehen wollte. „Ich hätte gern ein bisschen Gesellschaft."

Nell zögerte, doch dann setzte sie sich zu ihm auf den feuchten Sandsack.

„Hier." Er bot ihr eine Zigarette an. Nell bediente sich, beugte sich über das Streichholz und sog den Rauch tief in die Lungen. Es war schon über zwei Monate her, seit sie die letzte Zigarette geraucht hatte.

Er hieß Arthur Mulligan, genannt Artie, und war der älteste Sohn eines aus Irland eingewanderten Hafenarbeiters. Als der Krieg begonnen hatte, wollte er gerade mit dem Studium beginnen. Die Zigarette in der Hand, deutete er auf die Militärzelte, den riesigen, hässlichen Flakscheinwerfer. „Ich wollte aufs College. Als Erster in der Familie! Meine Mutter war wahnsinnig stolz auf mich", sagte er wehmütig.

„Du kannst doch später noch anfangen", erwiderte Nell. „Wenn alles vorbei ist."

Er zuckte die Achseln. „Vater ist Kriegsversehrter, er hat bei Dünkirchen ein Bein verloren, die brauchen alles Geld, das reinkommt. Für mich heißt das, dass ich wahrscheinlich im Hafen arbeiten muss."

Sie unterhielten sich über die Rationierung und dass es so schwierig war, an Bücher heranzukommen. Nell versprach, bei ihrer nächsten Fahrt nach Ipswich ein paar gebrauchte Taschenbücher für ihn aufzutreiben. Artie bedankte sich so überschwänglich, dass es ihr fast peinlich war. Erst als sie aufstand, um nach Hause zu gehen, merkte sie, dass sie mehr als eine halbe Stunde mit dem fremden Soldaten geplaudert hatte.

Zu Hause wollte Violet sofort wissen, wo sie gesteckt habe. Als Nell von dem Soldaten erzählte, begann ihre Schwester, sie mit ihrem „Verehrer" zu necken.

„Ich finde es so schön, dass du endlich jemanden gefunden hast!", sagte sie schließlich. „Ich wünsche dir, dass du so glücklich wirst wie ich mit Laurie …"

ES WAR schon nach zehn, als Laurence nach Hause kam. Violet machte gerade in der Küche eine Ovomaltinemilch, während Nell im Wohnzimmer saß und las. Sie war erst vor einer halben Stunde nach Hause gekommen, weil sie sich mit Artie im Pub getroffen hatte, um sich zu verabschieden. Seine Einheit wurde am nächsten Tag abgezogen, und er hatte sich bei ihr dafür bedanken wollen, dass sie sich in den letzten Wochen so um ihn gekümmert hatte.

Dass Laurence kommen könnte, daran dachte Nell überhaupt nicht. Sie schreckte hoch, als die Haustür ins Schloss fiel und Laurence seinen Seesack im Flur auf den Boden fallen ließ. Sie wollte gerade aufstehen, um nachzusehen, da stand er auch schon vor ihr.

Er blieb in der Tür stehen und schaute sie an. Er sah schrecklich aus: unrasiert, hohläugig, übermüdet. Seine Uniformjacke war nicht zugeknöpft, die Krawatte saß schief. Erschöpft fuhr er sich mit der Hand über die Augen. Er geriet ins Taumeln und musste sich an der Wand abstützen, um nicht das Gleichgewicht zu verlieren.

„Nell …“, murmelte er, doch dann räusperte er sich und begann noch einmal von vorn: „Entschuldige, ich wollte dich nicht erschrecken …“

Sie öffnete den Mund, um etwas zu sagen, brachte aber kein Wort heraus. Wie gern wäre sie ganz normal auf ihn zugegangen und hätte ihn begrüßt, aber die Beine versagten ihr den Dienst. Die ganzen letzten Wochen hatte sie sich etwas vorgemacht. Sie hatte ihn nicht vergessen, und sie würde ihn nie vergessen können. Am liebsten hätte sie ihn in die Arme genommen, ihn getröstet, den gehetzten Gesichtsausdruck vertrieben. Stattdessen sank sie zurück in ihren Sessel und starrte ihn einfach nur an.

Er setzte noch einmal an: „Violet …, wo ist Violet?“

Nell atmete tief durch. „In der Küche“, sagte sie mit zitternder Stimme. „Setz dich doch hin. Ich sage ihr Bescheid.“

„Nein!“ Laurence machte einen Schritt auf sie zu, blieb aber wieder stehen. „Bitte nicht. Nell, ich …, ich muss mit dir reden …“

„Laurie?“

Laurence drehte sich um, „Hallo, Violet!“, rief er. Er zögerte kurz, dann küsste er seine Frau auf die Wange. „Es tut mir Leid, dass ich nicht Bescheid gesagt habe, aber es ging alles so schnell. Beim Mittagessen habe ich es selbst noch nicht gewusst …“

„Liebling!“, rief Violet. Da sie in jeder Hand einen Becher mit dampfender Ovomaltine trug, stellte sie sich auf die Zehenspitzen, um ihm einen Kuss zu geben, so gut es eben ging. „Es braucht dir doch nicht Leid zu tun. Was für eine wunderbare Überraschung! Hast du schon gegessen? Soll ich dir noch schnell etwas machen? Du siehst furchtbar erschöpft aus.“

„Violet, mach nicht so ein Theater!“ Er klang so verärgert, dass Violet zurückwich und dabei die heiße Ovomaltine verschüttete.

Jetzt erschrak Laurence. „O Gott, Violet, entschuldige bitte! Ich bin einfach so erschlagen …“

Nell eilte hinaus in den Flur und schloss die Tür hinter sich. Hier hatte sie nichts mehr verloren. Das, was sich abspielte, ging nur noch die beiden etwas an.

In ihrem Zimmer war es eiskalt, sie fror sogar unter der Decke. Nach einer Weile hörte sie Stimmen: Violet, fragend, verwirrt, dann Laurence, schroff, abweisend. Er schien im Zimmer auf und ab zu gehen. Nell fasste einen Entschluss. Sie stand auf und holte ihren Koffer aus dem Schrank.

„Geh jetzt“, murmelte sie, während sie ihre Blusen zusammenfaltete. „Geh fort, ehe du dich total blamierst.“ Am Morgen gab es mit Sicherheit einen Zug nach London. Sie beschloss, gleich am nächsten Tag anzurufen und sich zu erkundigen.

Doch als sie gerade ihre beste weiße Bluse faltete, hörte sie ein Geräusch wie fernes Donnergrollen, und über die Felder ertönte Sirenengeheul. Nell hatte eine schreckliche Vorahnung. Sie rannte zur Tür. Laurence kam mit schnellen Schritten die Stufen heraufgerannt.

„Komm mit!“, rief er. „Komm schnell!“ Er packte sie grob am Arm und stieß sie fast die Treppe hinunter. Nell spürte seine heißen Hände auf ihrem Rücken, als er sie den Flur entlangschob und sie in die Schrankkammer schubste. Sie prallte gegen Violet, die schon im Dunkeln an der Wand kauerte. Der Lärm wurde immer bedrohlicher. Nell kroch ein Stückchen weiter in die enge Schrankkammer, dann zog sie die Knie an, um Platz für Laurence zu machen. Aber Laurence kam nicht. Nell hörte, wie er die Kammertür schloss und wie dann etwas weiter weg eine Tür ins Schloss fiel. Sie begriff, dass Laurence vor die Haustür getreten war, mitten in die Gefahr hinein.

Die Bomber schienen direkt über ihnen zu sein, und sie flogen sehr tief. Nell hatte so etwas noch nie erlebt, nicht einmal bei den Bombenangriffen in London. Das Getöse wurde ohrenbetäubend, es war, als würde es ihren ganzen Kopf ausfüllen, ihre Zähne klapperten.

Als das Küchenfenster zersplitterte, schrie Violet auf. Nell spürte den Aufprall an den Schultern. Eine dichte Staubwolke erfüllte die Kammer, drang durch die Ritzen zwischen den Treppen, während das ganze Haus bebte, vom Fundament bis zu den Schornsteinen. Violet begann zu schluchzen und klammerte sich an Nell fest.

Zehn Sekunden nach der ersten Detonation folgte die zweite und dann noch eine, dann krachten zwei gleichzeitig. Es war ein gespenstisches

Kreischen, wenn die Bomben heruntersausten, dann folgten ein Krachen und Knattern, wenn sie aufschlugen.

Als alles wieder still war, wirkte die Ruhe genauso betäubend wie vorher der Krach.

„Laurie?“, kam Violets Stimme aus der Dunkelheit. „Ist alles in Ordnung?“

Nell schluckte. „Er ist nicht hier.“

„Was?“ Violet ließ ihre Hand los, beugte sich vor und tastete in der Dunkelheit herum. „Red keinen Unsinn! Natürlich ist er hier. Laurie?“

„Ihm ist bestimmt nichts passiert. Wahrscheinlich hat er gedacht, dass für drei Leute nicht genug Platz ist hier drinnen.“

Dadurch, dass sie Violet beruhigen musste, fühlte sich Nell besser. Ganz ruhig, ermahnte sie sich, wenn du ruhig bleibst, dann bleibt Violet auch ruhig. Ächzend richtete sie sich auf, um mit der Schulter die Tür aufzustoßen, doch im selben Moment wurde sie von der anderen Seite geöffnet. Nell fiel hin.

„Autsch!“, rief sie. Sie war so erleichtert, dass sie richtig wütend wurde. „Was soll das, verdammt noch mal?“

Im Flur war es genauso dunkel wie in der Kammer. Sie konnte nichts sehen, aber sie spürte seine Gegenwart und sog den Tabakgeruch ein, der ihn immer begleitete. Als er ihr aufhalf, schlang er die Arme um sie und drückte sie so fest an sich, dass es ihr fast den Atem verschlug. Sie lehnte die Wange an sein kühles Gesicht.

„Was soll das?“, fragte sie noch einmal ganz leise in sein Ohr.

Sie spürte seine Lippen auf ihrem Nacken. „Nell …“, flüsterte er. „Ich habe an der falschen Stelle gestanden, stimmt's?“ Dann ließ er sie so plötzlich wieder los, wie er sie in den Arm genommen hatte.

„Violet!“, rief er. „Ist alles in Ordnung?“

Während er in die Kammer kroch, um seine hysterische Frau zu besänftigen, lehnte Nell, die kühle, vernünftige Nell, verzweifelt den Kopf an die Wand und begann lautlos zu weinen.

SPÄTER, nachdem sie den ärgsten Schutt weggeräumt hatten und Laurence die zerbrochenen Fensterscheiben mit Brettern zugenagelt hatte, saß Nell in ihrem Bett im Dunkeln und hörte, wie ihre Schwester und ihr Schwager im Erdgeschoss miteinander redeten. Die einzelnen Wörter konnte sie nicht verstehen, wohl aber den Tonfall. Laurence schien immer wütender zu werden, Violet geriet außer sich. Nach einer Weile öffnete sich die Wohnzimmertür, und Nell hörte Schritte auf der Treppe.

Der Streit setzte sich im Schlafzimmer fort. Dann klang es so, als habe Violet ihn umgestimmt, als sei alles wieder einigermaßen im Lot. Und schon begann das andere … Nell verkroch sich unter die Decke und hielt sich die Ohren zu, weil sie es nicht mit anhören konnte. Erst als alles still war, schlief sie ein.

Sie wachte wieder auf, weil sie hörte, wie Laurence mit schweren Schritten die Treppe hinunterging. Dann hörte sie das leise Klirren von Glas auf Glas – offenbar bediente er sich an der Whiskyflasche – und das Scharren des Schürhakens. Er fachte also das Feuer neu an. Als Nell schließlich wieder einschlief, war es schon nach vier Uhr, und er war immer noch nicht wieder nach oben gegangen. Leise und gedämpft hörte sie Violet im Nebenzimmer weinen.

IM KÜHLEN Tageslicht zeigte sich, dass der Schaden nicht so schlimm war, wie sie zunächst gedacht hatten. Die Bombe hatte etwa zwanzig Meter entfernt eingeschlagen und den Geräteschuppen am hinteren Ende des Gartens getroffen. Die zwei Fenster auf der Seite des Hauses waren zersprungen, und auf dem Küchenboden lagen Geschirr- und Glasscherben. Das Wohnzimmer, das Esszimmer und die Schlafzimmer waren völlig verstaubt, aber unbeschädigt. Laurence war nicht im Haus, er war gleich bei Tagesanbruch weggegangen. Die beiden Frauen fegten die Scherben zusammen, wischten den Fußboden und staubten alles ab. Als sie fertig waren, ging Nell in ihr Zimmer, während Violet am Wohnzimmerfenster auf Laurence wartete. Sie hatte dunkle Ringe unter den Augen und wirkte sehr bedrückt. Nell wusste nicht genau, was zwischen den beiden vorgefallen war, aber sie war sich ganz sicher, dass es sich schneller wieder einrenken würde, wenn sie abreiste.

„Nell?“ Violet streckte den Kopf zur Tür herein. Ihr hübsches Gesicht war ganz klein vor Kummer. „Kann ich mit dir reden? Was machst du denn da?“

„Ich packe.“ Nell ging an ihr vorbei zur Kommode und holte einen Stapel Unterwäsche aus der Schublade. „Ich fahre zurück nach London.“

„Oh, bitte, Nell, geh nicht fort!“ Violet ließ sich aufs Bett fallen. „Ich weiß, du hast gesagt, wenn Laurie nach Hause kommt … Du hörst mir ja gar nicht zu, Nell!“

Mit einem tiefen Seufzer setzte sie sich neben ihre Schwester. „Violet“, begann sie, „es ist nicht gut, wenn ein frisch verheiratetes Paar seine Wohnung mit einem anderen Menschen teilt. Egal, was mit Laurence los war, als er gestern Abend nach Hause gekommen ist, es wäre besser gewesen, wenn ich nicht da gewesen wäre."

Violet schüttelte heftig den Kopf. „Es hätte überhaupt nichts geändert. Er will mir einfach nichts sagen, obwohl ich ihn immer wieder gefragt habe, was eigentlich los ist. Er hat nur gemeint, ich würde das nicht verstehen." Sie verzog das Gesicht und begann zu weinen. „Er hat mich angeschaut, als hätte er mich noch nie gesehen, als würden wir uns gar nicht kennen."

Nell nahm ein Taschentuch und trocknete ihr die Tränen. „Violet", sagte sie sanft, „ich denke doch, dass ihr euch am Schluss wieder versöhnt habt, oder? Dafür sind Doppelbetten schließlich da."

Violet wurde rot. „Ja, das stimmt, aber es war …" Sie putzte sich die Nase und sah Nell traurig an. „Es war irgendwie nicht richtig. Ich hatte das Gefühl, er ist nur halb bei der Sache …" Sie senkte den Blick. Es war ihr sichtlich peinlich, über dieses Thema zu sprechen. „Zwischendurch habe ich plötzlich gedacht, er stellt sich vor, ich bin eine andere."

Die Gefühle, die Nell am Vorabend gehabt hatte – Angst, Liebe, Verlangen, Eifersucht –, wurden in diesem Moment durch das Mitleid für Violet verdrängt. „Umso wichtiger ist es, dass ich zurück nach London gehe", sagte sie. „Wenn ihr zwei Schwierigkeiten habt, würde ich euch nur stören." Sie küsste Violet auf die Wange und klappte den Koffer zu. „Sobald das Telefon wieder funktioniert, erkundige ich mich nach den Abfahrtszeiten der Züge. In der Zwischenzeit kümmere ich mich um die Zeitungen." Sie nahm Violet in die Arme. „Es ist das Beste für dich, das wirst du schon merken." Dann ging sie ihren Mantel holen.

Weinend folgte Violet ihrer Schwester nach draußen und bat sie immer wieder, bei ihr zu bleiben. Gerade als Nell sich endgültig auf den Weg machen wollte, bog Laurence mit seinem Riley in die Auffahrt ein.

„Laurie!", schrie Violet und rannte los, um ihn zu begrüßen.

Er musste heftig auf die Bremse treten, um sie nicht anzufahren. Nell konnte sein Gesicht hinter der Windschutzscheibe erkennen, er wirkte fast noch mitgenommener als am Abend zuvor. Offenbar hatte er kein Auge zugetan.

Violet klopfte aufgeregt gegen das Fahrerfenster. „Laurie!" Sie wartete gar nicht, bis er die Scheibe herunterkurbelte. „Bitte, du musst mit Nell reden! Sie will abreisen!"

Nell eilte auf der anderen Seite am Auto vorbei zur Straße. Sie rannte fast, so, als ob sie möglichst schnell entkommen wollte.

Im Postamt waren sämtliche Fensterscheiben zersprungen. In der Straße klaffte ein tiefes Loch, etwa anderthalb Metern breit. Fast alle Dorfbewohner hatten ihre Häuser verlassen, nagelten die kaputten Fenster mit Brettern zu, fegten Glasscherben zusammen, räumten den Schutt weg und redeten über die Ereignisse der vergangenen Nacht. Das Feld hinter der Schmiede bestand nur noch aus Schlamm und Metallstücken, aus zerfetzten Militärzelten und den Überresten des Flakscheinwerfers. Nell blieb stehen und starrte fassungslos auf die Zerstörung. Soldaten und Feuerwehrleute räumten auf, schaufelten Sand und luden verbogene Metallstücke und Zeltfetzen auf einen Lastwagen.

„Drei Tote, dreizehn Verwundete", sagte jemand hinter ihr. „Die armen Kerle hatten keine Chance. Wollen Sie die Zeitungen holen, Miss?"

Es war Ernie Beale, der einzige der sechs Gärtner, die vor dem Krieg für Old Hall gearbeitet hatten, der dort noch angestellt war. Trotz seiner schweren Arthritis hatte er sich freiwillig gemeldet, um als Flakhelfer zu arbeiten.

Nell spürte, wie sich ihr Magen verkrampfte. „Wissen Sie, wer ...?"

„Ihr Freund stand da drüben." Er deutete mit seinen verkrüppelten Fingern auf eine völlig verwüstete Stelle. Nell wurde übel, Tränen schossen ihr in die Augen. „Tut mir Leid, Miss", sagte Ernie. „Sie haben sich in den letzten Wochen gut mit ihm verstanden, stimmt's?" Er schob den Helm zurück. „Wenigstens ging's schnell", brummelte er. „Ist alles in Ordnung, Miss?"

Nell blinzelte und schluckte heftig. „Ja", sagte sie. „Ich muss ..., äh ..., ich muss weiter, wegen der Zeitungen."

„Heute gibt's keine. Diese Schweine – anders kann ich's leider nicht sagen, Miss – haben das Depot erwischt, deswegen ist heute Morgen gar nichts geliefert worden." Er musterte sie besorgt. „Ist wirklich alles in Ordnung?"

„Ja, ja. Es ist nur ein ziemlicher ..."

„Schock", half Ernie nach. „Kann ich mir vorstellen." Er schob die Gasmaske an seiner Hüfte zurecht und hustete taktvoll. „Ein kleiner Spaziergang würde Ihnen gut tun." Er suchte in seiner Tasche nach Zigaretten und bot ihr eine an.

„Hm." Nell wollte sich bedienen, aber dann musste sie an Arthur Mulligan denken. Sie gab Ernie die Zigarette zurück. „Nein, lieber doch nicht", sagte sie. „Vielen Dank. Ich glaube, ich mache jetzt wirklich einen Spaziergang."

„Also gut." Ernie rückte seinen Helm zurecht. „Na, dann wollen wir mal", meinte er noch und ging die Straße hinauf.

Nell schlug die andere Richtung ein, hatte aber kein richtiges Ziel vor Augen. Als Laurence sie einholte, hatte sie bereits die Bahngleise überquert und lief nun die Hauptstraße entlang. Sie wusste nicht, wohin mit ihrer Wut und ihrer Verzweiflung.

„Er war doch erst zwanzig! Er hatte große Pläne für die Zeit nach dem Krieg. Warum mussten die ihre verdammten Bomben ausgerechnet hier abwerfen?"

Laurence ging neben ihr, ohne sie anzusehen. „Wahrscheinlich waren sie auf dem Heimweg, und da haben sie unterwegs noch ein bisschen Ballast abgeworfen, damit das Benzin länger reicht. So was passiert dauernd."

„Sie hätten doch warten können, bis sie eine Stadt überfliegen. Irgendeine größere Ortschaft, die sich verteidigen kann." Was sie da sagte, war furchtbar, aber sie konnte nicht anders. „Wie sollen denn seine Eltern ohne ihn durchkommen?", fragte sie. „Die Familie war auf ihn angewiesen!"

„Es tut mir Leid", sagte Laurence.

„Warum soll es dir Leid tun?", entgegnete Nell ärgerlich. „Du leistest doch wenigstens deinen Beitrag! Aber was mache ich?"

Sie begegnete seinem Blick und kam ins Stolpern. Er fasste sie am Ellbogen.

„Nell …", begann er.

Sie schüttelte ihn ab. „Nein, bitte nicht. Ich kann es nicht ertragen!"

„Ich muss dir etwas zeigen", sagte er. „Bitte."

„Wie lange dauert es? Ich muss zurück." Sie sah ihn trotzig an. „Violet fragt sich bestimmt schon, wo ich stecke."

Ruhig erwiderte er ihren Blick. „Violet hat mich geschickt", sagte er. Nachdenklich rieb er sich das unrasierte Kinn. „Ich soll dich überreden, nicht nach London zu fahren." Er trug eine Cordhose und einen dunkelgrünen Mantel. Er sah aus wie das, was er war: ein wohlhabender Landadliger, solide, zuverlässig und aufrecht – bis auf die dunklen Ringe unter den Augen und die schwarzen Bartstoppeln am Kinn. Er räusperte sich. „Geh nicht fort, Nell. Bitte!", sagte er etwas unvermittelt.

„Warum bist du ins Freie gegangen, als die Bomben fielen?", fragte Nell. Sie musste rennen, um mit ihm mitzuhalten. „Wolltest du dir deinen Mut beweisen?", schrie sie. „Oder wolltest du getroffen werden?"

Er blieb abrupt stehen, sodass sie fast mit ihm zusammengestoßen wäre. „Und wenn?“, schrie er zurück. „Was geht es dich an?“

Keuchend standen sie sich gegenüber. Laurence zuckte die Achseln. „Vielleicht hast du ja Recht. Vielleicht habe ich einen Ausweg gesucht. Ich weiß es selbst nicht.“ Mit seinen kalten Fingern streichelte er ihr Gesicht, strich ihr eine widerspenstige Locke aus der Stirn. Sie erbebte unter seiner Berührung. „Ich habe alles vermasselt, Nell“, flüsterte er. „Und jetzt weiß ich nicht, wie ich es wieder in Ordnung bringen soll.“ Langsam ging er weiter. „Wir sind fast da. Ich möchte, dass du es dir ansiehst.“

„Was denn?“, fragte Nell, bekam aber keine Antwort, und weil sie sich nicht losreißen konnte, folgte sie ihm. Es ging die ganze Zeit sanft bergauf. Manchmal mussten sie durch knöcheltiefes Laub waten.

Nell atmete tief, es roch nach Pilzen und modrigem Laub; ein feuchter erdiger Geruch. Laurence ging immer weiter, immer tiefer in den Wald.

„Laurence, ich muss jetzt wirklich umkehren“, sagte Nell besorgt.

Er blieb stehen. „Wir sind da.“

Das Haus stand auf einer großen Lichtung im hellen Wintersonnenschein. Es war mit Stroh gedeckt, weiß getüncht, umgeben von einem Meer aus Grün, Weiß und Gold, das bis direkt ans Haus reichte: zarte Schneeglöckchen mit kräftigen grünen Blättern und die gelben Blüten des Winterlings. Hier ahnte man nichts von Krieg, Tod und Zerstörung. Noch nie in ihrem ganzen Leben hatte Nell etwas so Schönes gesehen, etwas, was so unberührt schien vom Getümmel der Welt.

„Das ist das Malletts Cottage“, erklärte Laurence. „Es ist nach dem ersten Bewohner benannt. Bis vor fünf Jahren wurde es vom Wildhüter des Landguts benutzt.“ Auf einmal wirkte er ganz entspannt. „Mama hat ihn überredet, mir das Haus zu meinem 21. Geburtstag zu schenken. Sie fand, dass ich einen Platz brauche, an den ich mich zurückziehen kann.“

Er erklärte es nicht näher, sondern holte seine Pfeife aus der Tasche, stopfte sie, zündete ein Streichholz an, drückte den Tabak mit dem Daumen fest und saugte dann die Flamme ein.

„Violet war noch nie hier.“

„Warum nicht?“

Laurence antwortete nicht, sondern machte sich an dem Türriegel zu schaffen.

„Warst du dort?“, fragte er und trat ins Hausinnere.

Zögernd folgte ihm Nell über die Schwelle. „Wo soll ich gewesen sein?“

„Bei dem Tanz, als ich Violet kennen gelernt habe."

„Ach da. Nein. Ich habe gearbeitet. Ich konnte nicht weg."

„Du hättest dort sein sollen", sagte er. „Wenn du da gewesen wärst, hätte ich wahrscheinlich nicht ..." Er unterbrach sich.

„Wenn ich dort gewesen wäre, hättest du mich gar nicht bemerkt!", brach es aus Nell heraus. „Wenn Violet dabei ist, sieht mich keiner."

Darauf erwiderte er nichts. Beschämt über ihren unüberlegten Ausbruch schaute sie sich um.

Alles war sehr schlicht. Getünchte Wände, vorhanglose Fenster, spärliche Möbel. Die Wand am hinteren Ende des Raums wurde von einem riesigen alten gusseisernen Herd beherrscht, der in der Mitte eine Öffnung mit Feuerrost hatte, auf beiden Seiten einen Kamineinsatz und in Kopfhöhe eine Messingstange, auf der die Wäsche trocknen konnte. Rechts davon befand sich, auf Brusthöhe in die Wand eingelassen, eine schwarze gusseiserne Tür. Nell vermutete, dass sich dahinter ein separater Brotbackofen verbarg. Vor der Kaminplatte stand auf einem bunten Flickenteppich ein alter Ledersessel. Zur Einrichtung gehörten außerdem ein einfacher Esstisch und ein Stuhl mit Sprossenlehne, ein paar Bücherregale mit vielen Büchern, denen man ansah, dass sie mehr als einmal gelesen worden waren, ein Eckschrank und ein Modellflugzeug auf dem breiten Fensterbrett.

„Ist das kalt hier drin! Ich mach mal eben Feuer", erklärte Laurence und ging wieder nach draußen. Nell sah sich die Bücher an. Auf dem obersten Regal standen ein paar schmale Bändchen mit Kriegsgedichten, alle ziemlich zerlesen; auf dem Brett darunter ein halbes Dutzend „Biggles"-Geschichten; „Die Früchte des Zorns" und wieder Gedichte; und noch weiter unten Bücher über Blumen und Vögel, über Schmetterlinge und Flugzeuge. Nell hatte das Gefühl, dass diese Bücher ihm viel bedeuteten und sie in seine Privatsphäre eindrang, indem sie sie ansah. Sie trat einen Schritt zurück, und als Laurence mit einem Arm voll Feuerholz zurückkam, stand sie in der Tür zur Spülküche und betrachtete die Spüle und die Wasserpumpe.

Laurence machte Feuer. An seinen geschickten, flinken Bewegungen merkte Nell, dass er es nicht zum ersten Mal tat. Als er ein Streichholz daran hielt, brannte es sofort lichterloh.

„Schon besser", sagte er und richtete sich auf. „Worüber haben wir gerade gesprochen?"

„Ich weiß es nicht mehr." Nell war nervös. „Ich muss nach Hause. Violet..."

„Ach was, Violet!“, unterbrach Laurence sie verärgert. „Ich möchte über dich sprechen.“ Er lehnte sich an den Brotofen und starrte ins Feuer. „Violet hat mir in einem ihrer Briefe von deinem Freund erzählt“, begann er. „Und ich bin gerade Ernie Beale begegnet. War es ernst zwischen dir und ihm?“

Nell spürte, wie die Wut in ihr hochstieg. „Himmelherrgott!“, rief sie. „Arthur war nicht mein Freund in dem Sinn, und selbst wenn, dann geht es dich gar nichts an!“

„Wirklich nicht?“

„Was?“ Sie sah ihn überrascht an.

„Wirklich nicht?“, wiederholte Laurence.

„Er war nicht wie die anderen, das ist alles. Er hat mir von seinen Zukunftsplänen erzählt, und wir haben über Bücher gesprochen. Er brauchte jemanden, mit dem er reden konnte, weil er schreckliches Heimweh hatte. Ist das so schlimm?“

„Nein. Aber wenn er dir nichts bedeutet hat, warum bist du dann so verstört?“, fragte Laurence.

„Weil ich ihn mochte. Macht es dich nicht wütend und traurig, wenn deine Freunde getötet werden?“

„Doch.“

Er griff zu dem Schürhaken, der seitlich am Herd hing, und stocherte im Feuer herum. Nell, die bis jetzt neben dem Feuer gestanden hatte, setzte sich hin. Die Stille schien sich endlos auszudehnen. Laurence richtete sich auf, klopfte seine Pfeife auf dem Rost aus, wollte sie wieder stopfen, überlegte es sich aber anders und steckte sie in die Tasche. Dann durchquerte er den Raum, holte den Stuhl, trug ihn zum Fenster und ließ sich darauf fallen. Sie hielten beide den Atem an, als warteten sie darauf, dass der andere etwas sagte und den Bann brach.

„Als ich Violet kennen lernte, war ich siebenunddreißig Stunden in Alarmbereitschaft gewesen. Ich war völlig erschöpft.“ Er umklammerte Nells Handgelenke. „Ich hatte noch nie ein so schönes Mädchen gesehen.“ Nell wollte sich ihm entziehen, aber er ließ sie nicht los, sondern zwang sie, ihm zuzuhören. „Ich war betrunken, als ich sie gesehen habe, und ich war noch Tage danach betrunken. Es war ein Gefühl, als hätte ich mitten in der Wüste eine Oase entdeckt. Alles an ihr schien so klar, so unkompliziert, so …, so einfach. Aber dann entwickelte die Geschichte eine Eigendynamik. Ich wollte ihr sagen, dass ich es mir anders überlegt hatte, aber stattdessen war ich plötzlich damit beschäftigt, Leute, die ich kaum kannte, zu meiner Hochzeit einzuladen.“

„Warum erzählst du mir das alles?“, protestierte Nell. „Das geht mich nichts an.“

„Doch, es geht dich etwas an.“ Er beugte sich zu ihr, bis sein Gesicht so dicht vor ihrem war, dass sie seinen Atem spürte. „Bis gestern hatte ich mich mit der Situation abgefunden. Ich hatte mir diese Suppe eingebrockt, also wollte ich sie auch auslöffeln.“

Nell lehnte sich zurück, versuchte ihm auszuweichen. „Was ist passiert?“

Er stand auf und ging mit gesenktem Kopf im Zimmer auf und ab, die Hände in den Taschen vergraben. Er sprach sehr schnell. „Es war ein Unfall. Gestern Morgen. Ich habe einen Freund namens Harry. Dem hat seine Freundin ziemlich zugesetzt, und er dachte schon, sie habe einen anderen. Er wollte unbedingt nach dem Rechten sehen und hat sich einen Urlaubsschein beschafft, aber er hatte kein Benzin für sein Auto, also hat er einen Kanister mit Flugzeugtreibstoff geklaut. Er war in sehr schlechter Verfassung, als ich ihn sah, und rechnete mit dem Schlimmsten. Ich habe versucht, ihn ein bisschen zu beruhigen, und bin dann weitergegangen. In dem Moment kam mir ein Mann vom Bodenpersonal entgegen, der gerade Dienstschluss hatte und unbedingt eine Zigarette brauchte. Er hatte keine Streichhölzer dabei, also habe ich ihm meine gegeben.“ Laurence blieb am Fenster stehen und blickte hinaus. „Ich hörte nur ein Zischen und dann Harrys Aufschrei. Er hatte es wahnsinnig eilig gehabt mit seinem Kanister und den Deckel nicht richtig zugeschraubt. Als er über den Parkplatz rannte, war er gestolpert und hatte Treibstoff verschüttet, und der andere Soldat hatte seine Zigarette angezündet und das Streichholz in diese Pfütze geworfen. Harry brannte sofort wie eine Fackel, keine zwei Meter von mir entfernt. Er war erst neunzehn.“

„O Gott!“, flüsterte Nell und schlug die Hände vor den Mund.

„Ich habe noch nie aus nächster Nähe miterlebt, wie jemand stirbt. Bis gestern habe ich gedacht, ich sei unverwundbar.“ Er schlug die Hände vors Gesicht und schüttelte sich.

„Bist du nicht wütend geworden?“, fragte Nell. „Bist du nicht fürchterlich wütend geworden?“

Laurence holte seine Pfeife aus der Tasche, ging wieder zu Nell und kauerte vor ihr nieder. „Nein“, antwortete er leise. „Mir wurde übel.“ Seine Pfeife fiel auf den Boden, er sank auf die Knie, schlang die Arme unter ihrem Mantel um ihre Taille und ließ den Kopf an ihre Brust sinken. „Ich habe den Sanitätern geholfen, ihn in den Krankenwagen zu tragen“, murmelte er. „Und anschließend bin ich hinter die Messe gegangen und habe mich übergeben.“

Nell überlegte nicht lange, sondern legte die Arme um ihn und strich ihm tröstend übers Haar.

„Nell …“, flüsterte er und hob den Kopf.

Kurz versuchte sie, Widerstand zu leisten, und wandte das Gesicht ab, aber er holte sie zurück, vergrub die Finger in ihren Haaren und hielt sie mit beiden Händen fest.

„Bitte, Nell“, flehte er sie an. „Ich muss heute Abend zurück. Ich habe keine Zeit für Spielchen.“

„Ich spiele keine Spielchen. Ich will nur …“

„Ich liebe dich“, sagte Laurence, und sie gab ihren Widerstand auf.

KAPITEL 3

Laurence hatte vorgehabt, gleich ins Dower House zu gehen und Violet zu sagen, es sei alles ein schrecklicher Irrtum gewesen und dass sein Herz Nell gehöre.

„Das kannst du nicht machen!“, hatte Nell erschrocken ausgerufen. „Sie betet dich an. Du kannst nicht einfach sagen: Tut mir Leid, ich habe es mir anders überlegt.“

Sie ging neben ihm durch den Wald und sah das Bild wieder vor sich: Laurence, der mit angezogenen Knien am Herd saß, nachdem sie sich geliebt hatten, nackt im warmen roten Feuerschein. Jetzt wagte sie es nicht, ihn anzuschauen, geschweige denn, ihn zu berühren, weil sie Angst hatte, dass sie sich wünschen würde, es wieder zu tun. Diese neue Krankheit, dieses unstillbare Verlangen, war schlimmer als die Eifersucht, es war alles verzehrend und wunderschön und grauenvoll.

„Ich kann nicht einfach so weitermachen wie bisher!“ Laurence blieb stehen und drehte sich zu Nell um. „Ich kann das nicht, Nell! Dazu bleibt mir nicht genug Zeit!“ Er zog sie an sich.

„Mach es nicht noch schlimmer!“, rief sie und stieß ihn weg. „Violet ist meine Schwester. Sie ist deine Frau. Wir können ihr das nicht antun.“

„Wir haben es ihr schon angetan.“

Als Nell ihn anschaute, merkte sie, dass er Tränen in den Augen hatte. Schnell wandte sie den Blick ab. Sie roch den Rauch seiner Pfeife, den Duft seiner Haut.

„Ich brauche dich“, sagte er. „Du bist die Einzige, die verhindern kann, dass ich verrückt werde.“

„Du bist doch bisher ohne mich zurechtgekommen“, sagte sie. „Warum sollte es jetzt anders sein?“

„Weil ich Angst habe. Ich habe schreckliche Angst zu sterben, weil ich jetzt etwas gefunden habe, wofür es sich zu leben lohnt. Nell, bleib wenigstens hier, damit ich weiß, wo du bist. Wenn du nicht bleibst, dann erzähle ich ihr alles: dass wir uns vor dem offenen Feuer geliebt haben, wie deine Haut schmeckt, wie deine Haare riechen.“

„Hör auf!“ Sie hielt sich die Ohren zu. „Also gut, ich bleibe. Unter einer Bedingung. Du musst schwören, dass du nichts sagst.“

„Ich schwöre, dass ich nichts unternehmen werde.“ Er zögerte. „Jedenfalls jetzt noch nicht.“

„Nie!“, sagte Nell mit Nachdruck. „Wenn du Violet auch nur ein Sterbenswörtchen verrätst, gehe ich zurück nach London, und du siehst mich nie wieder.“

„Gut, einverstanden, ich sage kein Wort.“ Er ließ sie los und ging weiter durch das dichte Laub. „Hat es dir so wenig bedeutet?“, rief er wütend über die Schulter. Wie erstarrt blieb Nell stehen und schaute ihm nach, wie er mit großen Schritten in Richtung Straße ging. Er blickte sich nicht mehr nach ihr um. „Hast du noch mehr so dumme Fragen?“, rief sie ihm nach.

Lange stand sie reglos da. Sie dachte an Laurences Hände, an seinen Mund, an die zärtlichen Worte. Sie konnte kaum atmen, so groß war ihr Verlangen. Gerade erst hatte sie ihn gefunden, und doch konnte sie ihn nie wieder haben. Wie hatte sie bloß ihre eigene Schwester betrügen können? Langsam ging sie weiter hinauf zum Dower House.

Violet stand wartend am Fenster. „Nell!“, rief sie und rannte zur Haustür. „Wo hast du denn gesteckt? Ich bin fast umgekommen vor Angst!“

„Ich musste eine Weile allein sein. Ich bin ein Stück gelaufen.“ Sie folgte Violet ins Wohnzimmer, wo sich Laurence bereits neben dem Fenster niedergelassen hatte. „Ich glaube, ich sollte jetzt gehen und …“

„Ich habe Violet gesagt, dass du hier bleibst“, unterbrach Laurence sie.

„Liebe Nell, ich bin ja so froh! Und Laurie ist auch unglaublich erleichtert, stimmt's, Liebling? Es beruhigt ihn, wenn er weiß, dass du hier bist und dich um mich kümmerst.“

Nell funkelte Laurence an. Er erwiderte ihren Blick und stand auf. „Ich gehe mich rasieren“, verkündete er. „In einer Stunde muss ich los.“ Damit kehrte er beiden den Rücken und verließ den Raum.

Die Tage vergingen unerträglich langsam, und die Nächte waren noch schlimmer. Als der Winter dahinschmolz und dem Frühling Platz machte, wurden Nells Schuldgefühle ihrer Schwester gegenüber immer schlimmer. Violet schrieb die schlechte Verfassung ihrer Schwester dem Tod von Arthur Mulligan zu und versuchte ständig, sie zu bemuttern. Nell hatte manchmal das Gefühl, sie müsse den Verstand verlieren.

Laurence trug das Seine dazu bei. Bisher waren die Briefe an seine Frau kurz und nüchtern gewesen, wenn er überhaupt geschrieben hatte. Jetzt schrieb er fast jeden Tag, nichts Intimes, sondern alltägliche Berichte über das Leben bei der Luftwaffe. Am Ende jedes Briefes stand: *Sorgt ihr gut füreinander? Bitte, zeig Nell diesen Brief, und sag ihr, ich hoffe, dass sie nicht zu traurig ist.* Er unterschrieb immer mit *dein treuer Laurence.* Und die arglose Violet zeigte ihrer Schwester jeden Einzelnen dieser Briefe.

Weil seine Briefe so optimistisch klangen und er ihr so oft schrieb, hatte Violet inzwischen das Gefühl, dass sich die Probleme bei seinem letzten Besuch in Luft aufgelöst hatten.

„Wahrscheinlich war er nur erschöpft", sagte sie zu Nell. „Ich weiß, ihr zwei kommt nicht immer gut miteinander aus, aber jetzt siehst du doch, was für ein lieber Mensch er ist, oder?"

Nell fand, dass Laurence grausam war, und sie schrieb ihm heimlich, um ihm genau das zu sagen und um ihn zu bitten, sie nicht mehr grüßen zu lassen. Nach ein paar Tagen kamen plötzlich keine Briefe mehr, und Violet fing wieder an, sich mit Zweifeln herumzuschlagen.

„Er hat einfach keine Zeit zu schreiben, das ist alles", tröstete Nell ihre Schwester und hatte das Gefühl, dass alles, was sie tat, die Lage nur noch verschlimmerte.

Als die Schneeglöckchen verblüht und die ersten Krokusse zu sehen waren, fühlte sich Nell oft kränklich. Sie ermüdete schnell, und immer wieder wurde ihr übel. Violet war der Meinung, dass es dafür eine ganz einfache Erklärung geben könnte.

„Nell, gibt es etwas, was du mir sagen möchtest?"

Nell schaute von ihrem Buch auf. „Was meinst du damit?"

„Na ja, also ..." Violet wurde rot. „Ich meine, wann hattest du deine letzte Periode?"

„Wie bitte?" Es dauerte eine Sekunde, bis Nell verstand, was sie meinte. „Sei doch nicht albern!" Doch im selben Moment überkam sie eine schreckliche Panik.

„Entschuldige." Violet faltete die Zeitung zusammen und steckte die Stricknadeln säuberlich in die Wolle. „Du kannst ruhig sagen, dass ich mich um meine Angelegenheiten kümmern soll, aber ich habe gedacht, weil du und Arthur doch den letzten Abend gemeinsam verbracht habt…" Sie schüttelte ein Kissen auf. „Ich erwarte selbst ein Kind, verstehst du?"

Sprachlos starrte Nell auf den blonden Haarschopf ihrer Schwester, die sich gerade über den Sessel beugte und das Schutzdeckchen glatt strich.

„Ist das nicht wunderbar?" Violet lächelte sie erwartungsvoll an. „Laurie wird so glücklich sein!"

Nell schluckte. „Ja, das ist wirklich eine wunderbare Neuigkeit." Am liebsten hätte sie sich irgendwo verkrochen, um zu sterben. „Laurence freut sich bestimmt", murmelte sie. Nun gab es keinen Ausweg mehr, er musste endgültig bei Violet bleiben. O Gott, in was für eine ausweglose Lage hatte sie sich gebracht! Wieder wurde ihr übel, aber diesmal hatte es mehr mit ihrer Angst zu tun als mit der Schwangerschaft. Seit über zwei Wochen waren die Anzeichen eigentlich unübersehbar gewesen, aber sie hatte sie einfach nicht wahrnehmen wollen. Sie hatte sich eingeredet, dass nichts passiert sei, weil sie sich nicht mit den Konsequenzen auseinander setzen wollte.

Was für eine grauenhafte Vorstellung, ihrer Mutter davon erzählen zu müssen! Nach London zu gehen und sich dem Zorn ihrer Eltern zu stellen! An diesem Abend saß Nell noch lange vor dem Kamin, nachdem Violet zu Bett gegangen war. Was sollte sie tun? Ihre Kusine Molly war vor ein paar Jahren in der gleichen Lage gewesen, und sie konnte sich noch zu gut an die Kommentare ihrer Mutter erinnern. „Dieses Flittchen!", hatte es geheißen. „Es ist ekelhaft!"

Nells Tante, Mollys Mutter, hatte damals die entsprechenden Schritte eingeleitet. Ein verpfuschter Eingriff ohne Narkose, die Instrumente nicht sterilisiert. „Das ist bei weitem die beste Lösung", hatte Nells Mutter verkündet. „Man stelle sich nur vor – diese Schande!" Die arme Molly war inzwischen schon über ein Jahr verheiratet, aber schwanger war sie noch immer nicht, und Nell hatte sich schon oft gefragt, ob das etwas mit jener verpfuschten Abtreibung zu tun hatte.

Marion Palmer war schroff und etwas gereizt, und da sie wie immer in Eile war, redete sie nicht lange herum. „Violet hat mir erzählt, dass du nicht ganz auf dem Damm bist, deshalb dachte ich, ich bringe dich schnell zum Arzt."

Violet war fest davon überzeugt, dass Nell schwanger war. Ihrer Meinung nach war Nells „romantisches Zwischenspiel mit dem armen Arthur" – wie sie sich ausdrückte – für ihren Zustand verantwortlich. Nell widersprach ihr nicht mehr, denn diese Erklärung war weniger schlimm als die Wahrheit. Aber konnte sie auch Marion Palmer täuschen?

„Es geht mir bestens", erklärte sie trotzig. „Ich hatte nur die Grippe oder so etwas. Jetzt bin ich wieder in Form."

Marion musterte sie mit zusammengekniffenen Augen. „Keine Bange, meine Liebe, auf meine Diskretion kannst du dich verlassen."

„Es ist nicht das, was Violet denkt. Es geht mir gut, wirklich."

„Nun denn", meinte Marion trocken. „Wenn du meinst. Ich kann dich natürlich nicht zwingen, zum Arzt zu gehen."

WÄHREND Nell von Tag zu Tag blasser und müder wurde und sich jeden Morgen übergab, blühte Violet richtig auf. Sie ist schöner denn je, dachte Nell verbittert, während sie beobachtete, wie ihre Schwester fröhlich singend die Hausarbeit erledigte. „Keine Angst, Nell, im schlimmsten Fall sorgen Laurie und ich für dich", sagte sie immer wieder, und Nell wusste nie, was sie darauf antworten sollte. Sie war nicht einmal in der Lage, sich bei ihrer Schwester zu bedanken.

Violets Schwiegermutter gegenüber spielte sie die Fröhliche. „Ist das nicht schön, dass Violet ein Kind bekommt?", sagte sie lächelnd, als Marion am nächsten Tag wiederkam.

Überraschenderweise widersprach Marion heftig. „Ich finde, Laurence hätte keinen schlechteren Zeitpunkt finden können – mitten im Krieg!" Sie zupfte ihre Tweedjacke glatt. „Gerald sagt, ich soll mich nicht einmischen. Da hat er natürlich Recht, aber das ist eben meine Meinung. Violet ist deine Schwester, und ich habe sie sehr gern, aber die Frage ist doch: Wann wird eure Mutter deinetwegen etwas unternehmen?"

„Meinetwegen?", fragte Nell erschrocken. „Wieso meinetwegen?"

Marion schüttelte unwillig den Kopf. „Meine Liebe, ich bin weder blind noch dumm. Hast du deine Mutter informiert?"

Nell war zu unglücklich, um länger Widerstand zu leisten. Sie nickte. „Ich habe sie vor ein paar Tagen angerufen."

„Und was hat sie gesagt?"

„Sie hat gesagt …" Nell versuchte, den Kloß in ihrer Kehle hinunterzuschlucken. „Sie hat gesagt, dass sie nichts mehr mit mir zu tun haben will."

„Hm. Das bringt uns in eine schwierige Situation. Was ist denn mit dem Vater? Kann seine Familie möglicherweise einspringen?"

„Nein!", rief Nell. Was für eine schreckliche Vorstellung, dass Marion Palmer die Eltern des armen Arthur in die Verantwortung nehmen könnte! „Ich weiß nicht einmal, wo sie wohnen."

„Verstehe. Das heißt, es bleibt an uns hängen." Marion wurde jetzt kühl und sachlich. „Na gut, betrachten wir das Ganze von der positiven Seite. Bei deiner Figur macht sich der Zustand erst in ein paar Wochen bemerkbar, also besteht noch kein Grund zur Panik. Wie steht denn Violet zu der ganzen Sache?"

Nell rutschte verlegen in ihrem Sessel hin und her. „Sie ist unheimlich lieb zu mir. Neulich hat sie gesagt, dass sie alles tun würde, um mir zu helfen. Marion, es tut mir entsetzlich Leid ..."

„Na ja, es ist schon eine unangenehme Sache, und du hast da wirklich eine Riesendummheit begangen, um es milde auszudrücken. Aber im Krieg passiert so etwas eben."

ALS LAURENCE endlich wieder Fronturlaub bekam, war es bereits April. Er wirkte gealtert seit seinem letzten Besuch, die Falten in seinem Gesicht waren tiefer geworden. Nell empfand ein so heftiges körperliches Verlangen nach ihm, dass sie ihre ganze Kraft brauchte, um dagegen anzukämpfen. Ihr zitterten die Knie, und sie konnte kaum sprechen.

Wie behutsam er mit Violet umging, wie zärtlich er sie küsste! Er hatte ihr ein wunderschönes Armband mitgebracht, Granaten und Perlen, in Gold gefasst. „Es ist ein Familienerbstück, das mir meine Großmutter vermacht hat."

Violet war begeistert. „Ach, Laurie, ich bin so froh, dass alles wieder in Ordnung ist! Nach deinem letzten Besuch habe ich mich ganz elend gefühlt!"

Nell wollte aus dem Zimmer gehen, weil sie es nicht ertragen konnte, die beiden zusammen zu sehen, aber Laurence verstellte ihr den Weg.

„Dir hab ich auch etwas mitgebracht", sagte er. „Nell, es tut mir so Leid wegen ..." Es klang, als wolle er ihr sein Mitgefühl bekunden, aber während er sprach, sah er Nell tief in die Augen. Ihr wurde klar, dass er Bescheid wusste und dass er genauso litt wie sie. Er streckte die Hände aus, und der süße Duft von Primeln schlug ihr entgegen. „Ich werde für dich sorgen", sagte er. „Das verspreche ich." Er hätte eigentlich sagen müssen: *Wir* werden für dich sorgen. Aber das hatte er nicht gesagt.

Sie nahm den kleinen Strauß entgegen, und kurz berührten ihre Finger seine Hand. „Vielen Dank", sagte sie. Zum ersten Mal seit Wochen fühlte sie sich ruhig und stark. Violet sagte, wie nett es von Laurence sei, dass er auch an Nell gedacht habe. Doch Violets Stimme war weit weg, für Nell gab es nur seine Augen.

Wie lange standen sie schon so da und starrten sich an? „Ich muss die Blumen ins Wasser stellen", sagte Nell, drehte sich um und ging in die Küche. Als Violet zehn Minuten später in die Küche kam, stand Nell noch immer gedankenversunken an der Spüle.

„Ist dir wieder schlecht?", fragte Violet besorgt. „Ich muss dich warnen, gleich kommt Marion. Sie hat eine Familienkonferenz einberufen, um über deine …, äh …, über dein Problem zu reden. Ich wollte gerade Tee machen." Sie plauderte munter weiter, hielt ab und zu inne, um das Armband an ihrem Handgelenk zu betrachten, und verlangte von Nell, dass sie es ebenfalls bewunderte. Nell hörte nur mit halbem Ohr zu, sie dachte an Laurence, an Primeln und Perlen und wie seltsam es doch war, dass Primeln so viel wertvoller sein konnten als Perlen. Und wie rätselhaft doch das Wesen der Schönheit sein konnte und die seltsame Chemie der erotischen Anziehungskraft.

MARION wollte keinen Tee, sie wollte Whisky. Laurence ebenfalls. Nell, die sich wieder hundeelend fühlte, wollte gar nichts, also wurde Violets Tee nicht getrunken.

„Nun denn", begann Marion und kam dann gleich zur Sache. „Ich habe mit eurer Mutter telefoniert." Nells Magen revoltierte, sie schluckte gequält. „Sie hat unmissverständlich erklärt, dass sie dich nicht wiedersehen möchte, es sei denn, das Problem wäre behoben."

Instinktiv legte Nell die Hände auf den Bauch, um ihr ungeborenes Kind zu schützen. Aus den Augenwinkeln sah sie, wie Laurence die Fäuste ballte. Er stand beim Fenster im Schatten, als würde er gar nicht dazugehören. Doch dann ging er zum Kamin. Panik ergriff sie, denn auf einmal wusste sie, dass er seiner Mutter und seiner Frau jetzt die Wahrheit sagen würde.

„Mama", begann er, „Violet, ich muss euch etwas …"

„*Wir* kümmern uns um alles!", unterbrach ihn Violet. „Laurie und ich, wir nehmen Nells Kind, nicht wahr, Schatz?" Sie stand auf und sah ihn an.

„Wie bitte?" Laurence blickte sie an, als würde sie eine andere Sprache sprechen als er.

„Seht ihr denn nicht, dass ich an allem schuld bin?“, rief Violet. „Wenn ich Nell nicht gebeten hätte, hierher zu kommen, wäre sie jetzt nicht in dieser misslichen Lage, oder?“

„Das ist doch lächerlich!“, widersprach Marion. „Seit wann muss man auf dem Land leben, um in Schwierigkeiten zu geraten?“

Nell sah, dass Laurence kurz die Augen schloss und wieder in den Schatten trat. „Violet hat Recht“, sagte er. „Nell ist unsertwegen in diese komplizierte Situation geraten.“ Er klammerte sich an eine Stuhllehne. „Deshalb ist es unsere Aufgabe, ihr zu helfen.“

„Siehst du?“ Violet triumphierte. „Das ganze Dorf weiß, dass ich schwanger bin, aber bei Nell sieht man überhaupt noch nichts! Ich könnte doch Zwillinge erwarten!“ Sie trat zu Laurence. „Danke, dass du mich unterstützt, Liebling“, sagte sie und küsste ihn auf die Wange. „Du bist wirklich sehr großzügig.“ Laurence zuckte zusammen.

„Nein!“, erklärte Marion streng. „Das lasse ich nicht zu.“

„Aber Nell ist meine Schwester!“, protestierte Violet. „Es geht um meine Nichte oder meinen Neffen. Welche Alternativen haben wir denn? Das Kind zur Adoption freigeben? Dr. Barnardo? Wir können doch so tun, als würden beide Kinder uns gehören, meinst du nicht, Laurie?“

„Ja, das können wir“, sagte Laurence. „Nell kann hier bleiben.“

„Auf keinen Fall!“ Marion schüttelte den Kopf. „Das gäbe zu viel Gerede. Sir Gerald Palmers Sohn lebt unter einem Dach mit zwei schwangeren Frauen! Ich dulde es nicht, dass dein Vater in eine derart kompromittierende Situation gebracht wird!“

„Wir können sie verstecken, bis das Kind geboren ist. Wir können so tun, als wäre sie nach London zurückgegangen“, schlug Laurence vor. „Das geht bestimmt!“

„Glaubst du im Ernst, dass niemand ihre Anwesenheit bemerken würde? Ich weiß nicht, was in dich gefahren ist, Laurence! Das ist doch Irrsinn.“

Laurence änderte seine Taktik. „Gut, wenn sie hier nicht wohnen kann, dann müssen wir eine andere Unterkunft für sie finden.“

Nell wusste, was er sagen würde, bevor er erneut den Mund aufmachte.

„Ich hab's“, sagte er. „Sie kann das Malletts Cottage haben.“

„Wie bitte? Im Malletts Cottage gibt es keinen Strom, kein fließendes Wasser, keine Toilette im Haus.“

Zum ersten Mal seit Marions Eintreffen wandte sich Laurence direkt an Nell. „Du kämst doch zurecht, Nell, nicht wahr?“

„Ich…“

„Malletts Cottage?“, fragte Violet. „Wo ist das?“

„Es ist das Häuschen des Wildhüters im Nordwald“, erklärte Marion mit einer wegwerfenden Handbewegung. „Völlig indiskutabel. Alles viel zu primitiv.“

„In der Not muss man nehmen, was man hat“, erwiderte Laurence. „Oder hättest du sie lieber bei dir auf Old Hall?“

Erstaunlicherweise gab Marion nach, wenn auch widerwillig. „Gut, meinetwegen. Aber auf eure Verantwortung.“

Sie ließ sich von Laurence ein zweites Glas Whisky einschenken und fragte Violet, ob sie ihr ein bisschen Wasser bringen könne. Kaum war Violet aus dem Zimmer, da ging sie auf ihren Sohn los. „Was geht hier vor?“, fragte sie.

„Stell keine Fragen“, erwiderte Laurence. „Die Antwort würde dir nicht gefallen.“

Marion schwenkte den Whisky in ihrem Glas und trank ihn in einem Zug aus. Dann erhob sie sich aus ihrem Sessel und ging zur Tür. Dort blieb sie noch einmal stehen. „Ich warne dich, Laurence“, sagte sie. „Einen Skandal werde ich nicht hinnehmen.“ Und dann fiel die Haustür ins Schloss.

Violet kam mit einer Karaffe Wasser ins Zimmer zurück. „Was ist passiert?“, fragte sie verwirrt. „Warum ist Marion gegangen?“

„Sie ist nach Hause gefahren“, antwortete Laurence. „Ich glaube, Mama ist mit deinem Plan, unsere Familie zu vergrößern, nicht einverstanden. Violet, du bist wirklich sehr großzügig.“

Violet strahlte übers ganze Gesicht. Ihre kindliche Freude darüber, dass ihr Mann sie lobte, beschämte Nell so, dass ihr wieder übel wurde.

Was habe ich nur getan?, schrieb sie an diesem Abend in ihr Tagebuch.

ES DAUERTE drei Tage, bis das Malletts Cottage hergerichtet war. Laurence brachte Verdunkelungsvorhänge an, sorgte für reichlich Brennholz und Kohle, stockte die Lebensmittelvorräte auf und transportierte im Schutz der Dunkelheit noch ein paar Möbelstücke von Old Hall in sein Haus, außerdem eine Matratze für das Bett, Bettwäsche und Wolldecken.

Laurence ging Nell genauso konsequent aus dem Weg wie sie ihm. Wenn er in die Küche kam und sie dort antraf, verschwand er sofort wieder. Wenn sie sich auf der Treppe oder im Flur begegneten, quetschte er sich lieber flach an die Wand, als auch nur den Ärmel ihrer Bluse oder den Saum ihres Rocks zu berühren. Dass er sich so streng an ihre Vereinbarung hielt, schmerzte Nell viel mehr, als sie gedacht hatte. Die Hoffnung, dass er Violet doch noch alles gestehen würde, war endgültig dahin. Seine Frau war bereit, dieses Kind als ihr eigenes anzunehmen, wie konnte er ihr sagen, dass es von ihm stammte?

An demselben Tag, an dem Nell ins Malletts Cottage einzog, musste sich Laurence bei seinem Geschwader zurückmelden.

Nell wollte gerade in die Küche gehen, um zu frühstücken, als sie Violets Stimme hörte. „Würde es dir viel ausmachen, Nell zum Malletts Cottage zu bringen, Schatz?“

„Nein.“

Nell hörte, wie sie das Bügeleisen abstellte. „Wenn ich diesen Stapel Wäsche nicht gebügelt habe, bevor du losmusst, hast du kein einziges frisches Hemd! Bitte, Schatz!“

Schnell zog sich Nell ins Wohnzimmer zurück. Sie trat vor den Kamin und betrachtete sich im Spiegel. Eine von Laurences Pfeifen lag auf dem Kaminsims. Er besaß drei oder vier Pfeifen, weil er sich nie daran erinnern konnte, wo er sie nach dem Rauchen abgelegt hatte. Nell nahm die Pfeife zärtlich in die Hand und sog den Tabakgeruch ein.

„Also“, hörte sie plötzlich seine Stimme im Flur. Schuldbewusst ließ sie die Pfeife in ihrer Rocktasche verschwinden. „Dann trage ich die Sachen schon mal zum Wagen.“

„Du hast es dir doch hoffentlich nicht anders überlegt, Laurie?“, fragte Violet mit vertraulich gesenkter Stimme.

„Nein, ich habe es mir nicht anders überlegt. Mein Gott, Violet, stell nicht dauernd solche Fragen!“, erwiderte er ungeduldig.

Nell wusste nicht, was schlimmer für sie war: die Angst, Laurence könnte die Geduld verlieren und ihr Geheimnis offenbaren oder dass er sich als treuer Ehemann aufführte und so tat, als wären sie und ihr ungeborenes Kind nichts als eine lästige Bürde.

Sie wartete, bis er ihr Gepäck auf den Rücksitz des Riley geladen hatte, dann ging sie langsam nach draußen, holte tief Luft und kletterte auf den Beifahrersitz. Ohne sie eines Blickes zu würdigen, ließ Laurence den Motor an.

Violet streckte noch einmal den Kopf durch sein Wagenfenster: „Bis bald, liebe Nell. Bist du auch wirklich sicher, dass du zurechtkommst?“

„Ja, natürlich“, antwortete Nell und nickte ernst. „Vielen Dank, Violet.“

„Nichts zu danken! Wir helfen gern, stimmt's, Laurie?"

Laurence küsste sie gehorsam auf die Wange. „Also, dann wollen wir mal", meinte er, legte den Gang ein und fuhr los. „Nell …", murmelte er.

„Bitte nicht!" Nell schloss die Augen, um ihn nicht ansehen zu müssen. Wie nah sie sich waren, keine zehn Zentimeter voneinander entfernt, und trotzdem trennten sie Welten. Tiefe Trauer überkam sie. Was wäre gewesen, wenn sie sich früher kennen gelernt hätten? Was hätte sein können? Wie gern hätte sie ihm gesagt, dass sie ihn liebte, aber sie schwieg, weil sie ihn nicht aus dem Gleichgewicht bringen wollte. Obwohl sie tief drinnen immer noch hoffte, dass es für sie beide eine Zukunft gab, wollte sie auf keinen Fall, dass er Violet seine Sünden beichtete. Und aus dieser Zwickmühle gab es keinen Ausweg.

Den größten Teil der Strecke fuhren sie, ohne ein Wort zu wechseln. Erst als sie an den imposanten Parktoren von Old Hall vorbeigefahren und in den holprigen Weg eingebogen waren, der zum Malletts Cottage führte, öffnete Nell die Augen wieder.

Es wurde langsam Frühling. Helles Grün huschte draußen am Fenster vorbei, und die kleineren Büsche hatten schon die ersten Knospen. Zum ersten Mal seit Tagen schien wieder die Sonne, auf dem Pfad tanzten goldene Strahlen, und Nells Stimmung wurde ein bisschen besser. Sie liebte den Frühling.

Laurence parkte am Rand der Lichtung. „Hier bist du in Sicherheit", sagte er.

„Und du?", fragte sie. „Bist du auch in Sicherheit?"

„Ich? Ich schaff das schon." Er schaute sie mit seinen blauen Augen durchdringend an.

„Macht es dir denn nichts aus?", fragte Nell leise.

„Was für eine Frage! Natürlich macht es mir etwas aus, wofür hältst du mich?"

„Nein, ich meine, macht es dir nichts aus, dass du all das hier aufgeben musst?" Mit einer ausholenden Handbewegung deutete sie auf die Lichtung, das kleine Haus im warmen Sonnenlicht, die Osterglocken, die unter den Fenstern zu blühen begannen.

„Ich gebe es ja nicht auf", erwiderte er. „Ich teile es mit dir. Du wirst hier sein und für mich den Sommer begrüßen." Er tastete nach seiner Pfeife, fand sie nicht und legte die Hände unsicher auf die Knie, als wüsste er nicht, wohin mit ihnen. „Ich liebe dich", sagte er.

Nell wandte sich schnell ab.

„Ist schon gut, ich werde es nie wieder sagen." Er öffnete die Wagentür. „Ich wollte nur, dass du es weißt." Er wuchtete die Koffer heraus, ging dann mit raschen Schritten zum Haus und stellte das Gepäck unter dem Vordach ab. Nell folgte ihm.

Ein Feuer brannte im Herd, und auf der einen Seite des Herdes hing an einem Haken ein Wasserkessel. Ein Narzissenstrauß erfüllte den Raum mit seinem süßen Duft. Außerdem hatte Laurence einen zweiten Stuhl für den Esstisch gebracht, einen ausgeblichenen türkischen Teppich für den Fußboden und einen etwas angeschlagenen Schaukelstuhl, den man vor das Feuer stellen konnte.

„Du hast viel verändert", sagte Nell und achtete darauf, dass sie ihm nicht zu nahe kam.

Er nickte und sagte ihr, wie alles funktionierte. Sachlich erklärte er ihr, wie man Feuer machte, und zeigte ihr die Kippvorrichtung, mit der sie das Wasser aus dem heißen Kessel gießen konnte, ohne ihn herunternehmen zu müssen. Er führte sie zum Waschhaus mit dem flachen Steinbecken und zeigte ihr die Zinkwanne, die an einem Haken an der Wand hing. Zum Schluss führte er sie nach oben in das winzige Schlafzimmer.

Einen Moment lang starrten sie beide stumm auf das breite Eisenbett. Dann gingen sie rasch wieder nach unten, hinaus ins Freie, an die frische Luft – als könne die grüne Lichtung die Gedanken vertreiben, die der Anblick des Bettes ausgelöst hatte.

Laurence schaute sich um und fragte sich, wie er die Spannung durchbrechen konnte. Sein Blick fiel auf das Klohäuschen hinter dem Haus. „Hast du schon einmal ein Bumby benutzt?"

„Ein was?"

„Hierzulande nennen die Leute es *Bumby.* Ein Plumpsklo."

„Ach so." Nell nickte. „Als ich klein war, hatten wir im Garten ein Plumpsklo."

„Gut, dann weißt du ja Bescheid." Er grinste. „Und vergiss nicht, immer Sägespäne reinzuwerfen."

Nell war so froh über seinen Stimmungsumschwung, dass sie lachen musste. „Ich schaff das schon", meinte sie optimistisch.

Als sie hintereinander den Weg zurück zum Haus gingen, hörten sie plötzlich ganz schwach das Heulen der Sirenen. Laurence blieb stehen und suchte aufgeregt in den Taschen nach seiner Pfeife.

„Hier", sagte Nell und hielt ihm die Pfeife hin, die sie vom Kaminsims im Dower House entwendet hatte.

„Danke.“ Mit gerunzelter Stirn schaute er zuerst die Pfeife an, dann Nell. In dem Moment hörte man schon die Entwarnung – offenbar war es falscher Alarm gewesen. Aus dem besorgten Stirnrunzeln wurde ein erleichtertes Lächeln. „Siehst du?“, meinte er. „Hier bist du in Sicherheit.“ Mit eingezogenem Kopf verschwand er in der niedrigen Haustür.

Nell blieb noch eine Weile stehen und horchte. Über ihr gurrte leise eine Ringeltaube. „Hier wird es uns gut gehen“, flüsterte sie ihrem ungeborenen Kind zu und legte die Hände auf ihren Bauch. „Du wirst schon sehen.“

Laurence hatte die Koffer nach oben ins Schlafzimmer getragen. Als Nell eintrat, zuckte er zusammen und steckte verlegen die Hände in die Taschen. Einer von Nells Koffern stand offen auf dem Bett. Unsicher schob Laurence seine Pfeife zwischen den Zähnen hin und her und sog so heftig daran, dass ihn eine dichte Rauchwolke einhüllte.

„Was machst du da?“, fragte Nell.

„Nichts.“ Er nahm die Pfeife aus dem Mund und legte sie auf die Kommode. „Ich berühre deine Dinge. Nell …“ Seine Stimme bebte.

„Ich glaube, du solltest jetzt gehen. Violet wartet bestimmt schon.“

„Wenn du etwas brauchst, wende dich an Mama. Du kannst sie ruhig bitten – sie bellt nur, aber sie beißt nicht.“

„Ja.“

„Also, dann …“ Er verzog das Gesicht. „Gib gut Acht auf die alte Hütte.“

Nell spürte, wie ihre Widerstandskraft nachließ. „Lieber Gott“, flüsterte sie, „würdest du jetzt bitte, bitte gehen?“

„Ja. Pass auf dich auf.“

„Pass gut auf *dich* auf“, erwiderte Nell und drehte ihm den Rücken zu. Reglos stand sie da, horchte auf seine Schritte, hörte die Haustür, hörte, wie der Motor ansprang. Erst dann rannte sie ans Fenster und schaute hinaus. Doch er sah nicht zu ihr hinauf, sondern fuhr langsam den Weg entlang. Nell blickte hinaus auf die Lichtung. Im Gras am Waldrand wuchsen gelbe Primeln. Dort hatte er also den Strauß für sie gepflückt, als er auf dem Weg nach Hause beim Malletts Cottage Halt gemacht hatte. Sie hatte seine Blumen vom Dower House mitgenommen, hatte sie in ihr Tagebuch gelegt, provisorisch zwischen zwei Löschblättern, bis sie sie richtig pressen konnte. Sie wandte sich vom Fenster ab. „Komm schon, Nell“, sagte sie. „Mach dich an die Arbeit. Du bist die Starke, vergiss das nicht.“

KAPITEL 4

Am ersten Abend bevor sie ins Bett ging, blies sie ihre Kerze aus und entfernte dann den einen Verdunkelungsvorhang, um auf die Lichtung hinausblicken zu können. Der Mond war aufgegangen und warf lange Schatten übers Gras. Die Sterne glitzerten am Himmel, und der Krieg schien weit, weit weg. Nell stützte die Ellbogen auf den kalten Steinsims und beugte sich vor. Da sah sie, wie ein Reh zögernd zwischen den Bäumen auftauchte und Witterung nahm. Offenbar kam es zu dem Schluss, dass nirgends eine Gefahr lauerte, denn es trat aus dem Schatten, dicht gefolgt von einem zweiten Reh und einem Kitz, das auf seinen langen, staksigen Beinen noch sehr unbeholfen wirkte.

In dieser Nacht schlief sie ruhig und traumlos, und als sie am nächsten Morgen aufwachte, fiel es ihr leichter als am Tag zuvor, ihre Situation zu akzeptieren. Sie nahm sich vor, von jetzt an von einem Tag zum anderen zu leben und nicht über die Zukunft nachzudenken.

Sie merkte an diesem ersten Tag, dass sie sich an die Stille gewöhnen musste – kein Radio, keine Violet, die im Treppenhaus trällerte, und keine Dorfgeräusche. Tagsüber ersetzte das Vogelgezwitscher die menschlichen Stimmen, doch am Abend vermisste Nell die Radiokonzerte, die sie im Dower House immer gehört hatte.

Es dauerte nicht lange, und sie fand sich in ihrem neuen Zuhause bestens zurecht. Sie entdeckte, dass der altmodische gusseiserne Kaminherd erstaunlich gut wärmte und dass es sie an ihre Kindheit erinnerte, wenn sie vor dem Feuer ein Bad nahm und dafür das Wasser aus dem Kessel verwendete. Das weiche Brunnenwasser war gut für ihr sprödes Haar und verlieh ihm einen ganz ungewohnten Glanz. Auch ihre Haut begann zu leuchten, die Übelkeit hörte auf, sie bekam wieder etwas Farbe im Gesicht, und sie nahm endlich ein bisschen zu.

AM VIERTEN Tag kamen Marion und Violet nach Einbruch der Dunkelheit, um sich zu vergewissern, dass Nell alles hatte, was sie brauchte. Marion wirkte spröde und etwas gereizt, während Violet richtig schockiert war, dass ihre Schwester in einer so primitiven Umgebung leben musste. Wenn sie das Malletts Cottage vorher gesehen hätte, so sagte sie, wäre sie nie und nimmer auf Laurences Vorschlag eingegangen.

„Sei nicht kindisch“, sagte Marion. „So leben hier auf dem Land die meisten Menschen. Meinst du, deine Nachbarn im Dorf haben Toiletten mit Wasserspülung und Strom wie wir?“

Violet, die Angst hatte, allein im Dower House zu wohnen, war für den Rest ihrer Schwangerschaft nach Old Hall gezogen. „Auf diese Weise kann ich ein Auge auf sie haben“, meinte Marion trocken. Das Dower House war einer evakuierten Familie überlassen worden.

Marion und Violet hatten alles Mögliche mitgebracht: drei weite Hosen von Sir Gerald, in die Nell auch in den nächsten Monaten noch hineinpassen würde, ein halbes Dutzend seiner abgelegten Hemden sowie zwei verwaschene, altmodische Schwangerschaftskleider, die Marion gehört hatten. Außerdem brachten sie einen Laib frisches Brot, Tee und Zucker, sechs Eier, ein Stück saftigen Schinken und getrocknete Erbsen mit. Nell überlegte, wie die beiden die nötigen Lebensmittelmarken für all diese Luxusgüter beschafft hatten, fragte aber nicht weiter nach.

Nell zeigte ihrer Schwester ihr neues Zuhause. Als sie sich das kleine Schlafzimmer anschauten, entdeckte Violet Laurences Pfeife auf der Kommode. Er habe ihre Koffer heraufgetragen, erklärte Nell wahrheitsgemäß, und dabei habe er die Pfeife dort abgelegt und sie dann vergessen. Mit einem zärtlichen Lächeln steckte Violet das gute Stück in die Manteltasche.

Erst später stellte Nell fest, dass die andere Pfeife noch immer am Kamin lag, zwischen dem Kohleneimer und dem Korb mit dem Feuerholz. Sie lag dort seit dem Tag, an dem sie sich geliebt hatten. Nell hob sie auf und versteckte sie in dem unbenutzten Brotbackofen. Dann holte sie ihr Tagebuch unter dem Kopfkissen hervor und verstaute es ebenfalls dort, damit es nicht durch einen dummen Zufall in Violets Hände geriet.

Am nächsten Abend kam Marion noch einmal vorbei, diesmal ohne Begleitung. Sie klopfte kurz nach Mitternacht, als Nell gerade ins Bett gehen wollte.

„Ich habe dir etwas mitgebracht“, sagte sie kurz. Sie stand in der Tür zum Wohnzimmer, und durch Nells Leselampe warf ihre kleine, untersetzte Gestalt einen riesigen Schatten auf die Wand hinter ihr. „Falls du eine Geräuschkulisse brauchst.“

Nell hatte am Feuer gesessen und gelesen. Am Abend vorher hatte sie, gut versteckt zwischen dem Kissenbezug und dem Drillichkissen auf ihrem Bett, einen Zettel von Laurence gefunden. *Lies meine Bücher* stand darauf. Seine Botschaft bedeutete ihr darum so viel, weil sie bis dahin das Gefühl gehabt hatte, dass seine Bücher sein kostbarster und privatester Besitz waren. Bis sie den Zettel gefunden hatte, hatte sie nicht gewagt, die Bücher herauszunehmen.

Marion ging wieder nach draußen, und Nell hörte sie ächzen. „Komm, hilf mir!“, rief sie. „Das Ding ist verdammt schwer.“

Neugierig ging sie hinaus. Marion hatte ihr ein Grammophon mitgebracht. Gemeinsam schafften sie es, das schwere Gerät ins Wohnzimmer zu hieven. Danach holte Marion noch den Trichter aus dem Kofferraum und ein paar Schallplatten. Sie montierte den Trichter und war schon wieder verschwunden. Dieses Mal kam sie mit einer Flasche Whisky zurück. „Ein Glas, wenn ich bitten darf, egal, was für eins“, sagte sie ungeduldig. „Laurence hat mich vorhin angerufen.“ Sie ließ sich schwerfällig auf einen Stuhl fallen.

Nell brachte ihr ein Glas, und Marion goss sich einen kräftigen Schluck ein. Nachdenklich schwenkte sie die goldfarbene Flüssigkeit im Glas.

„Willst du nicht wissen, was er gesagt hat?“

„Doch.“ Nell setzte sich hin und faltete nervös die Hände. Was hatte Laurence gesagt? *Mama bellt nur, sie beißt nicht.* „Marion“, begann sie, „ich bin wirklich sehr dankbar für alles, was du für mich getan hast ...“

„Ja, ja, schon gut.“ Marion ließ sie nicht ausreden. „Du musst dich bei Laurence bedanken.“ Sie nahm einen ersten Schluck aus ihrem Glas. „Er hat darauf bestanden, dass ich es dir noch heute Abend bringe, also behandle es gut.“

Nell vergaß ganz, dass sie sich zurückhalten musste. „Woher weiß Laurence, dass ich meine Musik vermisse?“

„Keine Ahnung“, sagte Marion trocken.

Nell konnte ihren Gesichtsausdruck einigermaßen kontrollieren, aber dass sie rot wurde, konnte sie nicht verhindern.

Marion stellte ihr Glas auf den Tisch. „Weißt du, dass Laurence, seit das Cottage ihm gehört, keinem erlaubt hat ...“ Marion trank noch einen nicht besonders damenhaften Schluck Whisky, „... keiner Menschenseele erlaubt hat, auch nur über die Schwelle zu treten?“

„Das habe ich nicht gewusst.“ Nell senkte verlegen den Kopf. „Aber er lässt mich nur Violet zuliebe hier wohnen.“

„Ach, meine Liebe, versuch doch nicht, mich für dumm zu verkaufen“, brummte Marion. „Also, wie kommst du zurecht? Hast du dich schon eingelebt?“

Es war wie eine Prüfung, bei der Nell weder die Regeln noch die richtigen Antworten wusste. „Ja, ja, ich kapiere so langsam, wie alles funktioniert. Es ist alles sehr einfach, aber es ist …“

„Es ist das Haus meines Sohnes“, führte Marion den Satz für sie zu Ende. „Und deshalb gibt es keinen Ort auf der Welt, wo du lieber sein möchtest.“

Dieses Mal war es keine Frage, sondern eine Aussage. Marion füllte ihr Glas nach. „Es ist doch sehr nett von Laurence, dass er sich solche Gedanken um das Wohlergehen seiner Schwägerin macht, findest du nicht? Ich frage mich allerdings, warum er darauf bestanden hat, dass ich dir die Sachen bringe und nicht Violet? Könnte es also sein, dass du etwas weißt, was ich nicht weiß?“

Nell hatte keine Lust, dieses Spiel weiterzuspielen. „Was willst du von mir, Marion?“, fragte sie. „Wenn du etwas auf dem Herzen hast, dann heraus mit der Sprache.“

„Also gut.“ Marion begann im Zimmer auf und ab zu gehen. „Im Gegensatz zu deiner armen Schwester bin ich nicht blind, meine Liebe. Das Kind, mit dem du schwanger bist, ist von Laurence, stimmt’s?“

Einen solchen Frontalangriff hatte Nell nicht erwartet. Sie starrte Marion fassungslos an.

„Eine einfache Frage verlangt eine einfache Antwort“, sagte Marion. „Ist das Kind von Laurence? Und wenn ja, was sollen wir dann tun?“

ALS SICH Marion zwei Stunden später verabschiedete, hatte Nell das Gefühl, dass sie sie fast so gut kannte wie ihre eigene Mutter und dass sie ihr wesentlich sympathischer war. Vielleicht war es der Whisky, der sie so gesprächig gemacht hatte, vielleicht war es auch die nächtliche Atmosphäre in dem abgelegenen kleinen Haus im Wald, aber Marion hatte Nell viel von sich erzählt. Nell hatte Laurences Mutter immer für eine typische Vertreterin ihres Standes und ihres Alters gehalten. In Suffolk gab es Dutzende Frauen wie Marion: energische, stimmgewaltige Damen mit üppigem Busen, die Stützen der Heimatfront, tatkräftige, strenge Frauen, die dazu geboren waren, andere herumzukommandieren.

Aber in diesen Nachtstunden entdeckte Nell, dass Marion Palmer anders war.

„Ich habe Laurence gesagt, dass seine Ehe in Tränen enden wird“, sagte Marion, „und natürlich habe ich Recht behalten.“

„Was heißt denn hier ‚natürlich‘?“, fragte Nell. Sie war der Meinung, dass die Palmers der Ehefrau ihres Sohnes deshalb mit Missbilligung begegneten, weil die oberen Zehntausend nur innerhalb ihrer eigenen Schicht heirateten. „Nur weil Violet die Tochter eines Kaufmanns ist, heißt das noch lange nicht, dass sie nicht zu deinem Sohn passt."

Marion lachte laut. „Mein liebes Kind", sagte sie, „so habe ich es auch nicht gemeint. Denn das wäre reine Heuchelei. Ich bin schließlich selbst eine Kaufmannstochter."

Sie hatte sich mit ihrem Whisky in den Ledersessel gesetzt und Nell aufgefordert, in dem Schaukelstuhl Platz zu nehmen. „Mein Vater hat sich hochgearbeitet und sein Geschäft aus dem Nichts aufgebaut – genau wie deiner. Als er starb, besaß er zwei Textilfabriken, und ich war sein einziges Kind. Mein Papa machte zwar *Kasse,* aber er hatte keine *Klasse*; wohingegen Gerald zwar *Klasse* hat, aber kein Geld. Gerald hat stets kein Hehl daraus gemacht, worauf er es abgesehen hatte. Als er das Gut erbte, war es ziemlich heruntergekommen, und er war auf der Suche nach einer wohlhabenden Witwe, das hat er mir gleich erzählt, als wir uns kennen gelernt haben. Ich habe die Gelegenheit beim Schopf ergriffen. Es war möglicherweise meine letzte Chance; ich war hässlich, über fünfundzwanzig und auf der Suche nach einem Ehemann." Sie nahm die Whiskyflasche, die sie auf dem Mäuerchen der Kaminplatte abgestellt hatte, und schenkte sich noch ein Glas ein. „Wir haben uns schließlich geeinigt. Er versprach, mir bei der Verwaltung des Gutes freie Hand zu lassen, und ich versprach ihm, dass er tun und lassen kann, was er will, solange ich es nicht unbedingt mitbekomme." Wieder lachte sie, aber diesmal klang es etwas verbittert.

„Ging es dir gut dabei?", fragte Nell. Der unerwartete Verlauf des Gesprächs verunsicherte sie etwas.

„Meine Liebe, wir führen getrennte Leben. Gerald verbringt seine Zeit am liebsten in London, und ich fühle mich hier in Suffolk sehr wohl. Es macht mir Spaß, mich um die Verwaltung des Gutes zu kümmern." Achselzuckend nippte sie an ihrem Glas. „Am Anfang unserer Ehe klappte alles hervorragend, denn er hatte endlich jede Menge Geld und konnte das Leben eines Gutsherrn führen. Aber dann wurde er bei Ypern schwer verwundet, und als er aus dem Krankenhaus entlassen wurde, merkte er schnell, dass er all die Dinge, die ihm Vergnügen bereitet hatten, nicht mehr tun konnte." Sie seufzte. „Wenn wenigstens Laurence …, aber eigentlich ist das alles Schnee von gestern."

„Wenn Laurence was?"

Marion war etwas tiefer gerutscht in ihrem Sessel. Offensichtlich vertrug sie unglaubliche Mengen Alkohol. Die Flasche war fast zur Hälfte leer, und sie wirkte kein bisschen betrunken. „Laurence war immer schon ein unangepasster Einzelgänger“, erklärte sie. „Zur falschen Zeit am falschen Ort geboren. Wenn Laurence eine Schwester oder einen Bruder gehabt hätte, dann wäre es vielleicht anders gewesen.“ Sie seufzte wieder. „Mit einem älteren Bruder wäre Laurence nicht so unter Druck gewesen. Zuerst war sein Vater absolut begeistert: ein Sohn, ein Erbe für das Gut, ein Junge, der all das tun konnte, wozu er selbst nicht mehr fähig war. Schon ganz früh brachte er ihm alles bei: Mit fünf bekam Laurence Reitunterricht, das erste Pony war ein Geschenk zum achten Geburtstag. Wer weiß, wenn Gerald ein bisschen mehr Geduld aufgebracht hätte …“ Sie schwieg und schüttelte den Kopf. „Aber ich habe ja auch nicht begriffen, was los war, sonst hätte ich vielleicht eingreifen können.“

„Was ist denn passiert?“

„Laurence ist ein Träumer. Schon als kleiner Junge hing er seinen Fantasien nach und steckte seine Nase am liebsten in irgendwelche Bücher. Das Pony war eigentlich nichts Besonderes, nur ein kleines Shetlandpony, aber er liebte es innig. Als er im ersten Sommer vom Internat nach Hause kam, ritt er jeden Tag von morgens bis abends kreuz und quer übers Gelände.“ Bei dieser Erinnerung huschte ein zärtliches Lächeln über Marions Gesicht, und sie sah in diesem Moment fast hübsch aus. „Diese Unternehmungen waren völlig harmlos, aber er kam sich vor wie Ivanhoe auf seinem Schlachtross.“ Noch einen Schluck Whisky. „Er war natürlich schnell zu groß dafür, also beschloss sein Vater, dass er ein größeres Pferd brauchte, mit dem er auch jagen konnte. Er besorgte ihm einen Braunen, ein sehr liebes Tier. Aber Laurence fand die Jagd schrecklich und vor allem das, was mit dem Fuchs passierte. Ich habe gemerkt, wie er litt, und habe zu Gerald gesagt, dass die Jagd noch zu gefährlich für ihn sei. Eine Zeit lang sah mein Mann es ein, denn wenn man nur ein Kind hat, kann man gar nicht vorsichtig genug sein. Aber als Laurence zwölf Jahre alt wurde, verkündete Gerald, dass ich den Jungen nicht länger in Watte wickeln dürfe.“

Marion nippte an ihrem Glas. „Am Anfang ging alles gut. Laurence hatte überhaupt keine Angst, er ging Zäune an, die selbst erfahrene Reiter lieber mieden, er war immer mittendrin. Gerald war unheimlich stolz auf ihn.“

„Was ist denn schief gegangen?“

„Ach …“ Plötzlich hatte Marion Tränen in den Augen. „Sie haben den Fuchs aufgespürt.“

„Aber finden sie den Fuchs nicht immer?"

„Nein, es gab nicht so viele Füchse, deshalb waren die ersten drei Unternehmungen für Laurence nur interessante Geländeritte." Schweigend starrte sie ins Leere.

„Aber dann haben sie den Fuchs aufgespürt", wiederholte Nell leise, um sie zum Weiterreden zu veranlassen.

Marion zuckte zusammen. „Ja, genau. Und Laurence war dabei. Sein Vater kam gerade in dem Moment, als die anderen Laurence die Lunte überreichten. Das ist eine hohe Ehre! Aber Laurence hat seinen Vater vor allen Leuten blamiert, vor seinen Freunden, seinen Angestellten. Er warf die Lunte weg und galoppierte einfach davon, ohne Ziel. Als er nach Hause kam, war es schon nach Mitternacht. Die Köchin hat ihn in der Küche gefunden, er kauerte vor dem Herd, hat gezittert vor Kälte und herzzerreißend geschluchzt." Sie blickte auf. „Die Lampe geht gleich aus."

Die Lampe hatte fast kein Paraffin mehr, die Flamme flackerte unruhig. Nell stand auf, kümmerte sich um die Öllampe und ließ sich wieder auf dem Schaukelstuhl nieder. Sie war erschöpft. Inzwischen war es fast zwei Uhr nachts, und durch das lange Gespräch über Laurence hatte sie eine furchtbare Sehnsucht nach seinem Gesicht, seiner Stimme und seiner Nähe bekommen.

Marion leerte ihr Glas und stellte es vorsichtig auf den Kaminsims. „Am Tag nach dieser Blamage rief sein Vater ihn zu sich. Aber Laurence weigerte sich, sich zu entschuldigen, sondern erklärte, er werde nie wieder auf die Jagd gehen. Dann wollte er zur Home Farm, um nach seinem Pony zu sehen. Wir hatten es dort untergebracht, damit in unserem Stall für das Jagdpferd Platz war. Er hatte seit einer Woche nicht mehr nach ihm geschaut, und es quälte ihn, dass er es vernachlässigt hatte. Sein Vater teilte ihm mit, er könne sich den Weg sparen. Das Pony war nicht mehr auf der Home Farm. Gerald hatte es zum Abdecker geschickt. Am Morgen nach der misslungenen Jagd war es an die Hunde verfüttert worden."

Sie schwiegen beide. Nell versuchte sich vorzustellen, was es für ein empfindsames Kind bedeutete, wenn sein Lieblingstier getötet wurde. „Wie konnte er nur so grausam sein?", murmelte sie. „Wie konnte er seinem eigenen Sohn so etwas antun?"

„Ich habe mich immer wieder gefragt, ob er es wirklich als Strafmaßnahme gedacht hatte", sagte Marion. „Denn eigentlich ist es ein durchaus übliches Verfahren. Wenn ein Tier nichts mehr leisten kann, wird es zu Hundefutter verarbeitet. Auf dem Land ist kein Platz für Sentimentalitäten.“ Marion sah Nell lange an. „Ich wünschte …“ Doch sie vollendete den Satz nicht.

„Was?“

„Ich sollte so etwas nicht sagen.“ Marion seufzte. „Wahrscheinlich würde ich es auch nicht sagen, wenn ich nicht so viel Whisky intus hätte. Ich wünschte, Laurence hätte dich früher getroffen.“

AM NÄCHSTEN Morgen schlief Nell sehr lange. Als sie aufwachte, schien ihr die Sonne ins Gesicht, und sie hörte das laute Gezwitscher der Vögel. Sie blieb im Bett liegen, legte ihre Hände schützend auf den Bauch und dachte zum ersten Mal an ihr Kind als einen zukünftigen Menschen. Sie hatte das Gefühl, dass es ein Junge war. Wie sah er aus? Glich er ihr oder Laurence?

Sie sehnte sich plötzlich danach, dieses kleine Menschenwesen zu begrüßen. Die Vorstellung, dass sie es bald sehen würde, machte sie richtig glücklich, bis ihr wieder einfiel, dass es ihr nicht vergönnt sein würde, ihr Kind selbst aufzuziehen.

Sie stand auf und tappte im Nachthemd nach unten, um Tee zu machen. Sie fachte das Feuer wieder an und füllte den Wasserkessel. Dabei wurde sie immer wütender darüber, dass sie in einer Gesellschaft lebte, die es einer Frau nicht erlaubte, ihr Kind allein großzuziehen. Da es eine Weile dauern würde, bis das Wasser kochte, holte sie ihr Tagebuch und setzte sich an den Tisch.

In fünfzig Jahren, schrieb sie, *wird es keine Rolle mehr spielen, ob Kinder ehelich oder unehelich geboren werden. Warum sind es immer die Frauen, die leiden?*

DIE WUT hielt nicht lange an. Langsam, aber sicher nahm das Haus sie in Besitz. So abgeschnitten von der Außenwelt, wie sie jetzt war, hatte sie das Gefühl, als würde die Wirklichkeit immer weiter zurückweichen. Mit jedem Tag fühlte sie sich mehr als Teil einer lebenden, atmenden Einheit. Immer wieder berührte sie die Wände und glaubte zu spüren, dass sie unter ihren Händen vibrierten. Vielleicht lag es an ihrem Zustand, aber konnte es nicht auch sein, dass das Haus eine Art Eigenleben hatte? Dass es ihre Anwesenheit wohlwollend aufnahm?

Dieses Haus, die Wände, die sie umgaben, der Fußboden, auf dem sie ging, ja, sogar die Luft, die sie atmete – alles gehörte Laurence. Manchmal stellte sich Nell vor, er wäre bei ihr und würde ihr zuschauen, wie sie Tee kochte oder ihre Kleider im Trog in der Waschküche schrubbte. Sie hatte immer das Gefühl, dass er ein Stück von sich hier zurückgelassen hatte, um ihr Gesellschaft zu leisten.

Sie dachte ständig an ihn, ohne ihn jedoch wirklich zu vermissen, denn er war ja bei ihr. Abends saß sie am Feuer, las seine Bücher und hörte seine Schallplatten, alles Traummusik, die das Gefühl von Unwirklichkeit noch verstärkte. Mit jedem Tag entglitt ihr die Außenwelt ein bisschen mehr. Selbst die Sirenen und das Dröhnen der Bomber änderten nichts an ihrem Gefühl, nichts mehr mit dieser Welt zu tun zu haben.

Deshalb erschrak sie auch nicht besonders, als sie im Wald ein Wesen bemerkte, das auf den ersten Blick aussah wie ein Kobold. Sie war gerade dabei, draußen die Wäsche aufzuhängen, als sie bemerkte, dass jemand unter den Bäumen stand. Sein faltiges Gesicht war zwischen den frischen grünen Blättern kaum zu sehen, und die graubraune Kleidung verschmolz ganz mit der Umgebung. Wenn sie nicht aus den Augenwinkeln eine Bewegung registriert hätte, wäre er ihr wahrscheinlich gar nicht aufgefallen.

„Guten Morgen, Mr Beale", grüßte sie. Er trat zögernd auf die Lichtung. Nell sah, dass er sein Fahrrad an einen jungen Baum gelehnt hatte.

„Morgen, Miss." Er grinste verlegen. „Ich hoffe nur, ich störe nicht. Aber Lady Palmer sagte, es is in Ordnung, weil ich's ja schon wusste …"

„Was wussten Sie?"

„Dass Sie hier sind."

Er trat näher, nahm seine Mütze ab, sodass sein kahler Schädel mit dem flaumigen grauen Haarkranz sichtbar wurde.

„Wie haben Sie mich gefunden?"

Er knetete seine Mütze. „Wenn Mr Laurence weg is, will er immer, dass ich hier nach dem Rechten sehe. Als ich dann die Autoscheinwerfer oben in der Drift sah …"

„In der Drift?"

Ernie deutete auf den grünen Pfad, der zur Straße führte. „Die Drift, so nennen die Leute den Weg da. Da hab ich gedacht, ich schau mal besser nach. Aber dann seh ich, wie Lady Palmer aus der Tür kommt, also frag ich sie mal am nächsten Tag, und sie sagt, ja, da wohnt 'ne Lady, is aber ein Geheimnis."

„Verstehe." Nell stützte den geflochtenen Wäschekorb auf die Hüfte. Sie trug eines von Sir Geralds alten Hemden, dazu eine seiner Hosen, die sie mit einer Schnur zusammengebunden hatte. Ernie versuchte, nicht hinzuschauen, aber Nell wusste, dass man ihren Zustand eigentlich nicht mehr übersehen konnte. „Möchten Sie eine Tasse Tee?“, fragte sie, um die Situation zu entschärfen. „Kommen Sie doch rein!“

Doch der kleine Mann wehrte erschrocken ab. Nein, sagte er, lieber nicht. Seit vier Jahren kümmere er sich um das Haus, aber betreten habe er es noch nie. Das wäre Mr Laurence nicht recht.

„Na gut, dann bringe ich Ihnen eine Tasse raus“, schlug Nell vor.

Er nickte erleichtert. Es war ein warmer Morgen, und man konnte ahnen, dass der Sommer nicht mehr weit war; unter den Bäumen breitete sich schon ein blauer Teppich aus Glockenblumen aus.

Nell holte zwei Stühle heraus und lud Ernie ein, Platz zu nehmen. Er versicherte immer wieder, er wolle nicht lange stören und sei nur vorbeigekommen, um zu fragen, ob sie vielleicht etwas brauche. Doch der Tee half ihm, sich zu entspannen, und als Nell ihn über das Leben auf dem Land ausfragte, wurde er richtig gesprächig.

„Jetzt is die beste Jahreszeit. Wenn der Schwarzdorn blüht und die Schlehenbüsche, dann heißt das, jetzt is der Frühling da, wirklich und wahrhaftig.“

„Schlehenbüsche?“

„Haben weiße Blüten“, erklärte Ernie. „Aus den Beeren kann man gute Marmelade machen. Das da drüben, neben den Wildkirschen, das is ’n Schneeballgewächs, manche sagen auch Guelderrose dazu, obwohl es keine Rose is. Riecht besonders gut am Abend.“

Nell ging zum Rand der Lichtung. „Und das hier mit den Knospen?“

„Weißdorn. Aber der kommt erst richtig in ’nem Monat.“ Er warf ihr einen kurzen Blick zu und lachte dann leise in sich hinein, wobei seine Augen ganz schmal wurden. „Selbst ihr Mädels aus London müsst schon mal vom Maibaum gehört haben.“

Nell lächelte ihm zu. „Mr Beale …“

„Ernie“, sagte er. „Nennen Sie mich Ernie, Miss. Wie Mr Laurence.“

„Ernie, haben Sie jemandem von mir erzählt?“

„Nein, Miss“, sagte er. „Ich denke, wenn Mr Laurence Sie hierher bringt, dann macht er das, damit sich keiner einmischt.“

Nell nickte. „Hat Lady Palmer mit Ihnen auch darüber gesprochen?“ Sie deutete auf die Wölbung unter ihrem weiten Hemd.

Ernies sonnengebräuntes Gesicht wurde dunkelrot. „Ich glaube, ich muss los“, sagte er schnell.

Nell gab nicht nach. „Ernie, es ist wichtig, dass niemand davon erfährt.“

Er war jetzt bei seinem Fahrrad. „Ich sag keinem was, Miss.“ Er zog seine Mütze aus der Tasche. „Ich weiß schon seit Wochen, dass Sie …“

Er wurde wieder rot. „Na, Sie wissen schon, aber ich hab es keiner Menschenseele erzählt.“ Er umklammerte den Lenker. „Ich muss los.“ Doch dann blieb er noch einmal stehen. „Ich hab allen gesagt, hier gibt's Geister, als Mr Laurence sich hier eingerichtet hat. Schreckliche Sachen hab ich erzählt, von flackernden Lichtern und komischen Geräuschen, all so was. Also kommen die Leute nicht mehr her. In Suffolk gibt's viele Gespenster, und wir wollen keinen Streit mit den übernatürlichen Wesen. Mögen Sie Blumen?“

„Ja, ich glaube schon.“ Der plötzliche Themenwechsel war etwas verwirrend. „Warum fragen Sie?“

„Ich hab ein paar Blumenpflanzen übrig, deswegen“, sagte Ernie. „Ich bringe Ihnen 'n paar.“ Er schaute sie nachdenklich an. „Mr Laurence sagt immer, wenn er die Zeit hätte, würde er mal seine eigenen Kartoffeln anbauen und ein paar Karotten und solche Sachen. Wie wär's mit 'nem Gemüsebeet? Wie würde Ihnen das gefallen?“

Nell war so gerührt, dass ihr die Tränen in die Augen schossen. „Ja, das würde mir sehr gefallen. Vielen Dank, Ernie.“

In den folgenden Wochen gewöhnte sich Nell daran, dass Ernie Beale am Waldrand erschien. Er kam nie an die Tür, sondern tauchte einfach auf und wartete geduldig, bis Nell herauskam. Dann trat er ein paar Schritte näher und fragte, ob er etwas helfen könne.

Nell merkte, dass er fast seine ganze freie Zeit bei ihr verbrachte, und zunächst war sie sich nicht sicher, was sie davon halten sollte. Aber es schien ihm wirklich Spaß zu machen, also fiel es ihr mit jedem Besuch leichter, sein Angebot anzunehmen. Er legte Blumenbeete unter den Fenstern an, pflanzte Stiefmütterchen, Vergissmeinnicht, Lupinen und Kapuzinerkresse neben dem Eingang, Veilchen und Schwarzäugige Susanne.

Nell, ein typisches Kind der Großstadt, beobachtete fasziniert, wie die Blumen wuchsen und gediehen. Ihre Mutter hatte sich nie besonders für Gartenarbeit interessiert. Als das Geschäft ihres Vaters florierte und sie in ein größeres Haus zogen, hatte ihre Mutter als Erstes die Handwerker gerufen, damit sie alles mit Steinplatten zupflasterten. „Das ist doch viel zu viel Arbeit, wenn man ständig jäten und gießen muss“, hatte sie gesagt.

Doch Nells Begeisterung für den Garten wuchs mit jedem neuen Frühlingstag. Am Rand der Lichtung blühten unter den Buchen und Ahornbäumen Petersilie und wilder Kerbel, dessen weiße Blütenschirme wie feine Spitzenvorhänge im Wind wogten. Am Ufer des Teichs gediehen blassviolette Waldveilchen. Unter den Fenstern blühten die Vergissmeinnicht, und die hohen Kerzen der Lupinen leuchteten mit ihren rosaroten oder purpurroten Blüten.

Beim Aufwachen fragte sich Nell jeden Tag, was sie heute wohl Neues erwartete. Alles Wissen, das Ernie an sie weitergab, nahm sie begierig auf und merkte es sich. Sie beobachtete die Vögel und lernte, sie zu unterscheiden. Um sie zu identifizieren, konsultierte sie Laurences Nachschlagewerke, oder sie bat Ernie um Hilfe.

Wochenlang nahmen die Blumen sie in Anspruch: die verschiedensten Waldblumen, Wiesenblumen und Teichblumen, die alle auf dem kleinen Stück Land um das Häuschen gediehen. Doch als sie eines Tages begann, sich mit Gartenkräutern zu beschäftigen, da kannte ihre Begeisterung keine Grenzen.

Ernie hatte angefangen, ihr Setzlinge mitzubringen. Die Töpfe transportierte er in einer Holzkiste, die er hinten aufs Fahrrad klemmte. Es waren kräftige grüne Kräuter: Schnittlauch und Basilikum, rundblättrige Minze und Thymian, Majoran und der dekorative Borretsch mit seinen haarigen Stängeln und den harten graugrünen Blättern. Er brachte auch Stecklinge von Lorbeer, Rosmarin, Salbei und der zitronig duftenden Eberraute mit. Eberraute, so erzählte Ernie, sei im Mittelalter als Mottenschutz verwendet worden. Ihren anderen Namen, Jungfernleid, nannte er nicht. Wahrscheinlich wollte er Nells Gefühle schonen, aber sie kam trotzdem dahinter, weil sie die Kräuter immer in Laurences Büchern nachschlug, wenn Ernie gegangen war.

Eigentlich hätte sie sich auf den Gemüseanbau konzentrieren sollen, um damit ihren Beitrag zu den Kriegsbemühungen zu leisten. Aber es wusste ja keiner, dass sie hier auf ihrer Lichtung, weit weg von der großen Welt, allein zu ihrem Vergnügen gärtnerte.

Nell hatte endlich etwas gefunden, womit sie sich beschäftigen konnte.

KAPITEL 5

Marion kam vorbei, um Nell einen breitkrempigen Strohhut zu bringen und eine ziemlich zerlesene Ausgabe von „Sanders Handbuch der Gartenkunst“ aus dem Jahr 1931, die sie beim Aufräumen gefunden hatte.

„Was hast du damit vor?“, fragte Marion und deutete auf den Rechen, der neben der Tür lehnte, gleich neben Nells schweren Gartenschuhen.

„Ich will einen Kräutergarten anlegen“, antwortete sie. „Da drüben.“ Sie deutete auf die Stelle, die sie dafür ausgewählt hatte, rechts hinter dem Haus in Richtung Teich. „Da ist es schön geschützt, und der Boden ist gut.“

„Zweihundert Jahre Mist und vermodertes Laub“, hatte Ernie verkündet, als er angefangen hatte, links vom Klohäuschen für das Gemüsebeet den Boden umzugraben. „Riechen Sie mal!“ Und dann hatte er ihr ein paar Krumen schwarzer Erde unter die Nase gehalten. Der satte, würzige Geruch hatte Nell an den Tag erinnert, als Laurence sie das erste Mal hierher gebracht hatte.

„Ernie hat mir für den Anfang ein paar Setzlinge gebracht“, begann sie.

Doch Marion ließ sie nicht ausreden. „Hast du Laurence um Erlaubnis gebeten?“, wollte sie wissen.

„Nein, ich …“ Nell war von ihrer Idee so begeistert gewesen, dass sie gar nicht daran gedacht hatte. „Sei mir nicht böse, Marion, aber auf den Gedanken bin ich gar nicht gekommen. Meinst du, ich sollte ihm deswegen schreiben?“

„Natürlich nicht!“, schnaubte Marion ungehalten. „Erstens wäre es Zeitverschwendung, weil du seine Antwort genau kennst, und zweitens bin ich, ehrlich gesagt, der Ansicht, dass es besser ist, wenn ihr zwei möglichst wenig Kontakt miteinander habt.“ Sie warf einen prüfenden Blick auf den geplanten Kräutergarten, dessen Ecken Nell schon mit Stöcken markiert hatte. Sie seufzte. „Nell, es wird langsam Zeit, dass wir uns über das Kind unterhalten.“

Nell nickte und holte die beiden Esszimmerstühle ins Freie. Sie hatte gleich gewusst, dass Marion nicht nur gekommen war, um den Strohhut und das Gartenbuch zu bringen. Sie hatte in den vergangenen Tagen sehr schlecht geschlafen. Vor zwei Tagen war sie mitten in der Nacht mit dem Gefühl aufgewacht, Laurence sei irgendwo in der Nähe. Bis zum Morgengrauen hatte sie wach gelegen und gehorcht.

„Laurence war zu Hause“, sagte Marion und schaute taktvoll weg, um nicht sehen zu müssen, wie Nell die Tränen in die Augen stiegen. „Er ist genau wie ich der Meinung, dass er Frau und Kind nicht im Stich lassen darf, nur weil er das Gefühl hat, die falsche Frau geheiratet zu haben. Also müssen wir jetzt entscheiden, was wir mit dir und deinem Kind anstellen.“ Marion räusperte sich. „Gestern hat mich deine Mutter angerufen.“

Nell hob den Kopf. „Was wollte sie?“, fragte sie kühl und fügte leise hinzu: „Hat sie gefragt, wie es mir geht?“

Marion starrte schweigend auf die Bäume am Rand der Lichtung. „In gewisser Weise, ja“, sagte sie schließlich. Ihre Stimme klang schroff. „Deine Mutter hat möglicherweise eine Lösung für dein Problem. Sie hat eine Frau gefunden, die dein Kind nehmen und wie ihr eigenes aufziehen will.“

„Nein!“ Nell hielt sich die Ohren zu. „Nein, das will ich auf gar keinen Fall!“

„Es wäre immerhin eine Lösung“, gab Marion zu bedenken. „Nicht gerade die perfekte Lösung, das gebe ich zu, aber die gibt es unter den gegebenen Umständen auch nicht.“ Sie tätschelte Nells Knie. „Es hilft doch nichts, wenn du dir Hoffnungen machst“, sagte sie ein bisschen freundlicher. „Du kannst das Kind auf keinen Fall behalten. Und Violets Angebot kannst du auch nicht annehmen. Was machen wir, wenn dein Kind Laurence ähnlich sieht? Wenn Violet Verdacht schöpft? Das wäre grausam.“

„Und was ist mit dem Vorschlag meiner Mutter? Ist der etwa nicht grausam?“, rief Nell empört. „Ich kann Laurence nicht haben, und nun wollt ihr mir auch noch mein Kind wegnehmen? Was bleibt mir dann noch?“ Tränen standen in ihren Augen. „Bei Violet hätte ich wenigstens die Möglichkeit, mein Kind gelegentlich zu sehen, aber ihr verlangt jetzt von mir, dass ich es einer Fremden gebe!“

„Nell, meine Liebe, wenn du mich doch ausreden ließest! Es ist keine Fremde, sondern eine Frau, die du kennst. Würde das die Entscheidung nicht etwas leichter machen? Deine Mutter hat mir erzählt, dass deine Kusine Molly wahrscheinlich keine Kinder bekommen kann …“

„Was?“ Jetzt schrie Nell richtig. „Meine Kusine Molly? Marion, weißt du, warum sie keine Kinder haben kann? Nein? Gut, dann werde ich es dir sagen. Vor ein paar Jahren hatte Molly eine Affäre und geriet in Schwierigkeiten. Also wurde beschlossen, dass sie das Kind lieber wegmachen lassen sollte, als die Schande auf sich zu nehmen. Ihren Mann hat sie erst kennen gelernt, nachdem der kleine Zwischenfall säuberlich unter den Teppich gekehrt worden war. Er hat keine Ahnung. Wahrscheinlich denkt der arme Kerl, dass sie in der Hochzeitsnacht noch Jungfrau war. Und meine Mutter hat meiner Tante damals dazu gratuliert, dass sie Molly überredet hatte, das Kind wegmachen zu lassen. Meine Kusine hat ihr eigenes Kind getötet, und jetzt soll ich ihr als Belohnung dafür mein Kind geben!“

„Aber meine Liebe!“ Marion war puterrot im Gesicht vor Verlegenheit. „Meine Liebe, es tut mir schrecklich Leid. Ich habe das nicht gewusst. Oh, bitte, wein doch nicht, Nell, Tränen helfen uns auch nicht weiter."

Nell schluchzte vor Wut und hatte die Hände vors Gesicht geschlagen. Als Marion ihr tröstend die Hand auf den Arm legte, schüttelte Nell sie ab und rannte ins Haus. Hier war ihr Zufluchtsort, ihr Schutz vor der grausamen Welt.

Doch als sie sich erschöpft von innen gegen die Tür lehnte, wurde ihr klar, dass sie keine Wahl hatte. Sosehr sie auch gehofft hatte, dass sie ihr Kind vielleicht doch behalten könnte, so deutlich wusste sie jetzt, dass dieser Traum niemals in Erfüllung gehen würde. Sie konnte Laurence nicht haben, und sie musste ihren Sohn weggeben, sobald er geboren war.

Was wäre, wenn sie einfach wegginge, um irgendwo, wo niemand sie kannte, ganz von vorn zu beginnen? Wenn sie versuchte, das Kind allein großzuziehen? Aber wie sollte sie ihren Unterhalt verdienen? Von ihrer Mutter konnte sie keine Unterstützung erwarten, und ihr Vater richtete sich immer nach seiner Frau. Laurence oder seine Familie? Ausgeschlossen! Es gab keinen Ausweg aus dieser Situation, in die sie sich selbst gebracht hatte.

Also war der Vorschlag, den ihre Mutter gemacht hatte, vielleicht doch eine akzeptable Lösung, wenn sie sich erst an den Gedanken gewöhnt hatte. Sie hatte ja nichts gegen ihre Kusine. Auch ihr Mann war ein netter Mensch. Ihrem Kind würde es bestimmt an nichts fehlen. Und sie selbst hatte ohne Kind die Chance, von vorn zu beginnen. Sie könnte das Angebot ihres Vaters annehmen und ein eigenes Unternehmen gründen. Auch für Laurence wäre bestimmt alles einfacher, wenn sie wegginge. Er könnte dann das Leben weiterleben, für das er sich entschieden hatte.

Sieh den Tatsachen ins Auge!, dachte sie. Du musst pragmatisch denken. Das bist du deinem Sohn schuldig. Die Entscheidung, die du triffst, muss vor allem seinem Wohl dienen.

Wieder kamen ihr die Tränen. Sie schloss die Augen und ballte die Fäuste. Dann putzte sie sich energisch die Nase und ging hinaus zu Marion.

„Also gut", sagte Nell. „Du kannst Mama mitteilen, dass ich einverstanden bin. Aber …"

Marion legte den Kopf schräg, drehte sich aber nicht um. „Ich höre."

„Aber noch nicht gleich, bitte. Können wir noch ein paar Wochen warten, bevor sie die Entscheidung endgültig macht? Nur ein paar

Wochen, damit ich es noch ein bisschen auskosten kann.“ Ihre Stimme gehorchte ihr nicht mehr.

„Wie du willst.“

„Vielen Dank. Und könntest du bitte Violet viele liebe Grüße ausrichten?“

„Selbstverständlich, gern. Also dann …“ Marion schickte sich an zu gehen. Aber nach ein paar Schritten blieb sie stehen und drehte sich um. „Könntest du auch etwas für mich tun?“

„Ja, natürlich.“

Marion räusperte sich. „Ich wäre dir sehr verbunden, wenn du manchmal daran denken würdest, dass das Kind, das du erwartest, auch mein Enkel ist. Es ist auch für mich ziemlich schlimm.“ Und damit ging sie rasch davon.

Nell schaute ihr nach. Die Hand hatte sie auf den Mund gepresst, um das Schluchzen zu unterdrücken. Wie vielen Menschen haben wir wehgetan, Laurence und ich?, dachte sie verzweifelt. Wie können wir das je wieder gutmachen?

DIE NÄCHSTEN Tage waren nicht leicht für Nell. Ich muss mich beschäftigen, sagte sie sich immer wieder. Ich muss jede wache Minute ausfüllen und die Zeit nicht mit Selbstmitleid vergeuden. Das tut weder mir noch dem Kind gut.

Also grub sie den Boden um. Ihre Haut wurde braun von der Sonne, und sie bekam Muskeln an Armen und Beinen; allerdings tat ihr auch oft der Rücken weh. „Arbeit hat noch niemandem geschadet“, sagte sie zu Marion, die der Meinung war, das sie langsam etwas übertrieb.

Nur abends, wenn sie die Lampe anzündete und alles still wurde, verließ sie manchmal der Mut. Die Musik, Laurences Musik, half ein bisschen, und das leise Vibrieren, das sie jetzt wieder spürte, wenn sie die Hände auf die Wände legte, gab ihr die nötige Kraft. Ein paar Stunden zog sie sich dann aus der Wirklichkeit zurück und träumte. Wenn sie das Licht gelöscht hatte, nahm sie die Verdunkelungsvorhänge ab und saß oft bis drei Uhr morgens am Fenster und schaute hinaus auf die stille Wiese, verlor sich in der Unwirklichkeit des Mondlichts und des Nebels und stellte sich vor, dass Laurence auf dem Weg zu ihr nach Hause war. Sie wusste, dass sie sich solchen Gedanken eigentlich nicht hingeben sollte, aber sie tat es trotzdem, weil sie einen Grund brauchte, um überhaupt weiterzumachen.

DER KRÄUTERGARTEN nahm langsam Form an. Marion hatte ihr noch mehr Gartenbücher gebracht, die sie intensiv las. Stundenlang dachte sie darüber nach, wo die Pflanzen stehen sollten, welchen Boden sie brauchten, ob sie Schatten oder Sonne, viel oder wenig Wasser bevorzugten. Und um nicht nur ihre Hände, sondern auch ihren Kopf zu beschäftigen, lernte sie die lateinischen Namen auswendig. Sie legte ein zweites Beet an, näher beim Teich, wo das Gelände feuchter war, und ein drittes für die Pflanzen, von denen es in den Büchern hieß, sie brauchten Halbschatten. Einen Schnittlauch setzte sie vor den bronzefarbenen Fenchel, den Ernie ihr eines Morgens mit einem breiten Grinsen präsentiert hatte. „Schauen Sie mal dieses Prachtstück an!“, hatte er stolz gesagt, und sie hatte sich gleich vorgestellt, wie die violetten Blüten des Schnittlauchs einen Kontrast zu den fedrig goldenen Wedeln des Fenchels bildeten. Den Liebstöckel, dessen dicke Stängel aussahen wie Selleriestauden, pflanzte sie ganz hinten in das größte Beet, wo er sich in Ruhe ausbreiten konnte, während die Apfelminze mit ihren runden grün-weiß getüpfelten Blättern ganz vorn platziert wurde. Sie bat Ernie um ein paar zusätzliche Töpfe, teilte die Kräuter, die am schnellsten wuchsen – Petersilie, Thymian, Majoran und Basilikum –, und gab sie Marion, damit diese sie bei dem bevorstehenden Sommermarkt auf Old Hall verkaufen konnte. Der Markt hatte eine lange Tradition auf dem Gut und fand in diesem Jahr im von hohen Mauern umgebenen Küchengarten statt. Der Garten lag brach in diesen Tagen (bis auf ein paar Gemüsesorten, die Ernie noch immer am Leben erhielt), weil es keine Gärtner gab. Der Erlös sollte in diesem Jahr den Kriegsanstrengungen zugute kommen.

„Du solltest das beruflich machen!“, sagte Marion am nächsten Tag zu Nell. „Ich hätte doppelt so viele Pflanzen verkaufen können!“

Auch Ernie bestärkte Nell in ihrem Enthusiasmus und bestellte bei Thompson and Morgan, einem Samenhändler in Ipswich, eine Auswahl von Pflanzensamen, um sie zu überraschen.

Nells Garten wuchs und gedieh, und mit ihm wuchs ihre Fähigkeit, mit der ganzen Situation fertig zu werden.

„WARUM besucht mich Violet nicht?“, wollte Nell von Marion wissen. „Ist sie böse auf mich? Hat sie …, ich meine, vermutet sie etwas?“

„Nein, das glaube ich nicht.“ Die beiden Frauen saßen vor dem Haus in der Sonne. „Laurence schreibt ihr regelmäßig, er ruft einmal in der Woche an und spielt den idealen Ehemann.“ Sie warf Nell einen kurzen

Blick zu und goss sich ein Glas Whisky ein. „Ich finde, sie hat ein bisschen einen Vogel, was das Haus hier angeht."

„Wie meinst du das?"

„Ich kann es nicht richtig erklären. Sie windet sich richtig, wenn ich sie frage, ob sie mitkommen will. Sie behauptet, dass das Haus sie nicht mag."

„Denkt sie, dass das Haus etwas gegen sie hat?"

„Sie sagt, sie hat sich nicht willkommen gefühlt, als sie hier war, sie sei sich vorgekommen wie ein Eindringling." Marion ließ die goldfarbene Flüssigkeit im Glas kreisen. „Und ich weiß genau, was sie meint."

„Aber das ist doch nicht meine Schuld!", protestierte Nell. „Ich kann nichts dafür, und ich würde niemals etwas tun, damit Violet sich unwohl fühlt."

„Das Haus hat so etwas Intimes, Geheimes", meinte Marion. „Das hat Violet gespürt, glaube ich. Sie ist hier die Außenseiterin. Aber sie hat in letzter Zeit eigentlich gar niemanden gesehen. Sie ist nicht richtig auf dem Posten."

Nell erschrak. „Was ist los? Ist sie krank? Oder unglücklich?"

„Nein, nein", beruhigte Marion sie, „aber sie ist irgendwie nicht richtig anwesend. Seit Laurences letztem Besuch hat sie sich in ihre eigene kleine Welt zurückgezogen. Sie sitzt am Schlafzimmerfenster und strickt den ganzen Tag Schals." Sie lachte etwas bitter. „Ehrlich gesagt, ich wollte, ich hätte sie nie gebeten, etwas für die Heimatfront zu tun. Jetzt kann sie gar nicht mehr aufhören! Dr. Hills meint, körperlich ist alles in Ordnung. Sie ist nur so apathisch. Aber anscheinend werden manche Frauen so während der Schwangerschaft." Sie schaute Nell an mit ihrem sonnengebräunten Gesicht, ihren kräftigen Armen und Beinen. „Auf dich scheint das nicht zuzutreffen. Jedenfalls will sie nicht kommen. Sie lässt dich immer nur nett grüßen und hofft, dass du gesund und munter bist."

DIE SOMMERSONNENWENDE kam und ging, und der Krieg war noch immer nicht zu Ende, aber Nell interessierte sich wenig dafür. Sie hatte von Marion gehört, dass Laurence wieder kurz zu Hause gewesen war, aber Nell hatte es auch so gewusst, weil sie eines Nachmittags, als sie im Garten gearbeitet hatte, dasselbe Gefühl gehabt hatte wie bei seinem letzten Besuch. Dieses Mal war ihr klar gewesen, dass er sie nicht besuchen würde, deshalb hatte sie nicht gewartet.

Die Hitze nahm zu, es wurde fast unerträglich. Nur das eiskalte Brunnenwasser brachte eine gewisse Erleichterung. Wenn es besonders heiß war, trug Nell abends die Zinkwanne nach draußen, füllte sie nach und nach mit Wasser, stellte die Öllampe auf die Schwelle der Waschküche und vergnügte sich dann nackt im kalten Wasser, bespritzte sich die Brüste und den dicken Bauch, bis sie sich so weit abgekühlt hatte, dass sie schlafen konnte. Mit dem restlichen Wasser goss sie am nächsten Tag die Blumen.

Doch trotz aller Bemühungen sahen die Kräuter Ende August ziemlich müde aus, ausgelaugt von zu viel Sonne und von der drückenden Hitze auf der Lichtung. Ernie zeigte ihr, von welchen Pflanzen sie Samen oder Setzlinge gewinnen konnte, welche draußen überwintern konnten und welche vor Frost geschützt werden mussten.

Als auf der anderen Seite des Tals die Ernte eingebracht wurde, wurde ihr bewusst, dass ihre Zeit auf dem Land dem Ende entgegenging. Es war schon über fünf Monate her, dass sie Violet das letzte Mal gesehen hatte, und in dieser Zeit hatte sich viel verändert. Sie war älter geworden, erwachsener, sie hatte die Hoffnung verloren und ihre Leidenschaft für den Garten entdeckt. Sie hatte gelernt, wie man Kräuter anbaut, und sie hatte gelernt, die Einsamkeit zu lieben.

Nur noch zwei Monate, dann war sie wieder in London. Ihr Sohn würde von einer anderen Frau in den Schlaf gewiegt werden, und sie würde wieder dort anfangen, wo sie im Oktober 1940 aufgehört hatte: Sie würde mit ihren Eltern zusammenleben und aus der Ferne um die hoffnungslose Liebe zum Mann ihrer Schwester trauern.

Die erste Septemberhälfte war trocken und warm, nur morgens und seltener auch abends lag dichter Nebel über allem. Nell hatte nicht mehr genug Kraft für schwere Arbeiten. Sie war jetzt oft unruhig, und Marion erzählte ihr, dass es bei Violet nicht anders sei und dass es in den letzten Schwangerschaftswochen eigentlich allen Frauen so gehe.

Nell hatte mehrere Tage vertrödelt, weil sie weder Lust gehabt hatte, im Garten zu arbeiten noch zu lesen. Schließlich beschloss sie, den Katalog von Thompson and Morgan durchzublättern, den Ernie ihr gebracht hatte, damit sie den Garten fürs nächste Jahr planen konnte. Obwohl sie nicht mehr hier sein würde, faszinierte es sie trotzdem und lenkte sie von den Gedanken an die Zukunft ab. Außerdem konnte sie nichts daran hindern, anderswo einen Garten anzulegen.

Immer wieder dachte sie darüber nach, was Marion gesagt hatte und ob sie ihren Vater bitten sollte, ihr Geld vorzuschießen, damit sie ins Kräutergeschäft einsteigen konnte. Möglich wäre das natürlich erst, wenn der Krieg vorbei war, also entwarf sie einstweilen alle möglichen Gartenpläne und spielte verschiedene Farbkombinationen durch.

Doch sie war auch heute unruhig, obwohl es sich eher anfühlte wie eine ständig anschwellende Woge fiebriger Vorfreude. Gegen Mitternacht dämmte Nell das Feuer ein und spritzte Wasser darauf, sie löschte die Öllampe und nahm die Verdunkelungsvorhänge ab. Dann blieb sie am Fenster stehen und horchte. Es war ruhig draußen, windstill, nur ein leises Klopfgeräusch war zu hören: Vom Strohdach tropfte Wasser auf das Blumenbeet. Sie spähte in die Dunkelheit, konnte aber nichts sehen, weil es sehr neblig war. Langsam ging sie in den Flur. In den letzten Wochen hatte sie noch einmal ziemlich zugenommen, sodass ihr die Holztreppe steiler vorkam als bisher und sie bei der engen Tür zu ihrem Schlafzimmer sogar richtig manövrieren musste. An diesem Abend kam es ihr vor, als bewege sie sich in Zeitlupe, fast wie in Trance. Vielleicht werde ich so apathisch wie Violet, dachte sie, während sie gleichzeitig dieses merkwürdig unruhige Gefühl der Vorfreude empfand.

Das Schlafzimmerfenster stand weit offen. Draußen war das Rauschen der Bäume auf der anderen Seite der Lichtung zu hören. Die Luft war diesig, feucht und kühl. Sie tastete sich am Bett entlang und beugte sich aus dem Fenster. Als sie sich mit den Händen aufstützte, spürte sie die bekannte Vibration noch stärker als sonst. Sei nicht albern, ermahnte sie sich, er kommt erst wieder hierher, wenn du fort bist. Aber sie lauschte trotzdem.

„Ich habe Laurence mitgeteilt, was wir wegen des Kindes vereinbart haben“, hatte Marion ihr vor einer Woche erzählt. „Und ich habe ihm gesagt, dass er dich auf keinen Fall hier besuchen darf. Es würde alles nur noch schwerer machen. Er findet das auch.“

Nell konnte es ihr nicht verübeln, dass sie Laurence von der Versuchung fern halten wollte. Sie wusste, dass die ganze Situation auch für Marion nicht ganz leicht war.

Plötzlich spürte Nell einen warmen Luftzug. Sie roch den Schwefelgeruch vom Feuer im Erdgeschoss. Zu dem Herzklopfen kam ein atemloses Schwindelgefühl. Sie wollte das Fenster schließen, aber weil der Eisengriff nass und rutschig war, knallte der Fensterflügel gegen den Rahmen.

„Mach das Fenster nicht zu“, hörte sie Laurences Stimme. „Bei geschlossenem Fenster kann ich nicht schlafen.“

Sie sah ihn in der Tür stehen. Um nicht gegen die niedrige Decke zu stoßen, legte er den Kopf schräg, genau wie sie es sich in ihren Träumen immer vorgestellt hatte. Er kam einen Schritt näher, und sie bemerkte, dass er von dem Nebel draußen ganz durchnässt war, seine Locken klebten in der Stirn, das Hemd hing an den Schultern. Sein Gesicht konnte Nell in der Dunkelheit nicht sehen, aber sie wusste, dass er lächelte. Sie merkte es an seiner Stimme.

Eigentlich wunderte sie sich nicht darüber, dass er gekommen war. Sie wollte etwas sagen und merkte, dass sie vor lauter Glück keinen vernünftigen Gedanken fassen konnte.

„Da bist du ja!", stieß sie schließlich hervor. „Ich habe auf dich gewartet."

„Ja, ich weiß", sagte er, noch immer mit einem Lächeln in der Stimme.

Sie ging zurück zum Bett, umklammerte mit beiden Händen den Messingknopf oben am Kopfende und stützte das Kinn auf. „Du hast deiner Mutter doch versprochen, nicht hierher zu kommen." Sie bemühte sich, vorwurfsvoll zu klingen, aber sie strahlte übers ganze Gesicht. Sie konnte nicht anders.

„Ich weiß." Er trat näher, legte die Hände auf den anderen Messingknopf und stützte wie sie das Kinn auf die Hände. „Dann musst du mir jetzt sagen, dass ich gehen soll."

„Bitte, geh."

„Nein, das meinst du nicht ernst. Ich höre dein Lächeln." Er lachte. „Nell, ich bin schrecklich müde. Können wir gleich ins Bett gehen?"

„Ja, natürlich", sagte sie und kroch schon unter die Decke. Sie beobachtete ihn, wie er seine nassen Sachen auszog. Als er zu ihr ins Bett schlüpfte, sog sie glücklich seinen Geruch ein. Er roch nach Pfeifenrauch und nach nassen Haaren, nach feuchter Haut und Karbolseife. Zärtlich schmiegte er sich an sie, schlang seine Arme um sie und legte seine Wange an ihre. „Ach, Nell …", murmelte er und schlief ein.

Nell lag da, horchte auf ihr pochendes Herz und auf Laurences regelmäßige Atemzüge. Sie wusste nicht, was die Zukunft bringen würde, aber es schien nicht mehr wichtig. Endlich war er wieder da, wohin er gehörte. Morgen, dachte Nell, morgen sprechen wir über alles. Dann schlief auch sie ein.

ES WAR ein trüber Morgen. Laurence schlief an ihrer Schulter, aber Nell richtete sich vorsichtig auf und sah ihn genau an. Er hatte tiefe Falten um Augen und Mund. Seine dichten Augenbrauen waren dunkel, aber seine Locken bekamen schon graue Strähnen, sodass er älter aussah, als er war. Er lächelte im Traum, wodurch die scharfen Linien an den Mundwinkeln etwas weicher wirkten. Als sich Nell vorbeugte, um sein Gesicht zu berühren, schlug er die Augen auf.

„Liebste", sagte er und lächelte sie an.

Es war, als hätten sie sich stillschweigend darauf geeinigt, nicht miteinander zu schlafen. Sie küssten sich auch nicht, jedenfalls nicht auf den Mund. Aber sie berührten sich, sie streichelten sich, sie kuschelten sich aneinander, Haut an Haut. Und sie schauten sich lange und forschend an. Es war schon nach zehn Uhr, als sie schließlich aufstanden. Nell merkte, dass ihr ganz schwindelig war vor Glück.

„Ich wollte eigentlich nach Old Hall gehen", sagte Laurence, „aber ich hatte es nicht geschafft, rechtzeitig anzurufen und mein Kommen anzukündigen. Und gestern habe ich dann auch noch meine Uniformjacke verlegt, deshalb musste ich zuerst hierher kommen."

„Was hat deine Uniformjacke damit zu tun?"

„Ich habe keinen Glücksbringer mehr! Ich trage ihn immer in meiner Jackentasche, und ohne ihn kann ich nicht fliegen."

Sie saßen am Herd. Laurence hatte eine Gabel mit langem Griff in der Hand und bräunte damit eine Scheibe Toast, während Nell an ihrem Tee nippte und ihm zusah.

„Ich habe dir ein Taschentuch gestohlen", gestand er. „Weißt du noch, wie ich an deinem Koffer stand? Da habe ich es eingesteckt. Der erste Buchstabe deines Namens ist eingestickt."

Nell wusste noch, dass er damals schuldbewusst zusammengezuckt war, als sie ins Schlafzimmer gekommen war, aber es war ihr nicht aufgefallen, dass eines ihrer Taschentücher fehlte.

„Ich brauche einen Ersatz. Wenn ich ohne meinen Glücksbringer fliege …" Er ließ den Satz unvollendet.

„Also gut", sagte Nell. „Du bekommst ein neues, aber dann musst du gehen. Deine Mutter kommt nachher. Du möchtest doch sicher nicht, dass sie dich hier trifft, oder?"

„Sie muss es ohnehin früher oder später erfahren. Genau wie Violet."

„Laurence! Du hast doch gesagt –"

„Ja." Er nahm jetzt eine Scheibe Brot von der Gabel und legte sie auf den Teller. „Ich weiß, aber ich habe es mir anders überlegt. Ich muss Violet sagen, dass ich nicht bei ihr bleiben kann."

„Aber das geht nicht!"

„Doch, es geht. Ich habe alles genau durchdacht. Seit Monaten denke ich darüber nach, immer im Kreis." Er schaute Nell an. „Egal, wie ich mich entscheide, es wird einer von uns leiden. Entweder du oder Violet. Aber wenn ich bei Violet bleibe, füge ich euch beiden Schmerz zu. Deshalb werde ich der Quälerei ein für alle Mal ein Ende setzen.“ Er klang selbstsicher, klar. „Ich weiß, dass ich für diese verteufelte Situation verantwortlich bin, aber ich komme immer wieder an den Punkt, der der einzige ist, der wirklich zählt: Ich liebe dich. Und ich kann nicht bei Violet bleiben, weil ich sie nicht liebe. Zuerst hatte ich gehofft, es könnte leichter für mich werden, wenn du nicht da bist, weil dann alles nicht so kompliziert ist, aber es wurde nur noch schlimmer. Und Violet ist auch nicht glücklich. Sie weiß nur nicht genau, was los ist. Ich habe mir große Mühe gegeben. Aber ich liebe sie nicht, und sie spürt es.“

„Sie ist deine Frau. Und sie ist die Mutter deines Kindes.“

Er legte ihr die Hand auf den Mund. „Nell …“ Er nahm ihr die Teetasse aus der Hand und stellte sie auf den Boden. „Erinnerst du dich, wie wir das letzte Mal hier waren? Erinnerst du dich, wie wir uns gefühlt haben?“

„Ja“, flüsterte Nell mit feuchten Augen.

Er beugte sich vor und nahm ihre Hände. „In der Nacht bevor wir uns hier geliebt haben, habe ich mit meiner Frau geschlafen.“ Er umschloss ihre Handgelenke und zwang sie, ihm zuzuhören. „Sie fühlte sich elend, sie sagte, ich würde sie nicht mehr lieben. Ich habe mir eingeredet, es könne etwas helfen, wenn wir uns körperlich nahe sind, aber es hat nichts geändert, sondern die Kluft eher noch vertieft, und am nächsten Tag hatte ich einen Vergleich, am nächsten Tag habe ich mit dir erlebt, wie es sein kann. Und jetzt klafft ein tiefer Abgrund zwischen Violet und mir, und ich kann ihn nicht überbrücken. Seit wir beide, du und ich, zusammen hier gewesen sind, weiß ich, dass ich aufhören muss, mir etwas vorzumachen.“

„Wann hast du gemerkt, dass du mich liebst?“, fragte Nell.

Laurence lächelte liebevoll. „An meinem Hochzeitstag, als Violet uns miteinander bekannt gemacht hat. Weißt du noch? Der Fotograf wollte uns gerade für ein Gruppenbild aufstellen, und du wolltest dich an die Seite drücken. Deshalb hast du mich gar nicht bemerkt. Schon da habe ich es gewusst. Und du, wann hast du es gewusst? Wann hat der Blitz eingeschlagen? Wie hast du es gemerkt? Was hast du empfunden? Sag es mir, sag mir alles, beschreibe jede Einzelheit, jeden Blick, jede Berührung.“

„Beim Empfang. Da habe ich dich das erste Mal richtig ansehen können und dich sprechen gehört. Du hast mit Violet getanzt, und dann hast du zu mir herübergeschaut und gelächelt. Den Abend über habe ich mich dann so in meine Gefühle hineingesteigert, dass ich rausgehen musste, weil ich so eifersüchtig war."

„Ich habe nichts davon gemerkt! Jedes Mal wenn ich deinen Blick gesucht habe, hast du weggeschaut. Ich habe gedacht, du kannst mich nicht leiden."

„Dann bist du blind, Laurence Palmer."

Laurence neigte den Kopf nach vorn, bis seine Stirn ihre Haare berührte. „Ich bin so dumm gewesen", sagte er und streichelte ihre Hand.

Nell legte ihm die Finger auf die Lippen, um ihn zum Schweigen zu bringen. Sie hatten einander ihre Sünden gebeichtet, aber Nell wusste, dass Beichten nicht notwendigerweise zur Vergebung führt. Violet war mit ihnen im Raum, trotz ihrer standhaften Weigerung, Malletts Cottage zu betreten. Sie würde immer da sein, bis sie auch ihr alles erzählt hatten und sie ihnen vergeben hatte.

„Ich muss es zu Ende bringen", erklärte Laurence, als hätte er Nells Gedanken gelesen. „Ich muss es Violet selbst sagen, das bin ich ihr schuldig."

„Laurence", sagte Nell hilflos.

„Nicht jetzt gleich. Heute möchte ich hier bei dir sein. Nell, ich liebe dich. Und jetzt bist du dran. Du hast es noch nie gesagt."

„Ich liebe dich."

„Wenn du mich liebst, dann sag mir, dass ich bleiben kann."

Sie sagte Ja. Sie hatte sich so lange und so heftig nach ihm gesehnt, sie hatte jetzt nicht mehr die Kraft, etwas anderes zu sagen.

Er redete und schmiedete Pläne für ihre gemeinsame Zukunft. Sobald dieser schreckliche Krieg vorüber war, konnten sie ein neues Leben anfangen. Vielleicht nach Kanada auswandern. „In meinem Geschwader ist ein Kanadier", erzählte er. „Er sagt, dort kann man gut leben, denn wenn dieser Spuk hier vorbei ist, wird man Flugzeuge bauen, mit denen die Menschen überallhin fliegen können. Und dann braucht man dringend qualifiziertes Personal."

Er sah sich als Pionier der zivilen Luftfahrt, und Nell saß lächelnd daneben und hörte ihm zu. Sie stellte keine Fragen. „Heißt das, du kommst mit?", fragte er, ihr Schweigen als Zustimmung deutend. „Nell, das ist fantastisch!" Sie ließ sich von seiner Begeisterung mitreißen, weil sie es war, mit der er dieses Leben teilen wollte.

Er hatte an alles gedacht. Er wollte dafür sorgen, dass Violet abgesichert war. „Ich finde es furchtbar, dass ich ihr wehtun muss", sagte er,

„aber auf lange Sicht würde ich ihr mehr Schmerz zufügen, wenn ich bei ihr bliebe. Sie will bestimmt nicht, dass ich mit ihr zusammenlebe, wenn sie weiß, dass ich sie nicht liebe."

Nell schluckte ihre Bedenken hinunter. In diesem Moment fiel es ihr leicht zu glauben, dass alles gut gehen würde. Morgen, nahm sie sich vor, morgen werde ich ihm sagen, dass es vielleicht doch alles nicht so einfach ist, wie er sich das denkt. Wer weiß, vielleicht würde sich Violet dafür entscheiden, bei ihm zu bleiben, wenn er sie vor die Wahl stellt. Morgen sage ich ihm, dass er nicht nur Violet verlassen wird, sondern auch ihr gemeinsames Kind. Aber heute will ich den Zauber genießen, heute möchte ich den Traum Wirklichkeit sein lassen.

NACHDEM sie das Frühstücksgeschirr weggeräumt hatten, gingen sie nach draußen, weil Nell ihm ihren Kräutergarten zeigen wollte. Gemeinsam gingen sie von Beet zu Beet, und Nell erklärte ihm ihre Arbeit. Sie erzählte ihm von ihrer Idee, die Kräuter als Lebenserwerb anzubauen.

Nach dem heißen, trockenen Sommer hatten die Pflanzen gelitten. Die Kräuter beim Teich – Myrrhenkerbel, Kresse, grüne Pfefferminze, wilder Knoblauch und Engelwurz – waren am meisten mitgenommen. Nell hatte sie in der Nähe des Wassers angepflanzt, weil sie feuchten Boden brauchten, aber durch die andauernde Hitze war der Wasserspiegel fast einen halben Meter gesunken, und nun war alles ausgedörrt. Nell nahm einen Stock und beugte sich über den Uferrand, um ein Herz in den weichen Lehmboden zu zeichnen. Das inspirierte Laurence dazu, den Abhang hinunterzuklettern und in wunderschönen Großbuchstaben zu schreiben: NELL IST MEINE WAHRE LIEBE. Als er wieder hinaufkletterte, glitt er aus und verwischte dabei das N von NELL und das T von IST, sodass es jetzt so aussah, als stünde da ELLIS MEINE WAHRE LIEBE.

„Ellis?", rief Nell, die empörte Geliebte spielend. „Kannst du mir bitte sagen, wer Ellis ist?"

„Ellis ist doch ein schöner Name!", erwiderte Laurence lachend. „Wir nennen unser Kind Ellis. Das passt, egal, ob Junge oder Mädchen. Was hältst du davon?"

Die ganzen letzten Wochen hatte Nell damit verbracht, sich an den Gedanken zu gewöhnen, das Kind weggeben zu müssen. Jetzt konnte sie ihre Tränen nicht mehr zurückhalten.

„Nell, Liebste!" Laurence war ganz erschrocken. „Weine nicht. Bitte, wein doch nicht! Es wird alles gut, ich schwöre es dir. Ganz bestimmt."

Tröstend legte er die Arme um sie und drückte sie an sich, was bei ihrem dicken Bauch gar nicht so leicht war. Dann nahm er ihr Gesicht zwischen beide Hände und küsste sie zum ersten Mal seit seiner Ankunft auf den Mund. Und nachdem sie einmal angefangen hatten, konnten sie nicht mehr aufhören.

ALS MARION am späten Abend, ohne zu klopfen, das Wohnzimmer betrat, saßen sie nebeneinander am Tisch und studierten Nells Gartenpläne, redeten darüber, welche Möglichkeiten es wohl gab, in Kanada Land zu kaufen, überlegten sich, wie sie das Kräutergeschäft aufziehen konnten. Fast als ob Marion sie oben im großen Eisenbett ertappt hätte, schreckten sie schuldbewusst hoch. Mit Marion wehte der eisige Wind der Wirklichkeit ins Haus.

„Meine Schuhe sind völlig durchnässt", verkündete Marion. „Ich hatte gedacht, zur Abwechslung fahre ich direkt bis ans Haus, aber dein Wagen", sie warf Laurence einen bösen Blick zu, „steht unter den Bäumen und blockiert alles. Deshalb musste ich bei der Dunkelheit über die Wiese gehen."

Nell stand auf. „Möchtest du etwas trinken?"

„Ja, einen Whisky", antwortete Marion kühl. „Ein großes Glas Whisky, wenn ich bitten darf." Sie nahm den Stuhl, von dem Nell gerade aufgestanden war, und setzte sich zu ihrem Sohn an den Tisch. „Weiß Violet, dass du hier bist?"

„Nein." Laurence stand auf und trat ans Fenster. „Aber dir kann ich es ja schon sagen. Es ist vorbei, Mama. Ich will kein Theater mehr spielen."

„Aha." Mit einem kurzen Nicken nahm Marion von Nell das Glas Whisky entgegen. „Und hast du Violet deine Entscheidung schon mitgeteilt?"

„Noch nicht."

Nell hielt sich im Hintergrund und beobachtete Mutter und Sohn. Wie verschieden sie waren! Und doch konnten sie beide so stur, so halsstarrig sein. Nell war noch ganz erschöpft von ihrem Nachmittag im Bett. Es war eine wunderbare Mischung aus überwältigenden Gefühlen und komischen Einlagen gewesen, weil ihnen ihr dicker Bauch immer wieder im Weg gewesen war. Sie hatte zwar versucht, ihr schlechtes Gewissen zu ignorieren, aber ganz war es ihr nicht gelungen. Jetzt fühlte sie sich förmlich zerrieben zwischen Marions kompromissloser Sicht der Dinge und den berauschenden Glücksgefühlen, die sie mit Laurence erlebt hatte. Wie furchtbar, dachte sie, während sie dem Streit zwischen Laurence und seiner Mutter zuhörte, was für eine ausweglose Situation!

Laurence schaute seine Mutter an. „Ich erwarte nicht, dass du mich verstehst, geschweige denn, dass du mir hilfst. Aber ich kann nicht anders. Ich werde Nell nicht aufgeben."

Marion war unglaublich aufgebracht. „Du hast den Gedanken noch nicht zu Ende gedacht. Du hast dir nicht richtig überlegt, welche Konsequenzen dein Verhalten hat."

„Doch." Laurence holte seine Pfeife aus der Tasche. „Seit Monaten tue ich nichts anderes, als über diese Fragen nachzudenken." Er stopfte die Pfeife, drückte den Tabak mit dem Daumen fest und holte sich einen Holzspan aus dem Kasten. „Ich habe keine ideale Lösung gefunden. Ich glaube auch nicht, dass es eine gibt, jedenfalls keine, bei der niemand leidet. Aber wenn ich mich für Nell entscheide, dann kann sie wenigstens ihr Kind behalten." Er zündete den Span am Feuer an und sog die Flamme in den Tabak. Eine duftende Rauchwolke stieg auf.

Einen Moment lang war Marion sprachlos. „Und was ist mit deinem anderen Kind? Ob Junge oder Mädchen, es ist auf jeden Fall dein eheliches Kind und Erbe deines Besitzes."

Laurence sah sie kühl an. „Und was ist, wenn ich das Gut gar nicht möchte?"

„Wie bitte?" Marion starrte ihn entsetzt an. „Was soll das heißen? Was denkst du wohl, warum ich all die Jahre dafür gesorgt habe, dass es erhalten bleibt? Doch nur deinetwegen! Laurence, das kannst du nicht machen! Ich erlaube nicht, dass du alles wegwirfst, nur weil du denkst, du hast die große Liebe gefunden."

„Ich denke nicht, dass ich die große Liebe gefunden habe, ich weiß es!" Er setzte sich wieder zu seiner Mutter an den Tisch.

„Aber hier geht es nicht um Liebe, sondern um Pflicht, um Moral und Anstand, um richtig und falsch."

„Mama, nachdem du fünfunddreißig Jahre mit meinem Vater zusammengelebt hast, willst du mir wahrhaftig vorschreiben, dass ich bei Violet bleibe, obwohl ich eine andere liebe? Willst du, dass ich Violet das antue? Gerade du müsstest doch wissen, wie sich das anfühlt."

Damit hatte er offensichtlich einen Nerv getroffen. Marion wurde totenbleich. Sie kippte den Rest ihres Whiskys hinunter und erhob sich. „Wie kannst du es wagen!", zischte sie. „Wie kannst du es wagen, mit mir so über deinen Vater zu sprechen!" Plötzlich traten ihr Tränen in die Augen. Sie machte einen Schritt rückwärts, sodass ihr Stuhl umkippte.

„Von mir wirst du keine Hilfe bekommen! Wenn du auf dieser Entscheidung bestehst, dann mach dich darauf gefasst, dass ich dich auf allen Ebenen bekämpfen werde!"

„Es tut mir Leid", sagte Laurence. „Es tut mir wirklich sehr Leid."

Sie antwortete nicht, sondern drehte sich um und ging. Die Haustür fiel ins Schloss, und Marion war verschwunden.

„Das hab ich gut gemacht, findest du nicht?", fragte er sarkastisch.

Nell löste sich von der Wand. „Was hast du mit der Anspielung auf deinen Vater gemeint?"

„Ich hätte es nicht sagen dürfen. Ich wollte sie zwingen, mich zu verstehen, aber es war zu verletzend."

„Wieso?"

„Papa." Er ließ sich auf den Ledersessel sinken. „Sie hat ihn nicht nur geheiratet, weil er einen guten Namen und ein großes Haus hatte. So stellt sie es zwar immer dar, aber sie hat ihn aus Liebe geheiratet. Sie hat ihn angebetet! Ich weiß noch, als ich klein war, war mein Vater eigentlich die ganze Zeit unterwegs. Er nahm die geschäftlichen Verpflichtungen als Ausrede dafür, ständig in London zu sein. Oft kam er nur am Wochenende nach Hause. Meistens war er bei seiner Geliebten. Bis heute."

„Oh." Nell war schockiert.

„Er ist seit vielen Jahren mit ihr zusammen. Die Frau ist natürlich auch verheiratet. Ganz London weiß Bescheid, aber der Skandal ist schon so alt, dass sich niemand mehr darum kümmert."

„Und Marion hat ihm die Erlaubnis gegeben", sagte Nell. Was hatte Marion gesagt? „Ich versprach ihm, dass er tun und lassen kann, was er will." Kein Wunder, dass sie so wütend auf Laurence war, denn sie identifizierte sich mit Violet, mit der betrogenen Ehefrau.

„Verstehst du jetzt, warum ich glaube, dass wir sie nicht auf unsere Seite kriegen werden?"

„Ja." Nell setzte sich in den Schaukelstuhl am Herd. „Laurence, ich weiß nicht, ob ich das alles schaffe."

„Du schaffst es!" Es klang, als ob er genug davon hatte, immer wieder dasselbe zu diskutieren. „Ich weiß vor allem eins: Ich kann nicht mehr mit Violet zusammenleben."

AN DIESEM Abend sprachen sie nicht mehr darüber. Sie schoben das Thema weg und gingen ins Bett, auch am nächsten Tag vermieden sie es.

Morgens schlenderten sie über die Lichtung, inspizierten das Gemüsebeet, die Kräuter. Laurence erntete zwei Reihen Kartoffeln und eine Reihe Karotten. Daraus bereitete Nell zum Mittagessen Kartoffelpuffer mit Karotten zu, nach einem Rezept, das sie im vergangenen Februar im Dower House zum ersten Mal ausprobiert hatte. Es kam ihr vor, als sei das hundert Jahre her, in einem anderen Leben.

Den ganzen Nachmittag lagen sie in der warmen Spätsommersonne auf einer Wolldecke und redeten leise über den Krieg und wie die Welt danach wohl aussehen würde. Hätte nicht eine verirrte Biene sie gestört, wäre Nell nicht aufgestanden. Und dann hätte sie auch Ernie Beale nicht bemerkt, der eilig zurück nach Old Hall radelte.

„Er erzählt keinem was. Ich kenne ihn", sagte Laurence beruhigend. Er schlang die Arme um die Knie und stützte das Kinn auf. „Ernie hat einmal die Frau eines anderen geliebt."

„Ernie?", fragte Nell ungläubig. „Red doch nicht solchen Unsinn."

„Warum soll das Unsinn sein? Weil er keine einundzwanzig mehr ist und nicht gerade eine Augenweide?"

Nell verzog das Gesicht. „Wenn es nur aufs Aussehen ankäme, wärst du jetzt nicht hier. Du wärst auf Old Hall bei Violet."

„Aber du bist unendlich viel schöner als Violet!", rief Laurence.

„Sei nicht albern."

„Ich bin nicht albern. Du hast etwas Besonderes. Ich liebe dein Gesicht." Er beugte sich zu ihr hinunter, um sie zu küssen. „Ich fand dich gleich schön, als ich dich das erste Mal gesehen habe: deine Mundform, die Art, wie sich die Haare um dein Gesicht kräuseln, deine Augen – einfach alles. Früher habe ich nur auf das Äußere geachtet, und wenn ein Mädchen kein hübsches Gesicht hatte, war ich nicht interessiert. Aber mit der Zeit merkt man, dass das, was aus dem Mund einer Frau kommt, wichtiger ist als der Mund selbst. Und wenn man das erst einmal begriffen hat, sind die konventionellen Schönheitsideale nicht mehr wichtig."

„Warum hast du dann Violet geheiratet?"

„Weil ich betrunken war", antwortete er. „Weil ich jemanden haben wollte, zu dem ich zurückkommen kann, für den es sich lohnt, am Leben zu bleiben. Weil ich Angst hatte. Bei Ernie war es anders." Er strich ihr mit den Fingern übers Gesicht. „Oder vielleicht war es auch gar nicht so anders. Als er die Frau kennen lernte, mit der er den Rest seines Lebens verbringen wollte, gehörte sie schon einem anderen."

„Der arme Ernie", murmelte Nell.

„Ja, der arme Ernie." Laurence pflückte einen Grashalm und knickte ihn immer wieder. „Einmal habe ich ihn gefragt, ob er etwas anders machen würde, wenn er sein Leben noch einmal von vorn anfangen könnte."

„Und was hat er geantwortet?"

„Er hat gesagt: ‚Wenn ich die Zeit zurückdrehen könnte, würde ich abhauen, solange es noch geht.' Ich bin mir nicht sicher, ob er überhaupt wusste, dass ich die Geschichte kenne. Mein Kindermädchen hatte sie mir erzählt. Aber ich glaube, wenn er eine zweite Chance bekommen hätte, dann hätte er seine Geliebte genommen und wäre mit ihr durchgebrannt, ohne Rücksicht auf Verluste."

Laurence stützte sich auf einen Ellbogen und beugte sich über Nell, sodass ihr Gesicht im Schatten war. „Und deswegen wird er uns nicht verraten, mein Schatz", sagte er leise.

SIE GINGEN früh ins Bett, weil Laurence am nächsten Morgen mit Anbruch der Dämmerung aufstehen musste. Ehe sie sich auszog, suchte Nell in der obersten Schublade nach einem Taschentuch als Ersatz für den Glücksbringer, den Laurence verloren hatte. Aber Laurence schüttelte den Kopf. „Ich habe gelogen", sagte er. „Es war nur ein Vorwand, weil ich dich unbedingt sehen wollte." Er zog Nells ordentlich zusammengefaltetes Taschentuch mit dem Monogramm aus der Hosentasche. Dann steckte er es behutsam wieder ein und begann sich auszuziehen. „Ich freue mich schon auf das nächste Mal", sagte er, als er zu ihr ins Bett kletterte. „Denn wenn ich das nächste Mal zu dir komme, heißt das, ich komme nach Hause."

Mitten in der Nacht weckte er sie, weil er mit ihr schlafen wollte. Sie reagierte ein bisschen schläfrig. „Sag Ja, Nell", murmelte er heiser. „Sag ein für alle Mal Ja."

„Ja", sagte sie.

DANACH lag Nell noch lange wach, während Laurence sanft und selig neben ihr schlief. Sie spürte seinen Körper warm an ihrem, hörte seinen Atem und in der Ferne das Rauschen der Bäume. Sie hatten alle Brücken hinter sich abgebrochen und sich einander versprochen, mit Körper und Seele. Ein Zurück gab es nicht. Wie hatte es nur so weit kommen können? Sie war kein schlechter Mensch, und Laurence war ein aufrechter, ehrlicher Mann, der niemandem etwas zuleide tun wollte. Und doch zwang ihn seine Liebe zu einer schrecklichen Entscheidung. Würde er den Mut dafür aufbringen? Wenn es doch einen besseren Weg gäbe! Sie dachte daran, wie oft es vorkam, dass die

Liebe zwischen einem Mann und einer Frau abkühlte. Man musste sich nur ihren Vater anschauen, der von seiner ehrgeizigen, streitsüchtigen Frau ständig gepiesackt wurde. Hatte sich ihr Vater schon einmal überlegt, sie zu verlassen? Oder Marion Palmer ihren treulosen Ehemann? Diese Frage brachte Nell wieder zu Violet und ihren eigenen Schuldgefühlen. Sie wusste keine Antwort, aber sie wollte Laurence, sie wollte ihr Kind, und sie wollte das Glück, von dem sie nie zu träumen gewagt hatte.

AM MORGEN lag wieder dichter Nebel über der Lichtung. Als sie sich an der Haustür verabschiedeten, weinten sie beide. Laurence stapfte durch das feuchte Gras und verschwand bald im Nebel. Nell hörte, wie er ein paarmal vergeblich versuchte, den feuchten Motor zu starten, bis er ihn schließlich ankurbelte und losfuhr. Sie horchte so lange, bis sie nur noch die Tropfen hörte, die von den Bäumen ins Gras fielen. Dann schloss sie die Tür und ging wieder ins Bett.

JETZT war es bald so weit. Sie fühlte sich schwer, unbeholfen und hatte ständig Rückenschmerzen. Violet ging es auch nicht besonders gut, berichtete Marion, ihre Handgelenke und ihre Knöchel seien geschwollen, und sie habe dauernd Kopfschmerzen. Marion war kühl und distanziert, kam aber trotzdem jeden Tag vorbei, um nach Nell zu sehen und ihr Petroleum und Lebensmittel zu bringen. Nell hatte jetzt das Gefühl, dass sie alles ertragen konnte, sogar Marions vorwurfsvolle Miene, denn es gab eine Zukunft, auf die sie sich freuen konnte. Und dennoch war sie ungeduldig. Sie wartete auf Nachricht von Laurence, der ihr versprochen hatte, möglichst bald Fronturlaub zu nehmen. Wenn er das nächste Mal kam, wollte er endlich mit Violet sprechen. Bis das geschehen war, war sich Nell nicht sicher, dass er wirklich ihr gehörte.

Der September ging zu Ende. Die Brombeersträucher hingen voll mit dunklen Beeren, und die Wildgänse rauschten mit lautem Flügelschlag ihrem Winterquartier im Süden entgegen. Ernie hatte das Gemüsebeet schon abgeräumt, nur der Rosenkohl und ein paar andere Kohlsorten waren noch da. Bei seinem letzten Besuch hatte er Nell ein Geschenk mitgebracht: eine braune Papiertüte mit verkrusteten Wurzelknollen. „Alpenveilchen“, hatte er gesagt. „Die blühen im Januar, schöne rosarote Blüten, genau dann, wenn man ein bisschen Aufmunterung braucht.“

Wo mochte sie nächsten Januar wohl sein? In Kanada, in ihrem neuen Leben? Ihr Kind, ihr Sohn, war dann schon auf der Welt. Sie fand den Gedanken unglaublich spannend, und ihre Schuldgefühle wurden immer schwächer, je mehr sie sich daran gewöhnte, sich eine Zukunft mit Laurence vorzustellen.

Doch dann kam die Nacht, in der sie aus dem Schlaf hochschreckte und von einer schrecklichen Vorahnung erfüllt war. Sie zitterte richtig vor Angst. Nach einer Weile ließ die Angst nach, aber zurück blieb eine grundlose tiefe Trauer, die auch am nächsten Tag nicht weichen wollte.

ALS MARION in der Tür erschien, saß Nell am Tisch und studierte Laurences alten Schulatlas. Mit dem Finger fuhr sie die Grenzen, die Flüsse und Gebirgszüge Kanadas nach und las sich dabei laut und feierlich die Namen vor: „Alberta, Saskatchewan, Manitoba …“

Wortlos legte Marion einen Brief auf den Tisch, tätschelte ihr unbeholfen die Schulter und ging mit leisen Schritten wieder hinaus. Nell starrte verdutzt auf den Brief. Er war an Violet adressiert. Beim ersten Lesen verstand sie kein Wort. Sie musste ihn noch einmal und ganz langsam lesen, bis sie begriff, was darin stand.

Dann schob sie den Brief weg und lehnte sich zurück. Die Trauer, deren Grund sie nun kannte, breitete sich über alles wie eine schwarze Wolke.

SPÄTER wusste sie nicht, wie lange sie so dagesessen hatte. Das Licht hatte sich verändert, das Feuer war fast erloschen. Als sie die Beine ausstreckte, merkte sie, dass sie ganz steif waren. Sie stand auf, um das Feuer anzufachen, und dann holte sie ihr Tagebuch aus dem Brotofen.

Lange, lange grübelte sie, wie sie ihre Gefühle beschreiben sollte, aber sie war überfordert, ihr Kopf funktionierte nicht richtig, deshalb nahm sie den Brief und schrieb ihn ab, Wort für Wort.

Danach klappte sie das Heft zu und steckte es wieder in den Ofen. Sie tastete nach Laurences Pfeife, die sie vor Monaten dort versteckt hatte. Mit der Pfeife in ihren Händen setzte sie sich in den Sessel. Das war alles, was ihr von ihm geblieben war: der Geruch von kaltem Tabak und ein Stück Papier, dessen Wortlaut sie bis an ihr Lebensende nicht vergessen würde.

KAPITEL 6

Ellis wanderte von Raum zu Raum und rief immer wieder Joes Namen. Sie schluchzte laut, und sie hatte das Gefühl, dass die Einsamkeit sie erdrücken müsse, aber als sie ihn über die Lichtung kommen sah und zur Tür rannte, um ihn hereinzulassen, stand nicht Joe auf der Schwelle, sondern Laurence Palmer. Sie wusste gleich, dass er es war, obwohl sie sein Gesicht nicht richtig sehen konnte. „Was tust du hier?“, rief Ellis. Sie war sauer, weil er gekommen war und nicht Joe. Sie wollte ihm den Weg verstellen, da wankte er und löste sich im Nebel auf. Laut fiel die Tür ins Schloss.

Ellis schreckte hoch und blickte sich verwirrt um. Sie saß noch immer auf der Treppe. Nells Tagebuch lag mit den Seiten nach unten auf dem Fußboden neben ihr. Vom Wohnzimmer drang Licht in den Flur. Sie schaute auf die Uhr. Es war kurz vor sieben. Sie hob das Tagebuch auf, fand die Stelle und starrte verschlafen auf die Seite, auf die Nell in Großbuchstaben geschrieben hatte:

TELEGRAMM, DIENSTSACHE. 2. OKTOBER 1941. MITTEILUNG DES LUFTFAHRTMINISTERIUMS. BEDAUERN, IHNEN MITTEILEN ZU MÜSSEN, DASS IHR EHEMANN, MAJOR LAURENCE PALMER, SEIT DEM LUFTANGRIFF AM 20. SEPTEMBER 1941 ALS VERMISST GILT.

Sie hatte diese Worte spätnachts noch gelesen und sich dann auf die Stufen gesetzt, weil sie so erschrocken war und vor Müdigkeit kaum die Treppe hinaufkam. Irgendwann so gegen drei Uhr musste sie eingeschlafen sein, aber Nell und Laurence waren ihr bis in den Traum gefolgt.

Sie ging in die Küche und machte sich ein kleines Frühstück zurecht, doch sie fühlte sich nicht besonders gut und merkte, dass sie nicht genug geschlafen hatte. Also beschloss sie, aus dem Haus zu gehen und etwas Konstruktives zu tun, damit sie nicht mehr dauernd an die Geschichte denken musste. Um acht Uhr war sie so weit. Sie nahm ihre Schlüssel und ging zur Haustür. Als sie im Hinausgehen die Wand berührte, glaubte sie, ein leichtes Vibrieren zu spüren. Erschrocken zog sie die Hand zurück.

So geht es einem, wenn man die halbe Nacht wach bleibt und die Geheimnisse anderer Menschen liest, dachte sie, während sie durch das taufeuchte Gras zu ihrem Auto ging. Man fängt an, an Geister zu glauben. Bei der Lektüre von Nells Tagebuch hatte sie oft das Gefühl, als würde sie jemanden belauschen, aber sie hatte trotzdem immer weitergelesen.

Sie nahm sich vor, das Tagebuch wegzulegen, damit sie nicht noch einmal der Versuchung erlag, so tief in die Vergangenheit einzutauchen. Aber Nell hatte ihren Namen auf das Paket geschrieben! Also war es ihr wichtig gewesen, dass Ellis ihre Aufzeichnungen las. Aber warum?

Als sie den Zündschlüssel einsteckte, merkte sie, dass ihre Hand zitterte. Was war mit Ellis geschehen, Nells unehelichem Sohn? Und weshalb hatte Nell für sie denselben Namen ausgewählt?

Es war ein schöner Tag. Die Sonne kletterte immer höher, der Himmel war diesig blau. Ellis beschloss, zuerst einkaufen zu gehen und dann ihre Mutter zu besuchen, um ihr von der Schwangerschaft zu erzählen. William wollte sie es erst später sagen, sie redete lieber mit ihm allein.

Joe war inzwischen sicher aus Yorkshire zurück. Ob er gleich nach seiner Ankunft bei ihr vorbeigeschaut hatte? Hatte er erleichtert aufgeseufzt, als er merkte, dass sie fort war? Oder spürte er vielleicht doch ein leises Bedauern? Sie kniff die Augen zusammen, versuchte sich sein Gesicht vorzustellen, und plötzlich überkam sie ein Gefühl der Wärme, das nur Joe in ihr wecken konnte. Es ist besser, wenn du allein bist, sagte sie sich. Vor der Beziehung mit Joe ist dein Leben doch auch in geregelten, berechenbaren Bahnen verlaufen.

Es gab genug Frauen, die weniger klug und materiell schlechter abgesichert waren als sie und die es trotzdem schafften, ganztags zu arbeiten und gleichzeitig für eine Familie zu sorgen, ohne dass ein Mann sie unterstützte. Sie wusste, dass sie das auch schaffen konnte, aber sie vermisste Joe so schrecklich …

Tief in Gedanken erledigte sie ihre Einkäufe und lud alles in den Kofferraum. Es war schon nach zehn Uhr, als sie wieder aus Ipswich hinausfuhr. Allmählich wurde es heiß, die Sonne flimmerte schon auf dem Asphalt. William arbeitete jetzt, also war ihre Mutter allein zu Hause. Es wurde ernst.

ALS SIE sich der Kirche oben auf dem Hügel näherte, fühlte sie sich plötzlich erschöpft. Sie hielt am Straßenrand gegenüber vom Friedhofstor, lehnte sich zurück und schloss die Augen. Nur ein paar Minuten wollte sie ausruhen.

Sie war schon lange nicht mehr in einer Kirche gewesen. Aber heute sehnte sie sich zum ersten Mal seit Jahren nach dem Frieden, den nur die Stille eines leeren Gotteshauses vermitteln kann. Sie stieg aus, ging über die Straße und betrat den Friedhof.

Die Kirche war nicht verschlossen. Drinnen war die Luft angenehm kühl und belebend. Sie sah sich um und ging langsam auf den Altar zu. Und plötzlich sah sie etwas, worauf sie nicht gefasst war.

Der Name Laurence Palmer stand auf der Ehrentafel. Es war eine Liste von fast sechzig jungen Männern, die in den beiden Weltkriegen ihr Leben gelassen hatten. Die Holztafeln hingen nebeneinander an der weiß gestrichenen Wand. Die fünfunddreißig Namen auf der ersten Liste waren die Gefallenen aus dem Ersten Weltkrieg. Auf der zweiten standen vierundzwanzig Namen, Menschen, deren Leben ausgelöscht worden war im Krieg von 1939 bis 1945. In der letzten Spalte, etwa auf halber Höhe, war der Name ihres Großvaters in säuberlichen Großbuchstaben ins Holz geritzt: PALMER, L., ein Opfer des Krieges wie alle anderen auch.

Da stand sie in dieser schlichten Dorfkirche und versuchte sich vorzustellen, was diese Verluste für die Menschen im Dorf bedeutet hatten; nicht nur für Nell, auch für die anderen, für die Mütter und Väter, für die Frauen und die Kinder. Tränen stiegen ihr in die Augen. Als sie schließlich aus der dämmrigen Dunkelheit wieder ins strahlende Sonnenlicht hinaustrat, war sie so geblendet, dass sie kurz die Augen schließen musste.

Sie machte sich daran, die Namen auf den alten Grabsteinen zwischen dem hohen Gras zu studieren. Sie entdeckte Namen, die sie aus Nells Tagebuch kannte, aber Laurences Grab konnte sie nicht finden. War er vielleicht in Frankreich begraben? Lag er auf dem Grund der Nordsee oder tief in einem fernen Moor in Norfolk?

Sie musste an das Kind denken, das wie sie den Namen Ellis bekommen hatte. Wenn Nells Sohn noch lebte, musste er Mitte fünfzig sein. Oder hatte Nell womöglich eine Totgeburt gehabt und zur Erinnerung an ihren Sohn den Namen Ellis an sie weitergegeben? Das Ganze kam ihr vor wie eine dieser russischen Puppen: In jedem Rätsel, das sie löste, steckte ein neues.

Auf Nells Grab stieß sie eher zufällig, als sie zu ihrem Auto zurückging. Ihr Grab war nur mit einem kleinen, verwitterten Stein gekennzeichnet, der zwischen den größeren Grabsteinen ringsum fast nicht zu sehen war. Ellis beugte sich vor, um die Inschrift besser entziffern zu können: ELEANOR MARY CARTER, 1915–1965, REST IN PEACE.

„Ruhst du in Frieden?“, fragte Ellis und zupfte ein bisschen Unkraut, eine sinnlose, sentimentale Geste, so als könnte sie mit ein paar Handgriffen das von Heckenrosen überwucherte Grab in Ordnung bringen. „Oder drehst du dich im Grab um, nachdem du mir nun deine Sünden gebeichtet hast? Möchtest du mir noch etwas mitteilen?“

Kein zusätzlicher Name stand da, nirgends war ein Hinweis auf ein tot geborenes Kind. Hatte Nell ihren Sohn doch weggegeben, so wie sie es Marion versprochen hatte? Wie wenig sie doch über ihre Familiengeschichte wusste! Auf der Seite ihres Vaters gab es Großmutter und Großvater Jones, die beide inzwischen schon Ende achtzig waren. Sie lebten am Stadtrand von Llandudno in Wales, und Ellis rief sie gelegentlich an. Sie hatte sie in ihrem Leben höchstens ein Dutzend Mal gesehen. Die Besuche in Wales waren immer kurz und anstrengend gewesen. Irgendetwas schien den Großeltern an ihrem ältesten Sohn und seiner Frau nicht zu passen, und Ellis war natürlich auch davon betroffen. Sie fragte sich immer, was sie eigentlich verbrochen hatte, weil ihre Großeltern sie so vorwurfsvoll anblickten.

Ellis' Mutter redete nie über ihre Kindheit und erzählte weder von ihrer Mutter noch von ihren Großeltern. Als Ellis sieben Jahre alt gewesen war, hatte sie ihre Mutter danach gefragt. Es war kurz vor Weihnachten gewesen, und in der Schule hatten sie gerade Karten gebastelt, sie mit Buntpapier und Glitterzeug beklebt und dann für Eltern und Großeltern gute Wünsche darauf geschrieben.

Ellis ging nach Hause und wollte wissen, warum sie nur ein Großelternpaar hatte, während Jennifer Burton zwei aufweisen konnte. Ihre Mutter wollte zuerst nicht antworten.

„Dein Großvater ist im Krieg gefallen“, erklärte sie schließlich, als Ellis nicht lockerließ. „Ich habe ihn gar nicht gekannt.“

„Und was ist mit der Großmutter?“, wollte Ellis wissen.

Laura schwieg so lange, dass Ellis die Frage wiederholte, weil sie dachte, ihre Mutter hätte sie gar nicht gehört. „Wir reden nicht miteinander, das ist alles“, antwortete Laura schließlich.

Doch die Tatsache, dass ihre Mutter nicht darüber sprechen wollte, stachelte Ellis nur noch mehr an. Je mehr Laura versuchte abzulenken, desto eigensinniger bestand Ellis auf einer Antwort. Sie weigerte sich, die Sache auf sich beruhen zu lassen, und bombardierte ihre Mutter wochenlang mit Fragen. Es wurde so schlimm, dass ihr Vater sie eines Tages beiseite nahm. „Ellis, ich möchte, dass du sofort aufhörst, deine Mutter mit diesen Fragen zu belästigen. Es regt sie auf, und ich kann das nicht dulden. Sie will nicht über das Thema sprechen, und ich wäre dir wirklich sehr dankbar, wenn du sie in Ruhe lassen könntest."

Ellis, die sich gerade in einer aufsässigen Phase befand, war empört. „Aber das ist nicht fair! Ich möchte nur wissen, woher ich komme, mehr nicht. Warum will sie mir das nicht sagen? Ist meine Großmutter eine Mörderin oder was?"

„Nein, deine Großmutter ist keine Mörderin. Und jetzt hör bitte auf, Ellis, sonst werde ich noch böse."

Ellis war ein Papakind, und der Gedanke, dass ihr Vater, der noch nie ernsthaft mit ihr geschimpft hatte, böse werden könnte, war für sie eine schlimme Drohung. Widerstrebend ließ sie das Thema fallen.

Doch im Laufe der Zeit schnappte sie immer wieder ein paar Informationen auf, weil jemand unabsichtlich eine Bemerkung machte. Schon als Kind hatte sie erfahren, dass der Kräutergarten, von dem aus ihr Vater sein Kräutergeschäft betrieb, früher ihrem Urgroßvater gehört hatte und dass der „Old Hall Country Club", die große Villa im italienischen Stil, die auf dem Hügel auf der anderen Seite des Tals lag, der Mittelpunkt des Landguts ebendieses Urgroßvaters gewesen war, und damals noch Old Hall genannt wurde. Sie wusste, dass das Dower House von Lady Marion Palmer, ihrer Urgroßmutter, an ihre Mutter vererbt worden war und dass Laura erst nach Suffolk gekommen war, um ihr Erbe anzutreten. Einmal hatte Ellis für ein Schulprojekt viel über die lokale Geschichte gelesen und erfahren, dass Sir Gerald Palmer Ende der Vierzigerjahre Bankrott gemacht hatte und das Landgut aufgeteilt und verkauft worden war, um die Schulden zu tilgen. Sie wusste, dass ihre Großtante Nell den Kräutergarten gegründet hatte und William ihr geholfen hatte, ihn zu einem profitablen Gartenzentrum auszubauen – damals, als er sonst keine andere Arbeit hatte finden können.

Ellis hatte nie versucht, diese ganzen Informationsteilchen zu einem Bild zusammenzusetzen. Doch jetzt spürte sie plötzlich, dass sie wissen wollte, wie alles zusammenhing. Sie ließ ihren Wagen stehen und beschloss, den Fußweg zum Dower House zu nehmen. Zuerst musste sie ihrer Mutter erzählen, dass sie schwanger war. Und dann wollte sie endlich Antworten auf ihre Fragen.

ELLIS hatte immer mit ihrer Mutter Probleme gehabt. Als Kind hatte sie sich vergeblich nach Wärme und Nähe gesehnt. Wie gern hätte sie mit ihrer Mutter gelacht und Späße gemacht, wie sie es bei ihren Freundinnen sah. Es war nicht so, dass Laura sie nicht liebte, jedenfalls konnte Ellis sich das nicht vorstellen, aber manchmal hatte sie einfach das Gefühl gehabt, dass ihre Mutter sie nicht besonders mochte.

Ihrem Vater stand sie viel näher. Er war freundlich und lustig und liebte seine Frau und seine Tochter über die Maßen. Ellis fand, dass er ein Herz aus Gold hatte. Aber je mehr er sich um Laura bemühte, desto kühler wies sie ihn zurück. Die ewige Spannung zwischen der Unzufriedenheit ihrer Mutter und den tapsigen Versuchen ihres Vaters, ihr eine Freude zu bereiten, hatte in Ellis' Kindheit immer wieder zu Auseinandersetzungen hinter verschlossenen Türen geführt. Erst viel später wurde ihr klar, wie sehr ihre Mutter unter der Alltagsroutine litt und wie verzweifelt – und meistens vergeblich – sich ihr Vater bemühte, sie glücklich zu machen. Laura erfüllte ihre häuslichen Pflichten sehr gewissenhaft, um nicht zu sagen zwanghaft, aber sie hasste ihre Rolle als Hausfrau, und Williams Versuche, sie zu verwöhnen, konnten sie dafür nicht entschädigen. Sie nahm seine Geschenke – Blumen, Schmuckstücke, Pralinen – stets ungerührt entgegen und wirkte manchmal sogar richtiggehend verärgert.

Erst als Ellis erwachsen war, verstand sie, dass die Kälte ihrer Mutter nichts mit ihr zu tun hatte, sondern dass sie einfach unzufrieden war mit ihrem Leben. Die Ehe war nicht glücklich, und sie hatte den ganzen Tag mit ihrer kleinen Tochter zu Hause gesessen. Ihre Launen hatte sie an der nächstbesten Person ausgelassen, und das war nun einmal Ellis gewesen. Seit Ellis ihr eigenes Leben führte, waren sie sich näher gekommen, aber es fiel ihr noch immer schwer, mit Laura über persönliche Probleme zu reden.

Mit jedem Schritt wuchs die Liste der Fragen, die sie ihrer Mutter stellen wollte: Warum wollte damals niemand sonst William einstellen? Warum war Violet gleich nach Lauras Geburt mit ihr nach London gezogen? Hatte sie jemals von der Beziehung zwischen Nell und Laurence erfahren? Wie war Nell in den Besitz des Küchengartens gekommen, von dem aus sie ihren Kräuterhandel betrieben hatte? Wo war Nells Sohn Ellis?

Ellis verlangsamte ihren Schritt. Ihr wurde richtig schwindlig von all diesen Fragen. Ob sie die Dinge vielleicht doch lieber auf sich beruhen lassen sollte? Riskierte sie nicht, dass sie womöglich in ein Wespennest stach und alte Familienfehden aufwühlte? Aber wie konnte sie die Finger davon lassen, nachdem sie jetzt einen Teil von Nells Geschichte kannte? Sie musste herausfinden, was dahinter steckte.

Als sie das Dower House erreichte, kam Laura gerade aus dem Haus. „Oh, hallo, mein Schatz!“, rief sie und hielt ihr die Wange zum Begrüßungskuss hin. „Was für eine hübsche Überraschung! Ist alles in Ordnung?“

„Ja, klar“, erwiderte Ellis, nachdem sie ihrer Mutter pflichtbewusst ein Küsschen auf die Wange gedrückt hatte. „Alles läuft bestens. Ich dachte nur, ich komme mal vorbei. Hast du gerade ein bisschen Zeit?“

„Ich denke schon.“ Laura schaute kurz auf die Uhr. Selbst jetzt noch, mit Mitte fünfzig, war sie eine Schönheit. Ihre Haut war makellos, die blonden Haare waren dicht und glänzend, die Figur war schlank und grazil. Sie trug ihre übliche Uniform: eine klassisch geschnittene Bluse und einen gerade geschnittenen Rock. Disziplin war ihr zur zweiten Natur geworden, sie brauchte sie als Überlebensstrategie, um damit fertig zu werden, dass ihr Mann so hoffnungslos chaotisch war. Jedenfalls behauptete sie das immer wieder.

„Ich wollte gerade nach Market Needing“, erklärte Laura. „Aber das kann warten. Wie wär's mit einer Tasse Kaffee?“

Nell hätte das Dower House nicht wieder erkannt, dachte Ellis, als sie ihrer Mutter folgte. Im Laufe der Jahre war so viel angebaut worden, dass das Haus jetzt fast doppelt so groß war wie früher. Es hatte eine blitzblanke neue Küche, ein neues, geräumiges Wohnzimmer, darüber ein drittes Schlafzimmer, eine Doppelgarage und einen Wintergarten.

Laura wirtschaftete in der Küche herum, goss den Kaffee auf, legte ein paar Plätzchen auf einen Teller und stellte alles mit Zucker, Milch und zwei Tellerchen auf ein Tablett. Dann ging sie voraus in den hinteren Teil des Hauses.

Im Wintergarten war es trotz der Hitze draußen angenehm kühl, weil die Jalousien die Wärme abhielten, ohne das Licht zu blockieren. Ellis ließ sich müde in den nächsten Sessel sinken.

„Wie fühlst du dich in deiner Behausung?“, fragte Laura, während sie die Kaffeetassen so munter auf den kleinen Tisch stellte, als wäre Ellis eine Bekannte aus ihrem Bridgeklub und nicht ihre Tochter. „Wie lange hast du vor, dort zu bleiben?“

„Eine ganze Weile“, meinte Ellis. „Mama, ich wollte dir etwas …“

„Möchtest du einen Keks?“, fragte Laura.

„Nein danke, Mama. Es gibt …“

Aber sie hatte ihre Chance verpasst, Laura sprach schon weiter: „Das Malletts Cottage sieht jetzt bestimmt völlig anders aus als bei deinem Besuch damals, erinnerst du dich?“ Sie nahm Ellis gegenüber Platz und schlug die Beine übereinander. „Schlimmer als damals könnte es ja kaum sein, stimmt's?"

Ellis löffelte Zucker in ihren Kaffee und versuchte sich zu entspannen. „Ja, das stimmt", meinte sie. „Aber es ist richtig schön geworden. Ihr müsst mich bald mal besuchen."

An Ellis' 21. Geburtstag waren sie vom Dower House zum Malletts Cottage gelaufen, um ihr „Erbe" zu begutachten. Seit Nells Tod war niemand mehr dort gewesen. Der eine Teil war fast vollständig ausgebrannt, die Balken verkohlt und die Wände rußgeschwärzt. Nur dem gusseisernen Herd und dem Brotofen hatten die Flammen nichts anhaben können. Der andere Teil war dem Feuer entgangen, aber ohne das Strohdach waren die Mauern von der Feuchtigkeit ganz grün geworden, die Fensterrahmen vergammelten, die Glasscheiben fehlten samt und sonders. Ellis war die schiefe Treppe ins Schlafzimmer hinaufgestiegen. Dort hatte unter offenem Himmel noch immer Nells eisernes Bettgestell gestanden. Das einzig Erfreuliche an der Besichtigungstour war der weiße Fliederbusch gewesen, der in voller Blüte gestanden hatte. Sein schwerer, süßer Duft hatte die Luft erfüllt, genau wie bei Ellis' erstem Besuch siebzehn Jahre zuvor.

„Erinnerst du dich an das Bett?", fragte sie jetzt ihre Mutter. „Ich habe es herrichten lassen, und es sieht jetzt richtig schön aus."

„Ja, vage." Laura nippte an ihrem Kaffee. „Nell hat mich immer aufgefordert, im Wohnzimmer beim Herd Platz zu nehmen, wenn ich sie besucht habe. Viel weiter als bis zur Spülküche bin ich nie gekommen. Eigentlich habe ich mich nie richtig wohl gefühlt bei ihr. Ich hatte immer den Eindruck, sie erwarte etwas von mir, aber ich wusste nicht, was. Sie hat mich immerzu angeschaut, aber sobald ich ihren Blick erwidert habe, hat sie sich abgewandt. Das hat mich ganz nervös gemacht. Und sie war so streng! Wusstest du eigentlich, dass sie zu William gesagt hat, sie stelle ihn nur ein, wenn wir dich Ellis nennen? Und als ich sie mit dir zusammen besucht habe, hat sie dich mit Fragen überhäuft wie bei einem Intelligenztest. Dabei warst du doch erst vier Jahre alt! Mit mir hat sie das auch gemacht, als sie mich das erste Mal gesehen hat, und dann meinte sie, es sei nicht zu leugnen, wessen Tochter ich sei, und hat mich weggeschickt. Sie hat mir richtig Angst eingejagt mit ihrem Zigeunerinnengesicht und dieser grässlichen Pfeife."

„Mit welcher Pfeife?", hakte Ellis nach.

„Wusstest du das nicht?" Laura musterte sie erstaunt. „Die Pfeife hat sie umgebracht! Sie hat jahrelang Pfeife geraucht. Ich glaube, sie hat im

Krieg damit angefangen. Das Feuer ist ausgebrochen, weil sie mit brennender Pfeife im Sessel eingeschlafen ist. So hieß es jedenfalls."

Ellis hörte ihr gebannt zu. Laura redete so selten über persönliche Dinge, und jetzt rückte sie freiwillig damit heraus! Die Fragen in ihrem Kopf überschlugen sich, aber sie wusste, dass sie ihre Mutter jetzt nicht bedrängen durfte.

„Als wir an deinem einundzwanzigsten Geburtstag dort waren, habe ich das erste Mal das Schlafzimmer betreten."

Ellis vergaß ihre guten Vorsätze. „Hast du Nell als Kind oft gesehen? Ist Violet mit dir hingegangen?" Noch ehe sie den Satz zu Ende gesprochen hatte, wusste sie, dass sie einen Fehler gemacht hatte.

„Nein." Lauras Kaffeetasse klirrte auf ihrer Untertasse. Gerade noch waren die Erinnerungen aus ihr herausgesprudelt, als würde sie oft über diese Dinge reden. Aber jetzt hatte Ellis den Finger in eine Wunde gelegt. „Nein, ich habe Nell erst kennen gelernt, als ich nach Suffolk gezogen bin. Da war ich neunzehn."

Ellis konnte sich nicht bremsen, aber sie änderte ihre Taktik. „Erzähl mir vom Malletts Cottage. Warum hat Nell es ausgerechnet mir vererbt?"

Laura zuckte die Achseln. „Das Haus gehörte ihr, sie konnte damit machen, was sie wollte. Sie hatte einfach einen Narren an dir gefressen, das ist alles. Sie fand, du hättest Ähnlichkeit mit ihr. Weil du so fix bist."

Das beantwortete eine von Ellis' Fragen, aber gleichzeitig tauchte eine neue Frage auf: Wieso hatte das Haus eigentlich Nell gehört? Hatte Laurence ein Testament hinterlassen und seinen teuersten Besitz seiner Geliebten vermacht?

Laura fingerte an ihrer Kaffeetasse herum und zupfte ihren Rock zurecht.

„Bitte, Mama. Erzähl mir doch ein bisschen von Nell. Wie kam es, dass sie den Kräutergarten angelegt hat? Erzähl mir … einfach alles! Ich muss es wissen!"

„Ach, Ellis!" Laura war nun wirklich ungehalten. „Weshalb fängst du wieder damit an? Wie oft muss ich dir noch sagen, dass ich nicht darüber sprechen möchte?"

Ellis kam sich vor, als wäre sie wieder sieben Jahre alt. Auf einmal erschien es ihr unglaublich wichtig, dass sie über ihre Familiengeschichte Bescheid wusste – als könnte sie mit ihrem Kind nur zurechtkommen, wenn sie es in einen Kontext einordnen konnte, wenn sie ihm eine Geschichte gab. „Bitte, bitte, Mama", bat sie. „Ich muss es einfach wissen."

Laura starrte in die Ferne. „Nein“, erwiderte sie. „Ich kann es nicht, und ich will es nicht.“ Dann schlug sie die Hände vors Gesicht und begann zu schluchzen.

Ellis gab auf. Sie versicherte ihrer Mutter schnell, es sei nicht so wichtig und dass es ihr Leid tue. Sie versuchte die Wogen zu glätten, wechselte das Thema und redete über Belanglosigkeiten. Schließlich verabschiedete sie sich, entschuldigte sich noch einmal und ging über den Flur zur Haustür. Bevor sie ging, sagte sie noch zu ihrer Mutter, dass sie sie und William gern für den folgenden Abend zum Essen einladen würde. Sie nahm sich fest vor, ihnen dann von ihrer Schwangerschaft zu erzählen.

SIE SCHLEPPTE die Tüten ins Haus und stapelte die Fertiggerichte, für die sie sich der Bequemlichkeit halber entschieden hatte, in der Gefriertruhe.

In letzter Zeit hatte sie angefangen, mit ihrem ungeborenen Kind zu sprechen, als wäre es eine reale Person. „Als Erstes müssen wir mal klar Schiff machen“, sagte sie jetzt, während sie Kartoffeln und Zwiebeln in der Speisekammer verstaute. „Es war eine blöde Idee, deine Großmutter und deinen Großvater für morgen zum Essen einzuladen. Ich gehe heute Nachmittag zum Küchengarten und erkläre Papa, dass ich doch lieber noch keinen Besuch haben möchte.“

Du schiebst es vor dir her, meldete sich ihr Gewissen. Dauernd findest du neue Ausreden. Du hast Angst vor ihnen!

„Eigentlich ist es völlig egal, ob sie mit meiner Entscheidung einverstanden sind“, versicherte Ellis ihrem Kind. „Wir kommen schon zurecht. Wir haben Geld auf dem Konto, ein Dach über dem Kopf, und jetzt haben wir auch was zu essen im Haus.“ Sie legte die Hände auf den Bauch und drückte leicht.

Und was ist mit Joe?, flüsterte ihr Gewissen. Dieses Baby ist auch sein Kind. Doch sie ignorierte die Stimme.

Sie stellte den Liegestuhl zwischen Teich und Fliederstrauch in den Schatten, trug Salat und Käse, frisches Baguette und ein Glas Orangensaft nach draußen, um im Freien zu essen. Friedlich lag das Haus da in der warmen Mittagssonne. Was würde Joe von ihrem Häuschen halten? Würde es ihm so gut gefallen, wie es ihr inzwischen gefiel? Oder würde ihn die isolierte Lage stören, der mangelnde Komfort? Ihr fiel auf, wie wenig sie eigentlich über ihn wusste. Sie hatten nie viel über ihre Familien und ihre Herkunft gesprochen, sondern immer nur über Bücher und Theaterstücke, über Politik und ihre Lieblingsdichter.

Was würde er von Nells Tagebuch halten, das noch immer auf der Treppe lag und darauf wartete, dass sie den Mut fand weiterzulesen?

Als sie nach Hause gekommen war, hatte sie getestet, ob sie Vibrationen spüren konnte. Vorsichtig hatte sie die Hand neben der Wohnzimmertür auf die Wand gelegt, aber nur das kühle Mauerwerk gespürt, nicht die geringste Schwingung. Sie war erleichtert gewesen, aber auch ein bisschen enttäuscht, weil sie sich alles nur eingebildet hatte. Vermutlich gab es eine logische Erklärung für das Vibrieren – statische Elektrizität etwa. Nell war schon lange tot, sie war ganz allein im Haus. Plötzlich fühlte sie sich entsetzlich einsam, so als hätte ihr Nell ihre Geheimnisse anvertraut und sie dann sich selbst überlassen.

Als sie aufwachte, war es Abend. Das sah sie an den langen Schatten. Ellis reckte sich und schaute auf die Uhr. Schon zwanzig vor sieben! Sie musste jetzt gleich los zu ihrem Vater, sonst erwischte sie ihn nicht mehr.

Sie trug das Tablett mit dem Geschirr ins Haus zurück. Im Flur konnte sie es sich nicht verkneifen, noch einmal die Wand zu berühren. Aber da war nichts. Was immer es gewesen war, es war verschwunden.

Da rüttelte plötzlich jemand von außen an der Tür. Ellis wich erschrocken zurück. Ihr erster Gedanke war, dass Laurence zurückgekommen war, ihr Großvater, fünfzig Jahre zu spät, um seine Geliebte zu holen.

„Wer ist da?", rief sie. Mach dich nicht lächerlich, dachte sie bei sich, das kann doch nur William sein. Aber warum antwortete ihr Besucher nicht? Ihre Angst verstärkte sich. „Papa, bist du das?"

„Nein, ich bin's!"

Joe? Ellis starrte fassungslos auf die Tür. Sie fing an zu zittern, ihr Herz klopfte wie verrückt, und ihr Mund war plötzlich ganz trocken. Ihr wurde schwindlig vor Schreck und Freude.

„Geh bitte."

„Nein", sagte Joe. „Du hast mich gerufen."

„Ich habe dich nicht gerufen!" Es zählte doch nicht, wenn man jemanden im Schlaf rief, oder? „Wie hast du mich gefunden? Ich habe doch ganz strikte Anweisungen gegeben …"

„Offensichtlich waren sie nicht strikt genug. Lässt du mich jetzt rein?"

„Nein."

„‚Lasst mich ein, ihr Kinder, 's ist so kalt der Winter …'"

Wider Willen musste Ellis lächeln, aber dann wurde sie gleich wieder ernst. „Geh bitte!"

Stille, dann ein schmeichelndes Flüstern: „,Wir sind des Wanderns müde, treuer Freund …'"

Wie typisch für Joe, in so einem Augenblick ein Gedicht zu zitieren! Wie war sie eigentlich auf die Idee gekommen, die Geschichte mit ihm sei zu Ende?

„Mach die Tür auf, Ellie. Ich kann dich nicht verstehen."

Ellis schloss die Augen. Joe war der Einzige, der sie Ellie nannte. Nimm dich zusammen, sagte sie sich. Joe Leavis steht vor der Tür und ist wieder in dein Leben getreten. Was jetzt? „Wie hast du mich gefunden? Ich habe der Verwaltung ausdrücklich gesagt, dass sie meine Adresse nicht herausgeben soll. Du hast mit meiner Mutter gesprochen, stimmt's?"

„Komische Frau, deine Mama. Ich glaube, sie war nicht besonders begeistert, als sie mich gesehen hat."

„Wie hast du sie dann dazu gekriegt, dir zu sagen, wo ich bin?"

„Tja …" Er hatte tatsächlich den Nerv zu lachen! „Das war eigentlich kein Problem. Ich habe ihr gesagt, du erwartest ein Kind von mir."

„Wie bitte?" Er hatte es also die ganze Zeit gewusst. Und sie hatte geglaubt, dass sie es ihm verheimlichen könnte!

„Lass mich rein, sonst muss ich leider die Tür eintreten."

Ellis sah, wie sich ihre Hand ganz von allein auf den Riegel zu bewegte, doch sie zog sie blitzschnell zurück. „Unter einer Bedingung."

„Und die wäre?"

„Keine faulen Tricks."

„Keine faulen Tricks? Das klingt wie in 'nem schlechten Film."

„Ich meine es ernst."

„Gut, meinetwegen, ganz, wie du willst. Keine faulen Tricks."

Ellis öffnete die Tür, floh aber gleich rückwärts ins Wohnzimmer.

Er kam herein und blieb, an den Türrahmen gelehnt, stehen. Sein Gesicht und seine Arme waren braun gebrannt. Er trug ein dunkelblaues T-Shirt, verwaschene Jeans und alte, abgetragene Arbeitsstiefel. Seine Haare waren wesentlich kürzer als vorher, und er hatte einen Dreitagebart. Seine Kleidung war zerknittert, als habe er darin geschlafen. Ellis wollte etwas zu seiner Erscheinung sagen, aber dann machte sie den Mund wieder zu. Sie musste versuchen, Distanz zu halten, kühl und reserviert zu bleiben.

„Wann wolltest du es mir sagen?"

„Wovon redest du?"

„Rede nicht mit mir, als wäre ich ein Idiot!", sagte Joe und trat ins Zimmer.

Ellis hatte vergessen, wie groß er war und was mit ihren Knien passierte, wenn er in ihre Nähe kam. Eine schlaflose Nacht, ein anstrengender Tag, und ihre guten Vorsätze kamen ins Wanken. Sie wich noch ein Stück zurück. „Ich habe nicht erwartet, dass …"

„Du hast mich gerufen", beharrte Joe. „Also bin ich gekommen. Und jetzt willst du, dass ich gehe und im hohen Gras meditiere, bis du bereit bist, mich gnädig zu empfangen?"

„Nein, überhaupt nicht."

„Gut. Ich habe ehrlich gesagt auch keine Lust dazu." Jetzt lächelte er. Wie entwaffnend dieses Lächeln war! „Ich habe meine Sachen draußen", sagte er. „Bin gleich wieder da." Er zog den Kopf ein, um nicht gegen den Türbalken zu stoßen, und verschwand.

Ellis schloss die Augen. Wenn er zurückkam, musste sie ihm sofort sagen, daß er nicht bleiben konnte. Joe erschien mit einem großen alten Rucksack in der Tür. Er ließ ihn auf den Boden gleiten. „Das sind alle meine irdischen Güter. Verdammt schwer."

Ellis starrte ihn ungläubig an. „Joe, du hast mir doch versprochen, keine faulen Tricks!"

„Ja, klar. Aber ich weiß nicht, wohin. Ich habe mein Studium hingeschmissen."

„Wie bitte?" Ellis starrte ihn entsetzt an.

„Ja, ich habe mich vorgestern exmatrikuliert." Offenbar war er ganz zufrieden mit dieser Entscheidung. „Die letzten beiden Nächte habe ich in meinem Auto verbracht. Eine Rasur würde mir nicht schaden." Er trat ans Fenster und schaute hinaus, die Hände tief in den Hosentaschen, die Schultern hochgezogen – der einzige Hinweis darauf, dass er sich doch nicht ganz wohl fühlte. „Schön hier. Es gibt also keinen Grund mehr, dass wir nicht dort weitermachen können, wo wir aufgehört haben."

Ellis war sprachlos. Wie konnte er nur so dumm sein und ihretwegen seine ganze Zukunft wegwerfen? „Du musst zurückfahren und sagen, dass du es dir anders überlegt hast", sagte sie. „Jetzt sofort, bevor es zu spät ist. Sag ihnen, du warst betrunken oder so was."

„Hör auf!", rief Joe. Erst als er die Arme vor der Brust verschränkte und sie anfunkelte, begriff Ellis, wie wütend er war.

Sie geriet in Panik. Hektisch kramte sie in ihrer Hosentasche, nahm den Haustürschlüssel vom Schlüsselbund und legte ihn auf den Tisch, auf Williams Lavendelgartenpläne. Dann ging sie zur Tür. „Es ist vorbei, Joe. Wir hatten eine Affäre. Es tut mir Leid, wenn du dachtest, es ist mehr, aber ich kann nicht die Verantwortung dafür übernehmen, dass du etwas in unsere Beziehung hineininterpretiert hast, was gar nicht da war. Ich gehe jetzt zu meiner Mutter und erkläre ihr alles. Du kannst dich waschen und rasieren, aber wenn ich zurückkomme, bist du weg. Den Schlüssel legst du am besten auf das Brett im Klohäuschen."

Sie wollte an ihm vorbei, aber er stellte sich ihr in den Weg. „Stimmt das, was deine Mutter gesagt hat, Ellie?"

„Was?"

„Ich habe ihr gesagt, es war ein Versehen, das Kind. Und weißt du, was sie da gesagt hat? ‚Heutzutage wird keine Frau schwanger, wenn sie es nicht will.' Sie meinte, wenn du ein Kind bekommst, dann deswegen, weil du ein Kind haben möchtest. Sie hat gesagt, viele Frauen entscheiden sich für ein Kind und gegen den Vater. Ich hab ihr geantwortet, dass es bei uns anders ist. Ich hab doch Recht, oder?"

Ellis konnte ihm nicht in die Augen sehen. Sie starrte auf ihre Füße. „Es spielt keine Rolle, ob es Absicht war oder nicht. Ich bleibe bei meinem Entschluss." In gewisser Weise war es leichter für ihn, wenn er dachte, dass er für sie nur Mittel zum Zweck gewesen war, so kam er schneller darüber hinweg. Ob sie darüber hinwegkam, stand auf einem anderen Blatt.

Er machte keine Anstalten mehr, sie aufzuhalten. Schnell ging sie zu ihrem Auto. Es war leicht, sich einzureden, dass ihr Entschluss richtig war, solange Joe nicht vor ihr stand, aber in seiner Gegenwart fiel es ihr unendlich schwer. In den vergangenen Monaten hatte sie sich sogar überlegt, ob sie nicht ihre Stelle aufgeben und sich mit wissenschaftlichen Veröffentlichungen über Wasser halten sollte. Dann hätte Joe sein Studium abschließen können, und sie könnten zusammen sein, ohne sich zu verstecken. Aber immer wieder musste sie daran denken, dass sie jetzt beruflich genau das tat, was sie sich immer gewünscht hatte. Sie unterrichtete für ihr Leben gern, und sie liebte die Universität. Früher oder später würde sie es bedauern, wenn sie das alles aufgab, und sie würde Joe dafür verantwortlich machen.

Aber jetzt hatte Joe alles für sie aufgegeben. „Und es geht trotzdem nicht!", rief Ellis laut. Sie hielt das Lenkrad nur mit einer Hand und fuhr sich mit der anderen über ihre feuchten Augen.

SIE WOLLTE eigentlich direkt zum Dower House fahren, aber unterwegs verließ sie der Mut, und als sie an dem KRÄUTERGARTEN-Schild vorbeikam, bog sie ab.

Unter dem Schild hing ein zweites, auf dem GESCHLOSSEN stand, aber das hatte nichts zu bedeuten. William ging immer als Letzter. Nach weiteren hundert Metern kam Ellis zu der hohen roten Backsteinmauer des ehemaligen Küchengartens und bog auf den gekiesten Parkplatz ein, wo Williams zerbeulter Kombi stand. Sie dachte daran, dass sie seinen Entwurf hätte mitnehmen sollen, aber der lag noch im Malletts Cottage.

Ellis schloss den Wagen zu, atmete tief durch und ging über den Kies zum großen Eisentor.

KAPITEL 7

Es war so still, so friedlich hier. Das war die schönste Zeit am Abend: Der Garten war leer, die Schatten legten sich über die Kräuterbeete, und die Hitze in den hohen Mauern wurde durch das kalte Wasser aus den Bewässerungsschläuchen gelindert.

Ellis liebte den satten Geruch feuchter Erde. Auch hier hat sich seit Nells Zeiten vieles verändert, dachte sie, während sie auf das Backsteingebäude am Ende des Hauptweges zuging, das früher ein Schuppen gewesen war und William jetzt als Büro diente. William hatte eine Glyzinienlaube angelegt, um die Kunden anzulocken, und außerdem noch einen Schaugarten, um sein Angebot vorzuführen. Zu diesem Zweck hatte er die Beete erhöht, damit die Leute sich nicht dauernd bücken mussten, und an der zentralen Kreuzung der Gartenwege befand sich ein kleiner runder Teich mit Seerosen und einer Fontäne in der Mitte. Das Rauschen des Wassers bildete ein angenehmes Hintergrundgeräusch zu dem lebhaften Gemurmel der Kundschaft. Der vordere Teil des Gewächshauses war in einen Laden mit Artikeln aller Art verwandelt worden. Es gab Gläser mit Honig aus der Gegend, bunte Kerzen, Samentütchen, Blumentöpfe, Gartenmöbel.

Dies war die Welt von Ellis' Kindheit, von ihren frühesten Erinnerungen. Doch so schön sie es hier auch fand, so hatte sie doch keine gute Hand mit Pflanzen. Ihrem Vater war es nicht gelungen, ihr seine Begeisterung zu vermitteln.

Im Büro sah alles aus wie immer. Eine alte Vitrine stand an der hinteren Wand. Darauf befanden sich ein ziemlich ramponierter Wasserkocher, schmutzige Teebecher, eine offene Tüte Zucker, angebrochene Milchtüten und dazwischen jede Menge Teelöffel in klebrigen kleinen Pfützen. Neben der Vitrine befanden sich unter einem Regalbrett mit

Gartenbüchern zwei uralte Aktenschränke. Blumentöpfe stapelten sich kreuz und quer unter einer kaputten Holzbank, auf der Gartenhandschuhe lagen.

Ellis' Vater saß mit hochgekrempelten Ärmeln vor einem billigen Schreibtisch. Seine Glatze schimmerte im gedämpften Licht. William war fast kahl, aber der verbliebene Haarkranz und seine Augenbrauen schienen von Jahr zu Jahr buschiger zu werden. Mit einem großen, zerknitterten Taschentuch wischte er sich die Stirn. Unter den Fingernägeln sah man die Gartenerde. Offensichtlich bearbeitete er gerade wieder seine Pläne für den Lavendelgarten.

„Ellis!" William erhob sich erfreut und nahm sie in die Arme. „Was für eine nette Überraschung! Wie wär's mit 'ner Tasse Tee?"

„Hm." Ellis erwiderte seine Umarmung. Dann setzte sie sich auf den Rand seines Schreibtischs und schaute ihm zu, wie er Tee zubereitete. Als der Tee lange genug gezogen hatte, deponierte er die Teebeutel neben dem Wasserkocher und nahm den Zucker direkt aus der Tüte, obwohl der Löffel vom Umrühren noch nass war.

„Danke." Sie nahm den Becher entgegen, nahm einen kleinen Schluck und verzog das Gesicht. William wusste nie, wer seinen Tee wie trank, deswegen machte er ihn immer so, wie er selbst ihn am liebsten mochte: mit Milch und viel Zucker. Und weil er ein so liebenswürdiger Mensch war, brachte es niemand übers Herz, sich zu beschweren.

„Also, was kann ich für dich tun, Kleines? Wie geht es dir in deinem Versteck?"

„Alles bestens", log Ellis. Sie trank noch einen Schluck Tee und sah William über den Becherrand hinweg an.

„Alles bestens? Was quält mein kleines Mädchen denn so sehr, dass es den weiten Weg zurücklegt, nur um mir zu sagen, dass alles bestens ist?"

„Merkt man mir das gleich an?" Ellis setzte sich ein bisschen bequemer hin. „Ich habe Mama aus der Fassung gebracht."

„Ach, du meine Güte. Es war aber doch nichts Ernstes, oder?"

Ellis zögerte. Sie stellte ihre Tasse ab und verschränkte die Arme schützend vor ihrem Bauch. „Ich habe mal wieder nach meiner Großmutter gefragt", sagte sie. Die wichtigere Nachricht musste noch warten. „Und dann fing sie an zu weinen."

„Aha." William lehnte sich zurück und rieb sich das Kinn. „Warum hast du sie wieder gefragt, Kleines? Ich dachte, du hättest schon vor Jahren damit aufgehört?"

Es hatte keinen Sinn, noch länger zu warten. „Ich bin schwanger", platzte sie heraus. „Und ich muss wissen, woher ich komme."

William trank einen Schluck Tee.

„Sag doch was, Papa!"

„Willst du 'nen Keks?" Er erhob sich und kramte in der Vitrine. „Ich hab hier irgendwo Ingwerkekse." Er beförderte eine zerbeulte QUALITY-STREET-Dose ans Tageslicht, setzte sich wieder hin, bot Ellis die Dose an und bediente sich selbst.

„Was sagt deine Mutter dazu?"

Ellis knabberte verlegen an ihrem Keks. „Ich habe es ihr noch gar nicht gesagt. Ich wollte es ihr sagen, aber sie hört ja nicht richtig zu. Du kennst sie doch."

„Wahrscheinlich hat sie dich nicht richtig verstanden", erwiderte er, loyal wie immer. „So langsam wird sie nämlich schwerhörig, aber das würde sie nie im Leben zugeben." Er stellte seinen Becher neben den von Ellis. „Soll ich es ihr sagen, wenn ich heimkomme?" Das war typisch für ihn. Er fragte nicht lange, wie das alles passieren konnte, sondern bot gleich seine Hilfe an.

„Das ist nicht nötig", entgegnete Ellis. „Sie hat es auf anderem Weg erfahren."

„Wie bitte? Das verstehe ich nicht so ganz, Kleines. Wenn du es ihr nicht gesagt hast, wer war es dann?"

Da begann sie zu erzählen. William hörte schweigend zu, während er aus dem Fenster in den dunkler werdenden Himmel schaute.

„War es geplant?", fragte er schließlich.

„Die Schwangerschaft? Nein. Ich habe nicht richtig aufgepasst. Es ist übrigens ein Mädchen. Das habe ich vor zwei Wochen beim Ultraschall erfahren. Und ich möchte das Kind behalten, falls du das als Nächstes fragen wolltest."

„Aha." William nahm sich noch einen Keks. „Und was ist mit dem ..."

„Mit dem Vater? Nein, den Vater will ich nicht behalten."

„Aha. Und weiß er das schon?"

„Ja."

„Hm. Und er ist damit einverstanden?"

„Ja", log Ellis. Dann dachte sie an Joes Wut. „Das heißt nein. Nicht so richtig."

„Aha." William sah sie nachdenklich an. „Wie wär's mit noch 'ner Tasse Tee?"

„Nein danke, ich habe meine erste noch nicht mal ausgetrunken." Ellis stellte sich vor, wie Joe ihr Haus verließ und wegfuhr. Plötzlich fühlte sie sich unendlich einsam. „Aber ich hätte nichts dagegen, wenn ich mich mal so richtig ausweinen könnte."

William nickte. „Na, dann fang mal an."

WAS FÜR eine Erleichterung, dass sie endlich mit jemandem über die ganze Geschichte sprechen konnte! Sie erzählte ihm von Joe, von dem Altersunterschied und dass eine Beziehung zwischen einem Studenten und einer Vertreterin des Lehrkörpers einfach unmöglich war. Sie erzählte ihm, wie schwer es ihr fiel, sich vernünftig zu verhalten, und dass Joe es ihr noch schwerer machte, weil er nicht akzeptieren wollte, dass die Beziehung zu Ende war.

„Habt ihr euch je überlegt, ob ihr nicht heiraten wollt?", fragte William. „Dann hätte die Universität doch sicher nichts dagegen, oder?"

Ellis seufzte. „Papa, Joe ist vierzehn Jahre jünger als ich. Wie lange kann so eine Ehe gut gehen?"

Tatsache war, dass das Wort „Heirat" nie gefallen war, weil sie selbst diese Möglichkeit von Anfang an ausgeschlossen hatte.

„Liebst du ihn, Kleines?"

Ellis schwenkte den Rest Tee in ihrem Becher herum. Es war eine einfache Frage, die ein einfaches Ja oder Nein forderte. „Papa ..."

„Kleines?"

„Warum hat Nell dir den Kräutergarten vererbt?"

„Was?" Der Themenwechsel kam etwas plötzlich. „Weil sie wusste, dass ich ihn liebe. Warum fragst du? Interessierst du dich jetzt etwa dafür?" Er sagte das mit einer gewissen Wehmut, als hätte er die Hoffnung noch nicht ganz aufgegeben, dass seine Tochter eine „Leidenschaft für die Scholle" entdecken würde, wie Nell es in ihrem Tagebuch formuliert hatte. Wollte Ellis etwa doch ihre akademische Karriere an den Nagel hängen und sich von ihm anlernen lassen, damit sie das Geschäft übernehmen konnte, wenn er in den Ruhestand ging? Er war jetzt fast vierundsechzig, hatte aber noch keinen passenden Nachfolger gefunden. „Ich kann nicht bis in alle Ewigkeit weitermachen", hatte er letztes Jahr zu Weihnachten zu Ellis gesagt. „Aber was passiert mit dem ganzen Laden, wenn ich nicht mehr kann?"

Ellis stand auf und ging an ihm vorbei zur Vitrine. Wie konnte sie ihm ihr Interesse erklären? „Die Sache ist die: In ein paar Monaten kommt mein Kind auf die Welt, und ich weiß noch immer nicht, woher ich komme und wohin ich gehöre, mir fehlt meine halbe Geschichte." Sie begann aufzuräumen, trennte die gebrauchten Tassen von den sauberen, faltete die Zuckertüte zu. „Ich weiß, dass Nell meine Großtante ist, aber von Nells Familie habe ich keine Ahnung, ich weiß nichts über meine Großmutter und meine Urgroßmutter. Ich weiß nicht, weshalb meine Mutter nicht mit meiner Großmutter spricht. Hat das etwas mit Nell zu tun?"

„Was?", fragte William verblüfft. „Nein, mit Nell hat das nichts zu tun."

„Aber was ist dann der Grund? Worüber haben sie sich gestritten? Mama will es mir nicht sagen. Kannst du mich nicht aufklären?"

„Ich habe versprochen, dass ich …" William fühlte sich sichtlich unwohl. Er nahm die Füße vom Schreibtisch. „Willst du wirklich keinen Tee mehr, Kleines?"

„Also gut, ich nehme noch eine Tasse." Sie ging zurück zum Schreibtisch. „Kannst du mir denn wenigstens vom Kräutergarten erzählen?"

„Was möchtest du wissen?"

„Alles! Wie Nell den Garten angelegt hat, warum sie den Küchengarten bekommen hat und so weiter."

William schenkte sich einen zweiten Becher Tee ein und setzte sich wieder an den Schreibtisch. „Das kann nicht schaden, nehme ich an. Also, Nell kam während der Luftangriffe auf London nach Suffolk und hat sich mit einem Gärtner von Old Hall angefreundet. Irgendwann hat sie beschlossen, nicht wieder zurückzugehen, sondern hier zu bleiben. Sie wohnte im Malletts Cottage, und dort hatte sie einen Kräutergarten. Zuerst hat sie Setzlinge verkauft, um die Kriegsanstrengungen zu unterstützen. Danach gab es kein Halten mehr." William lachte und breitete die Arme aus. „So geht es einem eben, weißt du!" Ellis lachte mit ihm. „Nach einer Weile fand sie, dass sie ihr Hobby zum Beruf machen sollte, also hat sie Lady Palmer dazu gebracht, ihr den Küchengarten zu überlassen. Er war völlig verwahrlost, als sie ihn übernommen hat, weil eben Krieg war, aber bis 1945 lief es schon richtig gut, und sie kriegte Bestellungen von überall her. Im Krieg waren die Gärtnereien eigentlich verpflichtet, vor allem Gemüse anzubauen, aber Nell konnte den Vertreter des Ministeriums überzeugen, dass ihre Kräuter kulinarischen Wert besitzen. Und als das Gut 1948 unter den Hammer kam, hatte sie genügend Geld gespart, um den Küchengarten und das benachbarte Stück Land zu erwerben."

Er trank noch einen Schluck Tee. Ellis wartete. Sie hätte gern mehr gefragt, aber sie traute sich nicht, weil sie Angst hatte, dass er genau wie ihre Mutter aufhören würde.

„Der Kräutergarten war das Wichtigste in Nells Leben“, fuhr er fort. „Die ganze Energie, die andere Frauen in ihre Familie investieren, hat sie in die Pflanzen gesteckt. Aber es gibt trotzdem Grenzen, was eine Frau allein schaffen kann, auch wenn sie noch so tüchtig ist. Als sie mich eingestellt hat, da hatte sie schon mehr als zehn Jahre den ganzen Laden so gut wie allein geschmissen. Sie hatte zwar ein halbes Dutzend junge Angestellte, aber denen hatte sie immer nur die Routinesachen anvertraut. Mit der Zeit wurde es ihr aber trotzdem ein bisschen zu viel. Nell hat mich natürlich nicht einfach so machen lassen, sie hat mich genau beobachtet, bis sie davon überzeugt war, dass ich wusste, was ich tat.“

„Wusstest du schon viel über Pflanzen, als du angefangen hast?“

„Nein, gar nichts. Ursprünglich hat Nell deiner Mutter nur einen Gefallen getan. Aber es hat nicht lange gedauert, bis sie gemerkt hat, dass ich der Richtige war. Ich war sofort in meinem Element.“

Aber warum wollte dich niemand einstellen?, dachte Ellis, schluckte die Frage aber hinunter.

„Und sie hat mir den Kräutergarten hinterlassen, weil sie wusste, dass ich mich darum kümmern würde.“

„War Mama denn nicht beleidigt, weil sie übergangen wurde?“

„Ein bisschen schon.“ William setzte sich anders hin. „Aber sie hatte ja schon das Dower House.“

Weshalb hatte Marion eine Generation übersprungen? Wieso hatte sie das Dower House nicht Violet vermacht? Ellis biss sich auf die Unterlippe.

„Nell bedeutete der Kräutergarten so viel, da wollte sie sich nicht von Familienloyalität leiten lassen. Mit ihrer Mutter kam sie nicht gut aus, und sie hatte sich mit ihrer Schwester zerstritten.“ Er schaute Ellis an und zog die Schultern hoch. „Frag bitte nicht, warum, denn das gehört zu den Familiengeheimnissen, über die ich nichts weiß. Also, jedenfalls hatte Nell keine eigene Familie. In gewisser Weise war der Kräutergarten für sie das Kind, das sie nie hatte.“

Enttäuscht sah Ellis ihren Vater an. In den letzten Jahren ihres Lebens hatte William Nell näher gestanden als alle anderen, und trotzdem wusste er nichts von dem anderen Kind namens Ellis. Aber Violet musste es wissen! Von Violet konnte sie erfahren, was mit Nells Sohn passiert war. Vorausgesetzt, sie lebte noch …

Das Stück Himmel hinter dem Fenster hatte sich jetzt dunkelrot verfärbt. William schaute auf die Uhr. „Ich muss los, Kleines.“ Er erhob sich schwerfällig von seinem Stuhl. „Bist du fertig?“

Widerstrebend folgte Ellis ihm nach draußen. Sie kam sich vor, als hätte sie schrecklichen Durst und würde den Wasserhahn aufdrehen, aber das Wasser käme nur tropfenweise.

William ging den breiten Weg entlang zur Fontäne. Der Garten war in gleißendes Licht getaucht durch die hellen Scheinwerfer, die in regelmäßigen Abständen an der Mauer angebracht waren. „Wir müssen uns beeilen, in zwei Minuten gehen die Lichter aus!“, meinte William. „Übrigens, Nell wollte dir noch etwas vermachen. Jedenfalls hat sie das mal zu mir gesagt. Es sei für dich bestimmt, und wenn du es nicht haben willst, dann sollst du es verbrennen. Ich habe natürlich gefragt, was es sei, aber da hat sie nur geantwortet, dass mich das nichts angehe.“

„Was ist damit passiert?“ Ellis spürte, wie ihr vor Aufregung ganz beklommen ums Herz wurde.

„Keine Ahnung.“ William kratzte sich am Kopf. „Es muss irgendwo in Malletts Cottage gewesen sein. Ich habe überall danach gesucht, als ich es aufgeräumt habe, habe aber nichts gefunden. Wahrscheinlich ist es verbrannt.“

Nein, es war nicht verbrannt. Nell hatte es im Brotofen versteckt, dem einzigen Ort, wo es vor den Flammen geschützt war, weil die Mauern aus Backstein waren und die Tür aus Gusseisen. Und als sie mit ihrer energischen Schrift *Ellis* darauf geschrieben hatte, da hatte sie nicht ihren Sohn gemeint, sondern tatsächlich ihre Großnichte. Sie hatte gewollt, dass Ellis es las!

Sie durchquerten jetzt den Schaugarten, der aus vier dreieckigen Kräuterbeeten bestand, die säuberlich getrennt waren durch niedrige Buchsbaumhecken. Sie bildeten ein symmetrisches Muster mit dem Teich in der Mitte. Das war Williams persönliches Reich. Die Kunden konnten hier nach Belieben herumwandern, an den Kräutern schnuppern, Fragen stellen, Rat suchen. Während der Öffnungszeiten war William meistens hier anzutreffen und eigentlich immer bereit, eine Pause einzulegen und über Pflanzen zu fachsimpeln. Die Leute kauften auch darum gern bei ihm, weil seine Begeisterung so ansteckend war.

Sie waren jetzt bei der Fontäne angekommen. „Mach dir keine Gedanken wegen deiner Mutter, Kleines“, sagte William, hakte sich bei ihr unter und tätschelte ihre Hand. „Ich bieg das schon wieder hin, wenn ich nach Hause komme, und dann können wir zu den praktischen Fragen übergehen.“

„Das ist sehr lieb von dir, Papa“, sagte sie, „aber ich glaube, ich bin alt genug, um für meine Fehler geradezustehen. Sag ihr nur, es tut mir schrecklich Leid und ich komme morgen vorbei.“

William nickte. „Die Tageszeit jetzt mochte Nell am liebsten, aber eigentlich muss man ja schon von Nachtzeit reden.“ Er drückte ihren Arm, während sie den Pfad zum Eingangstor entlanggingen.

Ellis spürte, dass er wieder einmal darüber nachdachte, was aus dem Kräutergarten werden würde, wenn er zu alt war.

„Früher oder später wirst du schon jemanden finden“, beruhigte sie ihn. „Du wirst es schon merken, wenn der Richtige vorbeikommt, genau wie Nell damals bei dir.“

William schloss das Tor ab.

„Du kannst ja eine Anzeige aufgeben. Auf diesem Weg findest du vielleicht jemand, der Erfahrung hat und dir ein Stück Verantwortung abnehmen kann.“ Sie küsste ihn zärtlich auf die Wange. „Du arbeitest viel zu viel für einen Mann in deinem Alter.“

William lächelte. „Du hast natürlich Recht. Es wird Zeit, dass ich ein bisschen kürzer trete.“ Er gab ihr auch einen Abschiedskuss und ging zu seinem Auto. „Fahr vorsichtig, Kleines!“, rief er ihr noch zu.

Es war neblig geworden, weiße Schwaden hingen in der Luft wie Spinnweben. William hielt noch einmal neben ihr an, kurbelte das Fenster herunter und drückte ihr die Hand.

Sie sah ihn flehend an. „Papa, ich muss unbedingt wissen, woher ich komme. Das ist sehr, sehr wichtig, kannst du das verstehen?“

Er nickte. „Ja, ich weiß. Ich werde sehen, was ich tun kann.“

ALS SIE das Tal entlangfuhr, geriet sie immer wieder in dichte Nebelbänke, sodass sie fast die Abzweigung verpasst hätte. Joes Wagen stand nicht mehr da, Joe war weg, und die Fenster ihres Häuschens waren unerträglich leer und kalt. Ich muss ins Bett, sagte sie sich, während sie im dunklen Klohäuschen nach dem Schlüssel tastete. Wenn ich heute Nacht richtig schlafe, geht es mir morgen bestimmt wieder viel besser.

Im Flur war alles still. Sie blieb stehen und horchte, dann legte sie vorsichtig die Hand auf die Wand. Die Wand war kühl, sie vibrierte nicht. Ellis knipste das Licht an.

Alles war so, wie sie es verlassen hatte. Man ahnte nur einen leichten Seifengeruch in der Luft. Das Bad war ordentlich aufgeräumt, aber in der Badewanne verriet noch eine kleine Pfütze schaumiges Wasser, dass

Joe hier gewesen war. Langsam ging sie die Treppe hinauf, um in Nells Eisenbett zu schlafen.

In den frühen Morgenstunden schreckte sie hoch. Sie starrte hinauf zu den Balken über ihrem Bett und spürte, wie kühle Luft durch das Fenster hereinwehte. Schläfrig stand sie auf, um auf die Lichtung hinauszuschauen. Der Nebel hatte sich aufgelöst, und die Rehe waren gekommen, um neben dem Fliederbusch zu äsen. Sie setzte sich aufs Fensterbrett.

Hier hatte Nell gesessen und auf Laurence gewartet. Und sie hatte in ihr Tagebuch geschrieben: *In fünfzig Jahren wird es keine Rolle mehr spielen, ob Kinder ehelich oder unehelich geboren werden.* Auf eine gewisse Art hatte sie damit Recht gehabt. Die praktische Seite war inzwischen vergleichsweise unkompliziert, und die Einstellung gegenüber ledigen Müttern hatte sich auch geändert. Aber der Rest war nicht leichter geworden. Noch immer war es sehr schwer, auf sich selbst gestellt zu sein und allein die Verantwortung für einen anderen Menschen zu übernehmen.

Sie begann zu frösteln und beschloss, wieder ins Bett zu gehen. Als sie sich umdrehte, stieß sie aus Versehen mit dem Ellbogen gegen den Fensterflügel, der laut schepperte. Erschrocken schauten die Rehe hoch und suchten blitzschnell unter den Bäumen Schutz. Morgen fange ich ein neues Leben an, dachte Ellis, während sie unter die Bettdecke kroch. Ich werde aufhören, der Vergangenheit nachzuweinen.

UM ACHT Uhr stand sie auf, und zwanzig Minuten später hatte sie bereits gefrühstückt und das Geschirr weggeräumt. Sie trat vors Haus, um die morgendliche Welt zu begrüßen, dann ging sie daran, die Wäsche zu sortieren und die Waschmaschine im Bad anzuwerfen. Heute muss ich mit Mama sprechen, dachte sie. Außerdem muss ich endlich meine ganzen Bücher einsortieren.

Sie ging ins Wohnzimmer und begutachtete das allgemeine Chaos. Nells Tagebuch lag noch immer auf dem Tisch. Sie scheute davor zurück, es in die Hand zu nehmen. Wovor hatte sie Angst? Befürchtete sie, dass Nell sie wieder so fesseln würde, dass sie das Buch nicht mehr weglegen konnte?

Sie ließ es liegen, räumte erst einmal ein Stück Fußboden frei, stellte die Bücher ins Regal, ordnete sie neu und fügte andere hinzu. Als sie schließlich den Mut fand, das Tagebuch in die Hand zu nehmen, war es schon nach zehn Uhr. Der muffige Geruch, der ihr beim Öffnen des Buches in die Nase stieg, erinnerte sie daran, dass die Geschichte der

Vergangenheit angehörte und mit ihrem gegenwärtigen Leben so gut wie nichts zu tun hatte. Sie wollte das Tagebuch gerade wieder auf den Tisch legen, als sie den Zettel sah.

Joe hatte Williams Skizze vom Lavendelgarten verwendet und auf die Rückseite geschrieben: *Wenn du mich das nächste Mal rufst, dann werde ich dich nicht hören.* Er hatte den Zettel in das Tagebuch gelegt, damit sie ihn dort finden sollte. Er hatte sie beim Wort genommen.

Wütend knallte Ellis das Tagebuch auf den Tisch und ging hinaus. Sie brauchte unbedingt frische Luft. Als sie ins Freie trat, sah sie, dass der Wagen ihres Vaters gerade am Rand der Lichtung auftauchte.

Sie ging ihm entgegen. Doch William wollte nicht hereinkommen. „Ich muss gleich weiter, Kleines", brummelte er. „Ich wollte nur kurz vorbeischauen und dir sagen, dass deine Mutter dich sehen möchte."

„Ja, das kann ich mir vorstellen. Wie hat sie denn reagiert?"

„Eigentlich besser, als ich gedacht habe. Klar, sie war ziemlich enttäuscht, dass sie die Neuigkeit nicht von dir persönlich erfahren hat, und sie findet es unter diesen Umständen auch nicht gut, wenn wir heute Abend zum Essen zu dir kommen. Aber sie möchte alles mit dir besprechen."

Er sieht richtig erschöpft aus, dachte Ellis, und daran bin ich schuld.

„Ich hab dir etwas mitgebracht." Er holte einen zerknitterten Briefumschlag aus der Jackentasche. „Aber ich weiß nicht, ob es richtig ist." Verlegen hielt er ihr den Umschlag hin. „Deine Mutter weiß nichts davon. Aber das Ganze geht jetzt schon so lange, und wenn sich nicht bald etwas ändert, dann ist es zu spät. Was du damit machst, musst du ganz allein entscheiden."

„Wovon redest du, Papa?"

William zuckte die Achseln. „Na ja, du hast doch gesagt, du willst wissen, woher du kommst. Aber ich hab deiner Mutter mein Wort gegeben. Ich kann nicht mehr tun, als dir diesen Brief zu geben. Und du musst mir eines versprechen: dass du keine voreiligen Schlüsse ziehst, wenn du mit ihr redest. Jede Geschichte hat zwei Seiten."

Was meinte er bloß?

„Im Grunde ist es ziemlich unwahrscheinlich, dass sie nach all den Jahren noch immer da wohnt. Aber das wäre auch nicht weiter schlimm. Ich wollte eigentlich immer selbst etwas tun, aber du weißt ja, bei solchen Sachen bin ich ein bisschen feige, und die Zeit vergeht wie im Flug." Er atmete tief durch, gab ihr einen Kuss auf die Stirn und ging, ehe Ellis etwas sagen konnte.

Der Umschlag war adressiert an WILLIAM JONES ESQ., DER KRÄUTERGARTEN, OLD HALL ESTATE, IPSWICH. Er enthielt zwei Briefe, die mit einer rostigen Büroklammer zusammengehalten wurden. Der zweite war mit Maschine geschrieben, der erste von Hand, in einer ordentlichen runden Jungmädchenschrift.

Lieber Mr Guthrie,

Bezug nehmend auf Ihr Schreiben vom 15. Juni, möchte ich Ihnen mitteilen, wie sehr ich es bedauere, dass Ihre Briefe an Miss Carter vom Postamt zurückgeschickt wurden. Ich kann Ihnen nur vorschlagen, sich an Mr William Jones zu wenden. Die Geschäftsadresse lautet: Der Kräutergarten, Old Hall Estate, Ipswich. Falls meine Schwester tatsächlich die Gegend um Ipswich verlassen haben sollte, hat sie bestimmt bei Mr Jones eine Nachsendeadresse hinterlegt. Wie Sie wissen, möchte ich die Geschäfte meiner Mutter schnellstmöglich regeln, und ich wäre Ihnen daher sehr verbunden, wenn Sie sich dieser Sache ohne Verzögerung annehmen könnten.

Mit freundlichen Grüßen
Violet Palmer

Der Brief war vom 17. Juni 1965 datiert, und als Absender stand *Rosemount, 14 Lyford Road, London N 13*. Ellis begann nun den zweiten Brief zu lesen, der sehr offiziell aussah.

Lieber Mr Jones,

wie Sie aus dem beiliegenden Schreiben ersehen können, wäre uns daran gelegen, in Erfahrung zu bringen, wo sich Miss Eleanor Carter zur Zeit aufhält. Wir wären Ihnen sehr verbunden, wenn Sie uns ihre Adresse mitteilen könnten.

Mit freundlichen Grüßen
Leonard E. Guthrie
Guthrie, Booth und Taylor
Rechtsanwälte

Dieser Brief trug das Datum vom 23. Juni 1965. Ellis ging zurück ins Wohnzimmer, trat ans Fenster und schaute hinaus auf die sonnige Lichtung. Gestern Abend hatte sie vergessen, den Liegestuhl hereinzuholen, er stand noch immer unter dem Fliederbusch.

Der Fliederbusch…, genau! Welche Daten hatten auf Nells Grabstein gestanden? 1915–1965. An dem Tag, als Laura mit ihr zu Nell gegangen war, hatte der Flieder geblüht. Und fünf Tage nach diesem Besuch war Nell gestorben. Ellis hatte am 11. Mai Geburtstag, und damals, an ihrem einundzwanzigsten Geburtstag, hatte ebenfalls der Flieder geblüht. Wenn also Violets Anwalt im Juni 1965 versucht hatte, mit Nell Kontakt aufzunehmen, war das Malletts Cottage bereits ausgebrannt gewesen. Hatte Violet tatsächlich nichts von Nells Tod gewusst?

Nell und Violet hatten keinen Kontakt mehr gehabt, und es gab nur eine Person, die als Vermittlerin hätte einspringen können: Laura. Doch die sprach nicht mehr mit ihrer eigenen Mutter!

„Nell?", fragte Ellis. „Was soll ich tun, Nell?" Zögernd berührte sie die Wand, spreizte die Finger und drückte mit der Handfläche gegen den Putz. „Sag mir, was ich tun soll. Bitte."

Und da, plötzlich, da spürte sie wieder das leise Vibrieren.

„Also gut, Nell, wenn du meinst."

Sie steckte die Briefe in den Umschlag, schnappte sich ihre Schlüssel und ging aus dem Haus, ohne sich auch nur umgezogen zu haben.

In Ipswich hielt sie bei einer Telefonzelle, um ihren Vater anzurufen.

„Hallo, Papa? Ich bin's, Ellis."

„Ist alles in Ordnung, Kleines?", fragte William. „Also, ich hab mir das noch mal überlegt. Am besten ignorierst du die beiden Briefe, meinst du nicht? Es hat keinen Sinn, alles noch mal aufzuwühlen."

„Genau deswegen rufe ich an. Könntest du bitte Mama sagen, ich komme, sobald es geht. Sag ihr, ich hätte ein paar unentbehrliche Unterlagen in meiner Wohnung vergessen und müsste sie unbedingt holen."

„Ellis…", begann William.

„Vielen Dank für die Briefe, Papa", sagte Ellis. „Ich werde dein Vertrauen nicht missbrauchen, das verspreche ich dir."

„Ellis, was hast du vor?"

„Papa, ich muss los, sonst verpasse ich meinen Zug."

„Deinen Zug? Welchen Zug?", fragte William beunruhigt.

„Den Zug nach London. Ich möchte Violet besuchen. Heute, jetzt gleich." Und damit verabschiedete sie sich schnell, bevor er es ihr wieder ausreden konnte.

Sie nahm ihre Handtasche, stieß die Tür auf und ging zum Auto. Mit beiden Händen tätschelte sie ihren Bauch. „Das mache ich für dich", sagte sie zu ihrer Tochter. „Damit du weißt, woher du kommst."

KAPITEL 8

Die Lyford Road war eine gepflegte Vorstadtstraße. Die Villen waren umgeben von gestutzten Hecken, hatten wunderschöne Erkerfenster und sorgfältig hergerichtete Eingangstüren. Nur die Nummer vierzehn wirkte wie eine Art Geschwür im hübschen Gesicht des Wohnviertels. Die niedrige Mauer am Bürgersteig hatte lauter Risse, ein Teil neigte sich schon bedenklich in Richtung Straße. Ein einsamer, halb vertrockneter Rosenstrauch mit schwarzen und gelben Flecken zierte den Fußweg, der zur Haustür führte. Eine große Fläche des Vorgartens war mit Steinplatten gepflastert, die zum Teil zerbrochen waren. An den Rändern wucherten Brennnesseln und Löwenzahn. Ellis musste sofort wieder an Nells Tagebuch denken: *Mama hat alles mit Steinplatten zugepflastert…,* hatte sie darin geschrieben.

Das war also das Haus der alten Carters, Nells und Violets Elternhaus, und das Haus, in das Violet nach Lauras Geburt geflüchtet war. Am Pfosten war das Schild eines Immoblienmaklers angebracht, mit dem diagonalen Aufkleber VERKAUFT. Ellis geriet in Panik. Kam sie doch zu spät?

Das Haus selbst wirkte mindestens so trist wie der Garten: Die Farbe blätterte ab, die Fensterrahmen moderten vor sich hin, auf dem Dach fehlten mehrere Ziegel. Im Untergeschoss hingen vor dem rechten Fenster schmuddelige gelbe Vorhänge. Beim Erkerfenster links von der Tür waren die seitlichen Fenster ebenfalls zugehängt.

Zögernd ging Ellis den Fußweg entlang. Sie holte tief Luft und klopfte gegen die Glasscheibe.

„Ja?"

Die Frau, die ihr öffnete, war etwa Anfang fünfzig, mager, mit fettigen grauen Haaren, die sie zu einem dünnen Pferdeschwanz zusammengebunden hatte. Sie trug eine schmuddelige rosarote Nylonkittelschürze. War sie die Putzfrau? Die Haushälterin?

Ellis war so perplex, dass sie im ersten Moment kein Wort herausbrachte.

„Was wollen Sie?", blaffte die Frau sie an.

„Ich möchte gern Mrs Palmer besuchen. Könnten Sie ihr bitte sagen, dass ich hier bin?"

Die Frau kniff argwöhnisch die Augen zusammen. „Sind Sie vom Sozialamt?“

Ellis ließ sich nicht einschüchtern. „Ich bin Mrs Palmers Enkelin“, erklärte sie.

„Wie bitte?“

Offenbar brachte diese Information die Frau aus dem Konzept. Besonders erfreut war sie nicht, ihrer grimmigen Miene nach zu urteilen. Sie wollte die Tür schon wieder schließen, aber Ellis drückte kurz entschlossen dagegen.

„He!“ Die Frau stolperte rückwärts in den dunklen Flur. „Was soll das? Sie können nicht einfach reinkommen!“

„Ich möchte meine Großmutter besuchen. Wo ist sie? Hier drin?“

Sie ging zur ersten Tür links, die zu dem Zimmer mit dem Erkerfenster führte, weil sie glaubte, dort einen Fernseher zu hören, aber die Tür ging nicht auf. „Ist die Tür zugeschlossen?“, fragte Ellis und rüttelte an der Klinke.

„Ne, ne!“, knurrte die Frau. „Die klemmt nur.“ Sie stemmte sich mit ihrer mageren Schulter gegen die Tür, bis diese aufsprang. An der Wand sah Ellis den Widerschein des Fernsehers.

„Besuch!“, rief die Frau.

Im Zimmer roch es widerlich nach menschlichen Exkrementen. Ellis verzog das Gesicht.

„Warum denken Sie, geht sie ins Heim?“, fragte die Haushälterin. „Die kann sich doch nicht mehr allein versorgen. Ich tu mein Bestes, aber …“

„Das glaube ich Ihnen“, sagte Ellis, obwohl sie vom Gegenteil überzeugt war. Im Halbdunkel des Zimmers sah sie eine zusammengesunkene Gestalt in einem großen Ohrensessel sitzen. „Aber jetzt bin ich ja hier, da braucht meine Großmutter Sie nicht mehr, vielen Dank.“

Doch damit wollte sich die Frau nicht abspeisen lassen. „Ich hab mein Geld noch nicht bekommen.“ Sie verschränkte die Arme vor der Brust, um zu unterstreichen, dass sie nicht weichen würde, ehe sie nicht abkassiert hatte.

Die Gestalt im Sessel drehte ihr blasses Gesicht in die Richtung, aus der die Stimmen kamen.

„Wie viel?“, fragte Ellis. Ihre Augen hatten sich inzwischen an das gedämpfte Licht gewöhnt, und sie konnte den berechnenden Blick der Frau genau sehen. Wie viel kann ich rausschlagen?, schien sie zu fragen.

Ellis bluffte. „Ich hab nicht genug Bargeld bei mir“, sagte sie. „Ich muss Ihnen leider einen Scheck geben.“

„Was?“ Wieder verschränkte sie die Arme und machte ein noch pampigeres Gesicht als vorher. „Nur über meine Leiche! Ich geh hier nicht weg, bevor ich nicht mein Geld hab!“

„Dann müssen Sie sich mit dem zufrieden geben, was ich bei mir habe. Zweiundsechzig Pfund“, erwiderte Ellis. „Entweder das oder gar nichts.“

Die Frau zischte empört, widersprach aber nicht, als Ellis ihr das Geld in die Hand drückte. Dann wiederholte sie mit Nachdruck: „Mrs Palmer braucht Sie jetzt nicht mehr. Sie sollten also lieber gehen.“

„Mein Zeug ist noch in der Küche.“ Sie ging den schmalen Gang hinunter und kam mit zwei großen Einkaufstüten zurück.

Ellis hielt ihr die Haustür auf und schaute ihr nach, wie sie den Fußweg entlangschlappte. Es gab jetzt kein Zurück mehr. Sie war für die alte Dame verantwortlich.

Die Gestalt im Sessel war wieder in sich zusammengesunken. Der Raum war voll gestellt: eine Kommode, auf der ein paar in Silber gerahmte Fotos standen, und ein Plastiktisch auf Rädern, den man über ein Bett oder einen Sessel schieben konnte. Momentan stand darauf ein Plastikbecher, in dem ein rosarotes Gebiss schimmerte. Außerdem gab es einen Schrank mit Spiegeltüren, eine Waschschüssel auf einem Ständer und an der hinteren Wand ein schmales Bett. Ein schwerer runder Tisch nahm die ganze Mitte des Zimmers ein. Darauf hatte sich allerhand Krimskrams angesammelt: eine Schachtel mit Papiertaschentüchern, Medikamente, ein Wasserkrug, ein umgedrehtes Glas und ein Tablett mit einem armseligen Frühstück. Daneben stand ein altmodischer Nachtstuhl. Er war aufgeklappt, und man konnte sehen, dass das Nachtgeschirr benutzt worden war.

Ellis trat neben die alte Dame. Spucke lief ihr aus dem Mundwinkel, und das Kinn war auf die Brust gesunken. Sie schien zu schlafen, aber ihre linke Hand zitterte stark, als hätte sie ein Eigenleben. Ihr Atem ging schwer.

Als Erstes machte sich Ellis daran, den Nachtstuhl zu leeren. Das Badezimmer befand sich im ersten Stock. Ellis spülte den Inhalt des Nachttopfs die Toilette hinunter, säuberte den Topf und ging wieder nach unten.

Die alte Dame trug ein Flanellnachthemd, dazu eine rosarote Bettjacke und Hausschuhe aus Samt. Ihre Fußknöchel waren bläulich geschwollen. Ellis kniete vor ihr nieder, legte ihr die Hand aufs Knie und rüttelte sie behutsam.

„Violet", flüsterte sie. „Ich bin's, Ellis."

Violet schreckte auf. Ihre untere Gesichtshälfte war eingefallen, weil sie keine Zähne hatte, aber ihre großen Augen waren noch immer blau, noch immer schön.

„Hallo, Großmutter. Ich bin's, Lauras Tochter. Ich wollte dich besuchen."

Die alte Dame war noch halb im Schlaf. Einen Moment lang starrte sie ihre Besucherin verständnislos an. Dann beugte sie sich vor, nahm Ellis' Hand und krallte sich daran fest.

„Nell!", rief sie. „Nell, bist du's wirklich?"

Jetzt war sie richtig wach. Sie setzte sich auf und verstand, was Ellis sagte. Nach einer Weile begriff sie sogar, dass Ellis nicht Nell war, wollte sich aber nicht davon abbringen lassen, dass sie die neue Pflegerin sein musste. „Du gefällst mir besser als Norah", sagte sie. „Die hat mich dauernd angeschrien. Würdest du mir bitte eine Tasse Tee bringen?"

In der Küche stellte Ellis fest, dass Norah die Regale und Schränke geplündert und ein derartiges Chaos hinterlassen hatte, dass sie eine halbe Stunde brauchte, um so weit Ordnung zu schaffen, dass sie den Tee zubereiten konnte. Sie setzte das Wasser auf und dachte darüber nach, wie es weitergehen sollte. Da fiel ihr das VERKAUFT-Schild des Hausmaklers im Vorgarten ein. Sie ging hinaus, notierte sich die Nummer auf dem Schild, rief dort an und verlangte die Person, die den Verkauf des Objekts 14 Lyford Road abgewickelt hatte.

Die junge Frau am anderen Ende war entzückt, als Ellis sich als Violets Enkeltochter vorstellte. „Wie schön, dass Sie anrufen!", rief sie. „Ihre Großmutter ist so eine nette alte Dame, und die Pflegerinnen haben sich nicht richtig um sie gekümmert. Was kann ich für Sie tun?"

„Ich muss wissen, wann die Übergabe stattfindet", erklärte Ellis. „Wenn meine Großmutter noch einen ganzen Monat hier wohnt, muss ich mir etwas überlegen, damit ich mich so lange um sie kümmern kann."

„O nein!", rief die junge Frau fröhlich. „Sie müsste demnächst ausziehen, warten Sie einen Moment, ich sehe kurz nach …"

Ellis wartete.

„Ich habe mich noch gar nicht richtig vorgestellt", sagte die Frau, als sie wieder zum Hörer griff. „Ich heiße Janice, Janice Wainwright. In den letzten Monaten hatte ich viel Kontakt mit Ihrer Großmutter, weil ich immer wieder Interessenten das Haus gezeigt habe. Wir haben uns sofort gut verstanden. Ich erinnere sie an ihre Tochter, hat sie gesagt. Stimmt es, dass sie nicht mehr miteinander sprechen, Mutter und Tochter? Ist das nicht traurig? Wissen Sie was? Ich könnte doch nach der Arbeit kurz bei Ihnen vorbeischauen und Ihnen alles persönlich erklären, das wäre doch wesentlich einfacher. Ich habe mir schon richtig Sorgen um Ihre Großmutter gemacht. Seit sie den Schlaganfall hatte, baut sie immer mehr ab, und ich habe das Gefühl, dass die Pflegerin ihr nicht genug zu essen gegeben hat, seit sie aus dem Krankenhaus raus ist."

Ellis hatte Mühe mitzukommen. Was für ein Schlaganfall? Welches Krankenhaus? Hatte denn niemand William und Laura informiert? War die Kluft zwischen Laura und Violet wirklich so tief?

„Also, wie finden Sie die Idee, dass ich vorbeikomme?", fragte Janice.

„Ausgezeichnet", erwiderte Ellis. „Ich bin mir sicher, dass meine Großmutter sich sehr freut, wenn Sie kommen."

Zum Abendessen bereitete Ellis für ihre Großmutter ein Omelett zu, und nachdem Violet ihr Gebiss eingesetzt hatte, aß sie es mit gutem Appetit und verdrückte außerdem noch eine große Portion Eis. Die linke Hand konnte sie nicht richtig bewegen, und Ellis musste alles für sie klein schneiden, aber durch das Essen bekam sie etwas mehr Kraft.

Ellis half ihr, sich zu waschen. Als sie den Waschlappen ausspülen wollte, fasste Violet sie plötzlich an der Hand.

„Vielen, vielen Dank, meine Liebe", sagte sie. „Das fühlt sich richtig gut an!" Und sie lächelte das erste Mal.

Als Janice Wainwright kam, war Ellis gerade dabei, das Geschirr abzuwaschen. Die Maklerin war eine schlanke Blondine in einem eleganten Kostüm. Sie brachte einen Stapel Unterlagen mit und plauderte mit Violet, während Ellis alles wegräumte und noch eine Tasse Tee für Violet zubereitete. Als Janice Wainwright schließlich Violet zum Abschied auf die Wange küsste und aus dem Zimmer ging, wirkte Violet richtig traurig. Ellis folgte ihr und schloss leise die Tür hinter sich.

In der Küche erzählte die Maklerin, dass Violet in der nächsten Woche umziehen sollte. Sie hatte den Verkauf von Violets Haus betrieben und auch eine Umzugsfirma beauftragt. Außerdem hatte sie dafür gesorgt, dass ein Auktionsbüro das Haus leer räumte. Sie hatte sogar

Violets Pensionsscheck jede Woche auf das entsprechende Konto eingezahlt. „Jetzt hat sie wenigstens eine Pflegeversicherung."

Ellis war beeindruckt von so viel großzügiger Fürsorge und bedankte sich überschwänglich, aber Janice winkte ab.

„Mrs Palmer hat das meiste selbst gemacht", erklärte sie. „Den Heimplatz hat sie zum Beispiel selbst gefunden, ich hab sie nur mal hingefahren, mehr nicht. Und mit den Leuten vom Auktionsbüro hat sie verhandelt wie ein Profi. Aber wahrscheinlich war das alles doch zu anstrengend für sie, vielleicht hatte sie deswegen den Schlaganfall." Sie holte eine bunte Broschüre hervor. „Da zieht sie hin: Britannia Court, ein hübscher kleiner Wohnkomplex, sehr gut angelegt. Wenn man dort krank wird, kann man rund um die Uhr versorgt werden. Sie hat sich neue Möbel ausgesucht, das war noch vor dem Schlaganfall, und die werden diese Woche geliefert. Es wird aber trotzdem eine ziemliche Umstellung für sie sein, in eine Zweizimmerwohnung zu ziehen nach diesem Haus! Sie hat doch ihr ganzes Leben hier gewohnt. Nur während des Krieges war sie ein Jahr lang weg. Das ist alles so traurig! 1940 ist sie aus London weggegangen, frisch verheiratet, und ein halbes Jahr später war ihr Mann schon tot. Und dann saß sie ganz allein da, hochschwanger, mitten im Krieg. Das ist doch wirklich tragisch, finden Sie nicht? Sobald das Kind auf der Welt war, ist sie wieder nach Hause gekommen. Sie hat es einfach nicht ausgehalten in …, äh …"

Ellis räusperte sich. „In Suffolk", sagte sie. „Meine Mutter wurde in Suffolk geboren. Sie heißt Laura."

„Hm. Es ist doch absurd, dass die beiden nicht mehr miteinander sprechen, finden Sie nicht?"

Ja, dachte Ellis, und noch absurder ist es, dass ich mit dieser jungen Frau, die ich erst vor einer Stunde am Telefon kennen gelernt habe, in der Küche meiner Großmutter sitze und sie mir von meiner Familie erzählt, als hätte sie alle Beteiligten genau gekannt, während meine eigene Mutter die ganzen Jahre den Mund nicht aufgemacht hat!

„Wissen Sie, warum sie nicht mehr miteinander sprechen?", fragte Ellis.

Janice zuckte die Achseln. „Hat Ihre Mutter Ihnen das nicht erzählt? Irgendwie hat es mit einem falschen Freund zu tun, das heißt, er war nicht falsch, sondern mit einer anderen verlobt, und Ihre Mutter ist schwanger geworden und hat dadurch die Hochzeit platzen lassen. Na ja, damals galten eben strengere Spielregeln als heute. Damals war es sozusagen eine Todsünde, wenn man sich mit jemandem eingelassen hat, mit dem man nicht verheiratet war, und wenn die Frau dann auch noch schwanger wurde, dann war das das Ende. Heutzutage kommt einem das total bescheuert vor, da ist das eher schon normal." Sie musterte Ellis mit unverhohlener Neugier. „Sie sind doch auch im dritten Monat, wenn ich recht sehe, oder schon im vierten? Und weit und breit kein Ehering." Sie wurde vor Verlegenheit rot. „Ach, du lieber Gott, bitte, entschuldigen Sie, warum kann ich nur den Mund nicht halten!"

Aber Ellis lachte laut, sie fand Janice Wainwrights direkte Art sehr erfrischend. „Es stimmt, noch fünf Monate, und ich bin eine allein erziehende Mutter. Und was meine eigene Mutter angeht…"

„Es tut mir echt Leid! Da bin ich wieder mal in ein Fettnäpfchen getreten." Hektisch blätterte sie in ihren Unterlagen. „Ich glaube, ich sollte jetzt lieber gehen. Der Typ vom Auktionsbüro kommt am Freitag, um die Sachen abzuholen, die versteigert werden sollen, und am Montag kommen dann die Möbelpacker und erledigen den Rest. Ich habe Mrs Palmer gesagt, dass ich am Donnerstag komme, um ihr zu helfen, die persönlichen Dinge zu sortieren, das heißt natürlich, wenn Sie nichts dagegen haben."

ALS SICH Janice schließlich verabschiedete und munter den Fußweg zur Straße hinunterschritt, schaute Ellis ihr etwas benommen hinterher. Violet hatte Ellis auf Janices Vorschlag hin die Hausschlüssel übergeben und hatte jetzt verstanden, dass sie Ellis hieß, auch wenn sie das Verwandtschaftsverhältnis immer noch nicht nachvollziehen konnte. Sie war ohne Hilfe von ihrem Sessel aufgestanden, um den Nachtstuhl zu benutzen, und entschuldigte sich immer wieder dafür, dass sie so viel Mühe machte. Sie bedankte sich bei Ellis für ihre Hilfe und schlief dann prompt in ihrem Sessel ein. Ellis fragte sich immer wieder, wie es möglich war, dass diese sanfte Frau sich seit dreißig Jahren weigerte, mit ihrer Tochter zu sprechen.

Janice Wainwright hatte ihr, nachdem sie sich verplappert hatte, nicht mehr sagen wollen. Das dürfe sie nicht, hatte sie gesagt, als Ellis sie anflehte, doch mehr zu erzählen, sie dürfe nicht hinter Mrs Palmers Rücken über Ellis' Mutter reden. „Fragen Sie Ihre Großmutter", hatte sie gesagt, und damit war das Thema erledigt gewesen.

Die alte Dame döste den größten Teil des Abends vor sich hin. Also nahm Ellis die Schlüssel und machte sich daran, das Haus zu erforschen. Es war wie in einem Museum, wo niemand mehr die Ausstellungsstücke anschaute. Die altmodischen Möbel, die verblassten Vorhänge, die abgetretenen Teppiche und die plissierten Lampenschirme – alles wirkte wie ein Mikrokosmos aus einer anderen Epoche. Die Decken und Türen waren braun und beige gestrichen, die geblümte Tapete war vergilbt.

Sie begann mit dem Schlafzimmer über Violets Wohnzimmer. Das Doppelbett mit einem Kopf- und Fußteil aus Mahagoni und mit bestickten Daunendecken sah aus, als wäre es gerade eben gemacht worden. Auch der große Schrank war aufgeräumt, Hutschachteln, Schuhe, Schals, alles war mit militärisch anmutender Präzision geordnet.

Im nächsten Schlafzimmer, das vermutlich ihrem Urgroßvater gehört hatte, war es das gleiche Bild: Schuhe mit Schuhspannern, die Krawatten säuberlich abgezirkelt. Alles war penibel geordnet.

Das dritte Schlafzimmer war offenbar Violets gewesen. Es wirkte nicht ganz so steril. Auf dem Nachttisch lag ein Buch, in der Kristallschale auf der Frisierkommode hatte sich alles Mögliche angesammelt, Haarspangen, ein Lippenstift, ein vereinzelter Ohrklipp. Auf der Kommode stand ein silbergerahmtes Foto, das zum Bett hin gedreht war. Ellis nahm es in die Hand.

Es war eine Schwarz-Weiß-Fotografie, die sich an den Rändern schon langsam bräunlich verfärbte. Darauf war ein junger Mann in Uniform zu sehen. Er trug ein Pilotenabzeichen, und in der Hand hielt er eine Fliegermütze. Er sah auf altmodische Weise gut aus, aber er wirkte geistesabwesend, weit weg. Es war das Gesicht eines Träumers, das Gesicht von Ellis' Großvater Laurence Palmer.

Ellis beschloss, in dem kleinen Zimmer im hinteren Teil des Hauses zu schlafen. Vom Fenster konnte man auf den grünen Garten hinter dem kahlen Hof von Nummer vierzehn blicken. In diesem Raum standen nur ein schmales Bett, eine leere Kommode und ein Frisiertisch. Aus der Kommode im Gang holte Ellis frische Laken, bevor sie wieder nach unten ging, um nach Violet zu sehen.

Das Licht im Wohnzimmer war aus, und im Fernsehen kamen gerade die Neunuhrnachrichten, deren blauer Widerschein über das Gesicht der alten Dame flimmerte. Sie schien zu schlafen, aber als Ellis sich neben sie setzte, schlug sie die Augen auf und lächelte.

„Nell", sagte sie seufzend. „Wo hast du nur gesteckt?" Sie tätschelte Ellis' Hand. „Wir haben uns doch früher immer so gut verstanden. Ich hätte bleiben sollen, glaube ich. Aber ich war so wütend, deshalb wollte ich nur noch weg, möglichst weit weg von dir. Aber dann hat Mama mir alles aus der Hand genommen und mich behandelt wie ein kleines Kind. Ich konnte mich einfach nicht gegen sie durchsetzen. Vielleicht wäre es anders gewesen, wenn du hier gewesen wärst. Wenn ich stärker gewesen wäre, wenn ich mich gewehrt hätte, dann hätte Laura vielleicht nicht …"

Ellis schwieg. Sie fühlte sich ganz ruhig, fast friedlich. Deshalb hatte Nell sie also hierher geschickt: Sie sollte zuhören. Wenn sie nur geduldig war, würde sich alles finden.

„Kannst du dir überhaupt vorstellen, wie ich mich gefühlt habe?" Violets Augen schimmerten feucht, und die Hand im Schoß zitterte. „Ich konnte dir einfach nicht verzeihen. Ich musste doch mein Kind beschützen." Sie musterte Ellis prüfend. „Du warst immer viel stärker als ich. Wenn ich geblieben wäre, hättest du sie mir weggenommen, so wie du mir Laurie weggenommen hast." Ihre Hand im Schoß zuckte heftig. „Du hast ja versucht, mich zu warnen, aber ich wollte es nicht hören."

Plötzlich wusste Ellis genau, was sie sagen musste. „Sie wollte das Richtige tun. Sie wollte gehen, bevor es passierte."

„Und ich hab dich überredet, bei uns zu bleiben." Violet schüttelte den Kopf. „Nein, ich habe Laurie gebeten, dich zu überreden. Das war das erste Mal, dass er mich betrogen hat, stimmt's? Besonders klug war ich nie, stimmt's, Nell?"

Eine Träne kullerte ihr über die Wange. Tröstend nahm Ellis ihre Hände. „Sie wollten dir nicht wehtun."

„Aber ihr habt mir wehgetan", flüsterte sie.

Kurz flackerte der Fernseher etwas heller und beleuchtete ihre Gesichter. Violet wurde stutzig. „Du bist ja gar nicht Nell!", sagte sie scharf. „Wer bist du überhaupt?"

„Ich bin Ellis, Lauras Tochter, erinnerst du dich? Nell schickt mich." Das sagte sie, ohne zu überlegen. „Sie will alles wieder in Ordnung bringen."

„Ellis?", fragte Violet verwirrt. „Lauras Tochter, hast du gesagt?" Ellis konnte sehen, wie die alte Dame sich bemühte, ihr Gedächtnis wach zu halten. „Nein, du bist nicht Lauras Tochter, unmöglich. Du bist Nells Kind."

„Nein", sagte Ellis sanft. „Nell hatte einen Sohn, erinnerst du dich?"

„Wirklich?" Violet schaute zunächst ein wenig irritiert. „Ja, ich erinnere mich", murmelte sie dann zögernd. „Dr. Hills war da. Aber du musstest dafür bezahlen, nicht wahr. Am Ende hast du sie beide verloren, Laurie und …, und …"

Nun liefen ihr die Tränen unaufhaltsam übers Gesicht. Mit nassen Augen schaute sie Ellis an. „Nein, du bist nicht Nell, stimmt's? Du bist Lauras Tochter.“

Ellis räusperte sich. „Laura ist sehr unglücklich“, sagte sie.

Violets Unterlippe zitterte. Sie versuchte, sich aus Ellis' Griff zu befreien. „Es war genau das Gleiche“, klagte Violet. „Ich hatte das Gefühl, alles geht von vorne los. Ich habe ihr gesagt, sie soll es sein lassen, aber sie hat nicht auf mich gehört. Ich hab ihr gesagt, sie ist eine ... Aber das hätte ich nicht sagen dürfen. Dieser Brief...“

Plötzlich sackte sie in sich zusammen. War sie ohnmächtig geworden? Oder hatte sie womöglich wieder einen Schlaganfall erlitten?

„Violet?“, fragte Ellis und nahm wieder ihre Hand. „Violet, was ist los?“

Müde schaute Violet sie an. Sie wirkte plötzlich ganz klein und uralt. „Sie ist nicht mehr ans Telefon gegangen“, sagte sie. „Deshalb musste ich ihr einen Brief schreiben, aber hinterher war mir klar, dass ich das nicht hätte tun sollen. Denn sie hat mir geantwortet, und ich musste feststellen, dass geschriebene Wörter alles vergiften können.“

Ellis holte die Papiertaschentücher und trocknete ihr die Tränen. „Wenn du mal böse auf jemanden bist, dann darfst du deine Gedanken auf keinen Fall aufschreiben“, fuhr Violet fort. „Dann kannst du sie nie wieder zurücknehmen.“

Ellis dachte an das, was Joe in seiner Wut gekritzelt hatte: *Wenn du mich das nächste Mal rufst, werde ich dich nicht hören.* Ein Gefühl ohnmächtiger Trauer überkam sie.

„ICH HÄTTE nie mit Laura hierher kommen sollen“, verkündete Violet am nächsten Abend.

Ellis hatte den Tag damit verbracht, das Haus zu putzen. Außerdem hatte sie Violets Bettwäsche gewechselt, sie gewaschen, ihr ein frisches Nachthemd angezogen, für sie gekocht und ihr ein Buch aus der Bibliothek vorgelesen. Als es dunkel wurde, hatten sie gemeinsam ferngesehen. „Ich vermute, Sie gehen bald, oder?“, hatte Violet einmal gesagt, weil sie wieder dachte, Ellis sei die Pflegerin. „Norah ist immer gleich nach dem Abendessen gegangen.“ Als Ellis ihr versicherte, sie habe nicht die Absicht zu gehen, war sie ganz erleichtert.

„Ich hätte in Suffolk bleiben sollen“, sagte sie jetzt. „Ich hätte das Risiko eingehen sollen, auch wenn ich sie vielleicht verloren hätte.“ Sie stockte, weil der Film im Fernsehen sie ablenkte. „Es war Marions

Schuld. Sie hat versucht, Nell und mich mit ihrem Testament wieder zu versöhnen. Weil sie gewusst hat, dass ich das Dower House nicht haben wollte, hat sie es Laura vermacht, aber unter der Bedingung, dass sie mindestens sechs Monate dort wohnt. Sie dachte, ich käme dann auch, aber ich habe es einfach nicht fertig gebracht. Laura war neugierig und wollte unabhängig sein. Als sie das erste Mal dort war, hat sie mich angerufen, aber mit keinem Wort hat sie erwähnt, was sich alles abspielte. Sie hat nur gesagt, was für ein netter Mann der Anwalt ist, wie hilfsbereit, und dabei hat sie die ganze Zeit… Später hat sie mir einen Brief geschrieben, voller Vorwürfe… Sie wusste genau, dass das, was sie tat, nicht richtig war, aber sie hat mir die Schuld gegeben. Ich hätte sie die ganzen Jahre unterdrückt, hat sie geschrieben, das Haus hier sei wie ein Gefängnis. Dieser Mann sei ihr Fahrschein in die Freiheit, sie würde ihn niemals aufgeben. Und dann gab es einen Riesenskandal, und sie hat einfach nicht verstanden, warum ich so böse war. Keine Sekunde hat sie an die andere Frau gedacht, aber ich wusste mehr als genau, wie sie sich gefühlt hat.“ Sie schwieg und schloss die Augen.

„Sie war so ein liebes Mädchen. Margaret hieß sie, Margaret Hargreaves. Sie ist zu mir gekommen und hat mich angefleht, ich solle Laura daran hindern, dass sie ihr den Verlobten wegnimmt. Die beiden waren schon über fünf Jahre verlobt und standen kurz vor der Hochzeit. Ausgerechnet von mir wollte sie wissen, was sie tun solle. Dabei habe ich es ja nicht mal geschafft, meinen eigenen Mann zu halten, wie sollte ich da verhindern, dass meine Tochter einer anderen den Mann stiehlt? Aber es war sowieso zu spät. Laura war schon schwanger. Sie hat das absichtlich gemacht, das hat sie in ihrem Brief sogar zugegeben. Und sie wollte ihn nicht aufgeben.“

Ellis starrte auf den flimmernden Fernseher, ohne etwas wahrzunehmen. Mit einer so dramatischen Vorgeschichte hatte sie nicht gerechnet. Die Verlässlichkeit ihres Vaters war ihr immer ganz selbstverständlich erschienen, aber der William, von dem Violet sprach, hatte mit einer Frau ein Kind gezeugt, während er mit einer anderen verlobt gewesen war. Und Laura hatte William nur geheiratet, weil sie der erdrückenden Atmosphäre entfliehen wollte, in der sie aufgewachsen war, und nicht etwa, weil sie ihn liebte. Waren die ganzen positiven Dinge, die Ellis mit ihrem Vater verband, nur kindliches Wunschdenken?

Sie stand auf und zog die Vorhänge zu. Dann beugte sie sich über Violet und strich ihr die feinen weißen Haare aus der Stirn. In der indirekten

Beleuchtung konnte sie das Gesicht ihrer Großmutter kaum erkennen. Aber wenn sie das Licht anmachte, wäre der Bann gebrochen. „Violet", sagte sie leise, „es ist Zeit, schlafen zu gehen."

AM NÄCHSTEN Morgen brachte sie Violet das Frühstück, und während die alte Dame es verzehrte, rief Ellis vom Telefon im Flur ihren Vater an.

„Was ist los, Kleines?", fragte William. „Wo steckst du denn?" Seine Stimme klang wie immer.

„Ich bin in London, Papa. Ich habe sie gefunden!"

„Violet? Tatsächlich? Du meine Güte!"

„Ich wäre fast zu spät gekommen. In einer Woche zieht sie weg. Sie war krank, Papa."

„Nicht so schnell, nicht so schnell."

„Ich muss hier bleiben", sagte Ellis. Jetzt am Telefon wollte sie ihn nicht fragen, wie seine Version der Geschichte lautete, dafür musste sie sein Gesicht sehen, sie musste sich rückversichern können, dass er noch immer derselbe Mensch war, den sie ihr Leben lang gekannt und geliebt hatte.

„Sie braucht mich. Könntest du bitte Mama sagen, dass mir etwas dazwischengekommen ist? Sei mir nicht böse, dass ich dir das ausgerechnet jetzt zumute, wo du doch so mit deinem neuen Garten beschäftigt bist."

„Hör zu, Kleines. Was den Garten angeht, wollte ich dir noch etwas sagen …"

„Papa …" Es war schrecklich, dass sie nicht mehr genau wusste, wer er war. „Violet hat mir von Margaret erzählt."

„Hör zu, Kleines." William klang jetzt doch beunruhigt. „Ich hab dir gesagt, du sollst keine voreiligen Schlüsse ziehen. Jede Geschichte hat zwei Seiten."

Ellis hörte ein Geräusch im Wohnzimmer. „Ich muss zu Violet, Papa. Ich ruf dich morgen wieder an. Tschüs!", rief sie schnell und legte auf.

MIT JEDEM Tag ging es Violet ein Stückchen besser, und sie registrierte klarer, was um sie herum geschah. Sie wusch sich morgens selbst, zog sich an und ging im Zimmer hin und her. Als Ellis sie dafür lobte, freute sie sich wie ein kleines Kind.

Ellis tat Dinge, die sie noch nie in ihrem Leben getan hatte: Sie badete ihrer Großmutter die geschwollenen Füße, schnitt das Essen klein, damit sie es besser kauen konnte, und da es im Haus keine Waschmaschine gab, wusch sie die Wäsche von Hand.

Bisher hatte sie Violet nur durch Nells Augen gesehen, aber jetzt veränderte sich ihre Wahrnehmung. Ihre Zuneigung zu ihrer Großmutter wuchs von Tag zu Tag, und Violet schien ihre Gegenwart auch zu genießen. Sie lächelte, wenn Ellis sie morgens begrüßte, sie seufzte zufrieden, wenn Ellis sie frisierte. Dass Violet die Nähe zu ihrer Enkelin als so wohltuend empfand, war eine der beglückendsten Erfahrungen in Ellis' Leben.

Immer wieder führten sie Gespräche über die Vergangenheit, und Ellis fiel auf, wie sehr die alte Mrs Carter die Gedanken ihrer jüngeren Tochter beherrschte, obwohl sie schon seit zwanzig Jahren tot war. Ellis stellte es sich schrecklich vor, mit Violets Mutter unter einem Dach zu leben, ihrem fanatischen Ordnungsdrang und ihrer herrischen Art tagtäglich ausgesetzt zu sein. Über Violets Vater erfuhr Ellis vergleichsweise wenig, nur dass er es meist vergeblich versucht hatte, sich gegen seine Frau durchzusetzen. Sie konnte sich immer besser vorstellen, wie schwer es für Violet gewesen sein musste, mit Laura in dieses Haus zurückzukehren, und warum Laura sich später so verzweifelt dagegen aufgelehnt hatte.

„Eigentlich", sagte Violet am dritten Morgen, „wäre es Nells Aufgabe gewesen, sich um Mama zu kümmern, als sie alt wurde. Ich war die Hübsche, ich hätte meine eigene Familie haben sollen, so war das gedacht gewesen. Aber Mama hätte Nell ja gar nicht hereingelassen, nachdem ..., du weißt schon ... Als ich mit Laura nach Hause kam, hat Mama noch am selben Tag Nells Zimmer ausgeräumt. Sie hat ihre ganzen Sachen zusammengepackt und verbrannt. Und ich habe ihr dabei geholfen. Es hat mir richtig gut getan, alles, was mich hier an Nell erinnerte, zu vernichten. Ich habe sogar auf sämtlichen Fotos Nells Gesicht übermalt. Aber Nells wahre Geschichte habe ich Mama nie erzählt. Sie hat tatsächlich bis zu ihrem Tod geglaubt, der arme Soldat sei an allem schuld gewesen. Und diesen Verstoß gegen die Moral, den konnte sie Nell einfach nicht verzeihen." Hier verstummte sie und brach in Tränen aus. Ellis blieb bei ihr sitzen und hielt ihre Hand, bis sie, erschöpft von ihren Erinnerungen, einschlief.

Ellis studierte die Fotos, die säuberlich aufgereiht auf dem Klavier im Esszimmer standen. Hochzeitsfotos, Schnappschüsse von Ferienreisen. Violet in ihrer Schuluniform; ihr Urgroßvater in der Eingangstür zu seinem Textilgeschäft; ihre Urgroßmutter als junge Braut, hübsch und adrett lächelnd neben Violets Vater, der mit seinem Schnurrbart sehr ernst wirkte. Noch einmal Violets Mutter als etwas ältere, aber noch immer schöne Matriarchin bei der Hochzeit von Laurence und Violet. Ganz vorne im Bild stand noch jemand, groß und unbeholfen, in einem schlecht sitzenden dunklen Kostüm: Das musste Nell sein, denn das Gesicht war übermalt.

In der ganzen Galerie gab es kein einziges Foto von Laura. Hatte Violet versucht, ihre Tochter genauso auszulöschen wie Nell?

„ICH HÄTTE um ihn kämpfen müssen, dann hätte ich ihn vielleicht festhalten können. Aber ich habe keinen Finger gerührt.“ Es war Donnerstag, Violet und Ellis tranken Tee und warteten auf Janice Wainwright. „Als ich Nells Taschentuch in seiner Tasche gefunden habe, da habe ich es gewaschen und gebügelt und wieder in die Hose gesteckt. Sie waren beide immer so verkrampft, wenn sie zusammen waren. Und seine Pfeife lag im Malletts Cottage auf der Kommode.“ Sie studierte Ellis' Gesicht, als würde sie etwas darin suchen, vielleicht eine Spur von sich selbst. „Ich war viel, viel hübscher als sie. Du hättest mich sehen sollen mit zwanzig. Ich war eine Schönheit, alle Leute fanden das. Aber genützt hat es mir gar nichts. Letzten Endes war das Äußere unwichtig. Was zählt, ist… Ich weiß es bis heute nicht. Was war es denn nur, was zählte?“ Selbst jetzt noch, nach fünfzig Jahren, versuchte sie verzweifelt zu begreifen, was damals geschehen war. Und sie begriff nicht, dass sie Laurence nie zurückbekommen hätte, weil das, was er bei Nell gefunden hatte, viel zu stark war, als dass sie es hätte bekämpfen können.

Als Janice Wainwright kam, nutzte Ellis die Gelegenheit, um ein paar Einkäufe zu erledigen. Sie hatte die letzten Tage so sehr in der Vergangenheit gelebt, dass es ganz ungewohnt war, wieder unter Menschen zu sein und auf den Straßenverkehr achten zu müssen. Schnell kaufte sie für sich neue Unterwäsche, ein paar T-Shirts, Größe XXL und eine Herrenjeans, die zwei Nummern größer war als sonst, damit sie genug Platz hatte. Dann eilte sie wieder nach Hause.

Violet und Janice Wainwright waren in der Küche. Violet saß am Tisch, während Janice die Schränke ausräumte und die alte Dame fragte, was sie behalten und was sie verkaufen wollte. Tee- und Kaffeegeschirr, Teller und Krüge standen aufgestapelt auf dem Tisch.

„Mrs Palmer, Sie sind absolut gnadenlos!“, sagte Janice gerade. „Sind Sie wirklich sicher, dass Sie das Kaffeegeschirr nicht wollen?“

Ellis drückte ihrer Großmutter einen Kuss auf die Stirn.

„Ellis, wie schön! Du kannst dir gar nicht vorstellen, wie viel Spaß mir das hier macht.“ Sie strahlte richtig, ihre Augen blitzten, ihre Wangen waren gerötet. „Wenn ich euch beide früher kennen gelernt hätte, dann hätte ich das Zeug schon vor Jahren rausgeschmissen!“ Sie kicherte vergnügt. „Mama hätte es nie und nimmer erlaubt!“

Um ein Uhr wurde Violet sichtlich müde. Sie war so viel Aufregung nicht gewohnt. Also machte Ellis Sandwiches für sie alle, brachte dann ihre Großmutter zu Bett und zog die Vorhänge zu, damit sie ihren Mittagsschlaf halten konnte.

Janice verabschiedete sich vorübergehend, und Ellis war froh, dass sie allein sein konnte. Sie wollte unbedingt mit ihrem Vater reden, um die ganzen Informationen zu ordnen, die sie in den letzten Tagen bekommen hatte. Schnell machte sie sich eine Tasse Kaffee, dann rief sie im Kräutergarten an.

William nahm gleich nach dem ersten Klingeln den Hörer ab. „Ich komme fast um vor Sorge! Geht’s dir gut?“ Er klang angespannt.

„Ja, Papa, es geht mir gut. Ich …“ Wie sollte sie sich ausdrücken?

„Ja, ich weiß, dass die ganze Geschichte sich ziemlich übel anhört.“ Ellis hörte, dass er ganz hektisch atmete. „Ich habe deiner Mutter gesagt, was los ist. Es erschien mir das Beste, aber sie sagt … Ach, Ellis, kannst du nicht herkommen, damit wir über alles reden können?“

„Papa?“

„Ja, Kleines?“

„Bereust du, dass du Mama geheiratet hast?“, platzte sie heraus.

Lange kam nichts, dann sagte er ruhig: „Nein. Nein, ich bedauere nur, dass wir anderen Menschen Schmerz zugefügt haben.“ Wieder Stille, ein tiefer Seufzer. „Für deine Mutter kann ich allerdings nicht sprechen.“ Ellis dachte daran, wie Laura immer genörgelt hatte und nie mit William zufrieden gewesen war.

„Warum hat sie dich überhaupt geheiratet? Warum hat sie sich die Mühe gemacht, dich einer anderen Frau wegzunehmen, wenn sie dich gar nicht geliebt hat?“

Als ihr Vater antwortete, konnte sie hören, wie sehr er litt. „Ich glaube nicht, dass sie mich nicht geliebt hat“, begann er. „Sie hatte nur sehr hohe Erwartungen, und diese Erwartungen konnte ich nicht erfüllen. Man kann niemandem einen Vorwurf machen, es kam einfach so. Komm bitte bald nach Hause, Ellis. Da ist nämlich noch etwas, was ich dir …“ Er unterbrach sich mitten im Satz, und Ellis hörte, dass er mit jemandem redete. Er hatte Recht, am Telefon konnten sie nicht über ein Thema sprechen, dem sie so lange ausgewichen waren.

„Papa?“

„Ja, Kleines?“

„Liebst du mich?“

„Ja, natürlich, Kleines, was ist das für eine Frage!“

„Danke.“ Ellis spürte stechende Tränen in den Augen. „Du müsstest sie sehen, Papa. Sie ist so klein, so zerbrechlich. Ich mag sie sehr, Papa, so, wie ich dich mag, verstehst du? Und ich habe ein richtig schlechtes Gewissen, weil ich erst jetzt hierher gekommen bin. Ich kann erst wieder weg, wenn ich weiß, dass sie gut versorgt ist.“

„Wenn du das so empfindest, Kleines, dann musst du das auch so machen“, sagte William. „Aber ehe du auflegst, muss ich dich noch etwas fragen, was ich neulich schon mal gefragt habe, aber da hast du mir keine Antwort gegeben, und seither muss ich dauernd darüber nachdenken.“

„Welche Frage meinst du?“

„Es geht um deinen Freund.“ Er schwieg, holte tief Luft und fragte dann: „Hast du ihn geliebt, ich meine – liebst du ihn?“

Die Sonne drang durch das Fenster oben in der Haustür, und Ellis spürte die wärmenden Strahlen auf ihrem Gesicht. Sie fühlte ihren dicker werdenden Bauch und legte schützend die Hand darauf. „Ja“, sagte sie. „Ich habe ihn geliebt, und ich liebe ihn immer noch.“

AM NACHMITTAG kam Janice Wainwright zurück, und sie machten sich daran, die restlichen Sachen im Erdgeschoss auszusortieren. Violet wirkte förmlich beflügelt durch den bevorstehenden Umzug und wollte bei allen Entscheidungen dabei sein, aber die beiden jüngeren Frauen bestimmten das Tempo. Sie machten öfter eine kleine Pause, tranken Tee und aßen Kekse. Violets Sessel schoben sie von einem Zimmer ins andere, damit sie immer dabei sein konnte. Kurz nach fünf verabschiedete sich die Maklerin.

Ellis und Violet aßen im Wohnzimmer zu Abend und schauten dabei eine Vorabendserie im Fernsehen an. „Bevor nachher die Nachrichten kommen, haben wir noch Zeit, um oben ein paar Sachen zu erledigen“, meinte Violet, während sie das letzte Stückchen Quiche aß.

Ellis fand eigentlich, dass die alte Dame für einen Tag genug getan hatte. „Das können wir doch morgen früh machen“, schlug sie vor. „So eilig ist es nicht.“

Aber Violet war nicht davon abzubringen. „Ich möchte es hinter mich bringen“, sagte sie. „Ich habe es so viele Jahre vor mir hergeschoben, und deshalb will ich jetzt keine Minute mehr verschwenden.“

Gemeinsam stiegen sie die Treppe hinauf. Für Violet war es das erste Mal seit ihrem Schlaganfall. Von den Sachen ihrer Mutter wollte sie nichts. Bei ihrem Vater war es anders. Seine Haarbürste mit dem Elfenbeinrücken, seine Melone und sein Spazierstock mit dem silbernen Beschlag gleich unter dem Griff waren ihr lieb und wert.

Aus ihrem eigenen Zimmer wollte sie nur das Foto ihres toten Mannes. „Du kannst den ganzen Krempel verbrennen!", sagte sie energisch. „Ich will nichts davon haben."

Das hintere Schlafzimmer, in dem sich Ellis einquartiert hatte, wollte sie gar nicht erst betreten. „Das war Nells Zimmer", sagte sie. „Und später hat Laura da gewohnt. Mama hat es ausgeräumt, als Laura …"

Laura war also, wie vor ihr ihre Tante, ausgemustert worden und hatte nur ein anonymes Zimmer hinterlassen. Nichts war mehr dageblieben, was Violet an ihre einzige Tochter erinnern konnte.

„Wenn ich Laura überreden könnte, hierher zu kommen, würdest du mit ihr sprechen?", fragte Ellis plötzlich.

Violet schaute sie mit Tränen in den Augen an. „Würdest du das tun? Meinst du wirklich? O ja!"

Wie vereinbart kamen am Freitag die Leute vom Auktionsbüro. Sie nahmen alle Stücke mit rotem Aufkleber mit, auch den schweren, runden Tisch aus Violets Wohnzimmer.

„Ich fange ganz von vorne an", verkündete Violet, als Ellis sie fragte, ob sie sich ihrer Entscheidung auch ganz sicher sei. „Mein Finanzberater bei der Bank sagt, dass ich finanziell ganz gut dastehe, wenn das Haus verkauft ist." Sie runzelte die Stirn. „Es ist so ärgerlich, wenn man sich nicht richtig erinnern kann! Miss Wainwright hat mir bei den Möbeln geholfen, aber das war vor dem Schlaganfall, und ich kann mich gar nicht mehr genau erinnern, was wir gekauft haben." Sie kicherte belustigt. „Das wird eine schöne Überraschung!"

Sie wandte sich den Männern in ihren grauen Kitteln zu, die geduldig darauf warteten, endlich anfangen zu können. „Das ist meine Enkeltochter, müssen Sie wissen", erklärte sie. „Sie ist so ein liebes Mädchen und kümmert sich wunderbar um mich."

Ellis fragte sich, ob ihre Mutter sie je in diesem zärtlichen Ton als „liebes Mädchen" bezeichnet hatte, aber sie konnte sich nicht daran erinnern.

Nachdem die Männer gegangen waren, wirkte das Haus unheimlich still und leer. Violet hatte nur das Notwendigste behalten, und das Wohnzimmer machte ohne die schweren Möbel einen geradezu freundlichen Eindruck. „Sieh nur, wie viel Platz ich jetzt habe!“, jubelte Violet, als Ellis ihr nach dem Mittagsschlaf half, es sich im Sessel bequem zu machen. „Ist das nicht herrlich?“

Violet hatte fast ihr ganzes Leben in diesem Haus verbracht, und trotzdem konnte sie es jetzt kaum erwarten, endlich auszuziehen. Eigentlich schade, dachte Ellis, während sie von Zimmer zu Zimmer ging. Sie ist hier aufgewachsen und hat ihre Tochter in diesem Haus großgezogen, aber man hat nicht das Gefühl, dass hier jemals Kinder gewohnt haben.

Ellis dachte an ihre eigene Kindheit. Sie war ein unordentliches Kind gewesen und hatte sich zuweilen nicht besonders geschickt angestellt. Laura hatte das immer wieder zur Verzweiflung gebracht. War Laura deshalb so penibel, weil sie hier in diesem Haus unter dem harten Regiment ihrer Großmutter aufgewachsen war?

„Ich bin nicht so wie du“, erklärte Ellis jetzt so laut, dass ihre Stimme in dem leeren Zimmer hallte. „Ich werde nicht die gleichen Fehler machen.“

Ihre Schwangerschaft war jetzt nicht mehr zu übersehen, und zum ersten Mal fragte sie sich, ob Laura tatsächlich nichts gemerkt hatte, als sie vor über einer Woche bei ihr gewesen war. Zum ersten Mal ließ Ellis die Wut und die Enttäuschung zu, die seither unter der Oberfläche gebrodelt hatten. War ihre Mutter so blind, oder interessierte es sie einfach nicht? Liebe muss erwidert werden, dachte Ellis, sonst kann sie nicht gedeihen. Sie welkt dahin, wenn sie nicht angenommen und zurückgegeben wird.

Erst jetzt, mit ihren fünfundsiebzig Jahren, hatte Violet den Mut gefunden, sich von allem zu befreien. Was wäre passiert, wenn sie in Suffolk geblieben wäre? Dann wäre Laura in Suffolk aufgewachsen mit Menschen, die sie liebten. Ob sie dann fähig gewesen wäre, Zuneigung zu schenken?

Eines Tages würde auch Ellis’ Tochter erwachsen werden. Sie würde ausziehen, ihr eigenes Leben leben, eine Familie gründen. Plötzlich sah Ellis ihre Zukunft mit erschreckender Klarheit vor sich. Was war sie doch für eine Idiotin gewesen, dass sie das, was sie mit Joe gehabt hatte, einfach weggeworfen hatte. Sie hatte ihn weggeschickt, und jetzt war es zu spät, sie konnte ihn nicht zurückholen. Würde sie enden wie Violet, als einsame alte Frau, die auf die Hilfe von Fremden angewiesen war und nur noch auf den Tod wartete?

VIOLETS Wohnung im Britannia Court befand sich im Erdgeschoss. Das Wohnzimmer ging nach Süden, mit Blick auf den Gemeinschaftsgarten. Als Ellis und Violet eintraten, schien die Sonne durch die Balkontür.

Die neuen Möbel waren bereits geliefert worden. Die Stoffe waren alle rosa-türkis gemustert, das Holz war in hellem Apricot gehalten. Es war nicht unbedingt Ellis' Geschmack, aber Violet war entzückt. Ellis konnte richtig sehen, wie belebend diese helle, freundliche Wohnung auf ihre Großmutter wirkte.

Den Nachmittag verbrachte Ellis damit, die Betten zu beziehen, die Küchenschubladen einzuräumen und die Möbel herumzuschieben. Eigentlich sah die Welt nicht so düster aus, wie sie gedacht hatte, als sie nach London gekommen war. Violet ging es zusehends besser, und vielleicht setzte sich dieser Prozess noch fort, wenn sie sich erst eingelebt hatte.

Doch am nächsten Morgen war die alte Dame ganz durcheinander. Sie verwechselte Ellis mit Nell, schien irritiert durch die unbekannte Aussicht aus ihrem Schlafzimmerfenster, und ihre linke Hand zitterte stark. Sie ist erschöpft, aber das geht vorbei, sagte sich Ellis, während sie sie ins Badezimmer führte. Und tatsächlich, schon nach dem Frühstück ging es Violet besser, sie wusste wieder, wo sie war, und erkannte Ellis als ihre Enkelin.

Dennoch war dieser zeitweise Verwirrungszustand doch ein Hinweis darauf, dass Violet, wenn sie weiterhin in ihrer eigenen Wohnung bleiben wollte, Hilfe brauchte. Ellis überredete sie, ein Schreiben aufzusetzen, das sie berechtigte, sich um Violets Finanzen zu kümmern. Mit diesem Brief in der Hand machte sie sich noch am gleichen Morgen auf den Weg zu Violets Steuerberater.

Dort stellte sie fest, dass Violet finanziell so gut dastand, dass sie sich die bestmögliche Pflege leisten konnte. Am Nachmittag telefonierte Ellis mit den verschiedenen Pflegediensten in der Gegend. Als sie einen Pflegedienst gefunden hatte, der ihrer Meinung nach Violets Bedürfnissen am besten entsprach, machte sie gleich Nägel mit Köpfen: Ab der folgenden Woche sollte regelmäßig jemand bei Violet vorbeischauen, die Wäsche besorgen, einkaufen und sich darum kümmern, dass sie täglich drei vernünftige Mahlzeiten zu sich nahm.

GEGEN Ende der Woche fühlte sich Violet in ihrer neuen Wohnung schon richtig zu Hause. Ellis hatte die Küche auf Vordermann gebracht und die schönsten Porzellanteile in die Vitrine im Wohnzimmer gestellt. Auf dem Tisch stand ein Blumenstrauß.

„Großmutter, ich glaube, es wird langsam Zeit, dass ich nach Hause fahre“, sagte Ellis. Sie kniete neben Violet, die in ihrem Sessel am offenen Fenster saß. „Ich komme bald wieder, und ich rufe dich an, sooft ich kann, das verspreche ich dir.“

Violet zwinkerte ihr zu. „Und wenn dein Baby geboren ist, kommst du vorbei und zeigst es mir, versprochen?“

„Was?“ Ellis hatte absichtlich nichts von ihrer Schwangerschaft erzählt, um ihre Großmutter nicht zu beunruhigen. „Woher weißt du, dass ich ein Kind bekomme?“

Ein zufriedenes Lächeln huschte über Violets Gesicht. „Ich mag ja alt sein, meine Kleine“, sagte sie. „Und ich bin auch nicht besonders klug. Aber blind bin ich nicht.“

Es fiel ihr schwer, von ihrer Großmutter Abschied zu nehmen; so schwer, dass sie noch einen Tag blieb. Und dann noch einen. Immer neue Ausreden fielen ihr ein. Sie half Violet mit den Rechnungen, die sich seit ihrem Schlaganfall stapelten. Sie sorgte dafür, dass das Pflegepersonal genau wusste, was zu tun war. Aber als die dritte Woche anbrach, war ihr klar, dass sie nun endlich gehen musste.

„Deine Mutter findet das alles überhaupt nicht gut“, sagte William, jedes Mal wenn sie anrief. „Ist auch wirklich alles in Ordnung?“ Er wollte sicher sein, dass sie nicht vorschnell urteilte und bereit war, die Seite ihrer Eltern zu hören.

Ellis ihrerseits sehnte sich zunehmend nach der Ruhe von Malletts Cottage. Außerdem wusste sie, dass sie sich unbedingt mit ihrer Mutter aussprechen musste. Aber trotzdem zögerte sie. Vielleicht blieb ihr und Violet nicht mehr viel Zeit, das, was sie erst jetzt entdeckt hatten, zu genießen.

Schließlich nahm Violet ihr die Entscheidung ab. „Ich bin dir sehr dankbar für alles“, erklärte sie, „aber jetzt musst du dich wieder um dein eigenes Leben kümmern.“

Am nächsten Nachmittag machte sich Ellis schließlich schweren Herzens auf den Weg. In zwei Stunden kam die Pflegerin. Bei dringenden Notfällen war der Heimdienst sofort zur Stelle, und Ellis hatte jetzt eigentlich keine Angst mehr, dass ihre Großmutter nicht zurechtkommen könnte. Außerdem hatte sie ihr versprochen, regelmäßig zu Besuch zu kommen.

„Mach dir keine Sorgen um mich, mein Kind“, sagte Violet, als sie sich von ihr verabschiedete. „Ich werde hier gut mit allem fertig.“ Sie schaute hinaus in den Garten. „Es ist so schön hier. Ich hätte schon vor Jahren hierher ziehen sollen! Und vergiss bitte nicht…“ Sie legte ihre knochige Hand auf Ellis’ Hand. „Ich meine, wegen Laura…“ Sie tätschelte sie ein bisschen. „Und da wäre noch etwas.“

„Ja?“

„Ganz unten im Schrank in meinem Schlafzimmer steht ein Schuhkarton. Es ist ein brauner Karton. Oder ist es der grüne? Ach, mein Kind, es ist so lästig, wenn man sich nicht mehr richtig erinnern kann. Bring sie mir beide her.“

Als Ellis den braunen Schuhkarton aus dem Schrank holte, glitt er ihr aus den Händen, und ein ganzer Stapel Briefe landete auf dem Fußboden. Sie wusste sofort, was für Briefe das waren. *Bitte, zeig Nell diesen Brief, und sag ihr, ich hoffe, dass sie nicht zu traurig ist*, hatte Laurence geschrieben. All diese Briefe, die er an seine Frau adressiert, aber für eine andere geschrieben hatte, hatte Violet trotz allem über ein halbes Jahrhundert aufbewahrt. Wie traurig, dachte Ellis, wie unendlich traurig.

„Den hier meine ich“, sagte Violet und zeigte auf den grünen Karton. „Du sollst ihn haben.“ Sie zögerte kurz. „Dürfte ich dich dafür um einen kleinen Gefallen bitten?“

„Aber natürlich“, antwortete Ellis. „Was möchtest du denn?“

Plötzlich stiegen Violet Tränen in die Augen. „Ich wüsste furchtbar gern, was aus dem Jungen geworden ist“, sagte sie.

KAPITEL 9

Nachdenklich ging Ellis die Straße hinunter zur Bushaltestelle. Sie nahm den Bus zum Bahnhof, und als sie endlich im Zug nach Ipswich saß, stellte sie den grünen Schuhkarton vor sich auf das Tischchen und fuhr mit dem Fingernagel am Deckelrand entlang, um das Klebeband zu lösen.

Gespannt öffnete sie den Deckel. Der muffige Geruch erinnerte sie an Nells Tagebuch; es war der Geruch der Vergangenheit. Der Karton war randvoll mit Fotos, mit rissigen, verblassten Fotos, die sich am Rand aufrollten. Ellis war sprachlos. Lauter Bilder von Laura, Violets einzige Erinnerung an ihre verlorene Tochter. Violet hatte sie offensichtlich vor ihrer Mutter versteckt, damit sie sie nicht vernichtete.

Lauras Taufe. Ihre ersten Schritte, unsicher an der Hand der Mutter. Laura beim Sandburgenbauen am Strand. Es gab viele Fotos von Mutter und Tochter, aber auch mit allen dreien: Violets Mutter, Violet und Laura, drei Generationen schöner Frauen. Ellis schaute sie alle an, Dutzende von Familienporträts von Violet und Laura und den alten Carters. Ganz unten im Karton fand sie ein kleines Schwarz-Weiß-Foto von der jungen Violet. Neben ihr, liebevoll untergehakt, das Gesicht leicht abgewandt, als wäre es ihr unangenehm, sich dem Objektiv des Fotoapparats auszusetzen, stand Nell.

Mit klopfendem Herzen betrachtete Ellis das Bild. Nell sah ihrem Vater sehr ähnlich. Aber wie war dieses Foto zwischen die Bilder von Laura geraten? Hatte die Mutter der beiden es bei ihrer Strafaktion übersehen? Oder hatte Violet es absichtlich aufbewahrt, eine letzte Erinnerung an ihre Schwester, die einmal ihre beste Freundin gewesen war?

Der Zug verlangsamte das Tempo, und überall um sie herum standen die Leute auf und sammelten ihre Sachen ein. Doch Ellis nahm nichts davon wahr, sondern starrte das Foto an. Sie kannte sie, diese Frau mit den intensiven, klugen Augen; sie kannte sie ganz genau, nicht nur ihre äußeren Umstände, sondern ihre geheimsten Gefühle, ihre Ängste, Hoffnungen und Sehnsüchte. Und jetzt besaß sie endlich ein Bild von Nell Carter.

Der Schaffner holte sie aus der Vergangenheit zurück. Der Zug hatte längst gehalten, und alle anderen Passagiere waren ausgestiegen. Hastig legte Ellis das Foto zurück in die Schachtel, nahm ihre Sachen und stieg aus.

Sie setzte sich in ihr Auto und fuhr aus dem Bahnhofsvorplatz hinaus. Es dauerte eine Weile, bis sie die Stadt hinter sich gelassen und die offene Landschaft erreicht hatte. Erleichtert öffnete sie das Fenster, sodass ihr eine angenehme Brise ins Gesicht wehte. Das Kind in ihrem Bauch flatterte wie ein Schmetterling. Sie hatte ihm seine Geschichte geben wollen, und jetzt war sie fast vollständig. Es war keine besonders erfreuliche Geschichte, keine Familie zum Vorzeigen. Und sie fragte sich zum ersten Mal, wie sie ihrer Tochter ihre eigenen Entscheidungen erklären sollte. Würde sie es ihr übel nehmen, dass sie Joe weggeschickt hatte?

Sie fuhr direkt zum Malletts Cottage. Als sie von der Straße in den holprigen Weg einbog, wurde ihre Stimmung ein bisschen besser. Hier war sie zu Hause, in Sicherheit.

Im Haus war es kühl und still. Das Tagebuch lag noch dort, wo sie es hingelegt hatte, doch sie rührte es nicht an, sondern ließ sich ein Bad ein, machte eine Einkaufsliste und holte ein Brot aus dem Gefrierschrank, das sie auf die Spüle legte, damit es auftauen konnte, solange sie badete. Sie stieg in die Wanne, wusch sich die Haare, lehnte sich zurück und schloss die Augen. Das heiße Wasser tat ihr gut, obwohl es nichts ausrichten konnte gegen die Herzschmerzen, die sie mit einem Mal spürte. Als sie die Augen wieder aufschlug, sah sie durch das Badezimmerfenster, dass der Himmel bedrohlich schwarz wurde. In der Ferne grollte der Donner.

Vorsichtig stieg sie aus der Wanne. Sie war jetzt in der zwanzigsten Woche, und ihr Bauch rundete sich unübersehbar. Vom Bauchnabel führte eine braune Linie zu den Schamhaaren. Mit dem Finger fuhr sie diese Linie nach, und als Antwort spürte sie einen Tritt von ihrer Schmetterlingstochter. Sie war schon ein vollständiges Lebewesen mit Armen und Beinen und allen Organen, nur wachsen musste sie noch. Ellis wurde von derselben Zärtlichkeit überschwemmt, die sie während der letzten Wochen immer wieder für ihre Großmutter empfunden hatte.

„Du hast einen Fehler gemacht“, sagte sie laut. „Du hättest Joe nicht wegschicken sollen.“

Was hatte Joe geschrieben? *Wenn du mich das nächste Mal rufst, werde ich dich nicht hören.* Wie bringt man jemanden, der nicht mehr hören will, dazu, trotzdem zu antworten?

Sie beschloss, ihren Vater zu besuchen. Papa wird dafür sorgen, dass es mir besser geht, dachte sie.

ES WAR schon fast fünf, als sie in den Parkplatz des Kräutergartens einbog, aber es standen noch immer jede Menge Autos da. Das hintere Ende des Parkplatzes war abgesperrt. Dort lud gerade ein Mann mit einem Gabelstapler eine Palette mit Backsteinen von einem Lastwagen, während ein zweiter Mann ihn dirigierte. Ein riesiger Haufen Erde lag bereit für die neuen Beete. Aber wozu die Backsteine? In Williams Plänen für den Lavendelgarten hatte Ellis keine Backsteine gesehen. Überhaupt fand sie es verblüffend, dass das Projekt schon so weit gediehen war, zumal die Pläne bei ihrer Abfahrt noch gar nicht fertig gewesen waren.

Ellis entdeckte ihren Vater auf der anderen Seite des Lastwagens. Offenbar diskutierte er über einen Bauplan mit jemandem, der hinter dem Wagen stand, sodass Ellis ihn nicht sehen konnte. Sie beschloss, ihn vorerst nicht zu stören, und schlängelte sich zwischen den Kunden durch zum Büro.

Die Wolken am Himmel wurden zusehends dunkler; das Donnergrollen kam unaufhaltsam näher. Als Ellis das Büro erreicht hatte, flammte ein greller Blitz auf und tauchte den ganzen Garten für einen Moment in ein bläuliches Licht. Die Kunden begannen zu rennen und warfen besorgte Blicke zum Himmel.

Wieder ein Blitz, diesmal gefolgt von einem krachenden Donner. Als hätte jemand eine riesige Sprinkleranlage angestellt, begann es plötzlich heftig zu regnen. Die Temperatur fiel innerhalb weniger Minuten um fast zehn Grad. Ellis fröstelte und dachte daran, dass ihr Vater bestimmt nass wurde bis auf die Haut. Am besten, sie machte ihm eine Tasse Tee, die ihn ein wenig wärmen würde. Als sie gerade das Wasser in die Kanne goss, erschien er mit zwei Männern in der Tür.

„Ellis!", rief er erfreut. „Was für eine schöne Überraschung!"

Als sie sein Gesicht sah, wusste sie, dass alles gut werden würde. Egal, was William in der Vergangenheit getan hatte, er war noch immer der Mann, den sie ihr ganzes Leben geliebt hatte. Sein Gesicht war dreckverschmiert wie bei einem kleinen Jungen, der im Matsch gespielt hat. Schultern und Kopf waren klatschnass. Er breitete die Arme aus. Ellis schmiegte den Kopf an seine breite Brust und sog den vertrauten Geruch von Erde und frischer Luft ein. Sie stellte sich auf die Zehenspitzen und drückte ihm einen herzhaften Kuss auf die Wange.

„Hallo!", sagte sie. „Ich freue mich auch, dass ich wieder hier bin."

William stellte ihr die beiden kräftigen jungen Männer vor, die mit hereingekommen waren. Sie halfen beim Verlegen der Wege. Schnell setzte Ellis noch frisches Wasser auf.

„Welche Wege?"

„Das zeige ich dir gleich." William setzte sich an seinen Schreibtisch. „Pflasterwege, in so 'nem Fischgrätenmuster, und dazwischen die Lavendelhecken. Wir haben die perfekten Backsteine gefunden, ein schönes gedämpftes Rosarot. Schau dir das mal an!" Er zog einen Plan aus der Hosentasche und breitete ihn auf seinem chaotischen Schreibtisch aus. „Ist das nicht großartig?"

Die Pflasterer, die den Entwurf natürlich längst kannten, traten an die Tür und schauten hinaus in den strömenden Regen.

Ellis blickte ihm über die Schulter. Die Skizze war farbig, ein Muster aus ineinander verwobenen geometrischen Formen. Schmale Pfade trennten die verschiedenen Lavendelsorten, deren Namen William in seiner krakeligen Handschrift eingetragen hatte. *Lavandula* dies und *Lavandula* das, jede Gruppe in der entsprechenden Farbe einschraffiert. „Es ist eine Art Irrgarten!", schwärmte William. „Siehst du, die Backsteinwege locken die Leute hinein. Wir pflanzen in Farbblöcken, und zwar fangen wir außen mit dem dunkelsten Violett an – hier, diese Sorte, sie heißt ‚Hidcote Twickel Purple', nach und nach wird's heller – ‚Royal Purple', ‚Grapenhall' und dann ‚Munstead' – danach geht's in Hellblauviolett und Rosa über – die Sorte hier heißt ‚Miss Katherine', sie duftet ganz wunderbar und hat eine tolle Farbe – und schließlich die *Lavandula nana alba,* die Weiße, ganz in der Mitte. Die Leute sollen den Farben vom Dunklen zum Hellen folgen, um zur Mitte zu kommen, und es gibt natürlich jede Menge Irrwege. Zum Beispiel der Pfad hier." Er deutete mit seinem dicken Zeigefinger auf eine Sackgasse. „Dadurch sieht man sich die ganze Zeit die Pflanzen richtig an, und wir lassen sogar eine Postkarte machen, mit Farbfotos der verschiedenen Sorten, das heißt, man kann das Spiel auch spielen, wenn gerade nichts blüht, dann muss man nur die Namen auf den Schildchen lesen. Ich bin so glücklich, Kleines! Genauso hatte ich es mir vorgestellt!" Er strahlte sie an. „Na? Was sagst du?"

„Ich bin begeistert!", sagte Ellis. „Hast du dir das alles allein ausgedacht?"

„Nein, ich …, äh …" William räusperte sich. „Ich hatte ein bisschen Hilfe, Liebes."

Ellis merkte, dass es etwas gab, was er ihr nicht sagen wollte. Er schaute sich verlegen im Raum um. „Wo habe ich denn meinen Tee abgestellt?"

„Hier." Ellis holte die Tasse unter dem Plan hervor.

Der Regen schien etwas nachzulassen, der Himmel wurde wieder heller. Die Pflasterer hatten ihren Tee ausgetrunken und wurden unruhig. „Ich glaube, es hört auf", sagte der eine. „Wir machen uns mal wieder an die Arbeit."

William nickte. „Ich komme auch gleich", sagte er und strich den Plan glatt.

„Papa, du hast meine Frage nicht beantwortet. Wie bist du auf die Idee mit dem Irrgarten gekommen?"

William drückte seine Teetasse an die Brust. „Seit über zwei Wochen versuche ich, mit dir zu reden, Kleines, aber jedes Mal kam etwas dazwischen."

„Papa, du weißt doch, warum das so war. Ich habe dir doch gesagt …"

Er winkte ab. „Nein, nein, Kleines, das meine ich doch gar nicht. Ich wollte dir nur sagen, dass … Ach, es ist so schwierig. Ich habe erst kapiert, wer er ist, nachdem wir schon eine ganze Weile …"

„Hast du eine Minute Zeit, William?"

Ellis erstarrte. Im Gegenlicht konnte sie sein Gesicht zwar nicht richtig erkennen, aber sie wusste sofort, wen sie vor sich hatte. Wie gut sie seine Körperhaltung kannte, seine Stimme! Ihr Herz begann zu rasen, aber die fast schmerzhafte Freude wurde getrübt von Angst und Unsicherheit. Warum war Joe Leavis hier?

„Papa, was geht hier vor?"

Joe blieb einfach stehen und wartete.

„Ich wollte es dir gerade erzählen, Kleines", brummelte William und rutschte verlegen auf seinem Stuhl hin und her.

Ellis konnte die Augen nicht von Joe wenden.

Joe starrte sie ebenfalls an. Einen Moment lang hatte er erschrocken ausgesehen – offenbar hatte er sie genauso wenig hier erwartet wie sie ihn –, aber er hatte sich schnell wieder unter Kontrolle. Er vergrub die Hände in den Hosentaschen, sein Mund verzog sich zu einer schmalen, trotzigen Linie. Selbst auf die Entfernung spürte Ellis die Feindseligkeit, die von ihm ausging.

„Ich wollte nicht stören, William", sagte Joe höflich, „aber die Arbeiter sind gerade gekommen. Sie wollen wissen, wie viel Erde sie für den Mutterboden abtragen sollen."

„Danke, ist gut", sagte William. „Ich komme gleich raus."

Joe wirkte ganz souverän. Nur seine Augen verrieten ihn. Obwohl er mit William redete, sah er die ganze Zeit Ellis an. Sein durchdringender Blick machte sie kribbelig, aber sie konnte sich nicht rühren und auch nicht wegschauen.

William kam ihr zu Hilfe. „Ich muss noch etwas mit Ellis besprechen", verkündete er.

„Gut. Bis gleich dann", meinte Joe und machte auf dem Absatz kehrt.

William schaute seine Tochter mit einem richtigen Armesündergesicht an. Der Anblick war so komisch, dass Ellis plötzlich hysterisch loskicherte.

„Heißt das, du bist mir nicht böse, Kleines?", fragte William erleichtert.

„Doch, ich bin dir böse", entgegnete Ellis. „Was hast du dir dabei gedacht?"

William wühlte in der Vitrine nach seiner Keksdose. „Ja, weißt du ...“ Er hielt seiner Tochter die Dose hin. „Willst du einen? Wunderbare Butterkekse!“

„Nein danke, Papa. Was soll das Ganze?“

„Ach je! Es war keine Absicht, wirklich nicht. Er ist plötzlich aus dem Nichts hier aufgekreuzt, an dem Tag, als du nach London gefahren bist. Du weißt ja, was für Schwierigkeiten ich mit meinen Entwürfen für den Lavendelgarten hatte, irgendwie hab ich die Kurve nicht gekriegt. Und da kam er hier an und hat mich gefragt, was ich mit dem Grundstück vorhabe.“

Ellis konnte es sich lebhaft vorstellen. William redete für sein Leben gern über Gartenprobleme, mit jedem, der bereit war, ihm zuzuhören. Joe brauchte nur Interesse zu zeigen.

„Wie hätte ich ihn da wegschicken können?“ William breitete entschuldigend die Arme aus. „Ich musste ihn einfach nehmen. Ich bin noch nie einem Menschen mit so viel Gespür für Gärten begegnet. Dein Joe ist ein hochbegabter junger Mann.“

Dein Joe? Fassungslos schaute Ellis ihren Vater an. Joes Begabung lag doch nicht in der Gartenarbeit! Seine Begabung lag darin, dass er im unpassendsten Moment Gedichte zitierte, dass er sie zum Lachen brachte, dass er sie glücklich machen konnte und unglücklich.

„Ich habe dir doch gesagt, er ist nicht mehr mein Joe“, sagte sie müde. „Zwischen uns ist es aus.. Wie konntest du ihn nur einstellen, ohne mich vorher zu fragen?“

William setzte sich wieder auf seinen Stuhl. „Er hat gesagt, es würde dir nichts ausmachen“, murmelte er. „Weil es dich sowieso nicht mehr interessiert, was er mit seinem Leben macht.“

„Kapierst du überhaupt, was du da gemacht hast?“ Ellis wurde richtig wütend. „Als er bei mir im Malletts Cottage war, habe ich gedacht, er ist zur Vernunft gekommen und geht an die Uni zurück. Und jetzt erfahre ich, dass mein Vater, mein eigener Vater, ihm einen ordinären Gärtnerjob angeboten hat! Wenn ich dich gebeten hätte, sein Leben zu ruinieren, hättest du's nicht besser machen können!“

„Du scheinst zu vergessen, Liebes, dass ich selbst seit fünfunddreißig Jahren ein ordinärer Gärtner bin“, sagte er leise. Er sah sie verletzt und verwirrt an, genauso, wie er dreinschaute, wenn Laura an ihm herumnörgelte.

Ellis stellte schnell ihre Tasse auf die Vitrine und schlang ihm die Arme um den Hals. „Ach, Papa, entschuldige!“, flehte sie ihn an. „Du weißt doch, dass ich es nicht so meine. Aber es ist einfach so, dass Joe die Welt offen steht, und er schmeißt alles hin!"

William befreite sich sanft aus ihrer Umarmung. „Setz dich hin, Kleines. Ich glaube, ich muss dir mal ein paar Dinge erklären."

Er schenkte sich noch einen Tee ein und setzte sich auf seinen Schreibtischstuhl, während Ellis auf dem Schreibtisch Platz nahm. Er kippelte mit dem Stuhl nach hinten und schaute zur Decke. „Du denkst also, dass ich mein Leben vergeudet habe, stimmt's?"

„Nein, natürlich nicht!"

„Warum meinst du dann, dass Joe sein Leben vergeudet, wenn er für mich arbeitet?"

„Weil Joe ganz anders ist als du. Er hat einen erstklassigen Verstand."

William lachte leise. „Und ich habe einen drittklassigen?"

„Ach, Papa!" Ellis rieb sich das Gesicht. Irgendwie konnte sie es nicht richtig sagen. „Du weißt doch, was ich meine. Du bist absolut genial in dem, was du tust. Joes Gaben gehen in eine andere Richtung, das ist alles. Er ist hochintelligent, seine Referate in den ersten beiden Quartalen waren absolut genial. An der Universität könnte er es weit bringen."

„Willst du sagen, die Arbeit eines Gärtners ist nicht intellektuell anregend genug und deshalb nicht der richtige Beruf für Joe?"

„Nein, so meine ich das nicht!", protestierte Ellis. „Natürlich ist es ein guter Beruf für einen intelligenten Menschen. Ich wollte nur, dass Joe …" Sie schwieg. Mit jedem Wort machte sie alles nur noch schlimmer.

William schüttelte leicht den Kopf. „Ellis, hat Violet dir erzählt, wie wir uns kennen gelernt haben, deine Mutter und ich?"

„Ja, aber ich weiß keine Einzelheiten. Du hast damals in einer Anwaltskanzlei gearbeitet."

„Hm." William nahm sich noch einen Keks. „Das stimmt. Aber hat Violet vielleicht auch nebenbei erwähnt, dass man mich gerade gebeten hatte, als gleichberechtigter Partner einzusteigen, und dass ich mein Studium in Cambridge mit dem besten Examen meines Jahrgangs abgeschlossen hatte?"

Ellis machte den Mund auf und klappte ihn gleich wieder zu. Sie war sprachlos. William? Der gute alte, chaotische William? Der das Leben im Freien liebte und immer dreckige Hände hatte?

William musste lachen. „Kommt dir komisch vor, was? Aber es stimmt, ich kann es belegen. Du darfst nicht immer denken, dass alle Menschen dasselbe wollen wie du."

„Das denke ich doch gar nicht!“, rief sie und sah ihn nachdenklich an. „Oder vielleicht doch?“, meinte sie.

William musterte sie belustigt.

„Wahrscheinlich hast du Recht“, sagte Ellis, nahm sich einen Keks, lehnte sich an die Wand, schaukelte mit den Beinen und schlug mit den Absätzen gegen die Schreibtischschublade wie früher als kleines Mädchen. „Ich bin ein grauenhafter Snob.“

William lachte wieder. „Ja, ganz schlimm. Aber Selbsterkenntnis ist der erste Schritt zur Besserung. Bist du schockiert, weil ich meine Talente verschleudert habe?“

„Ja. Nein. Ich weiß nicht.“ Ellis schüttelte verwirrt den Kopf. „Ich weiß ja noch immer nicht alles. Erzähl mir alles, Papa. Mein ganzes Leben schon tappe ich im Dunkeln! Erzähl mir, wie ihr euch kennen gelernt habt, du und Mama, wie ihr euch verliebt habt. Vielleicht verstehe ich es ja dann.“

„Lady Palmer kam das erste Mal Ende 1959 zu mir“, begann William. „Sie hatte erfahren, dass ihr Mann nicht mehr lange leben würde, und sie wollte ihr Testament umschreiben, um den Streit zwischen Nell und Violet zu schlichten, aber sie wusste nicht, wie. Nach Sir Geralds Tod haben wir uns zusammengesetzt und die verschiedenen Möglichkeiten durchgespielt.“

„Wie sahen die aus?“

„Das palmersche Landgut war Ende der Vierzigerjahre Bankrott gegangen, und nach Sir Geralds Tod wurde seine Wohnung in Albany verkauft, damit Marion eine jährliche Rente bekommen konnte, aber die erlosch mit ihrem Tod. Also blieb nur noch das Dower House. Sie hatte sich Folgendes ausgedacht: Wenn sie Violet dazu bringen konnte, wieder nach Suffolk zu kommen und sich mit deiner Großtante Nell auseinander zu setzen, dann würden die beiden vielleicht ihre Differenzen beilegen. Sie wusste genau, dass Violet nicht wegen des Hauses umziehen würde, weil zu viele traurige Erinnerungen daran hingen, doch sie hat gehofft, dass Violet kommt, wenn sie Laura dazu bewegen kann, ins Dower House zu ziehen.“ Er nahm sich noch einen Keks. „Deine Urgroßmutter konnte es nicht lassen, sich wie eine Gutsherrin zu verhalten, und weil sie so lange allein im Dower House gelebt hat, war sie ziemlich exzentrisch geworden. Sie behandelte mich wie ihren Butler.“ Er lachte leise in sich hinein. „Das habe ich natürlich gleich unterbinden müssen. Ich glaube, ich war außer Nell der erste Mensch, der ihr je Paroli geboten hat. Danach haben wir uns blendend verstanden. Hat Violet dir erzählt, dass sie deine Mutter nach London mitgenommen hat, als sie noch keine achtundvierzig Stunden alt war? Die arme Lady Palmer hat ihre Enkelin danach nie wiedergesehen."

Ellis schüttelte den Kopf. „Nein, das wusste ich nicht. Aber ich wollte dich noch etwas Wichtiges fragen, Papa. Am Telefon hast du gesagt, du konntest Mamas Erwartungen nicht erfüllen. Wie hast du das gemeint?"

William schaute wieder zur Decke. „Als deine Mutter mich kennen gelernt hat, war ich ein vielversprechender junger Anwalt. Sie war jung und naiv, sie war unglaublich behütet aufgewachsen. Sie hatte keine Ahnung, was auf sie zukommen würde, und als sie es herausgefunden hat, war es zu spät. Du warst schon unterwegs."

„Wie, was auf sie zukommen würde?"

„Die Sache mit Margaret, meiner Verlobten."

„Violet hat mir von ihr erzählt."

William warf ihr einen kurzen Blick zu und schaute dann wieder zur Decke. „Margaret und ich sind miteinander aufgewachsen. Wir mochten uns sehr."

„Aber?"

„Es war alles sehr bequem. Maggies Vater war mein Chef. Er hatte geplant, an unserem Hochzeitstag in den Ruhestand zu gehen, und ich sollte sein Nachfolger in der Kanzlei werden. Meine Teilhaberschaft war sein Hochzeitsgeschenk für Maggie."

„Was hat er gesagt, als du ihm eröffnet hast, dass du Maggie nicht heiraten wirst?"

„Er hat mich fristlos entlassen. Außerdem hat er mir mehr als deutlich zu verstehen gegeben, dass er dafür sorgen wird, dass ich nie wieder als Anwalt arbeiten kann. Er war ein hoch angesehener Mann, der in Juristenkreisen jede Menge Kontakte hatte. Innerhalb eines Monats war ich nicht nur arbeitslos, sondern stand ohne jede Perspektive da."

„Und dann hat Nell dich eingestellt."

„Genau." William zupfte nachdenklich an seinen Augenbrauen. „Kannst du dir jetzt vorstellen, wie schwierig das für deine Mutter war? Sie hat gedacht, sie bekäme einen erfolgreichen Anwalt, und stattdessen kriegt sie einen Versager! Maggies Vater hat überall verbreiten lassen, was ich ihr angetan hatte. Als wir ins Dower House einzogen, wurden wir vom ganzen Dorf geschnitten. Statt im Luxus zu leben, saß deine Mutter in einem kleinen Haus, ohne Geld und ohne Freunde. Und sie war verheiratet mit einem ordinären Gärtner." Er warf Ellis einen bedeutsamen Blick zu.

Ellis verzog entschuldigend das Gesicht. „Arme Mama. Armer Papa."
„Ich, arm?" William begann, seine Pläne zusammenzufalten. „Mich brauchst du nicht zu bedauern, Kleines. Was kann sich ein Mann Besseres wünschen? Eine schöne Frau, eine kluge Tochter, ein hübsches Haus, all das hier…" Er breitete die Arme aus. „Und demnächst noch ein Enkelkind. Ich bin der glücklichste Mann auf der Welt, Kleines!"
Aber er wurde gleich wieder nachdenklich. „Im Moment ist die Lage allerdings ziemlich verzwickt. Ich habe versucht, deine Mutter zu bearbeiten, bin aber nicht weit gekommen. Würde es dir viel ausmachen, möglichst bald mit ihr zu reden? Und könntest du ihr erklären, warum das alles so wichtig für dich ist?"
„Ja, natürlich, Papa. Versprochen."

DAS RÄTSEL war nun fast vollständig gelöst. Ellis war klar, dass sie nicht alles erfahren würde, aber eine Sache war da noch, die sie unbedingt herausfinden musste.
William begleitete sie bis zur Fontäne, und sie drückte ihm zum Abschied einen Kuss auf die Wange. Die Luft war jetzt ruhig, aber am Horizont braute sich schon das nächste Gewitter zusammen. Ellis machte noch einen kurzen Abstecher in den Laden im Gewächshaus, um einen Sack Kohlen und eine Schachtel Kerzen zu kaufen, weil sie sich am Abend ein schönes Feuer gönnen wollte und ein gutes Abendessen bei Kerzenschein. Nach dem Essen wollte sie sich an den Kamin setzen und das Tagebuch ihrer Großtante zu Ende lesen. Sie hatte Violet versprochen, nach Nells Sohn zu fahnden, und da konnte ihr nur Nell selbst weiterhelfen.
Ellis hievte die Kohlen in den Kofferraum ihres Wagens und ließ den Blick über die anderen Autos auf dem Parkplatz schweifen. Es war inzwischen fast sechs Uhr, und der Platz war so gut wie leer. Joes zerbeulter Fiesta war nicht zu sehen.
Es hatte keinen Sinn, nach ihm zu suchen. Er war weg und wollte sie nicht sehen. „Ich habe alles vermasselt, Kleines", sagte sie zu ihrer Tochter, als sie den Parkplatz verließ, um zu ihrer Mutter zu fahren. „Es tut mir Leid."
Und sie fragte sich, wie es eigentlich weitergehen sollte. Aber sie wusste auch, dass sie zuerst Nells Tagebuch zu Ende lesen musste, bevor sie sich wieder anderen Dingen zuwenden konnte. Der Ausflug in die Vergangenheit musste abgeschlossen sein.

Laura erwartete sie schon. Kühl musterte sie ihre Tochter und ging dann den dunklen Flur voraus in die Küche. Ellis' Hoffnung auf eine schnelle Versöhnung schwand dahin.

„Wie konntest du nur!", schimpfte sie sofort los, als sie in der Küche waren. „Wie konntest du das hinter meinem Rücken tun? Ich hatte dir klar und deutlich gesagt, dass du nicht in der Vergangenheit herumstochern sollst!"

Ellis ließ sich auf den nächsten Stuhl fallen. „Mama, ich habe neulich verzweifelt versucht, dir ein paar Fragen zu stellen, aber du hast mir nichts …"

Doch Laura ließ sie nicht ausreden. „Und außerdem habe ich von einem Fremden erfahren, dass du schwanger bist! Was glaubst du wohl, wie ich mich da gefühlt habe?"

„Mama …"

„Und jetzt glaubst du, du weißt alles. Du hast dir ein Urteil gebildet und denkst, ich bin die Böse in dieser Geschichte."

„Nein!", protestierte Ellis. „Das ist nicht fair. Wie oft habe ich dich gebeten, mir deine Seite der Geschichte zu erzählen!"

Laura nahm den Wasserkocher, ließ Wasser einlaufen, knallte ihn wieder auf den Untersatz und stellte ihn an. „Wie konntest du nur!", sagte sie noch einmal.

„Mama, bitte beruhige dich, wir kriegen das schon wieder hin."

Während Laura mit verkniffener Miene neben dem Wasserkocher stand, begann Ellis zu reden. Sie erzählte von Joe und dass sie bei ihrem letzten Besuch versucht hatte, von ihrer Schwangerschaft zu erzählen. Sie entschuldigte sich zögernd, erklärte, warum sie unbedingt herausfinden wollte, woher sie kam. Aber noch während sie redete, hatte sie das Gefühl, dass Laura ihr gar nicht zuhörte.

„Und ich nehme an, meine Mutter hat dir gesagt, dass ich ein gemeines Miststück bin und dass ich die Verlobung deines Vaters absichtlich habe platzen lassen. Sie hat doch keine Ahnung, was wirklich passiert ist! Dein Vater war derjenige, der angefangen hat. Als wir uns kennen gelernt haben, wusste ich gar nicht, dass er verlobt ist!"

Sie war wütend und verbittert. Ellis konnte ihr nicht einmal einen Vorwurf daraus machen. Lauras Mutter hatte nie auf ihre Gefühle Rücksicht genommen, und William hatte sich geweigert, aus Suffolk wegzuziehen, nachdem der Skandal bekannt geworden war. „Wir hätten nach London ziehen können! Schließlich war er hoch qualifiziert, er hätte sofort einen Job bekommen, wenn wir irgendwohin gegangen wären, wo ihn keiner kannte. Er hätte etwas aus seinem Leben machen können." Violet kam nicht besser weg. „Sie war meine Mutter, aber sie war nie auf meiner Seite. In meiner Kindheit hat nur meine Großmutter regiert. Meine Großmutter hat bestimmt, wann ich abends zu Hause sein musste, was für Kleider ich anziehen, in welche Schule ich gehen sollte." Geräuschvoll stellte sie Tasse und Teller auf den Tisch. „Du kannst dir nicht vorstellen, wie unglücklich ich war. Ich wollte nur weg!"

Das Wasser kochte, und der Kessel stellte sich automatisch ab. „In meiner Jugend war alles tabu", sagte sie wütend über die Schulter, während sie das kochende Wasser in den Filter goss. „Sex vor der Ehe oder Zusammenleben ohne Trauschein, das gab es einfach nicht. Man hat erst gemerkt, ob man zusammenpasst, wenn es schon zu spät war. Und wenn man sich einmal festgelegt hatte, gab es kein Entrinnen. Man musste bleiben bis zum bitteren Ende."

Sie warf die Teelöffel auf die Untertassen. „Für deine Generation ist es selbstverständlich, dass ihr euer Leben selbst bestimmt. Du kannst einen Beruf ausüben, du kannst dich scheiden lassen, wenn dir dein Mann nicht mehr gefällt, du kannst auch ganz ohne Mann leben, wenn du willst."

„Mama!", rief Ellis, aber Laura war jetzt nicht mehr zu bremsen.

„Wenn man früher einen Ring am Finger trug, war es aus. Der Mann ging aus dem Haus, um zu arbeiten, die Frau ist daheim geblieben, und niemand hat uns vorher gesagt, wie todlangweilig das ist."

Ellis hörte schweigend zu, während sich ihre Mutter die ganze Frustration von der Seele redete, die sich in mehr als dreißig unglücklichen Ehejahren aufgestaut hatte. Erst später, als Ellis sich verabschiedet hatte und zu ihrem Auto ging, fiel ihr auf, dass sich ihre Mutter mit keinem Wort nach Violet erkundigt hatte.

Sie fragte sich, ob es besser gewesen wäre, die Vergangenheit ruhen zu lassen und die höfliche Fassade familiärer Zuneigung zu bewahren, die sie und ihre Mutter im Laufe der Jahre aufgebaut hatten. Denn mit dem heutigen Tag hatte sich alles geändert – zu viel war gesagt worden, zu viele Wunden waren neu aufgerissen worden.

Während sie nach Hause fuhr, dachte sie daran, wie oft sie das Gefühl gehabt hatte, ihre Mutter zu enttäuschen, wie wenig Wärme sie in ihrer Kindheit von ihr bekommen hatte. Für einen kurzen Augenblick hatte sie das Gefühl, dass die Einsamkeit sie zu ersticken drohte. Egal, was an der Ehe ihrer Eltern stimmte oder nicht, eins war deutlich geworden: Ihre Mutter hatte sie nicht wirklich gewollt; schwanger zu werden war nur ein Mittel zum Zweck gewesen.

Als sie sich im Malletts Cottage zum Essen hinsetzte, war es schon fast acht. Sie wollte die Kerzen anzünden, die sie gekauft hatte, konnte sie aber nicht finden. Also saß sie ohne tröstenden Kerzenschein da und sah zu, wie der Himmel immer dunkler wurde. Im Westen türmten sich schwarze Wolken auf, die von der untergehenden Sonne rot angestrahlt wurden.

Ellis räumte den Tisch ab und beschloss, im Kamin ein Feuer zu machen. Sie legte ihre Hand auf das kalte Eisen. Laurence Palmer hatte hier seine Brotscheiben geröstet, und morgens hatte hier Nell Carter das Wasser für ihren Tee zum Kochen gebracht, in dem Kessel mit der Kippvorrichtung.

Ellis hatte keine Ahnung, wie man ein Feuer macht, doch sie nahm sich ein Stück Zeitung und knüllte es zusammen. Ihr war, als ob Nell ihr sagte, was sie zu tun hatte: hier eine Papierkugel und dort eine. Jetzt die Späne. Kreuz und quer verteilt, und dann die Kohlen. So ist's gut, arbeite vom Rand zur Mitte hin. Vergiss nicht, ein paar Lücken zu lassen, damit das Feuer Zug hat. Schließlich zündete Ellis ein Streichholz an und hielt es an eine Papierkugel. Die Zeitung fing sofort Feuer, eine kleine gelbe Flamme breitete sich aus. Flammen züngelten am Feuerholz, umschlossen die schwarzen Kohlenstücke.

Ellis erhob sich und legte die Streichhölzer auf den Tisch. Draußen war wieder das Donnergrollen eines Gewitters zu hören. Sie trat ans Fenster und sah zu, wie die Blitze zuckten und der Regen gegen das Fenster trommelte. Die Bäume sahen aus wie schwarze Skelette.

So muss es gewesen sein, als Nell hier gelebt hat, dachte sie, während das Feuer knisterte und zischte. Der Geruch von feuchter Kohle und Holzrauch durchzog das Haus, und allmählich wurde es warm und gemütlich. Als das Gewitter nachließ, zog sie die Vorhänge zu, um die Nacht auszusperren. Es war Zeit für Nells Tagebuch.

Doch als sie Licht machen wollte, funktionierte es nicht. Also probierte sie den Lichtschalter im Flur. Nichts. Schließlich überprüfte sie den Sicherungskasten, aber keine der Sicherungen war herausgesprungen. Also war die Stromversorgung vermutlich außerhalb des Hauses unterbrochen worden.

Im Wohnzimmer stellte sie fest, dass es inzwischen zu dunkel war, um zu lesen. Sie tastete sich im Halbdunkel in die Küche. Hier war es etwas heller als im Wohnzimmer, denn im Westen rissen gerade die Wolken auf, und über den Bäumen erschien ein Streifen rosaroten Himmels. Ellis begann ihr Geschirr zu spülen, den Blick gedankenverloren auf die schattige Lichtung gerichtet.

„Joe!“, rief sie leise. „Joe, wo bist du?“ Sie lehnte sich an den Spülstein und beobachtete, wie der rosa Streifen Himmel immer breiter wurde. „Joe! Hörst du mich?“

Als sie den letzten Teelöffel weggeräumt hatte, war der Himmel dunkel geworden, und die ersten Sterne blinkten. Sie versuchte noch einmal ihr Glück mit dem Lichtschalter, aber ohne Erfolg. Also beschloss sie, sich eine Weile in ihren Sessel zu setzen. Ins Bett konnte sie noch nicht gehen, sie war viel zu unruhig. Da klapperte plötzlich der Türriegel, und als sie sich umdrehte, stand Joe in der Tür.

Sie schaute ihn an. Ihr Herz klopfte.

Er hielt eine Schachtel Kerzen in der Hand. „Die hast du an der Kasse liegen lassen“, sagte er und hielt ihr die Kerzen hin. „William meinte, du brauchst sie vielleicht.“

„Oh.“ Ellis schluckte. „Vielen Dank.“

Langsam trat er näher. Ellis konnte den Blick nicht von ihm wenden.

„Du hast Überstunden gemacht.“ Ihre Stimme klang viel zu laut, viel zu hektisch.

„Ja. Wir wissen immer noch nicht, wie wir die Mitte des Irrgartens gestalten wollen. Deshalb waren wir heute spät dran. Hast du ein paar Kerzenständer?“

„Ja, aber ich weiß nicht genau, wo ich sie hingeräumt habe.“

„Vielleicht kannst du mir ja zwei Teller geben.“

„Ja, klar.“ Sie ging in die Küche, hielt sich am Spülstein fest und starrte hinaus in die Dunkelheit.

Ich habe ihn gerufen, dachte sie. So ganz konnte sie es noch nicht fassen. Ich habe ihn gerufen, und er ist gekommen. Was jetzt?

Mit zitternden Händen holte sie zwei Untertassen aus dem Schrank und gab sie Joe.

„Streichhölzer?“, fragte er.

„Liegen auf dem Tisch.“

Sie stand mit dem Rücken zum Feuer und schaute ihm zu.

Joe fand die Streichhölzer, schüttelte die Schachtel, räumte den Tisch um die Untertassen herum großräumig frei und schob einen Stapel Bücher und Nells Tagebuch zur Seite. Dann nahm er eine Kerze und zündete ein Streichholz an. Die Flamme loderte auf. Er hielt sie an den Docht und die Kerze schräg, sodass ihr Wachs auf die Untertasse tropfte. Dann drückte er die Kerze darauf.

„So“, sagte er zufrieden, nachdem er auch die zweite Kerze aufgestellt hatte, und trat einen Schritt zurück.

„Danke", murmelte Ellis. Dann schwiegen beide. „Ich habe dein Auto gar nicht gehört", sagte sie schließlich, weil sie ihn noch ein bisschen festhalten wollte.

„Ich bin gelaufen", erwiderte er. „Es gibt einen Weg durch den Wald."

„Wo denn?", fragte Ellis überrascht. „Ich habe ihn neulich gesucht, aber nicht gefunden."

„Es ist nur ein ganz schmaler Pfad." Er vergrub die Hände in den Hosentaschen und trat von einem Fuß auf den anderen. „Ich glaube, ich gehe jetzt lieber."

„Ja, gut", sagte Ellis. „Vielen Dank für die Kerzen."

Er ging zur Tür.

„Geh nicht!", stieß sie plötzlich hervor.

Er drehte sich nicht um. „Ich habe es dir gesagt", murmelte er. „Ich habe dir gesagt, dass ich …"

„Ich weiß." Wie gern hätte sie die Arme um ihn geschlungen. „Aber du bist den weiten Weg zu Fuß gekommen, nur um mir die Kerzen zu bringen."

„William hat mich darum gebeten, weil er selbst fürs Abendessen zu spät dran war." Er legte die Hand auf den Griff. „Tschüs."

„Arbeitest du weiter für meinen Vater?"

Ein Schulterzucken. „Keine Ahnung. Ich bin nur eingesprungen, um beim Lavendelgarten zu helfen."

„Und dein Studienplatz, die Uni – warum hast du das alles aufgegeben?"

Sein Gesicht war undurchdringlich. Ich kenne dich gar nicht!, dachte Ellis plötzlich voller Panik. Ich liebe dich, aber ich kenne dich nicht.

Er sah sie an. „Was war der wichtigste Geruch in deiner Kindheit?", fragte er unvermittelt.

„Keine Ahnung", murmelte Ellis. Ihre Knie wurden weich. Sie setzte sich auf einen Stuhl und starrte ihn an. Er kam wieder ins Wohnzimmer und nahm ihr gegenüber Platz. Das flackernde Kerzenlicht veränderte die Konturen seines Gesichts, und seine kurzen Haare wirkten ganz stachelig. Wieder spürte Ellis dieses Verlangen, ihn zu berühren.

„Sag schon!" Er wurde ungeduldig.

„Darüber habe ich noch nie nachgedacht." Sie legte die Stirn in Falten. Dann fiel ihr plötzlich ihr Zimmer im Dower House ein. „Möbelpolitur", sagte sie. „Es roch nach Möbelpolitur und Essigwasser." Laura hatte ihr Zimmer jeden Tag aufgeräumt, weil sie unbedingt Staub wischen musste. Die Fenster putzte sie mit Essigwasser.

„Meine Kindheit roch nach Geranien", sagte Joe. „Nach Geranien und Paraffin. Es ist ein ziemlich penetranter Geruch. Geranien kriegt man so schnell nicht los."

Ellis nickte. William hatte ihr einmal eine Geranie zum Geburtstag geschenkt. Das war einer seiner Versuche gewesen, ihr Interesse an Pflanzen zu wecken.

„Mein Vater war Pflasterer", sagte Joe. „Als er starb, hatte er sein eigenes Unternehmen. Aber es war immer ein Kampf, weil er eine Frau und fünf Kinder zu versorgen hatte. Als er den ersten großen Auftrag bekam, hat er sofort ein Haus gekauft, in einem Dorf außerhalb von Middlesbrough: drei Schlafzimmer und eine Abstellkammer, das Bad im Untergeschoss." Ellis schaute fasziniert zu, wie die unterschiedlichen Gefühlsregungen über sein Gesicht huschten. „Wir mussten uns regelrecht stapeln. Fünf Kinder und zwei Erwachsene, alle auf engstem Raum zusammengepfercht. In einer großen Familie ist immer Krach, nie ist man ungestört." Je länger er redete, desto stärker wurde sein Akzent. „Papa hat hinter dem Haus einen kleinen Schuppen gebaut, damit er 'nen Raum für sich hatte, weg von dem ganzen Tohuwabohu. Jahrelang hat er nicht viel damit gemacht, eigentlich nur seine Arbeitsstiefel dort abgestellt und aus ein paar Brettern einen Werktisch gezimmert, damit er unsere Fahrräder reparieren konnte. Aber dann hat ihm unsere Katie zum Geburtstag eine rote Geranie geschenkt, und für die Geranie war nirgends Platz, außer in dem Schuppen."

Die Kerze tropfte. Joe blickte kurz auf. „Nachdem er mal angefangen hatte, gab's kein Halten mehr. Ich habe oft stundenlang dagesessen und ihm zugeschaut. Mir hat er das erlaubt, ich habe nicht so viel gequasselt wie die andern. Er saß auf einem Hocker und hat Stecklinge geschnitten, eingetopft, Samen ausgesät. Seine ganze Freizeit hat er damit verbracht. Meine Mutter hat das zum Wahnsinn getrieben. Als er starb, war sie seit zehn Jahren nicht in Urlaub gefahren, weil er seine blöden Geranien nicht allein lassen konnte."

„Genau wie mein Vater", meinte Ellis.

„Stimmt." Joe nickte. „Im Winter hatte er vierundzwanzig Stunden am Tag ein Paraffinöfchen brennen, damit die lieben Pflanzen nur ja keinen Frost abbekamen. Wenn man die Tür aufmachte, schlug einem der Geruch von Geranien, Paraffin, Kompost und Feuchtigkeit entgegen. Wenn mein Vater bei der Arbeit war, bin ich manchmal in den Schuppen gegangen, habe mich auf seinen Hocker gesetzt und ein Blatt zwischen den Fingern zerrieben." Er lächelte versonnen. „Während die anderen

Kinder in unserer Straße Klebstoff geschnüffelt haben, habe ich mich an Geranien berauscht."

Das Feuer begann zu knistern und zu zischen. Joe stand auf, um nachzulegen. „Meine Brüder führen den Familienbetrieb, eine meiner Schwestern ist Friseuse, die andere hat einen Teilzeitjob bei Marks and Spencer. Insgesamt haben sie neun Kinder." Er hielt die Hände in die Wärme. „Ich war immer der Gescheite. Meine Mutter hat große Hoffnungen in mich gesetzt und sich immer alles Mögliche für mich ausgedacht. Ich habe brav gemacht, was von mir erwartet wurde, ich wollte, dass sie stolz auf mich ist. ‚Mein Sohn wird Anwalt oder Arzt oder Architekt', hat sie immer gesagt. Er wischte sich die Hände an seiner Jeans ab. ‚Mein Sohn ist ein schlauer Kopf.' Das waren ihre Worte."

„Joe …", begann Ellis, aber er ließ sie nicht zu Wort kommen.

„Ich will aber gar kein schlauer Kopf sein! Früher war das anders. Als Kind habe ich dauernd die Nase in irgendwelche Bücher gesteckt. Dafür musste ich in der Schule einiges aushalten. Die Universität hatte ich mir eigentlich ganz anders vorgestellt, aber dann habe ich schnell kapiert, dass es zugeht wie in der Schule, nur dass man Bier trinken darf und leichter an Mädchen rankommt." Er richtete sich auf und starrte ins Feuer. „Ich habe nur weiterstudiert, weil du da warst. Einen anderen Grund gab es nicht."

Ellis sah ihn aufmerksam an.

„Meine Mutter begreift einfach nicht, dass ich nicht so leben will, wie sie es sich vorstellt", fuhr er fort. „Aber ich weiß jetzt, was ich will. William erinnert mich daran, wie ich als Kind war, wenn ich meinem Vater bei seinen Geranien zugeschaut habe." Er setzte sich wieder an den Tisch und sah ihr in die Augen. Für einen kurzen Moment war er ihr ganz nah. „Ich beneide dich", sagte er. „Ich habe gesehen, wie du deine Vorlesungen vorbereitest, ich habe gesehen, was für ein Gesicht du dabei machst. Dein Papa sieht genauso aus, wenn er sich um seine Pflanzen kümmert, absolute Konzentration, absolute Hingabe. Ich kenne das auch. Neulich bin ich abends im Kräutergarten herumgelaufen, und die ganzen Gerüche, die Farben, die Formen … Da hätte ich am liebsten …" Plötzlich schlug er mit der Faust auf den Tisch. Die Kerzen flackerten. Er verschränkte die Arme vor der Brust, als müsse er versuchen, sich zu beherrschen. „Ich glaube, ich muss jetzt wirklich gehen."

Ellis sah ihn an. Er hatte sich wieder in sein Schneckenhaus zurückgezogen. Sie hatte ihn verloren. Er war weit weg, irgendwo, wo sie ihn nicht erreichen konnte. Zu lange hatte er von ihr immer nur eine Botschaft bekommen, die er nicht verstehen wollte. Aber jetzt war es die einzige Botschaft, die er verstand.

Wie gern hätte sie gesagt: Ich habe mich geirrt, aber der Satz kam ihr nicht über die Lippen. „Du bist typisch britisch, typisch Mittelschicht", hatte Joe sie am Anfang geneckt. „Sprich mir einfach mal nach: ‚Ich liebe dich.' Siehst du? War doch ganz einfach, oder?" Sie wollte es ihm wieder sagen, aber ihre Zunge klebte am Gaumen.

„Was hast du vor?", fragte sie stattdessen.

„Ich habe mich für ein paar Abendkurse eingeschrieben, um Gartenbau zu studieren." Er ging hinaus in den dunklen Flur.

Verzweifelt rief Ellis hinter ihm her: „Joe?"

Mit gerunzelter Stirn erschien er im Türrahmen. „Was ist?"

Ellis schluckte. „Pass gut auf dich auf."

„Ja klar. Man sieht sich." Er wandte sich zum Gehen, drehte sich dann aber noch einmal um. „Du hast es mir nicht gesagt. Das kann ich einfach nicht begreifen." Dann hörte sie, wie die Tür ins Schloss fiel.

Unfähig, sich zu bewegen, blieb sie auf ihrem Stuhl sitzen. Sie schaffte es einfach nicht, hinter ihm herzulaufen und ihn anzuflehen, bei ihr zu bleiben.

„Was jetzt?", fragte sie leise. „Was soll ich jetzt tun, Nell?"

Sie schaute auf die Uhr. Es war nach zehn. Die Kerzen und das Feuer waren fast heruntergebrannt.

„Vielleicht sollte ich darüber schlafen?", sagte sie laut, und wie auf ein Zeichen gingen beide Kerzen aus. Bestimmt zieht es irgendwo, dachte sie, Joe hat wahrscheinlich die Haustür nicht richtig zugemacht.

Als sie sich vorbeugte, um die glühenden Dochte mit Daumen und Zeigefinger auszudrücken, ging plötzlich die Tiffanylampe an. Ellis blinzelte kurz, dann nickte sie. Nell hatte für sie entschieden. Sie nahm das Tagebuch, setzte sich in den Sessel und begann zu lesen.

KAPITEL 10

Augenzeugen hatten Laurences brennendes Flugzeug über der Nordsee abstürzen sehen. Auf das Telegramm folgte ein Brief. *Das Luftfahrtministerium bittet mich, Ihnen mein tiefstes Beileid auszusprechen* stand da.

Marion brachte Nell diesen Brief, nahm ihn aber gleich wieder mit, damit Violet nichts merkte. „Obwohl das ziemlich unwahrscheinlich ist. Im Moment ist sie völlig weggetreten."

Marion hatte Nells Taschentuch im hohen Gras am Rand der Lichtung gefunden. Vermutlich war es Laurence aus der Tasche gefallen, als er im Nebel den Wagen angekurbelt hatte. Sie brachte es mit herein, und als Nell das Tuch in der Hand hielt, wusste sie genau, wie Laurence gestorben war.

Er hatte nicht gleich gemerkt, dass er seinen Glücksbringer verloren hatte. Erst als er sich bei seinem Geschwader zurückgemeldet hatte, hatte er seine Taschen überprüft, aber da war es zu spät gewesen, er musste ohne sein Maskottchen starten. Er hatte gespürt, dass er keinen Schutz mehr hatte, und es war seine Todesangst gewesen, die Nell in den dunklen Morgenstunden aufgeschreckt hatte.

Ihre Trauer schlug in Wut um, in unbändige, hilflose Wut. Wie konnte Laurence ihr das antun nach allem, was er ihr versprochen hatte! *Wie konntest du mir das antun?,* schrieb sie empört in ihr Tagebuch. *Wie konntest du mich allein lassen?*

Es waren nur noch wenige Tage bis zur Geburt ihres Sohnes. Der Gedanke daran hätte sie eigentlich trösten sollen, aber seit Laurences Tod war das Kind für sie nur noch eine unerträgliche Last, die sie möglichst schnell loswerden wollte.

MARION kam jeden Abend nach Einbruch der Dunkelheit vorbei, um nach ihr zu sehen, pflichtbewusst wie immer. Bei jedem Besuch brachte sie etwas mit: Puder, Zinkcreme, einen Stapel Windeln, einen Sack mit Babysachen, die sie auf Old Hall auf einem Speicher gefunden hatte, und sogar ein Korbbettchen.

Doch Marion hatte seit dem Tod ihres Sohnes ihren Kampfgeist verloren. Außerdem machte sie sich Sorgen um Violet, die an immer schlimmer werdenden Kopfschmerzen litt. Seit der Nachricht von Laurences Tod war ihre Lethargie einer fast hysterischen Verzweiflung gewichen. Dass Nell keine Trauer zeigte, zumindest nicht in ihrer Gegenwart, schien Marion zu irritieren, aber das kümmerte Nell nicht weiter. Ihre Wut ließ keinen Raum für andere Gefühle. Die Zukunft interessierte sie genauso wenig wie das Kind. Sie spürte nichts, nur kalte, zerstörerische Wut.

Marion schien um Jahre gealtert, und manchmal war sie schon betrunken, wenn sie kam. Sie gab sich selbst die Schuld an Laurences Tod, weil sie mit ihm gestritten hatte, bevor er gefahren war. Dann wieder machte sie Nell Vorwürfe, weil sie ihn von Violet weggelockt hatte. Manchmal klagte sie auch Laurence an, aber Nell hörte ihr gar nicht richtig zu. Violets Probleme und Marions Kummer hatten nichts mehr mit ihr zu tun.

Laurences Testament war knapp und klar. Er hatte es schon im Frühjahr aufgesetzt. Alle seine weltlichen Besitztümer, Malletts Cottage, die Einrichtung und eine kleine Geldsumme, vermachte er Nell. Marion war sprachlos vor Entsetzen, als sie Nell eine Woche nach seinem Tod die Nachricht überbrachte.

„Violet weiß es noch nicht“, erklärte Marion, die sich wie immer ans Feuer setzte und in großen Schlucken ihren Whisky trank. „Ich habe ihr das Testament noch nicht gezeigt, und ich werde es ihr auch nicht zeigen. Dann verliert sie den Verstand.“

Nachdem Marion gegangen war, blieb Nell noch lange sitzen, starrte ins Feuer und fragte sich, warum das alles noch wichtig war, wenn Laurence sowieso nicht mehr nach Hause kam. Du bist die Starke, sagte sie sich. Du bist diejenige, die alles hinter sich lassen wollte, um noch einmal ganz von vorn anzufangen, erinnerst du dich? Aber das war vorher gewesen, vor dem Traumbild eines gemeinsamen Glücks.

Sie wollte ins Bett gehen, alles vergessen, schlafen. Also löschte sie die Öllampe und tastete sich an der Wand entlang, um die Verdunkelung abzunehmen. Am Fenster blieb sie einen Moment stehen und lauschte. Es regnete, und die Tropfen trommelten aufs Dach. Schwer stützte sie sich auf das Fensterbrett.

Sie spürte es nur kurz, ganz schwach, und als sie sich darauf konzentrierte, war es verschwunden. Sie hielt den Atem an, aber da war nichts mehr, nur der kalte Stein unter ihren Händen. Denk an etwas anderes, was nichts damit zu tun hat, sagte sie sich. Also begann Nell in Gedanken aufzuzählen, was sich alles in ihrer Speisekammer befand. Plötzlich bemerkte sie, wie sich die Schwingungen unter ihren Fingern verstärkten, und sie wusste, dass sie bleiben musste. Wenn sie hier blieb, war Laurence noch immer bei ihr.

Als sie die Treppe ins Schlafzimmer hinaufging, spürte sie, wie sich ihr Kind bewegte. Sie legte die Hände auf ihren dicken Bauch. Aber was soll ich mit dir anstellen?, dachte sie. Was, in Gottes Namen, mache ich mit unserem Sohn?

NELL war im Garten und jätete die Kräuterbeete, als sie die ersten Wehen spürte. Sie hatte keine Angst, und sie freute sich auch nicht, aber die Wut verschwand. Es war fast so, als könne sie nichts mehr empfinden, weil sie zu intensiv gefühlt hatte.

Erst später wurde sie unruhig. Sie zündete die Lampe an, schälte Kartoffeln für ihr bescheidenes Abendessen und hoffte inständig, dass Marion bald auftauchte. Gegen acht Uhr wurden die Wehen heftiger. Stöhnend ging sie im Wohnzimmer auf und ab. Als Marion endlich klopfte, war die Fruchtblase schon geplatzt, und Nell saß zusammengekrümmt und aschfahl in ihrem Ledersessel.

„Hier unten kannst du das Kind nicht auf die Welt bringen", erklärte Marion. „Wir müssen dich irgendwie nach oben bringen."

„Nein!" Nell klammerte sich an die Armlehne ihres Sessels. „Ich will hier unten bleiben, vor dem Feuer."

„Stell dich nicht so an. Im Bett ist es viel bequemer."

Nell verzog gequält das Gesicht, als die nächste Wehe kam. „Ich bewege mich nicht vom Fleck."

Marion schüttelte den Kopf. „Ich habe keine Zeit für deine Launen! Die arme Violet liegt auch in den Wehen, und es geht ihr gar nicht gut. Ich konnte nur weg, weil Dr. Hills bei ihr ist."

Kopfschüttelnd holte sie Wolldecken aus dem Schlafzimmer und stopfte Nell ein paar Kissen in den Rücken. Sie brachte auch Handtücher und einen feuchten Waschlappen mit, mit dem sie Nell den Schweiß von der Stirn wischte. Nachdem sie noch einen Kessel voll Wasser übers Feuer gehängt hatte, zog sie den Schaukelstuhl näher heran, setzte sich mit ihrem Whisky neben Nell und wartete.

Drei Stunden saßen sie da, Nell keuchte und stöhnte mit jeder Wehe, während Marion auf sie einredete und mit schöner Regelmäßigkeit ihren Whisky trank. Am Anfang redete sie über nichts Bestimmtes, aber mit steigendem Alkoholkonsum begann sie über Laurence zu sprechen.

„Du hättest ihn heiraten sollen, als es noch möglich war, dadurch hättest du Violet viel Kummer erspart. Warum hast du ihn nicht geheiratet?"

Nell hielt die Luft an, zählte bis zehn und biss sich auf die Unterlippe, bis die Wehe vorbei war. Warum hatte ihr niemand gesagt, dass es so wehtat, ein Kind zu gebären?

„Ich habe es dir doch gesagt." Wieder eine Wehe, heftiger als die vorherige. Nell schloss die Augen und konzentrierte sich auf ihren Atem. „Weil ihn Violets hübsches Gesicht verführt hatte, ehe ich ihn überhaupt kennen gelernt habe."

„Warum hast du dann nicht die Finger von ihm gelassen?"

„Weil er mich daran gehindert hat. Weil ich nicht anders konnte."

Seit Laurences Tod hatten sie dieses Gespräch ein Dutzend Mal geführt. Marion schaute Nell an und musterte ihr schweißnasses Gesicht. „Wie geht's?"

„Nicht besonders gut", ächzte Nell und schaukelte vor und zurück. „Könntest du mir einen Schluck Whisky geben?"

„Gute Idee." Marion erhob sich schwankend. Sie stolperte zum Eckschrank, kam mit einem großen Glas zurück und füllte es bis zur Hälfte mit Johnnie Walker. Dankbar atmete Nell den Geruch ein, dann krümmte sie sich wieder zusammen. Marion nahm ihr das Glas ab und stellte es weg.

„Ich glaube, es ist so weit", sagte sie und rollte die Ärmel hoch.

UM DREI Uhr war alles vorbei. Nell war vollkommen erschöpft. Als Marion ihr das wimmernde Bündel in die Arme legte, wollte sie es nicht. Nell empfand keine Muttergefühle, und sie freute sich auch nicht darüber, dass sie Laurences Kind im Arm hielt.

Ungeschickt wiegte sie das kleine Wesen, das Marion in einen weichen Schal gewickelt hatte, in ihrer linken Armbeuge, während sie mit der rechten Hand die Mauer berührte. Die Wand war tot, kalt, leblos. Genau wie Laurence, dachte sie, während sie ihr Kind anschaute. „Ich will es nicht", sagte sie und drehte den Kopf zur Seite.

Marion versuchte sie zu besänftigen. „Sei nicht albern. Du wirst anders empfinden, wenn du das Kind das erste Mal gestillt hast, du wirst schon sehen." Nell fiel in einen Dämmerschlaf, aber sie merkte, dass Marion fleißig herumwirtschaftete. Neben ihr tauchte das Korbbettchen auf, das Bündel wurde ihr abgenommen, und sie hörte Marions Stimme ganz nah an ihrem Ohr. „Jetzt schläfst du am besten eine Weile. Ich bin gleich wieder da…" Nells Augen fielen zu, sie schlief ein.

Beim Aufwachen spürte sie die Sonne auf dem Gesicht und hörte ihr Kind schreien. Warum sorgte niemand dafür, dass das Gebrüll aufhörte und sie weiterschlafen konnte? Sie lag, in warme Decken gewickelt, auf dem Flickenteppich vor dem Kamin. Als sie sich aufstützen wollte, spürte sie, dass ihr der ganze Bauch wehtat.

Marion hatte das Korbbett auf Kopfhöhe neben ihr improvisiertes Lager gestellt. Verzweifelt starrte Nell darauf und wartete, dass sich endlich der viel zitierte Mutterinstinkt meldete. Doch sie ärgerte sich nur, dass das Kind immer weiterschrie. Wahrscheinlich hat es Hunger, überlegte sie. Und ich muss es wickeln. Marion hatte ihr in der vergangenen Woche die wichtigsten Handgriffe beigebracht.

Mühsam richtete sie sich auf. Alles tat ihr weh. Wieder legte sie die Hand auf die Wand. Nichts. Gerade als sie ihn am dringendsten brauchte, ließ Laurence sie im Stich.

Sie schloss die Augen, sank in die Kissen zurück und versuchte, das immer lauter werdende Brüllen auszublenden. Dann holte sie tief Luft. „So geht das nicht“, sagte sie streng und stand auf. Sie beugte sich über das Bettchen. Bald kommt der Mutterinstinkt, sagte sie sich und nahm das Kind heraus.

Aber der Mutterinstinkt regte sich nicht. Sie setzte sich in den Schaukelstuhl und starrte hinaus auf die Bäume, deren Laub sich jetzt allmählich verfärbte. Das Kind wimmerte und jaulte an ihrer Brust. Sie presste ihre Brust, bis ein paar Tropfen Flüssigkeit austraten, dann steckte sie die Brustwarze in den roten, aufgerissenen Mund. Das Kind nuckelte, und Nell konnte ihren Gedanken nachhängen. Ernie hatte versprochen, ihr zu zeigen, wie man Schlehenlikör macht, außerdem musste sie Brombeermarmelade einkochen… Die Brustwarze rutschte weg, und das Kind begann wieder zu schreien. Mit zusammengebissenen Zähnen machte Nell noch einen Versuch. Bald, bald werde ich etwas fühlen, dachte sie. Du bist Laurences Kind. Laurence und ich, wir haben dich gemacht. Also muss ich dich doch lieben, oder? Aber sie empfand nichts, nur ein dumpfes Gefühl der Resignation. Was blieb ihr anderes übrig, als ihren Pflichten nachzukommen, um dieses kleine Wesen am Leben zu erhalten?

Die Stunden vergingen, und sie fühlte sich immer elender. Sie brachte nur ein paar armselige Tropfen Milch zustande, und ihre Panik wuchs. Immer wieder versuchte sie, das Kind dazu zu bringen, an ihrer Brust zu saugen. Fast achtundvierzig Stunden quälte sie sich, bis sie endlich den Türriegel und Marions vertraute Stimme hörte.

„Gott sei Dank!“, rief sie. „Wo warst du so lange?“

„Frag lieber nicht“, antwortete Marion heiser. Sie hatte dunkle Ringe unter den Augen und war richtig grau im Gesicht. „Du musst sofort mitkommen. Violet braucht dich.“

„Was ist passiert?“, fragte Nell aufgeregt. „Geht es ihr gut?“

„Ja, natürlich geht es ihr gut“, erwiderte Marion schroff. „Du musst das Kind warm einpacken. Draußen ist es kalt. Beeil dich.“

Nell legte das Kind in sein Bettchen, kauerte sich einen Moment nieder und betrachtete das rote, wütende Gesichtchen, die fuchtelnden kleinen Fäuste. „Es tut mir Leid“, flüsterte sie.

Gemeinsam gingen sie zu Marions Morris, der auf der anderen Seite der Lichtung unter den Bäumen geparkt war. Das Kind jammerte ununterbrochen. Als Nell unbeholfen auf den Beifahrersitz kletterte, dachte sie daran, dass sie zum ersten Mal seit über sechs Monaten das Malletts Cottage verließ. Sie hatte nur den Wunsch zu schlafen. Oder zu sterben, denn selbst der Tod erschien ihr wünschenswerter als dieser Zwischenzustand, diese leblose Leere.

Marion konzentrierte sich ganz auf das Autofahren und sagte gar nichts. Es war klar, dass etwas Schlimmes passiert war, und Nell war fest davon überzeugt, dass es ihre Schuld war. Von Anfang an war alles ihre Schuld gewesen.

Sie schaute hinaus auf die vorbeifliegende Landschaft. Der fast volle Mond hing tief am Himmel. Immer wieder huschten dünne Wolkenfetzen vorbei. Es war kalt, aber das Kind hatte aufgehört zu schreien. Das Brummen des Motors und die Bewegung hatten es in den Schlaf gewiegt.

Endlich fuhren sie durch das große Tor. Der Kiesweg führte an der imposanten Fassade des Hauses entlang und dann unter einem hohen Bogen hindurch in den Hof hinter dem Haus, wo Marion vor dem Dienstboteneingang parkte. Geblendet von dem elektrischen Licht, ging Nell mit Marion den breiten Korridor hinunter, bis sie schließlich zu einem dunklen Treppenhaus gelangten.

PLÖTZLICH hörten sie lautes Gelächter durch die mit grünem Filz bezogene Tür, die sie gerade passiert hatten. Marion blieb kurz stehen. „Das ist die Offiziersmesse", murmelte sie verächtlich. „Eigentlich der Salon. Ich bin gespannt, in welchem Zustand sich das Gebäude befindet, wenn ich es zurückbekomme."

Im ersten Stock gingen sie nach links, dann einen schmalen Flur entlang. Auf der rechten Seite gingen verschiedene Türen ab. Das Kind schlief noch immer. Sein Gewicht lag schwer in Nells Armen, die Schultern taten ihr weh. Marion ging jedoch unbeirrt weiter und schaute nur ab und zu nach hinten, um sich zu vergewissern, dass Nell ihr folgte.

Im Auto hatten sie kaum ein Wort gewechselt. Als Nell gesagt hatte, dass das Kind nicht trinken wolle, hatte Marion nur geknurrt und war mit sturem Blick weitergefahren. Sie war so abwesend gewesen, dass Nell sich gefragt hatte, ob sie überhaupt verstanden hatte, was sie gesagt hatte.

Sie stiegen noch eine Treppe hinauf, und dann blieb Marion stehen. Sie schaute sich kurz um und klopfte an eine schwere Eichentür. Von drinnen hörte man Schritte, dann öffnete ein Mann die Tür. Nell sah hinter ihm ein Zimmer mit einer hohen Decke, das aussah wie ein Dienstmädchenzimmer mit einem Waschtisch, einer alten Kommode und einem hohen, schmalen Bett.

Der Mann, der sie ins Zimmer führte, war noch jung, höchstens fünfunddreißig. Er war sichtlich nervös. „Lady Palmer", begann er. „Ich habe mir überlegt …"

Doch Marion unterbrach ihn mitten im Satz. „Machen Sie es nicht noch komplizierter, als es schon ist. Es ist beschlossene Sache. Nell, du kennst doch Dr. Hills?"

Nell hatte ihn ein paarmal gesehen, vor langer Zeit, als sie noch in der wirklichen Welt gelebt hatte, vor Malletts Cottage, vor Laurence und allem, was dann kam. Sie schaute hinunter auf das Gesicht ihres Kindes, bevor sie den Arzt mit einem Kopfnicken begrüßte. Er erwiderte den Gruß, wandte aber sofort den Blick ab. Verhielt er sich ihretwegen so seltsam? Wie wirkte sie auf die Außenwelt? Nell merkte, dass ihr die Röte ins Gesicht stieg. Beschämt senkte sie den Kopf.

„Wie geht es Violet?", fragte Marion. „Und haben Sie …?"

Dr. Hills schluckte, sein Adamsapfel hüpfte auf und ab. „Es geht ihr nicht sehr gut", sagte er. „Körperlich wird sie sich bald erholen, aber psychisch ist sie ziemlich angeschlagen."

„Deswegen sind wir ja hier", erwiderte Marion kurz.

Auf ihre Anweisung hin nahm Dr. Hills das Kind entgegen, wickelte es aus und untersuchte es, beugte die winzigen Arme und Beine, schaute ihm in die Augen und in den Mund.

„Ein kräftiges, gesundes Kind", verkündete er schließlich. Das Kind begann wieder zu wimmern. „Etwas dehydriert, aber das ist rasch behoben. Wie geht es der Mutter?" Er musterte Nell kurz, und zu ihrer Verwunderung stellte sie fest, dass sein Blick eher mitleidig als verächtlich war.

Das Kind brüllte jetzt wieder. Es hatte Hunger und Durst. Dr. Hills nahm die Sache in die Hand, indem er seine Finger im Waschkrug befeuchtete und das Wasser von seinen Fingerspitzen in das weit aufgerissene Mündchen tropfen ließ. Nell war unendlich erleichtert, dass ihr endlich jemand die Verantwortung abgenommen hatte.

„Komm mit", sagte Marion. „Es wird Zeit, dass das Kind gestillt wird." Sie ging zur Tür. Dr. Hills reichte Nell das Kind, machte aber keine Anstalten mitzugehen. Erst später, als alles vorbei war, begriff Nell, dass er mit dem, was jetzt geschah, nichts zu tun haben wollte.

Das Zimmer, in das Marion sie jetzt brachte, war größer als das andere. Auf dem Nachttisch brannte eine Lampe, die den Raum in ein weiches gelbes Licht tauchte. Er war nicht ganz so spartanisch eingerichtet wie das Nebenzimmer: ein Doppelbett, eine kleine Kommode, auf der ein Wasserkrug stand, ein türkischer Teppich, im Kamin brannte ein Feuer.

Violet lag mit geschlossenen Augen in einem Berg aus Federkissen. Sie sah so zerbrechlich aus, so dünn, und sie hatte dunkle Ringe unter den Augen. Ihr Haar lag auf dem Kissen wie ein goldener Heiligenschein. Nell blieb an der Tür stehen. Wie hatte sie je ihrer armen, unschuldigen Schwester den Mann wegnehmen können? Reglos stand sie da und brachte vor schlechtem Gewissen und Kummer keinen Ton über die Lippen.

Es war das Kind, das Violet mit seinem Hungergeschrei aufweckte. Ihre Lider flatterten, ihr Gesicht hellte sich auf, und einen Moment lang sah sie aus wie das Mädchen, die strahlende junge Frau, die Nell ihr ganzes Leben lang gekannt hatte.

Marion trat an Violets Bett und flüsterte ihr etwas ins Ohr. Violet schaute ihre Schwester an, und ihr strahlendes Lächeln verschwand. Nell fröstelte. Nirgendwo im Zimmer stand eine Wiege. Nichts war zu hören außer dem Geschrei ihres eigenen Kindes.

„Violet, wo ist dein …?“ Doch sie konnte den Satz nicht zu Ende sprechen. Marion ging an ihr vorbei zur Tür. Sie hatte den gleichen Gesichtsausdruck wie vorhin Dr. Hills: Mitleid und Verlegenheit. Sie schob Nell zu ihrer Schwester. Dann fiel die Tür ins Schloss.

Nell atmete tief durch. „Hallo, Violet“, sagte sie. „Ich bin’s.“

Später konnte sich Nell nicht genau erinnern, welche Worte sie gewechselt hatten. Sie trat ans Bett und begegnete zum ersten Mal seit sechs Monaten dem Blick ihrer Schwester. Ihr war in dem Moment ohne jeden Zweifel klar, dass Violet Bescheid wusste, schon lange Bescheid gewusst hatte. Und als ihre Schwester die Arme ausstreckte, reichte Nell ihr ohne Zögern ihr Kind. Es kam ihr vor, als nähme sie an einer genau festgelegten Zeremonie teil, an einer Art Bußgottesdienst. Sie schaute zu, wie Violet langsam ihr Nachthemd aufknöpfte und ihre Brust entblößte. Das Geschrei verstummte. Das Kind suchte kurz mit dem Mund und begann dann zufrieden zu saugen.

In genau diesem Moment schoss endlich Nells Milch ein, warm und feucht spürte sie die Flüssigkeit unter ihrem dicken Baumwollhemd und hätte vor Schmerz fast laut aufgeschrien. Endlich spürte sie etwas, doch der Schmerz war umso grausamer, weil sie ihn sich selbst zufügen musste. Sie hatte von Anfang an gewusst, dass sie für ihre Liebe zu Laurence bezahlen musste. Der Augenblick war jetzt gekommen. Sie hatte ihrer Schwester den Mann weggenommen, und nun forderte Violet ihr Kind. Sie empfand keinen Groll, nur eine tiefe, tiefe Trauer, eine tödliche Müdigkeit.

„Was ist es?“, fragte Violet leise.

„Ein Mädchen“, antwortete Nell. „Es ist ein Mädchen.“

Violet hob den Kopf. In ihren blauen Augen standen Tränen, aber ihr Gesicht war ganz ruhig. „Ich nenne sie Laura. Nach ihrem Vater.“

MARION wartete im Flur. Sie sagte nichts, streichelte nur Nells Hand und nickte zustimmend, als wäre Nell ein Kind, das eine schwierige Aufgabe gut hinter sich gebracht hatte. Sie hatte Tränen in den Augen, genau wie Violet.

„Es ist das Beste für uns alle.“ Sie holte ein Taschentuch aus der Rocktasche und putzte sich die Nase. „Es wäre sowieso nie gut ausgegangen“, sagte sie. „Aber das hast du selbst gewusst, oder?“

Nell antwortete nicht.

Marion machte vor einer weiteren Tür Halt. „Ich muss dich um noch einen Gefallen bitten“, sagte sie und öffnete die Tür. Das lange, schmale Zimmer stand voll mit offenen Regalen, in denen Bettwäsche und Handtücher aufbewahrt wurden. Die Fenster hatten keine Vorhänge, und der Mond tauchte den Raum in gespenstisches blaues Licht.

„Es tut mir sehr Leid“, sagte Marion. „Ich würde es selbst tun, aber ich kann Violet jetzt nicht allein lassen. Du hast ja selbst gesehen, in welcher Verfassung sie ist.“

„Wovon redest du?“

Marion wandte sich ab, holte ein Bündel aus dem Regal mit den Laken und hielt es Nell hin.

Nell verschlug es den Atem. „Nein! Bitte nicht!“

„Du musst es tun. Du bist die Einzige, die es tun kann.“

„Nein. Bitte, Marion …“

„Ich werde dich nie wieder um etwas bitten. Aber das musst du noch für uns tun.“ Sie war unnachgiebig. „Das bist du deiner Schwester schuldig. Und Laurence.“

Nell nickte ergeben und nahm das Bündel entgegen. Dann wandte sie sich ab.

„Es ist ein Junge“, sagte Marion, als sie an der Tür war.

Violets tot geborenes Kind war ein Junge.

IRGENDWIE hatte sie das Gefühl, als müsse sie jemand aufhalten, als sie den Hof überquerte, aber es kam niemand. Der Mond verschwand für kurze Zeit hinter einem dünnen Wolkenschleier, die Luft war feucht und kalt, und Nell fror trotz ihres warmen Mantels. Sie schaute starr geradeaus, weil sie den winzigen Leichnam in ihren Armen nicht anschauen wollte.

An dem anderen Ende des Hofs war ein Tor in der Mauer. Mit nur einer Hand öffnete Nell den schweren Eisenriegel, huschte nach draußen und blieb kurz stehen, um sich zu orientieren. Rechts von ihr lag der Park, vor ihr hatte sich eine Schafherde für die Nacht niedergelassen, und links begann der Wald, der leicht bergab zum Fluss, zur Straße und zur Eisenbahnlinie führte. Irgendwo am Waldrand war der Weg, den Marion immer gegangen war, wenn sie sie im Cottage besucht hatte.

Weil sie in der Dunkelheit sehr aufpassen musste, kam sie nur langsam voran. Nach etwa hundert Metern traf sie auf eine rote Backsteinmauer, an der sie ein Stück entlanggehen musste. Als dann plötzlich der Mond hinter den Wolken hervorkam, sah sie durch ein schmiedeeisernes Tor, dass hinter der Mauer ein verwahrloster Garten lag. Sie konnte die Beete ausmachen und die schimmernden Fensterscheiben des Gewächshauses.

„Oh!“, flüsterte Nell hingerissen. „Sieh doch nur …“ Einen Moment lang vergaß sie alles. Sie hob das Kind hoch und betrachtete sein Gesicht. Der kleine Junge war ein Bild der Vollkommenheit. Die Ähnlichkeit mit Laurence war verblüffend. Er sah aus, als schliefe er, und sie spürte eine Zärtlichkeit in sich aufsteigen, ein so hoffnungsloses, hilfloses Sehnen, dass sie nicht weitergehen konnte. Das ist mein Kind, dachte sie. Das ist der Sohn, den ich von Laurence empfangen habe. Sie drückte den kleinen Körper fest an sich und starrte durch das Eisentor in den mondhellen Garten.

Als sie noch keine zehn Jahre alt gewesen war, hatte ihr eine Tante zu Weihnachten Frances Hodgson Burnetts Roman „Der geheime Garten“ geschenkt. Das Buch hatte sie vollkommen verzaubert. Noch Wochen danach hatte sie überall nach ihrem eigenen geheimen Garten Ausschau gehalten. Und jetzt stand sie da, hypnotisiert von der Magie dieses verlassenen Gartens.

Hier kann ich Frieden finden, dachte sie. Ich kann meine Kräuter anbauen und dort sein, wo Laurence ist. Und mein Sohn.

Den Pfad entdeckte sie ganz zufällig, weil sie ein Geräusch hörte und einem Dachs folgte, der mit der Schnauze am Boden schnüffelte. Der schmale Weg war deutlich sichtbar zwischen den Bäumen.

Als sie die Wiese vor ihrem Haus erreichte, war das Kind schon so steif, dass sie sich nicht länger vormachen konnte, es würde noch leben. Sie öffnete die Tür, trat in den dunklen Flur und überlegte sich, was sie als Nächstes tun sollte.

Sie ging zu dem Korbbettchen, in dem das andere Kind gelegen hatte – Violets Kind –, und legte ihren Sohn hinein. Dann nahm sie die Lampe mit in den Lagerraum, um die Schaufel zu holen, und trat hinaus auf die Lichtung, ins Mondlicht. Im Vorbeigehen nahm sie die braune Papiertüte mit, in der ihr Ernie die Wurzelknollen der Alpenveilchen gebracht hatte.

Sie grub lange. Bauch und Rücken taten ihr weh, aber sie grub so lange, bis sie keine Kraft mehr hatte. Schließlich bettete sie den Jungen tief in die Erde und markierte die Stelle mit den Alpenveilchen. Sie trat die lockere Erde fest und ging wieder ins Haus zurück.

Dann holte sie ihr Tagebuch aus dem Brotofen und setzte sich ans Feuer, um aufzuschreiben, was sie getan hatte. Als sie fertig war, wurde es schon fast hell.

Oben an der Treppe blieb sie stehen und legte die Hände auf die Wand. Nichts rührte sich. Sie beugte sich, auf den Sims gestützt, aus dem Fenster. Niemand würde je von den Ereignissen dieser Nacht erfahren, und nur sie wusste, wo ihr Sohn begraben lag. Mit der Zeit würde der Baum seiner letzten Ruhestätte Schatten spenden.

Jetzt war sie ganz allein und musste ihren eigenen Weg finden. Da erschien plötzlich ein Bild vor ihren Augen: der Garten hinter der Mauer, ruhig und heiter im Mondschein. Und sie wusste, dass sie in dieser Nacht keinen Schlaf mehr finden würde.

Marion kam am nächsten Tag, um ihr zu erzählen, dass Violet beschlossen hatte, mit dem Kind nach London zu gehen. Obwohl Marion sie angefleht hatte zu bleiben, war Violet unerbittlich geblieben.

„Sie meint, es sei das Beste für uns alle", sagte Marion, trank einen Schluck Whisky und starrte traurig ins Feuer. „Sie findet, dass sie das Kind hier nicht großziehen kann, wo du in der Nähe bist und wir ihr dauernd über die Schulter sehen. Meine liebe Nell, wäre es nicht das Beste, wenn du auch nach London zurückgingest? Natürlich nicht zu deiner Mutter, aber irgendwo anders hin vielleicht."

„Nein“, sagte Nell. Sie wusste genau, was sie wollte, und hatte den ganzen Morgen Pläne entworfen und Skizzen gezeichnet.

„Ich möchte dich um etwas bitten“, sagte sie.

Marion seufzte und goss sich einen Whisky nach.

„Ich hätte gern den Küchengarten.“

Sie war nicht imstande, ihre Bitte diplomatischer zu formulieren, denn der Wunsch war so stark, dass sie nicht drum herum reden konnte. Sie stand auf und setzte sich Marion gegenüber in den Schaukelstuhl. „Am Anfang kann ich dir keine Pachtgebühr bezahlen. Das geht erst, wenn ich die ersten Kräuter verkauft habe.“

Marion schwenkte ihr Glas. „Warum nicht?“, meinte sie. „Er gehört dir. Mach damit, was du willst. Aber was ist mit dem Kind? Kannst du es denn ertragen, hier zu sein?“

„Mein Sohn ist hier“, sagte Nell. „Genau wie Laurence. Ich kann die beiden nicht verlassen.“

Einen Moment lang war Marion sprachlos, dann zuckte sie die Achseln. „Also, das wäre dann beschlossen?“, fragte sie, zu müde, um zu widersprechen. Sie trank ihr Glas leer, stellte es auf den Kaminsims und erhob sich. Ihr Gesicht war ganz verzerrt vor lauter Kummer. „‚Keine Besuche‘, sagt Violet. Ein klarer Schnitt.“ Sie richtete sich auf und holte tief Luft. „Gib mir ein paar Tage, damit ich im Dorf die Neuigkeit verbreiten kann, dass du wieder hier bist.“ Ihre Unterlippe zitterte. „Jetzt können wir das Spiel auch noch bis zum bitteren Ende weiterspielen, oder?“ Sie ging schweren Schrittes zur Tür. „Ich wünschte, ich könnte ihn auch hier fühlen“, sagte sie und verschwand im Flur.

Nell schaute ihr nach, wie sie durchs Gras zu ihrem Auto stapfte. Marion verstand ihre Entscheidung nicht, aber sie verstand sie ja selbst nicht richtig. Sie war immer fest davon überzeugt gewesen, dass ihr Kind ein Junge war, weil sie tief in ihrem Inneren gedacht hatte, wenn sie schon Laurence nicht haben konnte, dann wenigstens seinen Sohn. Deshalb war die ganze Liebe, die sie für ihre Tochter hätte empfinden sollen, auf Violets toten Sohn übergegangen.

Sie ging zurück ins Wohnzimmer, und während sie ihr Tagebuch aus dem Brotofen holte, dachte sie, dass es ihr vielleicht helfen könnte, alles aufzuschreiben.

Als sie einen Schritt rückwärts machte, verfing sich ihr Fuß in dem Flickenteppich, und sie musste sich an der Wand abstützen, um nicht zu fallen. Da spürte sie plötzlich wieder seine Anwesenheit, sie spürte die Schwingungen unter den Fingern.

„Ach …“, murmelte sie und seufzte. „Da bist du ja wieder.“ Sie setzte sich an den Tisch und schlug eine neue Seite auf. *Wo warst du?,* schrieb sie. *Ich habe dich so vermisst.*

KAPITEL 11

Ellis blätterte weiter, aber die Seiten waren leer. Sie klappte das Buch zu, trat ans Fenster und schaute hinaus auf die Lichtung. Das Grab des Jungen war vielleicht unter dem Bergahorn am Waldrand, unter dem Weißdorn beim Teich oder an einer ganz anderen Stelle.

Sie stützte die Hände auf den Steinsims. Als sie mit ihren Augen den Waldrand absuchte, entdeckte sie einen plumpen Dachs, der kurz seine rüsselartige Schnauze hob und dann langsam auf die Lichtung wanderte. Ellis merkte sich die Stelle, an der er aus dem Wald herausgekommen war: zwischen der Weißbirke und dem Dornengestrüpp aus Brombeeren und Zaunrosen. Dort war vermutlich der Pfad, den Ernie immer mit dem Fahrrad gefahren war, den Marion Palmer benutzt hatte, um nach Nell zu sehen, und auf dem Joe ein paar Stunden zuvor gekommen war, um ihr die Kerzen zu bringen.

Ohne weiter zu überlegen, ging Ellis nach draußen. Zielsicher strebte sie auf die silbern glänzende Weißbirke zu. Im blassen Licht des Mondes konnte sie ihn jetzt deutlich erkennen, den schmalen Pfad, und sie spürte ganz deutlich, dass Joe am anderen Ende auf sie wartete, obwohl es schon so spät war.

Eilig folgte Ellis dem schmalen Pfad und hielt den Blick auf ein winziges Licht am Ende des Weges gerichtet, wo der Wald aufhörte und das Farmland begann. Sie hatte Angst davor, zu spät zu kommen, Joe nicht mehr anzutreffen.

Doch als sie aus dem Wald trat, stand sein Wagen tatsächlich noch da, mitten auf dem leeren Parkplatz. Die Türen waren offen, und Joes Rucksack lehnte am Hinterrad. Sie sah, dass im Kräutergarten noch Licht brannte. Das schmiedeeiserne Tor war nur angelehnt, und ihre Schritte knirschten laut im Kies, als sie hineinging.

Im Gewächshaus war alles hell erleuchtet, und sie sah, dass Joes Schlafsack aufgerollt auf einer gestreiften Gartenliege lag. Hatte William ihm erlaubt, hier zu schlafen? Joe selbst kauerte an dem kleinen

Teich in der Mitte des Gartens. Er wandte ihr den Rücken zu und spielte mit dem Wasser, fuhr mit einem abgebrochenen Zweig immer wieder durch die Fontäne, sodass kleine Regenschauer in das wellige Wasser tropften. Er hörte sie nicht kommen, sondern bemerkte sie erst, als sie schon neben ihm stand und ihr Schatten über sein Gesicht fiel. Erschrocken blickte er auf.

„Es tut mir Leid", sagte Ellis. „Joe ..."

Betont langsam richtete er sich auf und schaute sie an. Unglücklich senkte sie den Kopf und stand einfach nur da.

„Joe." Sie machte einen zaghaften Schritt auf ihn zu. „Es tut mir Leid", wiederholte sie. „Ich habe mich geirrt. Bitte bleib bei mir."

„Warum?" Seine Stimme klang heiser, zornig.

„Weil ich dich darum bitte. Weil ich dein Kind erwarte."

„Und? Das war nicht meine Entscheidung."

„Meine auch nicht. Es ist eben einfach passiert."

„Das hast du aber nicht ..."

„Ich habe einen Fehler gemacht", unterbrach Ellis ihn schnell. „Hast du noch nie einen Fehler gemacht?"

„Doch." Er drehte sich weg und schlug wieder mit dem Zweig in die Fontäne, sodass die Tropfen in alle Richtungen sprühten. „Ich habe dir vertraut." Das Wasser tropfte wie flüssiges Quecksilber von seinen Fingern. „Ich habe gedacht ..." Doch er sprach den Satz nicht zu Ende.

Ellis spürte, wie ihre Hoffnung schwand. „Sieh mich an!", bat sie ihn und fasste ihn am Arm, damit er sich zu ihr umdrehte.

„Warum soll ich dir noch glauben?", fragte er anklagend.

Ellis roch den Duft, der von dem Zweig ausging, er war zitronig und scharf. Es war Eberraute, Jungfernleid, und sie dachte sofort an Nell. Da fielen ihr plötzlich die richtigen Worte ein. Es waren die letzten Zeilen der letzten Strophe eines Gedichts von Rupert Brooke. Joe hatte das Gedicht für sie zitiert, als sie sich das erste Mal geliebt hatten.

„‚Ich hab es nie geahnt, mein Freund'", begann sie, „‚doch fand ich keine Ruh' ...'"

Sein Gesicht wurde weich, die Wut verflog. Sie spürte seine nassen Finger auf ihrer Wange. „‚Nun weiß ich es für alle Zeit, die Liebe, das bist du.'"

Und an der Art, wie er sich zu ihr beugte, um sie auf den Mund zu küssen, merkte sie, dass vielleicht, ganz vielleicht doch noch alles gut werden würde.

KAPITEL 12

Es schneite, als die Wehen einsetzten. Die ganze Nacht schon hatte es geschneit, große, schwere Flocken, die auf dem Boden liegen blieben und die Welt zudeckten, jeden Baum, jeden Strauch, jeden Grashalm. Joe ging los, um den Zustand der Straße zu überprüfen. Der Schneepflug sei gerade durchgefahren, sagte er, als er zurückkam, und habc mit einer halben Tonne dreckigem Schnee die Abbiegung versperrt. Es würde Stunden dauern, ihn wegzuschaufeln.

Bisher hatte der Zeitplan, den sie sich ausgedacht hatten, gut geklappt. Von Dienstag bis Donnerstag arbeitete Ellis in ihrer Wohnung in der Stadt. Auf diese Weise hatten sie beide genug Bewegungsfreiheit. Ellis musste kein schlechtes Gewissen haben, wenn sie bis nachts um drei schreiben wollte, und Joe konnte Überstunden machen, ohne das Gefühl zu haben, dass er eigentlich nach Hause gehen müsste. Ellis überlegte zur Zeit, ob sie nach ihrem Sabbatjahr ein halbes Deputat beantragen sollte, damit sie mehr Zeit gemeinsam verbringen konnten. Für das Baby hatte sie schon eine Tagesstätte gefunden.

Joe war inzwischen zu ihr gezogen, arbeitete im Kräutergarten und ging dreimal in der Woche zu Abendkursen an der Fachhochschule für Gartenbau in Ipswich. Außerdem brachte William ihm alles bei, was er wusste, und Ellis wurde erst jetzt klar, wie groß das Wissen ihres Vaters war.

Der Lavendelgarten war fast fertig, nur das Mittelstück war noch immer nicht bepflanzt, weil Joe und William sich nicht entscheiden konnten. Die beiden Männer waren in den vergangenen Monaten gute Freunde geworden, fast zu gut für Ellis' Geschmack, die sich noch immer Sorgen um ihre Zukunft machte. Aber sie sah auch, dass ihr Vater noch nie so optimistisch gewesen war, was die Zukunft der Gärtnerei betraf.

Sie hatte keine Hausgeburt geplant, sondern sich in dem Krankenhaus angemeldet, das ganz in der Nähe ihrer Stadtwohnung lag. Dort sollte in drei Tagen die Geburt eingeleitet werden. Joe wollte den Tag freinehmen, um bei der Geburt dabei zu sein. Er gab sich überhaupt große Mühe. Trotzdem schlief Ellis in letzter Zeit schlecht und dachte immer wieder darüber nach, was wohl passieren würde, wenn das Kind erst auf der Welt war.

Das lag vor allem daran, dass es durch ihre Schwangerschaft Spannungen zwischen ihnen gab, die es früher nicht gegeben hatte. Joe begleitete sie zu den Vorbereitungskursen und ins Krankenhaus, er hatte geduldig mit ihr Einkäufe für das Baby gemacht, aber sie merkte doch die ganze Zeit, dass er nicht mit ganzem Herzen bei der Sache war. Er tat es nur, um ihr einen Gefallen zu tun, und sie wusste genau, dass er nie Ja gesagt hätte, wenn sie ihn vorher gefragt hätte, ob er ein Kind wolle.

Er hatte in den letzten Monaten am Haus viel verändert: Er hatte die Brombeersträucher entfernt, die sich mitten auf der Lichtung angesiedelt hatten, er hatte ein neues Gemüsebeet angelegt, die Kräuterbeete wieder zum Leben erweckt und am Eingang eine Kletterrose gepflanzt. Ellis dachte manchmal, dass es ihm schwerer fallen würde als ihr, Malletts Cottage zu verlassen, falls sie sich doch noch trennen sollten.

„Mein Gott, Ellis!“, sagte er, als sie ihm ihre Befürchtungen anvertraute. „Niemand geht hier weg. Lass gut sein, ja?“

Ihr Verhältnis zueinander hatte sich verändert. Sie waren jetzt nicht mehr Dozentin und Student, aber sie brauchten eine ganze Weile, um ihre Beziehung neu zu ordnen und das zerstörte Vertrauen wieder aufzubauen. Obwohl Ellis die Zeit genoss, die sie gemeinsam verbrachten, hatte sie manchmal das Gefühl, dass sie das eine Thema, über das sie miteinander hätten reden sollen, systematisch ausklammerten.

In der ersten Nacht hatte sie es noch versucht. Als sie Joe fragte, ob er sich auf das Baby freue, hatte er ihr ehrlich geantwortet.

„Ich weiß es nicht“, hatte er gesagt. „Ich hatte eigentlich noch nicht vorgehabt, Vater zu werden. Im Moment denke ich vor allem daran, dass ich dich dann mit jemandem teilen muss. Und da bin ich mir noch nicht sicher, ob mir das gefällt.“ Er versuchte jedoch gleich, seine Aussage abzuschwächen. „Ich habe mich eben noch nicht an die Vorstellung gewöhnt. Das ändert sich bestimmt, sobald das Kind da ist.“

Sofort musste Ellis an Nell denken, an ihre Panik, weil sie für ihre neugeborene Tochter nichts empfinden konnte. Und sie wünschte, sie hätte die Frage nie gestellt.

„Wir müssen dich sofort hier wegbringen“, sagte Joe jetzt. „Bevor das Wetter noch schlechter wird.“

Seine Sorge rührte Ellis. „Dann brauchen wir vermutlich einen Hubschrauber“, meinte sie. „Oder du musst eben Geburtshelfer sein.“

Er runzelte besorgt die Stirn. „Ach, Unsinn. Ich rufe den Notdienst, die kommen sofort und räumen den Schnee weg. Wo ist dein Handy, Ellie? In deiner Tasche?“

Die nächste Wehe überrollte sie, und sie versuchte, tief durchzuatmen. Ellis hatte sich darauf vorbereitet, das Kind eventuell zu Hause zur Welt zu bringen. Im Arbeitszimmer stand ein Holzofen mit einem Boiler für heißes Wasser und zwei Heizstrahlern, damit das Baby auch bei Stromausfall nicht frieren musste. Sie hatte einen Wäschetrockner und ein Handy angeschafft.

Aber plötzlich fiel ihr ein, dass das Handy auf ihrem Schreibtisch in der Stadt lag. Dort hatte sie es am Vorabend hingelegt, um den Akku aufzuladen. Sie erklärte Joe die Lage.

„Also gut, ich gehe zu Fuß zum Kräutergarten und telefoniere von dort“, sagte er entschlossen.

Wieder eine Wehe. Ellis stöhnte. „Nein“, sagte sie, als sie wieder sprechen konnte. „Nein, bitte geh nicht weg. Ich brauche dich hier.“

„Aber ich habe keine Ahnung von Geburtshilfe!“ Seine Stimme klang fast schrill vor unterdrückter Panik.

„Na und?“, erwiderte sie. Es war eine ganze Weile her, seit sich Nell das letzte Mal gemeldet hatte. Doch jetzt spürte Ellis ihre Gegenwart plötzlich. „Ich möchte, dass du mir hier unten ein Bett machst.“ Sie war auf einmal ganz ruhig und gefasst. „Vor dem Feuer. Ich schaff das schon, keine Bange.“

Während Joe Decken und Kissen anschleppte, lehnte sich Ellis in ihrem Sessel zurück, zählte die Minuten zwischen den Wehen und dachte an die Zukunft. So vieles war noch offen. Joe war sehr nett gewesen zu Violet, die beiden hatten sich auf Anhieb verstanden, als Ellis ihn das erste Mal mitgenommen hatte. Laura jedoch weigerte sich nach wie vor, ihre Mutter zu besuchen. Violet fühlte sich wohl in ihrer neuen Wohnung, doch Ellis wusste ganz genau, wie sehr sie sich wünschte, die Frau wiederzusehen, die sie als ihre Tochter großgezogen hatte. Aber die Erfüllung dieses Wunsches schien unerreichbar. Ellis setzte ihre ganze Hoffnung auf das Baby. Vielleicht konnte das Kind die beiden Frauen zusammenführen. Das Grab des kleinen Jungen hatte sie immer noch nicht gefunden, obwohl sie die ganze Lichtung nach Alpenveilchen abgesucht hatte. Violet fragte sie jedes Mal nach dem Kind, aber bisher hatte sie sie immer enttäuschen müssen.

Die nächste Wehe war viel stärker als die vorige. Joe stand hilflos in der Tür, weil er sich nicht entschließen konnte, ob er Hilfe holen oder bei ihr bleiben sollte. Sie musste ihm eine Beschäftigung geben.

„Tee“, murmelte sie. „Meinst du, du könntest mir eine Tasse Tee bringen?“

Als ihr Sohn – „Ein Junge? Bist du ganz sicher?“ – in ihrem Arm lag, mit seinem dichten schwarzen Haarschopf und feuerrot vor Empörung, da betrachtete sie ihn durch einen Tränenschleier hindurch und wusste, dass sie sich um ihren Mutterinstinkt keine Sorgen zu machen brauchte.

Nachdem Joe mit verblüffender Geschicklichkeit seinen eigenen Sohn ans Licht der Welt befördert hatte, war Ellis beim Feuer eingeschlafen, zu erschöpft, um auch nur eine Minute länger wach zu bleiben. Erst am späten Nachmittag, nachdem Joe es geschafft hatte, einen Autofahrer anzuhalten und ihn um Hilfe zu bitten, und nachdem der Arzt endlich da gewesen war, wurde sie wieder richtig wach.

Eigentlich weckte sie das Schreien eines Kindes. Joe saß mit seinem Sohn im Arm am Tisch und schaute versunken hinunter auf den dunklen Wuschelkopf. Ellis sah, wie eine winzige Hand seinen Finger umklammerte. Joe versuchte, den Kleinen zu beruhigen, indem er ihn hin und her schaukelte. Sein Gesicht strahlte vor Stolz, Freude und Glück. Als er merkte, dass Ellis sich bewegte, schaute er auf.

„*Hi*, Ellie!“ Er kam zu ihr, kniete sich nieder und beugte sich über sie, um sie zu küssen, wobei er sorgfältig darauf achtete, dass er seinen Sohn nicht quetschte. „Ich glaube, er hat Hunger“, sagte er und sah sie zärtlich an. Er hatte Tränen in den Augen. „Ellie, ich habe ja nicht geahnt, dass ich mich so fühlen würde. Warum hast du mir nichts davon gesagt?“

Ellis lächelte ihn an. Ihr Sohn begann wieder zu schreien, er wollte gestillt werden, und sie nahm das Baby entgegen. Sie legte es an, und als sie wieder aufschaute, stand die Zimmertür weit offen. Joe war verschwunden.

Erst zwanzig Minuten später kam er zurück, mit Schnee an den Schuhen. Wieder kniete er neben Ellis nieder. „Schau mal, was ich gefunden habe“, sagte er und hielt ihr sein Geschenk hin. „Sie wachsen unter dem Fliederbusch beim Teich, Dutzende, direkt an den Wurzeln. Du könntest einen ganzen Monat nach ihnen suchen und würdest sie nie finden, wenn es nicht schneit. Das hat mich auf eine tolle Idee gebracht. Genau das brauchen wir, einen weißen Fliederbusch in der Mitte des Irrgartens. Ich muss es unbedingt William erzählen. Mal sehen, was er sagt.“

Ellis nahm mit ihrer freien Hand sein Geschenk entgegen. Ein Alpenveilchen, eine einzelne, winzig kleine rosarote Blüte. Was hatte Nell geschrieben? *Mit der Zeit wird der Baum über seinem Grab ihm Schatten spenden.* Sie lehnte sich in die Kissen zurück, schaute auf die zarten Blütenblätter und dachte an jenen anderen Blumenstrauß, den ein Mann vor vielen, vielen Jahren hier gepflückt hatte.

Ihr Sohn war der erste Vertreter einer neuen Generation. Er hatte seine eigene Geschichte und eine eigene Zukunft. Er würde die verfahrene Situation verändern, da war sie sich ganz sicher, er würde Laura und Violet miteinander versöhnen. Ellis legte ihre Hand auf die Wand, und einen Augenblick lang spürte sie die vertrauten Schwingungen. „Ist es das, was du wolltest, Nell?“, murmelte sie.

„Was?“ Joe hatte sich in den Sessel auf der anderen Seite des Feuers gesetzt. „Was hast du gesagt?“

„Nichts“, antwortete Ellis. „Ich wollte nur wissen, ob alles in Ordnung ist.“

„Ja, klar.“ Joe streckte die Beine aus, legte den Kopf zurück und schloss die Augen. „Ja“, wiederholte er, und ein breites Lächeln erschien auf seinem Gesicht. „Es geht mir absolut, total supergut!“

ES DAUERTE fast drei Monate, bis Ellis dazu kam, sich um Nells Tagebuch zu kümmern. Inzwischen hatten sie und Joe einen Namen für ihr Kind ausgewählt: Thomas William, nach ihren beiden Vätern. Laura hatte sich endlich entschlossen, in die allgemeine Freude einzustimmen, wenn auch mit einigem Widerstand; Violet war entzückt von dem Baby, das für sie ihr Urenkel war. Joe war glücklicher, als Ellis ihn je erlebt hatte, und das galt auch für ihren Vater.

Sie wartete, bis Joe bei der Arbeit war. Dann machte sie sich daran, ein Loch zu graben. Um die Hände freizuhaben, hatte sie Thomas mit einem Tragetuch vor ihren Bauch gebunden. Sie passte auf, dass sie nicht zu nah an die Wurzeln des Fliederbuschs herankam, um das Grab nicht zu stören. Als sie das Buch in die Erde legte, fand sie den kleinen Strauß. Er lag zwischen den letzten Seiten, die Stiele waren mit schwarzem Bindfaden zusammengebunden, die Blüten breiteten sich fächerartig aus, ein winziger Primelstrauß, vor mehr als fünfzig Jahren gepresst. Die Blütenblätter waren verblasst, und als Ellis versuchte, sie vom Papier zu lösen, zerfielen sie und flogen davon. Behutsam legte sie das Buch in die Erde.

Sie kniete sich ins tiefe Gras und schaufelte die Erde zurück in das Loch. Als sie fertig war, hockte sie sich auf ihre Fersen und schaute hinauf in den Fliederbusch. Schon konnte man die ersten Blütenrispen erkennen. Noch ein Monat, dann würde der Strauch in voller Blüte stehen.

Sie nahm sich vor, einen großen Strauß zu pflücken und ihn Violet zu bringen. Dann konnte sie ihr auch endlich sagen, wo der kleine Junge begraben lag. Danach würde sie noch einmal versuchen, Laura zu einem Besuch bei der alten Dame zu überreden.

„Wolltest du das, Nell?“, fragte sie, aber von Nells Anwesenheit war nichts mehr zu spüren. Eine kühle Brise wehte durch die Zweige über ihrem Kopf, und Thomas strampelte energisch in seinem Tragetuch. Ihre Großmutter hatte sich für immer verabschiedet. Und genauso soll es auch sein, dachte Ellis, drückte ihren Sohn an sich und ging zurück zu ihrem warmen Haus. Bald kommt Joe, dachte sie und beschleunigte lächelnd ihren Schritt.

„Die Liebe ist wie ein geheimer Garten."

Die Autorin Kitty Ray lebt mit ihrem Mann und ihren zwei Söhnen in Suffolk, jener englischen Grafschaft, in der die Zeit stehen geblieben zu sein scheint. Sie wohnt in einem alten Haus, das direkt an einer üppig blühenden Wiese liegt. Da wundert es kaum, dass der Schauplatz von *Nells geheimer Garten* ebenfalls Suffolk ist und die Natur eine so wichtige Rolle spielt. Kitty Ray erzählt, dass sie immer die Wiese im Blick hatte, während sie den Roman schrieb, und darum auch die Jahreszeiten fast symbolhaften Charakter für die Geschichte bekamen.

Nells geheimer Garten handelt nicht nur von einer tragischen Liebe, sondern untersucht auch das Schicksal von allein erziehenden Müttern in verschiedenen Zeiten: Nell Carter bekommt in den Vierzigerjahren ein uneheliches Kind – ein Skandal, der mit großem Aufwand vertuscht werden muss. Ihre Enkelin Ellis Jones bekommt ebenfalls ein uneheliches Kind, doch in den Neunzigerjahren ist das nur noch eine Frage der Organisation. Trotz aller Unterschiede zeigt sich jedoch, dass die Fragen des Herzens so brennend sind wie eh und je.

Kitty Ray ist gelernte Modedesignerin, hat aber auch als Kellnerin, Sonderschullehrerin und Stewardess gearbeitet. Während ihrer Tätigkeit bei einer Fluggesellschaft lernte sie ihren Mann kennen, einen Piloten. Sie begann 1992 zu schreiben und gewann mit ihrem ersten Roman *Die Gabe der Liebe* gleich den Nachwuchspreis der „Romantic Novelists Association". *Nells geheimer Garten* ist ihr drittes Buch.

Feuer-engel

ROBERT CRAIS

Er liebt das Feuer.
Er liebt Explosionen.
Und er hat sich
das Ziel gesetzt,
auf die Liste der
zehn meistgesuchten
Verbrecher der
USA zu gelangen.

PROLOG

Silver Lake, Kalifornien – Charlie Riggio starrte auf den Pappkarton, der neben dem Müllcontainer stand. Der Karton trug den Aufdruck GRÜNE BOHNEN, und oben ragte etwas heraus, was aussah wie eine zerknüllte braune Papiertüte. Weder Riggio noch die beiden uniformierten Beamten in seiner Begleitung gingen näher als bis zur Ecke der Ladenpassage heran.

„Wie lang steht der Karton da schon?"

Einer der beiden Streifenpolizisten schaute auf seine Uhr. „Wir haben unseren Einsatzbefehl vor ungefähr zwei Stunden bekommen. Seitdem sind wir hier."

„Habt ihr jemanden getroffen, der gesehen hat, wie das Ding dahin gekommen ist?"

„Nein, niemanden."

Der andere Polizist nickte. „Mein Kollege hat ihn entdeckt. Er ist rübergegangen und hat in die Tüte geschaut, dieser Wahnsinnige."

„Erzählen Sie mir, was Sie gesehen haben."

Der erste Beamte berichtete, er habe die zugeschraubten Enden von zwei galvanisierten Rohren erblickt, die mit silberfarbenem Isolierband zusammengeklebt seien.

Riggio überlegte. Sie standen auf dem Parkplatz einer Ladenpassage auf dem Sunset Boulevard in Silver Lake, einer Gegend, die in den vergangenen Monaten von zunehmender Bandenkriminalität heimgesucht wurde. Jugendliche klauten auf Baustellen galvanisierte Rohre und füllten sie mit Pulver aus Silvesterraketen oder Streichholzköpfen. Riggio hatte keine Ahnung, ob sich in dem Karton tatsächlich eine Bombe befand, aber er musste sich ihm nähern, als ob dies der Fall wäre; das war bei einem Bombenalarm so üblich. Doch nur in einem von hundert Fällen traf zu, was Sprengstoffexperten als „improvisierte Munition" bezeichneten: eine selbst gebastelte Bombe.

Riggio ging zu seinem Einsatzwagen zurück. Die Sprengstoffkommandos des Bombendezernats fuhren dunkelblaue Suburban-Kombis, die mit einem Arsenal an entsprechendem Gerät voll gepackt waren.

Nur die Roboter fehlten. Brauchte man zum Entschärfen eines Sprengkörpers diese ferngesteuerten Wunderkästchen auf vier Rädern, musste man sie extra anfordern, aber das hatte Riggio nicht vor. Der blöde Roboter würde in all den Schlaglöchern rund um den Pappkarton sowieso nur stecken bleiben.

Riggios Blick fiel auf seinen Vorgesetzten, Buck Daggett, der einen uniformierten Beamten gerade anwies, die Gegend im Umkreis von hundert Metern zu räumen. Die Feuerwehr war bereits alarmiert, und auch Sanitäter waren unterwegs. Außerdem war der Sunset Boulevard für den Verkehr gesperrt worden.

„He, Buck, ich wäre dann so weit, mir das Teil mal anzusehen."

Zunächst würde Riggio mit einem tragbaren Röntgenapparat in die Tüte hineinschauen. Würde sich der Inhalt wirklich als Bombe erweisen, würden er und Daggett sie entweder entschärfen oder an Ort und Stelle detonieren lassen.

„Ich will, dass du den Anzug anziehst, Charlie."

Der gepanzerte Anzug wog etwa 40 Kilo. Er bestand aus Kevlarplatten, war dick mit Nomex gefüttert und hüllte Riggios Körper vollständig ein – bis auf seine Hände. Ein Bombentechniker muss seine Finger ungehindert bewegen können.

Als der Anzug richtig saß, nahm Riggio den Röntgenapparat auf, der Bilder in Echtzeit lieferte, und schlurfte schwerfällig in Richtung Karton. Ein Kabel verband den Röntgenapparat mit einem Computer im Laderaum des Suburban. Riggio hatte das Gefühl, einen Pflug hinter sich herzuziehen. Nach 28 Schritten im Zeitlupentempo hatte er den Karton erreicht.

Dieser hatte nichts Auffälliges an sich. Die zerknitterte braune Papiertüte war offen. Riggio starrte hinein, ohne sie zu berühren, und sah die beiden Rohre, die der Streifenpolizist beschrieben hatte. Ihre Verschlusskappen besaßen einen Durchmesser von etwa sechs oder sieben Zentimetern, und sie waren mit Isolierband zusammengeklebt. Mehr gab es nicht zu sehen.

Riggio stellte den Röntgenapparat für eine Seitenansicht vor dem Karton auf den Boden und schaltete das Gerät ein. Es lieferte dieselben durchsichtigen Schattenbilder wie die Anlagen zur Gepäckdurchleuchtung auf Flughäfen und gab die Darstellung auf zwei Monitoren wieder: eine für Riggio oben auf dem Röntgenapparat, die andere auf dem Computer im Suburban.

Riggio lächelte. „Volltreffer, Buck! Hier haben wir unsere Bombe."

„Ja, ich seh's auch."

Die beiden Rohre waren nun undurchdringliche Schatten, und zwischen ihnen befand sich etwas, was wie eine Drahtspule aussah. Es schien keinen Zeitzünder oder einen komplizierten Auslösemechanismus zu geben, sodass Riggio davon ausging, dass die Bombe in einer Garage von einem pfiffigen Mitglied einer Jugendbande zusammengebastelt worden war. Technisch simpel und nicht besonders schwierig zu entschärfen.

„Das reinste Kinderspiel, Buck."

„Nicht so vorlaut. Mach lieber noch ein paar Aufnahmen, damit wir sehen, was Sache ist."

Riggio schlurfte um den Karton herum und richtete den Röntgenapparat aus unterschiedlichen Winkeln darauf. Er verspürte keine Angst, weil er mit der Materie bestens vertraut war. Mit dem Ding hier würde er schon fertig werden. In den sechs Jahren beim Bombendezernat hatte er sich an die fünfzig verdächtigen Objekten genähert, wovon nur neun auch tatsächlich Sprengsätze gewesen waren. Und keiner davon war je auf eine Weise detoniert, die er nicht hatte kontrollieren können.

Er machte Aufnahmen des Kartons von allen Seiten und hob den Röntgenapparat dann für eine Draufsicht darüber. In diesem Augenblick erblickte er einen Schatten, der bislang nicht zu sehen gewesen war.

Auf der Seite des einen Rohres war nun ein dünner, haarfeiner Schatten zu erkennen, der durch die Spule hochragte. Dieser Draht war nicht mit den anderen verbunden, was Riggio stutzig machte, bis ihm plötzlich ein überraschender Gedanke durch den Kopf schoss: Vielleicht war die Drahtspule zwischen den Rohren nur dazu da, um diesen anderen Draht zu verdecken.

Panik stieg in Riggio auf. Er wollte nach Daggett rufen, brachte aber keinen Ton heraus.

Die Bombe explodierte mit einer Geschwindigkeit von 8400 Metern pro Sekunde, 22-mal schneller, als eine Neunmillimeterkugel aus einer Pistolenmündung schießt. Hitze entlud sich in einer Explosion aus gleißendem Licht, die heiß genug war, um Eisen zu schmelzen. Der Luftdruck stieg schlagartig von den normalerweise 1013 auf satte 150000 Hektopascal und zerfetzte die Eisenrohre, die Riggios Kevlaranzug als scharfkantige Splitter wie hyperschnelle Kugeln durchschlugen. Der Überdruck der Schockwelle zermalmte seine Brust, zerfetzte ihm Leber, Milz und Lungen und riss ihm seine ungeschützten Hände ab. Riggio wurde rund vier Meter hoch in die Luft und über elf Meter weit geschleudert.

Doch selbst so dicht am Detonationsherd hätte er vermutlich überlebt, hätte es sich wirklich um eine von einem Bandenmitglied mit improvisierten Zutaten zusammengebastelte Bombe gehandelt, wie er anfänglich vermutet hatte.

Aber so war es nicht.

Noch lange nachdem Charlie Riggio gestorben war, prasselten Asphalt- und Stahlteilchen wie blutiger Regen auf ihn herab.

1

„Erzählen Sie mir von dem Daumen. Ich weiß, was Sie mir bereits am Telefon mitgeteilt haben, aber erzählen Sie es mir jetzt bitte noch mal.“ Carol Starkey inhalierte tief und schnippte die Asche kurzerhand auf den Boden, ohne sich um den bereitstehenden Aschenbecher zu scheren. Das machte sie jedes Mal, wenn sie sich darüber ärgerte, hier sein zu müssen. Was die Regel war.

„Oh, ich habe wohl danebengetroffen“, murmelte sie.

„Sie haben nicht danebengetroffen, Carol.“

Sie sog noch einmal kräftig an ihrer Zigarette und drückte sie dann aus. Als sie Dana Williams das erste Mal aufgesucht hatte, hatte die Therapeutin ihr das Rauchen während der Sitzungen verboten; das war jetzt drei Jahre und zwei andere Psychologen her. In der Zeit, als Carol sich mit ihrem zweiten und dritten Therapeuten herumgeschlagen hatte, hatte sich Dana das Rauchen jedoch selbst wieder angewöhnt, und daher war es ihr jetzt egal.

Carol zuckte mit den Schultern. „Stimmt, ich habe nicht danebengetroffen. Mir geht das alles nur ziemlich auf den Geist. Das läuft mittlerweile seit drei Jahren, und jetzt bin ich wieder da, wo ich angefangen habe. Bei Ihnen.“

„Erzählen Sie mir bitte vom Daumen des kleinen Mädchens.“

Carol zündete sich eine weitere Zigarette an und lehnte sich zurück. „Es war am Unabhängigkeitstag. Ein Vollidiot draußen in Venice hatte beschlossen, seine eigenen Feuerwerkskörper zu basteln und an die Nachbarn zu verschenken. Was damit endete, dass ein kleines Mädchen Daumen und Zeigefinger der rechten Hand verlor und wir einen Anruf von der Notaufnahme des Krankenhauses bekamen.“

„Wer ist *wir*?“

„Meine Kollegin Beth Marzik und ich.“

„Okay.“

„Als wir im Krankenhaus ankamen, war die Familie schon nach Hause gegangen, also folgten wir ihnen dorthin. Der Vater weinte, sagte, sie hätten zwar den Finger, aber nicht den Daumen gefunden, und dann zeigte er uns die selbst gebastelten Knallkörper. Das waren so verdammt dicke Apparate, dass das Mädchen froh sein konnte, nicht die ganze Hand verloren zu haben. Ein Typ aus der Nachbarschaft hatte die Knaller gebaut, aber der Vater wollte uns seinen Namen nicht verraten. Er meinte, der Mann habe nichts Böses im Sinn gehabt. ‚Ihre Tochter ist verkrüppelt, Sir‘, sagte ich, ‚und andere Kinder sind in Gefahr‘, aber der Typ wollte nicht raus mit der Sprache. Dann fragte ich die Mutter, woraufhin ihr Mann irgendwas auf Spanisch sagte, und plötzlich war auch sie stumm wie ein Fisch.“

„Warum wollten die Eltern Ihnen nichts erzählen?“

„Weil manche Leute Idioten sind.“

Das war die Welt der Carol Starkey, Detective bei der CCS, der Abteilung Bandenkriminalität und terroristische Straftaten, einem Dezernat der Polizei von Los Angeles. Dana notierte etwas in einem ledergebundenen Notizbuch. Carol konnte das nicht ausstehen. Bei Notizen musste sie immer gleich an Beweismaterial denken.

Sie sog an der Zigarette und setzte ihren Bericht fort. „Diese Knallkörper sind fünfzehn Zentimeter lang. Wir nennen sie ‚Mexikanisches Dynamit‘. Sie werden ständig in die Luft gejagt, sodass es sich anhört wie auf dem Schießstand der Polizeiakademie. Also fingen Beth und ich an, uns in der Nachbarschaft umzuhören. Aber die Nachbarn waren genau wie der Vater – keiner machte den Mund auf, und mir platzte bald der Kragen. Beth und ich gingen zum Auto zurück, und als ich zufällig auf den Boden schaute, lag da der Daumen. Ich schaute einfach nur runter, und da lag dieser niedliche kleine Daumen. Also hob ich ihn auf und brachte ihn der Familie zurück.“

„Am Telefon haben Sie mir erzählt, Sie wollten den Vater zwingen, ihn zu essen.“

„Ich packte ihn am Kragen und hielt ihm den Daumen direkt unter die Nase. Stimmt, das habe ich getan.“

Dana rutschte unbehaglich auf ihrem Stuhl herum. „Ich kann gut nachvollziehen, weshalb die Familie eine Beschwerde eingereicht hat.“

Carol rauchte ihre Zigarette zu Ende und drückte sie aus. „Die Familie hat keine Beschwerde eingereicht.“

„Aber wieso kam es dann – ?“

„Es war Beth. Sie hatte eine Unterredung mit meinem Vorgesetzten, Lieutenant Kelso, und der drohte mir anschließend, mich für eine gründliche Beurteilung zur ‚Bank', wie man das bei uns nennt, zu schicken."

Die Polizei von Los Angeles unterhielt eine eigene Abteilung für Verhaltensforschung, die im Gebäude der Fernost-Bank am Broadway in Chinatown untergebracht war. In der berechtigten Annahme, dass sie dann jegliche Hoffnung auf eine Beförderung getrost begraben konnten, lebten die meisten Beamten in ständiger Angst, zur Bank zitiert zu werden.

„Wenn ich erst mal zur Bank muss, kann ich nie zum Bombendezernat zurück."

„Und Sie haben um eine Rückkehr gebeten?"

„Das ist seit meiner Entlassung aus dem Krankenhaus das Einzige, was ich will." Carol fühlte sich gereizt, deshalb stand sie auf und zündete sich eine dritte Zigarette an. „Der Job ist alles, was ich noch habe, verdammt!" Sie bedauerte ihren defensiven Tonfall sofort, und es ärgerte sie noch mehr, als Dana sich erneut Notizen machte.

„Also sagten Sie Kelso, Sie würden auf eigene Faust Hilfe suchen?"

„In den Hintern bin ich ihm gekrochen, um noch mal davonzukommen! Ich weiß, dass ich ein Problem habe, aber ich werde eine Art Hilfe finden, die mir meine Karriere nicht ruiniert."

„Wegen des Daumens?"

Carol starrte Dana mit leerem Blick an. „Weil ich kaputtgehe."

Die Therapeutin seufzte. „Falls Sie in dem Glauben zu mir gekommen sind, ich könnte Sie wieder zusammenflicken, als hätten Sie sich was gebrochen, muss ich Sie leider enttäuschen. Therapie funktioniert anders, als einen Knochen zu heilen. Es braucht Zeit. Denken Sie daran, was Ihnen zugestoßen ist. Denken Sie daran, was Sie überlebt haben."

„Daran denke ich schon seit drei Jahren."

„Trinken Sie immer noch?"

„Seit einem Jahr keinen einzigen Tropfen mehr."

„Und wie sieht's mit Ihrem Schlaf aus?"

„Ein paar Stunden, dann bin ich putzmunter."

„Liegt es an diesem einen Traum?"

Carol überlegte sich, was sie antworten sollte, als ihr Piepser zu vibrieren begann, den sie an die Taille geklemmt trug. Auf der Anzeige sah sie die Nummer von Kelsos Handy, gefolgt von der Notrufnummer 911. Das war ein Code, den die Detectives der CCS benutzten, wenn sie unmittelbar zurückgerufen werden sollten.

„Entschuldigen Sie, Dana, ich muss hierauf sofort reagieren. Ich gehe mal kurz raus."

Carol nahm ihre Handtasche mit in das leere Wartezimmer, kramte nach dem Handy und drückte die Schnellwahltaste, um die Verbindung mit Kelso herzustellen. „Ich bin's. Was gibt's?"

„Das Bombendezernat ist alarmiert worden, und ich bin jetzt auf dem Weg dorthin. Wir haben Charlie Riggio verloren, Carol. Er ist bei diesem Einsatz getötet worden."

Ihre Finger wurden eiskalt. „War es eine Bombe?"

„Ich habe bislang noch keine Details. Auf jeden Fall gab's eine Explosion."

Ihr Magen verkrampfte sich. Unkontrollierte Explosionen waren selten, ein Beamter des Bombendezernats, der in Ausübung seines Berufs starb, war noch seltener. Zuletzt war das vor drei Jahren geschehen.

„Übrigens, Carol, ich könnte auch jemand anders auf den Fall ansetzen, falls dir das lieber wäre."

„Ich bin an der Reihe. Das ist mein Fall."

„Alles klar. Ich wollte es dir nur anbieten." Kelso nannte ihr noch den Ort und beendete das Gespräch.

Carol erblickte sich im Spiegel des Wartezimmers; sie war blass geworden. Sie ging zu Dana zurück und teilte ihr mit, dass sie die Sitzung abbrechen müssten.

„Es gibt einen Einsatz, deshalb muss ich sofort los."

„Sie haben die Geschichte noch nicht zu Ende erzählt, Carol. Haben Sie den Mann gefasst, der die Knaller gebastelt hat?"

„Die Mutter des kleinen Mädchens führte uns schließlich zu einer Garage zwei Blocks weiter, und da fanden wir ihn, mit 360 Kilo rauchlosem Schießpulver. 360 Kilo, und in der ganzen Garage stank es nach Benzin. Wäre sie in die Luft geflogen, hätte es den ganzen Block erwischt."

„O mein Gott!"

Carol ging zur Tür. Die Klinke bereits in der Hand, drehte sie sich noch einmal um. „Der Kerl, den wir verhaftet haben, behauptete, er hätte sein Leben lang Knallkörper gebastelt. Und wissen Sie, woran wir erkannt haben, dass das nicht gelogen war? Er hatte an seiner linken Hand nur noch drei Finger und an seiner rechten nur noch zwei. Es hatte ihm einen nach dem anderen weggefetzt."

Die Therapeutin räusperte sich beklommen.

„Von seiner Sorte habe ich ein Dutzend eingelocht, Dana. Wir bezeichnen sie als notorisch. Warum tun die das? Was halten Sie von solchen Leuten, die einfach ihre Finger nicht von Bomben lassen können?"

Dana nahm sich eine ihrer eigenen Zigaretten und zündete sie an. Sie blies eine Rauchschwade in die Luft und musterte die Polizistin, bevor sie antwortete. „Ich glaube, die wollen sich selbst vernichten."

Carol nickte. „Ich rufe Sie wegen eines neuen Termins an. Danke."

Sie ging nach draußen zu ihrem Auto und setzte sich hinter das Steuer. Aber sie fuhr nicht los. Sie öffnete ihre Handtasche, nahm einen silbernen, mit Gin gefüllten Flachmann heraus und genehmigte sich einen kräftigen Schluck. Dann packte sie den Gin wieder ein, sprühte sich Atemspray in den Mund und nahm eine Tablette Tagamet, um ihren nervösen Magen zu beruhigen. Nachdem sie sich mit größter Mühe wieder unter Kontrolle gebracht hatte, fuhr sie quer durch die Stadt an einen Ort, der mit dem, an dem sie einst gestorben war, absolut identisch war.

HUBSCHRAUBER markierten den Ort des Geschehens und zogen ihre Kreise wie Geier über einem Kadaver. Carol bemerkte sie in dem Augenblick, als der Verkehr einen Kilometer vor dem Tatort umgeleitet wurde. Sie ließ ihr Auto bei einer Tankstelle stehen und ging die restlichen acht Häuserblocks zu Fuß weiter.

Neben einem Dutzend Autos von Radiosendern befanden sich zwei Suburban des Bombendezernats und eine wachsende Pressemeute vor Ort. Barry Kelso, ein kleiner Mann mit herunterhängendem Schnauzbart, stand mit Dick Leyton, dem Chef des Dezernats, und drei Bombentechnikern bei dem einen Suburban.

Riggios Leiche lag auf dem Parkplatz der Ladenpassage, auf halber Strecke zwischen dem Suburban, bei dem sich die fünf Männer aufhielten, und einem Müllcontainer. John Chen, ein Beamter von der forensischen Abteilung, war gerade dabei, sich den Toten näher anzusehen.

Rauchen am Tatort verstieß gegen die Vorschriften, aber Carol zündete sich trotzdem eine Zigarette an, bevor sie den Parkplatz überquerte. Sie kannte Riggio aus ihrer Zeit beim Bombendezernat und wusste, es würde hart werden. Und das war es dann auch.

Bei dem Versuch, ihn wieder zu beleben, hatten Rettungssanitäter Riggio Helm und Brustschutz abgenommen. Bombensplitter hatten sich durch seinen Anzug gebohrt und an Brust und Bauch blutige Wunden hinterlassen. In seinem Gesicht befand sich direkt unter dem linken Auge ein einzelnes Loch. Außerdem hatte er keine Hände mehr. Carol wandte sich Chen zu, damit sie die Leiche nicht länger sehen musste.

„Hallo, Carol. Leitest du die Ermittlungen?"

„Allerdings. Ist Buck Daggett auch hier?"

„Er ist ins Krankenhaus geschickt worden. Ihm fehlt zwar nichts, aber er ist reichlich durcheinander. Leyton wollte, dass er sich untersuchen lässt."

„Hat er was gesagt? Irgendwas Brauchbares für mich?"

Chen zeigte auf den Müllcontainer. „Der Sprengsatz hat sich da drüben befunden. Buck zufolge hatte sich Charlie mit dem Röntgenapparat drübergebeugt, als das Ding losging."

„Haben Buck oder die Sanitäter ihn hierher transportiert?" Für den Fall einer Explosion waren die Bombentechniker darauf trainiert, einen zweiten Sprengsatz zu vermuten. Daher überlegte Carol, ob Daggett Riggio möglicherweise aus diesem Grund von dem Müllcontainer weggezerrt hatte.

„Da musst du Buck fragen", antwortete Chen. „Ich glaube allerdings, dass Charlie genau hier aufgeschlagen ist."

„Meine Güte, wir sind schätzungsweise zehn Meter vom Detonationsherd entfernt!"

„Buck sagt, es war eine Höllenexplosion." Chen nahm eine Plastiktüte aus seinem Koffer für Beweismaterial und zeigte Carol ein geschwärztes, briefmarkengroßes Stück Metall. „Das hier ist interessant. Ein Rohrsplitter, der in Charlies Anzug steckte."

Carol untersuchte ihn eingehend. In das Metallstück war eine Wellenlinie eingraviert. „Was soll das sein, ein S?"

Chen zuckte mit den Schultern. „Oder irgendein Symbol."

„John, tu mir den Gefallen und mach mir bis heute Abend ein paar Abstriche von den Proben des Beweismaterials, okay?"

Chen reagierte unwillig. „Bis ich hier fertig bin, wird es spät werden. Ich muss noch den Müllcontainer untersuchen und dann alles erfassen, was die Spurensicherung so findet. Allein für das Auflisten werde ich bestimmt zwei oder drei Stunden brauchen."

Sie würden im Umkreis von hundert Metern nach Bombensplittern suchen, einschließlich der umliegenden Dächer, der Fassaden der Wohnhäuser und Gebäude auf der anderen Straßenseite, der Autos, des Müllcontainers sowie der Wand dahinter. Sie würden nach allem suchen, was für eine Rekonstruktion der Bombe nützlich sein oder ihnen Hinweise auf ihre Herkunft liefern konnte.

Auf allen Bombensplittern, die sie fanden, sowie auch im Detonationskrater und auf Riggios Anzug würden Rückstände des Sprengstoffs nachzuweisen sein. Chen würde die Substanz mittels einer Chromatografie identifizieren, eines mehrere Stunden dauernden physikalisch-chemischen Trennverfahrens.

„Könntest du nicht doch ein paar Proben vorziehen, um schon mal eine Chromatografie zu machen, und alles andere hinterher erfassen?", drängte Carol. „Ein Sprengstoff mit diesem Energiepotenzial schränkt den Kreis der Täter wirklich enorm ein. Und du könntest mir damit einen immensen Vorsprung verschaffen."

„Also gut. Ich werde es versuchen, aber ich kann nichts versprechen."

„Ich pfeife schon lang auf Versprechen."

Riggios und Daggetts Suburban stand 48 Schritte von der Leiche entfernt. Carol zählte während des Gehens mit.

Als Kelso und Leyton sie herankommen sahen, gingen sie ihr entgegen. Kelso hatte einen verbitterten Gesichtsausdruck, während Leyton gefasst und professionell wirkte.

Dick Leyton war seit zwölf Jahren Chef des Bombendezernats und hatte Carol damals für diese Abteilung ausgesucht, ebenso wie Charlie Riggio und alle anderen Bombentechniker. Er hatte sie auf die Bombenschule des FBI in Alabama geschickt und war drei Jahre ihr Vorgesetzter gewesen. Als sie im Krankenhaus gelegen hatte, hatte er sie jeden Abend nach Dienstschluss besucht – 45 aufeinander folgende Tage lang. Und als sie um ihren Job gekämpft hatte, hatte er sich sehr für sie eingesetzt. Unter ihren Kollegen gab es niemanden, den sie mehr respektierte und der ihr mehr bedeutete.

„Dick, ich möchte den Tatort so schnell wie möglich begehen. Wie viele Leute könntest du freistellen?", fragte sie.

„Alle, die nicht im Dienst waren, sind auf dem Weg. Wir stehen uneingeschränkt zu deiner Verfügung."

Missbilligend sah Kelso sie an. „Du solltest hier nicht rauchen."

„Entschuldigung." Sie machte jedoch keine Anstalten, ihre Zigarette auszutreten.

Kelso ignorierte ihre offensichtliche Aufmüpfigkeit. „Du bearbeitest das hier mit Jorge und Beth."

„Muss es unbedingt Beth sein?"

„Ja, es muss unbedingt Beth sein! Die beiden sind schon unterwegs. Und noch was: Lieutenant Leyton hat mir mitgeteilt, dass es möglicherweise schon einen Durchbruch gibt: Beim Notruf ist wegen der Bombe ein Anruf eingegangen."

Carol sah Leyton an. „Gibt's etwa einen Zeugen?"

„Ein Streifenwagen hat den Anruf entgegengenommen, und wie Buck sagt, haben sie auf eine Meldung von der Notrufzentrale reagiert. Wenn das stimmt, sollten wir ein Tonband und eine Adresse haben."

Das wäre in der Tat ein erheblicher Durchbruch. „Ich kümmere mich drum", sagte Carol. „Danke."

Kelso runzelte die Stirn, als er einen Pressesprecher der Polizei auf die wartenden Journalisten zusteuern sah. „Ich glaube, es ist besser, wenn *wir* ein Statement abgeben, Dick."

„Ich komm gleich nach."

Kelso beeilte sich, den Pressesprecher abzufangen, während Leyton sich zu Carol wandte. „Wie geht es dir?"

„Mir geht's gut. Ich mache wie immer den anderen die Hölle heiß. Und ich würde immer noch gern aufs Dezernat zurück."

Leyton nickte, obwohl sie beide wussten, dass das Personalbüro da niemals mitmachen würde.

„Du warst immer ein zähes Mädchen. Aber du hast auch großes Glück gehabt."

„Sicher, Chef." Sie lächelte ihn an, und er lächelte zurück, bevor er davonging, um sich der Presse zu stellen.

Carol schaute ihm hinterher und erblickte dabei Beth Marzik und Jorge Santos, die sich vor einem der Wohnhäuser auf der gegenüberliegenden Straßenseite mit einem Uniformierten unterhielten. Sie winkte ihnen zu, um ihnen anzudeuten, dass sie bald zu ihnen hinüberkommen würde. Dann stieß sie einen langen, tiefen Seufzer aus und sah zu dem toten Riggio hinüber. Mitarbeiter der Gerichtsmedizin packten ihn gerade in einen Leichensack.

Die Einkaufspassage war nicht besonders lang. Es gab ein paar Läden für Billigklamotten, ein Antiquariat, einen Zahnarzt und ein kubanisches Restaurant; alles war evakuiert worden, bevor sich Riggio der Bombe genähert hatte.

Carol bahnte sich einen Weg zum Restaurant. Ihre Beine waren mit einem Mal so wackelig, als balancierte sie plötzlich auf einem Drahtseil, von dem sie nur durch die Tür des Lokals wieder herunterfinden würde. Außer ihrem pochenden Herzen fühlte sie nichts, und sie wusste, dass sie in den Tod stürzen würde, wenn sie jetzt über diese Sache und über sich selbst die Kontrolle verlor.

Als sie das Restaurant betrat, begann sie derart zu zittern, dass es völlig aussichtslos war, dieses Gefühl zu beherrschen. Sie musste sich an der Theke festklammern, um sich auf den Beinen zu halten. Kämen jetzt

Leyton und Kelso herein, würde dies das Ende ihrer Karriere bedeuten. Angst und Leere wären das Einzige, was von ihrem Leben übrig bliebe.

Carol öffnete ihre Handtasche, kramte den silbernen Flachmann heraus und setzte ihn an. Der Gin brannte im selben Augenblick in ihrer Kehle, als sie ihre eigene Labilität verfluchte. Sie nahm einen weiteren kräftigen Schluck, und das Zittern legte sich.

Sie kämpfte Erinnerungen und Ängste nieder, indem sie sich einredete, dass alles in bester Ordnung sei. Sie war hart. Sie würde die Angst bezwingen, sie würde gewinnen. Nach einer Weile hatte sie sich wieder im Griff. Sie steckte den Flachmann ein, benutzte wieder ihr Atemspray und kehrte nach draußen an den Tatort zurück.

Sie ging zu den beiden Streifenpolizisten, die ihr die genaue Zeit angaben, zu der sie ihren ursprünglichen Einsatzbefehl erhalten hatten. Danach rief sie mit ihrem Handy die Koordinatorin der Notrufzentrale an und bat um einen Tonbandmitschnitt des Anrufs und die Adresse, von der aus er getätigt worden war. Die meisten Leute wussten nicht, dass alle auf 911 eingehenden Anrufe automatisch mitgeschnitten und samt der Telefonnummer, von der angerufen wurde, und der zu dieser Nummer gehörenden Adresse aufgezeichnet wurden. Das war nötig, weil man von Menschen in einer Notsituation keine korrekte Ortsangabe erwarten konnte.

Als Carol das Gespräch mit der Notrufzentrale beendet hatte, ging sie zu den Wohnhäusern auf der anderen Straßenseite hinüber, wo Beth Marzik und Jorge Santos mittlerweile einige Anwohner befragten, die wieder in ihre Wohnungen zurückgelassen worden waren.

Santos war ein kleinwüchsiger Mann, der stets so aussah, als würde er sich an etwas zu erinnern versuchen, was er vergessen hatte. Beth, die einzige andere Frau bei der CCS, war geschieden und hatte zwei Kinder, die während ihrer Arbeitszeit von ihrer Mutter beaufsichtigt wurden.

„Gute Nachrichten!“, verkündete Carol. „Leyton sagt, dass die Streife wegen eines 911-Anrufs ausgerückt ist.“

Beth grinste. „Hat dieser brave Bürger zufällig seinen Namen genannt?“

„Ich habe bereits mit der Notrufzentrale gesprochen. Sie werden die Tonbänder durchgehen und uns informieren, sobald sie was gefunden haben. Ich dachte, ihr könntet jetzt mal mit der Befragung der Nachbarschaft beginnen.“

Beth runzelte die Stirn. „Na ja, viele von den Anwohnern werden wir heute Abend wohl nicht zu Gesicht bekommen. Ich habe gehört, dass die meisten Evakuierten zu Freunden oder Verwandten gegangen sind, nachdem dieses Ding hochgegangen ist. Außerdem dauert so was ja ewig. Und eigentlich hätte ich heute Abend eine Verabredung."

Das Gesicht von Santos wurde noch länger, als es ohnehin schon war. „Ich übernehme das allein."

Carol wies auf die Häuscr. „Beth, ich verlange nicht, dass du jeden in diesem Block auftreibst. Du sollst nur die, die da sind, fragen, ob jemand was gesehen hat, ob einer von ihnen die 911 angerufen hat. Wenn sie sagen, sie hätten nichts gesehen, bitte sie, noch mal scharf nachzudenken, und sag ihnen, dass wir in ein paar Tagen wiederkommen."

Beth schien noch immer nicht zufrieden, aber das war Carol egal. Sie überquerte die Straße und ging zurück zum Müllcontainer, wo Chen inzwischen die Wand dahinter auf Bombensplitter untersuchte. Auf dem Parkplatz justierten derweil vier Bombentechniker ihre Metalldetektoren, mit denen sie den Rasen vor den Wohnhäusern ablaufen würden.

Am Detonationskrater kniete Carol sich hin. Er besaß einen Durchmesser von ungefähr einem Meter und schien etwa dreißig Zentimeter tief zu sein. Der Asphalt war durch die Hitze geschmolzen und weiß geworden. Carol wollte mit der Hand zunächst die Oberfläche berühren, ließ es dann aber bleiben, weil die Rückstände des Sprengstoffs möglicherweise giftig waren.

Sie überlegte kurz und überquerte schließlich wieder die Straße, um noch einmal mit Beth zu reden. „Ich habe eine andere Idee. Versuch die Leute zu finden, denen die Geschäfte in der Ladenpassage gehören, und erkundige dich, ob jemand bedroht worden ist oder Geld schuldet."

Beth nickte und sah sie dann schief an. „Was ist denn das?"

„Was ist was?"

Beth kam näher und schnupperte. „Du riechst nach Mundspray."

Wütend sah Carol sie an.

Den Rest des Abends verbrachte sie damit, der Spurensicherung bei der Suche nach Überresten der Bombe zu helfen.

IM TRAUM stirbt sie. Sie öffnet die Augen und liegt auf dem harten Boden des Campingplatzes, während die Sanitäter über ihr ihre Arbeit verrichten. Die dünnen Zweige der winterlichen Eukalyptusbäume überlappen sich wie zarte, fein gewebte Spitze und bewegen sich noch immer infolge der Druckwelle hin und her. Einer der Sanitäter drückt auf ihren Brustkorb und versucht ihr Herz zu reanimieren, ein anderer injiziert eine lange Nadel. Kalte silberne Elektroden werden auf ihre Haut gedrückt, und ihr Körper bäumt sich unter dem Stromstoß auf.

Sie findet die Kraft, seinen Namen auszusprechen. „Sugar?“

Ihr Kopf hebt sich leicht, und sie kann ihn sehen. David „Sugar“ Boudreaux, ein Cajun, der schon lange nicht mehr in Louisiana lebt, aber noch immer diesen weichen französischen Akzent besitzt, den sie so sexy findet. Ihr vorgesetzter Sergeant. Ihr heimlicher Liebhaber.

„Sugar?“ Sie streckt die Hand in seine Richtung aus, aber er ist zu weit weg. Zwei Herzen, die im gleichen Takt schlagen, sollten nicht so weit voneinander entfernt sein. Die Distanz macht sie traurig.

Zwei Herzen, die aufgehört haben zu schlagen. Die Sanitäter, die Sugar behandelt haben, erheben sich. Er ist tot.

Ihr Körper bäumt sich unter einem neuen Stromstoß nochmals auf, aber es nützt nichts, und sie findet ihren Frieden. Sie schließt die Augen und spürt, wie sie durch die Zweige der Eukalyptusbäume in den Himmel getragen wird. Sie fühlt nichts als Erleichterung.

Aus diesem Traum erwachte Carol morgens um kurz nach drei, und ihr war klar, dass für sie die Nacht vorbei war. Sie stieg aus dem Bett, ging durch das ganze Haus und machte überall das Licht an. Sie hatte kurz vor Mitternacht am Tatort aufgehört, war aber erst gegen ein Uhr nach Hause gekommen. Dann hatte sie geduscht, Rührei gegessen und ein Wasserglas voll Gin getrunken, um sich den Rest zu geben; und trotzdem war sie nun nach zwei Stunden wieder hellwach.

Die Bombe, die Sugar erwischt hatte, war eine Paketbombe gewesen, mit der ein Methadon-Dealer die Familie eines Informanten hatte in die Luft jagen wollen. Er hatte sie neben dessen Wohnwagen hinter dichten Azaleenbüschen deponiert, weshalb Sugar und Carol den Roboter nicht hatten einsetzen können, um den Sprengsatzentschärfer heranrollen zu lassen. Die Bombe hatte aus einer Farbbüchse bestanden, die mit rauchlosem Pulver und Dachdeckernägeln gefüllt war. Der Dealer hatte offenbar sichergehen wollen, dass es die drei Kinder des Informanten erwischte.

Wegen der Büsche mussten Carol und Sugar die Bombe gemeinsam bearbeiten; also hielt Carol die Zweige beiseite, damit Sugar sich mit dem Röntgenapparat der Bombe nähern konnte. Als zwei Streifenpolizisten das Bombendezernat wegen des verdächtigen Pakets alarmiert hatten, hatten sie berichtet, es würde ticken. Angesichts eines derartigen Klischees waren Carol und Sugar in schallendes Gelächter ausgebrochen, doch nun lachten sie nicht mehr, denn das Paket hatte aufgehört zu ticken. Mithilfe des Röntgenapparats konnten sie erkennen, dass die

Zeitschaltuhr nicht funktioniert hatte; der Bombenbauer hatte dafür einen Wecker mit Handaufzug benutzt, aber aus einem unerklärlichen Grund war der große Zeiger eine Minute vor dem Zeitpunkt stehen geblieben, an dem die Bombe hätte detonieren sollen.

„Ich glaubc, er hat vergessen, das Ding aufzuziehen“, witzelte Sugar.

Carol grinste noch, als plötzlich das Erdbeben einsetzte – ein Ereignis, das jeder Bombentechniker fürchtet, der in Südkalifornien arbeitet. Später hieß es, das Beben habe die Stärke 3,2 auf der Richterskala gehabt und sei für den Normalbürger kaum wahrnehmbar gewesen. Der Minutenzeiger lief jedoch überraschend wieder los, und die Bombe ging hoch.

Die erfahrenen Techniker hatten Carol stets darauf hingewiesen, dass der Anzug sie nur vor der Druckwelle, nicht aber vor der Splitterwirkung schützen würde – und damit hatten sie Recht gehabt. Es war Sugar, der sie schützte. Als die Bombe explodierte, kniete er vor ihr, weshalb sein Körper die meisten Nägel abbekam. Allerdings wurde ihm der Röntgenapparat aus den Händen gerissen, und dieser traf dann Carol. Zwei massive, gezackte Trümmerstücke drangen durch den Schutzanzug, schlitzten ihre rechte Körperseite auf und gruben eine tiefe Furche in ihre rechte Brust. Mikrosekunden nach dem Röntgenapparat wurde Sugar auf sie zurückgeschleudert. Der Schock war so gewaltig, dass ihr Herz stehen blieb.

Für zwei Minuten und vierzig Sekunden war Carol tot.

Zwei Notärzteteams eilten herbei, obwohl ihnen noch Teile des Wohnwagens entgegengeflogen kamen. Das Team, das bei Carol eintraf, konnte keinen Puls mehr feststellen, schälte sie aus ihrem Anzug, injizierte ihr das Stimulans Epinephrin direkt ins Herz und führte gleichzeitig Wiederbelebungsversuche durch. Sie kämpften fast drei Minuten lang, und schließlich gelang es ihnen, Carols Herz zu reanimieren.

Es hatte wieder zu schlagen begonnen, das von Sugar nicht.

Carol saß an ihrem Küchentisch, dachte an ihn und den Traum und qualmte eine nach der anderen. Bereits kurz nach ihrer Entlassung aus dem Krankenhaus hatte sie mit dem Trinken angefangen. Einer ihrer Therapeuten – die Nummer zwei – hatte geäußert, ihr Problem sei das Schuldgefühl des Überlebenden. Weil sie am Leben geblieben war und Sugar seines für das ihre verloren hatte.

Nach dem Unfall hatte sich alles verändert. Carol mied den Kontakt zu anderen Menschen. Sie schützte sich durch eine sarkastische Haltung und das Einzelgängerische, das ihr Beruf mit sich brachte, bis die Arbeit das Einzige war, was sie noch hatte.

Sie rauchte ihre Zigarette zu Ende und ging ins Bad, um zu duschen. Sie zog sich ihr T-Shirt aus und betrachtete sich ohne jede Gefühlsregung. Ihre rechte Körperseite hatte von der Brust bis zur Hüfte tiefe Narben davongetragen, und die Haut wirkte schrumpelig. Außerdem zogen sich zwei lange Furchen an den unteren Rippen entlang.

Seit Sugar an jenem Morgen ihr Bett verlassen hatte, hatte Carol sich mit keinem anderen Mann eingelassen.

Sie duschte, zog sich an, rief im Büro an und hörte zwei Mitteilungen auf ihrer Mailbox ab.

„Ich bin's, John Chen. Ich habe hier was Erstklassiges aus dem Detonationskrater. Ich werde es gleich mal in den Chromo-Ofen stecken; das heißt allerdings, dass ich hier nicht vor drei rauskomme. Die Ergebnisse der Chromatografie werden wir gegen neun haben. Ruf mich zurück."

Die zweite Nachricht stammte von der Koordinatorin der Notrufzentrale. „Das Band liegt am Empfang bereit, Sie können es jederzeit abholen. Der Anruf kam aus einer Telefonzelle auf dem Sunset Boulevard um vierzehn nach eins gestern Mittag. Ich habe hier die genaue Anschrift."

Carol notierte die Angaben und machte sich dann eine Tasse Pulverkaffee. Im Anschluss nahm sie zwei Tagamet und trat in die schwüle Nachtluft hinaus.

Es war noch vor fünf. Carol beschloss, nach Silver Lake zu fahren, um noch einmal den Ort der Explosion zu begehen.

SIE PARKTE vor dem kubanischen Restaurant neben einer Funkstreife, die den Tatort überwachte. Bis auf drei Zivilfahrzeuge, die Carol bereits am Vorabend dort gesehen hatte, war der Parkplatz leer.

Sie stieg aus und zeigte ihre Dienstmarke. „Hallo, Leute. Alles in Ordnung?"

Einer der Polizisten nickte. „Ja, Detective, uns geht's blendend."

„Ich leite die Ermittlungen. Ich sehe mich mal ein bisschen um."

Carol überquerte den Sunset Boulevard. Sie wollte das Telefon ausfindig machen, dessen Adresse ihr die Koordinatorin der Notrufzentrale gegeben hatte. Ihre Taschenlampe hatte sie zwar dabei, benutzte sie aber nicht, denn die Gegend war durch die Straßenlampen hell genug erleuchtet.

Der Ladenpassage direkt gegenüber hing ein öffentliches Telefon an der Außenmauer eines Supermarkts. Carol verglich die Adressen; sie stimmten nicht überein. Nachdem sie herausgefunden hatte, in welche

Richtung die Hausnummern verliefen, folgte sie ihnen. Schließlich stieß sie auf das Telefon, das sie suchte. Es befand sich in einer alten Zelle, einen Häuserblock Richtung Osten, gegenüber von einem Blumenladen.

Carol schrieb den Namen des Geschäfts in ihr Notizbuch, ging dann zum ersten Telefon zurück und überprüfte, ob es funktionierte. Das tat es, und daher fragte sie sich, weshalb derjenige, der die 911 angerufen hatte, es nicht von hier aus getan hatte. Der Müllcontainer war von diesem Telefon aus sehr gut zu sehen, vom anderen hingegen nicht.

Carol überquerte den Sunset Boulevard wieder und beschloss, noch einmal die drei zivilen Autos zu inspizieren. Zwei waren durch Bombensplitter beschädigt worden. Das dritte war ein Impala, Baujahr 1968, mit mieser Lackierung und abblätterndem Vinylverdeck. Die Seitenfenster waren heruntergelassen, und die Heckscheibe war durch eine verwitterte Plastikfolie ersetzt worden.

Zunächst schaute Carol unter den Wagen, konnte aber nichts entdecken. Dann ging sie vorn um das Auto herum und wurde auf ein von feinen Haarrissen gesäumtes Loch in der Windschutzscheibe aufmerksam. Mit der Taschenlampe leuchtete sie ins Wageninnere und erblickte auf dem Armaturenbrett ein rundes Stück Metall. Es sah aus wie eine winzige Scheibe, aus der ein feiner Draht ragte. Carol blickte in Richtung Müllcontainer. Durchaus möglich, dass ein Bombensplitter die Windschutzscheibe durchschlagen hatte. Sie beugte sich durch das Seitenfenster, fischte das Metallstück heraus und untersuchte es eingehend. Da sie aber keine Ahnung hatte, was es sein könnte, nahm sie es mit zu ihrem Wagen und steckte es in einen der leeren Beutel für Beweismaterial, die sie im Kofferraum aufbewahrte.

Ohne noch einmal Notiz von den beiden Polizisten im Streifenwagen zu nehmen, setzte sie sich hinters Steuer und fuhr in Richtung Innenstadt, um bei der Notrufzentrale den Mitschnitt abzuholen. Danach würde sie im Büro vorbeischauen.

Im Osten stieg derweil ein gigantischer roter Feuerball am Himmel auf.

JOHN MICHAEL FOWLES lehnte sich auf der Bank zurück, die gegenüber der Schule stand. Er genoss die Sonne und fragte sich, ob er es wohl endlich in die FBI-Liste der zehn meistgesuchten Verbrecher geschafft hatte. Keine leichte Aufgabe, wenn niemand wusste, wer man war. Zumindest hatte er Hinweise hinterlassen. Er dachte daran, später in einer Bibliothek vorbeizuschauen und einen der Computer zu benutzen, um die Internetseite des FBI nach der Liste abzufragen.

Die Morgensonne ließ ihn lächeln. Er streckte ihr sein Gesicht entgegen, ließ sich von der Wärme durchfluten und freute sich an den Geräuschen der auf dem Schulhof eintreffenden Kinder. Nach einer Weile stand er auf. Letzte Woche war er nicht in den Topten, der Liste der zehn gefährlichsten Kriminellen des Landes, vertreten gewesen. Diese Woche wollte er es schaffen.

2

Die CCS war im fünften Stock eines Bürogebäudes in der Spring Street untergebracht, nur ein paar Häuserblocks vom Parker Center entfernt, dem Hauptquartier der Polizei von Los Angeles.

Carol bemerkte, dass Beth sie taxierte, kaum dass sie den Raum betreten hatte, und beschloss herauszufinden, ob ihre Kollegin vorhatte, ihr aus dem Atemspray einen Strick zu drehen. „Gibt's was?"

„Zum Beispiel?"

„Hast du vielleicht was auf dem Herzen?"

Beth erwiderte ihren Blick. „Nicht dass ich wüsste."

Carol beließ es wohlweislich dabei. Falls Beth sie mit ihrer Alkoholfahne konfrontieren sollte, wüsste sie nicht, was sie ihr außer einer Lüge auftischen sollte.

„Ist Jorge schon da? Ich habe den Mitschnitt vom 911-Anruf."

„Ich hab ihn jedenfalls schon gesehen."

„Lass uns das Band anhören, danach will ich zum Bombendezernat nach Glendale. Chen wird die Ergebnisse der Chromatografie haben, und außerdem will ich sehen, wie sie mit der Rekonstruktion zurechtkommen."

„Die haben doch gerade erst angefangen", wandte Beth ein. „Sehr weit werden sie wohl noch nicht sein."

„Weit genug, um zumindest ein paar Komponenten ermittelt zu haben. Wenn wir einige Hersteller und die Ergebnisse der Chromatografie haben, können wir uns ans Werk machen."

„Wir müssen doch auch noch die ganzen Befragungen durchführen."

Beth ging ihr auf den Geist. „Damit könnt ihr schon mal loslegen, während ich in Glendale bin. Jetzt mach dich auf die Suche nach Jorge, und dann kommt bitte zu meinem Platz."

Carol nahm sich einen Kassettenrekorder und stellte ihn auf ihren Schreibtisch. Jeder CCS-Detective verfügte in dem mit Trennwänden unterteilten Großraumbüro über eine Nische mit einem Schreibtisch. An eine Privatsphäre war nicht im Traum zu denken. Alle unterhielten sich im Flüsterton.

Ein paar Minuten später kamen Beth und Santos herbei. „Hast du Kelso schon gesehen?“, fragte Santos. „Er wollte dich sprechen.“

Carol sah Beth an. „Danke, Jorge. Wirklich großartig, dass ich das auch mal erfahre! Aber bevor ich zu ihm gehe, sollten wir uns zuerst das hier anhören.“

Santos und Beth zogen sich Stühle heran, und Carol startete das Band. Zuerst war die Stimme einer Telefonistin der Notrufzentrale zu hören, anschließend eine Männerstimme mit ausgeprägtem spanischem Akzent.

NOTRUF: 911. Kann ich Ihnen helfen?
ANRUFER: Äh ..., *si*. Du spreche Spanisch?
NOTRUF: Ich könnte Sie mit jemandem verbinden, der Spanisch spricht.
ANRUFER: *No*, ist okay. Besser schicken eine Mann her, um zu schauen.

Santos stoppte das Band. „Was sind das für Geräusche im Hintergrund?“

„Hört sich an wie ein Laster“, erwiderte Carol. „Der Kerl ruft aus einer Telefonzelle nicht weit vom Sunset Boulevard an, einen Block östlich von der Ladenpassage.“

Beth verschränkte die Arme. „Ist da nicht eine Telefonzelle direkt vor dem kubanischen Restaurant?“

„Du meinst sicher die auf der anderen Straßenseite bei dem Supermarkt, oder? Aber er ist einen Block weitergelaufen.“

„Woher weißt du das?“

„Die Notrufzentrale hat mich zurückgerufen und mir die Adresse gegeben. Ich habe mich heute Morgen ein bisschen dort umgeschaut.“

Beth ächzte und starrte zu Boden. Wie man das als Versager eben so macht, dachte Carol grimmig. Sie ließ das Tonband wieder anlaufen.

NOTRUF: Um was anzuschauen, Sir?
ANRUFER: Äh ..., ich hab gesehen in Tüte und denk, ist Bombe drin.
NOTRUF: Eine Bombe?
ANRUFER: Diese Rohre, weiß nicht, hab Angst gehabt. Ist bei die Laden. Bei die große Mülleimer. Besser komme schauen.

Nachdem der Mann aufgelegt hatte, schaltete Carol das Gerät aus.

Beth runzelte die Stirn. „Wenn der nichts damit zu tun hat, wieso hat er dann seinen Namen nicht genannt?"

Santos zuckte mit den Schultern. „Vielleicht ist er illegal im Land."

Carol suchte nach einer Schreibunterlage und fertigte eine grobe Skizze an, auf der die Ladenpassage und die Standorte der Telefone eingezeichnet waren. „Er hat in die Tüte geschaut. Das heißt, er war bei der Passage. Er sagte, er habe sich gefürchtet, als er die Rohre sah. Warum hat er nicht das Telefon beim Supermarkt benutzt? Warum ist er einen Block weitergegangen?"

„Würde ich was finden, was wie eine Bombe aussieht, würde ich mich davon so weit entfernen, wie's nur geht", gab Santos zu bedenken.

Carol nickte; das klang einleuchtend. „Wir kennen den Zeitpunkt des Anrufs. Vielleicht hat jemand aus der Gegend was gesehen, dann könnten wir das hier klären."

„Willst du das übernehmen, während wir uns um die Wohnhäuser kümmern?"

„Vielleicht kann das einer von euch beiden auch noch erledigen, in Ordnung, Jorge? Ich werde zu Chen nach Glendale fahren."

Carol gab ihnen die Adresse des Telefons und machte sich dann zu Kelso auf. Sie betrat sein Büro, ohne anzuklopfen. „Du wolltest mich sprechen?"

Kelso zuckte von seinem Computer zurück. Vor mehr als einem Jahr hatte er es aufgegeben, ihr zu sagen, sie solle nicht immer einfach so hereinplatzen. „Würdest du bitte die Tür hinter dir zumachen, Carol? Und dann setz dich bitte hin."

Also hatte sie, was Beth betraf, richtig vermutet. Sie schloss die Tür, durchquerte das Büro, blieb aber vor seinem Schreibtisch stehen.

Kelso wusste nicht recht, wie er sein Anliegen formulieren sollte. „Ich wollte einfach nur wissen, wie du damit zurechtkommst."

„Womit, Barry?"

„Du hast gestern Abend einen, wie soll ich sagen, ziemlich gestressten Eindruck gemacht. Da wollte ich einfach nur wissen, ob es für dich okay ist, dass du die Ermittlungen leitest."

„Hast du etwa vor, mich von diesem Fall abzuziehen?"

„Nein. Aber er betrifft dich irgendwie sehr persönlich, na ja, und dann gab es in letzter Zeit diese Vorfälle."

Carol merkte, wie sie zu zittern begann, aber es gelang ihr, es zu unterdrücken. Sie war stocksauer auf Beth und erschrak darüber, dass Kelso möglicherweise vorhatte, ihr den Fall zu entziehen.

„Hat Beth gesagt, ich hätte getrunken?"

„Lassen wir Beth aus dem Spiel."

„Du hast mich am Tatort gesehen, Barry. Habe ich auf dich etwa einen betrunkenen oder unprofessionellen Eindruck gemacht?"

„Das habe ich nicht behauptet. Aber du bist etwas überspannt. Das weißt du so gut wie ich, wir haben darüber gesprochen. Gestern Abend warst du mit einer Situation konfrontiert, die sehr viel mit der zu tun hat, die du selbst nur haarscharf überlebt hast. Vielleicht ist dir das zu sehr an die Nieren gegangen. Jedenfalls kam es mir gestern Abend bei unserem Gespräch so vor, als hätte ich Gin gerochen. Kann das sein?"

Carol sah ihm in die Augen. „Nein. Du hast Atemspray gerochen. Ich habe mittags kubanisch gegessen und hatte den ganzen Tag eine Knoblauchfahne. Das war's, was du und Beth gerochen habt."

Er machte eine beschwichtigende Handbewegung. „Lassen wir doch Beth aus dem Spiel. Sie hat mir gegenüber keinen Ton gesagt."

Carol wusste, dass es gelogen war. Hätte Kelso selbst den Eindruck gehabt, dass sie getrunken hatte, hätte er sie bereits am Tatort darauf angesprochen.

Er lehnte sich zurück, sichtlich beruhigt, dass er gesagt hatte, was gesagt werden musste, und den verantwortungsvollen Chef herausgekehrt hatte. „Alles klar, es ist dein Fall. Ich wollte dich nur wissen lassen, dass du dich auf mich verlassen kannst."

Carol ging ins Dezernatsbüro zurück und hielt nach Beth Ausschau, aber sie und Santos waren bereits gegangen. Als Carol ihre Sachen zusammenpackte, um nach Glendale aufzubrechen, zitterten ihre Hände, so wütend war sie auf Beth.

ALS CAROL auf den Parkplatz fuhr, war es erst halb neun. Ihr Ärger auf Beth hatte sie aufs Gas drücken lassen. Chen hatte gesagt, das Ergebnis der Chromatografie würde um neun Uhr vorliegen. Aber sie ging davon aus, dass bei seiner zeitlichen Kalkulation auch die Schreibarbeit inbegriffen war.

Sie wartete noch fünf Minuten, dann nahm sie ihr Handy, um bei der Forensischen Abteilung anzurufen.

„John, hier ist Carol. Ich stehe draußen auf eurem Parkplatz und bin wegen der Rekonstruktion der Bombe auf dem Weg zu Leyton. Hast du schon irgendwelche Ergebnisse?"

„Gib mir noch zwei Minuten, ich stoße gleich zu euch. Du wirst entzückt sein."

Das Bombendezernat der Polizei von Los Angeles war in einem modernen lang gestreckten Gebäude untergebracht und grenzte an die Polizeinebenstelle von Glendale. Die Labors der Forensischen Abteilung befanden sich im Stockwerk darüber.

Carol betrat die Eingangshalle des Dezernats und fragte nach Lieutenant Leyton. Er war mit den anderen noch lange draußen am Tatort geblieben und hatte jetzt dunkle Augenringe.

„Hallo, Dick. Hast du schon jemanden an der Rekonstruktion sitzen?"

„Ja, Russ Daigle. Er hat angefangen, all das zu sortieren, was wir gestern Abend gefunden haben."

„Chen ist mit der Chromatografie auf dem Weg hierher. Ich hatte gehofft, ich könnte schon an die Hersteller der Bombenbauteile rankommen, damit ich mit dieser Information weitermachen kann."

„Klar. Dann wollen wir mal sehen, was Daigle zu bieten hat."

Sie folgte Leyton durch einen langen Korridor in das Dezernatsbüro. Es wies absolut keine Ähnlichkeit mit den Räumlichkeiten anderer Dezernate auf; mit den schwarzen Werkbänken aus Resopal sah es hier vielmehr wie im Chemielabor einer Schule aus. Jede freie Fläche war mit entschärften Bomben oder deren Rekonstruktionen vollgestellt, von Rohr- über Dynamit- bis hin zu Kanisterbomben und Militärsprengköpfen.

Russ Daigle hockte an einer der Werkbänke und sortierte Metallteile, wobei er Latexhandschuhe trug. Er war ein kleiner drahtiger Mann mit einem vollen grauen Schnurrbart. Als er Leyton und Carol herankommen hörte, hob er den Kopf und deutete auf einen Computer, der am Ende der Werkbank stand. „Wir haben die Bilder vom Röntgenapparat. Willst du dir die mal anschauen, Carol?"

„Ja klar, was denkst du denn?" Sie stellte sich hinter ihn und blickte auf den Bildschirm.

Darauf waren die Digitalaufnahmen zu sehen, die Riggio gemacht hatte. Man konnte die beiden Rohre als undurchsichtige schwarze Schatten erkennen, die säuberlich mit Isolierband zusammengeklebt waren. Auch die Drahtspule zwischen den Rohren war zu erkennen. Alle vier Rohrenden waren mit Verschlusskappen versehen. Carol studierte die Fotos und verglich sie mit den gezackten schwarzen Metallteilen, die auf der Werkbank auf weißem Schlachterpapier ausgebreitet waren. Nur eine Verschlusskappe war intakt und saß, wenn auch verformt, fest auf dem Endstück eines der Rohre, die anderen drei Verschlüsse waren zersplittert. Wie bei einem Puzzle hatte Daigle ihre wichtigsten Teile bereits aussortiert und war auch bei den Rohren schon weit gekommen; trotzdem war klar, dass die Hälfte der Fragmente noch immer fehlte.

„Für mich sieht das aus wie zwei typische galvanisierte Eisenrohre mit fünf Zentimeter Durchmesser, oder?"

Daigle nahm das Stück einer Verschlusskappe, in das ein V eingraviert war. „Ganz genau, Carol. Siehst du das V? Vanguard-Rohrfabrik. Kann man an jeder Straßenecke kaufen."

Sie notierte sich das. Sie hatte vor, eine Liste mit den Komponenten und Merkmalen der Bombe zusammenzustellen und sie über das NLETS, das landesweit vernetzte Telekommunikationssystem aller US-Polizeibehörden, zum Zentrum für Sprengkörperdaten der Bundespolizei FBI und zum Nationalen Archiv des ATF, des Bundesamtes für Alkohol, Tabakwaren, Feuerwaffen, Sprengstoff und Brandstiftung, nach Washington weiterzuleiten. Die beiden Institutionen würden daraufhin alle Bombenprofile, die sie in ihren Dateien erfasst hatten, auf Übereinstimmungen bei den charakteristischen Merkmalen überprüfen.

Mit dem Finger fuhr Daigle unter den Rand der Verschlusskappe und holte etwas Silbriges und Bröckeliges hervor. „Hier, sieh dir das an: Isolierband. Wir haben es mit einem ordentlichen Typen zu tun. Hat sogar die Rohrenden umklebt. Was sagt uns das?"

Carol wusste, dass er längst Schlüsse gezogen hatte und sie nur auf die Probe stellen wollte. Das hatte er schon gemacht, als sie noch beim Bombendezernat gearbeitet hatte. „Wenn man seine Spüle installiert, möchte man an den Verbindungsstellen vielleicht ganz gern umklebte Rohrenden haben, aber bei einer Bombe ist dieses Isolierband absolut unnötig."

Daigle grinste. „So ist es. Es gibt keinen Grund dafür. Also macht er es vielleicht aus alter Gewohnheit. Vielleicht ist er ja Klempner. Und er war sehr penibel. Siehst du hier den Schatten des Isolierbands – wie sorgfältig er es gewickelt hat? Wirklich präzise Arbeit."

Carol begann sich sogleich ein Bild des Bombenbauers zu machen. Vielleicht war er ein geschickter Handwerker oder Mechaniker oder ein Hobbybastler, der stolz auf sein Präzisionsvermögen war, zum Beispiel ein Modellbauer. „Hat Chen dir die 5 gezeigt?", erkundigte sich Daigle.

„Was für eine 5?"

Er legte einen Rohrsplitter unter ein Vergrößerungsglas. Es war das S, das Chen aus Riggios gepanzertem Anzug gezogen hatte.

„Sieht eher aus wie ein S", meinte Carol.

„Wir sind uns nicht ganz sicher, ob das ein S, eine 5 oder irgendein Symbol ist", warf Leyton ein.

„Aber was auch immer es ist, es wurde mit einem Gravurwerkzeug angebracht", setzte Daigle hinzu.

In diesem Moment kam Chen herein. Auch ihm sah man an, dass er wenig geschlafen hatte. Doch er wirkte völlig aufgedreht, als er den anderen die Ergebnisse der Chromatografie vorlegte.

„Beim Sprengstoff handelt es sich um eine Substanz namens Modex Hybrid. Und der Bombenbauer hat es nicht beim Eisenwarenhändler um die Ecke gekauft."

Sie sahen ihn fragend an.

„Das Militär benutzt so was bei Artilleriesprengköpfen und Luft-Luft-Raketen", erläuterte Chen. „Wir haben es hier mit einer Detonationsgeschwindigkeit von rund 8500 Meter pro Sekunde zu tun."

Daigle seufzte. Die Detonationsgeschwindigkeit ist die Maßeinheit für die Zeit, in der sich der Sprengstoff selbst verbraucht und Energie freisetzt. Je potenter der Sprengstoff, desto höher die Detonationsgeschwindigkeit.

„Wenn wir es mit Militärsprengstoff zu tun haben, schränkt das den Kreis der Verdächtigen enorm ein", sagte Leyton. „Wir müssen rausfinden, wem dieser Sprengstoff abhanden gekommen ist, und dann, wer Zugriff darauf hatte."

Chen räusperte sich. „So einfach ist das nun auch wieder nicht. Die Chromatografie hat bei der chemischen Signatur eine Menge Verunreinigungen nachgewiesen, also habe ich den Hersteller in Pennsylvania angerufen. Modex gibt es in drei Güteklassen: für das Militär, hergestellt im Auftrag des Staates, als Handelsware, die nur für den Export ins Ausland bestimmt ist – das Bundesamt für Umweltschutz verbietet die Benutzung hierzulande –, und schließlich selbst gemachtes."

Daigles Miene verfinsterte sich. „Was heißt das, selbst gemacht?"

„Der Firmensprecher meinte, dass ein Hobbychemiker diese Ladung gemischt haben könnte. Das ist nicht weiter schwierig, wenn man über die richtigen Zutaten und die richtige Ausrüstung für die Druckreaktionen verfügt."

„Wenn man das Zeug selbst herstellen kann, brauchte ich die Liste der Komponenten und das Rezept", sagte Carol.

„Der Firmensprecher wird die Liste zusammenstellen und rüberfaxen. Ich habe ihn auch nach den Herstellern der Komponenten gefragt. Sobald ich die Liste habe, gehört sie dir."

Ein einzigartiger Sprengstoff war ein Pluspunkt für die Ermittlungen. Was das noch bedeutete, behagte Carol allerdings ganz und gar nicht.

„Wenn es sich um Militärsprengstoff handelt oder die Herstellung komplizierten technischen Aufwand erfordert, wirft das mein Bild vom Bombenbauer über den Haufen. Dies ist eine Profibombe."

Daigle verschränkte die Arme, um sein Unbehagen auszudrücken. „Carol hat Recht. Aber wieso baut jemand so eine Bombe und lässt sie einfach bei einem Müllcontainer stehen? Da steckt doch mehr dahinter."

„Beth Marzik hat sich jeden einzelnen Ladenbesitzer vorgenommen. Von denen ist niemand bedroht worden."

„Einer von denen lügt. Keiner baut eine Bombe von so einem Kaliber nur zur eigenen Belustigung. Jemand ist von jemandem aufs Kreuz gelegt worden, und dies hier ist die Quittung."

Carol studierte nochmals die Fotos. „Ich kann keine Sprengkapsel entdecken, keine Batterien, keine Energiequelle. Wie ist das Ding gezündet worden?"

Daigle tippte mit dem Finger auf den Bildschirm. „Ich habe da so meine Theorie: In dem einen Rohr war der Sprengstoff, im anderen der Zünder. Schaut mal." Er nahm zwei der größeren Rohrfragmente und hielt sie so, dass die drei anderen sie sehen konnten. „Erkennt ihr die weißen Rückstände innen in der Wölbung?"

„Tatsächlich. Dort ist der Sprengstoff abgebrannt."

„Richtig. Jetzt schaut euch das andere Teil an, absolut sauber. Ich könnte mir vorstellen, dass die Sprengkapsel in diesem Rohr war, zusammen mit einer Batterie oder was auch immer."

„Glaubst du, dass sie an einen Zeitzünder gekoppelt war?"

Daigle sah Carol zweifelnd an. „Und der soll ausgerechnet in dem Moment losgegangen sein, als sich Charlie drübergebeugt hatte? Glaube ich nicht. Es sieht fast so aus, als hätte Charlie einen Kippschalter betätigt."

„Buck Daggett sagte aber, Charlie habe den Karton nicht angerührt."

„Gut, das ist, was Buck gesehen hat. Aber irgendwas muss Charlie gemacht haben. Bomben gehen nicht einfach ohne Grund los."

Carol musste an die kleine Metallscheibe denken, die sie in dem Wagen auf dem Parkplatz gefunden hatte. Sie nahm sie aus dem Beutel und zeigte sie ihren Kollegen. „Ich habe vorhin noch mal den Tatort abgesucht und das hier gefunden. Könnte vom Zünder stammen."

Daigle legte die Scheibe unter das Vergrößerungsglas. „Sieht aus, als wäre da eine Platine drin."

Chen drängelte sich vor und begutachtete das Fundstück ebenfalls. Er zog sich ein Paar von Daigles Handschuhen an, wählte den zierlichsten

Schraubenzieher aus und brach die Scheibe damit wie eine Muschelschale auf. „Heiliger Strohsack! Ich weiß, was das ist."

In der Mitte der Scheibe war ein Wort aufgedruckt, das jedes Kind als Spielzeugmarke kannte. Hier wirkte es jedoch so abwegig, dass es schon fast absurd schien: MATTEL.

Chen sah betroffen aus. „Das ist ein Funkempfänger, wie sie bei ferngesteuerten Autos für Kinder verwendet werden. Charlie hat diese Bombe nicht gezündet. Sie wurde ferngezündet."

Carol sprach aus, was alle dachten. „Der Wahnsinnige, der diese Bombe gebaut hat, war also ganz in der Nähe. Er wartete, bis Charlie sich darüber gebeugt hatte, und dann hat er sie gezündet."

Chen holte tief Luft. „Genau. Er wollte jemanden sterben sehen."

KELSO nippte an seinem Kaffee und verzog das Gesicht, als hätte er Toilettenreiniger gekostet. „Glaubst du wirklich, der Bastard hat die Bombe vor Ort gezündet?"

„Ich habe mich beim Hersteller der Fernsteuerungen erkundigt", berichtete Carol. „Diese kleinen Funkempfänger arbeiten mit so niedriger Spannung, dass sie eine Reichweite von lediglich fünfzig Metern haben. Der Typ, mit dem ich geredet habe, hat von einer maximalen Reichweite zwischen Sender und Empfänger von gut neunzig Metern gesprochen. Das wäre im Bereich der Sichtweite, also muss sich der Täter in der Nähe aufgehalten haben."

„Okay. Was hast du jetzt vor?"

„Jede Fernsehstation dieser Stadt hatte einen Hubschrauber über dem Tatort kreisen und war auf Sendung. Außerdem hatten sie auch Kameras am Boden. Vielleicht ist dieser Schwachkopf ja auf einer der Aufnahmen zu sehen."

Kelso nickte erfreut. „Ein kluger Gedanke. Sprich in diesem Zusammenhang auch mal mit Buck Daggett. Er soll über die Gaffer nachdenken, die er auf dem Parkplatz gesehen hat."

Mit flauem Magen ging Carol zu ihrem Platz zurück. Daggett war über das, was passiert war, bestimmt erschüttert; wahrscheinlich überdachte er jede seiner Entscheidungen, jede Handlung. Sie wusste, dass er so empfinden würde, schließlich hatte sie selbst es am eigenen Leib erfahren und wollte es nicht noch einmal durchleben.

Zwanzig Minuten saß sie reglos an ihrem Schreibtisch, dachte an den Flachmann in ihrer Handtasche und starrte auf Daggetts Adresse in ihrem Karteikästchen. Schließlich ging sie hinunter zu ihrem Wagen.

Daggett wohnte in einem bescheidenen Häuschen in mediterranem Stil im San Gabriel Valley. Fünf Minuten nachdem sie den Freeway verlassen hatte, bog Carol in die Auffahrt ein. Sie stieg aus dem Wagen und ging zur Haustür, wo am Türklopfer ein Trauerflor hing. Daggetts Ehefrau öffnete. Sie war zwanzig Jahre jünger als ihr Mann und sehr attraktiv, sah allerdings ziemlich verstört aus.

Carol zeigte ihre Polizeimarke. „Buck und ich waren mal Kollegen beim Bombendezernat. Könnte ich ihn bitte sprechen?“

Mrs Daggett führte sie durchs Haus in den rückwärtigen Garten, wo Buck bei einem Rasenmäher einen Ölwechsel vornahm. Sobald Carol einen Fuß auf den Rasen gesetzt hatte, verschwand Mrs Daggett wieder ins Haus.

„Hallo, Buck.“ Allein sein Anblick verursachte Carol Beklemmungen in der Brust.

Er richtete sich überrascht auf und schien verlegen. „Ich versuche mich zu beschäftigen. Ich würde dich gern umarmen, aber ich bin leider total verschwitzt.“

„Beschäftigung ist gut, Buck. Das Beste, was du machen kannst.“

„Möchtest du ein Mineralwasser oder so?“

„Ich habe nicht viel Zeit.“

Enttäuscht nickte er. „Ich habe gehört, dass du die Ermittlungen leitest. Gefällt’s dir bei der CCS?“

„Ich würde lieber wieder beim Bombendezernat arbeiten.“

Er nickte wieder, ohne sie anzuschauen.

„Buck, hat dich wegen der Bombe schon jemand angerufen? Hast du es schon gehört?“

„Nein. Wovon soll ich gehört haben?“

„Die Bombe wurde per Fernsteuerung gezündet.“

Für einen Moment starrte er sie völlig ausdruckslos an. Dann schüttelte er den Kopf, und seine Stimme bekam einen verzweifelten Unterton. „Das ist völlig unmöglich! Auf den Röntgenbildern war kein Empfänger zu erkennen. Und wir haben nicht die kleinste Sprengkapsel gesehen. Hätten wir irgendwas in der Richtung entdeckt, hätte ich Charlie doch sofort zurückgepfiffen.“

„Ihr habt das nicht sehen können, Buck. Energiequelle und Zünder steckten allem Anschein nach in einem der Rohre, der Sprengstoff befand sich in dem anderen. Eine Substanz namens Modex Hybrid.“

Buck blinzelte heftig, um seine Tränen zurückzuhalten, aber sie flossen trotzdem. Carol spürte, wie sich auch ihre Augen füllten.

Er räusperte sich. „Modex. Benutzt doch das Militär, oder?“

„Für Sprengköpfe. Wir gehen allerdings stark davon aus, dass die Ladung selbst zusammengemischt wurde.“

„Um Himmels willen! Seid ihr wirklich sicher, dass sie ferngezündet wurde?“

„Wir haben den Empfänger gefunden. Der Täter hat gewartet, bis Charlie direkt über der Bombe war. Wir nehmen an, dass er zugeschaut hat.“

Buck schloss die Augen, als könnte er es nicht ertragen.

„Hör zu, Buck, ich werde die Videos besorgen, die die Fernsehstationen gemacht haben. Wenn wir alle zusammenhaben, möchte ich dich bitten vorbeizuschauen, damit du sie dir mal ansiehst. Vielleicht kannst du in der Menge jemanden erkennen.“

„Ich weiß nicht. Ich habe mich voll auf die Bombe konzentriert.“

„Es wird noch ein, zwei Tage dauern, bis wir alle Videos beisammenhaben. Bitte denk drüber nach, okay? Versuch dich an alles und jeden aus der näheren Umgebung zu erinnern.“

„In Ordnung. Ich habe ja sonst nichts zu tun. Dick wollte, dass ich ein paar Tage freinehme.“

„Das ist auch besser für dich.“

Buck brachte ein schiefes Lächeln zustande. „Weißt du, was die von mir verlangen? Ich muss zur ‚Bank‘ gehen.“

Carol wusste nicht, was sie darauf antworten sollte.

„Sie nennen es ‚Traumaberatung‘. Jetzt muss ich so einem Seelenklempner erzählen, wie es ist, wenn man dabei zusehen muss, wie ein Kollege in die Luft gejagt wird. Was kann man zu so einer Sache denn sagen? Was hast du gesagt?“

„Nichts, Buck. Dazu kann man nichts sagen. Erzähl ihnen das einfach. Dazu kann man nichts sagen. Aber jetzt muss ich gehen. Tut mir Leid.“

„Klar.“ Er begleitete sie zur Eingangstür. Seine Frau war nirgends zu sehen.

Als Carol zu ihrem Wagen ging, bekam sie zwei Anrufe auf dem Piepser, einen von Beth, den anderen von Santos. Zuerst rief sie Beth auf ihrem Handy zurück, während sie noch in Daggetts Auffahrt stand.

Beth klang aufgeregt. „Ich habe hier was, bei dem Blumengeschäft gegenüber von der Telefonzelle. Der 911-Anruf ging um ein Uhr vierzehn bei der Notrufzentrale ein, richtig? Also, der Sohn des Besitzers wollte Blumen ausliefern und hat dabei einen Typen am Telefon gesehen. Und jetzt hör dir das an: Er sagt, der Kerl war ein Weißer!“

„Aber der Anrufer war doch ein Latino.“

„Carol, der Junge ist glaubwürdig. Er saß in seinem Lieferwagen und hörte Musik, während die Blumen eingeladen wurden. Er war ab kurz nach eins bis genau zwanzig nach eins dort. Ich weiß, dass er sich während des Anrufs vor dem Laden aufgehalten hat, weil seine Abfahrtszeit notiert wurde. Und er behauptet, dass der Typ ein Weißer war."

Carols Puls beschleunigte sich. Sie versuchte, nicht völlig aus dem Häuschen zu geraten, was gar nicht so einfach war.

„Warum sollte ein Weißer so tun, als wäre er ein Latino? Es sei denn, er ist derjenige, der die Bombe gezündet hat", fuhr Beth fort. „Wir haben hier vielleicht einen Augenzeugen, der das Schwein gesehen hat, das die Bombe gezündet hat."

„Ich denke, das ist ein Ergebnis, das wir weiterverfolgen müssen, aber trotzdem sollten wir nichts überstürzen. Dein Zeuge glaubt, dass der Typ, den er gesehen hat, ein Weißer war. Vielleicht war er es tatsächlich, vielleicht war es aber auch nur der subjektive Eindruck des Jungen."

„Ich weiß, du hast Recht, aber der Junge macht einen zuverlässigen Eindruck. Du solltest herkommen und mit ihm reden."

„Ist er denn jetzt da?"

„Nicht mehr lange. Er muss noch ein paar Auslieferungen machen, und das kann eine Weile dauern."

„Gut, halt ihn auf. Ich bin schon unterwegs." Carol beendete das Gespräch und wählte die Büronummer von Santos.

Er sprach so leise, dass sie ihn kaum verstehen konnte. „Carol, ein Agent vom ATF ist hier. Er ist heute Morgen aus Washington angereist. Er sitzt gerade bei Kelso drin, und der will dich sprechen. Sie haben deine Berichte verlangt. Ich glaube, die wollen uns den Fall entziehen."

„Moment mal, hat der Typ gesagt, dass er den Fall übernehmen will?"

„Ich muss los, Carol. Kelso wartet auf die Unterlagen."

„Gut, ich mach mich auf den Weg. Beth hat was für uns sehr Wichtiges rausgefunden."

CAROL schaffte den Weg in die Spring Street in nur 25 Minuten. Als Santos sie hereinkommen sah, deutete er bloß wortlos auf Kelsos Tür.

Carol reckte ihren Kiefer vor, klopfte dreimal kräftig an und öffnete, ohne abzuwarten.

Kelso machte eine schicksalsergebene Geste in ihre Richtung, während er sich noch mit dem Mann unterhielt, der ihm gegenübersaß. „Das ist Detective Starkey. Sie platzt immer einfach so rein. Carol, das ist Special Agent Jack Pell vom –"

„ATF, ich weiß. Und – wird er den Fall übernehmen?“ Carol schätzte ihn auf Mitte dreißig, aber wäre er älter, hätte es sie auch nicht gewundert. Er hatte einen blassen Teint und intensive graue Augen. Sie versuchte in ihnen zu lesen, aber es gelang ihr nicht; es schien, als hätte Pell hinter ihnen eine Schutzwand hochgezogen.

Er wandte sich wieder an Kelso, ohne Carol weiter zu beachten. „Ich brauchte noch ein paar Minuten Ihrer kostbaren Zeit, Lieutenant. Sagen Sie ihr doch bitte, sie soll draußen warten, bis wir fertig sind.“

Ihr. Als ob sie überhaupt nicht vorhanden wäre. „Dies ist unser Fall, Barry. Einer *unserer* Leute ist umgekommen.“

„Warte draußen, Carol. Wir rufen dich.“

Rauchend ging sie vor der Tür auf und ab und verfluchte Kelso, als sie das Vibrieren des Piepsers an ihrer Hüfte spürte. Es war Beth. Carol rief sie von ihrem Schreibtisch aus zurück.

„Ich stehe hier mit dem Blumenjungen. Er muss jetzt seine Ware ausliefern. Wo zum Teufel steckst du, Carol?“

„Ich bin wieder im Büro“, antwortete sie mit leiser Stimme. „Das ATF ist im Anmarsch.“

„Im Ernst? Was ist los?“

„Kelso hat gerade Besuch von einem Agenten. Mehr weiß ich auch nicht. Hör zu: Den Jungen nehme ich mir vor, wenn ich hier fertig bin.“

„Es ist gleich fünf, Carol. Er macht seine Auslieferungen und geht dann nach Hause.“

Sie sah auf die Uhr und überlegte. Zeit war der Todfeind für eine Zeugenbefragung. Die Leute vergaßen Einzelheiten, wurden immer konfuser oder entschlossen sich in der Zwischenzeit, lieber doch nicht mit der Polizei zusammenzuarbeiten. Aber sie durfte auch nicht ungeduldig sein und zu viel Druck machen. Sie tat sich selbst keinen Gefallen, wenn sie von dem Jungen verlangte, nochmals stundenlang auf sie zu warten.

„In Ordnung, Beth, dann treffen wir ihn morgen früh.“

„Wir oder das ATF?“

„Das will ich ja gerade rausfinden.“

Kelso streckte den Kopf aus der Tür und sah sich nach ihr um. Carol legte den Hörer auf und wünschte sich, die Zwischenzeit dazu genutzt zu haben, mehr Tagamet zu nehmen.

Als sie Kelso erreichte, flüsterte er: „Keine Panik. Er ist nur gekommen, um uns zu helfen.“

Während Kelso die Tür hinter ihnen schloss, warf Carol Pell einen verächtlichen Blick zu. Diese grauen Augen waren die kältesten Augen, die sie je gesehen hatte.

„Agent Pell ist heute Morgen aus Washington eingeflogen“, erklärte Kelso. „Die Informationen, die du via NLETS übermittelt hast, haben dort drüben für einige Verwunderung gesorgt.“

Pell nickte. „Ich bin nicht gekommen, um Ihre Ermittlungen zu übernehmen, Detective, aber ich glaube, dass ich Ihnen helfen kann. Ich bin hergekommen, weil wir Ähnlichkeiten zwischen Ihrer Bombe und einigen anderen uns bekannten Fällen festgestellt haben.“

„Zum Beispiel?“

„Modex ist sein Lieblingssprengstoff: schnell und elitär. Außerdem benutzt er gern diese spezielle Art von in einem der Rohre versteckten Fernzünder, damit dieser mit dem Röntgengerät nicht erkennbar ist.“

„Von wem reden Sie eigentlich?“

„Er benutzt den Decknamen Mr Red. Seinen richtigen Namen kennen wir nicht.“

„Mr Red? Ist der Typ ein Terrorist?“

„Nein, er ist kein Terrorist. In den letzten zwei Jahren hatten wir es mit sieben Bombenattentaten zu tun, bei denen immer Modex und dieselbe Art Fernzünder wie bei Ihrem Fall benutzt wurden. Wir gehen davon aus, dass vier Anschläge wegen kriminellen Profits durchgeführt wurden. Möglicherweise jagt Mr Red Menschen und Objekte in die Luft, weil er dafür bezahlt wird. Er ist ein Profikiller mit einer Bombe. Aber er hat auch ein Hobby.“

„Da bin ich aber gespannt.“

„Er jagt Bombentechniker. Er ködert sie und sprengt sie dann in die Luft. Bislang hat er drei zur Strecke gebracht, wenn wir Ihren Kollegen hinzuzählen. Alle mit derselben Art Bombe. Ich glaube, für ihn ist es ein Wettbewerb. Er bastelt Bomben, die von Spezialisten wie Ihnen entschärft werden, also versucht er sie zu schlagen.“

Carol lief es kalt den Rücken herunter.

Pell entging das nicht. „Ich weiß, was Ihnen zugestoßen ist. Vor meinem Abflug habe ich Erkundigungen über Sie eingezogen.“

Carol fühlte sich ausspioniert und ärgerte sich darüber. „Außer der Tatsache, dass ich in diesem Fall die Ermittlungen leite, geht es Sie überhaupt nichts an, wer und was ich bin!“

Pell antwortete mit einem Achselzucken. „Sie haben das Gesuch im NLETS unterschrieben. Ich wollte lediglich wissen, mit wem ich es zu tun habe.“

Carol erinnerte sich jetzt daran, dass sie vor einiger Zeit ein Fahndungsblatt des ATF über einen unbekannten Verdächtigen gelesen hatte, bei dem es sich eventuell um Mr Red gehandelt hatte. Es war eines dieser Blätter gewesen, die routinemäßig bei der CCS landeten, für sie aber nicht weiter relevant waren, weil der Verdächtige sein Unwesen in anderen Bundesstaaten trieb. Aber ein Punkt war mit Sicherheit nicht auf dem Fahndungsblatt erwähnt worden.

„An einen Irren, der Bombentechniker zur Strecke bringt, würde ich mich erinnern. Aber von so einem hat hier noch keiner was gehört."

Kelso veränderte seine Sitzhaltung. „Dieser Teil von Mr Reds Aktivitäten wurde bislang geheim gehalten und nur an Ermittler weitergegeben, die direkt mit der Fahndung nach ihm befasst waren."

„Wir wollen keine Nachahmer", ergänzte Pell. „Wir haben alle Einzelheiten seiner Vorgehensweise und seiner Art, eine Bombe zu bauen, für uns behalten – außer den Komponenten, die wir über das NLETS auflisten."

„Sie wollen damit sagen, dass Ihr Mann auch unser Mann ist, nur aufgrund der Aussagekraft einer Komponentenliste?", fragte Carol.

„Bislang habe ich nur Vermutungen geäußert, aber die Verwendung von Modex und eines Fernzünders ist ein identisches Muster. Und außerdem hat man diesen Buchstaben gefunden."

Sie war verwirrt. „Was für einen Buchstaben?"

„Die eingravierte Welle, die wir auf dem Bombensplitter entdeckt haben", erklärte Kelso. „Agent Pell ist wie du der Meinung, es könnte ein S sein."

„Und warum glauben Sie das?"

Pell zögerte. „Wir haben bei Mr Reds Arbeiten bereits früher Gravuren gefunden. Jetzt werde ich Ihre Berichte lesen und Ihre Rekonstruktion mit unseren bisherigen Erkenntnissen vergleichen müssen. Danach kann ich mit Bestimmtheit sagen, ob es sich bei Ihrem Bombenleger um Mr Red handelt oder nicht."

Carol sah schon, wie ihr der Fall abhanden kam. „Ich hoffe, Sie haben nichts dagegen, wenn ich meine eigenen Schlüsse ziehe. Aber wenn ich Ihnen meine Unterlagen überlasse, möchte ich auch Ihre sehen. Ich möchte alles, was Sie haben, mit unseren Ergebnissen vergleichen."

Kelso machte eine abwehrende Handbewegung. „Carol, wir wollen doch die Ermittlungen nicht behindern."

„Das geht in Ordnung", sagte Pell. „Lieutenant Kelso war so freundlich, mir Ihre Unterlagen des Falls bereits auszuhändigen. Es ist mir daher ein Vergnügen, Ihnen Kopien von meinen zu geben. Im Moment liegen sie im Hotel, aber ich lasse sie Ihnen selbstverständlich gern zukommen." Er ergriff die Berichte, die Kelso vor ihm auf den Schreibtisch gelegt hatte, und stand auf. „Könnten Sie mir ein Plätzchen zur Verfügung stellen, wo ich das hier ungestört lesen kann, Lieutenant? Ich möchte bis heute Abend so viele Informationen wie möglich sammeln, bevor Detective Starkey und ich an die Arbeit gehen."

Carol starrte Kelso an. „Was soll das heißen?"

Er kam um seinen Schreibtisch herum und öffnete die Tür. „Immer mit der Ruhe, Carol. Wir stehen alle auf derselben Seite."

Beim Hinausgehen blieb Pell kurz neben Carol stehen. „Ich beiße nicht, Detective. Sie brauchen keine Angst vor mir zu haben."

„Ich habe vor gar nichts Angst!"

„Das würde ich von mir auch gern behaupten können."

Kelso rief Santos und bat ihn, sich um Pell zu kümmern. Dann kam er in sein Büro zurück und schloss die Tür. „Du hättest dich nicht unkooperativer anstellen können, Carol."

„Ich bin nicht hier, um kooperativ zu sein, sondern um rauszufinden, wer Riggio getötet hat. Und jetzt muss ich mich mit diesem ATF-Heini rumschlagen und mir überlegen, was zu tun ist, damit er mir meinen Fall nicht wegnimmt!" Ihre Hände zitterten so stark, dass sie sie in die Tasche steckte, damit es Kelso nicht auffiel.

„Vergiss nicht, dass es eine Mannschaftsleistung ist. Wenn unser und sein Bombenleger ein und derselbe Mann sind, können wir froh über seine Hilfe sein. Ich habe darüber bereits mit Polizeidirektor Morgan gesprochen. Er verlangt von uns absolute Kooperationsbereitschaft."

Carol schüttelte stumm den Kopf, dann wechselte sie das Thema: „Beth hat übrigens einen Zeugen aufgetrieben, der möglicherweise den Burschen gesehen hat, der sich beim Notruf gemeldet hat. Und dieser Zeuge behauptet, dass der Anrufer ein Weißer war."

Kelso zog die Brauen hoch. „Ich dachte, es war ein Latino."

„Das dachte ich auch." Mehr sagte Carol nicht, sondern vertraute darauf, dass selbst Kelso clever genug war zu wissen, was das bedeutete.

„Gut, es ist besser, wenn du das weiterverfolgst", sagte er schließlich.

„Ich wollte es ja weiterverfolgen, aber stattdessen musste ich antreten, um Special Agent Pell kennen zu lernen. Das muss jetzt bis morgen warten. Der Zeuge hatte noch was anderes zu erledigen."

Kelso sah enttäuscht aus. „Nun, dann mach morgen weiter, und halt mich auf dem Laufenden. Du wirst diesen Fall aufklären, Carol, da bin ich absolut sicher. Und jetzt geh heim, und schlaf dich richtig aus."

Carol hoffte sehr, dass ihr draußen nicht Pell über den Weg lief.

Es war nach sechs, als sie sich in den Verkehr Richtung Innenstadt einfädelte, aber sie fuhr nicht nach Hause, sondern Richtung Westen, zu einer Bar namens „Barrigan's" im Bezirk Wilshire.

JACK PELL saß in einem kleinen weißen Raum, der nicht viel größer war als eine Besenkammer, und las die Berichte. Nachdem er alles durchhatte, kam er zu dem Schluss, dass die Forensische Abteilung und das Bombendezernat der Polizei von Los Angeles exzellente Arbeit geleistet hatten. Allerdings war er enttäuscht, dass man nur einen einzigen Buchstaben – das S – gefunden hatte. Und was die Qualität der Pathologie anging, hatte er so seine Zweifel. Im Autopsiebericht fehlte ein wichtiger Untersuchungsschritt.

Er nahm die Unterlagen mit auf den Flur und suchte Santos. „Wissen Sie, ob die Pathologie von Riggios Leiche ein komplettes Röntgenbild gemacht hat?"

„Wenn es nicht im Protokoll steht, vermutlich nicht."

Pell schlug im Autopsiebericht den Namen des zuständigen Pathologen nach. Lee Richards. Nachdem er den Arzt angerufen und sich angekündigt hatte, fuhr er zur Gerichtsmedizin.

Nach ein paar Minuten erschien Richards in der Eingangshalle, und Pell folgte ihm in einen kühlen, gefliesten Röntgenraum, in den zwei Assistenten gerade eine Bahre mit Riggios Leiche rollten. Pell und Richards standen reglos daneben, während die Assistenten den Toten aus dem Leichensack hoben und auf den Röntgentisch legten. Der lange Y-förmige Schnitt von der Brust bis zum Bauch, den Richards während der Autopsie gemacht hatte, war zugenäht; das Gleiche galt für die Wunden, wo die Bombensplitter die größten Verletzungen verursacht hatten.

Richards sah kurz auf die Leiche. „Die Eintrittswunden waren recht gut sichtbar. Wir haben abschnittweise Röntgenbilder erstellt, wo immer die Wunden aufschlussreich erschienen, und dort haben wir dann die Bombensplitter entfernt."

„Genau das ist das Problem", wandte Pell ein. „Wenn Sie nur dort suchen, wo Sie eine Eintrittswunde sehen, lassen Sie etwas Wesentliches außer Acht. Ich kenne Fälle, wo eine Kugel am Becken abgeprallt und vom Oberschenkelhalsknochen bis runter zum Knie geschossen ist." Er hielt inne. „Wo sind eigentlich seine Hände? Hat man die gefunden?"

„Aber sicher. Ich habe sie selbstverständlich ebenfalls untersucht." Richards schaute auf die knochigen Stümpfe von Riggios Handgelenken und blinzelte dann in Richtung der Assistenten. „Wo sind die verdammten Hände?"

Die beiden fischten im Leichensack herum und beförderten die Hände schließlich zutage.

Richards wirkte erleichtert. „Wir werden uns den Toten mit dem Fluoroskop anschauen. Wenn wir was entdecken, werden wir es kennzeichnen. Das geht schneller als mit dem Röntgengerät."

Pell bekam eine gelbe Schutzbrille gereicht, dann schoben die Assistenten den Leichnam auf einer Bahre hinter ein chromatisches Fluoroskop. Es sah aus wie ein ausgeschalteter Flachschirm-Fernseher, aber als Richards es anmachte, konnte man plötzlich hindurchsehen. Die Leiche sah nun wie transparenter gelber Wackelpudding aus, die Knochen hingegen wirkten wie undurchdringliche grüne Schatten.

Auf Anweisung von Richards drehten die Assistenten den Toten langsam zum Schirm hin. Unterhalb des Knies wurden drei kleine, scharf akzentuierte dunkle Flecken sichtbar, zwei am linken, einer am rechten Bein.

Richards schaute Pell an. „Wollen Sie die?"

„Ich will alle, die Sie noch finden können."

Richards markierte die betreffenden Körperstellen mit einem Filzstift.

Durch die Untersuchung mit dem Fluoroskop fanden sie noch 18 Metallsplitter. Sobald Richards einen Splitter entfernt hatte, säuberte einer der Assistenten den Splitter und legte ihn auf ein gläsernes Tablett. Pell untersuchte jeden einzelnen, fand aber keine Gravuren oder sonstige Kennzeichnungen.

Schließlich streifte sich Richards die Handschuhe ab und schaute auf die Uhr. „Wir schicken das hier gleich morgen Vormittag rüber in die Forensik."

„Prima, vielen Dank." Aber es war überhaupt nichts prima, und das bereitete Pell große Sorgen. Er hatte bereits zu viel Zeit verloren, während Mr Red noch immer irgendwo frei herumlief.

Da fragte einer der Assistenten: „Doktor, wollen Sie die Hände auch noch anschauen, oder sollen wir das ganze Zeug wieder einpacken?"

Seufzend streifte Richards ein neues Paar Handschuhe über und legte die Hände unter das Fluoroskop. Zwischen den Mittelhandknochen der linken Hand verkeilt, wurden zwei hellgrüne Schatten sichtbar.

„Mist! Sieht ganz so aus, als hätten wir die beiden übersehen." Richards entfernte die Splitter und gab sie an Pell weiter.

Dieser untersuchte sie, ohne sich zu viel davon zu versprechen, aber plötzlich erfasste ihn eine große Aufregung. In dem größeren Splitter waren sechs winzige Buchstaben eingraviert, und was Pell da sah, war mehr als verblüffend. Das hatte er nun wirklich nicht erwartet!

„Was gefunden?“, fragte Richards hinter ihm.

„Nein, nur noch mehr vom selben Zeug.“ Pell verbarg das Metallstück mit den Buchstaben in seiner Hand und legte das andere auf das Tablett zu den restlichen Splittern. Weder Richards noch den Assistenten fiel auf, dass er nur eines zurückgetan hatte. „Danke, Doktor, dass Sie sich die Zeit genommen haben.“

Pell marschierte zum Ausgang, doch mitten im Foyer brach vor seinen Augen mit einem Mal ein rötliches Sternengewitter los, dem ein heftiger Übelkeitsanfall folgte.

Er erinnerte sich, in der Nähe eine Herrentoilette gesehen zu haben, und stürzte durch die Tür. Der Schwindel übermannte ihn, als er das Waschbecken erreichte. Obwohl er die Augen schloss, konnte er die Formen sehen. Vor einem schwarzen Hintergrund schwebten sie in der Luft, stiegen empor und tanzten in Zeitlupe. Er drehte das kalte Wasser auf, riss ein Handtuch vom Halter, tauchte es ins Wasser und taumelte in eine Kabine. Dort ließ er sich auf den Klositz fallen, drückte sich das Handtuch fest an die Augen und wartete.

So machte er es immer, doch es machte ihm Angst, dass die Intervalle zwischen den Anfällen immer kürzer wurden. Er wusste, was das zu bedeuten hatte, und es ängstigte ihn mehr als alles andere jemals zuvor.

Er atmete durch das nasse Handtuch, bis die quälenden, schwebenden Monster endlich von ihm abgelassen hatten. Nach einer Weile holte er das entwendete Metallstück hervor und las die Buchstaben.

Er hatte Kelso und Carol Starkey nicht alles über Mr Red erzählt. Er hatte ihnen verschwiegen, dass Mr Red Bombentechniker nicht wahllos umbrachte. Er tötete nur die allerbesten. Als Pell zuerst von dem S gehört hatte, hatte er angenommen, es gehöre zum Namen Charles, Charles Riggio. Aber das war ein Irrtum gewesen. Pell las nochmals, was auf dem Metallstück stand: T-A-R-K-E-Y.

JOHN MICHAEL FOWLES saß in der Regionalbibliothek des Bezirks Dade County und besah sich die Leute an den Nachbartischen. Zumeist ältere Menschen, die Zeitungen oder Zeitschriften lasen. Eine Gruppe Vorschulkinder auf einer Art Kindergartenausflug. Ein sanft aussehender

Mann hinter dem Bibliothekarsschreibtisch, der einen Roman von Dean Koontz las. Sie alle lebten einfach ihr Leben – sie hatten ja keine Ahnung!

John wandte sich wieder dem Internetcomputer der Bibliothek zu und gab die Internetadresse des FBI ein. Als die Homepage erschien, klickte er die Rubrik DIE ZEHN MEISTGESUCHTEN VERBRECHER an und sah zu, wie sich die Seite aufbaute.

Zehn kleine Fotos erschienen, jedes mit einem Link auf eine eigene Seite. John hoffte, hier endlich sein Bild zu finden. Doch Fehlanzeige. Das perfekte Beispiel für bürokratische Ineffizienz.

Enttäuscht ging er auf die Homepage zurück und klickte die Liste der unbekannten Verdächtigen an. Neun Bilder wurden geladen, drei davon waren Phantomzeichnungen. Eine davon zeigte einen intelligent aussehenden jungen Mann mit Stirnglatze, braunem Haarkranz, braunen Augen und einer altmodischen Brille. Bevor John sich damals in der Öffentlichkeit gezeigt hatte, hatte er zwei Wochen lang gehungert, was den Zeugen offenbar nicht entgangen war: Das Phantombild zeigte ihn ausgemergelt und unterernährt. Mit seinem wahren Äußeren hatte es keinerlei Ähnlichkeit – so, wie er auch heute keinerlei Ähnlichkeit mit seinem wahren Äußeren aufwies.

Er klickte das Phantombild an und gelangte auf eine Seite, auf der eine kurze, aber ungenaue Beschreibung seiner Person und außerdem eine Liste von Verbrechen nachzulesen waren, deren er verdächtigt wurde. Er war hocherfreut, dass die Bundespolizei ihn als äußerst gefährlich einstufte und vermerkt war, dass er „bei seinen Straftaten ausgeklügelte Sprengkörper" einsetzte.

Angesichts dieser Einschätzung empfand John die Weigerung des FBI, ihn in die Topten aufzunehmen, als respektlos. In der Liste waren arabische Terroristen und rechtsextremistische Spinner vertreten. Dabei hatte er weit mehr Leute umgebracht als die meisten von ihnen. Er betrachtete sich selbst als den gefährlichsten Mann, der frei herumlief, und erwartete, auch als solcher behandelt zu werden.

Er würde wohl den Einsatz erhöhen müssen.

Unter dem Tisch, an dem er saß, haftete bereits eine kleine Bombe, die er für diese Bibliothek gebastelt hatte. Sie sollte in erster Linie eine Botschaft sein: simpel, aber elegant und wie alle seine Bomben mit seiner Handschrift versehen. Die örtlichen Behörden würden innerhalb von Stunden dahinter kommen, dass Mr Red wieder zugeschlagen hatte.

„Entschuldigung, aber brauchen Sie den noch?" Hinter ihm stand eine ältere Frau; in der Hand hielt sie einen Spiralblock.

John lächelte über das ganze Gesicht, nahm seinen Rucksack und schob den Stuhl zurück. Kurz bevor er aufstand, griff er unter den Tisch und aktivierte die Zeitschaltuhr.

„Nein, Madam, ich bin fertig. Nehmen Sie Platz. Der Stuhl ist so bequem, Ihr Hintern wird jubilieren."

Die Frau lachte.

John überließ sie ihrem Schicksal und trat in die Sonne hinaus.

3

Als Carol Starkey auf dem Sofa erwachte, bemerkte sie, dass sie sich im Schlaf ganz zusammengerollt hatte. Ihr Nacken war steif. Es war zwanzig nach vier; sie hatte nur zwei Stunden geschlafen. Sie fühlte sich durch ihre Träume beunruhigt, denn sie hatten eine neue Zutat erhalten: Pell. Er hatte sie verfolgt. Sie hatte so schnell rennen müssen, wie sie konnte, aber dennoch waren ihre Bewegungen träge und langsam gewesen, seine hingegen nicht. Das gefiel ihr nicht. Seit ihrem Unfall bildeten ihre Träume eine Konstante, deshalb ging ihr diese Neuerung gegen den Strich. Schlimm genug, dass Pell sich in ihre Ermittlungen einmischte; sie brauchte ihn nicht auch noch in ihren Albträumen.

Sie zündete sich eine Zigarette an und bereitete sich auf den Tag vor. Ihr Frühstück bestand aus zwei Aspirin und einer Tagamet.

Beth hatte auf ihrem Anrufbeantworter die Nachricht hinterlassen, sie könnten sich mit dem Zeugen, einem Jungen namens Lester Ybarra, um neun Uhr beim Blumenladen treffen.

Um halb sechs betrat Carol das menschenleere Büro und schaltete die Kaffeemaschine ein. Sie liebte die Einsamkeit, die vieles einfacher machte. Niemand bohrte seine Blicke in ihren Rücken und dachte sich, dass sie die Bombentechnikerin war, die in die Luft geflogen und wieder zusammengeflickt worden war wie Frankensteins Monster. Dass sie die Beamtin war, die ihren Partner verloren und überlebt hatte – obwohl sie gestorben war.

Sie stellte eine Tasse Kaffee auf ihren Schreibtisch und begann, in ihren Handbüchern und technischen Katalogen zu blättern.

Modex Hybrid war ein trinärer Sprengstoff, der als Sprengladung bei Luft-Luft-Raketen eingesetzt wurde. Trinär bedeutete, dass es sich um eine Mischung aus drei primären Sprengstoffen handelte, die kombiniert eine Verbindung ergaben, die potenter und stabiler war als jede einzelne Komponente für sich allein. Diese Bestandteile waren RDX, TNT, Ammoniumpikrat, Aluminiumpulver, Wachs und Kalziumchlorid. Die ersten drei waren hochexplosive Stoffe. Das Aluminiumpulver wurde zur Erhöhung der Explosivkraft eingesetzt, Wachs und Kalziumchlorid dienten dagegen als Stabilisatoren. TNT und Ammoniumpikrat konnte jeder Durchschnittsbürger kaufen. Bei RDX war es schon komplizierter. Genau wie Modex wurde es ausschließlich für das Militär und unter staatlicher Kontrolle hergestellt, war aber im Gegensatz zu Modex ohne industrielle Verfeinerungsausrüstung viel zu kompliziert herzustellen.

Das war die Art Aufschluss, die Carol zu finden gehofft hatte. Man konnte Modex zwar herstellen, wenn man über die Komponenten verfügte, diese selbst konnte man jedoch nicht produzieren. Man musste sich RDX besorgen, was bedeutete, dass es sich bis zu seiner Bezugsquelle zurückverfolgen ließ.

Carol beschloss, dies als Ausgangsbasis für ihr weiteres Vorgehen zu nutzen. Sie nahm ihre Unterlagen mit an den NLETS-Computer und erstellte ein neues Gesuch mit Augenmerk auf Übereinstimmungen bei RDX. Als sie die Anfrage eingegeben hatte, erschienen die ersten anderen Detectives, und damit war es mit der Ruhe vorbei. Carol packte ihre Sachen zusammen und verschwand.

SIE PARKTE hinter Beths Wagen vor dem Blumenladen, und sie trafen im selben Augenblick auf dem Bürgersteig zusammen, als ein schmächtiger Latinojunge aus dem Laden kam. Beth stellte Carol Lester Ybarra vor.

Sie reichte ihm die Hand. „Ich finde es großartig, dass du uns helfen willst."

„Kein Problem."

„Lester hat jemanden gesehen, der an dem Tag, als die Bombe explodierte, zwischen eins und Viertel nach eins das Telefon gegenüber benutzt hat", sagte Beth zur Einleitung. „Lester, kannst du Detective Starkey die Person beschreiben?"

„Wie wär's, wenn du mir zunächst hilfst, die Szenerie zu beschreiben, damit ich mir ein besseres Bild machen kann?", schlug Carol vor. „Dein Lieferwagen stand hier? Ungefähr da, wo jetzt mein Auto steht?"

„Ja, genau."

Carol hatte direkt vor dem Eingang des Blumenladens, etwa fünf Meter von der Straßenecke, im Halteverbot geparkt.

„Wird der Lieferwagen immer hier auf der Straße beladen?"

„Wir haben drei Lieferwagen. Die beiden anderen standen in der Seitenstraße, deshalb musste ich hier vorn parken. Ich sollte eigentlich um halb eins losfahren, aber dann haben wir einen Großauftrag bekommen, zwölf Sträuße. Mein Vater hat gesagt, dass ich noch warten solle, daher habe ich hinter dem Steuer gesessen, als ich den Typen sah. Ich hatte sonst nichts zu tun, meine Schwester musste die Sträuße machen. Ich sollte einfach nur im Auto sitzen, falls die Bullen gekommen wären und ich aus dem Halteverbot hätte verschwinden müssen."

Carol nickte. Seiner Aussage zufolge hatte der Junge eine ungehinderte Sicht auf das Telefon auf der anderen Straßenseite gehabt. „Okay, Lester. Dann erzähl mir mal, wie der Typ aussah. Ich weiß, dass du ihn Detective Marzik schon beschrieben hast, aber tu's für mich noch mal."

Er beschrieb den Anrufer als einen Weißen von mittlerer Größe, der eine ausgeblichene blaue Baseballkappe, eine Sonnenbrille, eine dunkelblaue Hose und ein hellblaues Arbeitshemd getragen habe. Er hatte ihn nicht sprechen hören und schätzte ihn auf etwa vierzig.

Als Lester eine Pause machte, hakte Carol nach. „Hast du gesehen, aus welcher Richtung der Mann kam, als er zum Telefon ging?"

Lester zuckte mit den Schultern. „Habe ich nicht."

„Und als er fertig war? Hast du gesehen, wohin er gegangen ist?"

„Habe ich nicht drauf geachtet. Es war halt einfach so ein Typ."

„Und du bist sicher, dass er ein Weißer war?"

„Ziemlich sicher. Er hatte hellbraune Haare, ungefähr wie Sand."

Beth runzelte die Stirn. „Das konntest du trotz der Baseballkappe erkennen?"

Lester fummelte an seinen Ohren herum. „Das Stück, das ich hier sehen konnte, verstehen Sie?"

Einleuchtend, fand Carol. „Gut. Kannst du dich an irgendwelche auffälligen Merkmale erinnern? Eine Narbe vielleicht? Eine Tätowierung auf seinem Arm?"

„Er trug lange Ärmel."

„Er hatte ein langärmeliges Hemd an?"

„Genau. Deshalb konnte ich seine Arme nicht sehen. Aber ich erinnere mich, dass es schmierig und alt aussah, als hätte er ein Auto repariert oder so."

Carol packte ihr Notizbuch ein. „Danke, Lester. Ich möchte, dass du noch heute Vormittag mit Detective Marzik zu uns ins Büro kommst und mit einem Phantombildzeichner zusammenarbeitest, damit wir sehen, ob wir von diesem Mann ein Bild anfertigen können, okay?"

„Hört sich cool an. Meinem Vater wird das aber gar nicht passen."

„Du kümmerst dich jetzt erst mal um deine Auslieferungen, und wir werden das mit deinem Vater besprechen."

Lester verschwand im Laden, während die beiden Frauen auf dem Bürgersteig stehen blieben.

„Warum hast du ihn zu uns ins Büro bestellt?", meckerte Beth. „Das bringt doch nichts. Der Typ trug eine Baseballmütze, Sonnenbrille und ein langärmeliges Hemd, und das bei über dreißig Grad. Wenn das unser Mann ist, hat er sich verkleidet."

„Warum musst du bloß immer so negativ sein?"

„Ich bin nicht negativ. Ich sage nur, was Tatsache ist."

„Dann versuch's mal mit folgender Tatsache: Falls er unser Mann ist und auch so gekleidet war, als er die Bombe gezündet hat, und falls er auf den Videos zu sehen ist, müsste er mit dieser Baseballmütze, der Sonnenbrille und den langen Ärmeln sofort auffallen."

„Wenn du meinst. Dann nehme ich mir jetzt mal den Vater vor." Beth verschwand im Laden.

Carol steckte sich eine Zigarette an und ging zu ihrem Auto, als sie spürte, wie ihr Piepser vibrierte. Es war Santos. Sie rief ihn mit dem Handy zurück.

„Carol, die Kassetten von den Fernsehsendern sind da. Willst du, dass ich den Videoraum vorbereite, damit wir sie uns anschauen können?"

„Ja, tu das. Beth wird nachher den Blumenjungen zum Phantomzeichner mitbringen. Ich möchte, dass Lester sich die Videos auch ansieht, aber erst, wenn er beim Zeichner fertig ist, okay? Ich will nicht, dass er sich zuerst die Videos anschaut und dann jemanden beschreibt, den er gesehen hat, nur weil er glaubt, dass derjenige verdächtig gewirkt hat."

„Ich werde alles vorbereiten."

„Noch eines: Was war gestern Abend noch mit Pell?"

„Er hatte irgendwas am Obduktionsbericht zu bemängeln."

Carol spürte, wie sich ihr Magen verkrampfte. „Was denn?"

„Der Pathologe hatte keine Röntgenaufnahmen vom gesamten Körper gemacht, und Pell bestand darauf, dass er das nachholte."

„Hat er was entdeckt?"

„Sie haben weitere Bombensplitter gefunden, aber Pell sagt, dass die nichts hergeben."

Carol konnte wieder freier atmen. Vielleicht würde Pell das Interesse verlieren und nach Washington zurückkehren. „In Ordnung. Beauftrage also bitte den Phantomzeichner und bereite den Raum für die Videos vor. Ich bin gleich da."

Sie beendete das Gespräch und ging zu Beth zurück, die mittlerweile wieder auf den Gehsteig getreten war. „Wir haben die Videos. Jorge wird für dich einen Phantomzeichner auftreiben. Bring Lester danach bitte in den Vorführraum, damit er sich die Videos auch anschauen kann. Vielleicht erkennt er den Typen ja wieder."

„Ganz wie du meinst."

Carol stieg in ihr Auto und ließ Beth in der Hitze auf Lester Ybarra warten.

SANTOS war gerade dabei, die Videos aufzulisten und in einen Karton zu sortieren, als Carol im Büro eintraf. „Pell hat angerufen", war das Erste, was Santos sagte. „Ich habe die Notiz auf deinen Schreibtisch gelegt."

Da Carol aber keine Lust verspürte, die Nachricht zu lesen, durchstöberte sie lieber die Videokassetten.

„Die reichen für Stunden", seufzte Santos. „Die Spieldauer ist immer angegeben, ganz gleich, ob es Nah- oder Weitwinkelaufnahmen sind."

„Was heißt das, nah oder weit?"

„Bei einigen der Hubschrauber waren zwei Kameras montiert. Beide waren auf dasselbe Motiv gerichtet, eine auf Nahsicht rangezoomt und die andere zurückgefahren, um Weitwinkelaufnahmen zu bekommen."

Carol ging davon aus, dass die Nahaufnahmen nicht das wiedergaben, was sie sich erhoffte, deshalb nahm sie drei Kassetten mit Weitwinkelaufnahmen zu ihrem Schreibtisch mit.

„Ich habe uns den Vorführraum hergerichtet", verkündete Santos hinter ihr. „Sobald ich hier fertig bin, können wir loslegen."

Carol blickte auf die Videokassetten. Der sterbende Riggio aus drei verschiedenen Perspektiven. Bei einem Bombenalarm waren die Fernsehleute immer sofort zur Stelle und belagerten den Ort des Geschehens. Auch an dem Tag, als sie und Sugar ihren Einsatz gehabt hatten, waren TV-Kameras auf dem Campingplatz anwesend gewesen. Mit einem Mal fiel ihr ein, wie sie mit Sugar darüber gescherzt hatte, dass sie für die Sechsuhrnachrichten eine gute Vorstellung hinlegen müssten. Das hatte sie bis zu diesem Augenblick völlig verdrängt gehabt. Sie nahm eine Zigarette aus ihrer Handtasche und zündete sie an.

„Carol! Willst du, dass Kelso dich nach Hause schickt?"

Sofort zertrat sie die Zigarette auf dem Fußboden und wedelte die Luft rein. „Danke, Jorge, ich war vollkommen in Gedanken. Ich mache mir Sorgen wegen Pell. Hat er gestern Abend irgendwas gesagt, als er vom Pathologen zurückgekommen ist?“

„Nein. Nur, dass sie noch die Bombensplitter gefunden hätten.“

Santos hatte die Auflistung der Videos abgeschlossen und stellte den Karton unter seinen Schreibtisch. Die offizielle Ablage der Polizei von Los Angeles. „Ich bin fertig. Wir können jetzt anfangen.“

Carol dachte wieder daran, wie Riggio starb, und ihre Hände wurden feucht. „Hör mal, Jorge, ich würde lieber erst Pells Anruf beantworten. Du kannst ja schon mal ohne mich loslegen.“

Santos wirkte enttäuscht. „Du wolltest sie dir doch so dringend anschauen. Wir können den Raum außerdem nur für kurze Zeit nutzen.“

„Ich schau sie mir später zu Hause an. Jetzt muss ich erst mal diesen Anruf erledigen.“

Als ihr Telefon klingelte, griff Carol nach dem Hörer wie nach einem Rettungsring.

„Rufen Sie eigentlich nie zurück?“ Es war Pell.

„Ich war sehr beschäftigt. Wir haben einen Zeugen, der möglicherweise den Mann gesehen hat, der die 911 angerufen hat.“

„Wir sollten uns irgendwo treffen und besprechen, wie wir in diesem Fall weiter verfahren.“

„Es gibt kein *Wir*, Pell. Wenn mein Verdächtiger nicht Ihr Mr Red ist, ist die Sache für mich erledigt. Mich interessiert allerdings davon unabhängig immer noch, was Sie zu den ersten sieben Bombenanschlägen zu sagen haben.“

„Ich werde die Unterlagen mitbringen. Außerdem habe ich noch was anderes. Wir sollten uns wirklich treffen. Es ist wichtig.“

Carol erklärte ihm den Weg zum Barrigan’s und legte auf.

Santos hatte sie beobachtet und kam nun mit einem Stapel Videos herüber. „Übernimmt jetzt doch das ATF den Fall?“

„Keine Ahnung. Er hat nichts gesagt.“

Santos zuckte die Schultern und gestikulierte mit den Kassetten. „Ich gehe jetzt nach oben. Bist du sicher, dass du nicht mitkommen willst?“

„Ich bin mit Pell verabredet.“

Carol schaute Santos hinterher. Es war ihr peinlich, dass sie es nicht fertig brachte, gemeinsam mit ihm die Videos zu überprüfen. Sie war am Tatort gewesen, hatte Riggios Leiche gesehen. Ihre Angst, sich im Nachhinein die Videos anzuschauen, war also völlig irrational, trotzdem war ihr der Grund dafür klar. Sie würde auf diesen Videos nicht nur Riggio, sondern auch sich selbst und Sugar erblicken.

Sie befahl sich, keine Gedanken mehr daran zu verschwenden. Entschlossen packte sie die drei Videos und ihre Sachen ein und brach auf, um sich mit Pell zu treffen.

DAS BARRIGAN'S war eine kleine irische Bar, die seit den Fünfzigerjahren ein beliebter Treffpunkt von Polizisten war. Die Wände waren mit vierblättrigen Kleeblättern übersät, von denen jedes ein Datum und den Namen eines Beamten trug, der in Ausübung seines Dienstes einen Menschen getötet hatte.

Als Carol die Bar betrat, wurde die Theke bereits von Kollegen belagert. Aber sie fand noch einen Platz neben einigen Beamten vom Sittendezernat, zündete sich eine Zigarette an und bestellte sich einen doppelten Gin.

Sie hatte sich gerade den ersten Schluck genehmigt, als Pell neben ihr auftauchte und einen großen braunen Umschlag auf die Theke legte. „Trinken Sie immer, wenn Sie im Dienst sind?"

„Was ich mache, geht Sie überhaupt nichts an! Aber fürs Protokoll: Ich bin außer Dienst. Ich bin nur hier, um Ihnen einen Gefallen zu tun."

Im Barrigan's gab es keine Barhocker; vor der Theke standen kleine Bänke, auf denen jeweils zwei Personen Platz fanden. Pell rutschte unangenehm dicht neben Carol auf die Bank.

„Mensch, Sie sitzen mir ja fast auf dem Schoß!"

Er rückte zur Seite. „Besser?"

„Ja. Ich ertrage es einfach nicht, wenn man mir zu sehr auf die Pelle rückt." Carol bereute die Äußerung sofort, weil sie fürchtete, damit mehr über sich verraten zu haben, als ihr lieb war.

Pell tippte auf den Umschlag. „Das sind die Unterlagen. Aber ich habe noch mehr." Er entfaltete ein Blatt Papier und legte es auf die Theke. Es war ein Zeitungsartikel, den er aus dem Internet ausgedruckt hatte. „Lesen Sie mal."

BOMBENALARM FEGT BIBLIOTHEK LEER

Von Lauren Beth, Miami Herald

> Die Dade-County-Regionalbibliothek musste gestern evakuiert werden. Als plötzlich eine Alarmsirene laut zu heulen begann, fanden Bibliotheksangestellte an der Stelle, von der das Geräusch kam, einen Gegenstand, bei dem es sich ihrer Ansicht nach um eine Rohrbombe handelte; sie war an der Unterseite eines Tisches angebracht.

Nachdem die Polizei die Bibliothek evakuiert hatte, entfernte ein Sprengstoffkommando das Objekt, das allerdings nur die Sirene, aber keinen Sprengstoff enthielt. Die Polizei spricht von einem üblen Scherz.

Carol hob den Blick. „Was soll das?“

„Es war ein Klon der Bombe, mit der Riggio getötet wurde.“

Das gefiel Carol überhaupt nicht. Falls diese Bombe tatsächlich baugleich gewesen war, hätte Pell alles, was er brauchte, um den Fall zu übernehmen.

Sie fegte den Artikel beiseite. „Wenn Ihr Mr Red also in Miami ist, warum sitzen Sie dann nicht im Flieger Richtung Osten?“

„Weil er irgendwo hier steckt.“

„Für mich sieht es aber ganz so aus, als ob er in Miami wäre.“

Pell blickte zu den anderen Polizisten hinüber. „Könnten wir uns woandershin setzen?“

Carol begleitete ihn an einen ruhigen Tisch. „Hier kann uns niemand belauschen. Wir können ganz ungestört Konspiration betreiben.“

Gereizt knirschte er mit den Zähnen. „Die Polizei in Miami hat der Presse nur die halbe Wahrheit gesagt. Das war kein übler Scherz, sondern eine Botschaft mit einer konkreten Mitteilung auf Papier. So was hat er vorher noch nie gemacht.“

„Und was hat er geschrieben?“

„‚Käme ich durch den Tod dieser Leute endlich in die Topten?‘“

„Was zum Teufel hat denn das zu bedeuten?“

„Er möchte in die FBI-Liste der zehn meistgesuchten Verbrecher.“

„Sie wollen mich wohl auf den Arm nehmen!“

„Er scheint ein unterbelichteter Niemand zu sein, der sich nicht damit abfinden kann, dass er ein Verlierer ist. Er steht nicht in den Topten, weil wir nicht wissen, wer er ist. Niemand kommt auf diese Liste, bevor nicht seine Identität festgestellt worden ist. Das ist uns bis jetzt nicht gelungen, und das frustriert ihn. Im Gegensatz zu früher geht er mittlerweile Risiken ein. Das bedeutet, dass er sich selbst destabilisiert.“

Carol verstand nun besser, weshalb sich Pell so mit der Sache auseinander setzte. Wenn ein Täter sein Verhaltensmuster änderte, wirkte sich das auf die Ermittlungen immer günstig aus. Durch jede Veränderung lernte man andere Facetten des Verbrechers kennen. Und je mehr davon sichtbar wurden, desto schneller konnte man sich ein genaues Bild machen.

„Sie meinen also, er ist hier. Woher wissen Sie das?"

Pell starrte sie eindringlich an. „Ich habe Ihnen und Kelso nicht alles erzählt. Wenn sich Mr Red auf die Jagd begibt, tut er das nicht planlos. Er sucht sich seine Ziele genau aus: Normalerweise sind es gestandene Bombentechniker, die in die Schlagzeilen geraten sind. Er will uns zu verstehen geben, dass ihm nur das Beste, was ein Bombendezernat zu bieten hat, gut genug ist. Und dass er die Herausforderung gewinnt. Das ist eine Egogeschichte."

Charlie Riggio war beim Bombendezernat ein eher kleiner Fisch gewesen, aber das sagte Carol nicht. „Stand das auch in seiner Notiz?"

„Wir wissen das, weil er die Namen seiner Opfer in die Bombe eingraviert. Die Namen der ersten beiden Bombentechniker, die er umgebracht hat, haben wir während der Rekonstruktion auf den Bombensplittern gefunden."

Carol schwieg, zeichnete eine große 5 in die feuchten Ringe, die ihr Glas auf dem Tisch hinterließ, und machte dann ein S daraus. Sie ging davon aus, dass es den letzten Buchstaben des Namens Charles bedeutete, Charles wie Charlie Riggio. „Warum erzählen Sie mir das hier und nicht in Kelsos Büro?"

Pell wich ihrem Blick aus; irgendetwas schien ihn nervös zu machen. „Wir versuchen, auch diese Information nur an die Ermittler weiterzugeben, die davon wissen müssen."

„Oh, ich fühle mich geschmeichelt. Aber ich frage mich, was Sie sonst noch alles für sich behalten."

Er blickte sie scharf an. „Als Chefermittlerin könnten Sie vor die Presse treten und mit dem, was Sie sagen, zu seiner weiteren Destabilisierung beitragen. Das sind nicht einfach nur kleine Höllenmaschinen, die er da zusammenbaut. Sie sind sehr präzise, und wir wissen, dass er stolz auf sie ist. In seinem Kopf könnte es zu einem Wettkampf kommen, der ihn in Los Angeles hält und uns die Chance gibt, ihn zu schnappen."

„Ich gegen ihn."

„Ja, so ungefähr. Was halten Sie davon?"

Darüber musste Carol nicht lange nachdenken. „Ich bin dabei."

Pell seufzte tief, als ob er befürchtet hätte, sie würde nicht mitmachen. „Sehr gut. Wir nehmen an, dass er seine Bomben jeweils vor Ort baut. Er wird die Sachen, die er braucht, in der Gegend kaufen, in der er sich gerade aufhält, und die Bombe auch dort bauen, damit er nichts zu transportieren und keine Verhaftung am Flughafen oder bei einer Verkehrskontrolle zu befürchten braucht. Ich habe den Unterlagen eine Liste der Modex-Komponenten beigefügt und möchte Sie bitten, hier vor Ort die Leute zu überprüfen, die Zugriff auf RDX haben."

Carol machte ein süffisantes Gesicht. „Das ist schon geschehen. Ich habe heute damit angefangen."

Pell verbarg seine Überraschung hinter einem kurzen Nicken.

„Haben wir ein Foto von diesem Kerl in Miami?", fragte Carol. „In der Bibliothek muss es doch eine Überwachungskamera gegeben haben."

„Nein, hat es nicht, aber ich werde bis morgen über eine Phantomzeichnung verfügen. Die Zeugen haben ihn als einen Weißen beschrieben, etwa Mitte zwanzig mit hellroten Haaren. Außerdem haben wir noch zwei Phantomzeichnungen von früheren Anschlägen. Allerdings sind alle drei sehr unterschiedlich ausgefallen. Er verändert immer sein Aussehen, bevor er sich in der Öffentlichkeit zeigt."

Carol zuckte mit den Schultern. Lester hatte einen Mann um die vierzig beschrieben, aber sie beschloss, die Aussage des Jungen so lange nicht zu erwähnen, bis das Phantombild fertig war. „Wie auch immer, ich will eine Kopie von Ihren drei Phantomzeichnungen, sobald sie Ihnen vorliegen. Und ich will die Bombe aus Miami sehen."

„Sobald mir der Bericht vorliegt, bekommen Sie ihn."

„Sie haben mich falsch verstanden. Ich will die Bombe in die Hand nehmen. Ich bin Bombentechnikerin. Ich will sie selbst zerlegen, sie mit der von Silver Lake vergleichen und meine eigenen Schlüsse ziehen."

Pell nickte. „In Ordnung, das ist eine gute Idee. Aber Sie sollten das selbst veranlassen."

Carol runzelte die Stirn. „*Ihre* Leute haben das blöde Ding. Für Sie wäre es viel einfacher, da ranzukommen."

„Je mehr ich unternehme, desto mehr wird Washington Druck machen, dass ich den Fall übernehme."

„Also gut, ich werde mich selbst drum kümmern."

Pell stand auf und gab ihr seine Karte. „Das ist das Motel, in dem ich wohne, meine Piepsernummer steht auf der Rückseite."

Carol steckte die Karte ein, ohne sie anzuschauen. „Falls sich irgendwas tut, rufe ich Sie an."

„Mr Red ist gefährlich, Carol. Und da der Kerl in der Stadt ist, sollte man stocknüchtern sein, um blitzschnell reagieren zu können."

Sie ließ das Eis in ihrem Drink klirren. „Ich bin schon mal gestorben. Es gibt Schlimmeres als das hier, das können Sie mir glauben."

Er verabschiedete sich knapp, und sie beobachtete ihn, bis er durch die Tür in einen blendenden Lichtkeil hinaustrat, der ihn verschluckte.

Carol kehrte zur Theke zurück und ließ ihr Glas auffüllen. Sie war überzeugt, dass Pell mehr wusste, als er ihr gesagt hatte.

ES WAR nach sieben, als Carol die Bar verließ und nach Hause fuhr. Vom vielen Gin brummte ihr der Schädel. Sie hatte Hunger und nichts zu essen im Haus, aber sie wollte auch nicht noch mal vor die Tür gehen. Sie legte die drei Kassetten, die sie aus dem Büro mitgenommen hatte, im Wohnzimmer zum Videorekorder und fand dann in der Küche eine Schachtel mit Rosinen, die sie, an die Spüle gelehnt, im Stehen aß. Als sie fertig war, setzte sie sich an den Küchentisch, um die Berichte zu lesen.

Der Umschlag enthielt sieben Sprengstoffprofile, die im Nationalen Zentrallabor des ATF in Rockville, Maryland, erstellt worden waren. Jeder Bericht beinhaltete die Analyse einer Bombe, die einem unbekannten Verdächtigen zugeschrieben wurde, den man nur als Mr Red kannte. Doch jeder Bericht war auch heftig überarbeitet worden; ganze Absätze waren gestrichen. Das machte Carol wütend, aber sie las alles konzentriert durch.

Alle Bomben waren aus zwei Rohren gebaut worden, die mit Isolierband zusammengegeklebt und mit Verschlusskappen versehen waren. In dem einen Rohr hatten sich jeweils der Funkempfänger und Neunvoltbatterien befunden (man hatte herausgefunden, dass alle Empfänger aus ferngesteuerten Spielzeugautos der Marke MATTEL stammten), im anderen der Sprengstoff Modex Hybrid. In keinem der Berichte wurden die Gravuren erwähnt, von denen Pell gesprochen hatte. Carol vermutete, dass diese Information in den durchgestrichenen Passagen enthalten war.

Als sie die Berichte durchgelesen hatte, ging sie ins Wohnzimmer und schenkte sich einen ordentlichen Gin ein. Dann legte sie das erste Video in den Rekorder, obwohl sich ihr Magen bei dem bloßen Gedanken, es anzuschauen, gleich wieder verkrampfte.

Auf dem Bildschirm erschien eine Weitwinkelaufnahme des Parkplatzes. Der Suburban des Sprengstoffkommandos war zu sehen, der Parkplatz und die umliegenden Straßen waren abgeriegelt. Riggio steckte bereits in seinem Anzug, stand am Heck des Suburban und unterhielt sich mit Daggett. Zu sehen, wie dieser Riggios Helm tätschelte und Riggio sich umdrehte und der Bombe entgegentapste, ließ Carol schaudern. Es war, als würde sie Sugar zusehen. Auch sie hatten sich immer die Helme getäschelt, worüber sie stets hatte lächeln müssen.

Auf dem Video war die Bombe als winziges Viereck aus Pappe vor dem Müllcontainer zu sehen. Als Riggio sich darauf zubewegte, verlagerte sich der Bildrand, und die Kamera erfasste eine kleine Menschenansammlung, die zwischen zwei Wohnhäusern stand. Carol richtete ihre Aufmerksamkeit auf sie, aber die Gruppe war zu klein und befand sich zu sehr im Schatten, sodass nicht zu erkennen war, ob jemand ein langärmeliges Hemd und eine Baseballkappe trug.

Riggio ging nun mit dem Röntgenapparat um die Bombe herum. Carol wusste, was gleich kam, und versuchte sich zu wappnen. Sie wandte den Blick ab und spürte ihr Herz hämmern. Als sie wieder auf den Bildschirm sah, hatte Riggio seinen Rundgang gerade beendet. Er zögerte und beugte sich über den Pappkarton. In diesem Augenblick löste der Killer den Zünder aus, und die Explosion schleuderte Riggio fort, als wäre er gar kein richtiger Mensch, sondern eine Puppe.

Carol stoppte das Video und schloss die Augen. Ihre Hand hatte sich zur Faust geballt, als wäre sie diejenige, die den Auslöser betätigt und Charlie Riggio ins Jenseits befördert hatte. Mit beiden Händen ergriff sie ihr Glas und trank es aus, dann wischte sie sich über die Augen. Nach einer Weile drückte sie auf die Starttaste und zwang sich, das Video zu Ende zu schauen.

Die Druckwelle fegte über den Asphalt und sog eine Wolke aus Staub und Schutt hinter sich her. Der Müllcontainer wurde gegen die dahinter liegende Wand geschleudert. Rauch stieg aus dem Krater auf, als Daggett auf seinen Partner zurannte und ihm den Helm abnahm. Mit quietschenden Reifen fuhr ein Rettungsfahrzeug neben ihnen auf den Parkplatz, und zwei Sanitäter eilten herbei, um erste Hilfe zu leisten. Daggett stand bloß da und schaute ihnen zu.

Carol konnte jetzt die Menschentrauben am Rand der 100-Meter-Absperrung erkennen, die hinter Autos oder Gebäuden in Deckung gegangen waren. Bei dieser Einstellung ging sie immer wieder auf Standbild und suchte nach Männern mit langen Ärmeln und blauen Baseballmützen. Die Bildauflösung war jedoch zu schlecht, um etwas Brauchbares zu finden.

Im Anschluss sah sie sich auch noch die zwei anderen Videos an, wobei sie ständig daran dachte, dass jedes dieser Gesichter im Schatten der Frau oder dem Mann gehören konnte, der die Bombe gebaut und gezündet hatte.

Spätabends spulte sie die Videos zurück, schaltete den Fernseher aus und fiel auf dem Sofa in einen tiefen Schlaf.

DURCH eine Explosion aus weißem Licht wird sie vom Wohnwagen weggeschleudert.

Die Sanitäter injizieren ihr eine lange Nadel.

Sie greift nach Sugars Hand, als man ihm den Helm abnimmt.

Sein Kopf dreht sich in ihre Richtung.

Es ist Pell.

4

Am darauf folgenden Morgen saß Carol an ihrem Schreibtisch, als Kelso zu ihr trat. „Polizeidirektor Morgan hat mich gestern Abend angerufen. Er wollte wissen, wie du dich als Chefermittlerin machst. Er möchte ziemlich bald einen Bericht von dir."

Carol brummte der Schädel. „Kein Problem. Er kann mich kontaktieren, wann immer er will."

„Er will dich nicht einfach nur kontaktieren, er will Fakten. Er hat angedeutet, wir könnten verhindern, dass das ATF den Fall übernimmt, wenn wir in der Lage sind, eine Erfolgsbilanz vorzuweisen. Lass dir was einfallen." Kelso verschwand wieder in seinem Büro.

Das Brummen in Carols Schädel wurde immer schlimmer. Sie hatte gestern so viel getrunken, dass es ihr selbst unheimlich war, und sie stellte sich nun die Frage, ob ihr Alkoholproblem ihr endgültig entglitten war.

Als Beth Fotokopien der Phantomzeichnung herüberbrachte, die nach Lesters Beschreibung angefertigt worden war, wandte Carol ihren Blick ab und hoffte, dass Beth nicht entdeckte, wie rot ihre Augen waren. Carol musterte die Zeichnung nur kurz. „Das ist ein Geist", befand sie.

Mit einem niedergeschlagenen Nicken stimmte Beth ihr zu.

Das Porträt zeigte einen Weißen um die vierzig mit einem rechteckigen Gesicht, das von einer Sonnenbrille und einer Baseballmütze verdeckt war. Die Nase war von durchschnittlicher Größe und Form, das Gleiche galt für Mund, Ohren und Kiefer. Leider sahen die meisten Phantombilder so aus. Konnte ein Zeuge keine charakteristischen Merkmale ausmachen, kamen Porträts heraus, die jeden x-Beliebigen auf der Straße hätten darstellen können. Die Polizeibeamten bezeichneten sie als „Geister", weil sie absolut keine Aussagekraft besaßen.

„Hör zu, Beth. Pell hat noch drei Phantomzeichnungen, die er uns zur Verfügung stellen wird. Die können wir Lester unter die Nase halten. Vielleicht kann er ja jemanden drauf erkennen."

„Er hatte gestern keine Zeit mehr, die Videos anzuschauen. Ich habe ihn gebeten, heute Nachmittag noch mal herzukommen. Hast du gestern Abend was auf denen entdeckt, die du mit zu Hause hattest?"

„Nein. Es ist alles so dunkel und unscharf, man kann überhaupt nichts erkennen. Wir müssen sie überarbeiten lassen. Jorge kümmert sich bereits drum. Aber jetzt muss ich das NLETS überprüfen, okay?"

Beth nickte und ging zurück an ihren Schreibtisch.

Noch während sie ihr den Rücken zugewandt hatte, warf Carol sich eine Tagamet ein und sah dann im NLETS nach. Sie hatte sich bei RDX wohl ein oder zwei Treffer erhofft, aber nicht einen solchen Volltreffer!

Dem Bericht des Sheriffbüros in Bakersfield zufolge saß ein gewisser Dallas Tennant, ein 32 Jahre alter Weißer, gegenwärtig in der Besserungsanstalt Atascadero ein. Es war eine Einrichtung des Bundesstaates Kalifornien für Strafgefangene, die wegen geistiger Verwirrung behandelt wurden. Tennant hatte vor zwei Jahren bei drei verschiedenen Gelegenheiten Bomben gezündet, die RDX enthalten hatten. Carol lächelte. RDX war ein rares Gut; drei Bomben bedeuteten, dass Tennant Zugriff auf große Mengen gehabt hatte.

Sie druckte sich den Bericht aus und stellte fest, dass der Fall von einem Ermittler des Dezernats Bomben und Brandstiftung namens Warren Mueller bearbeitet worden war. Zurück an ihrem Schreibtisch, suchte sie in ihrem Verzeichnis der Polizeibehörden nach seiner Telefonnummer.

Als Mueller sich meldete, stellte sie sich vor. „Ich rufe wegen eines gewissen Dallas Tennant an, den Sie eingebuchtet haben, und weil ich über das NLETS erfahren habe, dass er drei Bomben gelegt hat, die RDX enthielten. Das ist eine Menge RDX."

„Drei Fälle, die uns bekannt sind, das stimmt. Könnten aber auch ein paar mehr gewesen sein. Er hat von einem Jugendlichen geklaute Autos gekauft, ist damit in die Wüste gefahren und hat sie dort in die Luft gejagt. Ich glaube, dieser Schwachkopf wollte nur sehen, wie die Dinger abfackeln."

„Haben Sic cine Ahnung, woher er das RDX hatte?"

„Er behauptete, er hätte einer Barbekanntschaft cine Ladung Antipersonenminen abgekauft. Ich vermute allerdings, er hatte das Zeug von einem dieser Motorradtypen, die diesen synthetischen Dreck dealen, aber das hat er standhaft geleugnet."

Carol war bekannt, dass viele Bombenanschläge aus Drogenkriegen zwischen rivalisierenden Amphetamin-Dealern resultierten, von denen die meisten weißen Rockergangs angehörten. Speedküchen waren regelrechte chemische Bomben, die man bestens in die Luft jagen konnte. Wenn ein Dealer einen Rivalen aus dem Weg räumen wollte, brauchte er häufig nur dessen Wohnwagen hochgehen zu lassen.

„Sie glauben also, dass sich in Ihrer Gegend noch immer jemand rumtreibt, der RDX verkauft?“

„Das ist nicht auszuschließen, aber es gab damals keinen Verdächtigen, und es gibt ihn auch jetzt nicht. Es gab nur Tennant, der seine blöden Autos in die Luft gejagt hat. Aber woher er das Zeug wirklich hatte, war nicht aus ihm rauszukriegen.“

„Hatte er bei seiner Verhaftung noch mehr RDX in seinem Besitz?“

„Er sagte, er hätte alle Bomben zu Hause hergestellt. Aber dort haben wir nicht mal den kleinsten Silvesterknaller gefunden, von den angeblichen Minen ganz zu schweigen.“

Carol ließ sich das durch den Kopf gehen. Für Bombenfanatiker wie Tennant war der Bau von Bomben ihr Lebensinhalt, eine Leidenschaft, für die man zwangsläufig einen Ort benötigte, an dem man seine Bomben herstellen konnte, genau wie ein Bastler seinen Werkraum. Vielleicht ein Kämmerchen oder eine Garage, auf jeden Fall aber einen Ort, an dem man Vorräte aufbewahren und seinem Handwerk nachgehen konnte. Solche Orte wurden gemeinhin als „Werkstatt“ bezeichnet.

„Sieht aus, als hätte er eine Werkstatt gehabt“, überlegte Carol laut.

„Ich persönlich vermute eher, dass er mit dem Burschen, der ihm das RDX verkauft hat, zusammen eine Werkstatt hatte und der andere dann das Weite gesucht hat, als Tennant geschnappt wurde.“

Carol hielt nicht viel von Muellers Theorie. Bombenfanatiker waren meistens introvertierte Einzelgänger. Dass sie ihr Spielzeug mit jemandem teilten, passte nicht in ihr Profil. Carol vermutete vielmehr, dass Tennant deshalb nichts über seine Werkstatt ausgeplaudert hatte, weil er sein Spielzeug nicht verlieren wollte. Möglicherweise verbrachte er die meiste Zeit damit, sich Fantasien über die Bomben hinzugeben, die er bauen wollte, sobald er aus dem Gefängnis entlassen war.

Carol klappte ihr Notizbuch zu. „Das war's fürs Erste. Vielen Dank, dass Sie sich die Zeit genommen haben.“

„Keine Ursache. Dürfte ich Sie noch was fragen, Detective?“

In diesem Moment wusste sie, was kam, und ihr Magen zog sich zusammen.

„Sind Sie die Carol Starkey, die in die Luft gejagt wurde?“

„Allerdings bin ich die. Hören Sie, ich habe an Informationen nur, was die Sheriffs an das NLETS weitergegeben haben. Könnten Sie mir noch Ihre Unterlagen zum Fall Tennant zufaxen, damit ich ein bisschen mehr habe?"

„Sie meinen wegen der Sache, die in Silver Lake passiert ist?"

„Genau."

„Natürlich. Ich werde das sofort erledigen."

„Vielen Dank." Carol gab ihm die Faxnummer und legte auf, bevor Mueller noch etwas sagen konnte.

Sie ging zur Kaffeemaschine, füllte ihre Tasse auf und trank sie in aller Ruhe aus. Als sie danach zum Faxgerät kam, lagen Muellers Unterlagen bereits im Eingangskorb. Carol las sie an ihrem Schreibtisch durch.

Tennant hatte seine Knastkarriere wegen Brandstiftung und Sprengstoffbesitz mit 18 begonnen und war zweimal auf Gerichtsbeschluss hin psychiatrisch untersucht worden. Carol las Muellers Verhörprotokolle mehrmals durch, wobei sich ihr Verdacht erhärtete, dass Tennant nach wie vor eine Werkstatt unterhielt. Sie beschloss, mit ihm zu reden.

Sie suchte die Telefonnummer von Atascadero heraus, rief an und fragte nach dem Beamten, der für die Polizeikontakte zuständig war. Man konnte nicht einfach hereinplatzen und Häftlinge befragen; sie hatten das Recht, eine Befragung zu verweigern. Der Weg nach Atascadero war aber zu weit, nur um sich eine Abfuhr erteilen zu lassen.

„Es geht um einen Ihrer Insassen, Dallas Tennant", sagte sie, als sich ein Beamter namens Larry Olsen meldete. „Ich bearbeite hier in Los Angeles einen Fall, zu dem er möglicherweise einige Aussagen machen könnte. Würden Sie ihn bitte fragen, ob er bereit wäre, ohne seinen Anwalt mit mir zu sprechen?"

„Wann möchten Sie sich mit ihm treffen, Detective?"

Carol schaute auf die Uhr. „Sagen wir, nachmittags um zwei."

„Alles klar. Er wird wissen wollen, worum es geht."

„Wie man an einen Sprengstoff namens RDX rankommt."

Olsen notierte ihre Nummer und versprach, schnellstmöglich zurückzurufen.

Nachdem sie aufgelegt hatte, überlegte Carol, was als Nächstes zu tun war. Gemäß den Vorschriften mussten sie immer zu zweit arbeiten, aber Beth führte Befragungen durch, und Santos ließ die Videos bearbeiten.

Carol fand Pells Visitenkarte in ihrer Handtasche und wählte seinen Piepser an.

CAROL machte die Anfrage um Überstellung von Beweismitteln fertig, faxte sie zum ATF-Labor nach Rockville und wartete in der Vorhalle auf Pell. Die Fahrt von Los Angeles nach Atascadero dauerte etwas über drei Stunden. Sie hatte angenommen, Pell würde fahren wollen, weil Männer eigentlich immer fahren wollten, aber das tat er nicht. „Ich werde in der Zwischenzeit Tennants Akte lesen, dann können wir eine Strategie entwickeln", sagte er stattdessen.

Sie gab ihm den Bericht, dann steuerte sie das Auto aus der Stadt hinaus und an der Küste den Ventura Freeway entlang.

„Das Zeug ist gut, Carol", urteilte Pell, nachdem er einige Zeit schweigend gelesen hatte. „Damit können wir was anfangen. Die Suche nach dem RDX hat sich gelohnt."

„Damit wir uns nicht falsch verstehen: Ich weiß, dass Sie denken, Sie müssten mir Ratschläge erteilen, aber das ist nicht nötig. Sie platzen bei uns rein, sagen mir, wie ich was zu tun habe, und erwarten, dass ich nach Ihrer Pfeife tanze. Das können Sie sich abschminken."

„Es war doch nur ein Vorschlag. Sie haben es ja ohnehin gemacht."

„Erwarten Sie nur nicht, dass ich Ihnen den Kaffee hinterhertrage."

Pell schaute sie an und dann wieder in die Papiere. „Haben Sie mit dem Beamten gesprochen, der ihn festgenommen hat?"

„Ja."

„Würden Sie mir verraten, was er gesagt hat, oder klingt das auch wieder, als sollten Sie mir einen Mokka holen?"

„Ich wollte nur die Spielregeln geklärt wissen." Sie rekapitulierte die Unterhaltung mit Mueller.

Als sie fertig war, schüttelte Pell den Kopf. „Mueller behauptet hier, dass Tennant keine Werkstatt hat. Doch dagegen spricht Folgendes: Tennant hat geklaute Autos gekauft und sie in die Luft gejagt. Drei Autos, drei Explosionen. Der Autodieb hat ausgesagt, Tennant habe ihn beauftragt, einen vierten Wagen zu klauen. Aber er hätte nicht noch einen gebraucht, wenn er nicht noch mehr RDX gehabt hätte, um es explodieren zu lassen, oder gewusst hätte, wo er Nachschub herbekommen könnte."

„Genau das war auch meine Schlussfolgerung. Sie sagten, es gebe aus Miami eine Phantomzeichnung. Haben Sie die schon?"

„Die und die beiden anderen auch, über die wir bereits verfügt haben." Er holte sie aus seinem Jackett und faltete sie auseinander. „Können Sie einen Blick drauf werfen?"

„Das geht schon."

„Es waren genug Leute in der Bibliothek, deren Aussage ein ziemlich gutes Bild ergeben hat. Der Kerl soll etwa einsachtzig groß sein, aber es ist möglich, dass er Absätze und Einlagen getragen hat; die Zeugen früherer Befragungen haben ihn auf einssiebzig geschätzt. Er hatte einen kantigen Unterkiefer sowie hellrote Haare und Koteletten. Das deckt sich ebenfalls nicht mit früheren Zeugenaussagen."

Carol schaute während des Fahrens auf die drei Papierbogen. Pell hatte Recht: Die drei Phantomzeichnungen besaßen keinerlei Ähnlichkeit miteinander, und auf keiner war der Mann abgebildet, den Lester beschrieben hatte. Die Zeichnung aus Miami zeigte einen Mann, wie Pell ihn bereits beschrieben hatte, die zweite einen ausgezehrt wirkenden Glatzkopf mit Brille, der aussah wie ein Professor, und die dritte einen wesentlich fülligeren Mann mit dichten Rastalocken, Sonnenbrille und Bart.

Carol gab Pell die Zeichnungen zurück, und er steckte sie wieder ein. „Was ist mit Ihrem Mann? Sieht er einem von denen ähnlich?"

Carol bat ihn, ihre Aktentasche zu öffnen, die auf dem Rücksitz stand.

Pell sah sich die Zeichnung an und schüttelte den Kopf. „Wie alt soll dieser Typ angeblich sein?"

„Um die vierzig."

„Vielleicht hat er sich älter gemacht."

„Vielleicht. Falls wir denselben Burschen meinen."

„Mr Red ist Ende zwanzig, Anfang dreißig. Das ist das Einzige, was wir mit Sicherheit wissen. Das und dass er ein Weißer ist. Er zeigt sich in der Öffentlichkeit, ändert aber sein Äußeres, um uns zum Narren zu halten."

Sie fuhren eine Weile schweigend weiter, und Carol dachte darüber nach, wie sie auf Tennant zugehen sollte. Als sie zufällig zur Seite schaute, bemerkte sie, dass Pell sie anstarrte. „Ist was?"

„Sie sagten, Sie hätten Videos vom Bombenanschlag in Silver Lake. Haben Sie die schon angeschaut?"

„Ja. Gestern Abend."

„Und, was Brauchbares entdeckt?"

Carol zuckte mit den Achseln. „Wir müssen sie überarbeiten lassen."

„Das war sicher nicht leicht für Sie, sich anzuschauen, was passiert ist. Wäre es jedenfalls für mich nicht." Pell sah ihr kurz in die Augen und starrte dann aus dem Fenster.

Vielleicht hatte er Mitleid mit ihr. Carol spürte, dass sie vor Zorn rot wurde. „Noch was, Pell: Wenn wir Tennant treffen, ist das meine Vorstellung. Ich leite die Ermittlungen."

Er nickte ausdruckslos. „Ich bin nur Ihre Begleitperson."

Die Besserungsanstalt Atascadero, eine Art Dörfchen aus braunen Backsteingebäuden, war auf ödem Weideland errichtet worden. Es gab weder Mauern noch Wachtürme, sondern nur einen drei Meter hohen Gliederkettenzaun und ein einziges Tor, vor dem zwei gelangweilte Wachleute standen.

Carol zeigte ihnen ihre Dienstmarke und bekam von ihnen den Weg zum Empfangsbereich gewiesen. Sie ließen das Auto auf einem kleinen Parkplatz stehen und gingen in das Gebäude, wo sie von Larry Olsen empfangen wurden, der sie bereits erwartete.

„Detective Starkey?"

„Ja. Und das ist Special Agent Pell vom ATF. Danke, dass Sie dieses Treffen ermöglicht haben."

Olsen bat sie, sich auszuweisen und in das Besucherregister einzutragen. Dann geleitete er sie durch eine doppelt verglaste Tür und einen Gang entlang, der in ein anderes Gebäude führte.

„Ich sollte Sie darauf hinweisen, dass Tennant momentan medikamentös behandelt wird, und zwar gegen seine Angstzustände und um seine inneren Zwänge zu regulieren. Man hatte die Medikamente eine Zeit lang abgesetzt, aber dann gab es Probleme, und die Behandlung wurde wieder aufgenommen."

„Was waren das für Probleme?", wollte Pell wissen.

„Dies ist eine Einrichtung mit minimalen Sicherheitsvorkehrungen. Die Insassen haben sehr viele Freiheiten. Tennant hat auf der Krankenstation Putzmittel und Jod geklaut und für die Herstellung von Sprengstoff benutzt. Bei dieser Gelegenheit hat er seinen linken Daumen verloren."

Dallas Tennant war sehr korpulent, hatte einen fahlen Teint und große Augen. Er saß an einem Resopaltisch, erhob sich aber, als Olsen Carol und Pell in den Besucherraum führte. Tennants linke Hand war bandagiert und sah durch den fehlenden Daumen merkwürdig schmal aus.

Olsen machte sie miteinander bekannt und wies darauf hin, dass vor dem Raum ein Wachmann stehen und Tennant nach Beendigung des Gesprächs in seine Zelle zurückbringen würde. Dann verabschiedete er sich.

Carol bemerkte auf dem Tisch ein dickes Fotoalbum mit Kunststoffeinband und Spiralbindung. Auf der Vorderseite war eine tropische Insel bei Sonnenuntergang abgebildet, und darunter stand: Meine schönsten Erinnerungen. Als Carol den Kopf hob, starrte Tennant sie an und lächelte schüchtern. „Das ist mein Sammelalbum."

Carol bedeutete ihm, wo er Platz nehmen sollte. Sie wollte, dass er ihr gegenüber und neben Pell saß, damit er entweder sie oder Pell, aber nicht sie beide gleichzeitig anschaute. Er schob sein Album über den Tisch, als er den Platz wechselte, um es in greifbarer Nähe zu haben.

„Eines vorweg, Dallas: Wir sind nicht gekommen, um gegen Sie zu ermitteln“, begann Carol. „Wir werden sämtliche Straftaten, die Sie zugeben, ignorieren, solange es keine Straftaten gegen Personen sind.“

Tennant nickte. „Ich habe noch nie jemanden verletzt.“

„Prima, dann können wir ja jetzt loslegen.“

„Dürfte ich Ihnen zuerst was zeigen? Das könnte Ihnen helfen.“

„Wir sollten bei der Sache bleiben, Dallas.“

Er drehte das Album, damit sie es sehen konnte, und ignorierte ihre Aufforderung. „Es ist wichtig für mich. Ich wollte Sie zuerst überhaupt nicht treffen, aber dann habe ich mich an Ihren Namen erinnert.“

Er hatte ein Blatt Klopapier als Lesezeichen in das Album gelegt und schlug die betreffende Stelle nun auf. Der Zeitungsausschnitt, den er drei Jahre unter Plastik aufbewahrt hatte, war inzwischen vergilbt. Carol bekam eine Gänsehaut. Es handelte sich um einen Artikel aus der *Los Angeles Times* über den Bombenanschlag auf dem Campingplatz, bei dem Sugar getötet und sie selbst verletzt worden war.

Sie wartete kurz, um sicherzugehen, dass ihre Stimme nicht zitterte. „Handeln alle Zeitungsartikel in diesem Album von Bomben?“

Tennant blätterte für sie die Seiten um, und man sah verwüstete Gebäude, demolierte Autos und verstümmelte Körper. „Ich hatte gehofft, dass ich ein Autogramm von Ihnen bekomme.“

Bevor sie darauf eingehen konnte, griff Pell nach dem Album, klappte es zu und nahm es an sich. „Heute nicht. Heute erzählen Sie uns, woher Sie das RDX haben.“

„Das gehört mir! Sie können mir das nicht einfach wegnehmen!“, protestierte Tennant.

Carol kochte wegen Pells Einmischung innerlich vor Wut, ließ sich aber nichts anmerken. „Ich werde Ihr Album nicht signieren, Dallas. Wenn Sie uns erzählen, woher Sie das RDX haben und wo wir was kriegen könnten, bekommen Sie vielleicht ein Autogramm von mir. Aber jetzt auf keinen Fall.“

„Ich will mein Album wiederhaben! Mr Olsen wird dafür sorgen, dass Sie es mir zurückgeben!“

Carol nahm Pell das Album sanft weg und schob es über den Tisch.

Tennant zog es dicht an sich heran. „Ich habe bei einem Mann, den ich nicht näher kenne, ein paar Minen gekauft. Welche von Raytheon.“

„Wie viele Minen?“

Er hatte Mueller erzählt, dass er einen Karton erstanden hatte, der – wie Carol wusste, weil sie sich bei Raytheon telefonisch erkundigt hatte – sechs Minen enthielt.

„Einen Karton. Da sind sechs Stück drin."

„Hatte der Mann auch einen Namen?", wollte Pell wissen.

„Clint Eastwood. Ich weiß, ich weiß. Aber so hat er sich vorgestellt."

Carol zündete sich eine Zigarette an. „Und wo finden wir Clint?"

„Keine Ahnung. Sie dürfen hier drin nicht rauchen."

„Mr Olsen hat mir eine Sondererlaubnis erteilt. Wie haben Sie diesen Clint gefunden?"

„Ich habe ihn in einer Bar kennen gelernt. Er hatte eine Kiste Antipersonenminen, ich habe sie gekauft, und weg war er. Ich wollte keine Minen. Ich habe sie nur gekauft, weil ich auf das RDX scharf war."

Carol glaubte, dass er in Bezug auf die Extraktion von RDX aus gestohlenen Minen die Wahrheit sagte; kompliziert herzustellenden Sprengstoff besorgte man sich meistens aus Militärwaffen, zum Beispiel aus Mörser- oder Handgranaten. Andererseits konnte Carol sich nicht vorstellen, dass Tennants Lieferant eine dahergelaufene Kneipenbekanntschaft gewesen war. Bombenfanatiker wie Tennant waren Einzelgänger mit geringem Selbstwertgefühl. Bei seiner Leidenschaft für Bomben war sicher unterdrückte Sexualität im Spiel. Bestimmt hatte er massive Schwierigkeiten im Umgang mit Frauen und wenig Erfahrung im landläufigen Sinn. Prinzipiell würde er jeglicher Begegnung von Angesicht zu Angesicht aus dem Weg gehen. Er würde in Baumärkten und auf Tauschbörsen herumschleichen; bestimmt aber war er viel zu ängstlich, um in einer Rockerkneipe Kontakte zu knüpfen.

Carol beschloss, ihre Strategie zu ändern. Sie holte die Fotografien der drei verwüsteten Autos und die Verhörprotokolle aus Muellers Akte hervor. „Gut, Dallas, ich glaube Ihnen. Aber jetzt verraten Sie uns doch bitte, wie viel RDX Sie noch übrig haben."

Tennant zögerte. „Ich habe nichts mehr. Ich habe alles restlos aufgebraucht."

„Wenn ich mir diese Fotos anschaue, weiß ich genau, dass Sie unmöglich das ganze RDX verbraucht haben. Wir können so was genauestens berechnen, müssen Sie wissen. Zuerst das Ausmaß der Zerstörung, dann rechnen wir zurück und schätzen die Sprengstoffmenge. Das nennt man Energievergleich."

Tennant warf ihr einen nichts sagenden Blick zu. „Das war alles, was ich hatte."

„Die Autos haben Sie einem jungen Autodieb abgekauft. Der hat ausgesagt, dass Sie auch noch einen vierten Wagen wollten. Wieso einen vierten, wenn Sie nur Sprengstoff für drei hatten?"

Tennant zuckte mit den Schultern. „Ich hatte noch ein bisschen Dynamit." Er wandte den Blick ab. Es war offensichtlich, dass er log. „Tut mir Leid, aber mehr kann ich dazu nicht sagen."

„Und ob Sie das können! Sagen Sie uns, wo Ihre Werkstatt ist."

Carol war sich sicher, dass sie dort Beweismaterial finden würden, das ihnen Aufschluss über die Quelle des RDX liefern konnte.

„Ich habe keine Werkstatt. Ich habe alles im Kofferraum von meinem Auto aufbewahrt."

„In Ihrem Auto hat man aber nichts gefunden."

„Weil ich ein ordentlicher Mensch bin. Man hat mir sogar Haftverkürzung in Aussicht gestellt, aber ich hatte nichts anzubieten. Sie glauben doch wohl nicht, dass ich so ein Angebot ausgeschlagen hätte, wenn ich die Möglichkeit gehabt hätte? Es ist nicht fair, dass man mich hier einsperrt. Ich habe noch nie jemanden verletzt."

Carol versuchte einfühlsam zu wirken. „Das glaube ich, Dallas, aber das ist genau der Punkt, weshalb wir hier sind. Da draußen läuft jemand rum, der nicht so vorsichtig mit Menschen umgeht wie Sie. Dieser Jemand versucht, andere Menschen zu verletzen."

Tennant nickte. „Sie sind wegen dem Polizisten gekommen, der getötet wurde, Charles Riggio."

„Woher wissen Sie denn von Riggio?"

„Wir haben hier Fernsehen und Internet. Wurde er mit RDX getötet?"

„RDX war eine der Komponenten. Der Sprengstoff nennt sich Modex Hybrid."

Tennant spreizte die Finger. „Hat Mr Red die Bombe gelegt?"

Pell stand so abrupt von seinem Stuhl auf, dass Carol zusammenzuckte. „Woher kennen Sie Mr Red?"

Nervös schaute Tennant zu Pell auf. „Ich kenne ihn nicht wirklich. Die Leute reden viel. Ich weiß gar nicht, ob er tatsächlich existiert."

Pell packte ihn oberhalb seiner Bandage am Handgelenk. „Wer, Tennant? Wer redet über Mr Red?"

Carol fühlte sich durch Pells Auftreten unangenehm berührt. Sie hatte nichts dagegen, dass er den harten Mann markierte, aber ihr missfiel, dass er Tennant anfasste, und vor allem die Heftigkeit, die sie in seinen Augen las. „Pell!"

„Was wird geredet, Tennant?"

Dieser versuchte sich aus dem Griff zu befreien. „Er ist ein Mythos. Er ist jemand, der wunderbar elegante Explosionen machen kann."

„Er tötet Menschen, du hirnloser Trottel!"

Carol sprang von ihrem Stuhl auf. „Lassen Sie ihn in Ruhe, Pell!"

Sein Gesicht war weiß vor Wut. „Er weiß, dass Mr Red Modex benutzt hat. Wir haben das nie publik gemacht. Woher kann er das wissen?"

Diesmal griff er direkt nach der bandagierten Hand. Tennant stöhnte auf. „Raus mit der Sprache, du Bastard! Was weißt du über Mr Red?"

„Verdammt, Pell, es reicht. Bleiben Sie ihm vom Leib!" Carol fürchtete, dass der Wachmann sie hören und gleich hereinkommen würde.

Tennant winselte. „Man unterhält sich auf Claudius über ihn. Man spricht über die Bomben, die er baut."

„Wer zum Teufel ist Claudius?"

„Es reicht, Pell. Halten Sie sich zurück!"

Endlich ließ er los. Er schien sich wieder unter Kontrolle zu haben, aber er starrte Tennant weiterhin eindringlich an. „Erzählen Sie mir von Claudius. Erzählen Sie mir, wie Sie auf Mr Red gestoßen sind."

Wimmernd drückte Tennant die Hand an seine Brust. „Das ist eine Internetseite. Da gibt es einen Chatroom. Wir unterhalten uns über Bomben und Bombenleger. Man sagt, dass sich auch Mr Red dort einloggt und liest, was über ihn geredet wird."

„Hatten Sie Kontakt zu Mr Red?"

„Ich glaube nicht. Falls er tatsächlich auftaucht, benutzt er einen anderen Namen. Ich kann nur wiedergeben, was die anderen sich erzählen."

Auf Tennants Verband blühte eine rote Blume; seine Wunde hatte zu bluten begonnen.

„Brauchen Sie einen Arzt?", erkundigte sich Carol.

Tennant schüttelte den Kopf und hob mit seiner unverletzten Hand das Album hoch. „Ich will ein Autogramm von Ihnen."

Carol signierte das Album und rief dann den Wachmann. Mit Tennant schien alles in Ordnung zu sein, als sie gingen, aber sie war sich nicht sicher, was er erzählen würde, nachdem sie verschwunden waren.

Pell bewegte sich wie ein Roboter, steif vor Anspannung.

Als sie den Parkplatz erreichten, folgte Carol ihm auf seine Wagenseite. „Sie durchgeknallter Vollidiot, was hatte denn das zu bedeuten? Wissen Sie eigentlich, dass wir in Teufels Küche kommen können?"

Pell schaute sie finster an. „Er hat uns was geboten, Carol. Diese Claudius-Sache."

„Es ist mir egal, was er uns geboten hat! Sie haben da drin einen

Gefangenen misshandelt! Wenn er eine Beschwerde einreicht, kann ich einpacken. Ich weiß zwar nichts über das ATF, aber ich weiß, dass die Polizei von Los Angeles mich in die Wüste verbannen wird. Völlig daneben, was Sie da drinnen veranstaltet haben!"

Pell atmete tief durch. „Es tut mir Leid."

Kopfschüttelnd wandte sie sich von ihm ab. Sie war so verdammt wütend, dass sie es für besser hielt, nichts mehr zu sagen.

„Carol", stöhnte Pell in diesem Moment.

Sie drehte sich um und sah, wie er gegen das Auto torkelte und in die Knie ging. Sie eilte zu ihm. „Was ist denn los, Pell?"

Er war blass wie eine Wand, schloss die Augen.

Carol glaubte, er hätte einen Herzinfarkt. „Ich werde Hilfe holen. Sie machen jetzt nicht schlapp, verstanden?"

Pell griff nach ihrem Arm und hielt ihn fest. „Warte. Es ist alles in Ordnung. Es ist bloß eine Migräne."

„Du siehst aus wie ausgekotzt. Ich hole doch lieber Hilfe."

„Ich bin gleich wieder fit." Aber er hielt sie fest wie ein Schraubstock.

Carol hatte den entsetzlichen Verdacht, dass er jeden Augenblick auf diesem Parkplatz sterben könnte. „Pell?"

Langsam kehrte die Farbe in sein Gesicht zurück, und er ließ sie los. „Entschuldigung, ich wollte dir nicht wehtun."

Er schaute sie an. Sie war sehr dicht über ihm. Diese Nähe und das plötzlich vertraute Du waren ihr peinlich, und sie wandte sich ab.

„Es geht mir wieder besser." Er stand auf, balancierte am Auto entlang und stützte sich an der Tür ab, während er einstieg. Als Carol sich hinter das Steuer klemmte, hatte er schon wieder eine gesündere Gesichtsfarbe angenommen.

„Du hast uns da drinnen ganz schön reingeritten."

Pell langte über den Sitz und berührte ihren Oberschenkel. Sein Gesichtsausdruck überraschte sie; in seinen Augen lag Bedauern. „Es tut mir Leid. Falls Tennant Beschwerde einreicht, nehme ich das auf meine Kappe."

Sie schaute ihn einen Augenblick länger an als gewöhnlich, dann startete sie den Motor und fuhr los. Auf ihrem Oberschenkel spürte sie das Gewicht seiner Hand, als würde sie noch immer dort liegen.

ES WAR nach sieben, als Carol Pell in der Spring Street absetzte. Die Sommersonne stand noch immer hoch im Westen. Carol zündete sich eine Zigarette an und reihte sich wieder in den Verkehr ein.

Während der anhaltenden Stille auf dem Weg zurück nach Los Angeles hatte sie erkannt, dass Pell für ihre Ermittlungen eine Gefahr darstellte, ebenso für ihre Chancen, ihre berufliche Situation wieder zu verbessern. Wegen dieser Claudius-Sache ihren Job aufs Spiel zu setzen war in ihren Augen ein lausiger Handel. Wollte sie ihren Kopf aus der Schlinge ziehen, hatte sie nur die Möglichkeit, Pell bei Kelso zu melden. Wenn Tennant sich beschwerte, wäre sie dann fein raus. Sie hätte die Vorschriften eingehalten, somit wäre für sie die Gefahr gebannt. Aber zu Kelso zu gehen war keine akzeptable Lösung. Allein beim Gedanken daran fühlte sie sich klein und mies.

Sie konnte nicht aufhören, an Pell zu denken. Sie wusste nichts über Migräneanfälle, aber was da auf dem Parkplatz passiert war, entsetzte sie mehr als Pells unbeherrschter Auftritt Tennant gegenüber. Sie war sicher, dass er etwas verbarg. Ihr selbst ging es ja nicht anders, deshalb wusste sie, dass Menschen keine Stärken verbargen – sie wachten über ihre Schwächen. Jetzt fürchtete sie Pells Schwächen. Die Bombenexperten, die sie kannte, waren allesamt detailversessen; sie gingen bedächtig und methodisch vor, weil sie ein Puzzle zusammensetzen mussten, was Wochen, manchmal Monate dauern konnte. Pell verhielt sich nicht so, sein Vorgehen war draufgängerisch und überstürzt, sein Umgang mit Tennant extrem und gewalttätig gewesen.

Carol hatte das Gefühl, sich in einer geschwächten Position zu befinden, und das machte sie zornig.

5

„Erzählen Sie mir mehr von Pell."

„Er ist Beamter beim ATF. Das bedeutet Alkohol, Tabakwaren und Feuerwaffen."

„Weiß ich."

„Warum fragen Sie dann, wenn Sie's wissen?"

„Ich meine, ich weiß, was die Abkürzung bedeutet. Sie sind heute wohl mit dem falschen Bein aufgestanden, Carol."

„Wie rücksichtslos von mir. Ich muss wohl vergessen haben, meine tägliche Dosis Sanftmut einzunehmen."

Carol war wütend auf sich selbst, Pell Dana gegenüber überhaupt erwähnt zu haben. Während der Fahrt zu der Therapeutin hatte sie sich überlegt, worüber sie während der heutigen Sitzung sprechen wollte – Pell hatte nicht auf der Liste gestanden. Und jetzt war er das Erste, was ihr über die Lippen kam. „Ich gehe für diesen Kerl Risiken ein, obwohl ich ihn gar nicht kenne."

„Und warum tun Sie's dann?"

„Es ist einfach nicht meine Art, jemanden zu verpfeifen."

„Aber er hat das Gesetz übertreten. Er hat einen Gefangenen körperlich attackiert, und Sie stecken jetzt in der Klemme, weil Sie ihn nicht gemeldet haben. Sie missbilligen seine Handlung ganz entschieden, gleichwohl tragen Sie einen Konflikt aus, weil Sie nicht wissen, wie Sie sich zu verhalten haben."

Carol schüttelte eine Zigarette aus der Packung und zündete sie an. „Der Traum hat sich verändert."

„Inwiefern?"

„Pell kam vor. Man hat Sugar den Helm abgenommen, und darunter steckte dieser Bastard Pell."

Dana nickte. „Sie fühlen sich zu ihm hingezogen."

„Wie kommen Sie denn darauf?"

„Etwa nicht?"

„Ich weiß es nicht."

„Sie haben mir vorhin erzählt, dass er Ihnen Angst gemacht hat. Vielleicht reizt Sie ja gerade das."

„Was weiß denn ich."

Dana schaute auf ihre Uhr. „Sieht aus, als wäre unsere Zeit gleich um. Ich möchte Sie bitten, sich für das nächste Mal über Folgendes ein paar Gedanken zu machen."

„Weil ich noch nicht genug zum Nachdenken habe?"

Dana lächelte. „Sie witzelten mal darüber, dass Sie beim Bombendezernat gearbeitet haben, weil Sie die Gefahr lieben. Sie haben mir gesagt, dass Sie Bomben nie als gefährlich angesehen haben und eine Bombe bloß ein nettes, kontrollierbares und berechenbares Rätsel war, das Sie lösen mussten. Ich glaube, dass Bomben Ihnen Sicherheit geben, Carol. Es sind die Menschen, die Ihnen Angst machen. Glauben Sie nicht auch, dass das der Grund ist, weshalb es Ihnen beim Bombendezernat so gut gefallen hat?"

Carol schaute ebenfalls auf die Uhr. „Sieht aus, als hätten Sie Recht. Die Zeit ist um."

NACHDEM sie Dana verlassen hatte, quälte sie sich durch den Stadtverkehr zur Spring Street. Sie war gerade an ihrem Schreibtisch angekommen und würgte eine Tagamet trocken hinunter, als Pell anrief.

„Ich wollte mich noch mal wegen des gestrigen Vorfalls entschuldigen. Ich hoffe, dass du deswegen keine Scherereien bekommen hast."

„Tennant kann immer noch meine Karriere ruinieren, aber im Augenblick bin ich sicher."

„Hast du mich gemeldet?"

„Das ist nicht mein Stil, also vergiss es."

„Danke. Wie ich gestern bereits sagte, nehme ich das auf meine Kappe, falls es so weit kommt."

Sie spürte, wie sie vor Zorn rot wurde. „Das kannst du nicht auf deine Kappe nehmen, Pell! Ich bin erledigt, weil ich dich nicht gemeldet habe, egal, ob du das auf deine Kappe nimmst oder nicht. So funktioniert das nun mal auf lokaler Ebene."

Er schwieg kurz. „Es gibt noch einen anderen Grund, weshalb ich anrufe. Ich habe jemanden an der Hand, der uns bei dieser Claudius-Sache helfen kann."

„Und das soll heißen?"

„Falls es stimmt, wie Tennant behauptet hat, dass Mr Red dort auftaucht, könnten wir es uns zunutze machen. Das ATF arbeitet zuweilen mit einem Computerspezialisten vom Kalifornischen Institut für Technologie zusammen, der sich in diesen Sachen auskennt. Ich könnte das arrangieren, falls du mitmachst."

„Worauf du dich verlassen kannst."

„Großartig. Kannst du mich abholen?"

Die Visitenkarte von Pells Hotel lag auf ihrem Schreibtisch. Sie warf einen Blick darauf und sah, dass er in Culver City im „Islander Palms" wohnte.

„Warum treffen wir uns nicht gleich beim Institut? Dein Hotel liegt leider in der total entgegengesetzten Richtung."

„Ich habe Stress mit meinem Mietwagen. Aber wenn du mich nicht abholen willst, nehme ich ein Taxi."

„Reg dich ab, Pell. Ich bin in zwanzig Minuten bei dir."

DAS ISLANDER PALMS war ein lang gezogenes zweistöckiges Motel mit einer großen Neonpalme als Reklame, einer meergrünen Fassade und geschmacklosen Außenstuckaturen. Carol war überrascht, dass Pell in einer so schäbigen Absteige hauste.

Er trat gerade aus der Eingangshalle, als sie auf den Parkplatz fuhr. Er sah blass und müde aus und hatte dunkle Ringe unter den Augen. Ohne zu warten, dass sie den Motor abstellte, stieg er ein.

„Mein Gott, Pell. Nagt das ATF am Hungertuch? Die Polizei von Los Angeles würde mich niemals in so ein Loch stecken."

„Ich werde den Direktor anrufen und ihm sagen, dass du findest, er solle nicht so geizig sein."

Während sie durch die Stadt zurückfuhren, erklärte Pell, dass sie sich mit einem Doktoranden namens Donald Bergen treffen würden. Er zählte zu den Computerexperten, die vom Staat beschäftigt wurden, um potenzielle Präsidentenmörder, militante Schwachköpfe, Pädophile, Terroristen und sonstige Verbrecher zu identifizieren und zu überwachen, die das Internet für ihre kriminellen Machenschaften nutzten.

Zwanzig Minuten später betraten sie den Campus des Instituts. Sie fanden das Gebäude für Informatik und liefen einen sterilen Korridor entlang, bis sie vor Bergens Büro standen. Der Mann, der ihnen die Tür öffnete, war ein gedrungenes Muskelpaket.

Pell stellte Carol vor, und Bergen ließ sie ein und schloss die Tür hinter ihnen. „Ich habe alles für Sie vorbereitet."

Sein Büro war mit Softwarebüchern und Computern voll gestopft. Er bot ihnen zwei Stühle an, die vor einem Laptop standen. Carol fand es unbehaglich, derart dicht neben Pell sitzen zu müssen, dass sich ihre Arme berührten, aber es gab keine Ausweichmöglichkeit. Bergen zog sich einen kleinen Drehstuhl heran. „Jetzt führen Sie uns bitte mal vor, wie man Claudius findet", forderte Pell ihn auf.

„Ich habe ihn bereits gefunden und ihm heute Morgen schon einen Besuch abgestattet." Bergen drehte sich um und zeigte auf eine Reihe hellblauer Computer. „Als Erstes muss man nach Wortkombinationen suchen. Ich habe Software, die bei vierzig Anbietern rumschwirrt und ständig nach bestimmten Wortkombinationen auf Messageboards, in Newsgroups oder Chatrooms sucht. Wenn die Kombinationen auftauchen, kopiert die Software die Kommunikation und die E-Mail-Adressen der Beteiligten. Als ich mit der Software nach dem Begriff Claudius gesucht habe, bin ich auf das hier gestoßen." Er drückte eine Taste, und eine Seite erschien. „Das ist Claudius."

Ein Kopf aus Flammen – der Gesichtsausdruck wirkte gequält, wie von schlimmen Schmerzen geplagt. Entlang der linken Seite verlief eine Menüleiste, die verschiedene Themen aufzeigte: WIE ES GEHT – DIE PROFIS – MILITÄR – GALERIE – LINKS – MEISTGESUCHT und noch anderes.

„Was hat all das zu bedeuten?", fragte Carol.

„Das sind Seiten innerhalb dieser Seite. Die Galerie zeigt Bilder von zerstörten Gebäuden und Explosionsopfern. Das ist ganz schön abartig.

Die Wie-es-geht-Seiten beinhalten Artikel über Bombenbau und ein Messageboard, über das sich diese Verrückten miteinander unterhalten. Wir können ja mal zu einer kleinen Besichtigung starten."

Bergen schickte sie per Mausklick auf einen Trip durch die Hölle. Carol beobachtete, wie Diagramme von improvisierter Munition über den Bildschirm flimmerten, und sah Artikel darüber, wie man normale Haushaltsprodukte mittels ihrer chemischen Bestandteile zur Herstellung von Sprengstoff einsetzte. Die Galerie beinhaltete zahllose Aufnahmen von Menschen, die bei Sprengstoffanschlägen verstümmelt oder getötet worden waren.

Carol musste wegschauen. „Das ist ja ekelhaft!"

„Aber nicht verboten. Erster Verfassungszusatz. Und wenn Sie genauer hinschauen, werden Sie merken, dass auf dieser Seite nichts geschrieben steht, was strafrechtlich verfolgt werden könnte. Niemand gibt zu, Verbrechen begangen oder verbotene Substanzen ge- oder verkauft zu haben. Sind alles bloß Hobbybastler. Haha!"

„Wir suchen jemanden, der sich Mr Red nennt. Man spricht hier über ihn", sagte Pell. „Man hat uns gesagt, dass er möglicherweise selbst diese Seite besucht."

Bergen nickte wissend. „Es gibt tonnenweise Zeug über Mr Red. Für viele von diesen Knallköpfen ist er ein Held."

Er öffnete das Messageboard mit der Maus, rief eine Mr Red gewidmete Folge von Botschaften auf und erklärte Carol, wie sie sich der Reihe nach von Nachricht zu Nachricht klicken konnte. Nach dem Zufallsprinzip wählte sie eine aus, öffnete sie und las die ursprüngliche Botschaft sowie eine dazu eingegangene Erwiderung.

> BETREFF: Wahrheit oder Konsequenzen
> VON: BOOMER
> Der Unabomber war ein Glückspilz. Seine Bomben waren simpel und eher peinlich. Wer Eleganz will, halte sich an Mr Red.

> BETREFF: Wahrheit oder Konsequenzen
> VON: JYMBO4
> Welche Eleganz? Da benutzt er einen Schmierkram wie Modex, doch kein Mensch weiß, wer er ist. Der Unabomber hat sich 17 Jahre nicht erwischen lassen. Red mischt erst seit zwei Jahren mit. Mal sehen, ob er pfiffig genug ist, sich nicht erwischen zu lassen.

Carol warf Bergen einen Blick zu. „Das machen die hier – sie schicken sich gegenseitig solche Botschaften zu?"

„Ja, aber diese Typen sind harmlos. Wenn Sie an die wirklich kranken Spinner rankommen wollen, müssen Sie den Chatroom aufsuchen. Wissen Sie, da, wo wir jetzt sind, kann fast jeder hinkommen, wenn er weiß, wie. Mit dem Chatroom verhält es sich allerdings schon etwas anders. Dazu braucht man eine Einladung."

„Wie sind Sie zu Ihrer gekommen?"

Bergen machte ein süffisantes Gesicht. „Ich bin eingebrochen. Aber Normalsterbliche brauchen ein so genanntes ‚heißes Ticket', das ist eine spezielle Software, die man via E-Mail zugeschickt bekommen muss. Diese Typen wollen über Sachen reden, für die sie in den Knast wandern können; deshalb geht ihnen Diskretion über alles. Die wissen, dass Leute wie ich hier sind, aber sie glauben, dass sie im Chatroom sicher sind."

Bergen betätigte weitere Tasten, und plötzlich öffnete sich auf dem Bildschirm ein Fenster. Zwei Benutzernamen tauchten auf, die miteinander kommunizierten. „Die unterhalten sich genauso, wie wir das gerade tun, nur dass sie es eintippen. Die können überall auf der Welt stecken."

Pell seufzte tief. „Ich kann mir Mr Red gut hier vorstellen, Carol. Diese Idioten schmeicheln seiner Eitelkeit. Er schaut rein, um zu lesen, wie toll er ist. Wir können hier an ihn rankommen."

Carol sah an ihm vorbei zu Bergen. „Könnten wir hier Nachrichten hinterlassen, wenn wir einen Benutzernamen hätten?"

„Ja, klar. Sie können Nachrichten hinterlassen, den Chatroom besuchen, was immer Sie wollen. Ich müsste es nur für Sie einrichten. Aber deshalb sind Sie doch schließlich gekommen, oder?"

Pell nickte. „Genau das hatten wir im Sinn."

„Null Problem. Ich führe Sie hin, den Rest können Sie dann selbst erledigen."

Bergen zeigte ihnen, wie man den Laptop benutzt, und wies ihnen die Internetadresse eines anonymen Anbieters zu, der von der Regierung betrieben wurde. Dann zeigte er ihnen, wie man zu Claudius gelangte, nachdem man Zugang zum Internet besaß. Danach erörterten sie das weitere Vorgehen und entschieden zu tun, was Bergen als „die Netze auswerfen" bezeichnete. Unter dem Namen Hotload hinterließen sie drei Nachrichten über Mr Red auf dem Messageboard: zwei, in denen Hotload sich als Fan ausgab, und eine, in der er das Gerücht in die Welt setzte, in Silver Lake habe Mr Red zugeschlagen. Damit wollten sie eine Antwort provozieren und eine Präsenz auf dem Messageboard aufbauen.

Als sie fertig waren, teilte Pell Bergen mit, dass er gleich noch einmal zurückkommen werde, und verließ mit Carol den Raum.

„Warum willst du noch mal rein?", fragte sie.

„ATF-Angelegenheit. Zerbrich dir darüber nicht den Kopf."

„Mann, du kannst mich mal!"

„Dieser plötzliche Zorn – warst du immer so?"

Carol runzelte die Stirn, gab aber keine Antwort, sondern steckte sich stattdessen eine Zigarette an. Da machte Pell sich also Gedanken über ihre Trinkerei und fragte sich, ob sie schon immer so gewesen oder ob *diese* Carol Starkey vielleicht erst an jenem Tag auf dem Campingplatz auf die Welt gekommen war!

Sie wedelte mit der Zigarette. „Ich muss zurück in die Spring Street. Ich sollte zusammen mit Beth Leute aufzutreiben versuchen, die unseren Freund auf dem Phantombild gesehen haben."

„Nimm bitte den Computer mit. Wir können uns dann später bei dir zu Hause treffen und sehen, ob jemand geantwortet hat."

Überrascht schaute sie ihn an, zuckte dann aber mit den Schultern. „Klar, wir können das bei mir machen. Ich warte im Auto."

Pell kehrte in Bergens Büro zurück. Als die Tür zu war, zog er einen Umschlag hervor, in dem 1200 Dollar steckten, und schaute Bergen beim Zählen zu.

„Es ist das erste Mal, dass ihr Jungs mich in bar bezahlt. Normalerweise fülle ich ein Formular aus. Wollen Sie eine Quittung?"

„Vor allem will ich einen zweiten Computer."

Bergen starrte ihn an. „Sie wollen noch einen? Noch einen Laptop?"

„Ja. Richten Sie ihn so ein, dass ich Claudius aufrufen kann."

„Wozu brauchen Sie denn einen zweiten?"

Pell trat näher und schaute Bergen in die Augen. „Können Sie mir einen zweiten Computer organisieren oder nicht?"

„Das kostet aber noch mal 1200."

„Ich komme später wieder. Allein."

NACHDEM Carol Pell bei seinem Motel abgesetzt hatte, verbrachten sie und Beth den Nachmittag damit, in Silver Lake mögliche weitere Zeugen ausfindig zu machen. Doch niemand erkannte den Mann auf dem Phantombild wieder oder konnte sich erinnern, einen Mann mit Baseballkappe und langärmeligem Hemd gesehen zu haben, der ein Telefongespräch geführt hatte. Gegen Abend schauten sie beim Blumenladen vorbei, um Lester die drei Phantomzeichnungen vorzulegen, die Carol von Pell bekommen hatte. Lester sah sich die drei Bilder an und schüttelte den Kopf. „Das sind ja drei verschiedene Männer."

„Das ist immer derselbe, der sich jedes Mal verkleidet hat."

„Vielleicht war der, den ich gesehen habe, ja auch verkleidet, aber er sah älter aus als die hier."

An diesem Abend fuhr Carol mit dem Vorsatz nach Hause, sich selbst eine Ginpause zu verordnen. Sie versuchte fernzusehen, doch ihre Gedanken kehrten immer wieder zu Pell zurück. Er hatte gesagt, er würde seinen Kopf hinhalten, falls Tennant Beschwerde einreichte. Es hatte schon einmal ein Mann den Kopf für sie hingehalten. Sie würde nicht zulassen, dass es noch ein weiterer tat.

AM NÄCHSTEN Morgen rief Buck Daggett sie in der Spring Street an. „Hallo, ich wollte nur wissen, ob du schon was rausgefunden hast."

Sie fühlte Schuldgefühle aufsteigen. Schließlich wusste sie, wie es war, in Bucks Haut zu stecken, zu fühlen, dass man eine Randfigur bei etwas derart Furchtbarem war.

„Noch nichts Konkretes. Tut mir Leid."

„Ich möchte dir nicht auf den Wecker gehen, aber ich habe gehört, dass auf einem Bombensplitter eine Gravur gefunden wurde. Was hat es damit auf sich?"

„Wir wissen nicht genau, was wir gefunden haben. Es ist entweder eine 5 oder ein S." Carol war sich nicht sicher, wie viel sie ihm über Mr Red erzählen sollte, also sagte sie lieber gar nichts.

Buck zögerte. „Eine 5 oder ein S? Ist das Teil einer Botschaft?"

Carol hätte gern das Thema gewechselt. „Ich habe keine Ahnung." Das Lämpchen für die zweite Leitung blinkte. „Ich bekomme gerade einen weiteren Anruf. Sobald wir was Neues haben, rufe ich dich an."

„Danke, Carol. Ich will dir wirklich nicht auf den Geist gehen."

„Das weiß ich doch. Bis bald."

Der zweite Anruf kam von John Chen. „Wir haben hier auf deinen Namen eine Überstellung von Beweismitteln vom ATF-Labor in Rockville reinbekommen."

„Betrifft das die Komponenten der Bombenattrappe aus Miami?"

„Genau."

Carol schaute auf ihre Uhr. „Ich werde in zwanzig Minuten da sein. Ich möchte mir das Zeug anschauen."

Sie war schon auf dem Weg nach draußen, als sich Kelsos Tür öffnete und er mit Volldampf durch das Büro gelaufen kam.

„Carol, Polizeidirektor Morgan hat für heute Nachmittag um ein Treffen gebeten. Ein Uhr in meinem Büro."

Sie dachte an Tennant und fühlte den Boden unter sich wanken. „Weswegen denn?"

„Wegen der Bombe von Silver Lake natürlich! Leyton wird auch da sein. Du wirst sie über den Stand der Ermittlungen unterrichten, und ich will hoffen, dass du ihnen was mitzuteilen hast."

Carols Panik legte sich. Sie berichtete ihm von Claudius und erklärte, dass Tennant dadurch von Mr Red erfahren habe und die Website eine potenzielle Informationsquelle sein könnte.

Kelso schien einigermaßen besänftigt. „Ja, das könnte was sein. Zumindest hat es den Anschein, dass wir was unternehmen."

„Wir unternehmen auch wirklich was, Barry." Selbst wenn sie nüchtern war, verursachte er ihr Schädelbrummen.

CHEN führte Carol in eine Ecke des Labors, in der auf einem schwarzen Tisch eine weiße Kiste stand; sie war geöffnet worden. „Alles eingetütet, etikettiert und aufgelistet", verkündete Chen. „Du musst lediglich noch hier unterschreiben, dann gibt dir das ATF grünes Licht für alles, was du unternehmen willst. Du kannst sogar handgreiflich werden."

Manchmal war es notwendig, Beweisstücke auseinander zu nehmen oder gar völlig zu zerstören, um Komponenten voneinander zu trennen oder Proben zu erhalten. Carol unterschrieb die vier Beweismittelformulare des ATF und gab sie an Chen zurück.

„Soll ich Russ Daigle sagen, dass du hier bist?", fragte er. „Er würde sich das bestimmt auch gern ansehen."

„Ich möchte die Bombe lieber allein untersuchen. Ich gehe zu ihm, wenn ich hier fertig bin."

Als Chen gegangen war, streifte Carol sich ein Paar Latexhandschuhe über, atmete tief durch und spürte, wie die Spannung dahinschmolz. Das war der Teil ihres Berufs, den sie liebte. Wenn sie eine Bombe berührte, wenn sie Splitter in den Händen hielt, war sie ein Teil davon. Jede Bombe war ein Rätsel, das sie auf eine Weise zu betrachten vermochte, wie es andere nicht konnten. Vielleicht hatte Dana ja Recht. Zum ersten Mal seit drei Jahren war sie wieder mit einer Bombe allein, und sie fühlte sich vollkommen ruhig.

Das ATF hatte den zur Bombe gehörenden Bericht mitgeschickt. Carol legte ihn beiseite, denn sie wollte zuerst ihre eigenen Schlüsse ziehen.

Sie nahm die Tüten aus der Kiste, legte sie auf einer Werkbank aus und ordnete sie entsprechend den Komponenten. In einer Tüte befand sich die Sirene, deren Ton Aufmerksamkeit erregt hatte, eine andere enthielt die Zeitschaltuhr, wieder eine andere die Batterien für die Sirene. Diese war deformiert, und zwei der drei Neunvoltbatterien waren auseinander gebrochen, als das Sprengstoffkommando von Dade County die Zündelektronik der vermeintlich scharfen Bombe mit einer Hochdruck-Wasserkanone hatte zerstören wollen.

Erst als alle Einzelteile ausgebreitet vor ihr lagen, öffnete Carol die Tüten. Die beiden galvanisierten Rohre waren völlig intakt. Das Isolierband, mit dem sie zusammengeklebt waren, war zerschnitten, aber nicht entfernt worden. Carol ordnete die Bauteile, so gut sie konnte. Einige passten nicht mehr richtig zusammen, weil sie wie die Sirene durch die Wasserkanone deformiert worden waren, aber Carol kam doch ziemlich nahe an die ursprüngliche Erscheinung der Bombenattrappe heran.

Sie legte die Hände auf die Bauelemente. Dies waren dieselben Metallteile, Drähte und Klebebänder, die auch Mr Red berührt hatte. Er hatte sich die seltenen Komponenten beschafft, sie zurechtgeschnitten, geformt und zusammengesetzt. Carol wusste, dass eine Bombe das Spiegelbild ihres Erbauers war, ebenso individuell wie sein Gesicht oder sein Fingerabdruck.

Mr Red war derart stolz auf seine Arbeit, dass es an Arroganz grenzte. Außerdem äußerst penibel, beinahe besessen. Er war ein Gewohnheitstier, denn Ordnung gab ihm den nötigen Halt. Und ganz ohne Zweifel handelte es sich bei ihm um einen Feigling, der seiner Wut nur mithilfe seiner perfekt konstruierten Bomben freien Lauf ließ. Sie verkörperten das Selbst, das er zu sein wünschte – machtvoll und nicht zu bremsen.

Beim Untersuchen der Drähte stellte Carol fest, dass an den Stellen, wo sie verknüpft waren, jeder Draht in einer elektronischen Klemmverbindung steckte, die in jedem Baumarkt erhältlich war. Die Aderendhülsen waren rot, die Drähte waren rot. Mr Red wollte, dass die Leute auf ihn aufmerksam wurden.

Carol legte die Klemmverbindungen unter ein Vergrößerungsglas und nahm eine Pinzette zur Hand, um die Klammern zu entfernen. Sie stellte fest, dass der Draht dreimal gegen den Uhrzeigersinn um die Klemmverbindungen gewickelt war. Sie schüttelte den Kopf über Mr Reds Präzision: Jeder Draht dreimal gegen den Uhrzeigersinn! Ordnung gab ihm Halt, wie gesagt.

Sie untersuchte nun die Schraubgewinde an den beiden offenen Rohrenden, wo das ATF-Labor die Verschlusskappen entfernt und das silberfarbene Isolierband abgezogen hatte. Bei Riggios Bombe hatte Daigle das Band nicht entfernt, weil er es wohl für überflüssig gehalten hatte, jetzt aber ging Carol auf, dass dies ein Fehler gewesen war. Sie hatten ja bereits gemeinsam festgestellt, dass das Band für die Funktion der Bombe absolut unnötig war, doch möglicherweise war es genau deshalb ihr aufschlussreichster Bestandteil.

Carol kam in den Sinn, dass Mr Red, der so gerne Botschaften verfasste, dafür eventuell die vormals saubere helle Oberfläche des Bands benutzt haben könnte. Also untersuchte sie, was die Leute vom ATF davon abgerissen hatten, konnte aber nichts finden. Das Isolierband, das Mr Red aus lauter Perfektionismus verwendet hatte, um die Öffnungen an den Rohrenden luftdicht zu verschließen, bevor er die Verschlusskappen draufgeschraubt hatte, war beim Entfernen durch das ATF-Labor zu sehr zerfetzt worden. Selbst wenn Mr Red wirklich etwas draufgeschrieben hatte, war es jetzt nicht mehr zu entziffern.

Daraufhin beschloss Carol, das Klebeband an den zwei Rohrenden zu untersuchen, an denen die Ermittler des ATF die Verschlusskappen belassen hatten. Sie spannte die beiden Rohre in einen Schraubstock am Ende der Werkbank und benutzte einen speziellen Schraubenschlüssel mit Gummimaul, um die Verschlusskappe des ersten Rohres abzuschrauben. Das Isolierband klebte tief in den Gewindefurchen. Carol holte sich das Vergrößerungsglas herüber, benutzte eine Nadel als Sonde und arbeitete sich damit rings um das Gewinde herum, bis sie auf das Ende des Isolierbands stieß. Sie hatte fast zwanzig Minuten zu tun, bis sie es abgelöst hatte. Doch sie fand keine Beschriftung.

Nun entfernte sie die Verschlusskappe des zweiten Rohres. Zehn Minuten später konnte sie das Isolierband auch hier ablösen. Dabei fiel ihr auf, dass beide Rohrenden auf dieselbe Weise umwickelt gewesen waren: Mr Red hatte das Isolierband fest auf die Rohröffnung gedrückt und es dann von seinem Körper weg mehrfach um das Rohrende herumgeführt. Im Uhrzeigersinn. Genauso, wie er jedes Mal den Draht auf die gleiche Weise um die Klemmverbindungen geschlungen hatte, hatte er auch jedes Mal das Isolierband auf die gleiche Weise um die Gewinde gewickelt.

Carol vermutete, dass er dafür einen Grund gehabt hatte, und es ärgerte sie, dass sie diesen nicht erkannte. Sie tat, als würde sie ein Rohr halten, umwickeln und die Verschlusskappe draufschrauben, und da wurde ihr der Grund offensichtlich: Mr Red wickelte das Isolierband im Uhrzeigersinn, damit es sich nicht löste und zu einem Klumpen verklebte, wenn er die Verschlusskappe ebenfalls im Uhrzeigersinn draufschraubte. Wenn alles im Uhrzeigersinn verlief, würde sich der Verschluss wesentlich einfacher aufsetzen lassen. Das war zwar nur ein nebensächliches Detail, aber ganz allmählich gelang es Carol nachzuvollziehen, was in Mr Reds Kopf vor sich ging. Und das bedeutete, dass sie ihn bezwingen konnte.

Sie ging nach unten ins Bombendezernat und suchte Russ Daigle. Er saß im Aufenthaltsraum und lächelte, als er sie sah.

„Hallo, Carol. Was machst du denn hier?"

„Ich bin oben in Chens Labor. Hör mal, du hast doch die Verschlusskappen von Charlies Bombe, oder?"

Er nickte. „Stimmt. Eine intakte und von den drei anderen nur Teile. Ich habe dir das Isolierband gezeigt, erinnerst du dich?"

„Hast du was dagegen, wenn ich den intakten Verschluss abschraube? Ich will mir das Isolierband ansehen."

„Du kannst damit machen, was du willst, aber das dürfte nicht ganz einfach sein."

Er begleitete sie zu seiner Werkbank, wo die Überreste der Bombe aus Silver Lake in einem abschließbaren Schrank aufbewahrt wurden.

„Du hast es doch gesehen, als du mit Leyton hier warst, aber offenbar hast du es wieder vergessen. Die Verschlusskappe sitzt immer noch auf dem Rohrstück, aber beide haben sich durch den Druck gewölbt. Du wirst die Kappe also kaum abschrauben können."

Carol sah ihre Hoffnungen schwinden. Das Rohr war wie ein Ei geformt, folglich bestand wohl keine Möglichkeit, die Verschlusskappe abzuschrauben.

„Kann ich es wenigstens versuchen?"

Daigle zuckte mit den Schultern. „Wenn du dir das unbedingt antun willst."

So nahm Carol das Rohr mit in Chens Labor hinauf, spannte es in den Schraubstock und benutzte eine Hochgeschwindigkeitssäge, um es aufzuschneiden. Dann nahm sie einen Stahlpickel, trennte damit die Verschluss- von den Rohrhälften und fügte diese beiden im Schraubstock wieder zusammen.

Sie brauchte ungefähr vierzig Minuten, bis sie mit der Nadel auf das Ende des Isolierbands stieß. Später wurde ihr klar, dass es deshalb so lange gedauert hatte, weil sie angenommen hatte, das Band sei wie bei der Bombe aus Miami im Uhrzeigersinn gewickelt worden. Doch hier war es gegen den Uhrzeigersinn gewunden worden!

Carol trat von der Werkbank zurück. Hastig blätterte sie den Bericht durch, der aus Rockville mitgeschickt worden war, und fand heraus, dass eine Kriminalistin namens Janice Brockwell ihn verfasst hatte. Sie rief beim ATF-Labor an und fragte nach ihr. Nachdem sie Janice Brockwell am Apparat hatte, erklärte sie ihr, was sie bei der Bombenattrappe aus der Bibliothek gefunden hatte.

„Das ist eine geniale Beobachtung, Detective Starkey! Ich glaube, wir haben an das Isolierband keinen einzigen Gedanken verschwendet."

„Können Sie mir den Gefallen tun und die anderen Bomben von Mr Red überprüfen? Ich wüsste gern, ob es bei denen genauso gemacht wurde."

„Ich weiß nicht, wie viele unbeschädigte Verschlusskappen wir hier haben. Ich werde der Sache nachgehen und rufe Sie zurück, okay?"

Carol gab ihr ihre Telefonnummer. Danach legte sie die Bombenkomponenten in die Kisten zurück und schloss sie unter Chens Werkbank ein.

ALS CAROL in die Spring Street zurückkehrte, blieben ihr noch zehn Minuten bis zu dem Treffen mit Morgan. Sie traf Beth und Santos im Büro an, hatte allerdings keine Zeit mehr, ihnen von der Bombe aus Miami zu berichten. Aber sie würden ja ohnehin gleich davon erfahren, wenn sie Bericht erstattete.

„Ist Morgan schon da?"

„Sitzt bereits bei Kelso. Leyton auch."

„Und warum hängt ihr dann immer noch hier rum?"

„Kelso wollte nicht, dass wir mitkommen", antwortete Beth gekränkt. „Wahrscheinlich hat er Angst, sein Büro könnte zu klein wirken, wenn zu viele Leute drin rumstehen."

Carol fand, dass Beth mit ihrer Vermutung gar nicht so falsch lag.

Santos berichtete, dass von der Postproduction-Firma, die er mit der Überarbeitung der Videokassetten beauftragt hatte, gute Neuigkeiten zu vermelden waren. „Es gibt ein Video mit einer 360-Grad-Aufnahme von der unmittelbaren Umgebung des Parkplatzes. Wenn unser Anrufer sich tatsächlich dort aufgehalten hat, sollten wir ihn erkennen können."

„Wann können wir das Video haben?"

„Spätestens übermorgen. Wir werden es uns bei der Firma auf deren Gerät anschauen müssen, damit wir eine optimale Bildqualität haben."

„Prima, das hört sich gut an." Carol warf eine Tagamet ein, nahm all ihren Mut zusammen und klopfte an Kelsos Tür.

Er begrüßte sie mit einem schleimigen Lächeln und machte sie mit Christopher Morgan bekannt, während Leyton ihr zuzwinkerte.

Carol war dem Polizeidirektor zuvor noch nie persönlich begegnet, sondern kannte ihn nur vom Hörensagen. Er war schlank und wirkte in seinem anthrazitfarbenen Anzug sehr seriös. Er schüttelte ihr die Hand und bat sie ohne große Vorrede, ihn über den Stand der Dinge zu unterrichten.

Also beschrieb sie ihm die Bauweise der Bombe aus Silver Lake, erklärte ihm, wie sie explodiert war und weshalb man davon ausgehen musste, dass sich der Bombenleger in einem Umkreis von hundert Metern am Tatort aufgehalten hatte. Sie berichtete ihm auch von Mr Red. In weniger als fünf Minuten hatte sie ihn über den Stand der Ermittlungen aufgeklärt, einschließlich der Entwicklung in Sachen Claudius als mögliche Informationsquelle im Hinblick auf RDX und Mr Red.

„Und worauf legen Sie Ihr Hauptaugenmerk?"

„Auf die Komponenten. Modex Hybrid ist ein erlesener Sprengstoff, der aber nicht schwierig herzustellen ist, wenn man über die Komponenten verfügt. An TNT und Ammoniumpikrat kann man sehr leicht rankommen, bei RDX ist es schon schwieriger. Unsere Idee ist jetzt, das RDX als Möglichkeit anzusehen, demjenigen auf die Spur zu kommen, der die Bombe gebaut hat. Wer auch immer das ist."

„Was soll das heißen: ‚wer auch immer'? Ich dachte, wir gehen davon aus, dass es Mr Red war."

„Unser Vorgehen stützt sich auf diese Vermutung, aber wir müssen ebenso in Betracht ziehen, dass jemand anders die Bombe gebaut haben könnte."

„Wovon sprichst du, Carol?", hakte Kelso dazwischen.

Sie berichtete, wie sie das Isolierband bei der Bombe aus Miami mit der aus Silver Lake verglichen hatte. „Jede Bombe, die man Mr Red zuschreibt, ist immer auf dieselbe Weise entworfen und gebaut worden. Bei der Bombe von Silver Lake gibt es zwar nur diesen kleinen Unterschied, aber Täter wie Mr Red sind Gewohnheitstiere."

Leyton machte einen nachdenklichen Eindruck. „Hat man das bei den sieben früheren Bomben auch bemerkt?"

„Ich habe in Rockville angerufen und mich danach erkundigt. Bislang hatte noch niemand daran gedacht, die Wickelrichtung zu überprüfen."

Morgan verschränkte die Arme. „Aber Sie schon?"

Carol warf ihm einen Blick zu. „Man muss alles überprüfen, Sir. Ich behaupte ja nicht, wir hätten es hier mit einem Nachahmungstäter zu tun; die Sicherheitsmaßnahmen bei den Ermittlungen im Fall Mr Red sind sehr streng. Ich sage lediglich, dass ich auf diesen Unterschied gestoßen bin. Man sollte ihn im Auge behalten."

Carol wünschte, sie hätte das Thema nie zur Sprache gebracht. Morgan runzelte die Stirn, und Kelso sah verärgert aus.

Leyton war der Einzige, der sich dafür zu interessieren schien. „Angenommen, es handelt sich tatsächlich um die Arbeit eines Nachahmers, was hätte das für Konsequenzen für deine Ermittlungen?“

„Sie würden sich enorm ausweiten. Wenn man davon ausgeht, dass nicht Mr Red die Silver-Lake-Bombe gebaut hat, stellt sich die Frage, wer es dann war. Wer weiß so viel über Mr Red, dass er seine Bomben nachbauen kann? Und warum kopiert ihn jemand?“

Morgans Gesicht war eine undurchdringliche Maske. „Sie haben eine Menge kluger Fragen aufgeworfen, Detective. Aber in Anbetracht unserer Erkenntnisse scheint Ihre Theorie von einem Nachahmungstäter weit hergeholt zu sein. Es ist extrem Zeit raubend, Vermutungen nachzugehen. Die Beweislage scheint auf Mr Red hinzudeuten.“

„Das mit dem Klebeband war nur ein Punkt, der nicht ins Bild passte, das ist alles.“ Ihre Stimme klang defensiv und klagend.

„Wir sollten nicht vom Weg abkommen und abstruse Theorien verfolgen, die zu nichts führen. Halten Sie Ihre Ermittlungen in Bewegung. Ermittlungen sind wie Haie: Wenn sie aufhören, sich zu bewegen, gehen sie unter.“

Carol nickte. „Es wird sich bewegen, Sir. Wir werden Mr Red kriegen.“

Morgan und Leyton gingen hinaus. Als Carol ihnen folgen wollte, wurde sie von Kelso aufgehalten.„Schlag dir diese Plagiatsgeschichte aus dem Kopf. Du hast alles richtig gemacht, bis du das gesagt hast. Das hört sich an wie kompletter Schwachsinn.“

„Es war nur eine Beobachtung, Barry. Verlangst du von mir, dass ich sie ignoriere?“

„Du hast dich angehört wie eine Anfängerin.“

JOHN MICHAEL FOWLES kaufte den Chevelle SS 396 bei einem Gebrauchtwagenhändler namens Dago Red in Metairie, Louisiana. Er kaufte das Auto, weil es rot war. Ein roter Schlitten von Dago Red für Mr Red. John fand das perfekt.

Er zahlte bar mit Geld, das er für einen Bombenanschlag in Miami bekommen hatte, und fuhr danach zu einer nahe gelegenen Ladenpassage, wo er sich ebenfalls gegen bar neue Kleidung und ein brandneues Notebook zulegte.

Er war neugierig zu erfahren, was die Bundespolizei mit seiner kleinen Liebesbotschaft in der Bibliothek angestellt hatte. Seither war er ständig auf Achse gewesen und hatte über Claudius eine neue Bezugsquelle für RDX ausfindig zu machen versucht. Aber jetzt brannte er darauf, die Warnungen vor ihm zu lesen, die in den Bulletins von ATF und FBI über ihn geschrieben sein mussten. Ihm war klar, dass er sich durch die kleine Aufführung in der Bibliothek nicht in den Topten hatte platzieren können, aber er erwartete, dass die über das ganze Land verteilten Außenstellen der beiden Bundesbehörden auf Alarmstufe Rot geschaltet hatten.

John warf den fetten 396er an und brauste über die Brücke des Lake Pontchartrain nach Slidell zurück, wo er im „Blue Bayou Motel“ ein Zimmer gemietet hatte.

Dort angekommen, schloss er das neue Notebook an die Telefonleitung an. Normalerweise rief er Claudius auf, um zu lesen, was diese Knallköpfe über ihn geschrieben hatten. Manchmal gab er sich sogar für einen anderen aus, ließ Hinweise über Mr Red fallen und genoss seinen geheimnisvollen Status: John Michael Fowles, der Stadtguerillero, der Bombengott. Jetzt aber benutzte er den Namen und die Nummer einer gestohlenen Kreditkarte, wählte sich bei AOL ein und ging ins Internet. Dann gab er die Internetadresse für die Webseite ein, die er unter dem Namen Kip Russell betrieb. Diese Seite bei einem Anbieter in Rochester, Minnesota, besaß nur eine Identifikationsnummer und war noch nie in einer Suchmaschine aufgetaucht. Sie war eine Art Softwaredepot.

John reiste stets mit leichtem Gepäck. Er zog oft um und trug häufig nur eine Tasche Bargeld bei sich. Er hatte weder richtigen Besitz noch Bankkonten, noch Kreditkarten (außer denen, die er klaute oder sich für übergangsweise Benutzung sonst besorgte). Wo immer er sich niederließ, kaufte er, was er brauchte, zahlte bar und ließ beim Auszug alles stehen und liegen. Das Einzige, was er häufig brauchte, aber nie mit sich herumschleppte, war Software. Ohne sie war er aufgeschmissen.

Bevor er begonnen hatte, Bomben zu bauen, war er Softwareentwickler gewesen. Er hatte sich in Computersysteme eingeloggt, hatte mit anderen Hackern ein Netzwerk unterhalten und war in dieses Universum und seine Gepflogenheiten ebenso tief verstrickt gewesen wie nun in die Welt des Sprengstoffs. Mit der Software, die in Rochester auf ihn wartete, konnte er die Türen zu Kreditkartengesellschaften, Banken und Telefonsystemen öffnen, auch die des NLETS – inklusive des Zentrums für Sprengkörperdaten des FBI und des Nationalen Archivs des ATF – sowie einiger Nebenstellen des Verteidigungsministeriums, die er häufig nach Berichten über Munitionsklau durchforstete.

Nachdem er Zugriff auf seine Website erhalten hatte, lud er ein Angriffsprogramm namens Oscar und ein Klonprogramm namens Peewee herunter. Danach wählte er die Telefonnummer einer Filiale der Bank von Amerika in Kalamazoo, Michigan, und benutzte Oscar, um sich in ihr System einzuloggen. Peewee wurde von Oscar importiert und klonte sich, im System der Bank angekommen, selbst zu einer eigenständigen Einheit, die nur innerhalb der Filiale in Kalamazoo existierte. Von hier aus wählte sich Peewee in das Nationale Archiv des ATF ein. Wie erwartet, wurde Peewee an einem Passwort-Portal gestoppt. Daraufhin importierte das Klonprogramm Oscar, um das Portal zu stürmen.

Vom Start bis zum Ende dauerte diese Prozedur zwei Minuten und zwölf Sekunden. Jetzt besaß John Zugriff auf alle Informationen über Bomben und Bombenleger innerhalb der Datenbank der Bundesbehörde.

Der allerneueste Eintrag stammte aus Los Angeles. Das überraschte John, denn eigentlich hätte die Nachricht aus Miami sein sollen. Neugierig öffnete er die Datei und erfuhr, dass ein Bombentechniker der Polizei von Los Angeles auf einem Parkplatz in Silver Lake getötet worden war. Die letzten Zeilen trafen John mit der Wucht einer Atombombe.

> Bei der Analyse wurden Rückstände des trinären Sprengstoffs Modex Hybrid gefunden. Erstes Beweismaterial legt den Verdacht nahe, dass die Tat von dem als „Mr Red“ bekannten anonymen Bombenleger verübt wurde.

Modex Hybrid. Für einen bizarren Moment stellte John sich die Frage, ob er die Bombe vielleicht doch gebaut und es irgendwie bloß vergessen hatte. Darüber musste er laut lachen. Dann packte er das Notebook und schleuderte es gegen die Wand.

„Du elender Hurensohn!“, brüllte er.

Er griff in seine Bargeldtasche und verließ mit dem zerschmetterten Computer fluchtartig das Motel. Mit seinem fetten roten SS 396 donnerte er am Ufer des Lake Pontchartrain entlang und hielt dann auf dem Seitenstreifen der Brücke, um das Notebook ins Wasser zu werfen. Danach fuhr er wie der Teufel zum Flughafen. Er stellte das Auto auf einem Platz für Dauerparker ab und wischte das Wageninnere und die Türen ab, um seine Fingerabdrücke zu beseitigen. Sein Ticket für einen einfachen Flug nach Los Angeles zahlte er in bar.

Keiner wusste besser als John, wie schwierig es war, Modex Hybrid herzustellen oder es sich zu besorgen. Jemand hatte ihn seiner Arbeit beraubt, und das hieß, jemand versuchte sich in seinem Glanz zu sonnen.

Das würde er unmöglich dulden.

6

John Michael Fowles verließ das Flugzeug mit 26000 Dollar Bargeld, drei Führerscheinen und vier Kreditkarten. Allein die Tatsache, in Los Angeles zu sein, ließ ihn lächeln. Er liebte das trockene sonnige Wetter, die Palmen, die attraktiven, spärlich bekleideten Miezen, die coolen Typen, die gepflegten Autos, den Hunger nach Reichtum, die Filmstars. Ein hervorragender Ort für Zerstörung.

Als Erstes mietete er sich ein Cabriolet, zog sein Hemd aus, setzte die Sonnenbrille auf, kurvte auf dem Sepulveda Boulevard umher und sah einfach nur gut aus. Seine Wut war verraucht; jetzt standen eiskaltes Kalkül und fürchterliche Rache auf dem Programm. Mr Red war da.

John streifte die Rolle des Provinzlers aus den Südstaaten ab und nahm die Attitüde eines Schwarzen an. Er liebte Weiße, die sich wie Schwarze verhielten. In Venice kaufte er Klamotten in Übergröße, ein neues Notebook und was er sonst noch brauchte, dann mietete er sich ein Zimmer in einem Motel namens „Flamingo Arms". Er rasierte sich den Schädel, schmückte sich mit Goldkettchen und ging dann ins Internet.

Er suchte nach Artikeln über den Bombenanschlag in Silver Lake und fand drei. In den ersten beiden wurde vor allem ein Thema ausführlich behandelt: Ein Sprengstoffkommando der Polizei von Los Angeles war ausgerückt, um einen verdächtigen Karton zu untersuchen, und der 34-jährige Beamte Charles Riggio war getötet worden, als der Karton detonierte. Nach Aussage der leitenden Ermittlerin, einer Frau namens Carol Starkey, war die Bombe „ein grober, unprofessionell zusammengeflickter Sprengsatz", der einer „unausgereiften Persönlichkeit" zugeschrieben werden musste. John lachte auf, als er das las.

Der dritte Artikel tat es ihm besonders an. Er handelte von Carol Starkey selbst, einer ehemaligen Bombentechnikerin, die ebenfalls Opfer einer Explosion geworden war. Aus dem Artikel ging hervor, dass sie dabei eigentlich gestorben war, jedoch am Tatort wieder belebt werden konnte. Das faszinierte John.

Im letzten Absatz versprach Detective Starkey, denjenigen hinter

Gitter zu bringen, der für Riggios Tod verantwortlich sei. John musste grinsen. „Aber nicht, wenn ich diesen Bastard zuerst finde."

Er wechselte auf seine Website in Rochester und sah dort die Telefonnummer eines Mannes nach, der in Venice wohnte und den er als Clarence Jester kannte. Dieser war hauptberuflich Pfandleiher, mitunter allerdings auch Brandstifter. Dafür hatte er zwölf Jahre in einem Bundesgefängnis eingesessen. Er war jetzt Ende fünfzig, und John schätzte ihn als exzellente Informations- und Bezugsquelle.

Er wählte Jesters Nummer. „Hallo, Clarence, alter Junge. Hier spricht LeRoy Abramowicz. Ich bin in L. A. und habe mir gedacht, ich sollte mal bei dir vorbeischauen. Wir könnten ein paar Geschäfte machen."

„Immer reinspaziert."

John wollte die Angelegenheit so schnell wie möglich angehen, also betrat er bereits wenig später das Pfandhaus von Jester, einem kleinen nervösen Mann mit schütterem Haar.

„Hallo, Clarence. Wie wär's mit einem kleinen Spaziergang?"

Geschäfte wurden stets unter freiem Himmel abgewickelt; kommentarlos schloss Jester seinen Laden. Draußen taxierte er John vorsichtig. „Du bist ja überhaupt nicht wieder zu erkennen."

„Ich bin ein Schwarzer geworden. Macht heutzutage doch jeder."

John wusste, dass, wer auch immer die Bombe nachgebaut hatte, sein eigenes Modex Hybrid zusammengemischt haben musste, was bedeutete, dass dieser Jemand sich auch RDX besorgt haben musste. „Clarence, ich brauchte ein bisschen RDX. Könntest du mir da weiterhelfen?"

„Kein Mensch hat RDX. Ich hätte allerdings etwas TNT und PETN."

„Es muss schon RDX sein."

„Da kann ich dir leider nicht helfen."

„Du vielleicht nicht, aber vielleicht jemand anders. Wir sind in L. A., hier gibt's doch alles. Sag mir nur, wo ich anfangen muss, ich treib dann schon auf, was ich suche. Du bekommst natürlich einen Finderlohn."

„Mir fällt da gerade doch was zum RDX ein."

„Na bitte!"

„Vor ein paar Jahren haben sie im Norden einen Kerl eingebuchtet, weil er Autos in die Luft gejagt hat. Hat RDX benutzt. Vielleicht kann ich dich mit ihm bekannt machen."

John fühlte sich beschwingt. „Ein Kunde von dir?"

„Er hat das RDX nicht von mir, da kannst du Gift drauf nehmen." Jester erzählte ihm von einem Kerl namens Dallas Tennant. „Du könntest dich auf Claudius mit ihm unterhalten."

„Im Knast?"

„Du kannst dir gar nicht vorstellen, was ich alles abgezogen habe, als ich im Bau saß."

„Kennst du den Benutzernamen von Tennant?"

„Den habe ich in meinem Computer. Hast du übrigens von dem Gerücht gehört, das hier die Runde macht? Es heißt, dass Mr Red in der Stadt ist. Er soll in Silver Lake einen Bullen in die Luft gejagt haben."

Als die letzten Insassen die Bibliothek verlassen hatten, sammelte Dallas Tennant die Zeitschriften und Bücher von den Tischen ein. Mr Riley, der Zivilangestellte, der die Bibliothek leitete, löschte das Licht in seinem Büro, dankte Dallas für seine gute Arbeit und ging.

In Atascadero besaßen die Insassen enorm viel Freiheit, gleichwohl wurden sie beaufsichtigt. Dallas beispielsweise durfte noch allein in der Bibliothek arbeiten, musste allerdings der Weisung nachkommen, sich auf der Krankenstation seine Medikamente für die Nacht abzuholen. Falls er sich dort bis neun nicht blicken ließ, würde sich ein Wächter umgehend auf die Suche nach ihm machen.

Dallas schaute auf die Uhr. Bis neun war noch genügend Zeit. Er ging in Rileys Büro und angelte sich die Softwarediskette, die er dort hinter dem Aktenschrank versteckt hatte.

Obwohl es sich bei Atascadero um eine moderne Einrichtung handelte, die via Internet mit dem kalifornischen Gefängnissystem verbunden war, war bei Computern, zu denen die Insassen Zugang besaßen, die Installation von Internet-Software nicht vorgesehen.

Dallas hatte sich seine eigene Software zugelegt und mit seinem Anwalt die Zahlung der monatlichen Nutzungsgebühren aus seinen Mieteinnahmen vereinbart. Er lud die Software auf Rileys Festplatte, schloss das Modem an die Telefonleitung an und ging ins Internet. Sobald er fertig war, würde er das Netz wieder verlassen und alles deinstallieren; Mr Riley würde keinen Verdacht schöpfen.

In solchen Momenten war Dallas ganz in seinem Element. Claudius war der Ort, wo er sich wohl fühlte. Hier waren seine einzigen Freunde, andere anonyme Benutzer, mit denen er in den allgemein zugänglichen Diskussionsforen kommunizierte und häufig im geheimen Chatroom plauderte. Er meldete sich unter dem Benutzernamen Boomer zu Wort.

Er überflog gerade das Messageboard, als auf seinem Bildschirm ein Nachrichtenfenster erschien.

Nehmen Sie eine Botschaft von NEO an?

Dallas kannte zwar keinen NEO, war aber neugierig. Er klickte auf JA, woraufhin sich das Kommunikationsfenster öffnete.

NEO: Du kennst mich nicht, aber ich dich.
BOOMER: Wer bist du?
NEO: Jemand, der deinen Gebrauch von RDX bewundert und darüber mit dir reden will.

Wie alle Benutzer von Claudius war auch Dallas vorsichtig genug, nie etwas Belastendes außerhalb des sicheren Chatrooms zu äußern.

BOOMER: Gute Nacht.
NEO: Stopp! Du willst mich treffen, Dallas. Ich gebe dir heute Abend eine Chance, von der andere nur träumen.
BOOMER: Woher weißt du meinen Namen?
NEO: Ich weiß so manches.
BOOMER: Du findest dich wohl ganz toll.
NEO: *Du* findest mich auch ganz toll, Dallas. Du hast viel über mich geschrieben. Komm in den Chatroom. Ich warte dort auf dich.

Dies veränderte die Lage. Wenn Neo über einen Schlüssel zum Chatroom verfügte, musste jemand für ihn gebürgt haben. Er war so sicher, wie man nur sein konnte. Dallas benutzte seinen eigenen Schlüssel und öffnete das Fenster zum Chatroom. Da war niemand. Außer Neo.

BOOMER: Wer bist du?
NEO: Ich bin Mr Red. Du hast etwas, was ich brauche, Dallas. Information.

Lange starrte Dallas ungläubig auf den Namen des anderen. Dann endlich tippte er seine Erwiderung ein.

BOOMER: Was hast du anzubieten?

GLEICH nachdem Carol an diesem Abend ihr Haus betreten hatte, bereute sie ihr Einverständnis, dass Pell zu ihr kam. Es gab keine anderen Getränke als Gin, Tonic und Leitungswasser, und in die Staubschicht auf dem Fernseher konnte man seinen Namen schreiben. Sie räumte ein wenig auf, ging kurz unter die Dusche und zog sich dann Jeans und ein schwarzes T-Shirt an.

Sie konnte es kaum erwarten nachzusehen, ob sich in Claudius schon etwas Brauchbares getan hatte. Sie stellte den Laptop auf den Esstisch und schaltete den Computer gerade ein, als es an der Tür klingelte.

Wie erwartet, stand Pell vor der Tür, einen flachen Karton und eine weiße Tüte in der Hand. „Zeit fürs Abendessen! Ich habe hier eine Pizza und einen Nudelauflauf. Du hast hoffentlich noch nichts vorbereitet."

„Doch, natürlich. In meinem Backofen schmort eine Ente."

„Oh, ich hätte vielleicht doch besser vorher anrufen sollen."

„Das war nur ein Scherz. Mein Abendbrot besteht normalerweise aus einer Dose Thunfisch und ein paar Tortillachips. Was du da mitbringst, ist große Klasse."

Sie trug das Essen in die Küche. Es war ihr jetzt furchtbar peinlich, dass es nichts zu trinken gab; sie war sich nicht einmal sicher, ob sie saubere Teller hatte. „Du trinkst keinen Gin Tonic, oder?"

„Vielleicht etwas Tonic ohne Gin. Wo ist der Computer?"

„Auf dem Tisch im Esszimmer. Willst du vorher essen?"

„Das können wir auch während der Arbeit tun."

Carol füllte zwei Gläser mit Eis und Tonic, wobei sie das dringende Bedürfnis verspürte, ihr Glas mit Gin aufzufüllen. Doch sie ließ es bleiben. Als sie sich umdrehte, um ihm sein Glas zu reichen, sah sie, dass Pell sie beobachtet hatte.

„Da ich nicht wusste, welche Pizza du magst, habe ich eine halbe vegetarische und eine halbe mit Salami genommen", sagte er rasch.

„Ich mag beides, danke. Wirklich sehr aufmerksam von dir."

Als sie sich so reden hörte, musste Carol insgeheim seufzen. Sie hörten sich an wie ein Paar beim ersten peinlichen Rendezvous.

Während sie Teller und Besteck hervorholte, spielte sie mit dem Gedanken, Pell von ihrer Entdeckung in Sachen Isolierband zu berichten, überlegte es sich dann aber anders. Sie wollte damit so lange warten, bis sie etwas von Janice Brockwell gehört hatte, denn sie wollte verhindern, dass Pell sie so abblitzen ließ, wie Kelso es getan hatte.

Sie trugen Nudelauflauf und Pizza ins Esszimmer, wo sie zwei Stühle nebeneinander an den Tisch stellten, genau wie in Bergens Büro. Dann öffnete Carol die Claudius-Homepage.

Auf ihre Mitteilung, dass in Silver Lake vermutlich Mr Red zugeschlagen habe, gab es einige Antworten. In den meisten wurde seine Täterschaft allerdings stark angezweifelt.

Per Mausklick sprang Carol von einer Nachricht zur anderen, als Pell seinen Arm ausstreckte und nach der Maus griff. „Augenblick! Ich will die letzte noch mal lesen."

In dem Moment, als seine Hand sich über ihre legte, rückte Carol von ihm ab, als hätte sie einen elektrischen Schlag bekommen, und vor lauter peinlichem Berührtsein lief sie rot an. Aber sie versuchte es zu überspielen, indem sie ihm die Maus wieder wegnahm und fragte: „Hast du was entdeckt?"

„Lies selbst."

> BETREFF: Wahrheit oder Konsequenzen
> VON: AM7-TAL
> Meine Quellen bestätigen, dass ER neulich in Florida zugeschlagen hat. Aus der Vergangenheit wissen wir, dass er sich zwischen seinen Auftritten Zeit lässt. Hat jemand etwas Modex zu verkaufen? Haha. War bloß ein Spaß für euch Schnüffelnasen vom FBI!

Carol las die Nachricht ein zweites Mal. „Glaubst du, dass er Mr Red ist?"

„Nein. Er witzelt darüber, dass er Modex kaufen will. Aber Mr Red besorgt sich immer nur die Komponenten und mischt sich sein Zeug selbst. Was hältst du davon, wenn wir diesem Typen zurückmailen und ihm mitteilen, dass wir ihm mit etwas RDX aushelfen könnten?"

„Und damit sozusagen einen Köder auslegen?"

„Für ihn und für alle, die das hier lesen."

Pell drehte die Tastatur zu sich herum. Dabei streifte sein rechter Arm Carols linken, aber diesmal zuckte sie nicht zurück, sondern ließ die Berührung auf sich wirken. Sie betrachtete Pell, aber er schien durch die Formulierung der Mitteilung völlig in Anspruch genommen zu sein.

> BETREFF: Wahrheit oder Konsequenzen
> VON: HOTLOAD
> Für einen guten Preis will ich gern etwas RDX abdrücken.

Sie brachten die Nachricht auf den Weg, dann schloss Pell den Laptop. „Ich will nicht, dass du denkst, ich wollte dir vorschreiben, was du zu tun hast, aber ich möchte dich darum bitten, noch mal im NLETS einen Suchlauf nach RDX zu starten."

„Habe ich doch bereits. Tennant ist als einziger Name aufgetaucht."

„Von ihm haben wir schon alles bekommen, was wir wollten."

„Vielleicht alles von ihm, aber nicht alles, was seinen Fall betrifft."

„Was willst du damit sagen?"

„Ich habe nochmals Muellers Aufzeichnungen studiert. Es ist offensichtlich, dass er bei seinen Ermittlungen weder nach Tennants Werkstatt noch nach Sprengstoffvorräten gesucht hat, bevor er den Fall abgeschlossen hat. Er hat wirklich eine Menge außer Acht gelassen. Aus seinen Verhörnotizen geht außerdem hervor, dass er bei Tennants Vermieterin und bei dessen Arbeitgeber nur eine sehr oberflächliche Befragung durchgeführt hat. Vielleicht könnte man noch was finden."

„Sehr clever gedacht. Das könnte sich wirklich auszahlen."

Sie lächelte ihn an, und er erwiderte ihr Lächeln.

Im Haus war es ruhig. Da der Computer ausgeschaltet war, wurde es Carol noch stärker bewusst, dass sie und Pell allein waren. Sie fragte sich, ob er dasselbe fühlte. Plötzlich sehnte sie sich nach Geräuschen: Fernseher, Radio, ein Auto auf der Straße. Aber es gab nur sie beide, und sie wusste nicht, wie sie damit umgehen sollte.

Abrupt räumte sie die Teller ab und trug sie in die Küche. „Nochmals vielen Dank für die Pizza. Das nächste Mal bin ich an der Reihe."

Nachdem sie die Teller in die Spüle gestellt hatte, ging sie ins Esszimmer zurück, setzte sich aber nicht mehr auf ihren Stuhl und hoffte, damit klar genug zum Ausdruck gebracht zu haben, dass dies eine Aufforderung zum Gehen war.

Sie vergrub ihre Hände in den Hosentaschen. „Ich würde sagen, wir machen morgen weiter. Ich rufe dich an." Sie begleitete Pell zur Tür.

„Gute Nacht, Carol."

Sie schloss die Tür, sobald er draußen war. Sie fühlte sich dumm und verwirrt. So empfand sie auch noch, als sie im Bett lag, in der Dunkelheit an die Decke starrte und sich fragte, weshalb sie sich so verloren vorkam.

IN SEINEM Motelzimmer blickte Pell auf den Bildschirm des zweiten Laptops, den Bergen ihm besorgt hatte, als plötzlich die Monster aus der Tastatur hervorgekrochen kamen wie sich windende Würmer, die von einem Schwarm Leuchtkäfer umflattert wurden. Pell torkelte ins Badezimmer, um sich nasse Handtücher zu holen. Dann legte er sich mit den kühlen Tüchern im Gesicht aufs Bett. Sein Kopf schmerzte dermaßen heftig, dass ihm die Luft wegblieb und sich Angst in ihm breit machte.

Am liebsten hätte er Carol angerufen. Doch gleichzeitig verfluchte er sich dafür. Jedes Mal wenn sie zusammen waren, entdeckte er eine verborgenere Seite an ihr, eine überraschende Seite, und deshalb wuchsen in ihm die Schuldgefühle. Die wahre Person, die sich hinter Carols beinharter Fassade verbarg, war ein kleines Mädchen, das sich mächtig ins Zeug legen musste, um souverän zu wirken. Aber in diesem kleinen Mädchen steckte auch eine Kämpferin, die versuchte, ihr Leben wieder neu aufzubauen. Pell hatte nicht damit gerechnet, dass er sie gern haben würde. Er hatte auch nicht damit gerechnet, dass sie ihn gern haben würde. Das nagte an ihm. Aber es gab nichts, was man dagegen hätte tun können.

Nach einer gewissen Zeit ließ der Schmerz nach, und sein Sehvermögen besserte sich. Er kletterte aus dem Bett und ging an den Computer zurück. Er verdrängte seine Schuldgefühle Carol gegenüber und öffnete die Claudius-Homepage.

In die Bombe von Silver Lake war Carols Name eingraviert worden. Mr Red hatte es also auf sie abgesehen. Das konnte er sich zunutze machen. Pell wählte einen neuen Benutzernamen, einen, den Carol nicht kannte, und begann über sie zu schreiben.

AM NÄCHSTEN Morgen war Carol wie immer die Erste im Büro. Santos kam um fünf nach sieben, Beth schneite etwa zwanzig Minuten später herein.

Sie verstaute ihre Handtasche und sah zu Carol hinüber. „Was ist denn bei diesem so wichtigen Treffen mit Morgan rausgekommen?“

„Er hat mir nur geraten, dafür zu sorgen, dass die Ermittlungen nicht ins Stocken geraten.“

Beth ließ sich auf ihren Stuhl plumpsen. „Ich habe gehört, du hättest die Bemerkung fallen lassen, dass die Bombe aus Silver Lake von einem Nachahmungstäter stammen könnte. Ich bin wirklich gespannt, wann du mir und Jorge das erzählt hättest.“

Carol ging es auf die Nerven, dass Kelso immer alles hinausposaunen musste und Beth ständig glaubte, sie würde anderen etwas verheimlichen. Also erzählte sie, dass sie bei der Bombe aus Miami einen Unterschied bei der Wickelrichtung des Isolierbands festgestellt hatte. „Ich wollte heute mit euch darüber sprechen, es gab gestern keine Gelegenheit dazu.“

„Na ja, wenn du meinst.“

Carol ignorierte Beths Kommentar und wählte Warren Muellers Nummer in Bakersfield. Nachdem er sich gemeldet hatte, teilte sie ihm mit, sie habe Grund zu der Annahme, dass Tennant nicht nur über eine Werkstatt, sondern auch noch über einen größeren RDX-Vorrat verfüge.

Muellers Stimme wurde förmlich. „Was für einen Grund? Falls er eine Werkstatt hat, konnten wir sie nicht finden."

„Tennant hat uns dasselbe erzählt wie Ihnen, nämlich dass er das RDX aus einer Kartonladung Antipersonenminen von Raytheon herausgeholt habe. In einem Karton sind sechs Minen."

„Stimmt, ich erinnere mich."

„Ich habe mich informiert. Eine Raytheon-Mine enthält 800 Gramm RDX, das heißt, dass Tennant knapp fünf Kilo von dem Zeug extrahiert haben müsste. Und dann habe ich mir die Fotos von den drei Autos angesehen, die Sie mir mit Ihren Unterlagen zugefaxt haben. Den größten Schaden scheint das Feuer angerichtet zu haben. Ich habe eine Energieberechnung für das RDX durchgeführt und infolgedessen den Eindruck gewonnen, dass der Schaden nicht viel größer ausgefallen wäre, als es der Fall war, wenn er ein Drittel seiner Ladung für jedes Auto benutzt hätte. Und dann steht in Ihrem Verhörprotokoll mit diesem Autodieb, dass Tennant von ihm einen vierten Wagen wollte. Daraus entnehme ich, dass er einen RDX-Vorrat gehabt haben muss."

Mueller klang defensiv. „Wir haben das Rattenloch durchsucht, in dem er gewohnt hat. Wir haben den Unterboden seines Autos rausgerissen. Wir haben das Haus und die Garage seiner Vermieterin durchgekämmt und konnten sogar die Bundespolizei dazu überreden, einen Spürhund auf die Blumenbeete anzusetzen. Unterstellen Sie mir also nicht, wir hätten nicht alles unternommen."

„Ich will Ihnen überhaupt nichts unterstellen. Ich rufe nur an, weil es in Ihrem Verhörprotokoll fast keine Aussagen von der Vermieterin oder Tennants Chef gibt."

„Da gibt's auch nicht viel zu berichten. Die Alte wollte nicht mit uns reden. Sie hatte nur Angst, dass wir ihre Beete zertrampeln."

„Und was ist mit seinem Chef?"

„Der sagte nur, was sie immer sagen: dass er völlig überrascht sei. Wir sind nicht beschränkt, Detective. Sie sollten nicht vergessen, dass Tennant meinetwegen in Atascadero einsitzt. Ich habe meinen Fall abgeschlossen. Rufen Sie mich wieder an, wenn Sie Ihren auch abgeschlossen haben."

Er hatte aufgelegt, bevor Carol antworten konnte.

Sie knallte den Hörer auf und wühlte sich wieder durch die Akten. Tennants ehemalige Vermieterin war eine ältere Dame namens Estelle Reager. Sein alter Chef hieß Bradley Ferman und war der Inhaber von „Robbie's Baumarkt". Sie rief beide an und erfuhr, dass das Geschäft nicht mehr existierte, doch Estelle Reager willigte ein, mit ihr zu sprechen.

Carol nahm ihre Handtasche und stand auf. „Los, Beth. Lass uns nach Bakersfield rauffahren und mit Tennants Vermieterin reden.“

ESTELLE REAGER wohnte in einem stuckverzierten Haus aus der Vorkriegszeit. Sie trug Jeans, eine gepunktete Bluse und Arbeitshandschuhe, als sie die Tür öffnete. Sie hatte die gefurchte ledrige Haut einer Frau, die die meiste Zeit ihres Lebens in der Sonne verbracht hatte.

Carol stellte sich und Beth vor.

Mrs Reager schaute die beiden an. „Ein Frauenduo? Ich nehme an, dass von den faulen Männern keiner Lust hatte, den weiten Weg bis hier raufzufahren.“

Als Carol den Schalk in ihren Augen sah, wusste sie, dass sie willkommen waren. Wahrscheinlich hatte Mueller bei der Befragung Wildwestmanieren an den Tag gelegt, und die alte Dame hatte daraufhin auf stur geschaltet.

Mrs Reager führte sie durch das Haus und durch die Hintertür hinaus auf eine kleine Terrasse. Die Auffahrt führte an der Hausmauer entlang zu einer Garage, hinter der ein kleines gepflegtes Gästehaus stand.

Beth stellte sich an den Rand der Terrasse und schaute zu dem Häuschen hinüber. „Hat Tennant dort drin gewohnt?“

„Ja, genau. Vier Jahre lang, und ich hätte mir keinen angenehmeren Mieter vorstellen können. Er war immer sehr rücksichtsvoll und hat stets pünktlich seine Miete bezahlt.“

„Es sieht leer aus. Wohnt dort im Moment niemand?“

„Nein. Es ist furchtbar schwer, in dieser Preiskategorie anständige Mieter zu finden. Darf ich fragen, was Sie hier zu finden hoffen?“

Carol erklärte ihr, sie vermute, dass Tennant immer noch Sprengstoffvorräte habe.

„So etwas werden Sie hier wohl nicht finden. Die Polizei hat schon alles auf den Kopf gestellt. Aber falls Sie seine Sachen durchsuchen wollen, können Sie das gerne tun. Sie stehen alle in der Garage.“

„Waren die auch schon da, als die Polizei alles durchsucht hat?“

„Natürlich.“ Mrs Reager erzählte, dass Tennant im ersten Jahr seines Gefängnisaufenthalts weiterhin die Miete für das Gästehaus bezahlt, ihr schließlich aber geschrieben und sich entschuldigt habe, dass er seine Zahlungen einstellen müsse. Er habe sie gefragt, ob sie bereit sei, seine Sachen aufzubewahren. Es sei ja nicht sehr viel, nur ein paar Kisten.

Carol bat die alte Frau, sie zu entschuldigen, und ging mit Beth in Richtung Garage. „Da sie uns erlaubt hat, die Garage zu betreten, kann uns nichts passieren, denn es ist ihr Eigentum. Wenn wir allerdings die Kisten aufmachen und was finden, könnten wir Probleme bekommen."

„Meinst du, wir brauchten einen Durchsuchungsbefehl?"

„Natürlich brauchten wir den." Carol ging wieder zurück. „Mrs Reager, ich würde mich gern nochmals vergewissern. Die Sachen dort in der Garage sind also bereits von der Polizei untersucht worden, richtig?"

„Sie befanden sich noch im Gästehaus, als die Polizei hier war. Ich nehme an, dass Ihre Kollegen alles durchsucht haben."

„Und dann, sagten Sie, hat Tennant Sie gebeten, die Sachen für ihn aufzubewahren. Haben Sie sie eingepackt?"

„Ja. Es war nicht sehr viel, nur Kleidung und ein paar Pornovideos. Die habe ich weggeworfen."

Carol winkte Beth zurück; sie war zu dem Schluss gekommen, dass es zu nichts führen würde, die Kisten zu durchsuchen. Vielmehr setzte sie ihre Hoffnungen nun darauf, Leute ausfindig zu machen, bei denen Tennant seine Sprengstoffvorräte untergebracht haben könnte, bevor er ins Gefängnis gewandert war.

„Kannten Sie irgendwelche von seinen Freunden oder Bekannten?"

„Er bekam nie Besuch. Ich glaube nicht, dass er überhaupt Freunde hatte."

„Und Angehörige?"

„Ich weiß nur von seiner Mutter, aber die ist gestorben. Dallas war am Boden zerstört."

Carol gingen noch einmal die Kisten durch den Kopf. „Er hat ein Jahr lang seine Miete weitergezahlt, auch als er schon im Gefängnis saß?"

„Ja. Er dachte, er würde vielleicht auf freien Fuß gesetzt, und wollte nicht, dass ich das Gästehaus an jemand anders vermiete."

Carol schaute Beth an, und die nickte. Sie dachten beide dasselbe: Weshalb hatte Tennant das Häuschen nicht aufgeben wollen, obwohl er es überhaupt nicht nutzen konnte. Plötzlich fiel es Carol wie Schuppen von den Augen. „Mrs Reager, Tennant hat in einem Baumarkt gearbeitet. Er hat dort bestimmt nicht viel verdient. Wie konnte er da die Miete bezahlen, obwohl er doch im Knast saß?"

„Das kann ich Ihnen auch nicht sagen. Seine Mutter starb ein Jahr vor diesem ganzen Schlamassel. Vielleicht hat sie ihm Geld hinterlassen."

Sie bedankten sich bei Mrs Reager und gingen zum Wagen zurück. Carol startete den Motor. „Mir ist da was in den Sinn gekommen, Beth.

Als Tennants Mutter starb, hat er vielleicht ein Haus geerbt oder mit einem Teil des möglicherweise ererbten Geldes was anderes gemietet. Ich gehe jede Wette ein, dass Mueller nicht das Grundbuch eingesehen hat."

Es würde ein oder zwei Tage dauern, das überprüfen zu lassen, aber sie konnten ja jemanden von der Staatsanwaltschaft in Los Angeles veranlassen, der es dann über das Büro des Bezirksstaatsanwalts von Bakersfield arrangierte. Falls sie etwas finden sollten, mussten sowieso die Behörden in Bakersfield den Durchsuchungsbefehl ausstellen.

Carol fühlte sich besser, als sie nach Los Angeles zurückfuhren, weil sie glaubte, auf etwas gestoßen zu sein, was ihre Ermittlungen voranbrachte.

„Und Sie sind?"

„Alexander Waverly. Ich habe wegen Dallas Tennant angerufen."

Der Wärter überprüfte die Mitgliedskarte der kalifornischen Anwaltsvereinigung und den Führerschein, gab beides wieder zurück und schrieb eine Notiz in das Besucherregister. „In Ordnung. Sie sind also Tennants neuer Anwalt."

„Ja, ich hatte angerufen, um einen Gesprächstermin mit meinem Mandanten zu vereinbaren."

„Okay, unterschreiben Sie bitte hier. Ich muss dann noch Ihre Aktentasche kontrollieren, und Sie müssen hier herum durch den Metalldetektor gehen."

Weisungsgemäß trug Waverly sich in das Register ein, sehr darauf bedacht, seinen eigenen Stift zu benutzen und weder den Tresen noch etwas anderes zu berühren, das man per Laser erfolgreich auf Fingerabdrücke untersuchen könnte.

Der Wärter inspizierte seine Aktentasche, während Waverly lächelnd durch den Metalldetektor auf einen zweiten Wachmann zuging, der auf der anderen Seite des Gerätes wartete. Dann folgte er diesem Wärter zu einem anderen Gebäude. Ihm war klar, dass er von einer Überwachungskamera gefilmt wurde. Das Video würde genauestens studiert und sein Bild vervielfältigt werden, aber er hatte Vertrauen in seine Maskerade. Sie würden niemals in der Lage sein, seiner wahren Identität auf die Spur zu kommen.

Waverly wurde in ein kleines Besucherzimmer geführt, wo Dallas Tennant bereits, an einem Tisch sitzend, auf ihn wartete; seine unverletzte Hand lag auf einem dicken Album.

„Sie können ihn jetzt eine halbe Stunde befragen, Mr Waverly", sagte der Wärter. „Falls Sie was brauchen, finden Sie mich am Ende des Korridors."

Waverly wartete, bis die Tür geschlossen war, bevor er seine Aktentasche auf den Tisch stellte und Tennant mit einem breiten Grinsen begrüßte. „Mr Red, stets zu Diensten!"

Schwerfällig erhob sich Tennant. „Es ist mir … eine Ehre. Genau das ist es, eine Ehre. Ich kann es wirklich nicht anders sagen."

Er streckte ihm seine Hand entgegen, aber John Michael Fowles nahm sie nicht. Tennant war ihm einfach zu ungepflegt. Als diesem klar wurde, dass Mr Red ihm die Hand nicht geben würde, schob er sein Album quer über den Tisch. „Ich würde Ihnen das gern zeigen. Sie sind da auch drin."

John ignorierte das Album. Er zog sein Jackett aus, legte es zusammengefaltet über die Stuhllehne und öffnete seine Gürtelschnalle. „Dazu kommen wir später. Wir plaudern erst mal ein bisschen über das RDX."

„Haben Sie mitgebracht, worüber wir gesprochen haben?"

„Mr Red hält, was er verspricht. Schreib dir das hinter die Ohren. Und ich hoffe, du hältst dich auch an deine Versprechen, Dallas. Du lässt dich hoffentlich nicht dazu hinreißen, überall rauszuposaunen, dass du Besuch von Mr Red hattest, oder?"

„Nein, nein, nie im Leben! Wenn ich das rumerzähle, können Sie mich nie wieder besuchen."

„Schlaues Kerlchen." John lächelte. Er war sich absolut sicher, dass Tennant es keine Woche aushielt, ohne jemandem von ihrer Begegnung zu erzählen. Aber das hatte er bereits berücksichtigt.

„Die Polizei war auch schon hier. Sie haben sich nach dem RDX erkundigt. Aber ich habe ihnen nichts gesagt."

„Braver Junge."

„Eine von den Bullen war eine Frau. Sie heißt Carol Starkey. Sie hatte einen ATF-Agenten dabei. Pell oder Tell oder so ähnlich."

„Jack Pell?"

Tennant sah überrascht aus. „Kennen Sie den etwa?"

„Das kann man wohl sagen. Aber lassen wir die beiden jetzt mal aus dem Spiel. Wir haben unser eigenes kleines Geschäft zu regeln, du und ich."

John ließ die Hose herunter, zog seine Boxershorts aus und riss sich zwei mit Klebestreifen befestigte Plastiktüten von den Leisten. Die eine enthielt eine graue Paste, die andere einen feinen gelben Puder. John legte beide auf Tennants Album. „Das wird die Leutchen hier aus ihren Träumen reißen, wenn du es hochgehen lässt."

Tennant massierte jede Tüte und untersuchte ihren Inhalt durch das durchsichtige Plastik. „Was ist das?"

„Bislang nur zwei Chemikalien. Wenn du sie mit etwas Ammoniak vermischst, wie ich es dir noch beschreiben werde, hast du am Ende einen extrem gefährlichen Sprengstoff: Ammoniumpikrat."

John ging davon aus, dass Tennant von Ammoniumpikrat gehört, aber noch keine Erfahrung damit gemacht hatte. Darauf verließ er sich.

„Ist das nicht das, was man als Sprengstoff D bezeichnet?"

„Exakt. Potent wie die Hölle. Hast du schon mal mit D gearbeitet?"

Tennant legte die Tüten beiseite. „Nein, bislang noch nicht. Wie lass ich das Zeug hochgehen?"

John grinste breit; Tennants Blödheit entzückte ihn. „Dann sag mir jetzt mal, wer das RDX hat, und ich erzähle dir, wie man das Zeug mischt. Ich gebe dir die Macht über Leben und Tod mit diesen kleinen Tüten hier."

Tennant stopfte sich beide Tüten vorn in seine Hose und informierte Mr Red dann über das RDX.

SOBALD John das Sicherheitstor hinter sich gelassen hatte, raste er in einem Höllentempo in Richtung Highway. Er hatte Tennant das Versprechen abgerungen, die Komponenten zumindest in den nächsten zwei Tagen nicht zu vermischen, aber ihm war klar, dass dieser Trottel das verdammte Zeug so schnell wie möglich mixen würde. Doch genau darauf verließ sich John, denn er hatte gelogen, als er erklärt hatte, worum es sich bei den Chemikalien handelte und wie sie zusammen reagieren würden.

Sie würden nicht Sprengstoff D ergeben und alles andere als stabil sein. Aber es war die einzige Möglichkeit, um sicherzugehen, dass Tennant die Klappe hielt.

7

Wie immer war Carol früh aufgewacht. Sie machte sich eine Tasse Instantkaffee, dann fuhr sie in die Spring Street. Sie war gerade dabei, Ordnung in ihre Ermittlungsunterlagen zu bringen, als das Telefon klingelte. – „Hier spricht Warren Mueller. Ihre Leute haben unseren Staatsanwalt gebeten, die Besitzverhältnisse von Tennants verstorbener Mutter, Dorothea Tennant, zu überprüfen."

„Ja, das stimmt."

„Sie haben voll ins Schwarze getroffen, Detective! Ich befinde mich im Moment vor Ort. Die alte Lady hat ihrem Sohn ein kleines Doppelhaus hinterlassen, das aber immer noch auf ihren Namen eingetragen ist. Tennant hat nie was davon erwähnt."

Carol verspürte einen enormen Energieschub. In diesem Moment kam Beth zur Tür herein. Carol winkte sie zu sich und hielt die Telefonmuschel zu, um ihr die Neuigkeit mitzuteilen. „Wir haben einen Treffer gelandet. Tennant verfügt über Immobilienbesitz."

Beth ballte die Hand zur Faust.

„Hören Sie, Mueller, Sie müssen Ihre Bombenexperten losschicken. Es könnte sein, dass in dem Haus Sprengstoff versteckt –"

„Wir sind schon zwei Schritte weiter", fiel er ihr ins Wort. „Sie haben nicht nur bei seinem Immobilienbesitz den richtigen Riecher gehabt, Sie haben dadurch auch seine Werkstatt ausgehoben. Unsere Spezialisten sind gerade dabei, alles abzusichern."

„Alles klar. Was haben Sie 'rausgefunden?"

„Die eine Hälfte des Hauses steht leer, in der anderen wohnt jemand. Hinter dem Haus hatte Tennant eine umgebaute Garage, die er immer verschlossen hielt. Dort hat er seinen Sprengstoff aufbewahrt."

„Haben Sie RDX gefunden?"

„Nein, das nicht, dafür aber eine kleinere Menge TNT."

„Wir hoffen, dass in der Garage Beweise zu finden sind, durch die wir Tennant mit seiner RDX-Bezugsquelle in Verbindung bringen können. Damit wäre ein unmittelbarer Bezug zu den Ermittlungen hinsichtlich der Bombe aus Silver Lake hergestellt. Falls Sie also irgendwas finden, was uns eine Spur liefert, bitte ich Sie, das sicherzustellen."

„Geht in Ordnung. Aber da ist noch was. Der alte Mann, der in der anderen Haushälfte wohnt, sagt, dass sich hier vor ungefähr einem Monat einer rumgetrieben hat."

„Hat er die Werkstatt betreten?"

„Der Zeuge hat nicht gesehen, ob er die Garage betreten oder verlassen hat. Er hat bloß einen Kerl gesehen, der hier rumgeschlichen ist. Der Zeuge hat hinter ihm hergerufen, aber der Bursche ist über den Zaun geflüchtet. Der alte Mann meinte, dass es so aussah, als hätte der Typ was getragen."

„Glauben Sie, dass es RDX war?"

„Falls in der Garage RDX war, ist es durchaus möglich, dass er es mitgenommen hat."

„Haben Sie eine Beschreibung?“

„Männlich, weiß, zwischen vierzig und fünfzig, etwa einsachtzig, Baseballmütze und Sonnenbrille.“

„Diese Beschreibung trifft auf den mutmaßlichen Bombenleger aus Silver Lake zu! Wenn wir Ihnen unser Phantombild faxen, würden Sie es bitte dem Zeugen vorlegen und hören, was er dazu zu sagen hat?“

„Darauf können Sie sich verlassen.“

„Geben Sie mir bitte Ihre Faxnummer.“ Carol reichte sie an Beth weiter und wandte sich dann wieder an Mueller. „Gibt’s irgendwelche Anzeichen, dass der Unbekannte sich gewaltsam Zugang zur Garage verschafft hat?“

„Nein. Tennant hatte die Bude mit ein paar Vorhängeschlössern zugesperrt. Sie waren nicht aufgebrochen. Wir mussten uns mit einem Bolzenschneider Zugang verschaffen. Wenn der Typ in der Werkstatt war und RDX mitgenommen hat, muss er einen Schlüssel gehabt haben.“

„Saubere Arbeit. Das wird uns einen großen Schritt voranbringen.“

Mueller lachte. „Ich wette, Sie und ich sind die beiden besten Bullen, die je auf Erden gewandelt sind.“

Carol lächelte, als sie den Hörer auflegte.

„Mensch, sind wir nicht die Allerbesten?“, jubelte Beth.

Carol bat Santos, sich sofort um einen Sichtungstermin für das computerverbesserte Video zu kümmern. Sie wollte es sich unverzüglich ansehen, denn die identische Beschreibung des Mannes mit der Baseballmütze legte den Verdacht nahe, dass derjenige, der die 911 angerufen hatte, wirklich der Bombenleger war.

Während Santos alles in die Wege leitete, informierte Carol Kelso über die neueste Entwicklung und wählte danach Pell auf seinem Piepser an. Sie hatte das dringende Bedürfnis, die Neuigkeit auch mit ihm zu teilen, und das überraschte sie selbst. Sie hinterließ die Nummer ihres eigenen Piepsers, damit er sie zurückrufen konnte.

Die Postproduction-Firma befand sich einen Block südlich von Melrose. In der Eingangshalle wurden Carol und Santos von einem hageren jungen Mann namens Miles Bennell empfangen. Er führte sie durch einen Korridor an Schneideräumen vorbei in einen dunklen Raum mit einer Konsole, auf der eine Reihe von Fernsehmonitoren stand.

„Wie viel Material haben wir?“, fragte Carol.

„Achtzehn Minuten.“

Sie war verblüfft. „Von ursprünglich fast sechs Stunden sind nur achtzehn Minuten übrig geblieben?"

Bennell setzte sich an die Konsole und drückte eine der Tasten. Auf dem zentralen Bildschirm blitzten farbige Striche auf. „Wann immer nur die beiden Beamten des Sprengstoffkommandos zu sehen waren, haben wir das rausgeschnitten. Das hat den Großteil des Materials ausgemacht. Zuschauer haben wir nur dann aufgenommen, wenn die Kameras den Blickwinkel verändert haben oder die Hubschrauber aus ihrer Position rausgeflogen sind."

„Was werden wir also zu sehen bekommen?"

„Kurze Ausschnitte. Jedes Mal wenn eine Aufnahme von den Zuschauern oder von Leuten gemacht wurde, die hinter Gebäuden in Deckung gegangen waren, haben wir das rausgeschnitten und bearbeitet. Sie suchen nach einem Typen mit Baseballmütze und Sonnenbrille, richtig?"

„Genau. Und einem langärmeligen Hemd." Carol legte die Phantomzeichnung auf die Konsole, damit Bennell sie anschauen konnte.

Er fuhr fort, seine Einstellungen zu regulieren. „Ich kann das Band so schnell oder so langsam laufen lassen, wie Sie wollen. Wir können das Bild auch einfrieren." Er betätigte eine weitere Taste, und das Band lief an. Eine Menschenmenge war zu sehen, die sich hinter der Absperrung beim Supermarkt auf der anderen Seite des Sunset Boulevards zusammendrängte.

Santos wies auf eine Gestalt. „Da ist einer mit Baseballmütze."

Bennell fror das Bild ein. Die Wiedergabequalität hatte etwas Hyperrealistisches, fand Carol: Die Farben leuchteten, und die Schatten waren scharf akzentuiert.

Carol zählte in diesem Bildausschnitt acht Personen. Der Mann, auf den Santos gezeigt hatte, trug eine rote oder braune Baseballkappe. Lester Ybarra hatte einen Mann mit blauer Kappe beschrieben, aber Carol wusste, dass es leicht geschehen konnte, dass Zeugen sich Farben falsch einprägten. Aufgrund des Kamerawinkels war es unmöglich zu erkennen, ob der Mann eine Sonnenbrille oder ein langärmeliges Hemd trug.

„Ich würde es gern weiterlaufen lassen und sehen, was passiert", bat Carol.

Bennell drehte ein großes Kontrollrad auf der Konsole, mit der der Bildlauf geregelt werden konnte. Der Mann mit der Baseballmütze war für ganze zwölf Sekunden im Bild. Am Ende drehte er sich nach dem Passanten hinter sich um, und jetzt sah man, dass er ein kurzärmeliges Hemd trug.

Sie gingen das Video fast eine Stunde vorwärts und rückwärts durch. Schließlich bestand Carol auf einer Zigarettenpause. Qualmend stand sie auf dem Parkplatz, als ihr Piepser vibrierte. Sie verspürte einen Anflug von Aufregung, als sie sah, dass es Pell war.

Sie rief ihn zurück und erzählte ihm, das Mueller Tennants Werkstatt ausfindig gemacht und was er dort gefunden hatte. Als sie fertig war, setzte sie hinzu: „Hör mal, du hast beim letzten Mal die Pizza mitgebracht. Heute Abend werde ich mich um das Essen kümmern."

Auf der anderen Seite herrschte eine Weile Stille. „Wann möchtest du, dass ich komme?", erkundigte Pell sich schließlich.

„Wie wär's mit sieben?"

Als sie das Gespräch beendet hatten, fragte Carol sich, was in aller Welt sie da gerade angerichtet hatte. Sie hatte überhaupt nicht vorgehabt, sich mit Pell zu treffen. Es überraschte sie genauso, wie es offensichtlich ihn überrascht hatte.

Nachdem sie in den Schneideraum zurückgekehrt war, brauchten sie noch fast zwei Stunden, um sich das verbesserte Video fertig anzuschauen. Am Ende war Carol sehr zufrieden, dass sie über eine 360-Grad-Aufnahme des Tatorts und ein recht komplettes Bild von jedem verfügten, der sich innerhalb der maximalen Reichweite des Fernzünders aufgehalten hatte. Aber sie war auch enttäuscht, weil der Mann mit der Baseballkappe nirgendwo zu sehen gewesen war.

Santos machte einen ziemlich geknickten Eindruck. „Ich war mir sicher, dass er da sein würde."

„Das ist er auch, Jorge. Irgendwo. Er kann allerdings Mütze und Sonnenbrille abgenommen und die Ärmel hochgekrempelt haben. Aber er muss da irgendwo sein."

Bennell schien ebenso frustriert wie Santos. „Vielleicht hockt er auf dem Bürgersteig hinter einem der Autos. Da können wir ihn gar nicht zu Gesicht bekommen."

Carol ging jedoch davon aus, dass dies eher unwahrscheinlich war. Der Hersteller der Fernsteuerung hatte ihr mitgeteilt, der Sender müsse den Empfänger „sehen", was bedeutete, dass es dafür unbedingt einer freien Sicht bedurfte.

Irgendwo musste Mr Red ja stecken. Die einzige Frage war nur – wo?

JOHN MICHAEL FOWLES saß in der Bibliothek von Beverly Hills. Bald würde er die Reste des RDX in seinen Besitz bringen, auch wenn das ein oder zwei Tage dauern sollte. Tennant war ihm in dieser Angelegenheit sehr behilflich gewesen, auch wenn er diesen asozialen, Ekel erregenden, fingeramputierten Außenseiter hasste, denn Typen wie Tennant ruinierten den Ruf seriöser Bombenleger.

Nachdem John über das RDX erfahren hatte, was er hatte wissen wollen, war es ihm ein Vergnügen gewesen, auch noch etwas über Carol Starkey zu erfahren. Tennant hatte so ausgiebig von ihr gesprochen, dass John seinerseits Fragen gestellt und sogar einen Blick in das Album geworfen hatte, um sich die Artikel über die Polizistin anzuschauen.

Und nun verbrachte er in der Bibliothek schon mehrere Stunden mit der Lektüre von weiteren alten Zeitungsartikeln über Carol Starkey, und er fragte sich, ob sie tatsächlich eine so brillante Bombenspezialistin war, wie die Presse behauptete.

John war fasziniert davon, dass sie von einer Bombe getötet worden und dann von den Toten auferstanden war. Derart nahe am Explosionsherd gewesen zu sein, die Druckwelle am ganzen Körper wie einen irrsinnigen Kuss gespürt zu haben musste eine erstaunliche Erfahrung gewesen sein. Seiner Meinung nach waren er und Carol Starkey wahrscheinlich Seelenverwandte.

Nachdem er die Bibliothek verlassen hatte, ging John ins „Bel Air Hotel“ zurück, wo er dank seiner neuesten Kreditkarte für 800 Dollar die Nacht ein Zimmer gemietet hatte, und stattete Claudius einen Besuch ab. In den vergangenen Tagen war er auf enorm viele Einträge über sich selbst und das RDX gestoßen. Einige der Botschaften bestätigten das Gerücht, dass Mr Red hinter der Bombe von Silver Lake steckte. Das passte John überhaupt nicht. Da er mittlerweile wusste, dass Tennant Carol Starkey und Pell von Claudius berichtet hatte, war ihm klar, was passierte: Sie dachte, er hätte Riggio auf dem Gewissen, und würde ihn ködern wollen. Sie war auf den Nachahmertrick hereingefallen. Andererseits gefiel John der Gedanke, dass sie hinter ihm her war.

Er las die neuen Mitteilungen durch und stellte fest, dass dort nicht mehr nur von ihm die Rede war. Viele handelten nun auch von Carol Starkey. Der letzte Eintrag fand Johns besonderes Interesse.

BETREFF: Kraftprobe
VON: KIA
Wenn jemand Mr Red einen Dämpfer verpassen kann, dann ist es Carol Starkey. Ich habe gehört, er hat schon versucht, sie zu erwischen, aber kläglich versagt. Haha. Du hast nur einen Versuch.
Auf Wiedersehen, Mr Red.

John fragte sich, was Kia wohl zu Ohren gekommen sein mochte, da dieser dachte, er hätte versucht, Carol Starkey umzubringen. Er wurde ziemlich sauer. War dieser Idiot noch ganz dicht? Die Polizistin wurde als Star gehandelt, und er selbst war einfach nur… irgendein Kerl!

John rief seine Website in Minnesota auf. Als er über die notwendige Software verfügte, loggte er sich bei der örtlichen Telefongesellschaft ein und lud Carol Starkeys Adresse herunter.

Es bedeutete für John kein größeres Problem, durch das Badezimmerfenster ins Haus zu klettern. Er gönnte sich einen Moment, um das Gefühl zu genießen, dass er sich jetzt in ihrer Privatsphäre aufhielt. Hier stand er nun, nahm ihre Gerüche in sich auf und atmete die Luft, die sie atmete. Dann machte er einen schnellen Kontrollgang durch alle Zimmer und fand ihren Laptop auf dem Esstisch. Auf ihren Computer hatte er es auch abgesehen.

Er schaltete ihn an und war überrascht, als nur ein einziges Icon auf dem Bildschirm erschien. Dann ging ihm ein Licht auf, und er musste lauthals lachen: Carol Starkey hatte von Computern nicht die geringste Ahnung. Nachdem sie von Tennant über Claudius informiert worden war, hatte Pell ihr wahrscheinlich einen ATF-Computer besorgt, auf dem bereits alles fix und fertig installiert war.

Es dauerte nur ein paar Augenblicke. John schloss sein ZIP-Laufwerk an den Laptop an und installierte die nötige Software, um ihre Dateien zu kopieren. Dann deinstallierte er die Software wieder, um alle Spuren dieser kleinen Aktion zu beseitigen. Später im Hotel würde er ihre Dateien öffnen, um an den Benutzernamen zu kommen, den sie für Claudius verwendete.

Im Moment war er in ihr Haus eingedrungen. Doch hatte er erst einmal ihren Benutzernamen herausgefunden, konnte er in ihr Gehirn eindringen.

Auf dem Nachhauseweg hielt Carol bei einem Supermarkt und kaufte ein gegrilltes Hähnchen, Kartoffelpüree und eine Flasche Merlot. Sie konnte sich nicht daran erinnern, wann sie zum letzten Mal einen Gast zum Abendessen zu Hause gehabt hatte.

Der Verkehr aus der Stadt hinaus war nervenaufreibend. Carol verspätete sich. Pell wartete bereits auf der gegenüberliegenden Straßenseite in seinem Wagen. Als sie in ihre Einfahrt bog, stieg er aus und kam auf sie zu. Am liebsten hätte Carol eine Tagamet eingeworfen, denn er sah aus, als wäre er nicht sicher, ob er nicht doch lieber woanders sein wollte. Umständlich stieg sie mit ihrer Einkaufstüte aus dem Wagen.

„Kann ich dir was abnehmen?"

Sie gab ihm die Tüte und berichtete von Bakersfield, während sie ihn ins Haus geleitete. Als sie ihm erzählte, dass bei Tennants Werkstatt ein Mann gesehen worden war, der mit dem, der die 911 angerufen hatte, identisch sein könnte, schien Pell sehr interessiert. Als sie den Verdächtigen jedoch als einen etwa 40-Jährigen beschrieb, zuckte er nur mit den Schultern. „Das ist nicht unser Mann. Mr Red ist jünger."

„Vielleicht ist Mr Red ja gar nicht unser Mann."

Seine Miene verfinsterte sich. „Mr Red ist es."

Carol spürte einen wachsenden Unmut über Pells starre Unbeirrbarkeit. Wieder dachte sie daran, ihn über das Isolierband aufzuklären, entschied aber nochmals, lieber abzuwarten, was Janice Brockwell dazu zu sagen hatte.

„Vielleicht sollten wir gar nicht drüber sprechen, Pell. Ich denke, wir haben was sehr Wesentliches rausgefunden, aber du tust es einfach ab."

„Dann sollten wir vielleicht wirklich nicht drüber sprechen."

Nachdem er die Einkaufstüte auf der Anrichte neben der Spüle abgestellt hatte, holte Carol tief Luft. Sie konnte diesen Abend nur über die Runden bringen, wenn sie endlich die Katze aus dem Sack ließ.

„Wir haben heute eine Verabredung, Jack."

Er sah unbehaglich aus und starrte auf die Tüte. „Ich weiß nicht recht, Carol."

Sie fühlte sich gedemütigt. „Du kannst mir gern glauben, dass ich mir im Moment total bescheuert vorkomme. Und wenn du denkst, dass ich genauso bescheuert bin, wie ich mir vorkomme, will ich, dass du jetzt gehst."

„Ich möchte aber nicht gehen." Er räusperte sich. „Warum packen wir nicht einfach dieses Zeug aus und essen zu Abend?"

Er war einige Minuten beschäftigt, während sie einfach nur dastand. Schließlich nahm sie saubere Teller und Besteck aus dem Geschirrspüler. Was für eine Verabredung! Keiner sagte etwas.

Carol stellte das Hähnchen und das Kartoffelpüree beiseite und fragte sich, was sie damit anfangen sollte. In dem Plastikbehälter sah das Hähnchen Mitleid erregend aus.

„Vielleicht sollten wir es noch mal aufwärmen", schlug sie vor.

Pell legte seine Hand auf den Behälter. „Der fühlt sich noch heiß genug an."

Carol nahm ein Messer, um das Hähnchen zu zerlegen, während ihr durch den Kopf ging, dass sie auch noch die Zutaten für einen Salat hätte besorgen sollen. Sie fühlte sich plötzlich völlig entmutigt, was Pell zu bemerken schien.

„Warum helfe ich dir nicht einfach? Ich bin ein recht guter Koch."

„Und ich die mieseste Köchin weit und breit."

„Da alles bereits fertig gekauft ist, kannst du doch gar nicht viel falsch machen. Wir müssen es nur noch auf die Teller tun."

Plötzlich musste Carol lachen. Es schüttelte ihren Körper so sehr, dass sie befürchtete, gleich in Tränen auszubrechen, doch sie scheute sich davor, sich gehen zu lassen. Pell kam auf sie zu, aber sie hielt eine Hand hoch und bedeutete ihm, stehen zu bleiben. Ihr wurde klar, dass sich Türen zu öffnen begannen. Vielleicht wegen dem, was Charlie Riggio zugestoßen war, aber vielleicht auch nur, weil ihr eigenes Erlebnis schon drei Jahre zurücklag und sie jetzt endlich bereit war. Dann ging ihr durch den Kopf, dass der Grund eigentlich keine Rolle spielte. Es war einfach so.

„Ich bin nicht sehr gut in solchen Dingen, Jack. Ich versuche, wieder was zu fühlen, aber das geht nun mal nicht von heute auf morgen."

Er kam einen Schritt näher und legte seine Arme um sie. Sie verkrampfte sich, obwohl er nichts weiter tat, als sie zu halten. Langsam entspannte sie sich, und als sie dann sogar ihre Arme um ihn legte, seufzte er. Ein Teil von ihr wollte, dass mehr daraus wurde, doch gleichzeitig spürte sie, dass sie dafür noch nicht bereit war.

„Ich kann nicht, Jack."

„Psst. Es ist gut so."

Später trugen sie das Abendessen ins Esszimmer, und sie fragte ihn nach dem ATF und den Fällen, die er bearbeitet hatte. Aber er wechselte häufig das Thema und verkehrte seine Antworten in Fragen.

Noch später, als abgeräumt war, sagte er verlegen: „Ich glaube, ich sollte jetzt besser gehen. Aber ich hoffe, wir können das wiederholen."

Sie lachte. „Mann, du musst Masochist sein."

Er blieb an der Haustür noch einmal stehen, sichtlich bemüht herauszubringen, was er noch sagen wollte. Er schien schon die ganze Zeit damit gekämpft zu haben, und Carol fragte sich nach dem Grund.

„Ich habe dich gern, Carol."

Sie lächelte. „Wirklich?"

„Für mich ist es auch nicht einfach. Aus vielen Gründen."

Daraufhin fasste sie sich ein Herz. „Ich habe dich ebenfalls gern,

Jack. Danke, dass du heute Abend gekommen bist. Tut mir Leid, dass es zeitweise etwas bizarr war."

Dann ging er durch die Tür und war weg. Als sie seinen Wagen davonfahren hörte, kam Carol der Gedanke, dass es niemandem schadete, wenn es hin und wieder etwas bizarr zuging.

ALS SIE in der Küche aufgeräumt hatte, hörte sie die Mailbox in ihrem Büro ab. Warren Mueller hatte angerufen.

„Ich habe dem alten Herrn in Tennants Haus das dämliche Phantombild gezeigt, das Sie uns gefaxt haben. Er findet, dass eine gewisse Ähnlichkeit unbestreitbar ist. Ich werde zusehen, dass er mit unserem Phantomzeichner zusammenarbeitet, vielleicht kommt das Bild dann besser raus. Sobald wir das haben, werde ich es Ihnen rüberfaxen."

Carol legte auf. Vielleicht war ihr Phantombild wirklich dämlich, aber jeder Zeuge sah darauf jemanden, der mehr oder weniger wie ein und derselbe Mann, aber auf keinen Fall wie Mr Red aussah.

Sie beschloss, auch noch auf Claudius vorbeizuschauen. Sie sah die eingegangenen Nachrichten durch und stellte fest, dass einige Leute auf ihre Botschaft hinsichtlich RDX geantwortet hatten. Allerdings machte niemand das Angebot, es kaufen zu wollen. Carol fiel außerdem auf, dass eine Menge Leute mittlerweile über sie selbst schrieben.

Sie war gerade dabei, alles Diesbezügliche zu lesen, als auf dem Bildschirm ein Nachrichtenfenster aufging.

> Nehmen Sie eine Nachricht von Mr Red an?

Es lief Carol kalt den Rücken hinunter. Sofort öffnete sie das Fenster.

> MR RED: Du hast nach mir gesucht.
> HOTLOAD: Wer sind Sie?
> MR RED: Mr Red.
> HOTLOAD: Das ist überhaupt nicht komisch.
> MR RED: Nein. Das ist gefährlich.

Carol holte ihre Aktentasche, suchte nach Pells Telefonnummer im Hotel und versuchte, ihn dort zu erreichen. Als er nicht abnahm, wählte sie ihn auf seinem Piepser an.

> MR RED: Forderst du Hilfe an, Carol Starkey?

Carol starrte auf den Satz. Das musste ein Scherz oder ein Internetblödsinn sein, den sie nicht verstand. Pell konnte nicht dahinter stecken; er besaß keinen Computer. Also musste es Bergen sein. Außer Pell war er der Einzige, der wusste, wer sich hinter Hotload verbarg.

Carols Telefon klingelte; es war Pell, der zurückrief.

„Ich fürchte, wir haben da ein Problem mit Bergen“, teilte sie ihm mit. „Ich bin auf Claudius. Dieses Fenster ist einfach so aufgegangen, und wer immer es ist, weiß, dass ich Hotload bin. Und er selbst behauptet, Mr Red zu sein.“

„Das muss Bergen sein. Den werde ich mir morgen mal vorknöpfen“, schimpfte Pell.

MR RED: Wo steckst du, Carol Starkey?

Als Carol den Hörer auflegte, stand die Nachricht noch immer auf dem Monitor. Wartend. Carol machte keine Anstalten zu antworten.

MR RED: Dir hat es anscheinend die Sprache verschlagen, deshalb werde ich dich für heute in Ruhe lassen. Ach, eines noch: Ich habe Charles Riggio nicht getötet. Ich weiß aber, wer es war. Mein Name ist Rache.

JOHN MICHAEL FOWLES verließ Claudius, unterbrach die Handyverbindung, über die er ins Netz gegangen war, und stellte das Notebook neben sich auf den Beifahrersitz. Er saß in seinem Auto im Schatten einer Ulme mit dichten Sommerblättern, nur einen Block von Carol Starkeys Haus entfernt. Von hier konnte er ihre beleuchteten Fenster sehen.

DALLAS TENNANT trug das Ammoniak in einem Pappbecher mit sich, als wäre es Kaffee. Er ging schnell, weil er begierig darauf war, in seine Zelle zu kommen und den Sprengsatz herzustellen. Zwar hatte er Mr Red versprochen, damit ein paar Tage zu warten, doch am liebsten hätte er den Sprengstoff D schon gestern gemixt, gleich nachdem Mr Red gegangen war. Leider hatte er kein Ammoniak und keine Zündvorrichtung gehabt, beides hatte er sich erst einmal besorgen müssen. Also war er in Mr Rileys Mittagspause ins Internet gegangen und hatte von Sex-Webseiten pornografische Bilder ausgedruckt. Gegen diese hatte er dann das Ammoniak sowie die Streichholzköpfe und Zigaretten eingetauscht, die er als Zünder einsetzen wollte.

In seiner Zelle angekommen, kauerte sich Dallas mit den beiden Plastiktüten und dem Pappbecher am Fußende seines Bettes hin. Mr Reds Anleitungen waren simpel gewesen: Schütte das Ammoniak in die Tüte mit dem Pulver, mische es gründlich, bis sich das Pulver aufgelöst hat, und schütte diese Mischung in die Tüte mit der Paste. Diese Mixtur würde zu einer klebrigen Paste erstarren und den Sprengstoff aktivieren.

Dallas schüttete das Ammoniak in die erste Tüte, verschloss und knetete sie, um das Pulver aufzulösen. Dabei fantasierte er darüber, wie er den Sprengsatz in einem der Müllcontainer hinter der Verwaltung hochgehen lassen wollte. Allein der Gedanke daran, wie der Container auseinander fliegen und der Knall den ganzen Hof erfüllen würde, erregte ihn. Er öffnete die zweite Tüte, schüttete die Pulverlösung hinein, verschloss die Tüte und knetete auch sie. Der Inhalt wurde langsam warm und nahm eine helle Purpurfärbung an.

Dallas machte sich ein wenig Sorgen. Nachdem er die Pornobilder ausgedruckt hatte, hatte er sich heute Mittag im Internet über Ammoniumpikrat informiert. Es war als weißes kristallines Pulver beschrieben worden und nicht als purpurfarbene Paste.

Die Tüte wurde immer wärmer, und die Paste quoll auf wie Hefeteig. Dallas hörte auf zu kneten. Zwei Gedanken schossen ihm durch den Kopf. Erstens, dass Mr Red sich unmöglich geirrt haben konnte; es musste Ammoniumpikrat sein. Zweitens, dass gewisse Sprengstoffe keinen Zünder brauchten. Er hatte einmal über Substanzen gelesen, die einfach explodierten, wenn man sie mischte. Für derartige Reaktionen gab es eine spezielle Bezeichnung, aber die war Dallas im Moment leider entfallen.

Während er immer noch versuchte, sich an diesen Begriff zu erinnern, explodierte die purpurfarbene Paste und erschütterte Atascadero derart, dass alle Alarm- und Sprinkleranlagen in Gang gesetzt wurden.

Der Fachbegriff lautete „selbst zündend".

8

Am nächsten Morgen rief Janice Brockwell aus dem ATF-Labor in Rockville Carol im Büro an. „Von den sieben Bombenattentaten, die wir Mr Red zur Last legen, liegen uns sechs brauchbare Verschlusskappen vor. Ich habe alle sechs aufgebrochen und festgestellt, dass das Isolierband jedes Mal im Uhrzeigersinn gewickelt wurde. Wir werden das im Nationalen Archiv als Bestandteil von

Mr Reds Handschrift ergänzen. Sie haben ganze Arbeit geleistet, Detective Starkey."

Erst als Carol den Hörer aufgelegt hatte, spürte sie, wie sehr ihr Herz raste. Sie war völlig aufgewühlt. Das bedeutete, dass die Bombe von Silver Lake nicht ins Muster passte! Und daher musste man sich sofort fragen: warum? Die nächstliegende Antwort war zugleich die erschreckendste: weil jemand anders sie gebaut hatte.

Carol kannte sich sowohl mit Bomben als auch mit Bombenlegern aus. Für sie war klar, dass Mr Red seine Handschrift nicht verändern würde, auch nicht, um die Polizei an der Nase herumzuführen. Allein die Tatsache, dass er seine Bomben durch ihre Bauart quasi signierte, war ein sicheres Indiz dafür, dass es ihm darauf ankam, die Polizei genau wissen zu lassen, mit wem sie es zu tun hatte.

Der Bundespolizei lagen Zeugenaussagen vor, die Mr Red alle als Ende zwanzig beschrieben. Lester Ybarra jedoch hatte einen etwa 40-jährigen Mann erkannt, ebenso der ältere Herr, der in Tennants Doppelhaus lebte. Wenn Mr Red die Bombe nicht gebaut hatte, dann hatte es jemand getan, der sich große Mühe gegeben hatte, die Bombe als das Werk von Mr Red erscheinen zu lassen. Ein Nachahmungstäter also.

Diese waren am häufigsten im Gefolge von Serienmorden und -vergewaltigungen anzutreffen. Die anhaltende Berichterstattung über solche Verbrechen mochte die dafür Anfälligen zu der Überlegung verleiten, sie könnten bei einem einmaligen Mord davonkommen, indem sie die Nachahmung eines Serienverbrechens zur Verschleierung ihres eigenen Motivs benutzten, das von dem kranken Wunsch, zu töten oder sich an Frauen zu vergehen, weit entfernt war. Ein Nachahmungstäter glaubte fast immer, dass eine Tat im Stil eines Serienverbrechens seine eigentlichen Absichten verbergen würde, die meist Rache, Geld oder die Ausschaltung eines Rivalen waren. In nahezu allen Fällen kannte der Nachahmungstäter jedoch nicht alle Einzelheiten der Verbrechen, weil diese Details nicht an die Öffentlichkeit gelangten.

Gleichwohl waren dem Nachahmungstäter von Silver Lake sämtliche Einzelheiten der Konstruktionsweise von Mr Reds Bomben bekannt – außer dem einen Detail, das nie in den Analyseberichten aufgetaucht war: die Richtung, in die Mr Red das Isolierband abwickelte. Der Kreis der Verdächtigen, die die genauen Komponenten und die exakte Bauart von Mr Reds Bomben kannten, war überschaubar.

Polizisten aus dem Bombendezernat.

Carol seufzte. Es tat weh, an so etwas überhaupt nur zu denken. Sie nahm ihr Handy. Diesmal erwischte sie Pell in seinem Motel. „Ich muss dich sehen."

Sie vereinbarten, sich im Barrigan's zu treffen. Carol wollte ihn so dringend sehen, dass sie selbst überrascht war. Es sah so aus, als ob sie dabei war, sich in ihn zu verlieben. Sie war sich allerdings nicht sicher und wollte vorsichtig sein. Die vergangenen drei Jahre hatten in ihr eine Leere zurückgelassen, die danach verlangte, gefüllt zu werden. Aber sie wollte dieses Verlangen nicht mit Liebe verwechseln oder zulassen, dass es Freundschaft und Freundlichkeit zu etwas verzerrte, was gar nicht vorhanden war.

BEREITS um zehn Uhr morgens quoll das Barrigan's vor Polizisten über. Als Carol Pell am selben Tisch sitzen sah, an dem sie bereits neulich Platz genommen hatten, überkam sie ein Gefühl von Wärme.

Er ließ ein Lächeln aufblitzen und schien eindeutig froh, sie zu sehen.

„Jack, es ist höchste Zeit, dass du den Fall übernimmst", begann sie ohne Einleitung.

„Wovon sprichst du?"

„Davon, dass das ATF die Ermittlungen im Mordfall Charlie Riggio übernehmen muss. Ich kann damit nicht weitermachen. Ich glaube nämlich inzwischen, dass bei dem, was in Silver Lake passiert ist, die Polizei von Los Angeles involviert ist."

„Du glaubst, einer von euren Leuten ist Mr Red?"

„Nein. Ich glaube, dass Mr Red gar nicht dahinter steckt."

Pell nahm ihre Hand. „Moment mal! Ich habe mich heute Vormittag bei ein paar Leuten wegen Bergen umgehört. Er war gestern Abend mit einigen anderen Kunden zu exakt der Zeit unterwegs, als du mich angerufen hast. Du hattest gestern Abend Kontakt zum echten Mr Red. Wir haben den Bastard! Jetzt haben wir was in der Hand, um ihn zur Strecke zu bringen."

„Aber woher wusste er, dass ich mich hinter Hotload verberge?"

Pells Antwort kam zögernd. „Ich weiß nicht."

„Er hat mir gesagt, er habe Charlie nicht getötet. Aber er wisse, wer es war."

Pell starrte sie an. „Er sagt dir, er habe Riggio nicht getötet, und du kaufst es ihm einfach ab?"

„Er hat die Bombe von Silver Lake nicht gebaut."

„Hat er dir das auch erzählt?"

„Nein, das ATF-Labor hat es mir bestätigt." Sie berichtete ihm von

Janice Brockwells Anruf und wodurch sich die Bombe aus Silver Lake von jeder unterschied, die man Mr Red zuschrieb.

In Pells Stimme mischte sich Ungeduld. „Es ist nur Isolierband."

„Falsch, Jack, es ist amtlich bewiesen! Und es ist eindeutig, dass sich diese Bombe von allen anderen in diesem einen Punkt unterscheidet, den kein Mensch kennen konnte, weil dieses Detail nie in irgendeinem Analysebericht festgehalten wurde. Der Täter hat Charlies Namen in die Bombe eingraviert, damit wir glauben, dass er Mr Red ist."

„Es war Mr Red. Verlass dich in diesem Punkt auf mich. Jede Ermittlung fördert widersprüchliche Beweise zutage. Du hast dir einfach ein paar Kleinigkeiten rausgepickt und versuchst jetzt, die gesamte Ermittlung infrage zu stellen. Es war Mr Red, Carol. Er ist es, den wir uns schnappen müssen. Mr Red!"

„Du willst mir also nicht helfen, nicht wahr?"

„Klar will ich dir helfen, aber du verfolgst die falsche Spur. Es war Mr Red. Er ist der Grund, weshalb ich hier bin, Carol. Mr Red."

Ihre angenehmen Gefühle für Pell hatten sich in Luft aufgelöst. Sie war damit auf sich gestellt. Sie redete sich ein, das sei in Ordnung, schließlich war sie seit drei Jahren auf sich gestellt.

„Pell, du irrst dich."

Sie verließ die Bar und fuhr zurück in die Spring Street. Der Gedanke an Pell machte sie krank. Sie war sicher, dass er etwas für sie empfand, aber sie traute dieser Sicherheit nicht mehr.

Zurück an ihrem Schreibtisch, griff sie sich die Fallakte. Eine Seite verzeichnete eine Liste sämtlicher Polizisten, die an dem Tag auf dem Parkplatz in Silver Lake gewesen waren, an dem Riggio getötet worden war. Sie fühlte sich irgendwie unwirklich, als sie die Liste studierte. All diese Leute waren Freunde oder Kollegen! Sie nahm die Seite aus der Akte, machte eine Kopie und legte sie in den Ordner zurück.

Carol war keine Ermittlerin in Sachen Mord, aber sie kannte das oberste Gebot einer jeden Ermittlung in einem Mordfall: Suche nach einer Beziehung zwischen Täter und Opfer. Sie würde sich in Charlie Riggios Privatleben umsehen müssen in der Hoffnung, in seinem Leben auf etwas zu stoßen, was sie zu seinem Mörder führte.

Carol stellte den Wagen auf dem Parkplatz des Bombendezernats in Glendale ab, blieb aber sitzen und betrachtete lange das moderne Backsteingebäude. Sie hoffte sehr, dass sie hinsichtlich der Bedeutung des anders gewickelten Isolierbands falsch lag.

„Na, wie stehen die Aktien?"

Sie zuckte zusammen. „Du hast mich zu Tode erschreckt!"

„Ich habe dich hier draußen sitzen sehen und dachte, du hättest mich auch gesehen. Wenn du reinkommen willst, können wir zusammen gehen." Dick Leyton zeigte sein übliches freundliches Lächeln, dieser große, wohlwollende Bruder.

Carol stieg aus und begleitete ihn, weil sie nichts Besseres zu tun wusste. „Hat man Charlies Schreibtisch mittlerweile geräumt?"

„Buck war hier und hat alles für seine Familie zusammengepackt. Charlie hatte zwei Schwestern. Hast du das gewusst?"

„Nein, habe ich nicht."

Sie gingen in den Mannschaftsraum, wo Leyton ihr den Karton mit Riggios Sachen zeigte, der noch unter dessen Schreibtisch stand.

Carol trug den Karton in den Umkleideraum, wo sie ungestört sein konnte. Buck hatte Riggios Sachen sehr sorgfältig zusammengepackt. Auch die Zivilkleidung, die Charlie möglicherweise an seinem Todestag getragen hatte, war ordentlich zusammengelegt. Sein Handy war sogar in ein schwarzes T-Shirt gewickelt, damit es nicht beschädigt wurde.

Carol hatte den Karton in weniger als zehn Minuten durchgesehen. Sie hatte gehofft, einen Terminkalender oder ein Notizbuch zu finden, das ihr Aufschluss über Riggios letzte Lebensmonate hätte geben können, aber es gab nichts dergleichen.

Sie trug den Karton in den Mannschaftsraum zurück und verstaute ihn wieder unter dem verwaisten Schreibtisch.

ALS CAROL das Bombendezernat verließ, hatte sie nicht die geringste Idee, wohin sie von dort aus fahren, geschweige denn, was sie tun sollte. Das war überhaupt nicht gut. Bei einer Ermittlung durfte man keinen Augenblick lang die Konzentration verlieren, man musste sich ein klares Ziel setzen und darauf hinarbeiten. Wäre dies eine normale Ermittlung gewesen, hätte Carol nicht gezögert, ihre ehemaligen Kollegen nach Riggios Freunden und Beziehungen auszufragen, doch diese Option hatte sie jetzt nicht.

Allerdings hatte Leyton ihr erzählt, dass Riggio zwei Schwestern gehabt hatte. Carol beschloss, bei ihnen anzufangen.

In jeder Fallakte gab es eine Seite, die sich mit dem Opfer befasste. Carol erfuhr, dass Charlie das mittlere Kind zwischen den zwei Schwestern gewesen war. Angela Wellow, die Älteste, lebte in Northridge, nicht weit entfernt von Charlies Wohnung in Canoga Park, Marie Riggio wohnte südlich von Los Angeles in Torrance.

Carol rief Angela an, stellte sich vor und bekundete ihr Beileid.

Angela klang müde. „Waren Sie eine Kollegin von Charlie?"

Carol bejahte, fügte jedoch hinzu, dass sie jetzt als Bombenexpertin bei der CCS tätig war. „Der Grund, warum ich Sie anrufe, ist der, dass Sie nicht weit von Charlie wohnen. Wir glauben, dass er einige Akten mit nach Hause genommen hat, die wir bei den Ermittlungen zu zwei anderen Fällen dringend benötigen. Könnten wir uns bei seiner Wohnung treffen, damit ich danach suchen kann?"

„Charlie hat Akten mitgenommen?"

„Bombenanalysen. Wir brauchen sie."

Angela begann leicht gereizt zu klingen. „Aber ich war doch schon dort! Ich war jeden Tag dort und habe versucht, seine Sachen zusammenzupacken, mein Gott!"

Carol versuchte distanziert zu klingen, auch wenn sie sich wegen ihrer Lüge ziemlich mies vorkam. „Mir ist klar, wie Ihnen dabei zumute sein muss, aber wir benötigen die Akten wirklich dringend."

„Und wann wollen Sie danach suchen?"

„Ich habe jetzt sofort Zeit. Je früher, desto besser."

So vereinbarten sie, sich in einer Stunde zu treffen.

DER VERKEHR war so stark, dass Carol fast die gesamte Stunde bis nach Northridge brauchte. Das Wohnhaus mit Riggios Apartment lag drei Blocks südlich des Campus der Universität von Kalifornien. Carol ließ ihren Wagen im Halteverbot stehen und ging dann zu dem Foyer aus Sicherheitsglas hinüber, vor dem sie sich mit Angela treffen wollte.

In diesem Augenblick öffnete eine dünne junge Frau um die dreißig die Glastür von innen und sah hinaus. Im Arm hielt sie einen kleinen Jungen, der nicht älter als vier sein konnte. „Sind Sie Detective Starkey?"

„Ja, genau."

Anscheinend war Angela Wellow in die Tiefgarage gefahren und hatte das Haus von innen betreten. Carol ließ sich von ihr durch einen Innenhof und über eine Treppe zu einer Wohnung im ersten Stock führen.

„Ich hoffe, es wird nicht allzu lange dauern", sagte Angela. „Todd hier sollte eigentlich zum Mittagsschlaf ins Bett, und mein älterer Sohn kommt bald von der Schule nach Hause."

„Das sollte sich problemlos machen lassen. Danke, dass Sie sich herbemüht haben.“

Riggios Wohnung sah nett aus, ein offener zweigeschossiger Loft mit hoher, gewölbter Decke und einem teuren Großbildfernseher im Wohnbereich. Große Umzugskartons standen rund ums Sofa.

Kaum hatte Angela Todd auf dem Boden abgesetzt, rannte er auch schon wild umher.

„Wie sehen Ihre Akten denn aus? Vielleicht sind sie mir ja schon untergekommen.“

„Es sind Dreilochhefter, wahrscheinlich schwarz.“ Carol wand sich innerlich, als sie so lügen musste.

Angela starrte auf die Kartons. „Da sind hauptsächlich seine Kleidung und ein paar Sachen aus der Küche drin. So was wie ein Büro hatte Charlie hier nicht. Aber oben ist ja noch sein Schlafzimmer.“

„Würde es Ihnen was ausmachen, wenn ich selbst nachsehe?“

„Nein, aber ich habe wirklich nicht viel Zeit.“ Angela nahm Todd wieder auf den Arm und stieg vor Carol die Treppe hinauf.

Auf dem Boden standen weitere Kartons, manche davon noch leer, manche halb gefüllt. Es gab einen Einbauschrank, und an einer Wand stand eine Kommode, in deren Spiegelrahmen ein ganzer Haufen Fotos steckte.

Carol betrachtete sie. „Ist das da Ihre Schwester?“

„Ja, das ist Marie. Und das hier sind unsere Eltern.“

Todd kippte einen der Kartons um und kroch hinein. Angela setzte sich auf den Bettrand und sah ihm beim Spielen zu.

Als Carol die Kartons durchsuchte, verstellte sie Angela mit ihrem Körper den Blick. Dass diese so dicht hinter ihr saß, gab ihr das Gefühl, nichts zu finden, selbst wenn etwas da sein sollte. Man konnte nicht arbeiten, wenn einem die Schwester des Verstorbenen über die Schulter sah und man vorgegeben hatte, nach etwas ganz anderem zu suchen.

Da war ein schweres Fotoalbum, das Carol sich gern genauer durchgesehen hätte, aber sonst nichts von Interesse. Sie beendete ihre Durchsuchung der Kartons und nahm sich noch die Kommode und den Schrank vor, wieder ohne einen nützlichen Hinweis zu entdecken.

„Vielleicht habe ich mich wegen dieser Akten ja auch geirrt. Es sieht nicht so aus, als ob Charlie sie mitgenommen hätte.“

Obwohl Angela gerade noch darauf gedrängt hatte, dass sie eilig nach Hause müsse, blieb sie jetzt auf dem Bett sitzen. „Darf ich Sie was fragen, Detective? Waren Sie Charlies Freundin?“

„Nein. Ich wusste gar nicht, dass er eine hatte."

„Er hat sie uns nie vorgestellt. Meine Eltern waren deswegen dauernd hinter ihm her. Sie wissen schon: Wann willst du heiraten, wann lernen wir dieses Mädchen endlich kennen?"

„Und was hat Charlie gesagt?"

Die Frage schien Angela peinlich zu sein. „Na ja, aus ein paar seiner Antworten habe ich geschlossen, dass seine Freundin verheiratet ist. Aber solche Dinge passieren eben, oder? Ich vermute, dass sie mit einem von Charlies Kollegen verheiratet ist."

„Tut mir Leid, aber ich höre zum ersten Mal davon." Carol fragte sich, ob das Fotoalbum vielleicht Bilder jener Frau eines anderen enthielt.

Angela sah auf die Uhr und sprang auf. „Mist, jetzt bin ich zu spät dran! Entschuldigen Sie, aber ich muss jetzt weg. Komm, Todd."

„Ich verstehe." Carol folgte ihnen die Treppe hinunter, während sie fieberhaft überlegte, wie sie an das Fotoalbum gelangen konnte.

Als sie an der Wohnungstür angelangt waren, wand sich Todd im Arm seiner Mutter. Er war jetzt müde und schlecht gelaunt. Als Carol bemerkte, welche Probleme Angela beim Öffnen der Tür hatte, nahm sie ihr den Schlüsselbund ab. „Lassen Sie mich das machen. Der Junge ist ja kaum zu bändigen."

Sie hielt ihnen die Tür auf, zog sie zu und tat, als würde sie zusperren. In Wirklichkeit schloss sie wieder auf und ließ die Tür angelehnt. Dann steckte sie den Schlüsselbund in Angelas Handtasche.

Riggios Schwester begleitete sie bis ins Foyer, wo sie sich verabschiedeten. Carol spazierte zu ihrem Auto und setzte sich hinter das Steuer, startete den Wagen aber nicht. Ihr Herz klopfte laut. Sie sagte sich, dass das, was sie vorhatte, verrückt war. Schlimmer noch: Es war illegal.

Fünf Minuten später tauchte Angela in einem weißen Honda aus der Tiefgarage auf, bog Richtung Süden ab und fuhr davon. Carol machte sich auf den Weg zurück zum Eingang, wo ein junger Mann gerade sein Mountainbike durch die Glastür zu manövrieren versuchte. Carol hielt sie ihm auf und gelangte so hinein.

Ruhig stieg sie in die erste Etage hinauf, betrat Riggios Wohnung wieder und hielt schnurstracks auf den Karton mit dem Fotoalbum zu. Sie wollte aber nicht an Ort und Stelle einen Blick hineinwerfen. Es würde viel zu viele Bilder geben, die sie sich genau betrachten musste. Daher nahm sie das Album sowie einen Stapel Handy-Rechnungen, den sie darunter noch fand, an sich, zog die Wohnungstür hinter sich zu und beeilte sich, zum Wagen zu kommen. Sie fuhr direkt nach Hause.

Dort setzte sie sich mit dem Album an den Esstisch und blätterte langsam die Seiten durch. Die Chancen, etwas zu entdecken, waren vermutlich mehr als gering. Doch ganz hinten stieß Carol schließlich auf ein Foto, das auf dem letztjährigen Picknick des Bombendezernats geschossen worden war. Ein zweites, ähnliches stammte von der Weihnachtsfeier, und ein drittes war beim CCS-Grillfest am Unabhängigkeitstag aufgenommen worden.

Carol nahm die Bilder heraus und fragte sich, ob auf ihnen tatsächlich das zu sehen war, was sie zu sehen glaubte. Es konnte einfach nicht stimmen, sie interpretierte viel zu viel hinein. Doch dann gingen ihr Angelas Worte durch den Kopf: *Ich vermute, dass sie mit einem von Charlies Kollegen verheiratet ist.*

Auf jedem der Fotos waren dieselben zwei Personen zu sehen, einen Arm um die Schultern des anderen gelegt, lächelnd, ein bisschen zu nahe beieinander. Charlie Riggio und Suzie Leyton. Dick Leytons Frau.

Carol schenkte sich einen großen Gin Tonic ein und stürzte das Glas auf einen Zug hinunter. Dass Dick ein Mordverdächtiger sein sollte, wollte ihr einfach nicht in den Kopf. Doch sie beschloss, das Thema so anzugehen, als wäre Leyton ein ganz normaler Teil ihrer Ermittlungen.

Sie durchsuchte ihre eigene Fotosammlung und fand einen Schnappschuss von ihm, den sie bei einem Sommerfest der Polizei gemacht hatte. Auf dem Foto trug er Zivil und eine Sonnenbrille. Carol fuhr mit dem Bild zu einem Kopierladen und machte ein paar Kopien. Wieder daheim, rief sie Warren Mueller an.

„Ich muss Sie um einen Gefallen bitten. Ich habe hier ein Foto, das Sie dem alten Herrn aus Tennants Haus zeigen sollen."

„Von dem Typen mit der Baseballmütze?"

„Möglicherweise. Aber die Sache ist die: Ich möchte nicht, dass jemand außer Ihnen das Foto zu sehen bekommt. Das muss unter uns bleiben. Mehr möchte ich dazu nicht sagen, und ich ersuche Sie, mich auch nicht danach zu fragen."

„So langsam interessiert mich aber sehr, wer auf Ihrem Foto drauf ist."

„Es geht um einen Mann, dem diese Ermittlung sehr schaden würde, wenn ich falsch liege – und es kann gut sein, dass ich falsch liege."

„Der Kerl arbeitet bei eurer Truppe, stimmt's?"

Carol war unfähig, darauf zu antworten.

„Okay, okay", brummte Mueller. „Ich kümmere mich drum. Faxen Sie mir Ihr Foto, ich werde neben dem Gerät drauf warten. Aber wenn Sie diese Identifikation vor Gericht verwenden wollen, muss ich ein *sixpack* erstellen."

Das Bild eines Verdächtigen wurde einem Zeugen nie einzeln präsentiert, da dies vor Gericht als suggestive Befragung gewertet wurde. Aus diesem Grund waren alle Detectives gehalten, mehrere Fotos gleichzeitig vorzulegen. Man musste dann darauf hoffen, dass der Zeuge die richtige Person identifizierte.

„Das geht in Ordnung. Aber wenn Ihr Zeuge eine positive Identifikation liefert, muss ich Tennant noch mal sehen."

Mueller räusperte sich und zögerte einen Augenblick. „Ich schätze, Sie haben noch nichts davon gehört. Tennant ist tot. Dieser Blödmann hat es geschafft, sich die Arme wegzusprengen und zu verbluten."

„Seine Arme wurden völlig vom Körper abgetrennt?" Zu einer derartigen Verstümmelung war eine ungeheure Menge Energie nötig. „Was hat er dazu verwendet? Eine solche Bombe bastelt man doch nicht aus Haushaltsprodukten!"

„Die Sprengstoffexperten des Sheriffbüros arbeiten noch dran. Ich schätze, in ein bis zwei Tagen wissen wir Bescheid."

Carol brauchte einige Sekunden, um diese Neuigkeit zu verdauen. „Ich faxe Ihnen jetzt dieses Foto. Ich bin Ihnen was schuldig. Danke."

Sie ließ Mueller eine Minute Zeit, bevor sie die Kopie von Leytons Bild faxte.

Jetzt war sie mit ihrem Latein am Ende. Sie konnte das Foto noch Lester zeigen, aber wenn der Beth davon erzählte, würde diese vermutlich gleich zu Kelso rennen. Carol musste beweisen können, dass Leyton sich schon zum Zeitpunkt der Detonation in Silver Lake aufgehalten hatte, aber dazu hätte sie einige Leute befragen müssen, die sie jetzt nicht befragen konnte.

Ihr Blick wanderte zum Laptop hinüber. *Ich habe Charles Riggio nicht getötet. Ich weiß aber, wer es war.*

Carol zündete sich eine Zigarette an, startete den Computer und loggte sich auf Claudius ein. Der Chatroom war leer. Sie musste zwei lange Stunden warten, bis Mr Red sich endlich bei ihr meldete. Mit einem Mausklick öffnete sie das Fenster auf dem Monitor und tippte ihre Frage ein.

HOTLOAD: Wer hat Riggio ermordet?

MR RED: Wenn ich dir sage, wer es war, verderbe ich die ganze schöne Überraschung.

HOTLOAD: Ich weiß es bereits. Ich möchte nur überprüfen, ob unsere Antworten übereinstimmen.

MR RED: Wenn du es wirklich wüsstest, hättest du längst eine Verhaftung vorgenommen. Du hast vielleicht einen Verdacht, aber du weißt es nicht genau. Doch ich werde dir jetzt ein Geheimnis verraten. Nur zwischen uns beiden.

HOTLOAD: Was denn?

Sie wartete, aber es kam nichts. Er wartete nur darauf, dass sie ihn anbettelte, wurde ihr schließlich klar. Sein Bedürfnis, andere zu manipulieren und Kontrolle auszuüben, war absolut typisch.

HOTLOAD: Na komm schon, was ist dein großes Geheimnis? Ich habe meine Zeit schließlich nicht gestohlen.

MR RED: Es wird dir Angst machen.

HOTLOAD: Was ist es?

MR RED: Pell ist nicht der, der zu sein er vorgibt. Er benutzt dich, Carol Starkey. Er hat uns gegeneinander ausgespielt.

Diese Behauptung traf sie wie ein Schlag ins Gesicht. Etwas in dieser Richtung hatte sie nicht erwartet.

HOTLOAD: Was soll das heißen?

Doch es kam nichts mehr. Das Fenster auf dem Monitor blieb geöffnet, veränderte sich aber nicht mehr. Fast hätte sie Pell angerufen, aber dann hatte Carol mit einem Mal das Gefühl, zwischen den beiden in der Falle zu sitzen – Mr Red auf der einen, Pell auf der anderen Seite.

Als sie noch für das Bombendezernat tätig gewesen war, hatte es im Parker Center immer einen Verbindungsagenten des ATF gegeben, einen gewissen Regal Phillips. Carol wusste, dass er mittlerweile im Ruhestand war, aber da sie sich immer gut verstanden hatten, rief sie ihn jetzt an, legte ihm ihre Zweifel im Hinblick auf Pell dar und fragte ihn, ob er ein paar Erkundigungen über ihn einholen könne.

Phillips zeigte sich überrascht, nach so langer Zeit von ihr zu hören, war aber einverstanden. Er entgegnete, dass er für seine Recherchen eventuell ein oder zwei Tage brauchen, sie aber so bald wie möglich zurückrufen würde. Carol bedankte sich, legte auf und machte das Licht aus. Allerdings schlief sie nicht, ging nicht einmal zu Bett. Vielmehr lag sie die ganze Nacht hellwach im Halbdunkel auf dem Sofa und fragte sich, wie ein Mann, dem sie so wenig vertraute, ihr so viel bedeuten konnte.

NACHDEM Pell an diesem Tag das Barrigan's einige Stunden früher verlassen hatte, hatte er sich in seinen Wagen gesetzt und darüber nachgedacht, was er als Nächstes tun sollte. Seit Carol ihn mit diesem verletzten Gesichtsausdruck angesehen hatte, fühlte er sich wie ein Schwein. Dabei wusste er, dass sie Recht hatte. Er war so von Mr Red besessen, dass er nichts anderes mehr wahrnehmen konnte – andererseits war da der Bombensplitter mit ihrem Namen, der sich in seinem Besitz befand.

Fast hätte er über den Tisch hinweg nach ihr gegriffen und ihr alles erzählt. Fast hätte er sich ihr offenbart, weil er lange genug alles für sich behalten hatte und weil er glaubte, sie könnte der einzige Mensch sein, der ihn verstehen würde. Beinahe hätte er ihr gestanden, dass er mit jedem Tag mehr für sie empfand. Doch da war nur Mr Red.

Das Pochen in seinem Kopf begann wieder. O Gott, nicht jetzt! Doch schon trieben verwaschene Formen vom Armaturenbrett auf ihn zu.

Es passierte jetzt immer öfter. Und es würde noch schlimmer werden.

CAROL verließ das Haus, als der Morgen dämmerte. Sie hatte genug von ihren widersprüchlichen Gedanken über Pell, Leyton und ihr eigenes verkorkstes Leben. Nur wenn sie sich Hals über Kopf in den Fall stürzte, würde sie die Leere verdrängen können, also war es höchste Zeit, sich auf den Weg in die Spring Street zu machen.

Zuerst einmal musste sie herausfinden, wo sich Leyton zum Zeitpunkt der Explosion befunden hatte; vielleicht war seine Ankunftszeit ja irgendwo in den Akten verzeichnet. Aber nur seine Anwesenheit war notiert.

Daraufhin beschloss Carol, Buck Daggett danach zu fragen. Sie wusste, dass er heute wieder seinen Dienst antreten und im Bombendezernat zu erreichen sein würde. Als die anderen Detectives zur Arbeit erschienen, verschwand sie aus dem Büro und fuhr nach Glendale.

Nach ihrer Ankunft erfuhr sie von Russ Daigle, dass Daggett sich im so genannten Schuppen aufhielt, einem Ziegelgebäude am hinteren Ende des Parkplatzes, wo das Dezernat mit den Sprengsatzentschärfern und Robotern trainierte. Als Carol eintrat, beugte sich Daggett gerade über einen der Roboter. Er lächelte sie an und richtete sich auf.

„Kann ich dich einen Moment sprechen, Buck?" Sie teilte ihm mit, dass er sich das überarbeitete Videoband anschauen könne. Zumindest war das ihr Vorwand, warum sie ihn aufsuchte.

„Ich seh es mir an, wenn du willst, Carol, aber ich weiß nicht, ob ich es aushalte, Charlie noch mal so zu sehen."

Sie nutzte die Gelegenheit, das Gespräch auf Leyton zu bringen. „Es hat keine Eile. Vielleicht sollte ich Dick fragen, ob er was gesehen hat."

Buck nickte. „Könnte sein. Er stand direkt hinter der Absperrung."

Carol fühlte sich elend, rief sich aber augenblicklich selbst zur Ordnung. Schließlich war sie Polizistin. „Wann ist er eigentlich am Tatort aufgetaucht?"

„Vielleicht zwanzig Minuten bevor Charlie zu dem Ding rüberging."

„Am besten rede ich einfach selbst mit ihm."

Als Carol wieder den Parkplatz überquerte, schwindelte ihr. Dick war also vor Ort gewesen, als die Bombe explodiert war! Sie starrte zum Gebäude des Bombendezernats hinüber. Der Karton mit Riggios persönlichen Sachen kam ihr in den Sinn, der dort drin sicherlich nach wie vor unter seinem verwaisten Schreibtisch stand. Sie musste auch an sein Handy denken, das sich unter den Dingen befand. Wenn Charlie und Susan Leyton wirklich ein Paar gewesen waren, hatte er sie wahrscheinlich öfter tagsüber angerufen, wenn Dick unterwegs gewesen war. Diese Anrufe mussten eigentlich auf seinen Handy-Rechnungen erscheinen. Nach dem Tiefschlag, den Mr Red ihr gestern Abend im Hinblick auf Pell versetzt hatte, hatte sie gar nicht mehr daran gedacht, dass sie die Rechnungen ja aus Riggios Wohnung mitgenommen hatte.

Sie stieg in ihren Wagen und fuhr eilig nach Hause.

CAROL ging die Rechnungen durch und brauchte nur kurz, bis sie darauf stieß. Leytons Privatnummer kannte sie zwar nicht, aber das war auch gar nicht notwendig. Charlie hatte zwei- bis dreimal am Tag dieselbe Nummer mit der Vorwahl 323 angerufen, und das seit Monaten.

Carol legte die Rechnungen beiseite, zog ihr Handy aus der Tasche und tippte die Nummer ein.

Eine ihr bekannt vorkommende Frauenstimme meldete sich.

„Hallo, Susan."

„Entschuldigung – wer?"

„Hier ist Carol Starkey. Ich wollte Susan Leyton sprechen."

„Ach so, Detective Starkey, hallo! Sie müssen sich verwählt haben. Hier spricht Natalie Daggett."

9

„Sind Sie noch dran?“, fragte Natalie. „Hallo?“

„Ja …, ja, ich bin da. Entschuldigen Sie. Ich habe mich wohl wirklich verwählt. Aber sagen Sie, sind Sie in der nächsten Stunde zu Hause?“

„Buck ist nicht da. Er ist wieder arbeiten gegangen.“

„Ich weiß, aber ich möchte mit Ihnen sprechen.“

„Worum geht's denn?“

„Um Buck. Ich bereite eine kleine Überraschung für ihn vor. Wir wollen seine Rückkehr in den Dienst mit einer kleinen Party feiern.“

„Und deshalb wollten Sie Susan anrufen?“

„Genau. Dick hatte die Idee. Wir sehen uns also gleich.“

Carol klappte ihr Handy zusammen. Nicht Dick, sondern Buck Daggett! Da hatten sie die Videos immer und immer wieder nach dem Mörder abgesucht, dabei war er die ganze Zeit mitten im Bild gewesen, während er darauf gewartet hatte, dass sein Partner sich über die Bombe beugte.

Carol schaffte den langen Weg ins San Gabriel Valley in relativ kurzer Zeit. Natalie hatte garantiert keine Ahnung davon, dass ihr Mann ihren Liebhaber ermordet hatte. Dennoch war Carol erleichtert, als sie bei den Daggetts vorfuhr und registrierte, dass Bucks Toyota nicht in der Einfahrt stand. Sie klingelte.

Natalie öffnete; sie wirkte abgespannt. Sie führte Carol in ein kleines Esszimmer, wo sie sich an den Tisch setzten.

„Und an welche Art Überraschung haben Sie gedacht, Detective?“

„Es tut mir Leid, aber ich bin nicht wegen einer Party hier. Ich habe Charlies Sachen durchgesehen und ein paar Dinge entdeckt, wegen denen ich Ihnen einige Fragen stellen muss.“ Carol zog die Handyrechnungen aus ihrer Handtasche und legte sie auf den Tisch. Sie sah deutlich, wie sich bei der Erwähnung von Riggios Namen Angst in Natalies Gesicht breit machte. „Das sind Charlies Handyrechnungen. Sehen Sie Ihre Nummer? Sehen Sie, wie oft er angerufen hat? Hatten Sie und Charlie eine Affäre?“

Natalie nickte, während ihre Nase sich rot verfärbte und Tränen aus ihren Augen quollen. „Seit letztem Jahr“, schluchzte sie.

„Weiß Buck davon?“

„Natürlich nicht! Er würde furchtbar darunter leiden.“

Carol nahm die Rechnungen wieder an sich. „Tut mir Leid, dass ich Sie das fragen musste.“

„Werden Sie es Buck erzählen?"

Carol warf ihr einen langen Blick zu. „Nein, darüber brauchen Sie sich keine Sorgen zu machen", log sie.

ES GEFIEL Buck Daggett ganz und gar nicht, dass Carol sich seit einiger Zeit so oft in Glendale herumtrieb. Sie hatte sich derart darin verbissen, den Tod dieses Scheißkerls aufzuklären, dass er ganz nervös wurde. Und jetzt war sie vorhin auch noch persönlich bei ihm im Schuppen aufgekreuzt, kaum dass er seinen Dienst wieder angetreten hatte!

Dabei war er so stolz auf sich gewesen, die Verbindung zwischen Mr Red und Carol konstruiert zu haben. Es war seine Absicht gewesen, dass sich die Ermittlungen so wenig wie möglich auf Riggio richteten. Aber bei seinem Pech hatte es natürlich nicht ausbleiben können, dass das einzige Stück, das man von ihrem Namen gefunden hatte, das verdammte S gewesen war und sich kein Einziger gefragt hatte, ob es nicht vielleicht ein Bestandteil von STARKEY sein könnte. Dennoch hatte er geglaubt, dass alles gut gehen würde, als dieser Bundesbeamte angerückt war und sich alle auf der Suche nach Mr Red im Kreis gedreht hatten. Aber jetzt sah es so aus, als wäre Carol trotz allem zufällig auf die Wahrheit gestoßen. Oder sie hegte zumindest einen Verdacht in dieser Richtung.

Buck war noch mit dem Roboter beschäftigt gewesen, als Natalie angerufen hatte. Das dumme Flittchen hatte einfach die Klappe nicht halten können und ihm erzählt, dass Carol gleich vorbeikommen werde, weil sie im Dezernat eine Überraschungsparty für ihn veranstalten wollten. Haha. Buck hatte aufgelegt und war nach Hause gerast, um mit eigenen Augen zu sehen, was da los war.

Als Carol sein Haus verließ und wegfuhr, kauerte er im Nachbargarten und beobachtete sie. Er wusste nicht, wie viel belastendes Material sie bereits gegen ihn gesammelt hatte, aber er wusste jetzt, dass sie ihn verdächtigte. Und das reichte ihm aus.

VON IHREM Wagen rief Carol Warren Mueller an. Sie versuchte ihn im Büro zu erreichen, aber er war unterwegs. Also hinterließ sie ihm auf seiner Mailbox die Nachricht, dass der Mann auf dem Foto nicht mehr zu den Verdächtigen zählte und sie ihm ein neues Bild faxen würde.

Dann wählte sie Beths Nummer. „Du musst ein Sixpack zusammenstellen; wir treffen uns dann am Blumenladen. Ruf Lester an, er soll unbedingt da sein. Ich brauche eine Mischung aus Weißen und Latinos zwischen vierzig und fünfzig. Und das bleibt unter uns, okay?"

Sie legte auf, bevor Beth nachfragen konnte. Die Uhr tickte. Carol konnte sich nicht darauf verlassen, dass Natalie Buck ihren Besuch verschweigen würde. Allerdings sorgte sie sich nicht so sehr darüber, dass Buck flüchten, sondern dass er Beweise vernichten könnte.

Sie stieg aufs Gas und legte nur einen kurzen Halt ein, um aus ihrer Wohnung einen Schnappschuss von Buck zu holen. Dann ging es weiter nach Silver Lake. Als sie beim Blumenladen ankam, warteten Beth und Lester bereits auf dem Bürgersteig.

Kaum war Carol aus dem Auto gestiegen, eilte Beth auch schon auf sie zu. Sie hatte den Bogen mit dem Sixpack in ein großformatiges Kuvert gepackt. „Würdest du mir jetzt mal erzählen, was eigentlich los ist?“

„Zeig mir das Sixpack.“

Es war ein Passepartout aus dickem Papier, in dem sechs Bilder Platz hatten, ähnlich wie in einem Fotoalbum. In Kriminalabteilungen wurden solche Bogen geordnet nach Alter, Rasse und Typus archiviert. Carol zog eines der sechs Fotos aus dem Passepartout und schob stattdessen das Bild von Buck Daggett hinein.

Beth packte sie am Arm. „Das kann nicht dein Ernst sein!“

„Doch, Beth, es ist mein Ernst.“

Sie ging mit dem Bogen zu Lester hinüber und fragte ihn, ob einer der Männer auf den Bildern jener Mann gewesen sei, den er beim Telefonieren beobachtet habe.

„Ich glaube, der da war’s.“ Sein Finger wies sofort auf Daggett.

Beth drehte sich um und ging ein paar Schritte zur Seite.

„Ist mit ihr alles in Ordnung?“, erkundigte sich der Junge.

„Ja, Lester. Danke.“

Carol ging zu Beth hinüber und erklärte ihr, was sie herausgefunden hatte. Anschließend rief sie Kelso an, um ihm mitzuteilen, dass sie demnächst bei ihm auftauchen würden.

Als sie in der Spring Street ankamen, saß er wartend hinter seinem Schreibtisch, während Santos auf einem Stuhl Platz genommen hatte.

„Also, was gibt’s?“, fragte Kelso.

„Es ist nicht Mr Red, Barry. Es war niemals Mr Red.“

Carol referierte ihre Beweiskette Schritt für Schritt. Sie erläuterte den Unterschied in den Sprengsätzen, dann die Ähnlichkeiten und dass der Bombenbauer eine Bezugsquelle für RDX gebraucht hatte, um das Modex Hybrid zusammenmischen zu können, mit dem Mr Red normalerweise arbeitete.

„RDX ist der Bestandteil, der am schwierigsten aufzutreiben ist. Der Einzige, der in letzter Zeit hier in der Ecke was davon in seinem Besitz hatte, war Dallas Tennant. Beth und ich haben seine Werkstatt ausfindig gemacht. Vor zirka einem Monat wurde dort ein Mann gesehen, auf den die Beschreibung der Person passt, die den Notruf getätigt hat. Ich glaube, dass er sich bei Tennant RDX beschafft hat. Keine Ahnung, wie er von dessen Werkstatt erfahren hat, ob auf dieselbe Art wie wir, nämlich über die Grundbucheintragungen, oder ob er mit Tennant irgendeinen Handel laufen hatte. Tennant können wir leider nicht mehr fragen, weil er mittlerweile tot ist."

„Und wer ist dieser Mann?"

Sie überreichte Kelso das Sixpack und zeigte mit dem Finger auf Buck Daggetts Bild. „Lester Ybarra hat diesen Mann wieder erkannt."

Kelso schüttelte den Kopf und sah zu ihr auf. „Er hat sich geirrt."

Daraufhin legte Carol Riggios Handy-Rechnungen auf das Sixpack. „Sieh dir die markierten Nummern an. Das ist Bucks Privatanschluss. Charlie und Natalie Daggett hatten ein Verhältnis; sie hat mir das vor nicht ganz einer Stunde gestanden. Ich vermute, dass Buck dahinter gekommen ist und Charlie deswegen ermordet hat."

Kelsos Kiefer mahlten. „Entsetzlich – ein Beamter unserer Polizei, der in so eine Sache verwickelt ist! Wir werden Morgan hinzuziehen müssen und auch Leyton. Ich bin nicht bereit, dort anzurücken und einen seiner Männer zu verhaften, ohne ihn vorher ins Vertrauen zu ziehen."

In diesem Augenblick fand Carol Kelso irgendwie sympathisch. Sie musste einfach etwas sagen. „Es tut mir Leid, Barry."

Erschöpft rieb er sich das Gesicht. „Dir muss gar nichts Leid tun. Am liebsten würde ich dir jetzt sagen, dass du gute Arbeit geleistet hast, aber das scheint mir in dieser Situation nicht angebracht."

„Ja, ich verstehe."

BUCK besaß immer noch mehr als drei Kilo Modex Hybrid sowie ein paar andere Bestandteile, die übrig geblieben waren, nachdem er Mr Reds Bombe nachgebaut hatte. Er dachte sich eine lange Liste dringend notwendiger Besorgungen aus, um Natalie aus dem Haus zu schaffen. Sobald sie fort war, ging er in die Garage, wo er das Modex in einem großen Kühlbehälter aufbewahrte.

Er schloss das große Tor, damit man ihn von der Straße aus nicht beobachten konnte. Dann öffnete er wegen der Luftzufuhr die Seitentür zum Garten und schaltete einen Industrieventilator ein, denn das Modex sonderte giftige Dämpfe ab.

Der übrig gebliebene Sprengstoff befand sich in einem großen, phasenfreien Glasgefäß; er war dunkelgrau und sah aus wie Fensterkitt. Buck streifte sich Latexhandschuhe über, bevor er die Komponenten auf der Werkbank auslegte; einerseits wollte er keine Abdrücke hinterlassen, andererseits nicht direkt mit dem Modex in Berührung kommen. Das Zeug war bereits tödlich, wenn man nicht richtig damit umging.

Buck sah nicht, wie ein junger Mann in die Garage geschlichen kam, sah auch den stumpfen Gegenstand nicht, der auf seinen Kopf heruntersauste.

Aber er wurde nicht ganz ohnmächtig. Er begriff, dass er niedergeschlagen worden war und noch zwei Schläge abbekam, als er schon am Boden lag. Er sah den Unbekannten über sich stehen, hatte aber nicht genug Kraft, um schützend seine Arme zu heben. Der Typ fesselte ihn mit Handschellen an die Werkbank und verschwand dann aus seinem Blickfeld. Buck versuchte zu sprechen, doch er konnte seine Lippen ebenso wenig bewegen wie seine Arme und Beine. Vor lauter Angst, dass er vielleicht gelähmt sein könnte, begann er zu weinen.

Nach einiger Zeit kam der Mann wieder und schüttelte ihn. „Bist du wach? Na komm schon, ich habe dich nicht so hart geschlagen, dass du gleich krepierst!“

„Ich habe kein Geld.“

„Ich will dein Geld nicht, du Blödmann! Du könntest froh sein, wenn ich nur dein Geld wollte.“

„Was willst du dann? Willst du den Wagen? Nimm ihn dir einfach.“

„Nein, ich werde mir stattdessen den Rest Modex nehmen. Und dann werde ich dir eine Lektion erteilen.“

Buck konnte nicht klar denken. Er war überrascht, dass dieser weiße Bursche, der wie ein schwarzer Rapper gekleidet war, über das Modex Bescheid wusste. „Verstehe ich nicht …“

Der junge Mann beugte sich ganz dicht über ihn. „Du hast meine Arbeit geklaut. Du hast so getan, als wärst du ich. Komm, sprich mir nach: Das war ein großer Fehler.“

„Ich habe keine Ahnung, wovon du redest.“

„Vielleicht verstehst du es gleich ein bisschen besser.“

Der Typ ging um die Werkbank herum und kam mit einem der Rohre in der Hand zurück. Aus dem einen Ende ragten Drähte; das andere war mit einer Endkappe verschlossen. Er wedelte mit dem Rohr vor Bucks

Gesicht herum, sodass der scharfe Geruch des darin verborgenen Modex in dessen Nase stieg. „Weißt du jetzt, wer ich bin?"

In diesem Augenblick ging Buck ein Licht auf. „Bitte bring mich nicht um, bitte! Nimm das Modex, und geh. Tut mir Leid, dass ich dich imitiert hab, aber ich musste doch diesen Hurenbock kaltmachen, der meine –"

Mr Red hielt ihm den Mund zu. „Hör zu!" Er setzte sich im Schneidersitz vor Buck auf den harten Betonboden und hielt die Bombe im Schoß, als wäre sie ein verspieltes Kätzchen. „Hörst du zu?"

„Ja."

„Ich bin ziemlich wütend, dass du versucht hast, allen weiszumachen, ich hätte diesen Bullen gekillt. Aber ich gebe dir eine Chance, eine einzige Chance. Du erzählst mir jetzt ganz genau, was Carol Starkey weiß."

JOHN MICHAEL FOWLES ging zu dem gestohlenen Auto zurück, das er draußen abgestellt hatte. Er hatte Daggett an seine Werkbank gefesselt zurückgelassen, ohnmächtig zwar, aber noch sehr lebendig. Er hatte ihn mit Wasser bespritzt und ein paarmal ins Gesicht geschlagen, um ihn wieder zu sich zu bringen. Als er gemerkt hatte, dass Daggett langsam wieder zu Bewusstsein kam, war er gegangen.

John setzte sich ans Steuer, startete den Wagen und schüttelte den Kopf. Es war ein heißer Tag auf einer beschissenen Straße mitten in diesem Scheißkaff. Wie konnten Menschen nur so leben? Er ließ das Auto langsam die Straße hinunterrollen und zählte bis hundert. Als er fertig war, schätzte er, dass Daggett jetzt ganz wach sein würde.

Dann drückte er auf den silbernen Knopf.

BETH, Santos und Carol saßen an ihren Schreibtischen und gaben sich ihren Gedanken hin, während sie darauf warteten, dass Kelso seine Gespräche mit Morgan und Leyton beendete.

Carol hatte gerade beschlossen, sich mit einer Zigarette ins Treppenhaus zu verziehen, als Regal Phillips anrief. Er klang äußerst besorgt. „Carol, du hast ein ziemliches Problem."

„Äh, kann ich dich gleich zurückrufen?"

„Gut. Ich warte."

Carol legte auf, teilte Santos und Beth mit, sie gehe eine rauchen, und nahm ihre Handtasche mit. Kaum im Treppenhaus, rief sie Phillips von ihrem Handy aus zurück. „Wieso habe ich ein Problem?"

„Pell ist kein ATF-Agent. Er war mal einer, aber er ist es nicht mehr."

„Das kann unmöglich stimmen! Er hatte Bombenanalysen aus Rockville dabei. Er kannte sogar einen Computerspezialisten am Institut für Technologie, der für uns gearbeitet hat."

„Hör zu: Pell war ein Außendienstagent des ATF und für das Sonderdezernat gegen Gewaltverbrechen tätig. Vor zwanzig Monaten hielt er sich in einer Lagerhalle in Newark, New Jersey, auf, um aus Kuba geschmuggelte chinesische Schnellfeuerwaffen zu beschlagnahmen. Hast du die Berichte gelesen, die er dir gegeben hat? Was fällt dir zu Newark ein?"

„Mr Reds erste Bombe."

„Das Ding ging in genau der Lagerhalle hoch, in der Pell sich befand. Der Explosionsdruck hat seine Netzhaut beschädigt. Wenn man es rechtzeitig erkennt, kann man es mit Laser operieren. Bei Pell zeigten sich die Symptome jedoch nicht gleich, und dann war's zu spät."

„Was soll das heißen: zu spät?"

„Er wird blind. Irreversibel. Also hat ihn das ATF in Pension geschickt. Du hast es mit einem durchgedrehten Exagenten zu tun, Carol. Er jagt den Scheißkerl, der ihm sein Augenlicht geraubt hat. Ruf bei der ATF-Außenstelle in Los Angeles an, und informiere die Kollegen dort, bevor er ernsthaften Schaden anrichten kann."

Carol lehnte sich gegen die Wand; sie war wie gelähmt. „Ich kümmere mich drum. Danke, Regal."

Nachdem sie das Gespräch beendet hatte, rauchte sie ihre Zigarette fertig, bis sie sich wieder einigermaßen in der Gewalt hatte, und ging dann zurück zu den anderen. In diesem Moment öffnete sich die Tür von Kelsos Büro.

Er kam heraus und räusperte sich. „Die Polizei von San Gabriel wurde wegen einer Explosion in Bucks Garage alarmiert. Er ist tot."

ALS SIE bei Daggetts Haus eintrafen, hatte die Feuerwehr den Brand bereits gelöscht, und die Bombenexperten des Sheriffbüros gingen den Tatort ab. Carol wollte sich ihnen anschließen, aber der Einsatzleiter des Sprengstoffkommandos ließ sie den Tatort nicht betreten, solange die Leiche nicht abtransportiert war; außer Kelso hatte keiner Zutritt.

„Glaubt ihr, er hat sich umgebracht?", fragte Santos.

„Keine Ahnung." Carol hatte auch sofort an Selbstmord gedacht, aber wenn Buck keinen Abschiedsbrief hinterlassen hatte, würden sie die Wahrheit möglicherweise nie erfahren.

Nach einer Weile kam Kelso zu ihnen zurück.

„Wie viele Tote?", erkundigte sich Carol.

„Nur Buck. Sieht so aus, als wäre Natalie nicht zu Hause gewesen. Ihr Auto ist nicht da. Allgemein neigt man da drin derzeit zu der Ansicht, dass es sich um Selbstmord handelt. Er hat was mit Sprühfarbe auf die Wand über seiner Werkbank geschrieben, könnte eine Art Abschiedsbrief sein. ‚Die Wahrheit tut weh' steht da."

In diesem Augenblick rollten die Ermittler der Gerichtsmedizin eine Bahre mit einem Leichensack aus blauem Plastik an ihnen vorbei.

Kelso ging wieder die Auffahrt hinauf. „Also los, ihr könnt jetzt mit. Ich muss euch aber warnen, es hat ihn ziemlich zerfetzt."

Beth blieb stehen und winkte sie mit einer Handbewegung weiter. „Ich will das Blut nicht sehen. Ich bleibe hier draußen."

Im Garten hinter dem Haus stand Dick Leyton mit zwei Männern in Zivil zusammen, bei denen es sich wahrscheinlich um Detectives aus dem Sheriffbüro handelte. Kelso und Santos stießen zu ihnen, während Carol allein zur Garage weiterging.

Die Feuerwehr hatte das Tor aus seiner Verankerung gerissen. Carol konnte deutlich erkennen, dass es zum Zeitpunkt der Explosion zu gewesen sein musste, da die Aluminiumplatten nach außen gedrückt worden waren und sich verzogen hatten. Die Feuerwehrmänner mussten vergebens versucht haben, das Tor zu öffnen, um die Flammen in der Garage zu löschen; danach hatten sie es mit Greifhaken herausgerissen. In der Garage waren einige Bombenexperten dabei, die Trümmer zu untersuchen und zu fotografieren.

Deutlich sichtbar prangten die rot aufgesprühten Worte über der Werkbank: DIE WAHRHEIT TUT WEH. Das konnte alles Mögliche bedeuten – oder auch gar nichts. Welche Wahrheit? Bucks Täterschaft? Dass seine Frau einen anderen geliebt hatte? Oder, schoss es Carol plötzlich durch den Sinn, dass Pell sie angelogen hatte?

Die Explosion hatte ein halbmondförmiges Stück aus der Werkbank gerissen, das aussah wie der Umriss einer Krone. Holzsplitter ragten aus den Wänden wie die Stacheln eines Stachelschweins. Abgesehen von dem Teil, den die Detonation herausgerissen hatte, war der Großteil der Werkbank verkohlt.

„Wie schätzen Sie den Tatort ein?", fragte Carol einen der Ermittler.

„In Anbetracht dessen, wie die Explosion ihn zugerichtet hat, muss er sich direkt über der Bombe befunden haben, genau hier an der Werkbank. Seine unteren Extremitäten sind relativ intakt geblieben, abgesehen von den Holzsplittern. Brust und Bauch haben am meisten abgekriegt. Es hat ihm praktisch die Gedärme rausgerissen, also würde ich annehmen, dass die Bombe genau vor seinem Bauch detoniert ist. Wenn es Selbstmord war, muss er wohl angenommen haben, die sicherste Methode sei, das Ding fest an seinen Körper zu pressen. War es hingegen ein Unfall, hat er wahrscheinlich gerade die Anschlussdrähte am Zünder befestigen wollen und dabei einen Funken erzeugt."

Carol trat wieder in die Einfahrt hinaus, um sich einen Überblick zu verschaffen. Das Garagentor war ausgebeult, die Seitentür zum Garten herausgesprengt, doch es gab kaum Schäden an der Bausubstanz. Sie schätzte, dass die freigesetzte Energie ungefähr der von zwei Handgranaten gleichkam. Stark genug, aber keineswegs in der Größenordnung der Bombe, die Riggio getötet hatte.

Die Seitentür war durch den Druckunterschied aus den Angeln gerissen und zersplittert worden, was bedeutete, dass sie ebenfalls geschlossen gewesen sein musste. Carol verstand ja noch, dass Buck das Garagentor zugemacht hatte, damit seine Nachbarn nicht hatten sehen können, woran er arbeitete, aber das mit der Seitentür ergab keinen Sinn. Er hatte mit Modex oder RDX gearbeitet, und beide Substanzen erzeugten ziemlich gefährliche Dämpfe.

Carol ging noch einmal zu dem Ermittler in die Garage zurück. „Was war mit seinen Händen?"

„Die waren relativ unversehrt. Wir konnten ein paar Schnittwunden und etwas Gewebeverlust feststellen, aber sie waren noch dran."

Carol konnte sich das nicht vorstellen. Wenn Buck wirklich Selbstmord begangen hatte, hatte er ihrer Einschätzung nach die Bombe festgehalten und sie möglichst eng an seinen Körper gepresst, um sicherzustellen, dass es schnell ginge; seine Hände hätte er demzufolge eigentlich verlieren müssen. Und wenn er gerade einen Zünder in den Sprengsatz eingepasst hatte und das Ding versehentlich explodiert war, dürfte er ebenfalls keine Hände mehr haben.

„Carol, komm doch mal her!", rief Kelso.

Sie fühlte sich unbehaglich, als sie sich im Garten zu ihm und den anderen gesellte. Sie musste immer wieder an die rote Schrift und daran denken, dass Mr Red behauptet hatte, er wisse, wer ihn imitiert habe. Woher konnte er das wissen? Von Tennant?

Kelso stellte sie den beiden Männern in Zivil vor, mit denen Leyton zusammengestanden hatte. Es waren in der Tat zwei Detectives von der Mordkommission des Sheriffbüros. Connely war ein dicker Bursche mit ernstem Gesichtsausdruck; Gerald hatte die leeren Augen eines Mannes, der in seinem Job schon zu viel gesehen hatte.

„Es gibt da eine Sache, bei der Sie uns vielleicht behilflich sein könnten“, sagte Gerald. „Haben Sie Daggett heute mal gesehen?“

„Ja, heute Morgen.“

Gerald berührte mit den Fingern seine linke Stirnseite. „Er hat hier eine Beule, die blutunterlaufen und voller Flüssigkeit ist. Jetzt fragen wir uns natürlich, wann er sich die geholt hat.“

„Ich weiß es nicht. Heute Morgen ist mir jedenfalls nichts aufgefallen.“

Die ganze Sache gefiel Carol überhaupt nicht. Erst flog Tennant in die Luft, dann Daggett. Und Mr Red behauptete zu wissen, wer ihn imitiert hatte. Woher könnte er das erfahren haben, wenn nicht von Tennant?

Sie wandte den Kopf in Richtung Garage. „Es war kein besonders großer Sprengsatz.“

Geralds Grinsen erinnerte an einen Hai. „Sie haben die Leiche nicht gesehen. Das arme Schwein war über die ganze Garage verteilt.“

Carol ignorierte seinen Einwurf und wandte sich an Kelso. „Einer der Bombenexperten da drin hat mir die Leiche beschrieben. Daggett hat sich die tödlichen Verletzungen zugezogen, weil er so nah an der Bombe dran war, aber ich glaube nicht, dass die Explosion sehr stark war. Ich weiß zwar nicht genau, wie viel RDX Tennant übrig hatte, aber es war mit Sicherheit mehr als die Menge, die Buck getötet hat.“

Verwirrt blinzelte Kelso sie an. „Willst du damit sagen, dass ein Teil des Sprengstoffs fehlt?“

„Ich weiß es nicht.“

Carol ging auf die Straße hinaus, um eine Zigarette zu rauchen. Sie musste dauernd an Daggetts Hände denken. Außerdem fragte sie sich, welcher Sprengstoff Tennant getötet und woher er das Zeug wohl gehabt hatte. Um einem Mann die Arme abzureißen, war eine Unmenge Energie nötig. Sie mochte diese Fragen nicht, auf die es keine Antworten gab.

Bei diesem Stichwort fiel ihr Pell wieder ein.

Beth trat neben sie. „War’s schlimm?“

„Wir haben beide schon Schlimmeres gesehen.“

„Es muss aber schlimm gewesen sein, sonst würdest du nicht weinen.“

Carol trat ihre Zigarette aus. „Kannst du mit Kelso zurückfahren? Ich brauche das Auto.“

ALL DIE kleinen Ungereimtheiten in Sachen Pell ergaben plötzlich einen Sinn: das abgetakelte Motel; die Tatsache, dass sie die NLETS-Suche und die Überstellung der Beweismittel für ihn hatte durchführen müssen; die Art, wie er bei Tennant an die Decke gegangen war.

Carol parkte vor dem Motel und rief ihn vom Handy aus an. Als das Telefon zehnmal geläutet hatte, legte sie auf und betrat das Gebäude. Pells Zimmernummer kannte sie von ihren früheren Anrufen. Sie fand die entsprechende Tür und wanderte dann so lange durch die Korridore, bis sie ein Zimmermädchen entdeckte.

„Hallo, ich bin Mrs Pell, Zimmer 112. Mein Mann ist ausgegangen und hat leider beide Schlüssel dabei. Würden Sie mich bitte reinlassen?"

Das Zimmermädchen, eine junge Latina, überprüfte die Nummer auf ihrem Klemmbrett. „Sicher. Ich lassen Sie rein."

Sie sperrte die Tür auf, und Carol betrat das Zimmer.

Ein Laptop stand auf einem wackeligen Schreibtisch. Er sah genauso aus wie ihrer, dasselbe Modell. Obwohl sie nicht genau wusste, wonach sie suchte, durchstöberte sie das Bad, die Kommode, den Schreibtisch und Pells Koffer – doch ohne auf etwas zu stoßen. Danach ging sie zum Schrank und durchsuchte Pells Kleidung. In der Innentasche seiner Lederjacke entdeckte sie schließlich eine kleine Beweismitteltüte mit einem Bombensplitter darin. Sie öffnete die Tüte, ließ den Splitter in ihre Hand gleiten und las darauf die Buchstaben T-A-R-K-E-Y.

Es war völlig egal, dass es in Wahrheit Buck Daggett gewesen war, der ihren Namen eingraviert hatte, um sie auf eine falsche Spur zu führen – Pell hatte geglaubt, dass Mr Red die Bombe gebaut hatte. Als sie gemeinsam im Barrigan's gesessen hatten, und an dem Abend, als er sie in den Arm genommen hatte, war er davon überzeugt gewesen, dass sie das Ziel des Bombenlegers war. Und hatte es ihr verschwiegen. Er hatte sie benutzt.

„Was machst du da?" Pell stand in der Tür. Sein Gesicht wirkte blass und eingefallen.

„Du Mistkerl!" Carol hielt ihm das schwarze Metallteil unter die Nase. „Wo hast du das her? Aus der Pathologie? Und das schon an deinem ersten Tag hier?"

Er blieb völlig regungslos. „Es tut mir Leid, Carol."

„Was war ich für dich, Jack? Nur ein Köder? Du denkst, dass er hinter mir her ist, und hast mich nicht gewarnt?" Sie wies auf den Laptop. „Du hängst die ganze Zeit vor diesem Ding und versuchst ihn auf meine Spur zu locken und hältst es nicht für nötig, mich zu warnen?"

Er schüttelte nur den Kopf. Sein Schweigen versetzte sie noch mehr in Wut.

„Es war nicht Mr Red! Buck Daggett hat Riggio ermordet!"

„Es war Mr Red."

„Hör endlich auf damit! Charlie hatte eine Affäre mit Bucks Frau, und aus diesem Grund hat Buck ihn umgebracht. Ein Augenzeuge hat bestätigt, dass Buck die 911 angerufen hat. Die Bestandteile für seine Bombe hat er sich aus Tennants Werkstatt besorgt. Wir waren gerade auf dem Sprung, um ihn zu verhaften, als er in seiner eigenen Garage in die Luft gesprengt wurde, durch dasselbe Zeug."

„Bist du deswegen hergekommen? Um mir das zu sagen?"

„Nein. Ich weiß, dass du nicht mehr im aktiven Dienst bist, und ich weiß auch, warum. Das mit deinen Augen tut mir wirklich Leid, aber ich werde Kelso alles über dich erzählen, und er wird dann die ATF-Außenstelle verständigen. Ich wollte es dich nur vorher wissen lassen."

Pell kam auf sie zu, doch sie schüttelte den Kopf.

„Lass es! Ich habe so lang versucht, nichts mehr zu empfinden. Für dich habe ich mich wieder geöffnet, und du hast mich nur benutzt. Nach drei Jahren wage ich mich endlich aus meinem Schneckenhaus, und das alles wegen einer Lüge!"

Als sie ihn ansah, stellte sie fest, dass Tränen in seinen Augen standen. All dies hätte nicht so wehtun dürfen.

„Leb wohl, Jack." Sie legte den Bombensplitter, auf dem ihr Name stand, auf den Schreibtisch. Dann ging sie.

SIE LOGGTE sich auf Claudius ein, sobald sie zu Hause eingetroffen war. Wie sie erwartet hatte, wartete Mr Red bereits auf sie. Sie hämmerte auf ihre Maus, um das Nachrichtenfenster zu öffnen.

> MR RED: Hallo, Carol Starkey. Ich habe auf dich gewartet.
> HOTLOAD: Hast du ihn ermordet?
> MR RED: Ich habe eine Menge Leute auf dem Gewissen. Du musst schon etwas genauer sein.
> HOTLOAD: Du weißt ganz genau, wen ich meine: Daggett. Hast du ihn ermordet?
> MR RED: Wenn ich diese Frage beantworte, musst du mir auch eine beantworten. Einverstanden?
> HOTLOAD: Ja.
> MR RED: Die Wahrheit tut weh.

Sie begriff, dass dies seine Antwort war. Er hatte diese Wörter auf Bucks Garagenwand gesprüht. DIE WAHRHEIT TUT WEH.

> HOTLOAD: Warum hast du es getan?

Mr Red: Er hat meinen Namen missbraucht. Du bist doch intelligent genug, um zu wissen, dass er es war, der Riggio umgebracht hat, oder?

Hotload: Ich weiß, was er getan hat.

Mr Red: Aber weißt du auch, dass er gerade eine zweite Bombe gebastelt hat, als ich ihn besucht habe? Er wollte dir genau dasselbe antun, was er Riggio angetan hat.

Hotload: Das kannst du gar nicht wissen.

Mr Red: Doch, er hat es mir gebeichtet. Nur wenige Sekunden bevor ich ihn bewusstlos schlug, ihn über den Sprengsatz legte, den er gebaut hatte, und ihn hochgehen ließ. Aber du hattest deine Frage, jetzt bin ich dran.

Hotload: In Ordnung.

Mr Red: Mittlerweile muss dir klar sein, dass Pell nicht der ist, für den er sich ausgibt. Wie fühlt man sich, wenn man von einem Mann benutzt wird, den man liebt?

Hotload: Ich werde dich festnehmen.

Mr Red: Da kann ich nur lachen. Meine Arbeit hier ist getan, Carol Starkey. Ich habe sie genossen. Auf Wiedersehen.

Carol wusste, dass es an diesem Abend keine Nachricht mehr von ihm geben würde. Sie schaltete den Computer ab. Dann ging sie zum Anrufbeantworter und spielte die Nachrichten ab, die Pell in den letzten Tagen bei ihr hinterlassen hatte. Sie spulte immer wieder zurück, um seine Stimme noch ein weiteres Mal zu hören. Es tat weh.

10

Einen Großteil der Nacht verbrachte Carol damit, sich zu betrinken. Doch sie beschloss auch, Kelso gleich am Morgen alles zu berichten. Es war die einzige Lösung. Die Ermittlungen mussten sich ab sofort wieder auf Mr Red konzentrieren, wenn sie auch nur die geringste Chance haben wollten, ihn zu schnappen. Und sie hatte auch schon eine Idee, wie das zu bewerkstelligen war.

Um zehn nach fünf wählte sie den Piepser von Warren Mueller an. Sie war viel zu benebelt, um sich wegen der Uhrzeit Gedanken zu machen.

Zwölf Minuten später läutete ihr Telefon, und eine verschlafen klingende Stimme meldete sich. „Wissen Sie eigentlich, wie spät es ist?“

„Passen Sie auf, Mueller: Ich weiß jetzt, woher der Sprengstoff gekommen ist, mit dem sich Tennant in die Luft gejagt hat. Von Mr Red – der war bei ihm im Knast. Fragen Sie bitte nicht nach dem Wieso und Warum. Es gibt jetzt zwei Dinge, die Sie unbedingt tun müssen. Erstens sollten Sie auf den Überwachungsvideos genau kontrollieren, wer Tennant in den letzten Tagen besucht hat. Und das Zweite: Krallen Sie sich Tennants Album."

„Ich habe keine Ahnung, wovon Sie überhaupt reden."

„Er hatte so eine Art Sammelalbum mit Zeitungsausschnitten über Bombenanschläge. Jeder, der bei ihm war, musste es sich anschauen. Sehen Sie zu, dass Sie es finden, und lassen Sie es auf Fingerabdrücke untersuchen. Wenn Mr Red bei ihm war, muss er dieses Album einfach berührt haben." Sie beschrieb es Mueller, dann legte sie auf.

Anschließend duschte sie, zog sich an und packte den Laptop ein. Sie würde ihn brauchen, wenn sie Kelso über Claudius Bericht erstattete.

In der Spring Street angekommen, bat sie Beth und Santos, sie zu begleiten, klopfte an Kelsos Tür und trat wie immer einfach ein.

Doch diesmal sah er sie lächelnd an. „Morgan lässt dir seine Glückwünsche ausrichten. Jeder außer dir ist wie ein blindes Huhn hinter Mr Red hergelaufen, während du den Fall gelöst hast. Wahrscheinlich wird Morgan dich befördern."

Sie stellte den Computer auf seinem Schreibtisch ab. „Barry, ich muss dir was erzählen, was auch Beth und Jorge hören sollten. Buck hat keinen Selbstmord begangen. Und es war auch kein Unfall. Mr Red hat ihn ermordet."

Kelso runzelte die Stirn. „Vielleicht bin ich ja etwas begriffsstutzig, aber hast du nicht dauernd behauptet, dass Mr Red mit der Geschichte nichts zu tun hat?"

„Er hat Charlie nicht umgebracht, das war Buck. Buck hat Mr Reds Vorgehensweise imitiert, um seine Tat zu verschleiern. Das konnten wir nachweisen. Es gefiel Mr Red jedoch nicht, dass sich jemand seiner Methoden bediente. Deshalb ist er hergekommen, um diesen Jemand zu finden. Und das ist ihm auch gelungen."

„Woher weißt du das?", fragte Santos.

„Er hat es mir auf diesem Computer höchstpersönlich gestanden. Wir stehen seit fast einer Woche in Kontakt."

Sie berichtete vom Verlauf ihrer geheim gehaltenen Ermittlungen und wie es ihr gelungen war, auf Claudius Verbindung mit Mr Red aufzunehmen.

Kelso unterbrach sie nur einmal, als sie von Pell sprach. „Wie lang weißt du schon, dass er kein Angehöriger des ATF mehr ist?"

„Seit gestern. Es tut mir Leid. Es war falsch von mir, so zu handeln, und ich entschuldige mich dafür. Aber wir haben immer noch eine Chance, Mr Red zu schnappen. Buck hatte mehr Modex, als er für seine zwei Bomben verwendet hat, dessen bin ich mir sicher. Und ich glaube, dass Mr Red sich das restliche Modex genommen hat. Ich kann auf Claudius wieder Kontakt mit ihm aufnehmen. Wir können ihn manipulieren. Wir können diesen Schweinehund schnappen!"

Kelso nickte, doch es bedeutete keine Zustimmung. Er war wütend. „Wir stehen da wie Idioten!"

Carol atmete tief durch. „Du nicht, Barry. Nur ich."

„Genau da irrst du dich! Ich werde jetzt Morgan anrufen. Ich möchte, dass du draußen wartest. Beth, Jorge – das gilt auch für euch."

Draußen entschuldigte sich Carol auch bei ihren beiden Kollegen. Santos nickte nur bedrückt und setzte sich hinter seinen Schreibtisch. Beth hingegen versuchte gar nicht erst zu verbergen, wie aufgebracht sie war. „Wenn mich das meine Karriere kostet, trete ich dir in deinen versoffenen Hintern!"

Carol wollte nicht zu streiten anfangen, deshalb setzte sie sich an ihren Schreibtisch und wartete einfach ab.

Die Tür zu Kelsos Büro blieb fast eine Dreiviertelstunde lang geschlossen. Als sie sich endlich öffnete, schnauzte Kelso: „Carol, komm rein!"

So wütend hatte sie ihn noch nie erlebt.

„Du wirst mit sofortiger Wirkung vom Dienst suspendiert und musst dich einer Anklage wegen standeswidrigen Verhaltens sowie mutwiliger Gefährdung der Ermittlung stellen. Wenn sich bei der Untersuchung kriminelle Anklagepunkte ergeben, musst du mit einer Strafverfolgung rechnen. Ich rate dir, noch heute einen Anwalt zu kontaktieren."

Carol war starr vor Schock. „Ich weiß, dass ich die Sache vermasselt habe, aber Mr Red ist nach wie vor da draußen. Er hat immer noch Modex in seinem Besitz. Wir können nicht einfach so aufhören."

„Der Einzige, der aufhört, bist du. Du bist raus. Wir anderen werden natürlich weiterhin unsere Arbeit tun."

Carol versuchte die Tränen zurückzuhalten. „Barry, bitte lass mich dabeibleiben, damit wir diesen Kerl schnappen! Ich kann ihn erreichen."

Kelso holte tief Luft. „Du kannst gehen."

Carol griff nach dem Computer, den sie schließlich brauchte, um mit Mr Red Kontakt aufzunehmen.

„Der bleibt hier."

Sie ließ den Laptop auf dem Schreibtisch stehen und verließ das Büro.

ZIELLOS fuhr sie durch die Stadt, ohne auch nur die geringste Vorstellung davon zu haben, was sie jetzt tun sollte. Sie hatte damit gerechnet, dass Kelso sie bestrafen würde, doch sie hätte nie angenommen, dass sie nicht mehr Teil der Ermittlung sein würde. Beim Gedanken daran spürte sie wieder die Tränen hochsteigen, kämpfte sie aber wütend zurück.

Sie zündete sich gerade eine Zigarette an, als sich ihr Piepser meldete. An der Vorwahl erkannte sie Muellers Nummer und rief ihn zurück.

„Gratuliere, Sie werden das neue Star-Pin-up des FBI!"

„Das Album?"

„Genau! Wir haben deutliche Abdrücke, acht von zehn Fingern, darunter beide Daumen. Wussten Sie, dass der Dreckskerl sich als Tennants Anwalt ausgegeben hat?"

„Ist er auch auf dem Überwachungsvideo zu sehen?"

„Ja. Das haben wir auch schon. Und das Beste: Wir wissen jetzt, wer er ist: John Michael Fowles, 28, keine Vorstrafen. Seine Abdrücke waren im Schatzkästchen der Bundesbehörden, weil er mit 18 bei der Marine angeheuert hatte, aber als für den Militärdienst ungeeignet wieder ausgemustert wurde. Er hatte ein paarmal Feuer in der Kaserne gelegt."

„Passen Sie auf, Mueller. Rufen Sie bitte die CCS an, und geben Sie diese Information weiter, okay? Die haben mich suspendiert."

„Das darf doch nicht wahr sein! Wieso denn?"

„Ich habe Mist gebaut. Ich werde Ihnen gern alles erzählen, aber ich kann jetzt nicht. Rufen Sie die CCS bitte an? Die müssen das erfahren."

„Hören Sie mal, was auch immer Sie getan haben, die müssen völlig verrückt sein, Sie rauszuwerfen. Das wollte ich Ihnen nur sagen. Sie sind eine Spitzenpolizistin."

„Rufen Sie sie jetzt bitte an?"

„Wird erledigt, klar. Passen Sie gut auf sich auf, ja?"

Carol verabschiedete sich und klappte ihr Handy zu. John Michael Fowles. Vor ihrem geistigen Auge sah sie, wie er mit dem Modex, das er bei Buck Daggett erbeutet hatte, eine neue Bombe baute. Sie wollte sich auf Claudius mit ihm unterhalten. Sie wollte ihren Job zu Ende bringen, aber Kelso hatte ihr diese Möglichkeit genommen.

Moment! Es gab noch eine andere. Sie klappte ihr Handy wieder auf.

PELL war davon überzeugt, dass seine Jagd auf Mr Red ihr Ende gefunden hatte. Jetzt, wo man ihm auf die Schliche gekommen war, war er erledigt.

Er beschloss, nicht zu fliehen. Seine Netzhaut würde sich bald völlig ablösen – und das war's dann. Vielleicht würde er noch ein oder zwei Tage abwarten und darauf hoffen, dass Carol und ihre Kollegen Mr Red erwischten, dann würde er sich stellen.

Es störte ihn nicht einmal besonders, dass ihm Mr Red durch die Lappen gegangen war. Das überraschte ihn. Immerhin war diese Privatfehde fast zwei Jahre lang seine einzige Leidenschaft gewesen. Die Sache mit Carol traf ihn dagegen viel stärker. Er bedauerte, dass er ihr so viel Schmerz zugefügt hatte.

Er fuhr ohne Ziel durch die Gegend, bis er sich schließlich in einem Diner am Strand von Santa Monica wieder fand. Er setzte sich an den Tresen und überlegte, dass er versuchen sollte, sich mit Carol zu versöhnen. Oder vielleicht würde er es wenigstens schaffen, dass sie ihn etwas weniger hasste als jetzt.

Als sein Piepser vibrierte, erkannte er ihre Handynummer und rief sie zurück. „Rufst du an, um mich zu verhaften?"

„Nein. Ich biete dir eine letzte Chance, diesen Scheißkerl zu schnappen."

CAROL traf ihn in einem miesen kleinen Diner, wo er in einer Nische auf sie wartete. Sobald sie ihn sah, wurde ihr schwer ums Herz, doch dieses Gefühl verdrängte sie lieber gleich wieder.

Sie erzählte ihm, was geschehen war. „Hier ist mein Vorschlag: Falls wir ihn erwischen, bringen wir ihn nicht um, sondern verhaften ihn. Es geht nicht mehr um deinen privaten Rachefeldzug. Einverstanden?"

„Ja."

„Wenn wir einen Plan haben, gehen wir damit zu Kelso. Diesmal will ich das alles auf die legale Art durchziehen. Und ich will sicher sein, dass es funktioniert."

„Du willst deinen Job retten."

„Ja, genau, ich will meinen Job retten. Vielleicht feuern sie mich trotzdem – aber wenn, dann möchte ich einen ehrenwerten Abgang."

„Wozu brauchst du mich denn überhaupt?"

„Mr Red wartet auf mich. Er ist irgendwie auf mich fixiert. Das kann ich gegen ihn nutzen. Aber ich brauche deinen Computer, um mich wieder auf Claudius einzuloggen. Kelso hat mir meinen abgenommen."

Pell sah aus dem Fenster. „Ich hätte dir von Anfang an die Wahrheit sagen sollen. Es tut mir Leid."

„Hör auf damit. Ich will das nicht hören."

„Ich habe mich viel zu lang nur auf diese eine Sache in meinem Leben konzentriert. Da gewöhnt man sich dran, alles auf eine bestimmte Art anzugehen. Ich habe mich die letzten zwei Jahre von einer Stadt zur anderen geschummelt, während ich dem Kerl auf den Fersen war. Ich habe ja immer noch meine Dienstnummer und -marke. Und ich bin mit dem Behördenweg vertraut und habe ein paar Freunde. Die meisten Leute stellen ein offizielles Abzeichen nicht infrage. Ihr Polizisten garantiert nicht."

„Das interessiert mich alles gar nicht, Pell, und ich möchte auch nicht darüber sprechen. Willst du es auf meine Art machen oder nicht?"

Er sah sie fest an. „Ja, ich mache mit."

„Na gut, dann gehen wir."

Als sie aufstehen wollte, hielt er sie am Arm fest. „Carol, ich habe mich in dich verliebt."

Sie riss sich los. „Sag so was nie wieder!"

Er stützte sich mit den Armen auf dem Tisch ab und erhob sich. „Der Computer ist in meinem Wagen."

SIE FUHREN zu Carol. Es fiel ihr nicht leicht, mit Pell im selben Raum zu sein, aber sie zwang sich zum Durchhalten. Gemeinsam waren sie bis zu diesem Punkt gelangt, es gab keine andere Möglichkeit mehr, die Sache zu Ende zu bringen. Trotzdem fühlte sie sich unangenehm an die Gefühle erinnert, die sie vor kurzem in der gleichen Situation gehabt hatte.

Sie stellten den Computer auf den Esszimmertisch, und Carol loggte sich wie gewohnt ein. Als der lodernde Kopf auf dem Bildschirm auftauchte, klickte sie den Chatroom an. Er war leer.

„Was willst du schreiben?", fragte Pell.

„Das hier."

HOTLOAD: John Michael Fowles.

„Wer ist John Michael Fowles?"

„Mr Red. Mueller hat seine Fingerabdrücke in Tennants Album gefunden."

Carol rechnete nicht damit, dass Fowles um diese Uhrzeit auf sie warten würde, doch er meldete sich fast umgehend. Sie öffnete das Fenster.

Mr Red: Gute Arbeit, Detective Starkey.
Hotload: Dein Lob lässt mich erröten.
Mr Red: Wie hast du meinen Namen erfahren?
Hotload: Willst du die Wahrheit hören?
Mr Red: Die Wahrheit ist eine Ware. Was willst du dafür haben?
Hotload: Du wirst eine meiner Fragen beantworten müssen.
Mr Red: Ich werde dir nicht verraten, wo ich bin. Alle anderen Fragen sind erlaubt.
Hotload: Einverstanden. Die Antwort lautet: durch Tennants Album. Als mir klar wurde, dass du bei ihm warst, wusste ich auch, dass er dich dazu gebracht haben würde, es anzuschauen.
Mr Red: Weißt du, warum ich es durchgeblättert habe? Um die Artikel zu lesen, in denen es um dich ging.
Hotload: Okay, jetzt zu meiner Frage: Bist du nach Los Angeles gekommen, weil wir dich über Claudius hergelockt haben? Hat unsere Strategie wirklich funktioniert?
Mr Red: Ich werde deine Frage persönlich beantworten. Gib mir deine Telefonnummer.
Hotload: So weit will ich nun auch wieder nicht gehen.
Mr Red: Ich hatte da ein paar Fantasien, in denen du sehr weit gegangen bist, Carol Starkey.
Hotload: Wenn du ordinär wirst, logge ich mich aus.
Mr Red: Was für dich drin ist, ist … die Wahrheit.
Hotload: Die Wahrheit tut weh.
Mr Red: Die Wahrheit kann aber auch befreiend sein.

Carol zögerte. Sie wusste, dass sie nur eine einzige Chance hatte, ihn zu erwischen; wenn ihm klar wurde, was sie vorhatte, wäre diese Chance vergeben und er selbst für immer auf und davon.

„Sei schwach", schlug Pell vor. „Er ist ein Mann. Wenn du ihn kriegen willst, musst du ihm das Gefühl geben, dass er die Kontrolle hat."

Hotload: Du willst auf die Liste der zehn meistgesuchten Verbrecher. Ich habe Angst davor, dass du mich benutzen willst, um da aufgenommen zu werden.
Mr Red: Es gibt Dinge, die ich mehr will, als auf dieser Liste zu landen.
Hotload: Zum Beispiel?
Mr Red: Ich möchte deine Stimme hören, Carol Starkey.

Hotload: Ich werde dir meine Telefonnummer nicht geben.

Mr Red: Dann machen wir es so: Logge dich heute um 15 Uhr noch einmal auf Claudius ein. Ich werde auf dich warten. Dann gebe ich dir meine Telefonnummer. Wenn mein Telefon nicht innerhalb der folgenden 15 Sekunden läutet, verschwinde ich von der Bildfläche, und du wirst nie wieder von mir hören. Wenn du mich aber anrufst, werden wir uns genau fünf Minuten lang unterhalten, und ich werde deine Frage beantworten. Ich würde gern länger mit dir plaudern, aber wir wissen ja beide, was du tun wirst.

Hotload: Ich lasse den Anruf zurückverfolgen.

Mr Red: Genau. Aber du wirst mich nicht kriegen.

Hotload: Wir werden sehen.

„Jetzt hast du ihn, Carol", sagte Pell.

„Vielleicht." Zumindest hatte sie jetzt, was sie brauchte, um Kelso wieder unter die Augen treten zu können. Doch letztlich hing alles von Mr Red ab.

John Michael Fowles parkte zwei Blocks von Carol Starkeys Haus entfernt. Er legte das Notebook auf den Beifahrersitz und tätschelte liebevoll den Glasbehälter, in dem sich das Modex befand. Das Zeug war besser als ein Goldfisch, immerhin musste man es nicht füttern.

Er wartete, bis Carol Starkey und Pell das Haus verlassen hatten, dann fuhr er zu seinem Hotel zurück, um dort weiterzuarbeiten. Diesmal baute er eine andere Art Bombe, eine ganz spezielle Bombe.

Carol wollte Fowles dazu bringen, seinen Aufenthaltsort zu verraten, damit sie ihn einkassieren konnte. Zu diesem Zweck brauchte sie Fangschaltungen, falls sie sich über das Festnetz mit ihm unterhalten würde, sowie Experten bei den Mobilfunkbetreibern, die seine Position mittels Triangulation feststellen konnten, falls er ihr – was wahrscheinlicher war – eine Handynummer gab. Sobald sie wussten, wo er war, mussten Beamte die Gegend abriegeln. Und da anzunehmen war, dass er Explosivstoff bei sich haben würde, mussten auch Sprengstoffkommandos ausrücken. Aus alldem ergab sich, dass sie Kelsos Hilfe brauchte.

Zuerst rief sie jedoch Leyton an. Er musste schon alles erfahren haben, denn er klang distanziert, zugleich aber auch besorgt.

„Dick, ich brauche deine Hilfe. Ich weiß, dass ich in Schwierigkeiten stecke, aber bitte hör mich an. Mr Red und ich haben uns gerade online unterhalten. Ich habe eine Beziehung zu ihm, und die können wir dazu benutzen, diesen Bastard einzulochen."

„Verdammt, Carol, du machst alles noch schlimmer! Du musst –"

„Um genau drei Uhr ist er wieder online", fiel sie ihm ins Wort. „Dann gibt er mir eine Telefonnummer, unter der ich ihn anrufen kann. Und ich werde anrufen. Vielleicht kann ich ihn sogar dazu bringen, sich mit mir zu treffen. Immerhin geht es um Mr Red! Sollen wir so eine Gelegenheit einfach sausen lassen? Du musst mit mir zu Barry gehen, Dick – bitte!"

Sie besprachen sich zehn Minuten. Beide wussten, dass Kelso sich nie darauf einlassen würde, wenn Morgan nicht von der Sache überzeugt war. Schließlich willigte Leyton ein, den Polizeidirektor anzurufen, und vereinbarte mit Carol, sich mit ihr um zwei in der Spring Street zu treffen.

Sie legte auf und blickte Pell an. „Wenn Morgan mitspielt, wird er wahrscheinlich auch ATF und FBI alarmieren. Vielleicht solltest du lieber nicht mitkommen."

„Ich bin nicht so lange bei der Stange geblieben, nur um jetzt aufzuhören."

„Na gut, dann los."

Sie fuhr ihn zum Diner zurück, wo sein Auto stand. Danach trennten sich ihre Wege bis zum Treffen bei der CCS.

Um fünf vor zwei betrat Carol mit dem zweiten Computer unter dem Arm das Gebäude in der Spring Street. Leyton war bereits anwesend, Morgan ebenso, Pell jedoch noch nicht.

„Gehen wir zu Barry", sagte Leyton. Morgan nickte Carol förmlich zu, bevor sie den beiden in Kelsos Büro folgte.

„Carol, ich habe sowohl den Polizeidirektor als auch Kelso über den Inhalt unseres Gesprächs unterrichtet", erklärte Leyton. „Sie sind mit deinem Plan einverstanden. Die Einsatzleitung hält sich bereit und hat eine sichere Kommunikationsverbindung zu den Streifenwagen eingerichtet. Die Sondereinsatzkommandos sind in Alarmbereitschaft, und unsere Sprengstoffkommandos sitzen ebenfalls in den Startlöchern."

Carol nickte. „Alles klar. Wo wollen wir es machen?"

„Hier", schaltete Kelso sich ein. „Brauchst du was Spezielles?"

„Nur einen Telefonanschluss. Für den Anruf verwende ich dann mein Handy."

Kelso räumte seinen Schreibtisch frei, damit sie den Computer dorthin stellen konnte. Aus dem Augenwinkel sah sie in diesem Moment Pell mit zwei Bundesbeamten in das Dezernatsbüro kommen.

Zehn vor drei wartete sie inmitten des Publikums, das sich inzwischen um sie herum versammelt hatte, nur noch darauf, sich einzuloggen. Leyton strich ihr über die Schulter. „Wir haben noch ein paar Minuten. Hol dir einen Kaffee."

Carol war froh über die kurze Pause und ging hinaus. Pell stand nach wie vor bei den beiden Bundespolizisten, trug aber wenigstens keine Handschellen. Sie ließ den Kaffee bleiben und ging stattdessen zu ihnen hinüber. „Sind die Herren vom ATF?"

Der kleinere der Agenten stellte sich als Wally Coombs, der größere als Burton Armus vor. Beide waren von der Außenstelle Los Angeles.

„Ist Mr Pell festgenommen?"

„Zum jetzigen Zeitpunkt nicht. Wir würden Ihnen gern ein paar Fragen über diese ganze Geschichte stellen."

„Da müssen Sie sich noch ein bisschen gedulden. Ich brauche jetzt Mr Pells Unterstützung im anderen Büro."

Coombs zuckte mit den Achseln. „Kein Problem."

Pell folgte ihr dichtauf zu Kelsos Büro. „Danke."

Um 14.59 Uhr saß Carol wieder vor dem Computer. „Sind wir so weit?", fragte sie. Einer der Fernmeldespezialisten hob bestätigend den Daumen, woraufhin Morgan ihr zunickte. Sie öffnete den Zugang zu Claudius, aber als das Nachrichtenfenster aufging, stand etwas darin, womit keiner von ihnen gerechnet hatte.

MR RED: Tut mir Leid, Schätzchen. Ich habe meine Meinung geändert. Ein Gespräch genügt mir nicht. Mein Appetit ist grenzenlos – wenn du weißt, was ich meine.

HOTLOAD: Wir hatten eine Vereinbarung. Du hast versprochen, meine Frage zu beantworten.

MR RED: Ich habe gesagt, ich würde sie dir persönlich beantworten. Das gilt nach wie vor. Treffen wir uns, Carol Starkey. Sonst wirst du wohl nie erfahren, ob deine Spielchen auf Claudius funktioniert haben. Ich werde dir nicht wehtun.

HOTLOAD: Wo?

MR RED: Echo Park. Du kennst den großen Brunnen?

HOTLOAD: Ja.

MR RED: Parke auf der Südseite des Teichs, und geh direkt auf den Imbissstand zu, und zwar nur aus dieser Richtung. Ich werde dich beobachten. Wenn du allein bist, werden wir uns sehen.

UMGEHEND wurde die Polizeiaktion organisiert. Die Sondereinsatz- und Sprengstoffkommandos sollten sich auf einem Parkplatz sechs Häuserblocks östlich des Parks treffen. Rund um den Park wurden Beamte in Zivil postiert, die jede Beobachtung über Funk melden sollten. Die Telefonspezialisten verkabelten Carol noch in Kelsos Büro mit einem Mikrofon, während ringsum Befehle erteilt wurden.

Sie sollte mit ihrem eigenen Auto zum Park fahren und sich genau an Fowles' Anweisungen halten. Sobald sie Kontakt zu ihm hergestellt hätte, sollte das Areal hermetisch abgeriegelt werden. Für den Notfall standen Scharfschützen bereit.

Die Fahrt von der Spring Street zum Echo Park dauerte zwölf Minuten. Wie angeordnet, parkte Carol am südlichen Ende des Parks, wobei sie gegen den Drang ankämpfte, sich übergeben zu müssen. Sie hatte es mit Mr Red zu tun. Sie musste mit einer Überraschung rechnen.

Der Plan war simpel: Identifiziere ihn, wirf dich auf den Boden, und lass die anderen ihre Arbeit tun. Das Mikrofon unter ihrer Bluse übertrug ihre Stimme; wenn sie „Hallo, Mr Red" sagte, würden die anderen es hören.

Carol sperrte ihr Auto ab und ging auf den Imbissstand zu. Es war ein Nachmittag unter der Woche, dennoch drängten sich Familien, Kinder mit Luftballons, Rollerblades- und Skateboardfahrer im Park.

Vor dem Imbiss wartete eine lange Schlange. Als Carol die Bude erreicht hatte, blieb sie stehen. Niemand kam auf sie zu, und es sah auch niemand so aus, als könnte es sich bei ihm um Mr Red handeln. Viele Latinos, einige Schwarze und Asiaten, nur wenige Weiße. Er konnte überall und nirgends sein.

Eine kleine, stämmige Latina stellte sich mit ihren drei Söhnen in die Schlange. Der Älteste stand neben seiner Mutter, doch die anderen beiden rannten wild im Kreis um sie herum und spielten Fangen. Sie liefen hinter die Imbissbude, tauchten auf der anderen Seite wieder auf und kamen schlitternd zum Stehen.

Anfangs registrierte Carol gar nicht, was sie entdeckt hatten. Die zwei Jungen blickten in eine Tüte. Es handelte sich um eine Papiertüte ohne Aufdruck, die jemand an der Ecke der Imbissbude abgestellt hatte.

Plötzlich kam Carol die Erkenntnis. Hier hatte sie Mr Red! Er beobachtete sie. Und garantiert hatte er eine Fernzündung in der Hand. Sie musste die Jungen in Sicherheit bringen.

Sie machte ein paar Schritte auf die Einkaufstüte zu. „Wir haben eine mögliche Sprengladung. Ich wiederhole, mögliche Sprengladung." Als sie etwas näher herangekommen war, rief sie mit scharfer und zorniger Stimme: „He! Lasst die Tüte sofort in Ruhe!“

Die Jungen begriffen, dass sie gemeint waren, starrten sie aber verständnislos an. Daraufhin wandte sich ihre Mutter auf Spanisch an sie.

„Sagen Sie ihnen, sie sollen die Tüte in Ruhe lassen!“

Die Mutter redete immer noch auf die Jungen ein, als Carol die Tüte erreicht hatte und die Rohre darin sah.

„Bombe!“

Sie packte die Jungen und hastete mit ihnen zurück. Dabei schrie sie: „Bombe, Bombe, Bombe! Polizei, räumen Sie das Areal, los, los, los!“

Die Jungen brüllten. Carol versuchte die Menschen in der Schlange in Bewegung zu bringen, während Polizeiautos quer durch den Park auf sie zurasten.

Doch nichts passierte.

„DIE ROHRE sind leer“, teilte Russ Daigle mit.

Darauf war Carol schon vor vierzig Minuten gekommen. Wenn Mr Red die Bombe hätte hochgehen lassen wollen, hätte er das getan, als sie direkt davor gestanden war. Jetzt saß sie auf dem Rücksitz von Daigles Suburban, genau wie früher, als sie noch für das Bombendezernat gearbeitet hatte. Daigle hatte den Roboter mit dem Sprengsatzentschärfer losgeschickt, um die Rohre zur Detonation zu bringen.

„Er hat eine Nachricht hinterlassen.“ Daigle drückte Carol eine Karteikarte in die Hand. *Sehen Sie sich die Liste an* stand darauf.

Leyton und Morgan waren mit Daigle herübergekommen, und Leyton drückte jetzt Carols Arm. „Er steht jetzt auf der Liste der zehn meistgesuchten Verbrecher. Als das FBI seinen Namen hatte, haben sie ihn sofort draufgesetzt. Es tut mir Leid, Carol. Es war ein wirklich vielversprechender Versuch.“

Es war aus. Jede Art Beziehung, die sie möglicherweise zu Mr Red gehabt hatte, war beendet. Er hatte mit Sicherheit gesehen, was sie hier abzuziehen versucht hatten. Sie konnte sich zwar wieder auf Claudius einloggen und würde ihn dort vielleicht sogar antreffen, aber es bestand keine Chance mehr, ihn in die Falle zu locken. Er hatte ja endlich, was er wollte.

Kelso tauchte auf. „Hör zu, Carol, wir können das Vorgefallene nicht ungeschehen machen, aber vielleicht finden wir einen Weg, damit du deinen Job behalten kannst. Du wirst zwar nicht weiter für die CCS arbeiten können, aber wir werden sehen.“

„Danke, Barry." Carol lächelte ihn an.

Sie fing einen Blick von Pell auf. Er sprach kurz mit den beiden ATF-Agenten, die sich stets in seiner Nähe aufhielten, und kam dann zu ihr herüber. „Wie geht's dir?"

„War schon besser. Hast du schon gehört, dass sie ihn auf die Liste gesetzt haben?"

„Ja. Vielleicht zieht er sich nun in den Ruhestand zurück, dieser Mistkerl."

Carol wusste nicht recht, was sie glauben sollte. Würde Mr Red in Los Angeles bleiben? Würde er weitermorden oder einfach von der Bildfläche verschwinden?

Sie deutete mit dem Kopf auf die zwei Bundesagenten. „Und was ist mit deinen Freunden?"

„Die haben mir geraten, einen Anwalt zu verständigen. Was schließt du daraus?"

„Dass du erledigt bist?"

„Ich muss mit dir reden, Carol. Wir müssen über uns reden."

Sie stieg aus dem Suburban. „Ich will nicht reden. Ich will mich nur irgendwo verkriechen und über alles hinwegkommen. Auf Wiedersehen, Jack. Wenn ich dir irgendwie helfen kann, wenn sie dich verhören, lass es mich wissen."

Sie blickte ihm tief in die trüber werdenden Augen, drehte sich um und ging davon. Er sollte nicht sehen, wie sehr sie sich wünschte, weiter in seiner Nähe bleiben zu können.

11

Carol kehrte nicht in die Spring Street zurück, sondern fuhr einfach durch die Straßen. Entspannt beobachtete sie das Treiben der Passanten und das Verkehrsgeschehen. Sie hatte ein für alle Mal genug von Bomben. Wenn sie von heute an nie wieder eine Bombe entschärfen oder als Bombenexpertin aktiv werden durfte, würde ihr das nicht das Geringste ausmachen. Was Kelso gesagt hatte, machte ihr Mut. Sie hätte gern in der Mordkommission gearbeitet.

Irgendwann fiel ihr auf, dass sie nur so intensiv über dieses Thema nachsann, damit sie nicht an Pell denken musste. Sobald ihr das klar geworden war, konnte sie ihn nicht mehr aus ihren Gedanken verdrängen.

Sie schlug den Weg nach Hause ein. Sie fühlte sich leer, aber nicht so sehr, dass sie das Bedürfnis hatte, diese Leere mit Gin aufzufüllen. Immerhin etwas. Vielleicht hatte sie diese Entwicklung Pell zu verdanken, obwohl sie jetzt nicht in der Stimmung war, ihm für irgendetwas dankbar zu sein.

Als sie zu Hause ankam, hoffte sie für einen kurzen Augenblick, dass er in der Einfahrt auf sie warten würde. Aber da war niemand. Auch gut, dachte sie, und im selben Augenblick verspürte sie den ziehenden Schmerz des Verlustes so heftig in ihrer Brust, wie ihr das seit Sugars Tod nicht mehr geschehen war. Sie versuchte auch diesen Gedanken und das, was sich damit verband, zu verdrängen. Es ging ihr besser, sie war reifer geworden. Sie würde den Rest des Tages mit dem Versuch verbringen, ihren Job zu retten, oder sich zumindest überlegen, wie sie ihn und die Erinnerung an Jack Pell am besten hinter sich lassen konnte.

Sie betrat das Haus. Sie bemerkte nicht, dass das Licht auf ihrem Anrufbeantworter blinkte. Das Erste und Einzige, was ihr sofort ins Auge fiel, war die Vorrichtung, die auf ihrem Kaffeetischchen stand. Die zwei galvanisierten Rohre, die mit Isolierband an einer schwarzen Plastikbox befestigt waren, versetzten ihr einen unerwarteten visuellen Schock. Das Ding wirkte banal und offensichtlich, es schien ihr das Wort Bombe so laut entgegenzuschreien, dass ihr das Herz stockte.

Im selben Augenblick explodierte um sie herum alles in einem weißen Lichtblitz.

„KANNST du mich hören?" Seine Stimme klang erstaunlich sanft. „Ich sehe genau, wie sich deine Augen bewegen, Carol Starkey."

Sie nahm den aufdringlichen Geruch einer Substanz wahr, die sie für Benzin hielt.

„Riechst du das? Das ist Grillanzünder. Wenn du jetzt nicht sofort aufwachst, zünde ich dein Bein an."

Sie spürte die Nässe auf ihrem Bein. Das heftige Pochen hinter ihrem rechten Ohr verwandelte sich in einen stechenden Schmerz, der ihr die Tränen in die Augen trieb. Als Carol sie öffnete, sah sie alles doppelt.

„Na, wie ist es, Carol Starkey? Kannst du mich sehen?"

Sie blickte in die Richtung, aus der die Stimme ertönte. Als sich ihre Blicke trafen, lächelte er sie an. In seiner rechten Hand hielt er einen schwarzen Knüppel. Er hatte ihren Schlagstock im Schrank entdeckt.

In einer großspurigen Geste breitete er die Arme aus. „Ich bin Mr Red."

Er wirkte jünger als 28, aber in keiner Weise wie einer dieser heruntergekommenen Außenseitertypen, die Carol üblicherweise mit Bombenlegern assoziierte. Er war ein gut aussehender Mann, der schöne, gleichmäßige Zähne und noch alle Finger an den Händen hatte.

Sie saß mit ausgestreckten Beinen auf ihrer Kaminplatte, ihre Arme waren seitlich mit Handschellen an den Metallrahmen gefesselt, der den Kamin umgab. Ihre Hände fühlten sich taub an.

Die Bombe stand nicht mehr auf ihrem Kaffeetischchen, sondern auf dem Boden, nur ein paar Zentimeter von ihren Füßen entfernt.

Mr Red kam näher und setzte sich mit überkreuzten Beinen auf den Boden. Dann tätschelte er den Sprengsatz, als handelte es sich um ein Kind. Seine Finger waren lang und schlank; sie hätten einem Chirurgen oder Uhrmacher gehören können. „Der letzte Rest von Daggetts Modex Hybrid. Und diese Bombe gehört jetzt dir. Sie trägt sogar deinen Namen eingraviert."

Carol sah sich die Bombe an. Die zwei Rohre waren die gleichen wie immer, aber die schwarze Box war ungewohnt. Auf ihrer Oberseite befand sich eine Zeitschaltuhr, von der einige dünne Drähte abgingen und durch kleine Löcher im Deckel ins Innere der Box verliefen. Diese Bombe war anders. Sie war nicht funkgesteuert.

„Ein Zeitzünder", sagte Carol.

„So ist es. Wenn sie explodiert, habe ich leider schon was anderes vor – muss ja schließlich meine Aufnahme in die Topten feiern."

Ohne ein weiteres Wort drückte er auf eine Seite der Schaltuhr, woraufhin eine grüne Leuchtanzeige mit einem 15-Minuten-Countdown erschien.

Er grinste. „Ein bisschen banal, ich weiß, aber ich konnte einfach nicht widerstehen. Dies ist mein Geschenk an dich, Carol Starkey. Du hast die Möglichkeit, die Augenblicke deiner Vernichtung zu verfolgen. Schau einfach zu, wie die Sekunden herunterzählen, bis zur allerletzten, wenn du aufhörst zu existieren."

„Fahr zur Hölle!"

Er ging zur Couch hinüber und kehrte mit einer Rolle Isolierband zurück. Er riss ein Stück ab und ging neben ihr in die Hocke.

„Ich will die Wahrheit", forderte Carol. „Ist das alles nur passiert, weil ich dich hergelockt habe?"

Er setzte sich zurück, um sie genauer zu betrachten, dann lächelte er wieder. „Na gut, die Wahrheit: Von der Silver-Lake-Bombe habe ich über das NLETS erfahren, und zwar schon lange bevor du und Pell mit euren Spielchen auf Claudius begonnen habt. Es war Daggett, der mich hergebracht hat, nicht du.“ Er beugte sich vor. Seine Augen glänzten. „Wie hast du dich gefühlt?“

„Wann? Als ich gemerkt habe, dass ich ausgenutzt werde?“

„Nein, nein. Bei dem Wohnwagen. Du warst praktisch direkt dran.“

In diesem Moment erkannte sie, dass es das war, was ihn antrieb. Er wollte diese Kraft einmal selbst spüren. Sie in sich aufnehmen, davon verzehrt werden. *Die wollen sich selbst vernichten*, hatte Dana über Bombenleger gesagt.

„Ich habe gar nichts gefühlt, Fowles. Ich habe das Bewusstsein verloren. Glaubst du, da öffnet sich ein Fenster, damit du Gott sehen kannst? Es passiert so schnell, dass man nicht mal die Zeit hat zu begreifen, was los ist.“

Er starrte sie an, ohne zu blinzeln. Dann packte er ihr Haar, zog ihren Kopf nach hinten und klebte ihr das Isolierband über den Mund. Sie versuchte sich zur Seite zu drehen, aber er presste das Band fest auf ihre Lippen.

Der Zeitzünder war jetzt bei 13 Minuten und 22 Sekunden angelangt. Fowles tätschelte ihren Kopf. „Reservier mir schon mal einen Platz in der Hölle, Carol Starkey.“

Er stand auf und ging zur Tür, aber das bekam sie schon nicht mehr mit. Sie konnte nur noch die grüne Leuchtanzeige anstarren, die die Sekunden bis zur Ewigkeit herunterzählte.

COOMBS und Armus benahmen sich wie echte Gentlemen. Sie wollten lediglich seine Waffe und seine Dienstmarke, die er beide im Hotel gelassen hatte, und dann mit ihm sprechen. Er fragte, ob er sie hierfür in ihrem Büro aufsuchen dürfe, und sie waren damit einverstanden.

Pell fuhr zu seinem Hotel zurück, holte die Marke und seine Pistole aus dem Zimmer und checkte aus. Anschließend machte er sich auf den Weg zu Carols Haus. Er hatte keine Ahnung, was er sagen und tun würde, wenn er erst dort war, doch er wusste, dass er sie nicht so einfach gehen lassen durfte. Coombs und Armus konnten warten.

Er war erleichtert, als er ihr Auto in der Einfahrt stehen sah. Doch als Carol nicht öffnete, versuchte er durch den Streifen aus kleinen Glasscheiben, der sich senkrecht neben ihrer Tür hinabzog, einen Blick ins Haus zu erhaschen. Zuerst konnte er nur erkennen, dass sie am Kamin saß, aber dann sah er auch die Handschellen und die Bombe zu ihren Füßen.

Er trat gegen die Tür, die sofort aufbrach. Doch als er ins Haus stürmte, traf ihn von hinten ein heftiger Schlag. Er taumelte nach vorn und sah Lichtpunkte durch sein Blickfeld rasen.

Er zog die Pistole aus dem Halfter, als er wieder einen Hieb versetzt bekam. Er spürte, wie er allmählich das Bewusstsein verlor, aber noch hatte er die Waffe in der Hand. Er löste den Sicherungshebel und schaffte es, einen Schuss in den Schatten über ihm abzufeuern, während das Licht langsam der Dunkelheit wich.

CAROL sah Pell zu Boden stürzen, sah, wie er seine Waffe zog und dann mitten in den Körper von Fowles feuerte. Dieser wurde seitlich nach hinten geschleudert und kroch dann auf das Sofa zu.

Carol rieb ihr Gesicht an der Schulter, versuchte das Klebeband abzubekommen. Dabei behielt sie die Leuchtanzeige im Auge. Die Zeit lief so schnell ab, dass die Zahlen ineinander verschwammen. 6:48,47,46.

Fowles versuchte sich aufzurichten, schaffte es jedoch nicht.

Endlich löste sich das Klebeband auf einer Seite, und Carol fand ihre Stimme wieder. „Pell!“, schrie sie. „Pell, wach auf! Steh auf, und hol die Schlüssel!“

Er wälzte sich auf den Rücken und blinzelte heftig.

„Pell, wir haben nur noch sechs Minuten, dann geht das Ding hoch! Komm her!“

Er stützte sich schwer auf die Seite. „Ich kann dich nicht sehen. Ich kann gar nichts mehr sehen. Da ist nur noch Licht und Schatten.“

Carol wurde blass. Sie begriff, was geschehen war. Der Angriff hatte seine Augen endgültig ruiniert, die ohnehin schon fragile Verbindung zu den Sehnerven zerrissen.

„Kannst du auch aus der Nähe nichts sehen? Siehst du deine Hand?“

Er hielt sie sich vors Gesicht. „Ich sehe einen Schatten, mehr nicht. Wer hat mich geschlagen? War er das?“

„Du hast ihn erwischt. Er liegt auf dem Sofa.“

„Ist er tot?“

„Ich habe keine Ahnung, Jack, aber das ist jetzt unwichtig! Die Bombe hat einen Zeitzünder. Wir haben noch sechs Minuten und zehn Sekunden, und ich bin mit Handschellen hier am Kamin gefesselt. Wenn du mich losmachst, kann ich die Bombe entschärfen.“

Mühsam kam er auf Hände und Knie hoch. Doch sein Gesicht war von ihr abgewandt.

Am anderen Ende des Zimmers versuchte auch Fowles noch einmal aufzustehen, schaffte es aber nicht. Das bisschen Leben, das noch in ihm steckte, schien ihn mit rasender Geschwindigkeit zu verlassen.

„Jack, das muss jetzt schnell gehen! Wende dich meiner Stimme zu!"

Er tat es. 6:07,06,05.

„Geradeaus vor dir ist zwölf Uhr. Fowles ist auf acht Uhr, etwa viereinhalb Meter von dir entfernt. Er liegt auf dem Sofa hinter dem Kaffeetischchen, und er ist tot, glaube ich. Die Schlüssel könnten in seiner Tasche stecken."

Pell kroch vorwärts, wobei er mit einer Hand nach dem Tisch tastete.

„Gut so, Jack. Du bist fast am Tisch, und Fowles ist gleich dahinter."

Als Pell das Tischchen erreicht hatte, schob er es einfach zur Seite. Er erreichte das Sofa und ließ beide Hände die Hosenbeine von Fowles hinaufwandern, bis er zu den Taschen kam. Das Hemd von Fowles war blutgetränkt. 4:29,28,27.

„Sie sind nicht da! Sie sind nicht in seinen Taschen."

Forschend ließ Carol ihren Blick durchs Zimmer gleiten. Vielleicht hatte Fowles die Schlüssel ja irgendwohin geworfen. Doch sie konnte nichts erkennen.

Fowles stöhnte auf und bewegte sich schwach.

„Er lebt noch!", rief Pell.

Carols Augen wanderten zu der blinkenden Zeitanzeige zurück, auf der die Sekunden unbarmherzig weitertickten. 3:53,52,51.

„Vergiss ihn! Die Tür ist auf fünf Uhr. Verschwinde!"

„Nein. Ich lass dich nicht hier zurück!"

„Sehr romantisch, Jack. Wirklich sehr romantisch."

Er kroch über den Boden zu ihr, ganz knapp an der Bombe vorbei, und ließ seine Hände an ihren Beinen hinaufwandern. „Woran hat er dich gefesselt? Sag's mir, Carol!"

„An das eiserne Kamingitter. Der Rahmen ist an die Ziegelwand geschraubt."

Seine Hände glitten über ihren Körper, an ihren Armen entlang bis zu ihrer rechten Hand; dann arbeiteten sie sich über die Handschellen zu dem Eisenrahmen vor. Pell packte das Gitter mit beiden Händen und zog daran, bis er im Gesicht ganz rot wurde. Dann drehte er sich um, stemmte seine Füße gegen die Wand und zog noch stärker.

„Das sitzt total fest, Jack. Die Schrauben sind viel zu tief drin."

„Es muss doch irgendwas da sein, das ich als Hebel verwenden kann. Ich brauche einen Schürhaken. Vielleicht krieg ich's damit raus!" Seine Stimme klang verzweifelt.

„So was habe ich nicht, ich bin eine erbärmliche Hausfrau. Also sieh endlich zu, dass du hier rauskommst!“

Er wandte sich ihrem Gesicht zu. Seine Augen blickten sie dabei so zärtlich und offen an, dass sie davon überzeugt war, dass er sie sehen konnte. „Wo ist die Tür, Carol?“

Sie liebte ihn dafür, dass er endlich verschwand, dass er ihr drei letzte Minuten Schuldbewusstsein ersparte, weil sie auch seinen Tod verursachte. „Hinter dir, auf sieben Uhr.“

Er berührte ihr Gesicht, ließ seine Finger auf ihrer Wange ruhen. „Ich habe dich mies behandelt, Carol. Es tut mir Leid.“

„Vergiss es, Jack. Ich verzeihe dir. Verdammt, ich liebe dich sogar! Aber jetzt geh, bitte.“

Er tastete sich mit der Hand an ihrem Bein entlang zur Bombe hinunter, nahm sie unter den Arm und begann in Richtung Tür zu kriechen.

Als Carol aufging, was er da machte, schrie sie ihn wütend an. „Nein, Pell! Wage es bloß nicht, für mich dein Leben zu opfern!“

„Du tust mir einen Gefallen damit, Carol. Ich sterbe als Held. Ich opfere mein Leben für die Frau, die ich liebe.“

Carol war klar, dass er die Bombe zur Tür hinaustragen, sich damit in die Luft jagen und sie hier sitzen lassen würde. Dann musste sie für den Rest ihres Lebens diese Last tragen, so wie damals bei Sugar. Erst in diesem Augenblick füllten sich ihre Augen mit Tränen – und plötzlich hatte sie die entscheidende Erkenntnis, wie sie sich und ihn retten konnte.

„Pell, hör mir zu! Ich weiß jetzt, wie man dieses Ding entschärft!“

Er hielt inne und wandte sich ihr zu. „Wie lang noch?“

„Ich kann es nicht sehen. Bring sie her, Jack, und dann sag ich dir, was du tun musst.“

„Ich kann doch nichts sehen, Carol!“

„Aber ich kann dir sagen, was du tun sollst! Bring endlich die Bombe wieder her!“

Er folgte ihren Anweisungen, bis er wieder bei ihr angelangt war.

„Stell sie auf den Boden. Genau neben mich. Jetzt dreh sie um. Na los! Ich will die Zeitanzeige sehen.“

Er tat es. 1:56,55,54.

„Sag mir, was du siehst, Carol. Beschreib es.“

„Eine Schaltuhr, die auf einer schwarzen Frischhaltebox befestigt ist. Sieht so aus, als hätte er Löcher in den Deckel gebrannt, um die Anschlussdrähte durchzuschieben.“

„Ein Batteriepaket?“

„Wahrscheinlich drinnen, mit alldem anderen Zeug. Der Deckel ist nicht zugeklebt, sondern nur draufgeklappt.“

Sie sah zu, wie Pell mit den Fingern vorsichtig am Deckelrand entlangfuhr. Sie wusste, dass er genau dasselbe dachte wie sie: Vielleicht hatte Mr Red eine Kontaktverbindung in den Deckel eingebaut, die automatisch die Explosion auslösen würde, wenn ihn jemand abnahm.

„Mach die Box auf, Jack. An den Enden zuerst.“

Pell befeuchtete seine Lippen und nickte. Das konnte jetzt der entscheidende Augenblick sein; aber wenn dem so war, würden sie beide nichts mehr davon mitbekommen.

Pell öffnete den Deckel. 1:51,50,49.

„Heb den Deckel noch nicht vom Unterteil ab. Du darfst ihn nur so weit anheben, dass du den Zug der Drähte kontrollieren kannst.“

Sie beobachtete, wie er ihre Anweisungen ausführte.

„Ich spüre jetzt, dass die Drähte an dem ziehen, was in der Box ist.“

„Das ist der Sprengstoff und der Zünder. Heb den Deckel weiter an, bis du merkst, dass die Drähte ganz gespannt sind.“

Er tat es. 1:26,25,24.

„Und jetzt kipp die Box leicht zu mir her. Ich will sehen, was drin ist.“

Als Pell ihrer Anweisung nachkam, sah Carol, wie der Inhalt verrutschte. Das war gut. Es bedeutete, dass er nicht an der Box befestigt war und somit entfernt werden konnte.

In der Box befand sich ein flacher Zylinder von etwa einem Liter Fassungsvermögen, der aussah wie eine Farbdose. Aus seiner Oberseite ragte das Endstück der Steckverbindung eines elektrischen Sprengzünders. Rote und weiße Anschlussdrähte führten von der Steckverbindung zu einem Nebenanschluss, aus dem einige andere Drähte durch den Deckel hinauf zur Zeitschaltuhr sowie nach links zu ein paar Neunvoltminizellen führten, die mit Klebeband seitlich an der Dose befestigt waren. Von den Batterien führte ein dunkelroter Draht direkt zur Schaltuhr, ohne Umweg über den Nebenanschluss, aber dafür durch ein kleines rotes Gehäuse, dem ein weiterer weißer Draht entsprang, der seinerseits wiederum mit dem Sprengzünder verbunden war. Dieser Teil gefiel Carol überhaupt nicht. Alles andere war einfach; solche Vorrichtungen hatte sie schon hundertmal gesehen, aber das rote Gehäuse und der weiße Draht zurück zum Zünder waren ihr fremd. Sie spürte, wie die Angst in ihr wuchs.

„Sag mir, was ich tun soll, Carol“, drängte Pell.

„Nimm den Sprengsatz in beide Hände, heb ihn raus, und stell ihn auf den Boden.“

Er folgte ihren Instruktionen. 1:01,00.

„Wie sieht's zeitlich aus?"

„Wir haben mehr als genug Zeit. Kein Problem."

„Du lügst verdammt schlecht."

Da die Bombe jetzt direkt vor ihr auf dem Boden stand, konnte Carol alles genauer erkennen, doch was es mit dem kleinen roten Gehäuse auf sich hatte, begriff sie noch immer nicht. Möglicherweise handelte es sich um eine Spannungskontrolle. Dieser Gedanke machte ihr Angst. Eine Spannungskontrolle würde sofort merken, wenn die Verbindung zu den Batterien unterbrochen wurde oder wenn sie die Drähte durchschnitten. In diesem Fall würde sie den Nebenanschluss und die Schaltuhr umgehen. Sobald sie die Drähte durchtrennten oder die Zeitschaltuhr deaktivierten, würde die Spannungskontrolle automatisch den Zünder auslösen.

„Was soll ich tun, Carol? Gib jetzt bloß nicht auf."

„Ich glaube, er hat eine Spannungskontrolle in den Schaltkreis eingebaut. Sobald wir versuchen, einen Anschluss durchzutrennen, bringt sie die Bombe zur Explosion – egal, was die Zeitschaltuhr anzeigt."

„Was tun wir also?"

„Wir gehen ein großes Risiko ein. Leg deine Finger auf die Schaltuhr, und finde die Drähte, die durch den Deckel führen. Nimm sie dann auf der Unterseite des Deckels wieder auf, so nah wie möglich am Sprengsatz, okay?"

Er gehorchte ihr. „Okay."

„Durch den Deckel führen insgesamt fünf Drähte. Nimm einen davon zwischen die Finger. Irgendeinen."

Er griff nach einem hellroten Draht.

„Den brauchen wir nicht, also schieb ihn zur Seite, und nimm einen anderen."

War es reiner Zufall, dass er den dunkelroten schon beim zweiten Anlauf erwischte?

„Das ist er. Genau dieser. Fahr jetzt an diesem Draht entlang, bis du auf ein kleines Gehäuse stößt. Das ist die Spannungskontrolle."

„Ich hab sie. Auf der anderen Seite kommen zwei Drähte raus."

„Richtig. Bevor wir die Zeitschaltuhr deaktivieren können, müssen wir dieses Ding entschärfen, und ich weiß nicht sicher, womit wir's hier zu tun haben. Ich kann nur raten."

Wortlos nickte er.

„Ganz vorsichtig jetzt. Du musst die Spannungskontrolle vom Rest der Bombe trennen und sie auf den Boden legen. Schieb die Drähte irgendwie zur Seite, damit das Gehäuse isoliert ist."

„Und was soll ich dann damit tun?"

„Du wirst sie zertreten. Aber sie könnte die Bombe zur Detonation bringen, Jack. Das Ding könnte dabei einfach hochgehen."

Er zuckte mit keiner Wimper. „Das wird sie sonst doch sowieso."

Als er die Spannungskontrolle möglichst weit von den anderen Drähten entfernt auf den Boden gelegt hatte, ging er in die Hocke, damit er seinen Absatz genau über das Gehäuse stellen konnte. „Bin ich in der richtigen Position?"

„Perfekt. Also los!"

Pell stampfte heftig mit dem Absatz auf. Als er den Fuß hob, war das Plastikgehäuse zertrümmert. Und sie waren noch am Leben.

Carol starrte auf die Bruchstücke. Inmitten der Plastiksplitter lagen zwei kleine Schlüssel. Die Schlüssel zu den Handschellen. Das Gehäuse war gar keine Spannungskontrolle gewesen – der Mistkerl hatte die Schlüssel in der Bombe versteckt! Sie warf einen Blick auf die Leuchtanzeige. 0:36,35,34.

Am liebsten hätte sie Pell jetzt dazu gebracht, die Schlüssel aufzuheben, sie loszumachen und mit ihr aus dem Haus zu rennen. Aber sie wusste, dass er das unmöglich rechtzeitig schaffen konnte.

„Was soll ich tun? Sprich mit mir, Carol. Sag mir, was ich tun soll!"

„Finde die Batterien."

Seine Finger fuhren den Sprengsatz entlang, bis sie die kleinen Neunvoltbatterien entdeckten, die mit Klebeband an der Farbdose befestigt waren. „Ich habe sie."

„Fühlst du die Drähte, die oben rauskommen? Sie sind mit einer kleinen Klemme an der Oberseite der Batterien angebracht."

„Ja. Und was jetzt?"

„Zieh sie raus."

Pell blieb völlig reglos. 0:18,17,16.

„Na los, zieh sie raus! Reiß einfach diese Klemme raus! Wir müssen die Verbindung unterbrechen, und eine andere Möglichkeit haben wir nicht. Wir entfernen die Batterie aus dem Schaltkreis und hoffen, dass es keine zweite Energiequelle gibt, die die Zündung auslöst."

Er sagte nichts. 0:10,09,08.

„Das ist also jetzt der Augenblick der Entscheidung, oder? Wie viel Zeit noch?"

„Sechs Sekunden."

Er drehte den Kopf in ihre Richtung und lächelte. „Danke, Carol."
„Ebenfalls, Pell. Und jetzt zieh diese Klemme raus!"
Er tat es. Die Zeitschaltuhr zählte die Sekunden weiterhin herunter.
Carols Augen füllten sich mit Tränen. „Tut mir Leid, Jack." Sie schloss die Augen und bereitete sich auf etwas vor, was sie ohnehin nicht spüren würde. 0:02,01.
„Carol? Haben wir's geschafft, Carol?"
Sie öffnete die Augen wieder. Auf der Leuchtanzeige stand 0:00, doch es hatte keine Explosion gegeben.
„Ich schätze, wir leben noch", murmelte Pell.

John Michael Fowles hörte die Stimmen von Carol Starkey und Pell. Als ihm klar wurde, dass die beiden die Bombe zu entschärfen versuchten, wollte er lachen, doch er spürte, wie das Blut seine Lungen füllte.
Nachdem er für kurze Zeit das Bewusstsein verloren hatte, vernahm er ihre Stimmen wieder. Er hob den Kopf gerade so viel, dass er die Bombe sehen konnte. Sie hatten es geschafft. Sie hatten sie entschärft. Jetzt musste John wirklich lachen, und dabei strömten rote Blutblasen aus seinem Mund. Die zwei glaubten doch tatsächlich, sie hätten ihr Leben gerettet. Sie hatten keine Ahnung, wie falsch sie lagen.
John nahm seine letzte Kraft zusammen.

Pell hielt Carol fest umarmt. Er war zu ihr gekrochen, als der Zeitpunkt der Detonation ereignislos verstrichen war, und hatte sie in die Arme genommen.
Nun löste er sich von ihr. „Sag mir, wie ich zum Telefon komme. Ich ruf die 911 an."
„Heb vorher die Schlüssel auf, und mach mich los. In der Spannungskontrolle waren Schlüssel – wahrscheinlich die für die Handschellen."
Pell folgte ihren Anweisungen, bis er die Schlüssel in der Hand hatte, und ließ sich dann zu ihr zurückdirigieren. Als sie frei war, rieb sich Carol die Handgelenke.
Auf dem Sofa gab Fowles ein Geräusch von sich, das wie ein wässriges Gurgeln klang. Dann rollte er vom Sofa auf den Boden hinunter.
Taumelnd fuhr Pell herum. „Was war das?"
„Fowles ist vom Sofa gefallen."
Mr Red streckte eine Hand in Richtung Esszimmer aus. Seine Füße bewegten sich ganz langsam, als wollte er davonkriechen.
„Ich rufe einen Rettungswagen. Er lebt noch."

Carol erhob sich und half Pell auf die Füße. Fowles arbeitete sich derweil Zentimeter für Zentimeter am Kaffeetischchen vorbei und hinterließ dabei eine rote Spur.

„Bleib einfach da liegen, Fowles", sagte Carol. „Ich rufe Hilfe."

Sie brachte Pell an die Eingangstür und ging dann zu Fowles zurück, der gerade mühsam das andere Ende des Sofas erreicht hatte. Er hielt ihr den Rücken zugewandt und griff hinter das Sofa. Dann drehte er sich mühsam auf den Rücken und blickte Carol ins Gesicht. Was sie sah, weckte mit einem Schlag sämtliche Erinnerungen an ihre Ausbildung als Bombentechnikerin: *Sekundärsprengkörper! Immer das Areal für den Fall eines Sekundärsprengkörpers räumen!*

Fowles umklammerte eine zweite Bombe. Er sah zu Carol auf und grinste ein blutiges Grinsen. „Die Wahrheit tut weh!", keuchte er.

Carol versuchte von ihm wegzukommen, fühlte sich aber wie in einem Albtraum, in dem man seine Beine nicht bewegen kann. Doch dann hechtete sie mit einem panikerfüllten Sprung auf Pell und die Tür zu.

John Michael Fowles blickte durch einen Schleier seines eigenen Blutes auf eine tiefrot verfärbte Welt, als er den silbernen Knopf drückte, der ihn befreite.

DANACH

Carol stand in der offenen Eingangstür des Hauses, das sie gemietet hatten, und rauchte eine Zigarette. Sie konnte es gar nicht abwarten, wieder in ihr eigenes Haus übersiedeln zu können, doch die Renovierungsarbeiten würden noch einen weiteren Monat dauern. Immerhin gab es einen neuen Fußboden zu verlegen, zwei Wände neu einzuziehen sowie alle Türen und Fenster zu erneuern. Sämtliche Tür- und Fensterstöcke hatten sich durch den Explosionsdruck verzogen.

Als die Bombe detonierte, war Carol gerade bei Pell angelangt, der an der Eingangstür gestanden hatte. Der Druck war über sie hinweggerast wie eine Flutwelle, hatte sie gegen Pell gedrückt und dann sie beide durch die Tür geschleudert. Das hatte ihnen das Leben gerettet. Sie waren quer über die Veranda und in den Vorgarten befördert worden. Herumfliegende Glas- und Holzsplitter hatten ihnen zwar einige Schnittwunden zugefügt, aber es hätte schlimmer sein können.

Carol rauchte ihre Zigarette fertig. Sie vermied es, im Haus zu rauchen, weil dadurch Jacks Augen gereizt wurden. Sie hatte es bereits 23 Tage lang ohne einen einzigen Drink ausgehalten. Wenn sie erst einmal das ausgestanden hatte, würde sie vielleicht auch versuchen, das Rauchen aufzugeben. Plötzlich war es nicht nur möglich, sich zu ändern, es war sogar notwendig.

Einen Blinden würden sie nicht vor Gericht stellen. Das ATF hatte sich anfangs zwar ziemlich wichtig gemacht – aber immerhin hatten sie Mr Red zur Strecke gebracht, und das zählte ziemlich zu ihren Gunsten.

Was sie selbst betraf, wartete Carol immer noch darauf, wie es mit ihr weitergehen würde. Sie hatte einen guten Anwalt genommen und wusste, dass Morgan hinter ihr stand. Es würde schon alles gut gehen. Jetzt hatte sie erst einmal einen Monat frei, bevor es zur Anhörung kam. Morgan hatte ihr versichert, dass er die Sache regeln werde, und sie vertraute ihm. Kelso und Santos riefen von Zeit zu Zeit an und erkundigten sich nach ihrem Befinden. Sie freute sich, von ihnen zu hören. Beth meldete sich dagegen nie.

„Komm her“, bat Jack. „Das musst du dir ansehen.“

Überall im Schlafzimmer hatte er Kerzen angezündet. Er hatte sie auf kleine Ständer, Untertassen und Teller gestellt, und jetzt flackerten ihre Flämmchen auf dem Schminktisch, der Kommode und den zwei Nachtkästchen. Er bat Carol nie um Hilfe, und sie drängte sie ihm nie auf.

„Es ist wunderschön, Jack. Danke.“

„Bleib genau dort stehen, wo du bist.“ Er folgte dem Klang ihrer Stimme und kam vorsichtig um das Bett herum auf sie zu.

Er wohnte bei ihr, seit er aus dem Krankenhaus gekommen war. Sie hatten beide keine Ahnung, ob er dauerhaft bleiben würde – aber man konnte ja nie wissen.

Carol zog ihn zu sich heran und küsste ihn. „Leg dich aufs Bett, Jack.“

Lächelnd ließ er sich zurücksinken, während sie die Jalousien herunterließ. Draußen war es zwar noch hell, doch als sie den Raum verdunkelt hatte, hüllten die Kerzen sie in kupferrotes Licht.

Carol zog sich aus und glitt in Jacks Arme. Sie ließ zu, dass seine Hände ihren Körper erforschten. Seine Finger strichen über ihre alten und die neuen Narben. Er konnte mit seinen Händen sehen. „Du bist wunderschön, Carol.“

ROBERT CRAIS

Foto: Jonathan Exley

Vor Nachahmung wird gewarnt

Auch wenn Robert Crais, anders als drei seiner Onkel und zwei Cousins, nicht in den Polizeidienst trat, blieb er der Familientradition in gewisser Hinsicht dennoch treu: Er wurde ein viel gelesener Kriminalschriftsteller. Seine ersten Erfolge in diesem Genre feierte er Mitte der 70er Jahre, als er vom heimatlichen Louisiana nach Hollywood ging und dort rasch zum gefragten Drehbuchautor avancierte, der Ideen für Serien wie „Miami Vice" und „Quincy" lieferte.

Es folgten acht Romane um den Privatdetektiv Elvis Cole, ehe Crais in *Feuerengel* erstmals eine Frau zum Mittelpunkt des Geschehens machte. „Ich wollte meine Möglichkeiten ausloten", berichtet der mit seiner Familie in den Bergen bei Los Angeles lebende Autor über die Entstehung. „Eine Zeit lang war ich von dieser Aufgabe regelrecht besessen. Ich schrieb 14, 15 Stunden am Tag, sieben Tage die Woche."

Die Zeit davor war mit aufwändiger Recherche gefüllt; Crais sprach mit Bombenexperten der Polizei, befragte Vertreter des ATF und bekam von der Bundesbehörde sogar Unterlagen zur Verfügung gestellt. „Man war allerdings sehr darauf bedacht, dass ich keine Anleitung zum Bombenbau verfasste. So habe ich einige Änderungen vorgenommen, die nicht der Wirklichkeit entsprechen. Ein Verbrecher, der glaubt, er könne das Buch als Vorlage missbrauchen, unterliegt einem tödlichen Irrtum. Und das meine ich durchaus wörtlich."

DIE WESTEN
VERENA C. HARKSEN

TASCHEN-VENUS

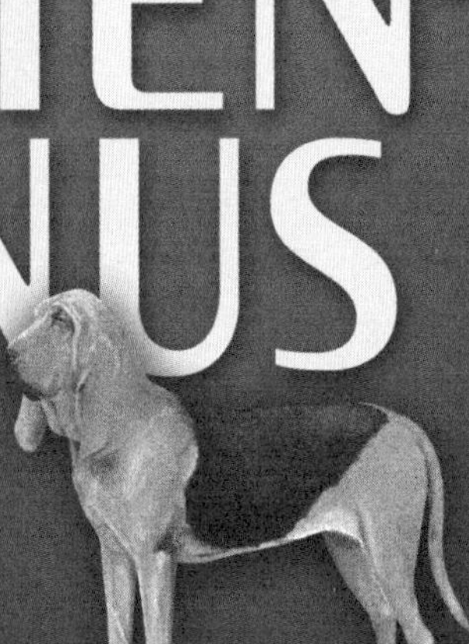

Für Sophia war es Liebe auf den ersten Blick: Pomponia, das niedliche Hundebaby, hatte es ihr einfach angetan. Doch wie sollte sie sich um das Tier kümmern, wenn aus dem süßen Welpen ein stattlicher etruskischer Bluthund geworden war?

KAPITEL 1

Sophia Dukakis lernte die Gräfin Anna Eleonora dadurch kennen, dass die beiden Damen vor dem Eingang des Aldi-Marktes in der Raimundstraße aufs Heftigste aufeinander prallten. Dabei platzten vier Kartons mit Tomatensaft. Sophia, kleiner und leichter als Anna, verlor das Gleichgewicht und setzte sich in die rote Pfütze. Die hoch gewachsene Anna schwankte nur, während sich ein großer blutähnlicher Fleck auf ihrer Brust ausbreitete. Sie fand gleich wieder Halt und starrte bestürzt auf das Unglück zu ihren Füßen.

„Bitte entschuldigen Sie vielmals, ich habe nicht aufgepasst", sagten die beiden wie aus einem Munde, verstummten erschrocken und fuhren wie im Chor fort: „Ich komme immer wegen des guten Tomatensafts hierher."

Sie sahen einander an und brachen in Gelächter aus. Anna streckte die Hand aus und half Sophia auf. Auf dem Betonboden breiteten sich zwei aus geborstenen Kartons und Sophias geplatzter Tüte quellende Seen aus, die langsam ineinander flossen. Sophia betastete ihr Hinterteil. Es war kalt und feucht und tat weh. „Wie gut, dass ich rote Hosen anhabe", erklärte sie.

„Ja, das war sehr vorausschauend", erwiderte Anna. „Wissen Sie, ich hatte es so eilig, dass ich Sie völlig übersehen habe."

„Und ich bin abrupt stehen geblieben, weil mir einfiel, dass ich noch Brot brauche. Es tut mir wirklich sehr Leid."

„Mir auch. Sollten wir jetzt nicht wieder reingehen und neuen Saft kaufen? Und dann trinken wir eine Tasse Kaffee zusammen. Ich lade Sie ein, schließlich habe ich Sie umgerannt."

„Aber Sie haben es doch eilig", wandte Sophia zögernd ein.

„Ach was. Alles nicht so dringend."

Sophia warf erst jetzt einen genaueren Blick auf die andere Frau. Anna war eine große, schlanke, elegant gekleidete Honigblonde, die jederzeit als Filmstar Arbeit gefunden hätte. Sophia schätzte sie auf etwa dreißig Jahre. In dem schmalen, von einem strengen Pagenschnitt umrahmten Gesicht leuchteten Augen von intensivem Veilchenblau über einer klassischen Nase und einem breiten, vergnügten Mund. Die helle Kamelhaarjacke, die nicht ganz zugeknöpft gewesen war, der gleichfarbige dünne Rollkragenpullover und der smaragdgrüne Seidenschal zeigten Tomatensaftspuren, die sich in der schwarzen Hose verliefen.

Anna fuhr fort: „Und damit Sie wissen, wer Sie niedergestreckt hat – ich heiße Anna Roccarossa, wohne in der Grommetstraße und bin eine nichtberufstätige Hausfrau."

Sophia seufzte. „Das wäre ich manchmal auch gern. Ich arbeite als Buchhändlerin, mein Name ist Sophia Dukakis, und ich wohne in der Raabestraße."

„Sind Sie Griechin?"

Sophia grinste. „Sieht man das denn nicht?"

Anna musterte sie. Die Buchhändlerin war sehr klein, kaum über einen Meter fünfzig, ein bisschen mollig und an den richtigen Stellen hübsch gerundet. Sie hatte kurz geschnittene flachsblonde Haare, sehr helle Haut mit ein paar niedlichen Sommersprossen, die selbst im Winter nicht verblasst waren, und porzellanblaue Augen. Das runde Gesicht mit der kurzen Nase und dem kecken Kussmund verlieh ihr das Aussehen eines vorwitzigen Puttos. Sie trug einen langen schwarzen Anorak und rote Jeans. Ihre unerwartet tiefe und ein wenig heisere Stimme pflegte bei den männlichen Kunden der Buchhandlung ein angenehmes Kribbeln hervorzurufen, wovon Sophia freilich nichts ahnte, ebenso wenig wie von der Wirkung ihrer sonstigen Reize. Sie selbst fand sich zu klein, zu blass und farblos, und mit ihrer Figur war sie auch unzufrieden. Zu viel Busen, zu viel Po und eine deutlich markierte Taille – mit solchen Formen hatte man heutzutage keine Chance. Knabenhaft musste man sein! Wimmelte es nicht überall von jungen, mageren, ätherisch wirkenden Frauen? Sophia hatte sich schon mehrfach auf strenge Diät gesetzt, nicht weil sie zu dick war, sondern um ihre Silhouette zu ändern, aber das Weibliche an ihr blieb unübersehbar. Im Übrigen war sie fünfundzwanzig, allein stehend und im Wesentlichen optimistisch.

Anna schüttelte den Kopf. „Nein, man sieht es nicht. Aber ich wirke ja auch nicht direkt italienisch."

Mit vier neuen Packungen Tomatensaft und einem kleinen Mischbrot, alles in zwei Kartons verstaut, verließen die beiden Frauen kurz darauf den Markt. Anna führte Sophia zu einem kleinen grünen

BMW, legte die Einkäufe in den Kofferraum und öffnete die rechte Tür.

„Steigen Sie ein! Ich denke, wir fahren zu mir nach Hause. Da können Sie Ihre Sachen trocknen, ich koche uns einen Kaffee, und wir erholen uns von dem Schrecken."

Sophia zögerte. „Ich weiß nicht …, wir kennen uns doch gar nicht. Außerdem habe ich ein patschnasses Hinterteil."

„Das macht nichts. Wir legen eine Decke unter."

Es war ein kalter grauer Januarnachmittag. Ein feuchter Wind blies über den Parkplatz, und Sophia fröstelte.

„Nun machen Sie schon!", forderte Anna sie auf, holte vom Rücksitz eine karierte Decke und legte sie auf den Beifahrersitz. „Sie müssen schnellstens ins Warme."

Sophia gehorchte ohne weitere Einwände. Noch etwas benommen von ihrem Sturz, stieg sie zu ihrer neuen Bekannten ins Auto.

Wenige Minuten später hielt der BMW vor einer kleinen Villa in einem für Frankfurter Stadtverhältnisse erstaunlich großen Garten, den eine Feuerdornhecke vor neugierigen Blicken schützte. Auf einem kleinen Schild am Eingang stand der Name ROCCAROSSA. Anna öffnete mit der Fernbedienung das Tor und stellte das Auto vor die ans Haus angebaute Doppelgarage.

Sophia zerrte sich die klebrige Decke vom Hinterteil und stieg aus. Anna holte ihren Karton aus dem Kofferraum und sagte: „Ihre Sachen lasse ich drin, ich fahre Sie dann nach Hause."

Die Villa, ein schlichter, kantiger Bau aus den Zwanzigerjahren, war hellgrau gestrichen und dunkelgrau abgesetzt. Sie hatte ein Schieferdach, mehrere Balkone und große Fenster. Anna führte Sophia in ein Badezimmer im ersten Stock und brachte ihr eine dunkelblaue Hose. „Hier, Sie können sie ja hochschlagen. Ihre Hose trocknet auf der Heizschlange. Wenn Sie fertig sind, gehen Sie einfach nach unten ins Wohnzimmer. Ich ziehe mich auch schnell um."

Sophia stellte betrübt fest, dass die schöne Hose zwar viel zu lang, aber durchaus nicht zu weit war. Sie krempelte den Saum um, kämmte sich und stieg die Treppe hinunter.

Anna, jetzt in olivgrünen Jeans und einem rostroten Polohemd, wartete bereits. Das Wohnzimmer im Erdgeschoss war weitläufig und ging an der Rückseite des Hauses in einen großen Wintergarten mit Glasdach über, der dem Raum trotz des trüben Winterwetters Licht und Helle gab. Links führte eine offene Schiebetür in ein Esszimmer, das ebenfalls auf den Wintergarten mündete. Daneben lag ein kleineres Arbeitszimmer. An einem großen Schreibtisch mit mehreren Computern, Druckern, Telefon- und Faxgeräten saß ein Mann, der jetzt aufstand und auf die Frauen zukam.

„Mein Mann, Vittorio Roccarossa“, stellte Anna vor. „Vittorio, das ist Sophia Dukakis, das Opfer meines Tomatensaftes.“

„Bitte verzeihen Sie meiner Frau.“ Herr Roccarossa, ein kleiner, elegant gekleideter Herr, drückte Sophias Hand. „Sie ist ein bisschen stürmisch.“

„Nein, nein“, wehrte Sophia ab. „Ich bin genauso schuld. Wäre ich nicht plötzlich stehen geblieben, wären wir nicht zusammengestoßen.“ Sie fand Herrn Roccarossa sympathisch. Er war kaum einen halben Kopf größer als sie selbst, hatte schon etwas schütteres braun gewelltes Haar, braune, freundliche Augen hinter einer schmalen Brille und eine große Nase. Sein Mund war so breit und fröhlich wie der seiner Frau, und er besaß auffallend schöne, schmale und langfingrige Hände. Sophia dachte, er müsse mindestens zehn Jahre älter sein als Anna.

„Ich hole den Kaffee“, sagte diese jetzt. „Vittorio, drüben am Kamin ist gedeckt. Stell Frau Dukakis bitte den Rest der Familie vor.“

Das Wohnzimmer war mit klassischen skandinavischen Teakholzmöbeln im Stil der Sechzigerjahre eingerichtet und sehr gemütlich. An den Wänden wechselten Bücherregale mit Glasschränken, in denen große bunte Fayencen – Teller, Platten, Schalen und bauchige Vasen – ausgestellt waren.

Die vorherrschenden Farben waren Teakbraun und Beige. Auf dem Parkettboden lagen nur ein paar kleine Brücken in natürlichen Rottönen. Ein paar Stiche und nachgedunkelte Ölbilder ergänzten die sparsame Möblierung.

Vittorio Roccarossa führte Sophia zur gegenüberliegenden Seite des Raums. Dort brannte ein freundliches Feuer im Kamin. Rechts und links davon standen in zwei deckenhohen Vitrinen weitere bemalte Tongefäße.

„Das ist mein Hobby“, erklärte er. „Ich sammle alte Fayencen. In Italien gibt es viele prachtvolle Stücke, aber ich habe auch französische, flämische und deutsche.“

Sophia trat an eine der Vitrinen und betrachtete ehrfürchtig zwei große Platten, die in verschiedenen leuchtenden Blautönen bemalt waren. Sie zeigten weite Landschaften mit Bäumen, Kühen und Pferden. Ihre breiten Ränder waren mit Blumen und Früchten verziert.

„Das sind Stücke aus Belfast, spätes siebzehntes Jahrhundert. Die Farben sind so frisch wie am ersten Tag. Und das da oben“, er deutete auf zwei rundliche Vasen, die mit Vergissmeinnicht bemalt waren, „ist etwas wirklich Seltenes: Zerbster Fayencen, Mitte achtzehntes Jahrhundert. Von denen gibt es nur noch ganz wenige.“

Sophia verstand nichts von Fayencen, wusste aber, dass man Wissen, Geld und Zeit brauchte, um eine so kostbare Sammlung zu schaffen, und sie nahm sich vor, in der Buchhandlung nach einschlägiger Literatur zu suchen und sich zu bilden.

„Aber bitte nehmen Sie doch Platz.“ Er führte sie zu einem Sessel. „Und das hier sind Tarquinius und Tanaquil.“

Erst jetzt bemerkte Sophia, dass auf einem Teppich vor dem Kamin zwei gewaltige Hunde lagen, die sich bisher nicht gerührt hatten. Als sie ihre Namen hörten, klopften sie mit den Schwänzen, und der größere Hund gähnte und entblößte ein Ehrfurcht gebietendes Gebiss.

„Sie brauchen keine Angst zu haben“, versicherte Herr Roccarossa. „Es sind die reinsten Lämmer.“

Langsam standen die Tiere auf und kamen näher. Sophia erkannte, dass es sich um ein Pärchen handelte. Der Rüde war gute siebzig Zentimeter hoch, die Hündin war etwas kleiner und außerordentlich dick. Sie hatte ein einfarbig rötliches Fell, während der Rüde oben schwarz und an Kopf und Beinen lohfarbig gezeichnet war. Beide hatten lange, tief herunterhängende Schlappohren, faltenreiche Gesichter und rot unterlaufene tiefdunkelbraune Augen. Schwanzwedelnd beschnupperten sie Sophias Knie.

„Tarquinius ist der Rüde, und sie heißt Tanaquil“, erläuterte Herr Roccarossa. „Sie haben etruskische Namen, weil sie von etruskischen Vorfahren abstammen. Zumindest stelle ich mir das so vor.“

„Darf man sie streicheln?“, fragte Sophia.

„Aber gern.“

Vorsichtig strich Sophia über die schweren Köpfe und langen Rücken. „Und was sind es für Hunde?“, fragte sie. „Ich meine, welche Rasse? Ich habe diese Rasse noch nie gesehen.“

„Es sind Bluthunde.“

Sophia zuckte zusammen und zog unwillkürlich die Hände zurück. „Bluthunde?“, wiederholte sie.

Herr Roccarossa lachte. „Ich weiß schon, was Sie denken. Sie stellen sich unter einem Bluthund ein wildes, blutdürstiges Ungeheuer vor.

Aber der Name kommt nur daher, dass es sich um Hunde von Geblüt, das heißt von altem Adel handelt. Manche sagen auch, er komme von der ungemein feinen Nase des Hundes, der auf der Jagd das Blut der lebenden Beute riechen könne. Ich halte das für Unsinn, denn selbst eine Bluthundwitterung ist nicht so scharf. Außerdem sind Bluthunde zwar erstklassige Spürhunde, aber keine Hetzhunde."

„Ich dachte immer, Bluthunde wären Kampfhunde?"

„Ja, das ist ein weit verbreiteter Irrtum, der auch schwer auszuräumen ist, denn es gibt in Europa so wenig Vertreter dieser Rasse, dass die Leute sich gar nichts mehr darunter vorstellen können. Wenn sie dann den Namen hören, bekommen sie Angst. Dabei sind Bluthunde ganz besonders friedfertige, hochsoziale und gutmütige Tiere. Meine Familie hat immer welche gehabt, und niemals hat ein Hund Mensch oder Tier verletzt. Selbst auf der Jagd spüren sie das Wild nur auf und verbellen es, ohne ihm etwas anzutun."

Anna kam mit dem Kaffee. „Tanaquil und Tarquinius sind wirklich lieb. Ihr einziger Nachteil ist, dass sie sich für Schoßhündchen halten und am liebsten mit einem von uns auf dem Sofa liegen und gestreichelt werden möchten. Sie sind übrigens ein berühmtes Paar, das schon viele Preise gewonnen hat. Tanaquil hatte zweimal Junge. Sie ahnen ja nicht, wie viele Welpen Bluthunde bekommen! Beim ersten Wurf waren es acht, beim zweiten zwölf, alle gesund und munter. Wir haben für alle gute Besitzer gefunden. Bluthunde sind so selten, dass es für schöne Welpen lange Wartelisten gibt."

Sophia musterte Tanaquil, die sich gerade schnaufend wieder hingelegt hatte. „Kann es sein, dass sie jetzt auch Nachwuchs erwartet?"

„Ja. Wahrscheinlich schon in vierzehn Tagen. Wir sind mächtig gespannt, wie viel es diesmal werden." Anna goss Kaffee ein und bot Milch und Zucker an. Tarquinius setzte sich dicht neben Sophia, die Augen fest auf den Gebäckteller gerichtet.

„Geben Sie ihm nichts", warnte Anna. „Die beiden betteln schamlos, aber sie dürfen nicht zunehmen. Sie haben in Frankfurt nicht genug Bewegung. Im April oder Mai fahren wir mit ihnen nach Italien, dort ist mehr Platz, und sie können sich austoben."

Sophia trank ihren Kaffee und dachte daran, wie sehnsüchtig sie sich als Kind einen Schäferhund gewünscht hatte. Aber ihre Eltern, die einen Gasthof in Ostfriesland betrieben, wollten davon nichts wissen. So war sie hundelos aufgewachsen. Auch die Großtante in Frankfurt, bei der sie gewohnt hatte, hielt nichts von Hunden. „Schmutz, Gestank und Arbeit", hatte sie erklärt. „Außerdem gefährlich. Sieh dir Bessie an."

Bessie war eine alte, griesgrämige Schäferhündin, die im Haus gegenüber wohnte. Sie gehörte Herrn Schlüter, einem ebenfalls alten und griesgrämigen pensionierten Oberstudienrat, und schien dessen ganzen Lebensinhalt zu bilden. Man sah die beiden täglich ihre Spaziergänge machen. Dabei knurrte Bessie andere Hunde und die meisten Menschen, vor allem Kinder, grimmig an, und ihr Herrchen sah aus, als wolle er am liebsten ihrem Beispiel folgen.

Sophia fiel ein, dass sie Herrn Schlüter und seiner Bessie schon über eine Woche nicht mehr begegnet war. Vielleicht lag es am schlechten Wetter. Sie hatte ihrer vor einem Jahr verstorbenen Großtante Hede, die den alten Lehrer und seinen Hund von Herzen verabscheute, nie gestanden, dass sie sich eines geheimen Einverständnisses mit Herrn Schlüter erfreute.

Das kam davon, dass sie morgens, wenn sie zur U-Bahn ging, den gleichen Weg wie er und sein Hund hatte. Einmal war er vor ihr gegangen, ausgerutscht und hingefallen. Die erschrockene Bessie hatte sich losgerissen und war weggerannt. Sophia hatte sie verfolgt und den verängstigten, knurrenden Hund mit beruhigenden Worten zu sich gelockt, bevor er auf der Straße überfahren werden konnte. Sie hatte Bessie zu Herrn Schlüter zurückgeführt, der sich mittlerweile aufgerappelt hatte und Sophia so herzlich dankte, dass sie ganz verblüfft dastand. Sie begriff, wie sehr er an seinem Hund hing. Seitdem hatten sie einander gegrüßt, gelegentlich ein paar Worte gewechselt, und Bessie hatte sogar gewedelt, wenn sie Sophia sah, und sich von ihr streicheln lassen.

„In welcher Buchhandlung sind Sie denn tätig, Frau Dukakis?", fragte Anna.

Sophia fuhr aus ihren Gedanken hoch. „Bei Mayenkranz in der Stiftstraße. Seit zwei Jahren. Eigentlich komme ich aus Ostfriesland. Aber meine Großtante hat nach Frankfurt geheiratet, und eine Schulfreundin von mir ist ebenfalls Buchhändlerin geworden und arbeitet bei Mayenkranz. So bin ich auch hier gelandet."

Anna seufzte. „Wenigstens haben Sie einen richtigen Job. Ich war früher Katalogmodel für Versandhäuser. Nicht besonders glamourös, aber abwechslungsreich, viele Reisen, ziemlich anstrengend. Bei Außenaufnahmen in Italien habe ich dann meinen Mann kennen gelernt. Nun bin ich Hausfrau und Bluthundmutter."

„Und repräsentierst das Haus Roccarossa“, ergänzte ihr Mann lächelnd. „Ich berate nämlich italienische Firmen, die sich in Deutschland niederlassen oder hierhin exportieren wollen. Deshalb muss ich oft Gäste empfangen. Das bedeutet für meine Frau viel Arbeit. Im Sommer sind wir allerdings meistens in Italien. Meine Familie hat ein Gut in der Nähe von Viterbo, nordwestlich von Rom.“

Tarquinius war aufgestanden, hatte sich neben Sophia gestellt und seinen großen Kopf in ihren Schoß gelegt. Dabei sabberte er leicht auf Annas teure Hose. Sophia blickte entsetzt auf. Herr Roccarossa lachte. „Das sind wir gewohnt. Bluthunde sabbern, schlabbern und knabbern. Außerdem riechen sie etwas streng. Aber wir lieben sie trotzdem.“

Anna öffnete den Deckel des großen Korbes, der rechts neben ihrem Sessel stand. Erst jetzt fiel Sophia auf, dass es zu beiden Seiten des Sessels solche hohen, runden Körbe gab. Anna nahm ein kleines weißes Handtuch heraus, wischte damit Sophias Knie und Tarquinius' Schnauze ab, hob den Korbdeckel zur Linken und warf das Handtuch hinein. „Wir brauchen jeden Tag mindestens einen Korb voll“, meinte sie gelassen.

Eine Uhr schlug sieben. „Ach, du meine Güte!“, rief Sophia. „Ich habe Sie viel zu lange aufgehalten. Meine Hose ist bestimmt trocken. Vielen Dank für Ihre Freundlichkeit. Sie brauchen mich aber nicht nach Hause zu fahren, Frau Roccarossa. Ich kann gut laufen.“

Doch davon wollten die beiden nichts wissen. Als Sophia sich umgezogen und von Herrn Roccarossa und den freundlichen Ungetümen verabschiedet hatte, wartete Anna schon mit dem Auto an der Tür. Sie brachte Sophia bis ans Haus, reichte ihr ihren Karton und fragte: „Darf ich Sie einmal anrufen? Ich habe viel freie Zeit und kenne außer Geschäftsleuten kaum jemanden in Frankfurt. Vielleicht können wir wieder einmal zusammen Kaffee trinken?“

„Aber gern!“ Sophia freute sich. Sie holte einen Zettel aus ihrer Handtasche und notierte Namen, Adresse und Telefonnummer. Auch Anna wühlte in ihrem Täschchen, fand ein kleines grünes Lederetui und gab Sophia ein Kärtchen. Sophia steckte die Karte ein, und die beiden trennten sich.

Erst am nächsten Morgen, als sie ihre Tasche aufräumte, fand sie die Karte wieder. In einer schönen, klaren Schrift und feinem Stahlstich stand darauf *Anna Eleonora Contessa della Roccarossa,* gefolgt von der Adresse in der Grommetstraße.

„Donnerwetter“, sagte Sophia.

KAPITEL 2

In der Buchhandlung Mayenkranz herrschte Aufregung. Soeben hatte Juliane Mayenkranz, die Inhaberin, eine Art Betriebsversammlung einberufen und verkündet, dass ihre ehemalige Starverkäuferin Silvie Glowitz zum ersten Februar wiederkommen würde.

„Sie zieht aus persönlichen Gründen zurück nach Frankfurt. Ich freue mich natürlich sehr, dass sie wieder bei uns arbeiten möchte. Einige von Ihnen kennen sie ja noch von früher und werden sich ebenso freuen. Über eine Neuverteilung der Arbeitsgebiete sprechen wir dann später."

Sophia kannte Silvie Glowitz nur vom Hörensagen, wusste aber, dass „die schöne Silvie", von weniger Wohlwollenden auch „die scharfe Silvie" genannt, vor ihrer Ehe den soliden hessischen Namen Hinkel getragen und bis vor etwa fünf Jahren bei Mayenkranz recht erfolgreich Bücher verkauft hatte. Vor allem bei der männlichen Kundschaft war sie beliebt gewesen. Frau Mayenkranz, eine grauhaarige, unscheinbare Endfünfzigerin, die mehr an eine pensionierte Gewerbelehrerin alter Schule als an eine neuzeitliche Literaturvermittlerin erinnerte, hatte sie auf mütterliche Art bewundert und gefördert. Umso schmerzlicher traf es sie, als Silvie Hinkel einen gewissen Herrn Glowitz aus München kennen gelernt und blitzartig geheiratet hatte, um mit ihm in seine Bogenhausener Villa zu entschweben. Danach hatte man mehrere Jahre nichts mehr von der frisch gebackenen Millionärsgattin gehört.

Nun aber war der Traumhochzeit offenbar ein kühles Erwachen gefolgt, Silvie hatte vor ein paar Monaten unter ungeklärten Umständen das eheliche Heim verlassen, die Scheidung lief bereits, der Zank um den Unterhalt brodelte, und die frustrierte Silvie strebte an den Ort ihrer einstigen Triumphe zurück.

Die jetzige Belegschaft der Buchhandlung nahm die Nachricht mit gemischten Gefühlen entgegen. Nur Herr Wahlich, zuständig für Bestellbuch, Lager und Versand, strahlte. Er war 55 und seit über dreißig Jahren im Geschäft. Die schöne Silvie hatte er vor ihrer Heirat still und hoffnungslos verehrt.

„Frau Glowitz wird das Geschäft beleben", erklärte er zuversichtlich. „Es werden viel mehr Manager und Industriekunden kommen. Für die hat sie ein Händchen."

Sophia bezweifelte das. Die Buchhandlung hatte nur eine mäßige Lauflage und lebte weitgehend von ihren Stammkunden.

„So, das war's", schloss Frau Mayenkranz ihre kleine Ansprache. „Und nun wieder frisch ans Werk." Mit diesem Lieblingsspruch nickte sie ihrer Belegschaft zu und entschwand in das kleine Büro hinter dem Laden.

Sophia trottete hinter den anderen her, um zu hören, was sie von der frohen Botschaft hielten. Petra Müller-Murat seufzte, sagte aber nichts. Auch Sophias Freundin Frauke Tetzlaff verdrehte nur die Augen und schwieg. Anders verhielt es sich mit Joschi Weiland, dem Lehrling oder, korrekt gesagt, dem Auszubildenden. Joschi zählte zwanzig Jahre und stammte aus gutbürgerlichem Elternhaus.

Nach einem mühsam erlangten Abitur hatte er sich zur Erleichterung seiner Familie entschlossen, auf ein Studium zu verzichten und stattdessen den Brotberuf des Buchhändlers zu erlernen.

Seine Vorstellung von dieser Tätigkeit stieß sich allerdings mit den tatsächlichen Gegebenheiten hart im Raume. Joschi las gern und viel und war in literarischen Dingen erstaunlich bewandert, hielt aber nichts von der praktischen Seite der Literatur. Dass man Bücher auch auspacken, einräumen und vor allem immer wieder abstauben muss, war ihm wesensfremd. Nur mühsam hatte man ihm vermitteln können, dass das Aufräumen des Ladens, einschließlich Blumen gießen, Toilettenpapier holen, Fliegen aus dem Schaufenster saugen und sogar Kaffee kochen, Teil seines Wirkens war. Lieber hielt er eiligen Kunden ausführliche Vorträge über Bücher, die ihm gefallen hatten, und erschreckte sie durch harte Urteile über andere. Immer wieder versuchte er trotz strenger Abmahnungen, missionarisch auf den Geschmack der Buchkäufer einzuwirken.

Frau Mayenkranz hätte Joschi längst hinausgeworfen, wenn er nicht beim jugendlichen Lesernachwuchs so gut angekommen wäre. Ob das an seinen Ohrringen – großer Anhänger im linken, kleine Kreole im rechten Läppchen – lag, am dunkelblond gegelten Igelschnitt oder am coolen Slang, ließ sich nicht ermitteln. Ansonsten war er freundlich und hilfsbereit, und seine jugendliche Klientel vertraute ihm blind und kaufte ihm alles ab, was er empfahl – Fantasy, Esoterik, Reise, Pop, Lifestyle und vor allem Computer- und Internetbücher, denn davon verstand er wirklich etwas.

Joschi freute sich auf die scharfe Silvie, deren legendär kurze und enge Röcke ihm von Herrn Wahlich geschildert worden waren. „Ist doch Klasse, wenn mal so 'ne geile Braut hier rumspringt", meinte er.

Petra Müller-Murat seufzte noch einmal. Sie war die erste Sortimenterin der Buchhandlung und hatte, was die Neuordnung der Arbeitsgebiete betraf, ungute Ahnungen. Auch sie war schon lange im Geschäft, eine 35-jährige, flotte Schwarzhaarige. Mit kaum zwanzig hatte sie Hasan Murat, einen türkischen Ingenieur, geheiratet. Herr Murat war ein friedlicher, etwas bequemer Mensch, der schon viele Jahre in Deutschland lebte, tüchtig im Beruf, viel auf Reisen, im Privatleben eher träge. Er fand, dass seine Frau türkischer aussah als er selbst und somit ausgezeichnet zu seiner großen Familie in Ankara passte. Tatsächlich wurde Petra dort mit offenen Armen aufgenommen, umso mehr, als schon im ersten Ehejahr der ersehnte Enkelsohn eintraf, den man mit dem Namen des großen Staatsmannes Kemal ehrte.

Leider sah Petra, die aus dem urhessischen Großkrotzenburg stammte, nicht nur türkisch aus, sondern sie war auch eifersüchtig wie ein türkischer Sultan und fest davon überzeugt, dass ihr Hasan in jedem Kuhdorf einen Harem hatte. Ihre Eifersucht verfolgte ihn so lange auf Schritt und Tritt, bis dem ganz unschuldigen Herrn Murat der Geduldsfaden riss. Er ließ sich scheiden und kehrte in die Türkei zurück. Nun lebte Petra seit neun Jahren als allein erziehende Mutter, verzog ihren vierzehnjährigen Kemal nach Strich und Faden und war von Herzen unzufrieden. Wenigstens zahlte der verschwundene Vater pünktlich jeden Monat einen ordentlichen Unterhaltsbeitrag, der ihr bar und gegen Quittung von einem seiner vielen Freunde ausgehändigt wurde, sodass weder sie noch der verwöhnte Kemal, ein feister, kräftig gebauter Junge, den alle nur Pascha nannten, Mangel litten. Kürzlich hatte sie Pascha von diesem Geld sogar seinen Herzenswunsch erfüllen und ihm einen großen Rottweiler kaufen können, um sein Ansehen in der Clique zu heben. Allerdings hatte sie Sophia gestanden, dass sich der Hund meistens bei ihrer in der Nähe wohnenden Mutter aufhielt, zu der er eine innige Beziehung entwickelt hatte.

In der Buchhandlung betreute Petra die Belletristik und die teuren Geschenkbücher. Frauke Tetzlaff war für die so genannte Sachbuchabteilung zuständig, mit Ausnahme der Kunst und Kultur, die in Sophias Ressort fielen, zusammen mit den Kriminalromanen und den Kinderbüchern. Über allem schwebte Frau Mayenkranz, die gelegentlich in alle Referate eingriff und die kaufmännischen Dinge erledigte.

Es war Frauke Tetzlaff, der Sophia die Stelle bei Mayenkranz verdankte. Sie waren gleichaltrig und beide im ostfriesischen Leer geboren. In ihrer Kindheit war Frauke kugelrund und ein wenig tollpatschig gewesen. Das hatte ihr, zusammen mit den nussbraunen Haaren und Augen, den Spitznamen Tetzibär eingetragen. Inzwischen hatte sich Tetzibär gestreckt, war rank und schlank und sportlich geworden. Alles Bärenhafte hatte sie verloren, nur die braunen Farbtöne behalten – und den Spitznamen.

Sie und Sophia waren gemeinsam zur Schule gegangen und immer dicke Freundinnen geblieben. Sophia vergaß nie, dass die kräftig gebaute Tetzibär ihre viel kleinere und schwächere Klassenkameradin oft mit den Fäusten gegen andere Kinder verteidigt hatte, die sie ärgern wollten. Sie war sehr traurig gewesen, als Tetzibär das Gymnasium mit der mittleren Reife verlassen und in Aurich den Buchhandel erlernt hatte.

Überraschend war sie dann einem Pharmavertreter, in den sie sich verliebt hatte, nach Frankfurt am Main gefolgt. Mit der Liebe war es bald aus gewesen, aber das hatte Frauke nicht weiter zurückgeworfen, denn sie war von mutigem Naturell und experimentierfreudig, wenn es um Männer ging. In beruflichen Dingen war ihre Einstellung eher konservativ. Bei Mayenkranz arbeitete sie nun schon fast sieben Jahre, wobei sie während der ersten beiden Jahre ziemlich unter Silvie Hinkel gelitten hatte.

„Eine ganz unkollegiale, futterneidische Zimtzicke“, flüsterte sie Sophia jetzt zu. „Ich könnte prima auf sie verzichten.“

„Petra sagt, sie wäre gerissen und hinterhältig“, antwortete Sophia besorgt. „Das kann ja heiter werden. In so einem kleinen Laden!“

Sophia hatte nach dem Abitur ebenfalls Buchhändlerin gelernt und nach der Prüfung noch ein Jahr bei ihren Ausbildern gearbeitet. Dann wollte sie in eine größere Stadt und war wie Tetzibär nach Frankfurt gegangen. Dort lebte ihre verwitwete Großtante Hede, die vor vielen Jahren einen Frankfurter geheiratet hatte. Großonkel Suhr, ein wohlhabender Spediteur, hatte Großtante Hede, damals siebzig, kinderlos und mit dem hübschen Haus in der Raabestraße zurückgelassen. Dort war Sophia vor zwei Jahren in die Dachwohnung eingezogen. Tetzibär hatte sie bei Mayenkranz eingeführt und Frau Mayenkranz sie vom Fleck weg eingestellt. Sophia fühlte sich in der Buchhandlung sehr wohl und verstand sich mit den Kolleginnen und Kollegen bestens.

Vor einem Jahr hatte sich Großtante Hede hochbetagt, aber trotzdem überraschend und ohne jede Vorwarnung, mit einem Herzschlag aus dem Leben verabschiedet. Sophia, die sie aufrichtig liebte, war tieftraurig gewesen. Betroffen erfuhr sie, dass die alte Dame sie als Alleinerbin eingesetzt hatte, allerdings mit der Maßgabe, dass die Erbin erst mit Erreichen des dreißigsten Lebensjahres frei über das nicht unbeträchtliche Vermögen verfügen durfte.

„Denn junge Frauen", hatte die Großtante in einem nachgelassenen Brief erklärt, „werden frühestens mit dreißig gescheit und fallen vorher auf jeden Kerl rein, der ihnen schöne Augen macht."

Gegen diese etwas altmodische Ansicht war nichts mehr einzuwenden. Immerhin erbte Sophia vorab das Haus und, um es erhalten zu können, einen monatlichen Betrag von 2000 Mark. Ein Anwaltsbüro und eine Bank verwalteten das Erbe treuhänderisch.

Sophia, die ganz unerwartet eine einigermaßen betuchte Frau geworden war, freute sich zwar über den Segen, hatte sich aber mit Großtante Hedes Verlust noch nicht abgefunden. Sie fühlte sich einsam und wäre ohne Tetzibär ernsthaft unglücklich gewesen. Sie hatte ihrer Freundin angeboten, zu ihr zu ziehen, aber das wollte Tetzibär nicht. Sie hatte erst kürzlich in einem ihrer Sportvereine einen neuen Mann kennen gelernt und zog es vor, unabhängig zu sein. Für Sophia bedeuteten die wechselnden Männer in Tetzibärs Leben Phasen des Alleinseins, auch wenn sich die Freundinnen fast täglich in der Buchhandlung sahen und wussten, dass sie sich aufeinander verlassen konnten.

Immerhin hatte Tetzibär nach Hedes Tod ihren neuen Mann stark vernachlässigt und sich intensiv um Sophia gekümmert. Auch als es dieser besser ging, hatten sie sich regelmäßig sonntagvormittags getroffen, um zusammen in den Zoo zu gehen. Sophia hatte vorher keinen Zoo gekannt und fand es entspannend und erholsam, mit ihrer Freundin durch die Gehege zu gehen und den Tieren zuzuschauen. Wenn ihr die eingesperrten wilden Tiere Leid taten, tröstete sie sich mit dem Gedanken, dass sie genug zu fressen hatten, in Sicherheit lebten und sich vermehren durften.

„Tetzibär", sagte sie, „wir müssen das in Ruhe besprechen. Erzähl mir alles über Frau Glowitz! Treffen wir uns Sonntagmorgen vor dem Haupteingang? Oder ist Berti dann sauer?"

„Unsinn! Sonntagvormittag geht Berti doch in seinen Ruderklub. Da ist er nützlich beschäftigt. Ich warte um zehn auf dich, wie immer."

KAPITEL 3

Der Sonntagmorgen am vorletzten Januartag war klar und kalt. Sophia zog einen dicken naturfarbenen Pullover an, dazu Jeans, Kniestrümpfe und warme Stiefel. Der blaue Parka mit der gefütterten Kapuze ging bis an die Knie. Sonst ärgerte sie sich darüber, dass kleine Frauen so schwer etwas Vernünftiges zum Anziehen fanden, aber heute war sie froh über die Superlänge, denn es pfiff ein ungemütlicher Wind. Sie zog sich eine rote Strickmütze über die Ohren und marschierte zur U-Bahn, wobei sie unterwegs vergeblich nach Herrn Schlüter Ausschau hielt.

Tetzibär war ähnlich dick verpackt. Energisch stiefelten die beiden durch den noch menschenleeren Zoo und freuten sich, als endlich die Sonne herauskam.

„Die Hinkel, jetzige Glowitz“, begann Tetzibär, während sie vor dem Affenfelsen standen, „ist eine ganz falsche Schlange. Jedes Wort tratscht sie Frau Mayenkranz weiter, und jeden Erfolg beansprucht sie für sich. Am meisten hat mich an ihr genervt, dass sie sich dauernd in anderer Leute Verkaufsgespräche einmischt. Es gibt allerdings Leute, vor allem Männer, denen kann sie alles aufschwatzen. Du wirst staunen, wie die auf sie abfahren. Manchmal fällt sie aber auch auf die Nase. Du kennst doch Herrn Weiße. Auf den hatte sie es richtig abgesehen. Geradezu peinlich!“

Sophia lauschte bestürzt. Sie hätte es nie zugegeben, aber sie hatte eine Schwäche für Herrn Weiße. Er war ein regelmäßiger Kunde der Buchhandlung und kaufte so viele und verschiedenartige Bücher, dass es ihr bisher nicht gelungen war, seine Hauptinteressen herauszufinden. Überhaupt wusste sie nicht viel über ihn. Sie kannte seine Adresse, eine Straße in Ginnheim, und schätzte ihn auf Mitte dreißig. Einen Ehering trug er nicht, aber das besagte nicht viel. Ihr gefielen seine gelassene, freundliche Art, sein brauner, immer etwas störrischer Haarschopf und die ruhigen braunen Augen. Klein, wie sie war, liebte sie große, aber nicht zu große, kräftig gebaute Männer mit breiten Schultern und festen Händen, und Herr Weiße entsprach ziemlich genau diesem Idealbild.

„Er hat sie aber abfahren lassen“, fuhr Tetzibär mit Genugtuung fort. „Der Mann hat eben Verstand. Ich wüsste zu gern, was er von Beruf ist.“

Während ihres Gesprächs waren sie weitergegangen, hatten das neue Löwenäffchen bewundert und wollten eben zum Seehundsbecken, als Tetzibär Sophia auf einmal am Arm fasste. „Sieh mal! Wenn man vom Teufel spricht …!“

Vor dem Becken stand ein Mann, der an jeder Hand ein ungefähr fünfjähriges Kind hielt und Erklärungen abgab, denen die Kleinen aufmerksam lauschten. Dann hob er erst das eine, dann das andere warm vermummte Bündel hoch und zeigte auf die Seehunde. Die Tiere sonnten sich, sausten in großen Schleifen durch das Wasser oder rutschten vom Felsen, fast ohne zu spritzen, in die Tiefe.

„Herr Weiße mit Familie!“, zischte Tetzibär.

Sophia gab es einen Stich. Das mussten seine Kinder sein. Sie schaute sich um, aber eine dazugehörige Mutter war nicht in Sicht.

„Wollen wir ihm Guten Tag sagen?“, fragte Tetzibär.

„Nein!“, erwiderte Sophia heftig und fügte hinzu: „Vielleicht findet er das aufdringlich.“

Sie blieben in sicherer Entfernung stehen und beobachteten ihn. Herr Weiße bemerkte sie nicht. Er umkreiste die Kinder, von denen man nicht erkennen konnte, ob sie Jungen oder Mädchen waren, wie ein Schäferhund und hatte für nichts anderes Augen.

„Gehen wir hier lang“, schlug Sophia nach einer Weile vor, und die Freundinnen entfernten sich in eine andere Richtung. „Komm, wir gehen etwas trinken, und dann erzähle ich dir auch etwas“, fuhr Sophia fort. „Stell dir vor, ich hab eine Gräfin kennen gelernt …, eine italienische Gräfin …“

Die Gräfin rief nachmittags um vier an. Sophia hatte noch nicht gewagt, sich wieder zu melden, sie wollte nicht aufdringlich erscheinen. Sie freute sich sehr, denn Tetzibär widmete den Rest des Sonntags ihrem Berti, und Sophia fühlte sich ein bisschen verlassen.

„Haben Sie Lust, bei mir Kaffee zu trinken? Mein Mann ist verreist, und ich möchte Tanaquil nicht allein lassen. Mir fällt die Decke auf den Kopf.“

„Mir auch. Ich bin schon unterwegs.“

Anna öffnete die Tür, umarmte sie spontan und führte sie zum Kamin. Tarquinius stand auf, kam wedelnd auf sie zu und wollte gestreichelt werden. Tanaquil klopfte nur mit dem Schwanz und blieb liegen. Sie hechelte.

„Nächste Woche ist es so weit“, verkündete Anna und fügte besorgt hinzu: „Hoffentlich sind es nicht wieder so viele. Sie ist schrecklich dick und ganz apathisch, viel schlimmer als letztes Mal. Wir haben schon alles vorbereitet. Im Keller hat sie ihre Wurfkiste und einen eigenen Raum, hell, gefliest und schön warm.“

Die Frauen setzten sich an das kleine Kamintischchen, tranken Kaffee und knabberten italienische Zitronenkekse. Sophia betrachtete Annas dunkelgraue Hose und den Kaschmirpullover und dachte beschämt an ihre eigene Kleidung, die stark davon abstach.

„Sie sehen nicht wie eine Gräfin aus – eher wie eine Prinzessin“, platzte sie plötzlich heraus.

Anna grinste. „Und ich bin keins von beidem. Geboren bin ich als Hannelore Piepenstock in Hörde, das ist ein Dortmunder Arbeiterviertel. Mein Vater war Maschinenbauer bei Hoesch und meine Mutter Krankenschwester. Und wenn ich nicht Vittorio kennen gelernt hätte, der der liebste und beste Mann der Welt ist, würde ich nach dem Ende meiner Modelzeit wahrscheinlich in irgendeiner Boutique Kleider verkaufen.“

Sophia staunte über so viel Offenheit. „Haben Sie sich gleich in ihn verliebt?“, fragte sie.

„Nein. Ich dachte zuerst, er wäre einer, der nur ein kleines Verhältnis sucht. Wir haben damals Katalogaufnahmen am See von Bolsena gemacht, das ist nicht weit von Viterbo, wo Vittorio herkommt. Ihm gehörte das Gelände. Er hat sich für mich interessiert, aber ich hab ihn erst abblitzen lassen. Aber er ließ nicht locker und ist mir dann immer sympathischer geworden. Schließlich fing er vom Heiraten an. Damals wusste ich nur, dass er ein Graf war und Geld hatte, und ich dachte, seine Familie würde ihn schon davon abbringen. Meine war ganz und gar nicht begeistert. Aber er hat einen sehr großherzigen Clan, und abgebracht hätte ihn auch keiner – wenn Vittorio etwas will, dann will er es. Seine Eltern waren schon lange tot, und er war auf dem besten Weg, ein verknöcherter Junggeselle zu werden – mit fünfunddreißig! Inzwischen habe ich ihn ein bisschen aufgemöbelt. Er ist ein Schatz und erfüllt mir alle Wünsche … bis auf einen, aber da wissen wir beide nicht recht, wer wem etwas vorenthält.“

Sie verstummte. Sophia wagte nicht zu fragen.

Anna zuckte die Achseln. „Ein Baby, verstehen Sie? Wir hätten beide so gern Kinder, aber irgendwie scheint es nicht zu funktionieren. Ich bin jetzt dreißig, und Vittorio ist vierzig, aber es klappt nicht. Zum Glück hat Vittorio noch einen Neffen, den Sohn seiner älteren Schwester. Der kann notfalls den Namen annehmen und die Familie weiterführen.“

Sophia war voller Mitleid. „Manchmal klappt es, wenn man am wenigsten daran denkt. Vielleicht brauchen Sie nur ein bisschen Abwechslung. Wenn ich mich unglücklich fühle, gehe ich immer in den Zoo.“

Sie erzählte von ihren Ausflügen mit Tetzibär und von der Buchhandlung Mayenkranz, für die sich Anna sehr interessierte.

„Ich bin nämlich ungebildet“, gestand sie, „von der Realschule mit schlechtem Zeugnis abgegangen, immer viel Arbeit, viele Reisen und nur Klamotten im Kopf. Jetzt habe ich viel Zeit und würde gern mehr lesen. Ich werde zu Ihnen kommen und mich beraten lassen.“

„Frau Mayenkranz wird entzückt sein, wenn eine Gräfin bei ihr kauft“, sagte Sophia lachend.

„Können wir nicht die Gräfin weglassen und das *Sie* auch?“, bat Anna. „Anna höre ich viel lieber, und Sophia gefällt mir besser als *Frau Dukakis.* “

„Sehr gern.“ Sophia war gerührt. Sie reichten sich die Hand, und Tarquinius, der Mann im Haus, betrachtete freundlich seine Frauen.

KAPITEL 4

Silvie Glowitz hielt ihren Einzug in die Buchhandlung Mayenkranz mit dem kürzesten Rock, den Sophia je bei einer Frau über zwölf gesehen hatte. Natürlich war er aus schwarzem Nappaleder und ließ großzügige Einblicke auf die dünnen schwarzen Strumpfhosen zu, die Silvies ansehnliches Untergestell eher betonten als bedeckten. Oberhalb des Rockes konnte man ein knappes weißes T-Shirt und ein kurzes, offenes türkisblaues Jäckchen bewundern. Silvies platinblond gefärbte Haare waren schulterlang und sehr gepflegt, die großen grünen Augen und der schmale Mund perfekt geschminkt. Ihre Figur verriet fleißige Fitnessübungen. Obwohl sie nur mittelgroß war, sah sie von ihren Plateauabsätzen mühelos auf die weniger gestylten Kolleginnen hinab.

Petra Müller-Murat und Tetzibär, die sie beide um einen halben Kopf überragten, achteten nicht weiter darauf, aber Sophia nahm es voller Wut zur Kenntnis.

Dazu merkte sie schon bald, dass Silvie Glowitz sie mit unerklärlicher Abneigung verfolgte. Während Silvie den Rest der Belegschaft zu deren Verblüffung so enthusiastisch begrüßt hatte, als seien alle ihre lang entbehrten Herzensfreunde gewesen, musterte sie Sophia nur knapp und meinte gönnerhaft: „Na, Kleinchen, wir werden uns sicher auch noch kennen lernen."

Da sich außer Herrn Wahlich und Frau Mayenkranz niemand auf Silvie Glowitz gefreut hatte, kam es bei der Neueinteilung der Arbeitsbereiche prompt zum Streit. Frau Mayenkranz hatte sich vorgestellt, dass Silvie von Petra einen Teil der Belletristik, insbesondere die Unterhaltung, übernehmen und außerdem anstatt Sophia die Kriminalromane betreuen sollte. Natürlich verkaufte in einem so kleinen Laden jeder alles, aber nur die zuständige Mitarbeiterin kaufte ein und trug die Verantwortung.

„Ich denke, wir lassen es erst einmal probeweise bei dieser Regelung – sagen wir, bis zu den Sommerferien. Danach können wir, wenn es wider Erwarten nötig sein sollte, umorganisieren. Was halten Sie davon?" Frau Mayenkranz blickte fragend in die Runde.

Petra und Sophia standen mit langen Gesichtern da und schwiegen. Tetzibär sagte ebenfalls nichts, und Joschi grinste vor sich hin. Nur Herr Wahlich nickte und erklärte, das sei eine sehr gute Lösung. Frau Mayenkranz merkte wohl, dass ihre Vorschläge nicht gerade auf breite Zustimmung stießen. „Bedenken Sie", fügte sie deshalb mahnend hinzu, „dass uns in den letzten Monaten das Geschäft ziemlich über den Kopf gewachsen ist. Sie haben sich mehrfach Entlastung gewünscht. Nun haben wir eine erstklassige Buchhändlerin gewonnen, die noch dazu viele von unseren Kunden bestens kennt. Sie wird Ihnen allen die Arbeit leichter machen. Also frisch ans Werk!"

Zum ersten Zusammenstoß zwischen Sophia und Silvie kam es, als wenige Tage später Dr. Pötzlein die Buchhandlung betrat. Der rundliche Banker war einer von Sophias Lieblingskunden. Er kaufte regelmäßig teure Bücher über altchinesische Kunst und erschien außerdem fast jeden Freitag, um sich mit Krimis fürs Wochenende einzudecken.

Dr. Pötzlein war ein gemütlicher Mann um die vierzig, von scharfem Verstand, ungewöhnlicher Bildung und Sinn für Humor. Dass er seit langem Sophias rauer Stimme und ihren hübschen Rundungen verfallen war, ahnte sie nicht. Insgeheim nannte er sie seine „Westentaschenvenus“ und wünschte sich nichts sehnlicher, als sie wirklich in der Tasche seines korrekten Dreiteilers davontragen zu dürfen. Aber der sonst so energische Vermögensverwaltungsspezialist schaffte es nicht, ihr seine Zuneigung zu gestehen, und seine gelegentlichen schüchternen Anläufe, Sophia etwas näher zu kommen, hatte sie gar nicht als solche wahrgenommen.

Hinzu kam, dass Dr. Pötzlein Sophia im vergangenen Herbst gleich zweimal mit einem attraktiven jungen Mann gesehen hatte, einmal abends im Theater, das zweite Mal nach Büroschluss in einem Café. Mit von Eifersucht geschärftem Blick hatte er festgestellt, dass die beiden turtelten und Sophia verliebt zu ihrem Begleiter aufsah. Allerdings – und das wusste Dr. Pötzlein nicht – hatte das Verhältnis zwischen Sophia und dem jungen Mann, einem Verlagslektor namens Markus, bereits vor Weihnachten abrupt geendet, nachdem Sophia ihren Freund in zärtlicher Umarmung mit einer anderen jungen Frau entdeckt hatte.

Sie war mit Tetzibär im Kino gewesen. Die beiden kamen etwas zu spät und mussten sich im Dunkeln in eine der hinteren Reihen quetschen. Als das Licht wieder anging, bemerkten sie unmittelbar vor sich Markus, der gerade ein hübsches Mädchen küsste.

Sophia und Tetzibär hatten gewartet, bis der Film zu Ende war, Markus und seine Begleitung am Ausgang abgepasst und ihnen so laut und deutlich einen schönen Abend gewünscht, dass weitere Erörterungen nicht nötig gewesen waren.

Danach hatte Sophia den Männern erst einmal abgeschworen, sich lieber den Kunden der Buchhandlung gewidmet und aus sicherer Entfernung Herrn Weiße angeschwärmt. Auch zu Dr. Pötzlein war sie so liebenswürdig gewesen, dass er sich Hoffnungen zu machen begann.

ER KAM mit einem ausgerissenen Artikel aus der *Frankfurter Allgemeinen* in den Laden. Darin war ein neues Buch über die Keramik der Tang-Zeit so hoch gelobt, dass er es schnellstens haben wollte. Sophia, gerade mit einer älteren Dame beschäftigt, die sich Dürerbände anschauen wollte, nickte ihm grüßend zu und bat um einen Augenblick Geduld. Dr. Pötzlein wanderte zu den Kriminalromanen hinüber, um schon einmal eine Vorauswahl zu treffen, bis Sophia frei sein würde.

Aber er hatte die Rechnung ohne Silvie gemacht: Schon hatte sie sich auf ihn gestürzt, ihm den Zettel aus der Hand gerissen und ihn nach kurzem Blick auf Autor und Titel belehrt, dass man derart ausgefallene Sachen zwar leider nicht am Lager haben könne, ihm das Buch jedoch gern bestellen würde.

„Natürlich, das weiß ich doch“, hatte Dr. Pötzlein geantwortet und gerade erklären wollen, dass er nur auf Frau Dukakis warte, als Silvie ihn auch schon zum Kunstregal zerrte, um ihm fünf andere Bände über chinesische, japanische und uigurische Töpfereien aufzuschwatzen. Mürrisch hatte er sie schließlich abgewehrt und war zu Sophia zurückgegangen, um ungeduldig zu warten, bis sie ihre Kundin fertig bedient hatte.

„Um Himmels willen, wer war denn das?“, hatte er gefragt. „Bitte beschützen Sie mich vor dieser Harpyie.“

Sophia, bemüht, nicht loszukichern, hatte Dr. Pötzlein nach Kräften verwöhnt und schließlich doch noch als zufriedenen Mann aus dem Laden gehen lassen.

Zehn Sekunden später war Silvie über sie hergefallen. „Ich finde es gar nicht gut, dass Sie sich so an meine Kunden ranschmeißen“, sagte sie. „Der Herr war ja völlig verstört.“

Sophia blieb die Luft weg. Bevor sie antworten konnte, schaltete sich Petra Müller-Murat ein. Mit unmissverständlichen Worten erklärte sie der schönen Silvie, was *sie* von der Sache hielt, stellte ihr anheim, sich bei Frau Mayenkranz zu beschweren, und empfahl ihr Zurückhaltung. Von da an war der Betriebsfrieden in der einst so harmonischen Buchhandlung Mayenkranz nachhaltig gestört.

Petra, Tetzibär und Sophia mauerten gegen Silvie, die ihrerseits bei Frau Mayenkranz und Herrn Wahlich gegen sie Stimmung machte. Während die Inhaberin ratlos zwischen den Parteien hin und her schwankte, unterstützte Herr Wahlich tapfer, aber vergeblich seine Angebetete.

Silvie fing an, so gnadenlos auf Sophia herumzuhacken, dass es selbst Frau Mayenkranz zu viel wurde. Sie bestellte ihre Spitzenkraft nach Feierabend in ihr Büro. Was dort gesprochen wurde, erfuhr niemand, aber danach hielt Silvie sich merklich zurück.

An Silvies Hass auf Sophia änderte sich allerdings nichts. Bei den Kunden versuchte sie, Sophia als unfähig hinzustellen, und es gab Menschen, bei denen sie damit Erfolg hatte. Manchmal kam Sophia abends so niedergeschlagen nach Hause, dass sie ernsthaft erwog, sich nach einer neuen Stellung umzusehen.

Auch Tetzibär war unzufrieden. Berti plante, ein eigenes Fitnessstudio zu eröffnen, und langsam reifte in ihr der Gedanke, ihn dabei aktiv zu unterstützen. Sie hatte nie vorgehabt, die Buchhandlung Mayenkranz zu verlassen, aber seit Silvies Rückkehr machte ihr die Arbeit keinen Spaß mehr. Tetzibär fand, dass Frau Mayenkranz als Chefin versagte, und nahm ihr das übel. Sie selbst half Sophia, wo sie konnte, aber gegen alle Nadelstiche Silvies konnte sie sie nicht schützen.

Eines Abends Ende Februar, als Sophia gerade wieder frustriert und erschöpft nach Hause gekommen war, läutete das Telefon. Es war Anna, von der Sophia, nachdem sie sich Anfang des Monats noch zweimal getroffen hatten, nichts mehr gehört hatte.

Anna entschuldigte sich. „Ich habe nicht angerufen, weil wir so beschäftigt waren", erklärte sie. „Mit Tanaquil ging es drunter und drüber."

Sophia hatte vor lauter Ärger mit Silvie ganz vergessen, dass der Nachwuchs der Roccarossas inzwischen längst eingetroffen sein musste. „Und? Wie viele sind es diesmal?"

Anna schluckte. „Eins – es hat nur eins überlebt. Sieben sind tot zur Welt gekommen. Und Tanaquil wäre auch fast gestorben. Es war ein riesendickes Baby, das sich quer gelegt hatte. Wir mussten sie in die Tierklinik bringen. Dort hat man einen Kaiserschnitt gemacht, aber nur der große Welpe hat es geschafft, die dahinter Liegenden waren alle schon tot."

„Und wie geht es ihr jetzt?", fragte Sophia besorgt.

„Sie hat sich gut erholt. Gestern haben wir sie nach Hause geholt mit ihrem Jungen. Sophia, möchtest du nicht kommen und das Kind anschauen? Sonntag, zum Frühstück?"

„Es gibt nichts, was ich lieber täte", sagte Sophia.

PÜNKTLICH um halb elf stand sie am Sonntagmorgen bei den Roccarossas vor der Tür. Die Hunde lagen vor dem Kamin.

„Zu deinen Ehren", stellte Anna fest. „Eigentlich muss Tanaquil nämlich noch mit dem Baby im Keller in der Wurfkiste schlafen. Aber Tarquinius darf schon wieder zu ihr. Er ist ganz lieb zu der Kleinen."

Der große Rüde knurrte ganz leicht, als sich Sophia seiner Familie näherte, hörte aber sofort auf, als Tanaquil mit dem Schwanz wedelte und leise brummte. Neben ihr lag ein kugelrundes und erstaunlich großes Hundebaby mit lackschwarzem Rücken und überall sonst rötlichem, kurzem Fell, das viel zu geräumig war und in großen Falten um es herumschlotterte. Auf der Brust hatte es einen kleinen weißen Fleck. Die Pfoten waren unverhältnismäßig lang und groß.

Als Sophia sich hinunterbeugte, öffnete das Baby die Augen und schaute sie an. Es witterte, stand dann ungeschickt auf und tappte auf sie zu.

Vittorio war zu ihnen getreten. „Das ist Pomponia", stellte er vor. „Pomponia della bella Collina, Tochter von Tanaquil Lucretia della bella Collina und Tarquinius Superbus della Villa Volterra."

„Donnerwetter", sagte Sophia. „Pomponia, ich bin Sophia Anastasia, Tochter von Elke Hinrichsen-Dukakis und Petros Dukakis, aus Veenhusen bei Leer. Es ist mir eine Ehre."

Pomponia gab winzige Fieptöne von sich und leckte Sophias Hand. Dabei fiel sie um. Sophia streichelte sie vorsichtig. „Haben Bluthunde immer so große Welpen?"

„Bei der Geburt wiegen sie normalerweise nicht ganz ein Pfund. Aber Pomponia hat fast 700 Gramm gewogen. Jetzt hat sie schon 1200 Gramm drauf, das ist sehr viel. Jede Woche nimmt sie ungefähr ein Pfund zu. Wenn sie als erwachsener Hund so riesig bleibt, kann sie es auf über 45 Kilo bringen und mehr als 60 Zentimeter hoch werden. Tanaquil ist nur 55 Zentimeter hoch, aber Tarquinius fast 65 Zentimeter. So einen Megawelpen hatten wir noch nie."

Es klingelte. Vittorio ging zur Tür. Sophia tätschelte abwechselnd das Hündchen und Tanaquil. Sie hatte noch nie einen so jungen Hund gesehen und hätte Pomponia am liebsten auf den Arm genommen und geknuddelt. Wohlweislich ließ sie es bleiben, die Hundemutter hätte es kaum geduldet.

„Ist sie schon verkauft?"

„Nein. Wir haben zwar schon Interessenten, aber ich fürchte, Pomponia wird so groß, dass man sie für nicht zuchttauglich erklären wird. Viele Hundezüchter nehmen auch nicht gern Welpen, die als Einzige einen ganzen Wurf überlebt haben; sie fürchten, dass etwas mit ihnen nicht in Ordnung ist. Außerdem akzeptieren wir auch nicht jeden Käufer. Das Wichtigste für uns ist, dass der Hund in gute Hände kommt. Sonst behalten wir ihn selbst, auf dem Gut in Italien ist genug Platz. Ah, da ist ja Vanno! Sophia, das ist mein Neffe Giovanni Cortone. Er ist genauso alt wie ich, und ich bin ihm eine strenge Tante."

Sophia sah auf und blickte in die dunklen Augen des schönsten jungen Mannes, der ihr je begegnet war.

Giovanni Ezzelino Conte di Cortone war mittelgroß, geschmeidig und selbst jetzt im Februar braun gebrannt, als käme er soeben aus der Karibik. Ein üppiger schwarzer Lockenkopf, große dunkle Augen und eine schmale Nase über schön geschwungenen, vollen Lippen gaben ihm das Aussehen der Jünglinge auf den Bildern der italienischen Renaissancemaler.

„Sie müssen Sophia sein. Ich weiß alles von Ihnen und dem Tomatensaft. Wie schön, dass ich Sie nun kennen lerne."

Sophia erhob sich benommen.

Zum Glück hatte der Götterliebling seine Aufmerksamkeit bereits den Hunden zugewandt. „Fantastisch! Pomponia wird jeden Tag riesiger. Wir werden sie als Dogge verkaufen." Er kraulte dem Welpen vorsichtig den Bauch.

Peppa, die Haushälterin der Roccarossas, kam herein und meldete, dass das Frühstück angerichtet sei.

Beim Essen erklärte Vanno, dass er ein deutsches Internat besucht habe, dasselbe, auf dem man schon seinen Onkel Vittorio gequält habe. „In der finstersten hessischen Rhön!" Daher das fließende Deutsch, dachte Sophia. Nach dem Abitur hatte er Landwirtschaft und Weinbau studiert. Seine Eltern besaßen Wein- und Olivengüter in der Toskana, die er später einmal übernehmen sollte.

„Zum Glück hat meine ältere Schwester einen Fachmann geheiratet. Sie lebt mit ihrer Familie auf dem Nachbargut. Ich finde es interessanter in Deutschland. Zusammen mit einem Freund habe ich ein Marketingbüro gegründet. Wir vermitteln und verkaufen italienische Erzeugnisse. Zuerst waren es nur Oliven und Wein, aber inzwischen vertreiben wir auch viele andere italienische Lebensmittel, außerdem Geschirr, Gläser, Möbel, Stoffe und Fliesen – was immer Sie haben möchten."

Sophia musste lachen. „Ich bin eine ziemlich mittellose Buchhändlerin, die sich außer einer Flasche Wein und einem Krug Olivenöl keinen Luxus leisten kann. Aber ich schaue mir die schönen Sachen in den Läden immer gern an."

„Dann müssen Sie uns besuchen! Anna nimmt Sie mit, und ich zeige Ihnen alles. Wir haben einen großen Loft in der Hanauer Landstraße, dort stellen wir unsere Muster aus."

„Wir kommen alle!", sagte Anna resolut, „aber die Hunde bleiben hier. Tarquinius hat neulich erst einen von Vannos kostbaren Seidenstoffen besabbert."

„Erinnert mich nicht daran!“, rief Vanno theatralisch. „Ich hätte das Tier zu Mortadella mahlen können. Aber nun müssen Sie uns unbedingt erzählen, wie Sie zu dem Namen Dukakis kommen. Verzeihen Sie meine Neugier, aber eine weniger griechisch aussehende Frau kann ich mir kaum vorstellen.“

Sophia räusperte sich. „Es liegt an meinem Urgroßvater. Der war tatsächlich ein Grieche. Er hieß Anastasios Dukakis und stammte von einem kleinen Bauernhof in der Nähe von Sparta auf dem südlichen Peloponnes.“

„Und wie kam er hierher?“, fragte Vanno.

„Mit zwanzig Jahren wanderte er zu Fuß bis nach Italien und arbeitete dort auf einem großen Weingut. Das war um 1910. Von dort aus reiste er nach Deutschland weiter und wurde Kellner in einem Restaurant in München. Dort hielt es ihn aber auch nicht. Offenbar zog er den Norden dem Süden vor. 1913 ging er nach Ostfriesland. Dort betreibt die Familie meiner Urgroßmutter seit dem 17. Jahrhundert einen Landgasthof, den ‚Schimmelkrug‘ in der Nähe von Leer. Meine Urgroßmutter Christine Schimmelmann verliebte sich in den neuen Kellner und er sich in sie. Ihre Eltern waren natürlich dagegen, aber Christine hatte einen Dickkopf, und Anastasios muss wohl sehr tüchtig gewesen sein. Er nahm die deutsche Staatsbürgerschaft an. 1918 durfte er sie endlich heiraten. Sie war das einzige Kind, darum erbte sie später den Schimmelkrug, und Anastasios wurde der Wirt. Die beiden gaben ein ungewöhnliches Paar ab. Sie war groß und hellblond, kräftig gebaut – er ein kleiner, drahtiger Mann mit dunklen Haaren und Augen. Auf dem Hochzeitsfoto sieht man, dass er ihr knapp bis zur Schulter reichte. Aber sie sollen sehr glücklich miteinander gelebt haben.“

„Und wie ging es weiter?“, fragte Anna.

„Anastasios wünschte sich, dass alle seine Nachkommen, die den Namen Dukakis trugen, auch griechische Vornamen tragen sollten. Daran hat sich die Familie gehalten. Das Witzige ist nur, dass sich von der nächsten Generation an die Gene irgendwie vertauscht haben. Anastasios und Christine hatten einen Sohn und zwei Töchter. Die Töchter sahen ungefähr so aus wie ich, klein, hellblond, mit hellblauen Augen. Und der Sohn war so groß wie seine Mutter, aber mit pechschwarzen Haaren und Augen. Und so ist es dann geblieben. Kein einziges Mal hat es bisher einen kleinen dunklen Sohn oder eine große blonde Tochter oder aber einen großen blonden Sohn oder eine kleine dunkle Tochter gegeben.“

Vittorio schüttelte verwirrt den Kopf. „Das ist ja komplizierter als bei Bluthunden."

„Die mendelschen Gesetze – widerlegt durch die natürliche Zuchtwahl der Familie Dukakis", sagte Vanno vergnügt. „Aber so wissen wir wenigstens, dass Sie doch eine richtige Griechin sind."

„Verwässert durch drei Generationen Schimmelmann, Meyerdieck und Hinrichsen", antwortete Sophia. „Ein richtiges ostfriesisches Landei eben."

„Müssen Sie nun auch einen schwarzhaarigen Mann heiraten, damit die Blutlinie gewahrt bleibt?", erkundigte sich Vittorio.

Sophia lachte. „Ich kann heiraten, wen ich will. Meine Brüder haben das auch getan – die eine Schwägerin hat braune Haare, die andere sogar rote."

„Schade", meinte Vanno. „Ich hätte mir sonst Chancen ausgerechnet." Er sah ihr tief in die Augen und grinste.

KAPITEL 5

Vanno ging Sophia nicht mehr aus dem Kopf. Sie träumte von ihm. So gut aussehend, so charmant, so witzig, so gebildet …, so herzlich … Warum er wohl mit dreißig noch ledig war? Sie zerbrach sich den Kopf, ob Vanno die Frauen an Annas Bild maß und noch nichts Vergleichbares gefunden hatte. Betrübt gestand sie sich ein, dass sie es mit Anna nicht aufnehmen konnte. Jeder Mann und viele Frauen drehten sich nach Anna um. Wer sah nach Sophia Dukakis? Allenfalls Männer wie Dr. Pötzlein. Früher hatte sie geglaubt, Herr Weiße habe eine Schwäche für sie. Aber das hatte sie sich bestimmt nur eingebildet. Schließlich war er Ehemann und Vater.

Unter solchen unfruchtbaren Grübeleien vergingen die Tage. Immerhin lenkte der Gedanke an Vanno vom täglichen Ärger in der Buchhandlung ab. Die Fronten dort hatten sich wieder verhärtet.

Zwischen Silvie und Petra herrschte inzwischen Stellungskrieg, während Sophia und Tetzibär Scharmützeln möglichst aus dem Weg gingen. Zur offenen Feldschlacht kam es durch den ahnungslosen Herrn Weiße, der im Laden erschien, alle freundlich begrüßte und Petra nach einem

Geburtstagsroman für seine Schwägerin fragte. In derselben Sekunde schoss Silvie herbei und fiel mit schriller Stimme über ihn her.

„Guten Tag, Herr Dr. Weiße. Ja, ich bin wieder hier! Sie haben mich bestimmt vermisst. Ich bin ja so glücklich, wieder bei Frau Mayenkranz zu sein. Und dass Sie immer noch zu uns kommen, Herr Dr. Weiße! Wie wunderbar! Was darf ich Ihnen zeigen?"

Schon hatte sie Petra abgedrängt und den erschrockenen Herrn Weiße zu einem der Tische mit den Neuerscheinungen geschoben. Unbeeindruckt von ihrem sprachlosen Publikum umgirrte sie Herrn Weiße, den sie mit „Herr Doktor" anredete, und vertraute ihm an, dass sie jetzt Glowitz heiße und so gut wie geschieden sei. Als sie jedoch versuchte, ihm gleich drei hochmoderne Romane auf einmal aufzudrängen, erwachte er aus seiner Betäubung und setzte sich zur Wehr. Wortlos griff er nach irgendeinem Buch, trug es hastig zu Joschi, der an der Kasse stand, warf Sophia noch einen verzweifelten Blick zu und verließ fluchtartig den Laden.

Petra Müller-Murat explodierte. Zum Glück waren gerade nur die Angestellten in der Buchhandlung. „Wie können Sie es wagen, mir meine Kunden wegzunehmen!", fuhr sie Silvie an. „Bei uns bedient immer noch der den Kunden, von dem der Kunde bedient werden möchte. Wenn Herr Weiße nicht mehr zu uns kommt, weil er sich belästigt fühlt, ist das allein Ihre Schuld!"

„So?", fauchte Silvie. „Wo Sie ihn nicht einmal korrekt anreden? Der Mann hat den Doktor, Sie ahnungsloser Engel. Sie kennen die Kunden überhaupt nicht und wollen sie beraten!"

„Und Sie glauben, wenn Sie mit dem Hinterteil wackeln und oben drei Knöpfe aufmachen, ist das schon Service!"

„Aber meine Damen!" Frau Mayenkranz kam herbeigestürzt und wollte zu einer längeren Rede ausholen. In diesem Moment ging die Tür auf, und ein Elternpaar mit zwei halbwüchsigen Töchtern trat ein.

„Wir sprechen uns nach Geschäftsschluss!", zischte Frau Mayenkranz und verschwand in ihrem Refugium.

Petra und Silvie, ein Bild eisiger Eintracht, umsäuselten die neuen Kunden.

„Hat Herr Weiße wirklich einen Doktor?", flüsterte Sophia Tetzibär zu. Die zuckte die Achseln. „Keine Ahnung. Wenn er etwas bestellt, sagt er immer nur ‚für Philipp Weiße'."

Am Abend verdrückten sich die Angestellten der Buchhandlung

schneller als sonst, während Juliane Mayenkranz mit Petra und Silvie im Hinterzimmer ein ernstes Gespräch führte.

Danach bemühte sich Silvie um mehr Kollegialität. Zumindest mischte sie sich nicht mehr in die Verkaufsgespräche der anderen ein, sondern verlegte sich lieber auf den verstärkten Einsatz ihrer weiblichen Reize bei der männlichen Kundschaft, von der aber nur wenige der Verlockung erlagen. Philipp Weiße und Dr. Pötzlein zählten jedenfalls nicht zu Silvies Verehrern.

Nach wie vor war die Stimmung schlecht. Sophia tröstete sich mit häufigen Besuchen bei Anna. Auch wenn sie Vanno nicht wieder begegnete – „Er ist auf Einkaufsreise", erklärte Anna –, hatte es der ungezwungene Charme der Familie Roccarossa Sophia angetan. Sie war fasziniert von ihrer Offenheit und Gastfreundlichkeit.

AN EINEM schönen Märzmorgen, als die Frühlingssonne so herrlich schien, dass selbst der Weg zur Arbeit ein Vergnügen war, begegnete Sophia nach langer Zeit wieder einmal Herrn Schlüter. Er sah schlecht aus und war allein.

Erschrocken blieb sie stehen. „Guten Morgen! Entschuldigen Sie, aber geht es Ihnen nicht gut? Kann ich etwas für Sie tun?"

Herr Schlüter, groß, mager, grauhaarig, blickte sie über seine Brille mit traurigen Augen an. „Bessie ist tot."

„Das tut mir Leid", sagte Sophia. „Ich kann mir vorstellen, wie Ihnen zumute ist. Wie ist es denn passiert?"

„Nun ja, sie war dreizehn Jahre und ziemlich hinfällig. Das Herz, wissen Sie? In den letzten Wochen wurde es immer schwächer. Wir konnten gar nicht mehr aus dem Haus. Der Tierarzt riet mir dringend, sie einschläfern zu lassen. Aber wie soll man das über sich bringen? Zuletzt konnte sie kaum noch aufstehen und wollte nicht mehr fressen. Da habe ich mich dann entschlossen. Und am Morgen, als ich den Tierarzt anrufen wollte, lag sie tot im Korb. Das ist jetzt vierzehn Tage her."

Sophia stand betroffen da. „Und nun?", fragte sie nach einer Weile. „Werden Sie einen neuen Hund anschaffen?"

Herr Schlüter zuckte die Achseln. „Ich glaube nicht. Sehen Sie, ich bin vierundsiebzig. Ein Hund lebt zehn bis fünfzehn Jahre … Was wird aus ihm, wenn ich krank werde, ins Altenheim muss oder sterbe? Ich habe keine Verwandten oder Freunde, die ihn nehmen würden."

Sophia überlegte. „Und wenn Sie ab und zu mal ein Tier in Pflege nehmen? Von Bekannten. Oder vom Tierheim? Wenigstens stundenweise? Zum Spazierengehen?“

Herr Schlüter dachte nach. „Keine schlechte Idee. Vielleicht später. Dann käme ich wenigstens wieder regelmäßig an die Luft.“ Sein Gesicht hatte sich aufgehellt. „Vielen Dank“, sagte er, „Frau … Verzeihung, ich kenne Ihren Namen nicht, obwohl wir nun schon so lange Nachbarn sind.“

„Ich heiße Sophia Dukakis, und Sie sind Herr Schlüter, das weiß ich von meiner Großtante“, sagte Sophia. „Wenn Sie einen neuen Hund, ich meine einen Pflegehund, gefunden haben, sieht das Leben bestimmt wieder freundlicher aus.“

An der Ecke verabschiedete sich Herr Schlüter. Sophia kam es vor, als sei sein Gang ein winziges bisschen beschwingter geworden.

JEDES Mal wenn Sophia zu Anna kam, wurde sie von Tarquinius und Tanaquil freundlich, von Pomponia jedoch überschwänglich begrüßt. Der dicke Welpe wuchs und wuchs, streckte sich, bekam kleine spitze Milchzähne und rosa Krallen und war neugierig auf alles. Seine dunklen Augen und das lockere Fell, das in großen Falten an ihm herunterhing, gaben ihm etwas Schwermütiges, aber das täuschte. Pomponia war ein fröhliches Hundekind.

Wenn Sophia eintrat, brach das Hündchen in Jubelgeheul aus, machte Freudenpfützen auf den Teppich und wich nicht von ihrer Seite. Sophia begann den Tag zu fürchten, an dem Pomponia verkauft werden würde.

Der Besuch in Vannos Schauraum hatte bisher nicht stattgefunden. „Vanno und sein Partner sind immer noch unterwegs“, hatte Vittorio berichtet. „Sie stellen ihre Winterkollektion zusammen. Im April sind sie zurück.“

„Pomponia ist dann sicher schon weg“, sagte Sophia. „Was kostet eigentlich ein junger Bluthund?“

„Um die zweitausend Mark“, antwortete Anna. „Es gibt so wenige, darum sind sie teuer. Und wenn sie preisgekrönte Eltern haben, erhöht das natürlich den Preis.“

Sophia schluckte und wechselte das Thema. Sie tröstete sich damit, dass Pomponia noch keine acht Wochen alt war und vor der zehnten Woche nicht abgegeben werden sollte.

Allmählich verließ Anna wieder öfter das Haus und vertraute die

Hunde Peppa und ihrem Mann Luigi Brancati an, die in einem eigenen Häuschen am Ende des Grundstücks wohnten. Sie stammten aus Vittorios Heimat und verwalteten schon seit Jahren die Frankfurter Villa.

An einem Sonntag im März kam Anna das erste Mal zum Kaffee. Sophia hatte den Tisch mit Großtante Hedes altem englischem Spode-Geschirr gedeckt. Anna, wie immer untadelig gekleidet und schöner denn je, überreichte Sophia einen Karton mit sechs Packungen Tomatensaft und ein postkartengroßes Foto von Pomponia im Mahagonirahmen und sah sich in ihrem Wohnzimmer um.

„Das ist ja ein schnuckeliges Haus! Und du wohnst da ganz allein? Warum vermietest du nicht einen Teil?"

„Das will ich ja eigentlich auch. Ich wollte nur vorher renovieren. Dazu muss ich aber erst Geld zusammensparen, und das habe ich noch nicht ganz geschafft." Sie erzählte Anna von Tante Hedes monatlichem Hauszuschuss, der zum großen Teil in den laufenden Unterhalt floss. „Vielleicht nächstes Jahr. Möchtest du das Haus anschauen?"

„Mit dem größten Vergnügen. Ich *liebe* Häuser!"

Das Haus in der Raabestraße stammte aus der Zeit zwischen 1900 und 1910, genau wusste Sophia es nicht. Es war ein schmales Stadthaus, das in einer Reihe ähnlicher Gebäude stand. Vorn hatte es einen kleinen Vorgarten, den Tante Hede der Bequemlichkeit halber nicht bepflanzt, sondern mit einem schön gemusterten Kopfsteinpflaster hatte ausstatten lassen. Sitzen konnte man dort ohnehin nicht, weil nur ein halbmeterhohes Mäuerchen und ein eiserner Stangenzaun ihn von der Straße trennten. Tante Hede hatte in der Mitte eine große Pflanzschale aufstellen lassen, in der je nach Jahreszeit Primeln, Stiefmütterchen, Fleißige Lieschen oder Heidekraut wuchsen. Sophia hatte den Zaun entlang Rankrosen gepflanzt.

Hinter dem Haus gab es mehr Platz. Drei hohe Mauern, an denen sich schmale Beete mit pflegeleichten Schattenstauden entlangzogen, schlossen einen rechteckigen Rasen ein. Von ihm führten ein paar Stufen zu einer überdachten Terrasse hinauf, die sich über die ganze Rückwand des Hauses erstreckte. Einmal im Monat erschien ein pensionierter Gärtner aus der Nachbarschaft und brachte alles in Ordnung, eine Tradition, an der Sophia festgehalten hatte.

Das dreistöckige Haus ruhte auf einem großen, verwinkelten Keller, in dem Großtante Hede überall Licht hatte legen lassen.

Im Hochparterre gab es eine kleine Diele, eine Gästetoilette, eine große Küche mit Speisekammer und zwei schöne, große, ineinander gehende Räume, die als Wohn- und Esszimmer genutzt wurden.

Im ersten Stock befanden sich vorn Tante Hedes Schlafzimmer, in dem jetzt Sophia wohnte, und ihr Büro, in dem Sophia ihre Unterlagen und einen Teil ihrer Bücher aufbewahrte. Nach hinten hinaus lagen ein großes Badezimmer und ein zusätzliches WC sowie ein Schrankzimmer, in dessen wuchtigen Möbeln sich Sophias bescheidene Garderobe verlor.

In der Mansarde unter dem Dach hatte Sophia zu Großtante Hedes Lebzeiten gewohnt. Ursprünglich waren es drei kleine Kinder- und Dienstbotenzimmer und ein Waschraum gewesen. Großtante Hede hatte den Waschraum zum Bad, das hintere Zimmer zu einer kleinen Küche umbauen lassen und die beiden vorderen als Wohn- und Schlafzimmer eingerichtet. Es waren trotz der schrägen Wände gemütliche Räume. Sophia hatte es dort gut gefallen, obwohl Bad und Küche dringend eine neue Isolierung und bessere Heizung gebraucht hätten.

„Bei so einem alten Haus“, sagte sie zu Anna, während sie sie durch ihre Villa führte, „muss man dauernd etwas reparieren. Wenn ich hinten fertig bin, geht es vorn wieder los.“

Später saßen sie im Wohnzimmer, tranken Tee aus den alten Tassen und aßen Obsttörtchen der Konditorei Amend. Sophia erzählte von Herrn Schlüter und seiner Bessie und erkundigte sich nach Pomponia. „Ist sie jetzt verkauft?“

Anna lachte. „Letzte Woche war ein sehr nettes Ehepaar da, das sie anschauen wollte. Da hat sie sich unter einem Sessel versteckt. Als ich sie herausholte, hat sie die beiden angeknurrt. Gestern kam dann eine reizende Frau, die sich immer schon einen Bluthund gewünscht hatte. Nach der hat sie geschnappt. Mit zwei Monaten! Das ist für einen Bluthund ganz erstaunlich. Natürlich haben die Leute dankend verzichtet.“

Sophia war insgeheim erleichtert. „Sind Bluthunde wirklich keine Kampfhunde? Ich weiß, Vittorio sagt Nein, aber stimmt das auch?“

Anna stieß einen Seufzer aus. „Das ist ein großes Problem. Einerseits ist die Rasse so selten, dass sie auf keiner schwarzen Liste der Behörden auftaucht. Andererseits hat sie nun einmal diesen Namen, vor dem die Leute sich fürchten. Hinzu kommt, dass die Tiere so groß und schwer sind. Aber es sind trotzdem keine Kampfhunde, sondern reine Spürhunde. Es heißt sogar, dass sie ‚dazu neigen, sich mit ihrer Beute anzufreunden'. Tarquinius und Tanaquil sind wirkliche Seelchen. Trotzdem nehme ich sie, wenn fremde Menschen in der Nähe sind, an die Leine. Das verstehen sie zwar nicht, aber sie lassen es sich gefallen. Es sind hochsoziale Tiere, die an ein Leben in der Meute gewöhnt sind und darum auch kleinere Lebewesen – zum Beispiel Kinder – nicht angreifen, sondern beschützen. Pomponia hat sich völlig untypisch verhalten, sowohl für ihre Rasse als auch für ihr Alter. Wie ich ihren Dickschädel kenne, wird sie einen Grund dafür haben."

Sie machte eine kleine Pause, blickte dann von ihrer Teetasse auf und sah Sophia direkt in die Augen. „Und ich glaube, ich weiß ihn auch."

Sophia wurde so rot, als hätte sie etwas angestellt.

„Sophia", sagte Anna, „möchtest *du* Pomponia haben?"

Sophia hatte sich schon seit Wochen heimlich das Hirn zermartert, wie sie es ermöglichen könnte, Pomponia zu kaufen und standesgemäß zu versorgen.

Sie hatte gerechnet und war zu dem Ergebnis gekommen, dass der Kaufpreis für sie gerade noch erschwinglich und dass, wenn für Bluthunde keine Kampfhundesteuer anfiel, auch Pomponias Unterhalt gesichert war. Aber wer sollte den Hund tagsüber betreuen? Sie selbst stand morgens um sieben auf, war um neun im Geschäft und kam abends um neun nach Hause. Einmal in der Woche hatte sie nachmittags frei, manchmal, wenn sie sonnabends länger arbeitete, einen ganzen Tag. So lange konnte man einen Hund nicht allein lassen.

Sie sah Anna traurig an. „Glaub mir, ich wäre überglücklich, wenn ich Pomponia haben könnte. Ich würde sogar die zweitausend Mark aufbringen. Ich könnte sie auch ernähren. Aber ins Geschäft kann ich keinen Hund mitnehmen. Und eine Peppa und einen Luigi gibt's bei mir leider auch nicht."

„Aber Pomponia wäre glücklich, und das ist die Hauptsache", stellte Anna fest. „Und wenn es keine Hindernisse gäbe?"

„Es wäre mein Herzenswunsch!"

„Na also." Anna nickte befriedigt. „Wir brauchen kein Geld für Pomponia, wir brauchen jemanden, den sie liebt und bei dem sie sich nicht unter Sesseln versteckt. Nur ein Blinder kann übersehen, dass du ihr Lieblingsmensch bist, und du wirst ja wohl nicht leugnen, dass du auch dein Herz an sie verloren hast. Ich werde mir mal den Kopf zerbrechen, und du denkst auch nach."

KAPITEL 6

Während Sophia Tag und Nacht darüber nachgrübelte, wie eine berufstätige, allein stehende Frau es anstellen könnte, einen jungen Hund zu betreuen und zu erziehen, waren Vanno und sein Geschäftspartner von ihrer Einkaufsreise zurückgekehrt.

Wenige Tage nach Annas Besuch bekam Sophia einen Anruf von ihr. „Wann ist dein nächster freier Tag? Wir sind zur Besichtigung mit anschließendem Abendessen bei Vanno eingeladen."

„Donnerstag."

„Prima. Ich hole dich um fünf ab."

Sophia, die darum gekämpft hatte, sich den unwiderstehlichen Italiener aus dem Kopf zu schlagen, was ihr dank Pomponia einigermaßen gelungen war, wurde bei der bloßen Erwähnung seines Namens rückfällig. Sie verwandte große Mühe auf ihre äußere Erscheinung und fand sich in rehbraunen Hosen, einem königsblauen Flanellblazer, der ihre hellblauen Augen dunkler und interessanter machte, und einer sandfarbenen Seidenbluse durchaus ansehnlich.

Als jedoch Anna vor der Tür stand, in einfachen Bluejeans, einem lässigen gelben Pullover und einer alten schwarzen Lederjacke, begriff Sophia traurig, dass es Frauen gab, die noch in einem alten Kartoffelsack wunderschön aussahen – und andere. Sie gehörte zu den anderen. Mit einem Seufzer stieg sie ins Auto.

Anna berichtete, dass es Vittorio, der leider heute Abend verhindert sei, und den Hunden gut gehe und sie nun bald nach Italien übersiedeln würden. Geschickt lenkte sie den BMW durch eine schmale Einfahrt und über einen voll geparkten großen Hof zu einem blau gestrichenen großen Metalltor. Sie stellte den Motor ab und nickte Sophia zu. „Hier ist es."

Vorn an der Hanauer Landstraße wies nur ein kleines blaues Schild auf die Firma „CASA CORTONE – PRODUKT & DESIGN" hin. Das Vorderhaus, ein großer, ziemlich hässlicher Gewerbebau, beherbergte Büros und Lager verschiedener Unternehmen.

„Vanno hat das Hinterhaus gemietet. Unten sind die Verkaufsräume, und oben wohnt er", erklärte Anna. Sie gingen durch eine blaue Tür gleich neben dem großen blauen Tor und betraten drei große, ineinander gehende Räume, voll gestopft mit aufregenden Sachen.

In den beiden vorderen Zimmern gab es kleinere und ein paar größere Möbel, dekoriert mit Stoffen, Tischdecken, Servietten, Handtüchern und Badezimmerzubehör. Der hinterste Raum war wie eine große Landhauswohnküche eingerichtet, mit offenen Regalen voller Dosen, Glasbehältern, Kartons und allen möglichen Geschirrstücken und Trinkgläsern. Durch eine deckenhohe Glastür an der Rückwand blickte man in eine geräumige Speisekammer mit Würsten und Schinken, Käselaiben und Öl- und Weinflaschen.

Vor einem weit geöffneten, verglasten Wandschrank im mittleren Zimmer standen Vanno und ein etwa gleichaltriger Mann und räumten aus Packkisten buntes Tongeschirr ein.

„Hallo, Vanno! Hallo, Claudio! Sind das die neuen Fayencen?"

Vanno nickte, umarmte Anna und gab Sophia die Hand. „Das ist Claudio, mein Freund und Partner. Claudio, das ist Annas Freundin Sophia."

Claudio begrüßte die beiden Frauen und sagte dann zu Sophia: „Und um es Ihnen gleich zu gestehen: Ich heiße nicht Claudio, sondern Klaus. Klaus Kunze! Wenn das vorn auf dem Schild stünde, käme kein einziger Kunde. Deshalb hat mich Vanno umgetauft und italienisiert."

Sophia sah einen großen, schlanken Mann mit dunkelblonden, kurzen Haaren, grünbraunen Augen und einem freundlichen, unauffälligen Gesicht. Er war Ende zwanzig, und sein Lächeln gefiel ihr auf Anhieb. Auch Claudio fand die kleine Buchhändlerin sofort sympathisch.

„Dies hier sind unsere neuen Schlager – hoffen wir", erläuterte er. „Vittorio hat uns darauf gebracht. Es sind Nachbildungen alter Fayencen aus seiner Sammlung, Formen des 16. bis 18. Jahrhunderts. Eine kleine Töpferei in der Nähe von Viterbo stellt sie exklusiv für uns her. Sie haben besonders leuchtende Farben und ungewöhnliche Dekors. Es ist die erste Lieferung, und wir wünschen uns, dass sie viele Liebhaber findet."

„Natürlich verkaufen wir sie zu exorbitanten Preisen", fiel Vanno ein. „Die Serien sind zu klein für das Massengeschäft. Wir setzen auf Kenner und Sammler, denen die echten Stücke zum Benutzen zu schade sind."

Sophia, die eine kleine blau-weiße Schale herausgenommen und bewundert hatte, stellte das Gefäß hastig wieder in den Schrank. Nicht auszudenken, wenn es ihr heruntergefallen wäre!

„Ich bin sicher, dass man sie Ihnen aus den Händen reißen wird", sagte sie. „So schöne Formen und Muster habe ich außer bei Vittorio noch nie gesehen."

„Wir haben noch viele andere schöne Sachen. Kommen Sie, ich zeige Ihnen alles."

Während Claudio weiter einräumte, führte Vanno die beiden Frauen herum und präsentierte ihnen voller Stolz seine Lieblingsstücke. Sophia hätte am liebsten das halbe Sortiment gekauft.

Nach der Besichtigung, in deren Verlauf sich noch zwei Händlerkunden eingefunden hatten, tranken Anna und Sophia in der Landhausküche einen Espresso, während Vanno und Claudio ihre Geschäfte abwickelten. Um sieben Uhr schloss der Laden.

„So." Vanno hob die Hände und rollte die schwarzen Augen. „Geschafft! Jetzt gehen wir nach oben und schlemmen. Es ist alles vorbereitet."

Eine Tür im vorderen Schauraum führte zu einer Treppe ins Obergeschoss. „Das ist unser Loft", sagte Claudio.

Der riesige Raum war bis auf das hintere Viertel und den Eingangsbereich mit Garderobe und Gäste-WC offen. Stahlträger stützten das Dach, an beiden Längsseiten ließen große Fenster Licht und Luft herein. Die Küchenzeile ging in eine Esszone über, an die sich der weitläufige Wohnbereich anschloss. Gegenüber standen unter den Fenstern zwei Arbeitstische mit der üblichen Computerausstattung, Telefon und Fax. Hüfthohe, nach beiden Seiten offene Regale trennten die einzelnen Zonen voneinander.

Am Ende des Raums gab es zwei Türen. „Links ist das Bad und rechts unser Schlafzimmer", sagte Vanno. „Alle anderen Wände, soweit es welche gab, haben wir herausnehmen lassen. Das Inventar stammt natürlich aus dem Laden. Wir leben sozusagen in einem zweiten Schauraum."

Sophia hatte nur zwei Wörter gehört und war wie vom Donner gerührt stehen geblieben.

„Unser Schlafzimmer."

Wie hatte sie nur so blind sein können! Vanno und Claudio waren ein Paar, und ganz offensichtlich ein glückliches.

Sie ließ sich von Claudio zu einem Sessel führen und nahm dankbar einen Aperitif an, den sie wirklich nötig hatte, und ließ stumm ihre Augen und Gedanken herumschweifen. Jeder Trottel hätte es gemerkt, nur ich blödes Landei habe nichts kapiert.

Mit aller Kraft nahm sie sich zusammen und bewunderte die Wohnung und das von Vanno gezauberte Menü und wurde zu einem weiteren Festmahl in der kommenden Woche eingeladen.

Als sie gegen zwölf Uhr mit Anna aufbrach, waren alle beim Dù, und Sophia hatte mit Nachdruck erklärt, dass sie schon lange keinen so schönen Abend mehr verbracht hätte. Im Auto allerdings verstummte sie dann so vollständig, dass Anna Schuldgefühle bekam.

„Sophia …, hoffentlich bist du mir nicht böse. Ich hätte es längst sagen sollen, aber ich wusste einfach nicht, wie ich es dir am geschicktesten beibringen sollte. Ich konnte ja sehen, dass du dich in Vanno verknallt hast, alle Frauen tun das. Es ist auch nicht so, dass er keine Frauen mag. Nur für die Liebe bevorzugt er eben Männer."

Sophia seufzte. „Claudio ist ja auch mächtig nett."

„Ja. Ein Glücksfall. Die beiden sind schon fünf Jahre zusammen. Außerdem hast du statt eines Lovers zwei neue Freunde gewonnen. Sie mögen dich beide gern, das habe ich gemerkt."

„Sonst hätten sie mich wohl auch nicht gleich wieder eingeladen."

„Ja. Übrigens hat Vittorio auch viel für Claudio übrig. Sie sind beide in alte Fayencen vernarrt. Nächste Woche ist Vittorio wieder mit von der Partie, dann wirst du hören, wie die beiden fachsimpeln."

Sie waren vor Sophias Tür angekommen. Als sie sich verabschiedet hatten und Sophia aussteigen wollte, rief Anna: „Warte! Das hätte ich ja fast vergessen. Hier ist noch etwas von Claudio für dich. Du sollst es aber erst auf einem Tisch auspacken." Sie griff nach hinten und gab Sophia einen kleinen, verschnürten Karton. „Gute Nacht."

Zwei Minuten später saß Sophia am Küchentisch und zertrennte mit einem scharfen Messer die Schnur. In dem Karton lag, sorgsam eingewickelt und bruchsicher gepolstert, die kleine blau-weiße Schale, die es Sophia so angetan hatte.

AM NÄCHSTEN Morgen frühstückte Sophia mit Obst in blauweißer Schale und betrachtete dabei sinnend das Bild Pomponias, die nun, Ende März, schon fast zehn Wochen alt war. Ihr blieb nicht mehr viel Zeit. Spätestens Ende April wollten Anna und Vittorio Frankfurt verlassen und mit Hund und Kegel auf ihr Gut bei Viterbo gehen.

Nachdem sie zwei Tage und Nächte gegrübelt hatte, kam ihr am dritten Tag ein Gedanke. Immer wieder drehte und wendete sie ihn in ihrem Kopf und fand schließlich, dass es eine Möglichkeit war.

Am Sonntagmorgen raffte sie sich auf, steckte das Hundebild in eine kleine Tüte, verließ das Haus und ging über die Straße. An der Tür gegenüber klingelte sie. Eine heisere Stimme knarzte durch die Sprechanlage: „Ja, bitte?“

„Hier ist Sophia Dukakis, Ihre Nachbarin. Könnte ich Sie einen Augenblick sprechen? Wenn es jetzt nicht passt, kann ich auch gern zu einer anderen Zeit wieder kommen.“

Man hörte ein Knurren und dann wieder Herrn Schlüters Stimme: „Nein, nein, ist schon gut. Ich schließe Ihnen auf.“

Gleich darauf waren Gartentor und Haustür offen, und Herr Schlüter, in Cordhose und Pullover, bat Sophia in ein ordentlich aufgeräumtes, etwas düsteres Wohnzimmer. In einer Ecke stand ein großer, leerer Hundekorb.

Herr Schlüter bemerkte Sophias Blick und räusperte sich. „Bin noch nicht zum Wegräumen gekommen“, behauptete er hastig. „Nur ihre Decken.“ Er wies auf einen Sessel.

Sophia nahm Platz. Herr Schlüter setzte sich ihr gegenüber auf ein abgewetztes Ledersofa und schaute sie erwartungsvoll an.

„Also, wir sprachen doch neulich über Hunde …, über einen neuen Hund für Sie … vielleicht …“

Herrn Schlüters Miene verdüsterte sich.

„Also kurz und gut“, platzte Sophia heraus, „ich habe mich verliebt. In einen Hund. Er heißt Pomponia. Es ist eine Sie. Sie ist ein Welpe. Nicht ganz zehn Wochen.“ Sophia zog das Bild aus der Tüte und hielt es ihm hin. „Das ist sie.“

Der alte Lehrer nahm das Bild, musterte es und schüttelte den Kopf. „Was für eine Rasse soll das denn sein?“

„Na ja … Es ist …, hm …, ein Bluthund.“

„Ein Bluthund? Wirklich? Sieht so ein Bluthund aus?“

Sophia nickte. „Aber sie sind nicht blutdürstig. Es sind die allerfriedlichsten, liebenswürdigsten, sanftesten und gutmütigsten Hunde. Ich weiß es von Pomponias Eltern. Sie sind übrigens Etrusker.“

„Wie bitte?“

„Sie heißen Tarquinius Superbus und Tanaquil und kommen aus der Nähe von Viterbo. Aus dem Etruskerland. Ihr Besitzer sagt, ihr Stammbaum sei über 3000 Jahre alt.“

„Tatsächlich? Und was haben Sie nun mit diesem Spross aus altetruskischem Adel vor?“

Sophia schluckte. „Ach, Herr Schlüter …, ich würde den Hund so schrecklich gern haben. Er liebt nur mich und versteckt sich, wenn Leute kommen und ihn kaufen wollen. Ich ertrage den Gedanken nicht, dass er irgendwohin kommt, wo er unglücklich ist. Aber weil ich doch berufstätig bin ... Und man kann einen jungen Hund nicht stundenlang allein lassen ... Er würde ja trübsinnig ... Außerdem braucht er eine liebevolle, aber konsequente Erziehung. Und Auslauf – er muss Auslauf haben. Und da habe ich an Sie gedacht." Sie hielt inne, um Atem zu holen.

Herr Schlüter hatte aufmerksam zugehört.

„Ich dachte", fuhr Sophia zaghaft fort, „wir könnten uns Pomponia vielleicht teilen. Ich würde natürlich für Futter, Steuer, Versicherung, Tierarzt und so weiter aufkommen. Es sollen Ihnen keinerlei Kosten entstehen. Morgens würde ich sie zu Ihnen bringen und abends wieder abholen, und am Wochenende und an meinen freien Tagen und im Urlaub wäre sie bei mir. Es wäre die einzige Möglichkeit für mich, sie zu halten. Und Sie hätten Gesellschaft."

„Es wäre eine Aufgabe", sagte Herr Schlüter nach einer Weile nachdenklich. „Ich könnte ihr alles zeigen, was ein Hund wissen muss. Und ich hätte jemanden zum Spazierengehen. Allerdings weiß man nicht, ob es einem jungen Hund bekommt, wenn er zwei Herren hat ..."

„Aber wir könnten es doch probieren!", rief Sophia. „Sie müssten Pomponia erst einmal kennen lernen. Sie hängt an mir und würde sich mit allem abfinden, um bei mir zu sein. Und wenn Sie mit ihr spazieren gehen und sie etwas lernen lassen, würde sie Sie auch gern haben."

Herr Schlüter lächelte auf einmal. „Wissen Sie was? Ich mache uns eine Tasse Tee, und Sie erzählen mir die ganze Geschichte noch einmal von vorn."

Zwei Stunden später rief eine überglückliche Sophia bei Anna an und erklärte in abgerissenen Sätzen, sie habe einen Weg gefunden, wie sie und Pomponia miteinander glücklich sein könnten. Anna, zunächst etwas skeptisch, hörte zu und sagte schließlich: „Weißt du was? Ich komme mit Pomponia heute Nachmittag vorbei, und dann bitten wir deinen Herrn Schlüter, sie sich anzuschauen."

Sophia hätte sich keine Sorgen zu machen brauchen. Nicht nur, dass es Pomponia in Sophias Haus sichtlich gefiel und sie alles besitzergreifend beschnüffelte, sie und Herr Schlüter waren einander auf Anhieb sympathisch.

Als erster Fremder wurde er nicht angeknurrt, sondern mit Wedeln begrüßt. Schon bald ließ sie sich von ihm tätscheln und streicheln und zeigte bereitwillig ihren rosa Kugelbauch. Der alte Lehrer bekam feuchte Augen, und auch die beiden Frauen waren gerührt. Sie vereinbarten, dass Sophia eine Erstausstattung für Pomponia kaufen und Anna ihr dann den Hund bringen würde, woraufhin Sophia Herrn Schlüter benachrichtigen sollte.

„Ich kann es kaum erwarten“, gestand er. „Ich freue mich richtig auf meine neue Schülerin.“

Als er gegangen war, sagte Anna: „Das ist ja ein großartiger alter Herr. Vielleicht hat Pomponia das große Los gezogen – du wirst sie nach Strich und Faden verwöhnen, und Herr Schlüter sorgt dafür, dass sie Manieren lernt. Mit dieser kombinierten Methode wird sie bestimmt ein Superhund.“ Sie umarmte Sophia spontan. „Mir fällt ein Stein vom Herzen.“

Sophia, auf deren Füßen sich Pomponia gerade niedergelassen hatte, nickte glücklich. „Gleich morgen marschiere ich los und kaufe ein.“

„Das Hundefutter bekommst du von uns“, erklärte die praktische Anna. „Luigi kauft es im Großhandel und fährt es dir nach Hause.“ Sie gab Sophia Anweisungen, was ein junger Bluthund brauchte, und schloss mit den Worten: „Vittorio und ich sind uns einig, dass wir für Pomponia kein Geld haben möchten. Wenn sie zu dir kommt, bleibt sie uns ja in gewisser Weise erhalten, wir können sie sehen und ihre Entwicklung verfolgen. Verwende das Geld lieber für sie, damit sie dir nicht gleich die Haare vom Kopf frisst.“ Sophie wollte Einwendungen erheben, aber Anna ließ sich nicht umstimmen. „Du tust *uns* einen Gefallen“, beharrte sie, „denn wir möchten Pomponia in guten Händen wissen. Also – ruf mich an, wenn du so weit bist. Übrigens, noch ein Tipp: Sag den Leuten immer, sie sei ein Hubertushund. So heißen die Bluthunde in vielen anderen Ländern, und es klingt viel harmloser.“

In der folgenden Woche konnte Sophia an kaum etwas anderes mehr denken als an Pomponias Einzug. Der große Tag war ein Sonnabend – der erste April. Sophia hatte frei. Schon morgens um zehn erschienen Anna und Vittorio und luden sechs Riesenkartons mit Welpenfutter, eine schmuddelige Schmusedecke, einen stark benagten Beißknochen und Pomponia selbst aus. Sie inspizierten Sophias Einkäufe, zeigten sich zufrieden und verschwanden dann wieder, damit sich der junge Hund in Ruhe eingewöhnen konnte.

Im Gegensatz zu Sophias Befürchtungen verlief dieser Vorgang fast völlig reibungslos, wenn man davon absah, dass Pomponia nachts mehrfach ihren Korb vor Sophias Bett verließ und energische Versuche unternahm, zu ihr unter die Decke zu krabbeln. „Das darfst du erst, wenn du einmal ganz alt bist“, erklärte das frisch gebackene Frauchen schlaftrunken und schob sie zurück in ihr Nest.

Sonntag erschienen Tetzibär und Berti, um den Hund zu besichtigen. Pomponia empfing sie mit zurückhaltender Höflichkeit. Tetzibär und Berti, beide keine großen Hundefreunde, erlagen nach kurzer Gegenwehr ihrem Charme. Bei einem gemeinsamen Spaziergang blieben immer wieder Leute stehen, um den Hund zu bewundern und zu streicheln. Sophia erklärte jedes Mal, es handele sich um einen italienischen Hubertushund, was auf achtungsvolle Unkenntnis stieß.

Viel zu schnell war das aufregende Wochenende vorüber. Montag früh um acht klingelte Sophia bei Herrn Schlüter, der sich ausbedungen hatte, auch die Morgengänge mit Pomponia zu erledigen, denn er sei Frühaufsteher. Allerdings hatte das kleine Tier nicht so lange warten können und vorher in Sophias Vorgarten schon das Dringlichste erledigt.

Nun sah Sophia ihrem Nachbarn nach, der nach kurzer Begrüßung beschwingten Schrittes mit der fröhlich an ihrer Leine hüpfenden Pomponia davonwanderte, und dachte: *Da geht ein glücklicher Mann.*

KAPITEL 7

Auch wenn in der Buchhandlung Mayenkranz unverändert Krisenstimmung vorherrschte, ertrug Sophia sie neuerdings gelassener. Ihre Gedanken kreisten um Pomponia. Nie hätte sie es für möglich gehalten, dass ein Tier sie derartig in Besitz nehmen könnte. Wenn Sophia abends nach Hause kam, wurde als Erstes der Hund abgeholt. Herr Schlüter erstattete jedes Mal genau Bericht und führte die täglichen Fortschritte in der Erziehung vor.

Sobald Pomponia Sophia sah, war er allerdings abgemeldet. Der junge Hund jaulte vor Glück, sprang an Sophia hoch, versuchte, ihr das Gesicht abzulecken, und vollführte mit dem Schwanz heftig kreisende Bewegungen. Waren die beiden in Sophias Wohnung angekommen, wich Pomponia nicht mehr von ihrer Seite.

Abends, nach einem letzten kleinen Gang um den Block, gingen sie gemeinsam schlafen. Manchmal träumte Pomponia. Wenn sie dann winselte, brauchte Sophia nur die Hand auszustrecken und das kurze, weiche Fell zu streicheln, und der Hund beruhigte sich, ohne aufzuwachen.

So verging die erste gemeinsame Woche. Das Wetter besserte sich, allmählich wurde es Frühling. Am Sonntag unternahmen Sophia und Pomponia ihren ersten größeren Spaziergang. Sie fuhren mit der U-Bahn zum Weißen Stein und stiegen von dort hinab zur Nidda. Pomponia lief an langer Leine. Sie loszulassen, wagte Sophia noch nicht.

Es war der erste schöne Apriltag, sonnig und warm. Die Wiesen zeigten neues Grün, die Knospen der Bäume waren dick und prall, Buschwindröschen und Krokusse blühten, und in den Kleingärten wurde fleißig gewerkelt. Viele Menschen bevölkerten die Wege, und überall, wo Kinder spielen konnten, herrschte Hochbetrieb.

Sophia, der von Herrn Schlüter eingeschärft worden war, Pomponia nicht zu überanstrengen, ging langsam und ließ den Hund in aller Ruhe schnüffeln. Nach einer halben Stunde setzte sie sich auf eine Bank. Pomponia legte sich auf ihre Füße und machte ein Nickerchen. Auch Sophia schloss die Augen, genoss die Sonne und entspannte sich.

„Hallo! Das ist ja Frau Dukakis!“, sagte auf einmal eine fröhliche Stimme und fügte sofort hinzu: „Donner und Doria! Vorsicht mit dem Hund!“

Sophia sah überrascht auf. Vor ihr stand Philipp Weiße in Begleitung seiner beiden Kinder. Die beiden wirkten weniger umfangreich als im Winter im Zoo, weil sie leichtere Kleidung trugen, und Sophia erkannte jetzt, dass es sich um einen Jungen und ein Mädchen handelte. Sie hatten sich hingehockt und tätschelten Pomponia.

„Das sind Donner und Doria“, stellte Herr Weiße vor. „Eigentlich heißen sie Lena und Christoph, aber ihre Geburt kam so unerwartet, dass ihr Vater nur ‚Donner und Doria!‘ stammeln konnte. Keiner hatte mit Zwillingen gerechnet.“

„Ihr Vater?“, wiederholte Sophia erstaunt. „Sind es denn nicht Ihre Kinder?“

Herr Weiße lachte. „Gott behüte, nein. Sie gehören meinem älteren Bruder. Er hatte schon einen neunjährigen Sohn, als sie sich plötzlich anmeldeten. Damit ist für den Fortbestand der Familie erst einmal ausreichend gesorgt, sodass ich mich nicht auch noch bemühen muss. Und wen haben Sie da? Ihre Jüngste?“

Sophia wurde es seltsam warm ums Herz. Sie deutete auf Pomponia: „Meine einzige Tochter“, erklärte sie ernsthaft. „Sie ist ein etruskischer … Hubertushund. Ich teile sie mir mit einem Nachbarn. Sie heißt Pomponia della bella Collina und stammt von italienischen Grafen ab."

Philipp Weiße war beeindruckt. „Darf ich mich einen Moment setzen? Dieses Wundertier muss ich mir genauer anschauen."

Das Wundertier beschnupperte ihn und ließ sich streicheln, wandte sich aber sofort wieder Donner und Doria zu, die einen großen Stock gefunden hatten und den Hund zum Ziehen aufforderten. Philipp und Sophia sahen dem Wettkampf zu und amüsierten sich darüber, wie Pomponia vorn Furcht erregend knurrte, hinten aber begeistert wedelte.

Nach einer Weile sagte Sophia plötzlich: „Herr Weiße …, da ist etwas, was ich Sie schon seit ein paar Wochen fragen wollte … Bitte halten Sie mich nicht für aufdringlich …"

„Und was wäre das?", fragte Herr Weiße freundlich.

„Es ist wegen Frau Glowitz, Sie kennen sie ja aus der Buchhandlung …, unsere neue alte Kollegin. Sie sagt immer, wir redeten Sie nicht korrekt an, Sie seien *Doktor* Weiße. Stimmt das? In unserer Kundenkartei steht nämlich kein Titel, und wir möchten doch gern alles richtig machen."

Herr Weiße schüttelte den Kopf. „Ihre Sorgen möchte ich haben! Aber damit Sie wieder ruhig schlafen können: Ich habe einen Doktortitel, insofern hat Frau Glowitz Recht. Aber ich benutze ihn nicht, insofern ist Ihre Kartei richtig. Es liegt an meinem Beruf. Bei dem, was ich mache, ist ein Doktortitel nur hinderlich. Ich bin Klempner. Können Sie sich ein Firmenschild vorstellen, auf dem in großen Buchstaben steht: DR. PHILIPP WEISSE, GAS – WASSER – und so weiter? Glauben Sie, die Leute würden mich noch ernst nehmen?"

Sophia kicherte. „Na ja …"

„Jemand, der einen Klempner braucht, möchte einen gestandenen Handwerker und keinen Akademiker. Ich bin zwar ein richtiger Handwerker, aber wie soll ich das dem Kunden so schnell klar machen? Bei einem Installateur mit Doktortitel wird er sofort misstrauisch."

„Aber warum haben Sie dann überhaupt studiert?"

„Schon mein Großvater war Klempner in Ginnheim. Mein Vater wurde sein Nachfolger. Als er auch einen Sohn bekam, verstand es sich von selbst, dass der ebenfalls Klempner wurde. Aber dann kam noch ein zweiter Sohn. Das war ich. Da fand mein Vater, nun sei es an der Zeit, dass Bildung in die Familie käme. Unser Klempnergeschäft florierte, die Dynastie war gesichert, und ich durfte mir aussuchen, was ich studieren wollte. Weil ich schon immer gern gelesen und mich für Bücher interessiert hatte, wählte ich Germanistik. Als ich fertig war, fand ich sogar eine Stellung in einem Verlag, aber die Arbeit war enttäuschend. Ich war mehr ein Textverwalter und Erbsenzähler als ein Geburtshelfer der Literatur, wie ich mir das erträumt hatte. Die ewige Schreibtischhockerei und das ständige Kalkulieren – jeder Lektor sein eigenes Profitcenter! – verleideten mir schließlich sogar den Spaß am Lesen.

Dann, vor neun Jahren, starb mein Vater. Inzwischen war das Geschäft so gediehen, dass mein Bruder Wolfgang es nicht mehr allein schaffte. Wir haben zwar Gesellen und Lehrlinge, aber wir brauchten einen zweiten Meister. Da habe ich mich spontan entschlossen, die Karriere im Literaturbetrieb an den Nagel zu hängen. Ich lernte zwei Jahre in einem anderen Betrieb, wurde dann Geselle, stieg bei meinem Bruder ein und habe vor zwei Jahren die Meisterprüfung abgelegt. Inzwischen lese ich auch wieder gern, aus Liebe und nicht mehr als Arbeit. Darum komme ich auch so oft in Ihre Buchhandlung. Den Doktortitel verschweige ich immer. Wie Frau Glowitz das herausbekommen hat, ist mir ein Rätsel. Aber diese penetrante Person ist ja wie ein Frettchen – verzeihen Sie, wenn ich so über Ihre Kollegin spreche."

„O bitte", hauchte Sophia, „das ist schon in Ordnung."

„Tja", schloss Doktor Weiße, „ich bin also der Partner meines Bruders. Meine Mutter hilft auch noch ein bisschen mit, meine Schwägerin verwaltet das Büro, soweit ihr die beiden Rabauken hier Zeit dazu lassen. Ein richtiger Familienbetrieb, jeder packt zu, wo er kann. Ab und zu führe ich darum auch die Raubtiere spazieren."

„Ich weiß", bestätigte Sophia. „Ich habe Sie mal im Zoo gesehen. Ich dachte, es seien Ihre Kinder."

Die Zwillinge kreischten und schubsten sich. Plötzlich ließ Pomponia den Stock los, und Donner und Doria plumpsten auf ihre rundlichen kleinen Hinterteile.

Sophia stand auf. „Ich glaube, das genügt für heute. Pomponia hat auf ihrem ersten größeren Ausflug bestimmt genug erlebt."

„Sie sollten mit ihr auf das ehemalige Bundesgartenschaugelände gehen", schlug Philipp vor. „Da können Sie sie ohne Leine springen lassen."

„Ja, das hat man mir schon gesagt. Aber ich habe kein Auto. Zu Fuß ist es zu weit für Pomponia und mit öffentlichen Verkehrsmitteln ziemlich umständlich."

Philipp überlegte. „Wissen Sie was? Ich hole Sie ab. Wenn Sie nächsten Sonntag Zeit und Lust haben, können wir zusammen einen Spaziergang machen. Ich zeige Ihnen die Wege, Donner und Doria nehmen wir mit, und nachher essen wir alle bei uns zu Hause Apfelkuchen. Meine Mutter backt großartig."

„Aber Pomponia ist noch nicht ganz stubenrein", meinte Sophia bedenklich.

„Die lassen wir im Garten spielen. Keine Sorge! Ist es Ihnen recht, wenn ich Sie um drei Uhr abhole?"

Er sah sie aus braunen Augen so freundlich an, dass Sophia nicht Nein sagen konnte, selbst wenn sie es gewollt hätte. Sie willigte ein. Gleich darauf marschierte er mit den Zwillingen, die sich nur schwer von Pomponia losreißen konnten, in Richtung Ginnheim, während Sophia und ihr etruskischer Hubertushund müde, aber zufrieden nach Eschersheim zurücktrotteten.

Natürlich berichtete sie am nächsten Morgen Tetzibär von ihren Erlebnissen, verschwieg aber die Verabredung. Sie wollte die neue Entwicklung erst einmal für sich behalten. Sie gestand sich, dass Philipp ihr gefiel. Als Kunde hatte er vor allem ihre Neugier geweckt. Dass da mehr war, hatte sie zum ersten Mal gemerkt, als ihr sein Anblick als vermeintlicher Familienvater im Zoo einen Stich versetzte. Dann freilich war Vanno in ihr Leben getreten und hatte ihr derart den Kopf verdreht, dass alle anderen Männer in den Hintergrund getreten waren. Aber auch nachdem ihre Verliebtheit in den schönen Italiener einem Gefühl warmer Freundschaft gewichen war, stand der Platz in ihrem Herzen nicht frei – denn den hatte nun Pomponia eingenommen. Doch Sophia fing wieder einmal zu träumen an. Sie freute sich auf den Sonntag.

Silvie Glowitz erfasste mit scharfem Blick, dass ihre Feindin auf einer rosa Wolke schwebte, und machte sich daran, sie von dort herunterzuholen. Die Gelegenheit ergab sich kurz vor Ladenschluss.

Der erste Anstoß kam von Dr. Pötzlein, der eintrat, als Sophia gerade einen anderen Kunden bediente. Er wandte sich dem Regal mit den Kriminalromanen zu, doch Silvie eilte herbei, begrüßte ihn mit großer Vertraulichkeit und fragte nach seinen Wünschen. Es nützte nichts, dass Dr. Pötzlein darum bat, sich selbst umsehen zu dürfen – Silvie schwallte auf ihn ein. Da Sophia gerade ihren Kunden verabschiedete, steuerte er, ohne Silvie weiter zu beachten, auf Sophia zu.

Die hatte alles beobachtet und war in großer Verlegenheit. „Wir haben ein bisschen umorganisiert", stotterte sie. „Frau Glowitz ist jetzt für die Kriminalromane zuständig."

Der sonst so gemütliche Dr. Pötzlein verlor die Geduld. „Das ist mir piepegal. Sie werden mir doch nicht erzählen wollen, dass Sie Ihre alten Stammkunden nicht mehr beraten dürfen? Befreien Sie mich von dieser ..." Er warf Silvie einen wenig freundlichen Blick zu und brach ab.

Silvie hatte es gehört. Mit hochrotem Gesicht verschwand sie im Keller.

„Auweia", entfuhr es Sophia. „Das gibt Ärger."

„Kümmern Sie sich nicht darum. Sie können doch nichts für meine Abneigung. Ihre Kollegin liegt mir nun einmal nicht. Oder möchten Sie, dass ich mit Frau Mayenkranz spreche?"

„Bloß nicht! Am besten zeige ich Ihnen jetzt die Neuerscheinungen."

Gehorsam folgte ihr Dr. Pötzlein, kaufte eine große Tüte voller Bücher und verließ den Laden.

In derselben Sekunde erschien Silvie wieder auf der Bildfläche und wollte gerade auf Sophia losgehen, als ein elegant gekleidetes Paar hereinkam und Sophia, die noch an der Tür stand, mit Beschlag belegte. Die beiden suchten ein Buch über italienische Renaissancemalerei. Es sollte ein Geschenk sein.

Sophia merkte bald, dass es sich um Kundschaft von der besonders unangenehmen Sorte handelte – reich, anspruchsvoll, ahnungslos und geizig. An jedem Vorschlag hatten sie etwas auszusetzen. Sophia gab sich die größte Mühe, doch die feinen Herrschaften verließen den Laden, ohne etwas gekauft zu haben.

„Puh", sagte Petra Müller-Murat, „das waren genau die Leute, bei denen diese herzerwärmende Freude am Beruf aufkommt."

„Wenn man selbst unfähig ist, reagieren die Kunden eben so", fuhr Silvie sie giftig an. „Frau Dukakis kann mit besserem Publikum leider nicht umgehen."

„Ganz richtig", bestätigte Petra ironisch, „die braucht einfache, ungebildete Menschen wie Herrn Dr. Pötzlein."

Schon war wieder einmal der schönste Streit im Gange. Am Ende musste Frau Mayenkranz aus ihrem Büro herbeiflattern, um die Kampfhennen zu trennen. Aber die Ruhe, die ihr Machtwort erzeugte, blieb oberflächlich.

Sophia war am Boden zerstört. Sie konnte sich einfach nicht daran gewöhnen, dass Silvie sie derart verabscheute, umso mehr, als sie keinerlei Grund für solche Feindseligkeit sah. Sie war zwar dankbar dafür, dass Petra sie verteidigt hatte, aber Silvies rätselhafter Hass setzte ihr allmählich ernsthaft zu.

Abends, als sie, Pomponias schweren Kopf auf dem Schoß, auf dem Sofa saß und blicklos auf den Fernseher starrte, war sie so geknickt, dass sie anfing zu weinen. Pomponia fiepte ängstlich und leckte die Tränen ab. In diesem unpassenden Moment klingelte es.

Anna und Vittorio hatten im Restaurant „Brighella“ auf der Eschersheimer Landstraße gegessen und sich spontan entschlossen, nach Sophia und Pomponia zu sehen. Sie erschraken über Sophias Anblick, und Anna fragte, was denn passiert sei.

Zuerst wollte Sophia nicht mit der Sprache heraus, aber dann erzählte sie, zunächst stockend, dann immer rascher, was sie bekümmerte. So erfuhren die entsetzten Roccarossas von Silvies Mobbing und Sophias Hilflosigkeit.

Anna legte den Arm um ihre jetzt hemmungslos schluchzende Freundin, Vittorio als Kavalier der alten Schule reichte ihr ein großes schneeweißes Leinentaschentuch und sagte: „Das kann nicht so weitergehen. Wir müssen dieser Frau Glowitz eine Lehre erteilen, und zwar schnell, noch bevor wir abreisen. Ich werde mir etwas einfallen lassen. Besuch uns übermorgen mit Pomponia zum Abendessen, dann sprechen wir weiter.“

Dienstagabend rief Anna an und wiederholte die Einladung. Sophia bürstete Pomponia, dass das schwarzrötliche Fell schimmerte. Dann wanderten die beiden in die Grommetstraße. Nach einem solchen kleinen Gang war der Hund immer angenehm müde und artig. Allerdings hatte auch Herrn Schlüters Ausbildung bereits Früchte getragen. Jetzt schon kannte Pomponia Befehle wie „Sitz!“ und „Platz!“ und konnte, wenn auch ungern, bei Fuß gehen.

Das Wiedersehen mit Tanaquil und Tarquinius verlief stürmisch. Tanaquil beschnüffelte und beleckte ihre Tochter von oben bis unten und brummte dann zufrieden. Offenbar fanden die neuen Gerüche, die Pomponia mitbrachte, ihre Billigung. Tarquinius stupste sie mit der Nase, legte eine Vorderpfote auf ihren Rücken und bellte einmal kurz.

Vor dem Kamin, in dem ein abendliches Feuer brannte, saßen Vanno und Claudio.

„Wir haben schon den halben Nachmittag Pläne geschmiedet, wie wir der Signora Glowitz eins zwischen die Hörner geben können“, berichtete Anna lachend. „Ich muss sagen, es hat diebischen Spaß gemacht.“

„Wir erklären dir alles nachher“, sagte Vanno. „Jetzt wollen wir erst essen.“

Gefolgt von Pomponia und ihren Eltern, gingen sie ins Esszimmer. Pomponia legte sich auf Sophias Füße, während sich Tanaquil und Tarquinius wie zwei antike Statuen rechts und links von Vittorio postierten.

Bei Tisch wurde über andere Dinge gesprochen. Vittorio und Claudio schwärmten von bei einer kürzlichen Versteigerung erstandenen barocken Fayencen, die sie als Vorlage für weitere Replikate benutzen wollten. Ihre Geschäftsidee hatte schon jetzt eingeschlagen. Vanno meinte stolz, die Lieferanten in Italien kämen mit der Herstellung kaum nach.

Nach dem Essen setzten sich alle vor den Kamin, und Vittorio ergriff das Wort. „Sophia, wir haben über deine Situation gesprochen und sind zu dem Ergebnis gekommen, dass wir als deine Freunde etwas dagegen unternehmen müssen. Eigentlich wollten Anna und ich dich ja schon längst in der Buchhandlung besuchen, aber wegen der Hunde und verschiedener anderer Dinge haben wir es bisher nicht geschafft. Das erweist sich jetzt als nützlich, denn so kennt uns dort niemand. Ich werde nämlich morgen bei dir auftauchen." Er stand auf. „Komm einen Augenblick hier herüber, Sophia. Du siehst doch diese bauchigen Vasen im Schrank. Sie stammen aus Zerbst und sind sehr selten, weil die Manufaktur nicht allzu lange produziert hat. Es gibt auch sehr wenig Literatur darüber. Eine Monografie war jahrzehntelang vergriffen, ist aber letztes Jahr als Reprint wieder aufgelegt worden." Er griff in ein Bücherregal. „Hier: ‚Dr. Julie Dessau: Die frühe Zerbster Fayencemalerei', ursprünglich veröffentlicht im Jahrbuch für Denkmalpflege von Sachsen-Anhalt von 1932. Dieses Broschürchen müsstest du dir bitte anschauen und dir Verfasserin und Verlag merken. Wenn ich dann in die Buchhandlung komme, tust du so, als würdest du mich nicht kennen. Ich werde darauf achten, dass mich Frau Glowitz bedient. Und wenn ich dich dann frage, musst du antworten."

Sophia runzelte besorgt die Stirn. „Was hast du vor? Ich möchte nicht noch größeren Ärger im Geschäft."

„Keine Angst. Frau Glowitz wird überhaupt nicht merken, dass du an der Sache beteiligt bist."

„Und nun", forderte Vanno Sophia auf, „erzähl uns alles, was du über Frau Glowitz weißt."

Sophia berichtete. Zum Schluss gab es nichts, was die Roccarossas und Claudio über die scharfe Silvie Glowitz (weiland Hinkel) nicht wussten, und Vanno rieb sich die Hände. „Darauf kann man aufbauen."

Nachts im Bett, während Pomponia längst in ihrem Nest schnurchelte, studierte Sophia die Broschüre, die Vittorio ihr mitgegeben hatte.

PRALL von Wissen über Zerbster Fayencen, deponierte Sophia am nächsten Morgen Pomponia bei Herrn Schlüter und trabte zur U-Bahn.

Im Hause Mayenkranz begann der Tag wie gewohnt. Am späten Vormittag trat Vittorio ein. In einem hellen Kamelhaarmantel, elegantem dunkelblauem Anzug und hellblauem Hemd, dazu einer cognacfarbenen Krawatte sah er so vornehm aus, dass nicht nur Sophia beeindruckt war. Er roch förmlich nach Geld, Einfluss und guter Familie. Sogar Frau Mayenkranz, die im Hintergrund mit einer Lageraufnahme beschäftigt war, ließ ihr Klemmbrett fallen und schwebte auf ihn zu.

„Ich suche Literatur über Fayencen", antwortete Vittorio auf ihre Frage nach seinen Wünschen. „Genauer gesagt, über Zerbster Fayencen."

Sophia war im Keller verschwunden, denn sie wusste, dass Frau Mayenkranz von Kunsthandwerk nichts verstand und sie holen würde. Andererseits würde die Buchhändlerin den neuen, interessanten Kunden nicht warten lassen wollen und darum Silvie Glowitz rufen. So geschah es auch.

„Da berät Sie am besten unsere Frau Glowitz", säuselte Frau Mayenkranz. „Sie kennt sich hervorragend im künstlerischen Bereich aus und findet sicher das Passende für Sie."

Silvie war sofort zur Stelle. Vittorio begrüßte sie mit sprühendem Charme und erklärte ihr, was er suche.

„Ich weiß, dass es da sicher nicht viel gibt, aber als Laie kennt man sich ja auf dem Buchmarkt nicht aus. Sie können mir bestimmt helfen."

Silvie gab sich große Mühe, aber weder im Computer noch in den gedruckten Katalogen fand sich etwas über Zerbster Fayencen, und Silvie hatte nie im Leben auch nur den Namen gehört. Vittorio lauschte geduldig ihren weitschweifigen Erklärungen – so lange, bis sie versuchte, ihn auf Bücher über Fayencen im Allgemeinen und schließlich gar auf Porzellanbücher umzupolen. Dabei wurde sie wie gewöhnlich immer aufdringlicher, und Vittorios Gesicht verfinsterte sich.

Frau Mayenkranz, die im Hintergrund wachte, bemerkte es und tat, was sie sonst peinlichst vermied: Sie griff in das Verkaufsgespräch ein. „Gedulden Sie sich noch einen Augenblick", bat sie. „Wir haben eine Spezialistin, Frau Dukakis. Sie betreut ebenfalls die Kunstabteilung. Frau Glowitz, würden Sie bitte Frau Dukakis holen? Sie ist im Lager."

Silvie lief zur Kellertreppe, um nach Sophia zu rufen. Die war schon auf dem Weg nach oben gewesen und hatte mit Erbitterung gehört, dass sie „ebenfalls die Kunstabteilung betreue". Silvie versuchte, sich auch Sophias Stammressort unter den Nagel zu reißen!

„Frau Dukakis, dieser Herr sucht Literatur über Zerbster Fayencen", sagte Frau Mayenkranz. „Frau Glowitz hat bereits die Barsortimentskataloge und das Verzeichnis lieferbarer Bücher geprüft, aber nichts gefunden. Können Sie weiterhelfen?"

„Es ist zwar ein etwas ausgefallenes Gebiet, auf dem ich nicht sonderlich versiert bin", sagte Sophia zu Vittorio, „aber zumindest kenne ich eine kleine Monografie, die freilich bereits 1932 erschienen ist. Sie heißt ‚Die frühe Zerbster Fayencemalerei' und ist von einer Dr. Julie Dessau. Man hat sie gerade als Reprint neu aufgelegt, im Butterjungfer-Verlag. Das ist ein kleiner Zerbster Heimatverlag, der nicht in den Verzeichnissen des Großhandels steht. Wir können Ihnen das Buch aber gern bestellen, es wird lediglich ein paar Tage dauern." Sie bemerkte aus dem Augenwinkel, wie Silvie und Frau Mayenkranz der Unterkiefer herunterklappte.

„Das wäre ganz reizend von Ihnen", erwiderte Vittorio dankbar. „Darf ich Ihnen meine Adresse geben, damit Sie mich benachrichtigen können? Ich werde jetzt einige Zeit nicht in Frankfurt sein, aber wenn Sie in meinem Büro anrufen, wird das Buch sofort abgeholt. Ach, und ich hätte gern noch ein paar schöne Romane für meine Frau …"

Er zog Sophia zu dem Tisch mit den Belletristikneuerscheinungen, ließ sich von ihr verschiedene Titel vorlegen und kaufte schließlich fünf dicke, teure Schmöker. An der Kasse hinterließ er eine Visitenkarte, bezahlte seine Bücher bar und verließ mit vielen freundlichen Worten zu Sophia den Laden.

An der Kasse hatten sich die Damen Mayenkranz und Glowitz auf die Visitenkarte gestürzt. „Ein Graf! Vittorio Conte della Roccarossa", hauchte Silvie.

Tetzibär, von Sophia eingeweiht, und Petra standen ehrfürchtig daneben. „Tja", meinte Tetzibär milde, „entweder man versteht etwas von Kunstgeschichte oder nicht."

Und Petra flötete: „Wie schade, dass Sophia für die bessere Kundschaft so ungeeignet ist."

Silvie sagte nichts, und Frau Mayenkranz' Miene wurde nachdenklich.

An diesem Abend ging Sophia zum ersten Mal nach langer Zeit beschwingt nach Hause. Nach dem Abendessen erschienen Anna und

Vittorio, um alles durchzuhecheln. Vittorio war sehr zufrieden mit seinem Auftritt.

„Aber das genügt natürlich noch nicht“, erklärte er. „Anna und ich reisen Montag früh ab, aber Vanno und Claudio machen weiter. Wenn Anna und ich im August wiederkommen, sehen wir, ob weitere Maßnahmen nötig sind.“

Sophia umarmte erst ihn, dann Anna. „Ich werde euch schrecklich vermissen!“

„Ach, was“, sagte Anna. „Du hast doch Pomponia.“

KAPITEL 8

Sophia hatte seit Tagen gegrübelt, was sie wohl zum Spaziergang mit Philipp Weiße anziehen sollte. Wer einen Bluthund hat, muss bei Ausflügen auf Eleganz verzichten. Andererseits wollte sie sich der Familie Weiße anständig präsentieren. Die Kakijeans und die braune Barbour-Jacke, die sie sich extra für Pomponia zugelegt hatte, wirkten ebenso feldmarschmäßig wie die grünen Gummistiefel. Sie entschied sich, sie durch einen roten Pullover und eine weiße Hemdbluse aufzuwerten und in einer Tüte ein anderes Paar Schuhe mitzunehmen.

Pünktlich um drei Uhr standen Philipp und die Zwillinge auf der Matte. Gemeinsam kletterte man in Philipps großen Volvo, Pomponia stolz aufgerichtet auf dem Rücksitz, eingerahmt und zärtlich umarmt von Donner und Doria.

Sophia und Philipp waren zuerst beide ein bisschen verlegen und wortkarg. Aber sobald sie das ehemalige Bundesgartenschaugelände erreicht und die drei Wildfänge losgelassen hatten, gab sich die Befangenheit, und sie unterhielten sich angeregt. Pomponia rannte mit den Zwillingen über die Wiesen und genoss so sichtlich ihre Freiheit, dass sich Sophia vornahm, ihr diese Freude öfter zu gönnen.

Ihr kam es vor, als wäre Pomponia seit letzter Woche schon wieder gewachsen. Die jetzt knapp drei Monate alte Hündin reichte ihr fast über das Knie. Na ja, dachte sie dann, so viel ist das auch wieder nicht. Sie blickte verstohlen zu Philipp Weiße auf, der gut anderthalb Köpfe größer war, und seufzte. Warum bin ich nicht groß, schlank und elegant?

Philipp hatte ganz andere Gedanken. Es war keineswegs so, dass ihm nicht schon in der Buchhandlung Sophias schnuckelige Formen und ihre tiefe und rauchige Stimme aufgefallen waren, und er hatte ihr oft wohlgefällig nachgesehen. Doch erst seit ihrer Begegnung an der Nidda hatte er sie wirklich wahrgenommen, und seitdem ging sie ihm nicht aus dem Sinn.

In seinem Leben hatte es bisher wenig Platz für Frauen gegeben. Als Junge war er ungewöhnlich schüchtern gewesen, ein Bücherwurm, der nur auf sein Studium hinarbeitete. Später hatte er sich seinen beiden Berufen gewidmet und war, abgesehen von flüchtigen Bekanntschaften, jeder ernsthaften Beziehung aus dem Weg gegangen. In seiner Familie fühlte er sich wohl. Erst jetzt ertappte er sich beim Nachdenken darüber, dass er immerhin 34 war und außer seinen Verwandten abends niemand auf ihn wartete.

Unter solchen Überlegungen gingen die beiden nebeneinander her, redeten über Gott und die Welt und bemühten sich, ihre wirklichen Gedanken voreinander zu verbergen. Nach einer Stunde waren Hund und Kinder müde, und Philipp schlug vor, den Weg nach Ginnheim anzutreten.

Sie hielten vor einem großen Grundstück an der Woogstraße, auf dem mehrere Häuser standen. „Wir wohnen alle auf dem Betriebsgelände, weil es so weitläufig ist – und so angenehm nah zur Arbeit. Mein Bruder hat sich ein neues Haus gebaut, mit einer Einliegerwohnung für meine Mutter, und ich habe die alte Wohnung der Eltern übernommen. Sie liegt direkt über der Werkstatt, aber nach hinten, darum ruhig. Ich werde sie Ihnen gelegentlich vorführen. Aber heute gehen wir zu Wolfgang und Claudia."

Claudia Weiße öffnete ihnen die Tür. Sie war eine große, stabil gebaute Frau mit rotbraunen Strubbelhaaren und schönen, wachen grünen Augen. Ihren mütterlich-energischen Zügen sah man an, dass sie gewohnt war, mit drei Kindern und einer Klempnerei umzugehen, ohne dabei den Humor zu verlieren. Sie hatte einen fröhlichen Mund und eine klassische Nase.

„Hallo, Frau Dukakis", begrüßte sie Sophia. „Kommen Sie herein. Ist das der Wunderhund? Donner und Doria reden von nichts anderem mehr. Sogar Fabian kann es kaum erwarten, ihn zu sehen."

Sophia wollte zaghaft erläutern, dass Pomponia noch nicht ganz stubenrein sei und außerdem schlammige Pfoten habe, aber Philipps Schwägerin lachte nur. „Was meinen Sie, wie Donner und Doria aussehen, wenn sie draußen waren! Und wenn Wolfgang und Philipp von der Baustelle kommen, sind sie auch nicht gerade salonfähig. In dieser Familie ist man auf alles eingerichtet, nur nicht auf überflüssige Eleganz. Hinter dem Haus ist übrigens ein eingezäunter Spielplatz, da können die drei dann weiterspielen. Aber jetzt gibt es erst einmal Kaffee und Kuchen. Philipp, zeig Frau Dukakis, wo sie sich die Hände waschen und ihre Gummistiefel ausziehen kann. Und gib ihr ein Paar Pantoffeln! Was, Sie haben Schuhe mitgebracht? Großartig. Ich werde inzwischen Donner und Doria einer Grundreinigung unterziehen und Pomponia Wasser geben."

Im Nu hatte sie ihre Kinder gepackt und nach oben geschafft. Sophia folgte Philipp in ein kleines Gästebad.

Wenig später saßen sie in einem großen, lichten, unordentlichen und gemütlichen Wintergarten, und Philipp machte sie mit dem Rest seiner Familie bekannt.

Frau Weiße senior war eine liebe, rundliche Frau von Mitte sechzig, die ebenso munter und tüchtig wirkte wie ihre Schwiegertochter. Ihr älterer Sohn Wolfgang erwies sich als etwas kleinere und breitere Ausgabe von Philipp. Er redete nicht viel, verfügte aber über einen trockenen Humor. Sophia wurde willkommen geheißen und zum Zulangen aufgefordert, Pomponia gebührend bewundert und getätschelt.

Der Einzige, der den beiden nicht freundlich entgegenkam, war der 14-jährige Fabian, ein etwas mickriger Knabe mit verkniffenem Gesicht. Er hatte die rotbraunen Haare seiner Mutter, die er bis auf einen kargen Rest abgeschoren trug, und ihre schönen Augen, aus denen er Sophia misstrauisch anblickte. Bekleidet war er mit einer gewaltigen Hängehinternhose und einem schlabbrigen giftgrünen Riesensweatshirt, auf dem in großen zinnoberroten Buchstaben GINNHEIM GANGSTAS stand. Auf dem Kopf thronte die unvermeidliche, verkehrt herum aufgesetzte Baseballmütze, die er erst absetzte, als sein Vater ihm einen strengen Blick zuwarf.

Fabian interessierte sich wenig für Sophia, umso mehr jedoch für Pomponia. Er wollte vor allem wissen, ob sie später bissig sein würde. „Immerhin ist sie ein Bluthund", stellte er fest.

Sophia, die gerade erzählt hatte, wie sie zu ihrem italienischen Hubertushund gekommen war, erstarrte. Klugscheißer, dachte sie. „Ja", gab sie zu, „man kann diese Hunde auch Bluthunde nennen. Ich vermeide den Namen, weil die meisten Menschen falsche Vorstellungen haben und Angst bekommen. Dabei sind Bluthunde ganz besonders gutmütig, und Pomponia wird bestimmt niemals bissig werden. Man setzt die Rasse als Such- und Rettungshunde ein."

Glücklicherweise war die Familie Weiße bereits so hingerissen von Pomponia, dass sich niemand vorzustellen vermochte, sie könne bösartig sein. Nur Fabian betrachtete sie weiterhin mit gespannter Aufmerksamkeit, und Sophia sah ihm an, dass das Thema für ihn nicht erledigt war.

Es wurde trotzdem richtig nett. Nicht zum ersten Mal dachte Sophia dankbar daran, wie viel neue Freunde ihr der Tomatensaft des Hauses Aldi beschert hatte. Über Anna hatte er sie zu Vittorio, Vanno und Claudio, vor allem aber zu Pomponia geführt, über Pomponia zu Herrn Schlüter und nun zu Philipp Weiße und seiner Familie, in der man sie so liebenswürdig aufnahm, auch wenn Fabian sie nicht zu mögen schien. Sophia gestand sich, dass sie ihn ebenso wenig sympathisch fand. Er hatte etwas Hinterhältiges und Geducktes.

Als Philipp sie später nach Hause fuhr, räusperte er sich und meinte: „Fabian ist gar nicht so übel, wissen Sie. Leider treibt er sich in ziemlich schlechter Gesellschaft herum …, diese Ginnheim Gangstas. Die setzen ihn ziemlich unter Druck, weil er als einer von wenigen aus einer intakten Familie kommt, zum Gymnasium geht und körperlich nicht gerade ein Riese ist. Der Schlimmste ist einer, den sie Pascha nennen, groß, feist, ein ziemlich mieser Bursche. Er protzt mit seinem Krafttraining und seinem Rottweiler. Fabian wird schikaniert, aber er schafft es nicht, sich von der Clique zu lösen. Sie nennen ihn Pavian, und Pascha hetzt den Rottweiler auf ihn, der vor ihm stehen bleibt und ihn zähnefletschend anknurrt. Mein Bruder macht sich ziemlich Sorgen um Fabian. Ich habe ihm jetzt ein Kampfsporttraining spendiert, damit er wenigstens ein paar Muskeln aufbaut."

„Ich fürchte, er mag mich nicht besonders", sagte Sophia vorsichtig.

„Er mag keinen. Sogar auf die beiden Kleinen ist er eifersüchtig." Philipp seufzte. „Haben Sie Nachsicht mit ihm, bitte. Er ist kein schlechter Junge. Irgendwann wird er sich schon fangen."

Vor Sophias Tür verabschiedete sich Philipp und erkundigte sich, ob Sophia wieder einmal mit ihm spazieren gehen wolle. „Ich fand es sehr schön heute", erklärte er und sah sie fragend an.

„Ich auch. Und Pomponia erst recht. Vielleicht nächsten Sonntag? Aber nur, wenn Sie dann bei mir Kaffee trinken. Mit Donner und Doria!“

„Passt Ihnen das auch wirklich? Ich meine – es ist doch Ostersonntag.“

„Ach so. Daran habe ich gar nicht gedacht. Sie haben sicher Familientreffen? Dann verschieben wir es einfach.“

„Nein, nein, meine Familie kommt ganz gut ohne mich aus. Wir wohnen zwar zusammen, aber wir kleben nicht aneinander. Nur Ostermontag wollen wir alle zusammen zum Mittagessen fahren. Aber Sie – vielleicht haben Sie auch Familie … Freunde …“

„Meine Familie sitzt in Ostfriesland. Meine Freundin ist mit ihrem Freund bei dessen Eltern, und Pomponias Familie ist verreist. Ich habe nicht sehr viele Bekannte hier, weil ich zuerst mit meiner Großtante zusammengelebt habe. Sie ist erst vor kurzem gestorben. Wenn sich nicht überraschend jemand meldet, bin ich Ostern mit Pomponia allein.“

„Wunderbar! Dann komme ich Sonntag um drei.“ Philipp verabschiedete sich.

DIE WOCHE vor Ostern bescherte der Buchhandlung Mayenkranz so gute Umsätze, dass Sophia abends erschöpft und mit schmerzenden Füßen nach Hause kam und sogar Silvie kaum Zeit zum Stänkern fand. Seit Vittorios Besuch hielt sie sich ohnehin zurück. Anna, ihr Mann und die beiden Hunde waren nach Viterbo abgereist. Luigi und Peppa hüteten das Haus und versorgten Sophia mit Hundefutter.

Pomponia fraß wie ein Wolf und wuchs immer mehr in ihr Fell hinein. Herr Schlüter war so in sie vernarrt, dass ihn Sophia dabei erwischte, wie er den Hund „Pompönchen“ nannte und zärtlich hinter den langen Ohren kraulte.

Karfreitag war das Wetter so herrlich, dass Sophia morgens um zehn bei ihm klingelte und fragte, ob er Lust zu einem Spaziergang habe. Bald schlenderten die beiden ungleichen Gefährten an der Nidda entlang, umspielt von der begeisterten Pomponia, und genossen den Frühling. Sie sprachen nicht viel, fühlten sich aber wortlos darin einig, dass der geteilte Hund ihnen beiden einen Lebensinhalt geschaffen hatte und sie einander dankbar waren.

Abends rief Vanno an, ob er und Claudio sie zum Essen abholen dürften. „Es ist wegen der Kampagne“, verkündete er.

Nachdem Silvie sich die Woche über so beherrscht hatte, war Sophia schon wieder versöhnlich gestimmt. Aber als sie bei den beiden Freunden im Loft saß, machte Claudio ihr klar, dass ein Etappensieg noch keinen gewonnenen Feldzug bedeute.

„Ich werde sie mir erst mal allein ansehen“, sagte Vanno. „Claudio fährt für zwei Wochen nach München, um Ostern mit seinen Eltern zu verbringen und anschließend ein paar Kunden zu besuchen. Ich bleibe hier, weil Claudios Familie ein bisschen …“

„Ein bisschen spießig ist“, ergänzte Claudio lachend. „Dass ihr Sohn schwul ist, finden sie schlimm genug, dass er aber dabei noch glücklich ist, können sie nicht ertragen.“

„Ich habe mir überlegt“, wechselte Vanno das Thema, „dass ich an deinem freien Tag in die Buchhandlung gehe und mir die Dame erst einmal ansehe. Ich werde ein bisschen mit ihr schäkern. Vittorio sagt, sie sei anfällig für gut aussehende Männer mit Geld.“

„Stimmt“, sagte Sophia. „So soll sie ja auch Herrn Glowitz aufgegabelt haben.“

„Wann hast du das nächste Mal frei?“

„Mittwoch.“

„Sehr gut. Und was machst du zu Ostern?“

„Sonntag bin ich zum Spazierengehen verabredet. Montag werde ich wohl zu Hause sein.“

„Dann wäre es mir eine Ehre, Signorina Pomponia und dich zum Mittagessen auszuführen. Claudio kennt einen großen Gasthof im Taunus. Darf ich euch um zwölf abholen?“

Sophia nahm erfreut an. Schließlich hatte Philipp Ostermontag keine Zeit.

OBWOHL sich am Ostersonntag das Wetter verschlechtert hatte, wanderten Sophia, Philipp und die Zwillinge unverdrossen eine Stunde durch das Bundesgartenschaugelände. Pomponia war wieder einmal vollkommen glücklich und bellte laut vor Lebenslust. Die Zwillinge tobten herum wie die Verrückten. Hinterher schliefen alle drei im Auto ein und verhielten sich den Rest des Nachmittags verdächtig gesittet.

Sophia und Philipp tranken aus Großtante Hedes altem Service Kaffee, die Kinder bekamen Kakao, und Pomponia leerte einen großen Wassernapf. Dazu gab es verschiedene Sorten Muffins, die Sophia selbst gebacken hatte.

Nachher zeigte Sophia Philipp ihr Haus, während die Zwillinge und

Pomponia auf dem Wohnzimmerteppich spielten, und erzählte ihm, dass sie zwei Jahre oben in der Mansarde gewohnt habe.

„Wenn ich etwas Geld zusammenhabe, will ich die Wohnung umbauen und vermieten. Vor allem müssen das Badezimmer modernisiert und die Küche neu installiert werden."

Philipp, der mit fachkundigem Blick die Dachschräge gemustert hatte, empfahl ihr, unbedingt die Isolierung zu verbessern. „Bei diesen alten Häusern liegt das oft im Argen, und so eine Generalrenovierung ist die beste Gelegenheit. Sonst friert Ihnen hier oben irgendwann einmal alles ein."

„Wenn es so weit ist, werde ich Sie zurate ziehen", versprach Sophia. „Ein Großauftrag wird es allerdings wohl nicht."

Philipp sah sie an. „Zu Ihnen würde ich auch kommen, wenn der Wasserhahn tropft!"

Als sie wieder unten saßen, unterhielten sie sich über die Buchhandlung. „Ich war dort schon immer Stammkunde", sagte Philipp. „Als Schüler habe ich mein Taschengeld dort gelassen. Später bin ich dann einige Zeit nicht mehr hingegangen."

„Wieso? Hat man Sie schlecht bedient?"

„Nein, das nicht. Es war wegen Ihrer Kollegin … Frau Glowitz. Damals hieß sie noch Hinkel und war unverheiratet, aber heftig bemüht, diesen Zustand zu ändern. Sie war so klebrig, dass ich schließlich meine Bücher lieber woanders kaufte. Ein halbes Jahr später erfuhr ich von einem Bekannten, der ähnliche Erfahrungen gemacht hatte, dass sie nach München geheiratet hätte. Daraufhin ging ich wieder in den Laden. Und seitdem Sie dort sind …, komme ich noch lieber." Er räusperte sich. „Und nun malen Sie sich mein Entsetzen aus, als ich im Februar arglos den Laden betrete und diese Frau wiedersehe! Wenn Sie mich damals nicht gerettet hätten, wäre ich geflohen. Frau Müller-Murat hat mir nämlich zugeflüstert, dass Frau Glowitz geschieden und von neuem auf der Pirsch ist."

„Jetzt weiß ich endlich", meinte Sophia nachdenklich, „warum Frau Glowitz so einen Hass auf mich hat. Ich vermute, sie hat gehofft, Sie nach ihrer Rückkehr doch noch zu erobern, und nun glaubt sie, Sie interessierten sich für mich. Ja, das muss der Grund sein. Sie ist eifersüchtig! Völlig grundlos!"

„Das", meinte Philipp, „würde ich nun nicht sagen. Ich habe nämlich eine große Schwäche für Sie. Und nicht erst, seit ich Pomponia kenne. Eigentlich …"

In diesem Moment wurde er unterbrochen. Sein Neffe Donner trat auf ihn zu. „Onkel Philipp“, verkündete er energisch, „ich muss mal, und Doria muss auch. Pomponia hat schon.“

Tatsächlich!

Der Hund hatte, während die beiden Erwachsenen das Haus besichtigten, diskret einen See in die Küche gemacht. Während Philipp mit Donner in der Gästetoilette verschwand, führte Sophia Doria nach oben in ihr Bad.

Danach verabschiedeten sich die Besucher. Philipp bedankte sich für den schönen Nachmittag und versprach, sich nach Ostern wieder zu melden.

KAPITEL 9

Das von Claudio empfohlene Ausflugslokal im Taunus hieß „Zur schönen Stunde“ und machte seinem Namen alle Ehre. Vanno hatte einen Eckplatz im Wintergarten reserviert, wo Pomponia nicht weiter auffiel. Die große, durch mehrere Nebenräume erweiterte Gaststube war brechend voll, der Service aber trotzdem ausgezeichnet. Vielleicht war die junge, flinke Kellnerin aber auch Vannos Charme erlegen.

Sophia betrachtete ihn voller Zuneigung und wunderte sich, wie schnell sich ihre Verliebtheit in Freundschaft verwandelt hatte. Es lag wohl auch daran, dass ihr Claudio so gut gefiel.

Nach dem Espresso gingen sie ein paar Schritte mit Pomponia, die die ganze Zeit über geduldig auf Sophias Füßen gelegen hatte, und um fünf setzte Vanno seine Damen wieder zu Hause ab.

„Ich rufe an, wenn ich in der Buchhandlung gewesen bin. Also Mittwoch ist dein freier Tag. Und in der nächsten Woche?“

„Freitag.“

„Sehr gut, dann ist auch Claudio zurück. Ciao-ciao!“

Die Woche nach den Feiertagen verlief ruhig. Zu Sophias Enttäuschung war Philipp weder in die Buchhandlung gekommen, noch hatte er sich sonst gemeldet. Anrufen wollte sie ihn nicht, darin war sie altmodisch.

Gleich am Dienstag hatte sie Tetzibär erzählt, dass Vanno am Mittwoch im Laden auftauchen würde, um sich Silvie Glowitz anzuschauen. Tetzibär, die mittlerweile alles über Sophias neue Freunde wusste und sehr gespannt war, einen davon kennen zu lernen, versprach, abends anzurufen und alles zu berichten.

Am Mittwochabend konnte sie Tetzibärs Anruf kaum erwarten. „Dein Freund kam rein und war absolut umwerfend. So einen gut aussehenden Mann habe ich noch nie gesehen. Ich stand gerade mit einer Kundin an der Kasse, als die Tür aufging. Petra war bei Frau Mayenkranz im Büro, Joschi bediente, und Silvie räumte die Bücher vom letzten Kunden weg. Fast hätte sie alles fallen lassen – sie hat ihn angeglotzt wie eine Gans, wenn's donnert." Tetzibär brach in haltloses Kichern aus.

„Und?", fragte Sophia. „Weiter?"

„Dann hat sie sich auf ihn zugeringelt wie eine Schlange, und er hat getan, als ob er voll auf sie abfahre: Samtstimme, immer dicht vor ihr, tiefe Blicke. Er hat sich nach Schauspielerbiografien erkundigt. Da wollte sie gleich wissen, ob er auch Schauspieler sei. Er hat nur geheimnisvoll gelächelt und abgewinkt …, so, als ob er doch jemand Berühmtes darstellte …"

„Ich glaube, Vanno ist ein hervorragender Schauspieler. Und weiter?"

„Dann hat er sie nach ihrem Namen gefragt und sie wegen der langen Ladenöffnungszeiten bedauert. Sie müsse doch abends immer sehr müde sein. Sie hat gemeint, die Kulturbedürfnisse der Menschen hätten bei ihr nun einmal höchste Priorität."

Sophia lachte laut auf.

„Na, jedenfalls", fuhr Tetzibär fort, „hat er dann erklärt: ‚Ach, wie schade, ich hätte Sie sonst gern einmal zu einer Tasse Kaffee eingeladen, um mit Ihnen über Bücher zu plaudern.' Damit hat er sich verabschiedet. Hat bei mir seine Bücher bezahlt und Silvie nicht mehr beachtet. Sie konnte ihm ja schlecht hinterherrennen und schreien, dass sie Dienstag ihren freien Tag habe! Mit offenem Mund hat sie ihm nachgestarrt. Den Rest des Tages war sie nicht mehr ansprechbar."

„Wenn er das nächste Mal kommt, wird sie ihn zum Kaffee einladen", sagte Sophia.

„Und dann lässt er sie abblitzen", antwortete Tetzibär.

„Ich fürchte, so einfach kommt sie nicht davon. Schließlich hat der Roccarossa-Clan stundenlang Pläne geschmiedet."

Während Tetzibär mit Berti eine Radtour plante, sah Sophia einem öden Wochenende entgegen. Philipp hatte zu ihrer Verwunderung nichts von sich hören lassen, und sie fragte sich enttäuscht, ob sie sich sein Interesse an ihr nicht nur eingebildet hatte.

Sie ahnte nicht, dass sich ihr Verehrer seit Tagen in Eifersuchtsqualen wand. Der Ostermontagsausflug der Weißes hatte nämlich ebenfalls in den beliebten Gasthof Zur schönen Stunde geführt, wo die Familie von einem Nebenzimmer aus bequem Sophia und Vanno beobachten und darüber spekulieren konnte, in welcher Beziehung die beiden wohl zueinander standen.

Da Philipp abgestritten hatte, mehr als freundschaftliche Gefühle für Sophia zu hegen, sahen seine Mutter, Wolfgang und Claudia keinerlei Grund, sich Zwang aufzuerlegen. Sie lobten Vannos gutes Aussehen und sein liebevoll-höfliches Benehmen gegenüber Sophia in so hohen Tönen, dass Philipp vor Grimm verstummte. Zwar hatte er zwischen Sophia und ihrem Kavalier keinerlei Intimitäten erkennen können, aber die selbstverständliche Vertrautheit ihrer Unterhaltung sprach Bände.

Auf der Heimfahrt sprach Philipp kein Wort und zog sich abends grollend in seine Wohnung zurück, um zu lesen. Aber jedes Buch erinnerte ihn an die Buchhandlung Mayenkranz und damit wieder an Sophia, und am Ende schaltete er verzweifelt das Fernsehen ein und ärgerte sich über die albernen Osterprogramme.

Die ganze Woche über hielt seine schlechte Stimmung an. Sein Bruder und die Mitarbeiter der Klempnerei, die ihn als friedlich, ausgeglichen und gut gelaunt kannten, standen vor einem Rätsel. Nur Claudia, der aufgefallen war, wie verkniffen ihr Schwager zu Sophia und ihrem Begleiter hinübergestarrt hatte, vermutete die Wahrheit.

Sonnabend hatten Sophia und Pomponia trotz Nieselregens ihren Spaziergang absolviert und verbrachten nun einen gemütlichen Abend miteinander auf dem Sofa. Sophia las den neuesten Roman von Ingrid Noll und kraulte Pomponias weichen rosabraunen Bauch.

Plötzlich sprang der Hund vom Sofa und stürzte mit lautem Gebell zur Tür. Gleich darauf läutete es. Wie schon oft hatte Pomponia bereits vor dem Klingeln bemerkt, dass jemand kam.

Draußen stand Philipp. Verlegen knurrte er in die Sprechanlage, er sei gerade in der Nähe gewesen, und fragte, ob er hereinkommen dürfe. Sophia bat ihn herein.

Sofort fiel ihr auf, dass Philipp auffallend sorgfältig gekleidet war: ein dunkelgrauer englischer Flanellanzug, dazu ein blauweiß gestreiftes Hemd und eine italienische Seidenkrawatte.

„Möchten Sie ein Glas Wein? Setzen Sie sich doch. Pomponia, hör auf, Herrn Weißes Hosen zu besabbern."

Wortlos streichelte Philipp den Hund, der ihn freudig begrüßt hatte, und nahm in einem Sessel Platz.

Sophia brachte ihm ein Glas Rotwein und kehrte auf ihr Sofa zurück. „Waren Sie groß essen?", erkundigte sie sich neugierig. „Sie sehen so schick aus."

„Das nicht", erwiderte Philipp zögernd. „Es war nur ..., manchmal hat man die ewigen Jeans einfach satt. Ich hoffe, ich habe nicht gestört."

„Im Gegenteil! Ich freue mich sehr. Pomponia und ich sahen gerade einem langen, einsamen Abend entgegen. Und wie ist es mit Ihnen? Hatten Sie eine anstrengende Woche? Viele Termine?"

„Wieso?"

„Na ja ..., ich dachte nur ..., weil Sie nicht in der Buchhandlung waren."

„Eigentlich wollte ich Sie ja anrufen, wegen morgen. Aber ich wusste nicht, ob Sie Zeit hätten. Vielleicht haben Sie schon etwas anderes vor ..., etwas Besseres. Oder einfach keine Lust."

Sophia war überrascht. „Warum sollte ich denn keine Lust haben? Ich fand unsere Spaziergänge ganz wunderbar."

„Ich meinte ..., vielleicht gehen Sie lieber mit jemand anders spazieren."

Sie sah ihn verwundert an. „Wie kommen Sie denn darauf?"

„Man macht so seine Beobachtungen", erwiderte Philipp mit mühsam vorgespielter Gleichgültigkeit. „Wer war denn der charmante junge Mann am Ostermontag?"

Sophia brauchte einen Augenblick, bis der Groschen fiel. Philipp hatte sie mit Vanno gesehen. Und er war eifersüchtig. Ein warmes Gefühl wallte in ihr auf. „Das", sagte sie feierlich, „war Giovanni Ezzelino Conte di Cortone, einer meiner Freunde. Er sieht gut aus, nicht wahr?"

Philipp stand kurz vor einer Explosion. Schließlich holte er tief Atem und wollte sich erheben. „Dann hat es wohl kaum Sinn, dieses Gespräch fortzusetzen."

„Ach, Philipp! Sie haben ja keine Ahnung. Setzen Sie sich zu mir aufs Sofa, und streicheln Sie Pomponia, das beruhigt. Ich werde Ihnen alles erklären."

„Sie sind mir keine Erklärung schuldig.“

„Das weiß ich“, sagte Sophia geduldig. „Aber ich möchte nicht, dass Sie einem großen Irrtum erliegen. Nun kommen Sie schon!“

Grimmig, aber gehorsam ließ Philipp sich in die andere Sofaecke fallen, so weit wie möglich von Sophia entfernt, und starrte zu ihr hinüber. Sie sah entzückend aus. Ihre Wangen waren leicht gerötet, die Augen blitzten, und der kleine Mund lächelte ihm zu.

„Also ..., Vanno ist bildschön, wohlhabend, gutartig und außerordentlich charmant. Nur leider ist er schon vergeben, und das seit Jahren. An einen gewissen Claudio. Die beiden haben ein Importgeschäft und wohnen in einem Loft an der Hanauer Landstraße. Ich habe sie über Pomponias Eltern kennen gelernt, und wir sind gute Freunde geworden. Ich kenne nicht sehr viele Leute in Frankfurt, und die beiden kümmern sich ein bisschen um mich. Leider ist Claudio zurzeit verreist, darum waren Vanno und ich am Montag allein.“

„Sie meinen“, stotterte Philipp, „dieser Vanno ist ... Er liebt Männer?“

„Nun reden Sie doch nicht so geschwollen! Er ist schwul, jawohl, und er liebt nicht Männer, sondern einen ganz bestimmten Mann, die beiden sind ein Paar. Das heißt doch nicht, dass er nicht mit Frauen befreundet sein kann, oder?“

Ein Glücksgefühl überwältigte Philipp. Bevor er wusste, was er tat, hatte er Sophia in die Arme genommen und küsste sie, dass ihr der Atem verging. „Ach, Sophia! Ich war ja so entsetzlich eifersüchtig!“

Sophia erwiderte Philipps Küsse aus vollem Herzen. So verging eine ganze Zeit, ohne dass die beiden ein Wort sprachen.

„Ach, Sophia“, sagte Philipp noch einmal. „Seit ich dich mit Pomponia an der Nidda gesehen habe, bin ich in dich verliebt. Du bist mir schon in der Buchhandlung aufgefallen ... Ich habe mir immer so eine schnuckelige, kleine Frau gewünscht ... Kein Püppchen, sondern eine, die das Herz auf dem rechten Fleck hat ... Seit unserem ersten Spaziergang weiß ich, dass ich mit dir zusammen sein möchte. Und du? Was ist mit dir?“

Sophia lächelte. „Na ja ..., wenn du ein ostfriesisches griechisches Landei mit etruskischem Bluthund haben möchtest ... Wir könnten darüber reden.“

Aber an diesem Abend redeten sie nicht mehr viel. Dr. Philipp Weiße verließ sehr spät das Haus, nicht ohne sich für den Sonntag mit Sophia Dukakis zum Spazierengehen verabredet zu haben.

KAPITEL 10

Natürlich verbrachten Sophia und Philipp nicht nur den Sonntag, sondern auch den Montag miteinander, denn das war der erste Mai, und sie hatten frei. Sie erzählten einander beinahe alles über sich selbst und fanden viele Gemeinsamkeiten. Sophia berichtete Philipp von Anna, Vittorio, Vanno und Claudio und weihte ihn sogar in die Kampagne gegen Silvie Glowitz ein. Mit Vanno und Claudio wollte sie ihn schnellstens bekannt machen, versprach sie. Das hörte Philipp gern, denn ein Restchen Eifersucht steckte noch in seinem Herzen.

Inzwischen gab er sich Mühe, Sophia davon zu überzeugen, dass er der bessere Mann für sie sei. Das gelang ihm ausgezeichnet. Noch am Dienstagmorgen dachte sie über seine beachtlichen Qualitäten als Liebhaber nach.

Bei der Erinnerung daran strahlte sie so viel Glück aus, dass niemand in der Buchhandlung es übersehen konnte. Auch wenn sie nur Tetzibär anvertraute, dass und in wen sie sich verliebt hatte, war ihre gute Laune doch so ansteckend, dass jeder etwas davon mitbekam. Selbst Silvie rang sich ein sparsames Lächeln ab.

Nur Petra Müller-Murat blieb teilnahmslos. Sie wirkte bedrückt und war ungewöhnlich schweigsam. Sophia bekam beiläufig mit, dass sie sich den Mittwoch freigenommen hatte, um etwas Dringendes zu erledigen, achtete aber nicht weiter darauf. Erst am Donnerstag fiel ihr auf, dass ihre Kollegin schlecht aussah und einen bekümmerten Eindruck machte. Als sie Petra später zufällig allein im Keller traf, sah sie, dass die andere geweint hatte. Erschrocken blieb sie stehen.

„Petra! Was ist denn? Kann ich dir helfen?"

Petra schüttelte den Kopf, aber Sophia ließ nicht locker. „Nun komm schon! Ich sehe doch, dass etwas nicht in Ordnung ist. Rede es dir von der Seele."

Petra schaute Sophia an und brach in Tränen aus. „Es ist wegen Pascha", schluchzte sie. „Ich musste gestern zum Jugendamt. Er soll unter Aufsicht gestellt werden. Weil ich als allein erziehende Mutter versagt hätte!"

„Was hat er denn ausgefressen?" Sophia hatte Pascha ein paarmal gesehen, wenn er seine Mutter im Laden besucht hatte, um sich Geld zu holen. Er hatte ihr nicht besonders gut gefallen.

Stockend erzählte Petra, dass Pascha Mitglied in einer Jugendgang sei, die man beim Häuserbesprühen erwischt habe. „Die Polizei sagt, er sei der Anführer gewesen. Nun soll er gemeinnützige Arbeit leisten und den Schaden wieder gutmachen. Er ist ja schon fünfzehn, sodass ich als Mutter nicht mehr für ihn hafte, aber er stellt sich derart bockig und uneinsichtig an, dass das Jugendamt eingeschaltet worden ist. Die sagen, ich müsse ihn härter anfassen. Aber wie soll ich das machen? Erstens bin ich den ganzen Tag nicht zu Hause, und zweitens lässt er sich von mir nichts sagen. Ich habe schon überlegt, ob ich ihm den Hund wegnehmen soll."

„Den Hund?" Sophia war betroffen. „Aber den liebt er doch so!"

„Ja, sicher, aber vielleicht tut gerade der Hund ihm nicht gut. Mit dem großen Rottweiler fühlt er sich immer so stark, vor allem Fremden gegenüber."

„Ist der Hund denn gefährlich?"

Petra musste unter Tränen lachen. „Ach wo. Der ist sanft wie ein Lämmchen. Deshalb ist er doch überhaupt bei uns. In unserer Straße wohnt ein Schrotthändler. Der hatte ihn als Welpen gekauft, damit er seinen Schrottplatz bewachen sollte. Dann wollte er ihn wieder loswerden, weil Bronx sich nicht scharf machen ließ. Er ist so gutmütig, dass er keiner Fliege was zuleide tun kann. Pascha gibt bloß mit ihm an. Die Jungen in seiner Clique wissen das natürlich. Aber die braven Ginnheimer Bürger haben Angst."

Bei dem Wort Ginnheim läutete in Sophias Kopf eine Glocke. „Ginnheim? Gehört Pascha vielleicht zu den *Ginnheim Gangstas*?"

„Ja. Woher kennst du denn den Verein?"

„Von …, von unserem Kunden, Herrn Weiße. Er hat einen Neffen, der auch Mitglied ist. Fabian heißt er. Trägt ein giftgrünes Riesensweatshirt, auf dem knallrot GINNHEIM GANGSTAS steht."

„Genau! Pascha hat auch so eins."

„Aber Fabian Weiße erzählt, dass Pascha seinen Hund auf ihn hetzt."

„Unsinn. Bronx lässt sich nicht auf jemanden hetzen."

Sophia runzelte die Stirn. „Stimmt es dann auch nicht, dass Pascha die anderen in der Clique unterdrückt?"

„Das wird wohl stimmen", antwortete Petra traurig. „Pascha ist ein ziemlicher Tyrann. Die anderen Jungen in der Clique sind nicht so stark wie er, da setzt er sich durch."

„Und was hat das Jugendamt jetzt vor?“

„Zunächst wird er laufend kontrolliert. Wie es dann weitergeht, wird von ihm selbst abhängen. Vor allem muss er die Realschule abschließen. Da hat er sich ausgeklinkt. Dumm ist er nicht, aber faul und aufsässig. Er braucht eine starke Hand …, einen Vater …“ Sie fing wieder an zu schluchzen.

Sophia wusste, dass das ein wunder Punkt war, denn Petra, die längst bereute, dass sie den braven Herrn Murat damals verscheucht hatte, suchte seit Jahren vergeblich nach einem neuen Mann. Allein hätte sie ihn wahrscheinlich leicht gefunden, aber wenn die Kandidaten Pascha zu Gesicht bekamen, bedeutete das jedes Mal das Ende der Affäre.

Sophia legte ihr tröstend den Arm um die Schulter und dachte an Fabian, der offenbar seinem Onkel nur die halbe Wahrheit sagte. Sie nahm sich vor, mit Philipp darüber zu sprechen.

Nach einer Weile beruhigte sich Petra. Sie wusch sich das Gesicht, murmelte „Danke, Sophia“ und kehrte an ihre Arbeit zurück.

Abends führte Philipp Sophia und Pomponia zum Essen aus, und Sophia berichtete ihm, was sie von Petra gehört hatte. Der Onkel verteidigte seinen Neffen und meinte, vielleicht habe er Fabian missverstanden – eine Einstellung, die Sophia zwar ehrenhaft fand, aber keineswegs teilte. Sie traute Fabian nicht.

AM FOLGENDEN Tag rief Claudio an. Er sprudelte vor guter Laune und verkündete, seine Reise nach München habe sich in jeder Hinsicht gelohnt. Er lud Sophia für den Sonnabendabend zum Essen in den Loft ein.

Sophia erwiderte mit einer Gegeneinladung. „Kommt doch lieber zu mir. Ich möchte euch einen neuen Freund vorstellen. Als Kunden kenne ich ihn schon lange, aber jetzt sind wir uns durch Pomponia näher gekommen.“

„Wie nah?“, fragte Claudio neugierig.

„Ziemlich nah! Er war rasend eifersüchtig auf Vanno. Du siehst also, dass er euch unbedingt kennen lernen muss.“

„Und wir ihn“, bestätigte Claudio. „Wann sollen wir also da sein? Acht Uhr? In Ordnung.“

Es wurde ein heiteres Zusammentreffen. Philipp merkte, dass Vanno und Claudio zwar beide unverschämt gut aussahen, aber keineswegs tuntig waren, und die beiden Freunde, die Sophias jähe Leidenschaft für einen ihnen Unbekannten mit brüderlicher Besorgnis registriert hatten, kamen zu dem Schluss, dass sie mit ihrer Wahl, soweit sich das bis jetzt beurteilen ließ, durchaus einverstanden sein konnten. Philipp verstand zwar nichts von Fayencen und wenig von italienischem Design, aber eine ganze Menge von Weinen und sogar von Essigsorten und Olivenöl. Er hatte einen römischen Freund, den er vor Jahren im Urlaub kennen gelernt hatte. Die beiden besuchten einander regelmäßig und gingen manchmal zusammen wandern.

„Für den Juli haben wir zwei Wochen Fränkische Schweiz geplant. Wir wollen uns in der Nähe von Pottenstein ein Standquartier suchen und ein bisschen laufen. Als wir das verabredeten, kannte ich Sophia noch nicht, sonst sähen meine Ferienwünsche sicher anders aus. Aber ich habe ja noch mehr Urlaub."

„Zerbrich dir darüber nicht den Kopf", sagte Sophia. „Im Juli bekäme ich sowieso nicht frei, da sind nämlich Schulferien, und die sind immer für Petra Müller-Murat und Herrn Wahlich reserviert, weil sie schulpflichtige Kinder haben. Ich kann erst im August weg."

„Hast du schon etwas vor?", fragte Vanno.

„Eigentlich wollte ich vierzehn Tage zu meiner Familie nach Veenhusen fahren. Aber dort darf ich keinen Hund mitbringen. Und allein mit Pomponia in irgendeinem Hotel …, ich weiß nicht. Ich stelle es mir auch schön vor, mal zwei Wochen am Stück mit ihr zusammen zu sein. Also werde ich wahrscheinlich hier bleiben."

„Ich fände das auch am besten", bemerkte Philipp ernsthaft, und alle lachten.

Über den Aufregungen des gegenseitigen Kennenlernens hatte Sophia gar nicht mehr daran gedacht, dass die beiden Freunde ja am Freitag in der Buchhandlung gewesen waren. Aber als sie nach dem Essen gemütlich im Wohnzimmer saßen, räusperte sich Claudio und sagte: „Und nun zu etwas anderem: Silvie Glowitz."

Sophia blickte von ihrem Glas auf. „Die hatte ich total vergessen. Hast du sie Freitag kennen gelernt?"

Claudio nickte. „In ihrer ganzen reifen Schönheit. Vanno hat mich bei ihr eingeführt. ‚Ein Freund, dem ich erzählt habe, wie ausgezeichnet Sie mich beraten haben.' Ich habe sie mächtig hofiert und schließlich gesagt: ‚Ich verstehe gar nicht, wie Sie mir bisher entgehen konnten. Sind Sie neu in Frankfurt?' Sie ist errötet und hat geantwortet, sie sei erst kürzlich hierher zurückgekehrt. Sie habe ein paar Jahre in München gelebt, sich dann aber aus privaten Gründen verändert. ‚Ach', habe ich gesagt, ‚das ist ja interessant. Meine ganze Familie lebt in München, ich bin dort aufgewachsen.' Daraufhin wurde sie merklich zurückhaltender."

Vanno lachte. „Den Show-down gibt es beim nächsten Mal, denn dabei musst du anwesend sein, Sophia."

„Mein Bruder, ihr werdet es nicht glauben, kennt nämlich Herrn Glowitz", erklärte Claudio. „Er wusste alles über dessen Ehe und ihr Ende, und das nicht nur von Herrn Glowitz selbst, sondern noch von mindestens fünf anderen Bekannten. Kein Wunder, dass Silvie dieser Stadt den Rücken gekehrt hat. Es war nämlich keineswegs so, dass sie ihren dumpfen, geizigen und verständnislosen Haustyrannen verlassen hat, sondern er hat sie am hellen Vormittag mit dem Tennislehrer im Bett erwischt und rausgeschmissen."

„Ich wusste gar nicht, dass sie Tennis spielt."

„Eben!", versetzte Claudio. „Sie spielte anscheinend als Einzige in den glowitzschen Kreisen nicht Tennis. Und um mitzuhalten, nahm sie Unterricht bei einem Privatlehrer, Herr Glowitz bezahlte ja. Übrigens soll ihre ganze Ehe eine einzige Einkaufsorgie gewesen sein, Herr Glowitz sei alles andere als geizig gewesen. Aber irgendwann reicht es auch dem Großzügigsten. Er reichte die Scheidung ein."

„Und was habt ihr vor?", fragte Sophia.

„Das wirst du schon sehen. Benimm dich ganz normal."

„Soll ich euch kennen oder nicht?"

„Na klar kennst du uns. Wir haben dich nur noch nicht im Laden besucht. Du musst irgendwo im Hintergrund warten, bis wir dich ansprechen. Bedienen muss uns Frau Glowitz. Und nun reden wir von etwas Erfreulicherem."

Gegen zwölf verabschiedeten sich Vanno und Claudio und versicherten Sophia, wie sehr sie es genossen und sich vor allem gefreut hätten, Philipp kennen zu lernen. „Wir sind sehr zufrieden", sagte Vanno und schüttelte ihm die Hand. „Aber seien Sie immer nett zu Sophia, sie liegt uns am Herzen."

Philipp hatte erklärt, beim Aufräumen helfen zu wollen, ein durchsichtiger Vorwand, der niemanden täuschte. Als sie das Geschirr und die Gläser in die Küche getragen hatten, fragte er: „Soll ich jetzt gehen?"

„Ja." Sie blickte zärtlich zu ihm auf. „Einmal mit Pomponia um den Block. Wenn sich deine Leidenschaft dann noch nicht abgekühlt hat, darfst du bleiben."

KAPITEL 11

Schon am nächsten Vormittag rief Vanno an, um Philipp und Sophia in die Hanauer Landstraße einzuladen. Anna und Vittorio waren jetzt über zwei Wochen fort. Anna hatte dreimal angerufen und gefragt, wie es Sophia und Pomponia gehe, und Sophia hatte viel zu erzählen gehabt.

Anna war begeistert. „Du hast einen Mann! Wie hoch erfreulich! Ich bin gespannt, ihn kennen zu lernen."

Sophia erkundigte sich nach ihren Neuigkeiten.

„Ach, hier geht alles seinen Gang. Vittorio kümmert sich um seine Güter, ich sehe ihn tagsüber kaum. Ich bin viel bei seiner älteren Schwester, Vannos Mutter, Tosca heißt sie. Sie ist eine gescheite und lustige Frau, mit der man viel unternehmen kann. Fast jeden Vormittag ziehen wir zusammen los und machen die Gegend unsicher. Sonst liege ich auf der Terrasse im Liegestuhl und entspanne mich."

„Beneidenswert. Wenn ich denke, wie wir uns im Laden abrackern müssen, werde ich ganz griesgrämig. Aber warte nur, im August habe ich auch Ferien."

„Hör mal", sagte Anna, „willst du uns nicht besuchen? Vittorio und ich würden uns riesig freuen. Pomponia würde es auch gut tun."

„Aber wie soll ich zu euch kommen? Ich habe kein Auto, und Pomponia kann unmöglich so lange im Zug sitzen."

Anna lachte. „Das ist kein Problem. Luigi kommt regelmäßig mit dem Kleinbus zu uns, der nimmt euch beide mit. Und nach Hause fahren kannst du mit uns, am 2. September. Luigi holt einen Tag vorher mit dem Bus die Hunde und das große Gepäck, und Vittorio und ich reisen gemütlich mit dem Auto hinterher. Ach, Sophia! Sag ja! Mir zuliebe!"

Sophia antwortete nicht gleich.

„Natürlich!", rief Anna. „Ich habe ja deinen Philipp vergessen. Entschuldige! Den bringst du einfach mit. Schließlich musst du ihn Vittorio und mir irgendwann sowieso vorstellen. Am besten redest du erst mit ihm und mit deiner Chefin, und danach sagst du mir Bescheid. Versprochen?"

Sophia war hin- und hergerissen. Die Roccarossas hatten schon so viel für sie getan, dass sie sich allmählich genierte, weitere Freundlichkeiten von ihnen anzunehmen. Andererseits vermisste sie Anna und auch Vittorio, und natürlich hätte sie liebend gern das Gut in Italien gesehen.

„Ich käme schrecklich gern", sagte sie schließlich. „Vielen Dank für die Einladung. Ich melde mich, wenn ich alles geklärt habe."

Bevor sie aber an Urlaubspläne denken konnte, stand erst noch der schwarze Donnerstag an. Sophia hatte Țetzibär anvertraut, dass Silvie sich an diesem Tag auf etwas gefasst machen könne. Sie hatte ihr auch den wirklichen Grund für das Scheitern von Silvies Ehe erzählt.

Tetzibär pfiff durch die Zähne. „Ich hab mir doch gleich gedacht, dass da was faul war."

Am späten Vormittag, als der Laden voller Kunden war, erschienen Sophias Ritter.

Sophia verzog sich in eine Ecke, während Silvie nach vorn eilte. Sie überholte dabei Frau Mayenkranz, die gerade ihr Büro verlassen hatte, um beim Bedienen zu helfen.

Claudio und Vanno begrüßten Silvie enthusiastisch und baten sie, ihnen die neuesten Thriller zu zeigen.

Plötzlich blickte Vanno zu Sophia hinüber und rief: „Hallo, Sophia! Ich hatte ja keine Ahnung, dass du hier arbeitest! Wie geht es dir? Willst du nicht heute Abend mit uns essen?" Er kam zu ihr und umarmte sie.

Auch Claudio umarmte sie. „Wir hatten ganz vergessen, dass du in dieser Buchhandlung bist. Aber deine Kollegin hat sich aufs Reizendste unserer angenommen. Wusstest du, dass sie in München gelebt hat? Fast hätte ich sie dort schon kennen gelernt! Stell dir vor, mein Bruder ist ein guter Bekannter von Herrn Glowitz."

Silvies Lächeln gefror.

„Wie klein doch die Welt ist", fiel Vanno ein. „Sie sind sogar im selben Tennisklub! Was sagst du dazu?"

Silvies Lächeln verschwand. Kreidebleich starrte sie auf die beiden Männer.

Claudio lächelte. „Aber das können wir dir ja dann noch erzählen, Sophia. Treffen wir uns um acht? Frau Glowitz, können wir diese beiden Bücher bekommen?"

Silvie nahm gar nicht wahr, was er sagte, und so griff Frau Mayenkranz ein. Sie sah, dass Silvie unter Schock stand, auch wenn sie sich nicht erklären konnte, warum. Sie führte die beiden Herren zur Kasse, packte ihnen die Bücher ein und geleitete sie zur Tür.

Erst danach löste sich Silvies Bann. Sie warf Sophia einen hilflosen

Blick zu, drehte sich um und verschwand in Richtung Klo. Frau Mayenkranz sah ihr kopfschüttelnd nach.

Sophia ging an ihr Regal zurück und tauschte unterwegs einen schnellen Blick mit Tetzibär, die der Szene mit großer Aufmerksamkeit gefolgt war und sich nun zufrieden die Hände rieb. „Ich glaube, die stänkert nicht mehr“, flüsterte sie Sophia zu.

Von Stund an ging Silvie Glowitz Sophia aus dem Weg, und Frau Mayenkranz’ Vertrauen in ihre Starverkäuferin war ins Wanken geraten. Sie fing an, Silvie zu beobachten, mit dem Ergebnis, dass Sophia ihre geliebten Kriminalromane zurückbekam. Silvie erhob keinen Einspruch.

„Sie zerbricht sich den Kopf darüber, wie viel du von ihr weißt und wem du es erzählst“, meinte Tetzibär. „Geschieht ihr recht.“

Der Rest der Belegschaft kannte zwar die Hintergründe nicht, hatte aber sehr wohl gemerkt, dass sich Silvie neuerdings stark zurückhielt. Man rätselte über den Grund.

„Sie jagt ein neues Wild“, flüsterte Joschi ein paar Tage später Sophia im Keller zu. „Herrn Ringelmann von der Südwestkredit, der immer die Schlangenbücher kauft.“

Herr Ringelmann, ein hagerer, etwas ältlicher Mann, leitete die Buchhaltung der Südwestkreditbank und war ein anerkannter Herpetologe, der sogar in wissenschaftlichen Zeitschriften publizierte.

Joschi erklärte, dass ein Herpetologe so etwas wie ein Schlangenkundler sei.

„Er soll das ganze Haus voller Schlangen haben“, berichtete der Azubi. „Seine Frau ist ihm deshalb weggelaufen. Ich weiß es von meiner Tante, die mit ihr befreundet ist und im Haus gegenüber wohnt. Vielleicht sucht er jetzt eine neue Frau, die sich nicht vor seinen Viechern ekelt.“

Tatsächlich schienen sich Silvie und der Oberbuchhalter rasch näher zu kommen. Man sah sie in angeregter Unterhaltung, und Silvie blühte wieder auf. Aber zwei Wochen später war sie von neuem missmutig und wortkarg, und Herr Ringelmann wurde nicht mehr im Laden gesehen.

„Sie hat ihn besucht“, berichtete Joschi. „Meine Tante hat es beobachtet. Aber schon nach einer halben Stunde kam sie ganz eilig wieder aus dem Haus.“ Er lachte. „Ich glaube, sie hat nicht gewusst, dass er viele Schlangen hat.“

NACH den aufregenden ersten Monaten des Jahres begann für Sophia ein wundervoller Sommer. Sie war glücklich mit Philipp. Die beiden nahmen sich Zeit miteinander, machten keine Zukunftspläne und wurden immer vertrauter.

Bald ging Sophia im Haus der Familie Weiße ein und aus, von allen außer Fabian geliebt und verwöhnt. Philipp wiederum hatte sich mit Vanno und Claudio angefreundet. Oft trafen sie sich zu viert.

Pomponia wuchs und gedieh. Herr Schlüter und Sophia führten lange Gespräche über Hundeerziehung. Tatsächlich war es der alte Lehrer, dem Pomponia ihre guten Manieren verdankte. Sophie widmete sich mehr dem Streicheln und Füttern. Pomponia liebte auch Herrn Schlüter, aber sie wusste genau, wem sie wirklich gehörte. Sie hatte sich zu einem eindrucksvollen Hund entwickelt. „Bluthunde wachsen bis zum Ende des zweiten Lebensjahres“, sagte Sophia sorgenvoll zu Philipp, „und sie ist erst fünf Monate.“

Philipp klopfte dem Hund zärtlich den schwarzen Rücken. „Je größer der Hund ist, desto besser beschützt er dich“, meinte er.

Wirklich bewachte Pomponia ihre Besitzerin wie ein Hütehund. So gutmütig sie sonst war, wenn sie Sophia bedroht glaubte, baute sie sich vor ihrer Herrin auf, entblößte beachtliche Zähne, legte die Ohren an und sträubte die Rückenbürste. Dazu knurrte sie tief in der Kehle.

Anna hatte gelacht, als Sophia ihr davon erzählte. „Das ist völlig untypisch für einen Bluthund. Sie muss dich sehr lieben.“

Philipp und Sophia hatten über die Einladung nach Viterbo gesprochen, aber Philipp sah keine Möglichkeit, im August Urlaub zu nehmen. „Am fünften August enden die Schulferien“, sagte er. „Ich kann Wolfgang nicht mit der ganzen Arbeit sitzen lassen.“

So waren sie übereingekommen, dass Sophia und Pomponia allein fahren sollten. Sophia konnte es kaum erwarten. Vor allem die beiden Juliwochen, in denen Philipp mit seinem römischen Freund auf Wandertour ging, wurden ihr lang.

Endlich kam der 19. August, ein Sonnabend, der lang ersehnte Reisetag.

Sophia hatte einen Koffer für sich und eine große Tasche mit Pomponias Schmusedecke, Laufleine, Reisenäpfen, Reisefutter und Beißknochen aus Büffelhaut gepackt.

Luigi holte sie morgens um halb sechs ab, denn er wollte am späten Nachmittag in Italien sein. „Wenn ich allein bin, fahre ich durch, aber der Conte und die Contessa übernachten immer in Como. Ich habe dort Zimmer für uns bestellt."

Er war ein flotter, aber vorsichtiger Chauffeur, und Sophia genoss die Reise mit ihm. Pomponia döste die meiste Zeit.

Sonntagmittag kamen sie in Viterbo an. Das Gut der Roccarossas lag ein Stück außerhalb der Stadt in den Hügeln. Neben einem barocken Herrenhaus umfasste es zahlreiche weitere Gebäude, herrliche, am Hang angelegte, klassische Blumenterrassen, weite Weingärten und Olivenhaine und einen großen Obst- und Gemüsegarten.

Das Wiedersehen mit Anna und Vittorio verlief herzlich. Sophia wurde wie eine geliebte Schwester empfangen.

Weniger begeistert reagierten Pomponias Eltern auf ihre Tochter. Nachdem die Hunde Sophia wieder erkannt und freudig begrüßt hatten, beschnüffelte Tarquinius Pomponia ausgiebig und kehrte ihr dann den Rücken. Pomponia rannte zu Tanaquil. Diese beschnupperte ihre Tochter, drehte sich ebenfalls um und entfernte sich. Erst Stunden später sah Sophia die drei Hunde zusammen durch den Garten laufen und nebeneinander in der Sonne liegen. Offenbar erkannten die beiden erwachsenen Tiere Pomponia nicht mehr als Tochter, akzeptierten sie aber als neues Rudelmitglied.

Sophia wurde in ein großes schönes, luftiges Zimmer geführt, in dem ein Metallbett mit Moskitonetz stand. Vor dem Bett lag ein Teppich, der im Gegensatz zur restlichen Einrichtung des Raums schäbig wirkte.

„Rate mal, wer da schläft", sagte Anna lächelnd. „Es gibt jetzt eine Kleinigkeit zu essen, dann halten wir alle ein Nickerchen. Die Hauptmahlzeit nehmen wir hier erst um acht ein, aber um fünf gibt es Tee auf der Terrasse."

Sophias Koffer und Pomponias Tasche waren schon da. Sophia packte schnell aus, fand eine Tapetentür, die in ein geräumiges Badezimmer führte, und stellte dort Pomponias Wassernapf hin. Sie ließ die Tür angelehnt, aber der Hund hatte sich schon auf dem alten Teppich niedergelassen und war eingeschlafen.

Die Tage auf dem Gut der Roccarossas vergingen wie im Flug. Vittorio hatte viel Arbeit, sodass Sophia die meiste Zeit mit Anna und manchmal auch mit deren Schwägerin Tosca zusammen war. Zu zweit und zu dritt unternahmen die Frauen an den Vormittagen ihre Einkaufs-, Besichtigungs- und Badeausflüge. Sophia lernte eine Menge über Land und Leute. Mittags wenn es heiß wurde, blieben sie im Haus, ruhten sich aus und führten beim Tee auf der Terrasse lange Gespräche. Dabei wurden Anna und Sophia immer bessere Freundinnen.

„Du tust mir richtig gut“, stellte Anna eines Nachmittags fest. „Bevor du kamst, war ich manchmal ein bisschen niedergeschlagen.“

Sophia sah fragend zu ihr hinüber.

„Das alte Lied“, seufzte Anna. „Kein Erbe. Jedes Mal wenn wir hier sind, prüft die ganze Familie, ob ich schon einen Bauch habe – natürlich ganz unauffällig. Ist es nicht traurig? Ich hätte so gern Kinder, und andere Frauen, die gar keine wollen, kriegen sie dauernd!“

„Habt ihr schon einmal an Adoption gedacht?“

Anna nickte. „Ja, aber Vittorio sagt, entweder ein eigenes Kind oder gar keins. Er tröstet mich damit, dass es ihm ganz egal sei, wer aus der Familie hier nach ihm residiert. Vanno hat ja noch zwei Schwestern, die Kinder haben, auch wenn sie natürlich andere Namen tragen. Aber ich weiß, dass es Vittorio Kummer macht.“

„Und die Ärzte? Was sagen sie?“

„Sie finden nichts. Weder Vittorio noch ich sind unfruchtbar, und organisch sind wir beide gesund. Ich habe schon drei Hormonbehandlungen hinter mir, aber es klappt trotzdem nicht. Ich werde damit leben müssen.“

Ehe Sophia sich's versah, war der letzte Ferientag gekommen. Braun gebrannt traten die Roccarossas und ihr Gast die Heimreise an. Luigi hatte, wie geplant, einen Tag vorher die Hunde und das große Gepäck mitgenommen.

Am Sonntag, dem dritten September, wurden Anna, Vittorio und Sophia in Frankfurt vom Freudengeheul der drei etruskischen Hubertushunde empfangen, und zwei Stunden später erschien Philipp in der Raabestraße, um Sophia in die Arme zu schließen.

KAPITEL 12

Sophia und Anna waren übereingekommen, dass Sophia die Roccarossas in vierzehn Tagen zum Essen einladen wollte, damit sie Philipp kennen lernten.

Philipp ließ sich mit großem Interesse von Sophias italienischen Erlebnissen erzählen und bedauerte, nicht dabei gewesen zu sein. „Vielleicht wirst du ja noch einmal eingeladen", meinte er, „und wenn ich vor den strengen Augen der Roccarossas bestehe, darfst du mich sicher mitbringen. Dieses Schloss und die Gärten würde ich zu gern sehen."

„Apropos Einladung. Ich wollte Anna und Vittorio für den übernächsten Sonnabend einladen. Sollen wir ein Mittag- oder ein Abendessen daraus machen?"

Philipp schüttelte den Kopf. „An diesem Wochenende kann ich leider nicht, und ich hatte gehofft, du auch nicht. Da findet nämlich das große Septemberfest des Ginnheimer Kleingartenringes statt. Wir wollten uns doch Sonnabendabend dort treffen, weißt du nicht mehr?"

Sophia erinnerte sich vage, dass Philipp vor Wochen etwas von diesem Fest erzählt hatte. „Stimmt", sagte sie reuig. „Ich hatte es vergessen. Wollen wir das Essen auf Sonntagabend verschieben?"

„Besser nicht. Das Fest ist so groß und vielseitig, dass wir immer schon Freitagabend mit dem Aufbau anfangen und meist erst spät am Sonntag mit dem Abbau fertig sind. Danach bin ich völlig erledigt. Die Roccarossas werden das sicher verstehen. Aber du könntest sie doch zu dem Fest einladen. Vanno und Claudio kommen auch."

„Tatsächlich? Das finde ich prima. Ich kann sie ja fragen. Ich wusste übrigens noch gar nicht, dass du im Kleingartenring bist. Hast du denn einen Kleingarten?"

„Ich nicht, aber meine Mutter. Ihr Vater hat ihn gepachtet und angelegt, und sie behält ihn – aus Tradition und weil es ihr Spaß macht. Wolfgang und ich greifen ihr bei den schwereren Arbeiten unter die Arme, und Claudia und die Kinder helfen auch."

„Na gut. Aber was tun wir mit Pomponia? Ich müsste Herrn Schlüter fragen, ob er ausnahmsweise abends Zeit hat."

„Pomponia können wir mitnehmen. Auf dem Fest sind immer viele Hunde. Es gibt sogar ein Extrahundeklo – eingezäunt, mit kleiner Spielwiese."

„Donnerwetter, das nenne ich Service. Was habt ihr denn sonst noch für Attraktionen?"

„Es wird eine Bühne aufgebaut, auf der sich einzelne Gruppen mit Tänzen, Sketchen und Gesang produzieren und die üblichen Reden gehalten werden. Außerdem errichten wir eine lange Budengasse mit Ständen für Essen, Getränke, Gartenerzeugnisse, Pflanzen und Gartenzubehör. Ein Kinderspielplatz ist sowieso vorhanden. Auf die eine Seite des Festplatzes kommt ein großes Bierzelt, auch für den Fall, dass es regnet, und auf der anderen stellen wir Tische und Bänke auf."

Sophia war beeindruckt. „Mit wie vielen Besuchern rechnet ihr denn?"

„Letztes Jahr waren es über tausend. Wir fangen Sonnabendmorgen um zehn an und hören um Mitternacht auf. Sonntagmorgen gibt es ein Katerfrühstück für die Helfer, und dann wird abgebaut."

Sophia erzählte Anna von dem Fest und bat sie, das gemeinsame Abendessen verschieben zu dürfen. „Aber Philipp würde sich freuen, wenn ihr in die Gärten kommen würdet. Sogar Vanno und Claudio wollen hin!"

Anna lachte. „Nein, ich glaube, das ist nichts für Vittorio. Wir machen uns zu Hause einen ruhigen Abend."

Die Tage bis zum 16. September vergingen schnell. Jeden Abend studierten Sophia und Philipp besorgt den Wetterbericht. Zum Glück hatte Petrus ein Einsehen. Der Sonnabendmorgen dämmerte klar und kühl und ging in einen warmen, sonnigen Spätsommertag über.

Sophia kam gegen fünf aus der Buchhandlung nach Hause, holte Pomponia ab und zog sich um. Sie hatte nach einiger Überlegung ein Paar ältere Jeans, ein dunkelblaues Sweatshirt und bequeme Mokassins ausgesucht, dazu ihren alten, gefütterten Anorak, falls es nachts kalt würde.

Kurz nach sechs kamen Vanno und Claudio, um sie mitzunehmen. Die beiden hatten sich in das geworfen, was sie für Räuberzivil hielten: alte Designerjeans, bunt karierte Van-Laack-Hemden, leicht ausgeleierte Kaschmirpullover in Dunkelblau und Dunkelgrau und Fliegerlederjacken. Sophia musterte sie bewundernd, sagte aber nichts. Sie würden sich aus der Masse herausheben und jeder jungen Frau von sechzehn aufwärts das Herz brechen. Die Freunde selbst hielten sich für völlig unauffällig.

Auf dem Festplatz herrschte großer Andrang. Es wimmelte von Familien mit Kindern aller Altersklassen. Sie besetzten Spielplatz und Budengasse und drängten sich dort, wo es zu essen und zu trinken gab. Im Bierzelt hockten, obwohl es draußen 25 Grad warm war, die älteren Gartenfreunde und schwelgten in Erinnerungen an die Aufbauzeit nach dem Krieg.

Vanno und Claudio wollten als Erstes durch die Budengasse gehen und etwas essen, während Sophia zum Vereinshaus schlenderte, um Philipp zu suchen. Er hatte ihr gesagt, dass sein Bruder und er dort die zentrale Wasserversorgung einrichten würden.

Unterwegs fiel ihr auf, dass tatsächlich viele Hunde anwesend waren, die zum Teil sogar frei herumliefen. Sie selbst behielt Pomponia an der Leine.

Hinter dem Vereinshaus traf sie Philipp in angeregter Unterhaltung mit mehreren Feuerwehrmännern. In seiner alten schwarzen Cordhose, dem abgewetzten grünen Pullover und einem rot-grün karierten Hemd sah er so gut aus, dass Sophias Herz schneller zu schlagen begann. Philipp kam ihr entgegen, küsste sie und stellte ihr die anderen vor. Sie gehörten zur Freiwilligen Feuerwehr Ginnheim und waren mit ihm und Wolfgang zur Schule gegangen.

Auch sein Bruder kam und begrüßte sie. „So, Philipp", sagte er, „jetzt kümmerst du dich um Sophia, du hast genug gearbeitet. Ich passe hier auf. Claudia und der Rest der Familie sind auf dem Spielplatz. Herr Fischer löst mich in einer Stunde ab, dann komme ich nach."

Auf dem Spielplatz trafen Sophia und Philipp seine Mutter, Claudia und die Zwillinge. Mehrere Mütter führten abwechselnd Aufsicht. Claudias Schicht war gerade zu Ende gegangen. Sie überließ Donner und Doria, nachdem sie Pomponia mit schrillen Schreien umarmt und geküsst hatten, der Obhut der anderen. Gemeinsam steuerte man die Tische im Freien an.

„Wo ist denn Fabian?", fragte Philipp.

„Mit ein paar Freunden unterwegs", antwortete Claudia. „Sie wollten später nachkommen."

Sie nahmen auf den langen Holzbänken Platz, und es dauerte nicht lange, bis Vanno und Claudio zu ihnen stießen. Sie wurden von Claudia und ihrer Schwiegermutter herzlich begrüßt, zum Sitzen genötigt und mit Fragen über ihre italienischen Erzeugnisse bestürmt.

Endlich kam auch Wolfgang, und man konnte zum Abendessen schreiten. Dies im wahrsten Sinne des Wortes, denn Speisen und Getränke musste man selber holen.

Während die Damen den Platz besetzt hielten, stellten die Herren sich am Büfett an. Es war längst dunkel geworden. Überall leuchteten jetzt bunte Lichterketten und große Laternen.

Man stärkte sich mit Kartoffelpuffern, Brat-, Bock- und Currywurst, Rippchen mit Kraut, Schaschlik und Frikadellen. Zu Sophias Verblüffung sprachen Vanno und Claudio den bodenständigen Genüssen kräftig zu.

Nach dem Essen verabschiedeten sich Frau Weiße und Claudia, um die Zwillinge nach Hause und ins Bett zu bringen. Ihre Großmutter wollte dann bei ihnen bleiben, Claudia wieder zurückkehren.

In der Zwischenzeit erschien Fabian, wie stets in die Uniform der Ginnheim Gangstas gekleidet. Er begrüßte kurz und muffig Vater und Onkel, reichte Vanno und Claudio eine schlaffe Hand und nickte Sophia beiläufig zu. Nur bei Pomponias Anblick funkelten seine Augen, und er sagte: „Da ist ja der Bluthund."

Gegen neun kam Claudia wieder. Das Fest war immer noch in vollem Gange. Während die kleineren Kinder mit ihren Eltern verschwunden waren, hatte sich die Zahl der Jugendlichen stark erhöht. Sie bevölkerten die Budengasse und den Spielplatz. Auf der kleinen Bühne zeigten verschiedene Gruppen ihre musikalischen, tänzerischen und Schauspielkünste. Was ihnen an Professionalität fehlte, ersetzten sie durch Begeisterung. Das Publikum spendete reichen Applaus.

Sophia sah zu den Buden hinüber. „Eigentlich würde ich mir das gern noch anschauen. Vorhin bin ich gar nicht richtig dazu gekommen. Vanno, könntest du vielleicht kurz auf Pomponia aufpassen? Dann könnte mir Philipp alles zeigen."

„Aber gern." Vanno, der neben Sophia saß, nahm die Leine.

Philipp ergriff Sophias Hand, und gemeinsam schlenderten sie über den Platz zu der Budengasse. Sophia freute sich über die liebevoll dekorierten Verkaufsstände und erwarb ein paar Gläser hausgemachter Marmelade. „Was pflanzt ihr eigentlich in eurem Garten?", fragte sie Philipp.

„Tomaten, Zwiebeln, Gurken, Kräuter und viele Blumen. Außerdem haben wir ein paar kleine Obstbäume und an der Seite eine Himbeerplantage. Möchtest du es mal sehen? Es ist zwar jetzt dunkel, aber ich habe eine Taschenlampe." Er drückte ihre Hand und flüsterte: „Nur hundert Meter von hier und garantiert einsam."

Die beiden tauchten im Gewühl unter und fanden den Weg, der zu Frau Weißes Parzelle führte. Das Gartenhäuschen war zwar verschlossen, aber dahinter stand eine Bank, von der aus man den Himmel und die Sterne betrachten konnte. Das taten sie eine ganze Weile und waren ohne viel Worte sehr glücklich.

Endlich blickte Philipp auf die Leuchtziffern seiner Uhr. „Oje! Es ist halb elf. Wir haben die Familie eine ganze Stunde allein gelassen."

Sophia erschrak. „Und Vanno und Claudio mit Pomponia! Wir müssen schnellstens zurückgehen."

Auf dem Festplatz war noch immer keine Bank frei. Die fröhliche Runde der Weißes und ihrer Gäste hockte munter schwatzend beisammen und hatte anscheinend Sophias und Philipps Fehlen gar nicht bemerkt. Vanno und Claudio tranken aus gerippten Gläsern Apfelwein. Sophia und Philipp setzten sich.

„Du kannst mir die Leine wiedergeben“, sagte Sophia zu Vanno.

„Was für eine Leine? Ach so, Pomponia …, die ist nicht hier. Fabian ist mit ihr Gassi gegangen.“

„Wie bitte?“ Sophia traute ihren Ohren nicht. „Fabian?“

„Sie sind schon eine ganze Weile weg“, tröstete Claudio. „Müssen gleich wiederkommen.“

Eine Viertelstunde verging, ohne dass Fabian und der Hund auftauchten. Sophia wurde zunehmend unruhiger. „Philipp“, bat sie schließlich, „könnten wir mal bei eurem Hundeklo nachsehen? Fabian ist jetzt schon eine Dreiviertelstunde verschwunden. Vielleicht ist irgendetwas nicht in Ordnung.“

Philipp, der es selbst merkwürdig fand, dass sein Neffe freiwillig Sophias Hund ausführte, stand sofort auf.

„Warte“, sagte Wolfgang, „wir gehen alle mit. Hier wird es sowieso allmählich kalt.“

Aber noch bevor sie die andere Seite des Platzes und das dahinter liegende Hundeklo erreicht hatten, kam ihnen Fabian entgegen, im Laufschritt, zerzaust, außer Atem und erregt. Er war allein.

„Wo ist der Hund?“, rief Philipp. Sophia brachte vor Schreck kein Wort heraus.

Fabian blieb stehen, schluckte und stieß dann keuchend vier Worte hervor: „Sie haben ihn entführt.“

„Was heißt das – entführt?“, fragte Wolfgang.

„Ich war mit Pomponia noch ein Stück hinter das Vereinshaus gegangen“, berichtete Fabian stockend, „weil sie auf dem Hundeklo nur einen See gemacht hatte und ich dachte, sie brauche mehr Auslauf. Da sind mir zwei Männer entgegengekommen.“

„Was für Männer?“, unterbrach Philipp. „Wie sahen sie aus, wie alt waren sie, was haben sie gesagt?“

„Normale Männer … Jeans und irgendwelche Jacken … Man konnte nicht viel sehen.“

„Wie alt?“

„Nicht sehr alt …, vielleicht Ende zwanzig. Der eine Mann hatte eine

Taschenlampe. Er hat erst mich angeleuchtet und dann Pomponia, und dann hat er gerufen: ‚Sieh mal, da ist ja ein echter Bluthund! So ein schönes Tier! Eine Seltenheit!‘ Und der andere hat gebrummt: ‚Und teuer!‘“

„Und dann?“

„Dann wollten sie wissen, ob das mein Hund sei und woher ich ihn hätte. Ich habe gesagt, der gehöre der Freundin von meinem Onkel und ich führe ihn bloß aus. Ich bin weitergegangen und die beiden Männer auch. Dann hat Pomponia etwas gemacht, und ich wollte umkehren. Da kamen sie wieder. Der eine hat mich am Hemd gepackt, und der andere hat mir die Leine aus der Hand gerissen. Er hat gesagt: ‚Hau ab, Junge, bevor dir was passiert‘ und hat mir einen Stoß gegeben. Und dann sind sie mit Pomponia in die Gärten gelaufen. Sie wollte nicht mit, aber sie haben sie weggezerrt. Und ich bin hierher gerannt.“

„Wir müssen sofort die Polizei benachrichtigen!“, rief Sophia. Philipp hatte bereits sein Handy gezückt.

„Aber inzwischen suchen wir erst mal selbst. Ich gehe unsere Freunde von der Feuerwehr holen“, sagte Wolfgang.

„Vor allem sollten wir eine Lautsprecherdurchsage machen“, schlug die praktische Claudia vor. „Vielleicht reißt sich Pomponia los und irrt irgendwo umher. Ich spreche mit dem Festkomitee.“ Sie lief davon.

Wenige Minuten später schallte es über den Platz: „Achtung, eine wichtige Durchsage! Wie wir soeben erfahren, wurde von Unbekannten auf unserem Gelände ein Hund entführt. Es handelt sich um eine junge Bluthündin namens Pomponia. Sie ist rotbraun mit schwarzem Rücken, etwa fünfzig Zentimeter hoch, sehr gutmütig, nicht bissig. Sollten Sie das Tier finden, melden Sie sich bitte sofort bei uns oder in der Klempnerei Weiße in Ginnheim. Achtung, ich wiederhole …“

Während Sophia und Claudia auf die Polizei warteten, organisierten Philipp und Wolfgang Suchtrupps. Die Feuerwehrmänner verfügten über starke Taschenlampen. Fabian führte sie zum Ort der Entführung. An dieser Stelle kreuzten sich mehrere Hauptwege der Gartenanlage. „In diese Richtung sind sie gegangen.“ Er zeigte auf einen der Wege.

„Vielleicht war das ja nur ein Trick“, meinte einer der Feuerwehrmänner. „Wir sollten lieber überall auf dem Gelände nachschauen.“

Die Männer teilten sich in Zweiergruppen und gingen los. Sie leuchteten in die Gärten, riefen und pfiffen, fanden jedoch weder verdächtige Männer noch einen Hund. Fußabdrücke ließen sich im trockenen Boden auch nicht erkennen, zumindest nicht jetzt bei Nacht.

Wolfgang hatte Fabian zu Sophia und Claudia zurückgeschickt, damit er der Polizei Auskunft geben könnte. Es dauerte nicht lange, bis die Funkstreife eintraf. Fabian erzählte einer freundlichen jungen Polizistin und ihrem eher uninteressierten Kollegen seine Geschichte, die ihm jetzt merklich flüssiger von den Lippen ging.

Die junge Beamtin schüttelte bedauernd den Kopf. „Da können wir im Augenblick nicht viel tun. Die Männer haben dich nicht verletzt. Eine Großfahndung nach einem Hund steht leider in keinem Verhältnis zum vertretbaren Aufwand, umso mehr, als ja schon von der Feuerwehr nach dem Tier gesucht wird."

„Aber Sie müssen doch etwas unternehmen!" Sophia konnte es nicht fassen. „Sie können doch nicht einfach zusehen, wie Kinder bedroht und hilflose Tiere geraubt und vielleicht gequält werden!"

„Wie hoch ist denn der Wert des Hundes?", wollte der Polizist wissen.

„In Geld um die 2000 Mark", entgegnete Sophia wütend, „aber für mich ist er das Tausendfache wert."

„Das tut mir wirklich Leid", sagte die Polizistin. „Wir werden morgen früh nach ihm suchen. Können Sie um acht hier sein? Wir kommen dann mit Hunden. Bringen Sie eine Decke oder ein Handtuch mit, das Ihr Hund benutzt hat."

Claudia nickte. „Wir sind da." Die Polizisten gingen zu ihrem Auto.

Sophia sah auf die Uhr: halb zwei. Um diese Zeit konnte sie Anna und Vittorio nicht mehr anrufen. Wenn die Entführer mit dem Auto weggefahren waren, ließ sich ohnehin nichts mehr ausrichten. Aber Fabian hatte erklärt, sie hätten den Weg in die Gärten eingeschlagen. Und wenn sie sich dort versteckt hatten, gab es jemanden, der sie finden würde ..., der dafür geboren und erzogen war.

KAPITEL 13

Der Festplatz hatte sich längst geleert, als Philipp und Wolfgang mit Vanno, Claudio und den Feuerwehrmännern zurückkehrten. Sophia, Claudia und Fabian saßen schweigend auf der Bank und warteten. Es war inzwischen drei Uhr morgens, und alle waren müde und erschöpft.

„Keinerlei Hinweis", erklärte Wolfgang bekümmert. „Heute Nacht können wir nichts mehr tun. Morgen früh suchen wir weiter."

Claudia berichtete, was sie mit der Polizei vereinbart hatten.

„Immerhin etwas", knurrte Philipp. „Komm, Sophia, ich fahre dich nach Hause." Er legte den Arm um sie und führte sie zu seinem Volvo. Auch die anderen trennten sich nach kurzem Abschied. Während Philipp beim Fahren fast die Augen zufielen, war Sophia glockenwach.

„Philipp, ich habe eine Idee. Es gibt nur zwei Spezialisten, die Pomponia aufspüren können – ihre Eltern. Gleich morgen früh rufe ich Vittorio an. Wir müssen sie finden."

Philipp schlug sich an die Stirn. „Dass ich daran nicht gedacht habe! Natürlich!"

Sie gingen sofort zu Bett. Binnen einer Minute war Philipp eingeschlafen. Sophia dagegen fand keine Ruhe. Sie machte sich die größten Vorwürfe, den Hund überhaupt mitgenommen und ihn dann so lange allein gelassen zu haben. Sie haderte mit Vanno, der ihn ausgerechnet Fabian anvertraut hatte, und nahm ihn gleich wieder in Schutz, weil er keinen Grund gehabt hatte, es nicht zu tun. Sie war schuld, sie allein. Die arme Pomponia … und der arme Fabian …, so ein Schock …, überfallen und beraubt … Eigentlich hatte er sich tapfer gehalten …, war erstaunlich ruhig geblieben …

Sie ertappte sich bei dem Gedanken, dass er sich beinahe zu schnell wieder gefasst hatte. Und dass er sich freiwillig erboten hatte, den Hund auszuführen! Es kam ihr sonderbar vor, aber da war nichts, worauf man den Finger hätte legen können. Und doch nagte etwas an ihr, ein unbestimmtes Misstrauen. Sie begann lautlos zu weinen. Erst gegen Morgen sank sie in einen unruhigen Schlummer.

Sie standen früh um sechs auf, beide bleich und übernächtigt, frühstückten und fuhren schon um halb acht zum Festplatz zurück. Sophia hielt eine Plastiktüte mit Pomponias Schmusedecke umklammert. Kurz vor acht hatten sich außer ihnen auch Wolfgang und seine Freunde sowie Vanno und Claudio eingefunden. Für die beiden Letzteren eine beachtliche Leistung, denn sie schliefen am Wochenende gern bis in die Puppen.

Vanno umarmte Sophia und setzte zu wortreichen Entschuldigungen an. Sie winkte ab. „Das ist doch Unsinn, Vanno. Du kannst nichts dafür. Ich bin selber schuld, weil ich weggegangen bin."

In diesem Moment fuhr ein Wagen der Polizei vor. Heraus stiegen vier Beamte und zwei Hunde, ein verspielter junger Schäferhund und ein älterer, würdiger Riesenschnauzer. Sophia ließ die Tiere ausgiebig an Pomponias Decke schnüffeln. Dann brachten Philipp und Wolfgang sie und ihre Führer zum Tatort. Die anderen folgten.

Fabian war nicht erschienen. „Ich denke, er kommt noch", hatte Wolfgang gesagt, „er ist heute Morgen schon ganz früh weggegangen."

Inzwischen war es halb neun geworden. Sophia griff zu Philipps Handy und rief die Nummer der Roccarossas an.

Anna war zu ihrer Überraschung sofort am Apparat. Sie unterbrach Sophias Entschuldigungen mit einem knappen: „Ich weiß es schon. Vanno hat schon vor einer halben Stunde angerufen. Er war ganz außer sich und sagte, er sei an allem schuld und wir sollten schnellstens mit den Hunden kommen."

„Genau darum wollte ich euch auch bitten. Es ist die einzige Chance, Pomponia zu finden."

„Das Problem ist bloß", sagte Anna betrübt, „dass ausgerechnet heute Morgen die Hunde nicht da sind. Weil gestern so schönes Wetter war, wollte Vittorio mit ihnen eine Taunuswanderung machen. Dazu ist er schon um sieben aufgebrochen. Mir war das zu früh, deshalb bin ich zu Hause geblieben."

„Und wann wollte er zurückkommen?"

„Keine Ahnung. Vielleicht mittags, vielleicht auch erst am Nachmittag. Er wollte anrufen."

„Dann hat er sein Handy mit. Kann man ihn denn damit nicht erreichen?"

Anna seufzte. „Im Prinzip schon. Aber er stellt es immer ab und benutzt es nur, wenn er seinerseits telefonieren will. Ich habe ihm schon eine Nachricht auf die Mailbox gesprochen, aber er hat sich noch nicht gemeldet."

Sophia hätte am liebsten geheult. Hatte sich denn alles gegen sie verschworen?

Anna sprach ihr Mut zu. „Wenn man Pomponia nicht mit dem Auto weggebracht hat, finden Tarquinius und Tanaquil ihre Spur noch nach mehreren Tagen. Und ich glaube nicht, dass man Pomponia entführt hat, um sie zu quälen. Die Räuber werden versuchen, sie zu verkaufen. Bis dahin behandeln sie sie bestimmt gut. Vielleicht finden ja auch die Polizeihunde eine Spur. Gib mir doch bitte die Nummer von Philipps Handy. Sobald sich Vittorio meldet, rufe ich dich an. Wir kommen, so schnell wir können."

Der Himmel begann sich zu beziehen. Ein dünner Nieselregen legte sich schwer auf Sophias bedrücktes Gemüt. Um sie herum arbeiteten die Kleingärtner. Sie bauten Buden und Zelte ab, packten Waren und Vorräte wieder ein, fuhren Blumen und Pflanzen fort und säuberten den Platz. Sophia steckte das Handy ein und half ein paar Frauen, Geschirr und Gläser zu spülen und in Kartons zu verstauen.

Kurz vor zwölf trafen die Suchtrupps wieder ein. Sophia sah schon von weitem, dass sie keinen Erfolg gehabt hatten. Wahrscheinlich hatte der Regen die letzten Spuren verwischt. Die Hunde waren mehreren Fährten gefolgt, hatten sie aber wieder verloren.

„Am besten kommen Sie morgen aufs Revier und geben eine förmliche Anzeige auf“, riet einer der Polizisten. „Viel Hoffnung kann ich Ihnen leider nicht machen, aber wir tun unser Bestes.“

Sophia bedankte sich bei ihnen und den anderen Männern und berichtete, was sie mit Anna besprochen hatte. Der Regen ließ nach und hörte dann ganz auf. Die Sonne kam wieder zum Vorschein, und bald war es wieder warm und trocken.

Die Polizisten waren weggefahren, und Sophia und Philipp hatten gerade am improvisierten Büfett für die Helfer eine Currywurst zu sich genommen, als der Kleinbus der Roccarossas mit knirschenden Reifen auf dem Parkplatz zum Stehen kam. Die Türen wurden aufgerissen, und Anna, Vittorio und Luigi sprangen heraus, gefolgt von Tarquinius und Tanaquil, die Sophia stürmisch begrüßten. Sie trugen nicht ihre üblichen Halsbänder, sondern feste Ledergeschirre.

„Ich habe gar nicht mehr angerufen“, sagte Anna, „denn Vittorio kam früher zurück, weil es im Taunus einen fürchterlichen Wolkenbruch gegeben hat. Ich hatte Luigi schon alarmiert, und wir sind sofort losgefahren. Ist das Philipp? Guten Tag, Herr Dr. Weiße. Ich bin Anna Roccarossa, und das hier sind mein Mann Vittorio und unser Freund Luigi Brancati. Von Tarquinius und Tanaquil haben Sie sicher schon gehört.“

Philipp gab ihnen die Hand und machte sie dann mit seinem Bruder und den vier Feuerwehrmännern bekannt.

„Ein Glück, dass ihr hier seid!“, rief Vanno erleichtert. „Jetzt habe ich doch wieder Hoffnung.“

Wieder ging es zurück zum Ort der Entführung. Luigi und Vittorio hielten jeder einen der Hunde an langer Führleine. An der Wegkreuzung ließ Vittorio die Tiere an Pomponias Schmusedecke schnuppern und gab dann einen kurzen Befehl, den die Hunde mit kurzem Gebell quittierten.

Erst schnüffelten sie scheinbar planlos auf der Kreuzung herum. Plötzlich aber blieb Tanaquil stocksteif stehen. Sie kratzte in der Erde und wedelte aufgeregt mit dem Schwanz. Sofort war Tarquinius an ihrer Seite. Dicht nebeneinander drängten sie einen der Wege hinunter. Sie hatten die Spur gefunden.

„In diese Richtung sind die Polizeihunde auch gelaufen", sagte Wolfgang. „Sie haben uns bis zur Praunheimer Landstraße geführt, aber dort wussten sie nicht weiter, und wir mussten umkehren."

„Das ist eine breite, viel befahrene Straße", erläuterte Philipp auf Vittorios fragenden Blick. „Vermutlich sind die Benzingerüche dort zu stark."

Die Nasen tief am Boden, zerrten die Hunde ungeduldig vorwärts. „Darum haben sie die Geschirre", erklärte Anna Sophia. „Allein mit dem Halsband könnte man sie gar nicht halten. Wenn sie eine Fährte verfolgt, ist sogar Tanaquil zu stark für mich."

Sie erreichten die Praunheimer Landstraße. An der Stelle, wo die Polizeihunde aufgegeben hatten, blieben Tarquinius und Tanaquil nicht stehen. Sie schnupperten, kreuzten dann ohne Zaudern die Fahrbahn und liefen geradeaus weiter zur Nidda. Dort folgten sie dem Flusslauf nach rechts bis zur Praunheimer Brücke, die sie überquerten. Dabei wurden sie immer schneller. Vittorio und Luigi mussten sich gegen sie stemmen, um nicht den Halt zu verlieren. Es war jetzt fast zwei Uhr.

Hinter der Brücke hielten die Hunde sich links und folgten wieder dem Ufer, diesmal in entgegengesetzter Richtung. Schon nach wenigen hundert Metern bogen sie rechts in einen schmalen Feldweg ein. Vor einem hölzernen Gartentor blieben sie stehen, blickten zu ihren Führern auf und bellten einmal kurz.

Der Garten war von einer mehr als mannshohen, dichten Buchenhecke umgeben und nirgends einsehbar. Hinter dem Tor lag wie ein Sperrriegel ein weiteres Stück Hecke.

Von innen hörte man Stimmen und Gelächter. Es roch nach gebratenem Fleisch.

Die Sucher blieben einen Augenblick stehen, um zu Atem zu kommen. Vittorio und Luigi beruhigten ihre Hunde, die ungeduldig am Zaun kratzten. Philipp drückte die Klinke. Das Tor war offen. Die Hunde voran, betraten sie den Garten.

Hinter der Hecke lag ein Rasenplatz, auf dem Baumstämme ein an einer Ecke offenes Sitzgeviert bildeten. In der Mitte rauchte ein Grill, auf dem Fleisch und Würstchen brieten. Davor stand eine mit Wasser gefüllte Plastikwanne, in der Getränkedosen kühlten.

Auf den Baumstämmen hockten etwa 15 Jungen zwischen 13 und 17, die sich angeregt unterhielten, aßen und tranken. Als Ersten erkannte Sophia Pascha Müller-Murat, der das große Wort führte. Vor ihm im Gras hatte sich sein Rottweiler ausgestreckt.

Gegenüber von ihm thronte Fabian Weiße, zu dessen Füßen ein großes rotsamtenes Sofakissen lag. Darauf saß Pomponia. Im Gegensatz zu Paschas Hund war sie angeleint und ihre Leine mit einem Zeltpflock am Boden befestigt. Besonders glücklich sah sie nicht aus.

Danach ging alles sehr schnell. Außer sich vor Wut und Erregung, hatte sich Sophia vorgedrängt. Sie stürzte auf Fabian zu und versetzte ihm eine Ohrfeige. „Du Mistkerl! Du Lügner!", schrie sie ihn an. „Gib mir sofort meinen Hund wieder!" Und bevor der Junge begriff, was ihm geschah, riss sie die Leine aus der Erde, kniete sich nieder und umschlang Pomponia, die ihr das Gesicht ableckte.

Erst jetzt bemerkten die verdutzten Jungen Anna, die zehn Männer und die beiden anderen Hunde. Wolfgang war zu seinem Sohn getreten, der blass vor Schreck auf dem Baumstamm saß.

„Fabian", begann Wolfgang ruhig, „dein Maß ist voll. Wenn deine Mutter erfährt, was du Sophia angetan hast, kannst du dich auf etwas gefasst machen." Er holte aus und gab Fabian eine Ohrfeige, mit der verglichen Sophias Schlag ein sanftes Tätscheln gewesen war. Fabian flog von seinem Sitz und hielt sich heulend die Backe.

Philipp hatte sich umgeschaut. Am hinteren Rand der Wiese stand ein kleines Blockhaus, über dessen Tür eine giftgrüne Fahne mit der zinnoberroten Aufschrift GINNHEIM GANGSTAS aufgenagelt war. Offenbar befanden sie sich im Klubheim der Bande. Die Jungen trugen sämtlich das giftgrüne Sweatshirt.

„Wem gehört dieser Garten?", fragte Philipp.

Einer der älteren Jungen räusperte sich. „Der Garten gehört meinem Onkel. Wir dürfen ihn benutzen."

„Was geht Sie das überhaupt an?", schaltete sich jetzt Pascha ein, der sich, umgeben von seinen Anhängern, nach dem ersten Schreck wieder stark fühlte. „Was wollen Sie von uns?"

„Hör zu, mein Junge", sagte einer der Feuerwehrmänner freundlich. „Wir wollen im Augenblick nichts von euch, aber Fabian Weiße hat uns eine Menge zu erzählen. Wenn sich herausstellt, dass ihr von der

Hundeentführung gewusst habt oder daran beteiligt wart, bekommt ihr Ärger."

Unbehagliches Schweigen trat ein. Nach einer Weile erhob sich Pascha. „Wir haben nichts damit zu tun. Pavian wollte mit einem Hund angeben, weil ich Bronx habe. Er hat erzählt, das sei ein echter Bluthund und sehr gefährlich. Er habe ihn auf einem Flohmarkt billig eingetauscht, weil er keine Papiere habe. Heute Morgen, als wir herkamen, war er schon mit dem Hund da. Mehr können wir dazu nicht sagen."

Von den anderen Jungen kam ein zustimmendes Murmeln. Fabian schwieg.

„Na schön", sagte Wolfgang. „Ich werde mit Fabian sprechen. Wenn du die Wahrheit sagst, ist die Sache erledigt. Wenn nicht, hören wir voneinander. Komm, Fabian. Wir gehen."

Pascha und seine Mannen sahen ungerührt zu, wie Fabian unsanft hochgezogen und von seinem Vater abgeführt wurde. Als die Eindringlinge schon fast am Tor waren, wurde Pascha mutig. Triumphierend rief er: „Und passen Sie das nächste Mal auf, bevor Sie leichtsinnig einen fremden Garten betreten! Sonst hetze ich meinen Hund auf Sie, der macht Hackfleisch aus Ihren Kötern." Seine Anhänger grölten beifällig.

Während Vittorio und die anderen auf eine Antwort verzichteten, drehte sich Sophia um. „Halt doch eben mal Pomponia", bat sie Anna und drückte ihr die Leine in die Hand. Dann trat sie auf Pascha zu. „Na komm schon, Pascha, hetz deinen Hund auf mich, ich warte nur darauf."

„Sind Sie lebensmüde?", fragte Pascha grob. „Bronx reißt Sie in Stücke."

„Das möchte ich sehen."

„Nein – dann komme ich in den Knast, und wofür? Der Hund ist eine Kampfmaschine!"

„Und du", versetzte Sophia verächtlich, „bist ein Angeber." Sie sah den Rottweiler an. „Komm, Bronx", lockte sie, „komm her, du lieber, guter Hund!" Und wie jedes andere männliche Wesen erlag der Rüde dem Zauber dieser dunklen, heiseren Stimme. Er stand auf, trottete zu Sophia hinüber und rieb den Kopf an ihrem Bein. Sie kraulte ihn sanft hinter den Ohren und streichelte seinen kräftigen Rücken. „So", sagte sie zu Pascha, „das ist also eine Kampfmaschine."

Paschas wankelmütige Gefolgschaft kicherte.

„Bronx!", schrie Pascha erbost. „Komm sofort hierher!"

Der Hund hörte gar nicht hin. Die Gangstas brüllten vor Lachen.

„Na, geh hin, Bronxelchen“, sagte Sophia und gab ihm einen kleinen Klaps auf das muskulöse Hinterteil. „Geh schon.“

Ohne Pascha zu beachten, schritt Bronx zu seiner Decke zurück und ließ sich mit einem schweren Seufzer darauf nieder.

Die Ginnheim Gangstas klatschten Beifall. Der Junge, dessen Onkel das Grundstück gehörte, stand auf und sagte: „Lady, Sie können jederzeit bei uns anfangen, und Ihren Bluthund können Sie auch mitbringen.“ Er streckte ihr die Hand entgegen.

„Ich werd's mir überlegen“, antwortete Sophia und schlug ein.

Dann verließ sie mit ihren Freunden den Garten. Fabian, scharf bewacht von seinem Vater, schlurfte mit gesenktem Kopf neben ihnen her.

KAPITEL 14

Als sie wieder auf den Festplatz kamen, waren alle müde. Wolfgang wollte mit seinem Sohn gleich nach Hause fahren. Er fragte Sophia, ob sie dabei sein wolle, wenn er Fabian ins Gebet nähme, und entschuldigte sich für seinen Sprössling. Der Sünder selbst schwieg verstockt und wich Sophias Blick aus.

„Lass nur, Wolfgang. Mir genügt erst mal, dass ich Pomponia wiederhabe. Du kannst mir ja später erzählen, wie es wirklich war. Jetzt möchte ich mich am liebsten ein bisschen hinlegen.“

Sie hatte gedacht, dass Philipp sie begleiten würde. Aber er nahm sie beiseite. „Wolfgang ist manchmal zu streng mit Fabian“, sagte er leise. „Es ist besser, wenn ich bei dieser Unterredung anwesend bin. Könntest du vielleicht mit Vanno und Claudio fahren? Ich muss hinterher sowieso wieder hierher, schließlich müssen wir noch unsere Installationen abbauen. Wir haben so viel Zeit versäumt, dass wir sicher bis spätabends zu tun haben werden. Ich melde mich Montag bei dir.“

Etwas enttäuscht stimmte Sophia zu. Dann bedankte sie sich bei Vittorio, Luigi und Anna und streichelte die großen Hunde. „Das werde ich euch nie vergessen. Ohne euch hätten wir Pomponia nie wieder gefunden. Vielen, vielen Dank!“ Sie umarmte sie der Reihe nach.

Anna tätschelte ihr gerührt die Wange. „Komm bald mit ihr zu uns, damit wir sehen, ob es ihr gut geht. Ein bisschen durcheinander scheint sie ja zu sein.“

„Ich finde, sie hat sich tapfer gehalten“, sagte Vanno, ging in die Knie und küsste Pomponia vorsichtig auf den Kopf. „Kannst du mir noch einmal verzeihen? Und du auch, Sophia?“

„Hör auf“, sagte Sophia. „Wenn, dann bin ich schuld. Aber nun wollen wir es gut sein lassen. Nehmt ihr mich ein Stück mit?“

Die beiden Freunde brachten sie und den Hund nach Hause. Dort erholten sich Sophia und Pomponia allmählich von ihren Erlebnissen. Aber den ganzen Abend wich der Hund nicht von Sophias Seite, und nachts wachte sie dreimal aus tiefem Schlaf auf, weil er vor ihr stand und an ihrem Gesicht schnupperte, um sich zu vergewissern, dass sie auch wirklich da war.

Als sie Pomponia am Montagmorgen bei Herrn Schlüter abgab, bat sie ihn, heute ganz besonders lieb zu seinem Schützling zu sein und ihn nicht aus den Augen zu lassen. „Man hat Pomponia vorgestern entführt und eine ganze Nacht allein in eine Gartenhütte gesperrt. Wir konnten sie erst gestern Nachmittag befreien. Sie hat einen Schock bekommen. Ich erzähle Ihnen heute Abend alles.“

Herr Schlüter versprach erschrocken, Pompönchen zu bewachen und sie überdies für heute vom Hundeunterricht zu befreien.

In der Buchhandlung sagte Sophia nichts über ihr Wochenende, bat aber Petra Müller-Murat, mit ihr zum Mittagessen zu gehen, weil sie etwas Wichtiges mit ihr besprechen wolle. Petra wunderte sich zwar, denn Sophia verbrachte ihre Mittagspause eigentlich immer mit Tetzibär, willigte aber ein.

Aus ihrem Verhalten schloss Sophia, dass Pascha seiner Mutter nichts von dem Vorfall vom Sonntag gesagt hatte.

Damit hatte sie Recht. Petra fiel aus allen Wolken.

„Ich glaube nicht, dass Pascha etwas mit der Entführung zu tun hatte“, betonte Sophia. „Aber wenn es stimmt, dass Fabian ihm damit imponieren wollte, dann solltest du trotzdem ernsthaft mit ihm reden. Es geht nicht, dass er die Schwächeren einschüchtert und sie dadurch auf dumme Ideen bringt. Wie leicht hätte etwas schief gehen und Pomponia verletzt werden können.“

Petra zuckte hilflos die Achseln. „Ich rede ja gern mit ihm, aber bisher haben meine Ermahnungen nicht das Geringste bewirkt.“

„Kannst du ihm nicht Bronx wegnehmen und ganz bei deiner Mutter unterbringen? Ich habe gesehen, wie stolz Pascha auf den Hund ist. Vielleicht wäre das eine Strafe, die ihn empfindlich trifft."

Petra nickte. „Das könnte sein, er liebt Bronx abgöttisch. Am besten gehe ich noch einmal zum Jugendamt und lasse mich beraten. Dieser Unfug mit den Ginnheim Gangstas muss aufhören."

„Vielleicht", meinte Sophia nachdenklich, „täte es Pascha gut, wenn er eine Weile aus Frankfurt wegkäme. Was ist mit der Familie von deinem Ex? Du hast doch gute Kontakte zu deinen Schwiegereltern. Sprich mit ihnen. Vielleicht übernehmen sie ihn für eine Weile."

„Klingt großartig. Ich verstehe nicht, wieso ich daran nicht selbst gedacht habe! Ich werde mir morgen freinehmen und zum Jugendamt pilgern." Petra bedankte sich bei Sophia, und die beiden kehrten in die Buchhandlung zurück.

Sophia, die sich zuerst wie eine miese Petze vorgekommen war, atmete erleichtert auf. Sie begriff, dass Petra unter Paschas Benehmen litt. Offensichtlich begrüßte sie den Gedanken, ihren Sohn wenigstens vorübergehend loszuwerden. Das mochte rabenmütterlich sein, aber Sophia konnte es ihr nicht verdenken. Was sie von Pascha gesehen hatte, reichte für lange Zeit.

ALS SOPHIA abends bei Herrn Schlüter klingelte, musste sie hereinkommen und alles genau erzählen. Der alte Lehrer war empört.

„Wenn ich diesen Burschen in die Finger kriege! Eigentlich müsste er jeden Tag fünf Stunden im Tierheim arbeiten, damit er begreift, was er Pomponia angetan hat – und Ihnen natürlich auch, Frau Dukakis. Hoffen wir, dass sein Vater ihn ordentlich bestraft, damit so etwas nicht noch einmal passiert. Pomponia war heute richtig ängstlich. Beim Spazierengehen hat sie sich keinen Meter von mir wegbewegt."

Kurz nach neun erschien Philipp, der einen abgespannten Eindruck machte. Er wollte Sophia Bericht erstatten. Was er zu sagen hatte, klang wenig erfreulich.

Wolfgang hatte sich seinen Ältesten gründlich vorgenommen. Dabei hatte sich bestätigt, dass Fabian die ganze Entführung frei erfunden hatte, um vor seinen Kumpanen mit einem echten Bluthund anzugeben. Ein zweites Mitglied der Gangstas hatte an der Wegkreuzung auf ihn gewartet, ihm Pomponia abgenommen und sie in das Klubheim geschafft. Dort hatte er sie – wie Fabian betonte, mit Futter und Wasser – allein gelassen. Am nächsten Morgen war dann Fabian gekommen, hatte sie ausgeführt und auf die anderen Jungen gewartet. Diese hatten von der Sache nichts gewusst.

„Ganz allein nachts in einer kalten Blockhütte, in einer wildfremden Umgebung!“ Sophia war stocksauer. „Und wie sollte das alles weitergehen?“

Diese Frage hatte Wolfgang auch gestellt, und Fabian hatte geschworen, er hätte Sophia den Hund Sonntagabend heimlich zurückbringen und an ihrem Gartentor anbinden wollen. Dann wollte er klingeln und wegrennen.

„Ich glaube ihm das“, sagte Philipp, „denn was hätte er in der Woche mit dem Hund anfangen sollen? Vormittags und oft auch nachmittags ist er in der Schule, und auf die Dauer hätte Pomponia ja auch nicht in der Hütte bleiben können.“

„Reizend von ihm. Hatte er sonst noch etwas zu beichten?“

„Leider ja“, gab Philipp widerwillig zu. „Offenbar hat er sich entschlossen, reinen Tisch zu machen. Claudia und ich waren bei dem Gespräch dabei. Er gestand, die Schule geschwänzt, Wolfgangs Weinkeller und den Vorratskeller geplündert und Geld aus der Werkstatt gestohlen zu haben. Meine Mutter hat er auch beklaut.“

Sophia schwieg betreten.

„Ohne die Sache mit Pomponia wären wir wohl nicht so schnell dahinter gekommen. Wegen der Diebstähle in der Werkstatt hatten wir schon mehrmals die Polizei im Haus, aber es konnte kein Täter ermittelt werden. Du glaubst nicht, wie so etwas die Atmosphäre vergiftet. Er muss schon seit Monaten ein schlechtes Gewissen gehabt haben. Der Junge tut mir Leid.“

„Der Junge tut dir Leid? Und was ist mit seinen Eltern? Mit deiner Mutter? Mit mir? Wir tun dir wohl nicht Leid? Ich kann nur hoffen, dass Wolfgang jetzt endlich andere Saiten aufzieht. Dein lieber Neffe ist ja schon kriminell!“

Philipp warf ihr einen missbilligenden Blick zu. „Sei doch nicht so streng. Vielleicht haben wir auch manches falsch gemacht. Wenn du selber Kinder hättest, würdest du das anders sehen.“

„Ich würde mir Mühe geben, dass es nicht so weit käme, ja. Aber wenn ich das Pech hätte, einen Sohn wie Fabian zu haben, käme mir Nachsicht irgendwann wie Schwäche vor, die er nur ausnutzt.“

„Mein Gott, der Junge ist vierzehn.“

„Alt genug, um zu wissen, dass man nicht stiehlt und keine Tiere quält“, sagte Sophia giftig. „Aber du schaust ja in ihn hinein wie in einen goldenen Topf.“

Jetzt wurde auch Philipps Stimme schärfer. „Und du beurteilst alles nur aus deiner Sicht. Bleib doch ein bisschen objektiv! Fabian ist schließlich kein Schwerverbrecher.“

„Bisher vielleicht nicht, aber das kann er ja noch werden.“ Sophia hatte Philipps Entschuldigungen für Fabians Verhalten gründlich satt. „So, wie er der armen Pomponia mitgespielt hat, ist er auf dem besten Weg dazu.“

Philipp schüttelte gereizt den Kopf. „Wenn es um den Hund geht, bist du hysterisch.“

„Dann bin ich eben hysterisch. Ich verstehe nur nicht, wieso du das erst jetzt merkst. Warum gibst du dich überhaupt mit so einer hysterischen Ziege ab?“

„Weißt du“, erwiderte Philipp langsam, „das frage ich mich allmählich auch.“ Er stand auf. „Ich finde, wir sollten uns erst einmal beruhigen und dann weiterreden. Ich fahre jetzt heim und schlafe mich aus. Wir haben Sonntagnacht bis um drei auf dem Gartengelände geschuftet, und heute war auch ein harter Tag. Gute Nacht, Sophia. Ich rufe dich an.“

Aber seine vernünftigen Worte kamen zu spät. Sophia, tief verletzt und zornig über das, was sie für die blinde Affenliebe eines Onkels zu seinem missratenen Neffen hielt, verlor die Geduld.

„Du brauchst mich nicht anzurufen. Ich habe nicht die geringste Lust, weiter über dieses Thema zu diskutieren. Du brauchst auch nicht mehr zu kommen. Kümmere dich um deinen lieben Fabian.“

Sie lief zur Tür und hielt sie auf. Philipp verließ wortlos den Raum und das Haus. Sie sah ihm nach, wie er den Gartenweg hinabging und das Tor leise ins Schloss fallen ließ. Dann knallte sie die Haustür zu.

Vielleicht war es das griechische Temperament ihres Urgroßvaters, vielleicht auch der ostfriesische Starrsinn ihrer mütterlichen Ahnen – auf jeden Fall erwachte Sophia am anderen Morgen keineswegs zerknirscht, sondern voller Ingrimm. Sie bereute keine Sekunde lang, Philipp die Meinung gesagt zu haben.

Im Lauf der Woche ließ ihr Zorn zwar allmählich nach, aber das änderte nichts an ihrer Überzeugung, dass Philipp im Unrecht und sie im Recht war. Das erklärte sie auch Anna und Vittorio, als sie sie am Donnerstagabend mit Pomponia besuchte.

„Nur gut, dass ich es so schnell gemerkt habe, bevor wir uns vielleicht entschlossen hätten zusammenzubleiben. Was soll ich mit einem Mann, der nichts anderes im Kopf hat, als seinen kriminellen Neffen zu verteidigen? Wenn man mich entführt hätte anstatt Pomponia, hätte er bestimmt auch ‚Der arme Fabian!' gesagt."

Anna und Vittorio tauschten einen Blick, enthielten sich aber jeder Bemerkung. Ihnen hatte Philipp gut gefallen, und sie waren beide der Ansicht, dass er hervorragend zu Sophia passte. Wer hätte auch vermutet, dass die sonst so friedfertige und auf Harmonie bedachte kleine Buchhändlerin so jähzornig sein konnte? Aber, dachte Anna, es ging um Pomponia, und dass sie Pomponia über alles liebt, hätte er wissen müssen. Und Vittorio dachte: Sie war müde, überreizt und geschockt. Kein Wunder, dass sie alle beide ausgerastet sind. Das wird sich schon wieder geben.

Pomponia war von ihren Eltern recht unfreundlich begrüßt worden. Als sie mit ungewöhnlichem Interesse Tanaquils Hinterteil beschnüffelte, fuhr ihre Mutter herum und schnappte nach ihr, und Tarquinius knurrte. Sofort floh Pomponia zu Sophia.

„Das begreife ich nicht", meinte Sophia. „Sie hatten sich doch in Italien wieder richtig angefreundet. Wieso sind sie jetzt so giftig?"

„Oh", sagte Anna, „dafür gibt es triftige Gründe. Tanaquil muss in Kürze läufig werden, und Tarquinius verteidigt sie gegen jede Störung."

„Möchtet ihr denn, dass sie wieder Junge bekommt?", fragte Sophia.

„Ja, wir wollen es noch einmal versuchen", antwortete Vittorio. „Die beiden ersten Würfe waren schließlich ohne Fehl und Tadel. Wenn allerdings wieder so viele Welpen sterben wie im Januar, lassen wir Tanaquil sterilisieren, um ihre Gesundheit nicht zu gefährden."

„Dann besuche ich euch ab jetzt lieber allein, oder wir treffen uns bei mir."

„Oder bei Vanno und Claudio", sagte Anna. „Sie laden uns übrigens alle für nächsten Sonnabend zum Kaffee ein. Ach …, Philipp haben sie auch eingeladen."

„Der kommt nicht", entgegnete Sophia überzeugt. „Zwischen uns ist es aus, darum geht er garantiert nicht zu Vanno und Claudio, wenn ich da bin."

Die beiden Roccarossas zuckten die Achseln. „Wir werden ja sehen."

„Nein, das werden wir nicht", widersprach Sophia. „Ich rufe Vanno an. Wenn Philipp zugesagt hat, bleibe ich zu Hause."

Die beiden Roccarossas waren so klug, das Thema zu wechseln. Später, als Sophia gegangen war, sagte Anna traurig zu ihrem Mann: „Und ich hatte mich so für sie gefreut. Dieser Philipp ist richtig nett. Ich finde, Sophia hat sich verrannt."

„Sie sind wütend aufeinander und alle beide bockig. Lassen wir ihnen Zeit, zur Besinnung zu kommen. Vielleicht kann Vanno mal mit dem jungen Mann reden, oder Sophia lenkt von selber ein."

Aber da irrte er sich. Sophia unterdrückte mit Macht jede Anwandlung von Reue und Bedauern und bemühte sich, nicht mehr an Philipp zu denken.

KAPITEL 15

So vergingen zwei Wochen. Vanno und Claudio hatten versichert, dass Philipp an der gemeinsamen Kaffeerunde nicht teilnehmen würde, und so war es auch. Allerdings verschwiegen sie Sophia, dass sie sich nach dem Septemberfest schon zweimal mit ihm getroffen und dabei auch über sie gesprochen hatten. Leider hatte sich Philipp kein bisschen einsichtiger gezeigt als seine Exfreundin.

„Richtig hysterisch ist sie geworden", hatte er geschimpft, „und nur wegen eines Dummejungenstreichs. Nein, so eine Frau kann ich nicht brauchen."

Vanno und Claudio versuchten es noch ein paar Mal und gaben dann genervt auf.

Auch Claudia Weiße machte sich Sorgen. Sie hatte Sophia lieb gewonnen und gehofft, sie als Schwägerin zu bekommen. Eines Abends fasste sie sich ein Herz und rief Sophia an.

„Wir vermissen dich", sagte sie. „Donner und Doria schreien nach Pomponia, meine Schwiegermutter will Apfelkuchen für dich backen, Wolfgang möchte dir wegen Fabian etwas Gutes tun, und mir fehlen deine Geschichten aus der Buchhandlung."

„Und Philipp?", fragte Sophia spöttisch.

Claudia zögerte. „Den sehen wir kaum noch", gestand sie. „Nach der Arbeit ist er jetzt fast immer in seiner Wohnung."

„Weißt du was? Komm doch Sonntagnachmittag mit Donner und

Doria zu mir. Wir können einen Spaziergang machen und bei mir Kaffee trinken. Pomponia wird begeistert sein, wenn sie mit den Kindern spielen darf, und ich würde mich auch sehr freuen."

Claudia sagte sofort zu. Aber obwohl die vier und der Hund einen schönen Nachmittag miteinander verbrachten, gelang es Claudia nicht, die Rede auf Philipp zu bringen. Wenn sie seinen Namen nannte, klappte Sophia zu wie eine Auster. Selbst als Claudia ihr erzählte, dass Wolfgang Fabian in einem strengen Inselinternat an der Nordsee angemeldet habe, um ihn dem Einfluss der Ginnheim Gangstas zu entziehen, blieb sie kühl. Ohne Häme sagte sie: „Wahrscheinlich ist es das Beste für ihn. Es tut mir nur Leid, dass ihr so viel Ärger mit ihm hattet."

„Wenn ihr mich fragt – sie ist todunglücklich wegen Philipp, aber sie würde sich eher die Zunge abbeißen, als es zuzugeben", sagte Claudia später zu Hause.

„Und wenn du ihr erzählst, wie schlecht es ihm geht?", schlug ihre Schwiegermutter vor. „Er hat bestimmt schon drei Kilo abgenommen und spricht kaum ein Wort."

Claudia schüttelte den Kopf. „Sophia ist auch viel dünner geworden und sieht gar nicht gut aus. Ich glaube, sie schläft nicht. Aber man kann nicht mit ihr darüber sprechen."

„Dann halte wenigstens die Verbindung", bat Wolfgang. „Es ist zu schade. Ihr wisst doch, wie schwierig Philipp mit Frauen ist. Sie hätte so gut zu uns gepasst."

Sophia stürzte sich mit doppeltem Eifer in ihre Arbeit. Frau Mayenkranz staunte, was für unentdeckte Talente in der kleinen Ostfriesin schlummerten. Sophia hatte gebeten, die Schaufenster dekorieren zu dürfen, eine Aufgabe, die bisher Frau Mayenkranz mehr schlecht als recht selbst erledigt hatte. Dabei half ihr Joschi, der unerwartetes technisches Geschick entwickelte. Die neu gestalteten Auslagen, voll von witzigen Einfällen und überraschenden Arrangements, lockten viele neue Kunden in den Laden. Der Umsatz stieg und mit ihm die Stimmung. Silvie hatte sich in den letzten Monaten sehr verändert und ihre Versuche, eine Führungsrolle zu spielen, aufgegeben. Das stellte vor allem Petra mit Genugtuung fest.

Sie war Sophia gegenüber nicht mehr auf ihre Probleme mit Pascha zurückgekommen, und diese hatte nicht gefragt. Sie sah, dass Petra einen zufriedenen Eindruck machte, und nahm an, dass ihre Kollegin eine Lösung gefunden hatte.

Inzwischen nahte der Höhepunkt des buchhändlerischen Jahres, die Frankfurter Buchmesse. Schon im April hatten Sophia und Petra Frau Mayenkranz bestürmt, endlich auch einmal eine Messelesung zu veranstalten. Ihre Chefin lehnte solche Veranstaltungen seit Jahren mit dem Argument ab, die Menge der verkauften Bücher stehe in keinem Verhältnis zu den Kosten eines solchen Abends.

Erst Sophia war es gelungen, sie umzustimmen. Sie hatte Frau Mayenkranz dargelegt, dass die Werbung durch eine solche kulturelle Veranstaltung sich langfristig auszahle, dass neue Leser auf den Laden aufmerksam würden und man in der Presse erwähnt würde. Sie erklärte sich bereit, zusammen mit Petra die gesamte Organisation zu übernehmen. Am Ende willigte Frau Mayenkranz zögernd ein.

Sofort hatten sich Petra und Sophia in die Vorbereitungen gestürzt. Nun, Mitte Oktober, ernteten sie die Früchte ihrer Mühen. Sie hatten sich für ein Kontrastprogramm entschieden und aus der einen bewilligten Lesung klammheimlich zwei gemacht.

Für den Buchmessesonnabend war der deutsch-türkische Schriftsteller Aslan Gülgölü geladen, ein älterer, sehr distinguierter Herr. Zu Frau Mayenkranz' Überraschung war um acht Uhr der Laden, in den man optimistisch fünfzig ausgeliehene Gartenstühle gestellt hatte, bis auf den letzten Platz besetzt. Das Buch „Kopftuch und Computer“, eine Streitschrift über die Frau im neuen Islamismus, fesselte vor allem deutsche Damen zwischen vierzig und fünfzig Jahren, die anschließend fast sämtlich Herrn Gülgölüs Buch erwarben und für sich signieren ließen.

Der nächste Abend war der jugendlichen Nachwuchsautorin Natascha Kleinschmidt gewidmet, deren stark autobiografische Notizen mit dem bescheidenen Titel „Welt – ich komme!“ in literarischen Kreisen bereits für Furore gesorgt hatten. Auch diesmal war der Laden – mit meist jugendlichem Publikum – zum Bersten voll.

Die Presse berichtete enthusiastisch über beide Veranstaltungen, und Frau Mayenkranz war mit ihrem Erfolg so zufrieden, dass sie sogar von Plänen für das nächste Jahr sprach.

Die Einzige im Laden, der Sophia das ganze Elend mit Philipp anvertraut hatte, war Tetzibär. Diese hatte Sophia lieb getröstet und ihr versichert, dass es Millionen netter Männer gäbe und sie schon noch einen finden werde.

Tetzibär wurde von Berti immer mehr in Anspruch genommen. Die beiden wollten nun wirklich im nächsten Frühjahr ihr geplantes eigenes

Fitnessstudio eröffnen. Sophia grauste davor, denn ihre Freundin würde kündigen. Es würde schwer werden ohne sie.

Philipp kam seit ihrem Streit nicht mehr zu Mayenkranz, und nicht einmal Sophia konnte es ihm verdenken. Sie hatte zu Anfang gefürchtet, er könne einmal unvermutet vor ihr stehen, aber der Oktober verging, und sie begriff, dass sie sich umsonst Sorgen gemacht hatte … oder Hoffnungen.

Obwohl die Buchhandlung Mayenkranz Sophias Tage immer mehr ausfüllte und sie jedes Mal erschöpft und ausgelaugt von der Arbeit nach Hause kam und so früh wie möglich ins Bett fiel, gab es da immer noch die freien Tage und langen Wochenenden. Sophia schlief viel und machte große Hundespaziergänge, aber sie fühlte sich einsam.

Zwar kamen Anna und manchmal auch Vittorio zu Besuch oder führten sie aus, Vanno und Claudio luden sie ein und erschienen mit Picknickkörben, um ihre, wie sie tadelnd bemerkten, unkleidsame Magerkeit zu beseitigen. Aber sie gingen auch wieder, und nur Pomponia war immer für Sophia da.

Die Beziehung der beiden wurde täglich inniger, und die junge Hündin zeigte sich über ihr Alter hinaus verständig und klug. Auch wenn sie beim Spazierengehen fröhlich herumtobte und mit anderen Hunden spielte, ließ sie Sophia nie aus den Augen und folgte ihrem leisesten Ruf. Auffällig war, wie sehr sie Jungen in Fabians Alter und Größe mied. Sie wich ihnen aus und wollte sich nicht anfassen lassen. Fühlte sie sich bedrängt, konnte es vorkommen, dass sie zuerst warnend knurrte und dann sogar die Zähne zeigte.

Ende Oktober teilte Anna voller Freude mit, dass „Tanaquil und Tarquinius mehrere Schäferstündchen erfolgreich abgeschlossen“ hätten. Nun heiße es warten.

Auch Pomponia war zum ersten Mal läufig gewesen, was Herrn Schlüter nicht wenig in Verlegenheit gebracht hatte. Mit einem Schirm bewaffnet, hatte er zu merkwürdigen Zeiten das Haus verlassen, damit Pomponia keinem Rüden begegnete. Zum Glück hatte die junge Schöne wenig Interesse an ihren Verehrern gezeigt und Annäherungsversuche grimmig abgewehrt. Inzwischen waren die drei Wochen um, und Herr Schlüter atmete auf und nahm den Schirm nur noch mit, wenn es regnete.

Eigentlich hätte Sophia im Oktober noch einmal Urlaub nehmen müssen, damit er nicht verfiel, denn im November begann das Weihnachtsgeschäft, die Hoch-Zeit des Buchhandels, und Frau Mayenkranz konnte keine Hand entbehren. Aber Sophia war nicht nach Ferien zumute, und sie hatte mit ihrer Chefin einen Kompromiss ausgehandelt: Sie würde unmittelbar nach Weihnachten freinehmen und dann den ganzen Januar zu Hause bleiben. Da das Geschäft zu Jahresbeginn in der Regel ruhig lief, hatte Frau Mayenkranz keine Einwände gehabt. Sophia hatte allerdings bei ihrem Vorschlag auch daran gedacht, dass Tetzibär zum 31. März kündigen wollte und es danach eng werden würde.

Anfang November reiste Vanno für zwei Wochen nach Italien, um seine Familie zu besuchen und einzukaufen.

Claudio blieb in Frankfurt und kümmerte sich um das Geschäft und um Sophia. Die beiden Freunde hatten angefangen, sich ernstlich Sorgen um sie zu machen. Mittlerweile besaß sie zwar die knabenhaft schlanke Figur, die sie sich immer gewünscht hatte, aber die Magerkeit stand ihr nicht.

„Du siehst furchtbar aus!“, schimpfte Claudio. „Früher warst du eine handliche kleine Venus – alles an der richtigen Stelle. Und jetzt bist du eine Frau wie eine Hundehütte: in jeder Ecke ein Knochen. Du musst mehr essen, mehr schlafen und weniger arbeiten. Schau uns an. Wir rackern auch, aber wir genießen unser Leben.“

Sophia, die längst erkannt hatte, dass die beiden munteren Yuppies unter ihren modischen Allüren tüchtige Geschäftsleute waren und sich vor keiner Arbeit scheuten, musste lachen. Spontan griff sie nach Claudios Hand. „Wenn ich euch nicht hätte! Ich kann mir gar nicht mehr vorstellen, wie mein Leben aussähe, wenn ich damals nicht mit Anna zusammengestoßen wäre.“

„Anna hat sich gerade abgemeldet“, sagte Claudio. „Sie erwarten wieder Bluthundenachwuchs.“

„Ja, Anna hat mir erzählt, dass es offenbar geklappt hat. Letzten Januar ist sie auch völlig abgetaucht, um auf Tanaquil aufzupassen. Allerdings hatte ich damals Pomponia noch nicht und konnte sie wenigstens besuchen. Jetzt werde ich wohl warten müssen, bis die Babys aus dem Gröbsten heraus sind.“

„Wann sollen sie denn kommen?“

„Anna hofft auf Mitte Dezember.“

„Ich wünschte, es wären ihre eigenen“, seufzte Claudio. „Hättest du eigentlich gern Kinder, Sophia?“

„Ich habe mir immer Kinder gewünscht, aber nur, wenn es auch einen netten Vater für sie gibt. Ein Leben als allein erziehende Mutter kann ich mir nicht vorstellen."

„Wäre Philipp so ein Vater gewesen?"

Sophia wurde rot. „Ja", sagte sie ehrlich. „Aber das habe ich mir ja nun gründlich verdorben. Vielleicht ist es sogar besser so. Wenn man gleich beim ersten Krach auseinander läuft, passt man eben doch nicht zusammen."

Sieh mal einer an, dachte Claudio, sie kommt zur Besinnung! Nur die Schlussfolgerung stimmt nicht.

Aber er verzichtete auf einen Kommentar. Vanno und er waren vor Vannos Abreise mit Philipp ein Bier trinken gewesen und hatten dabei gemerkt, dass der gekränkte Liebhaber zwar den Streit bereute, aber weder Lust noch den Mut hatte, den ersten Schritt zur Versöhnung zu tun. Ein Vermittlungsangebot hatte er schroff zurückgewiesen. „Sie hat mich rausgeworfen, und ich laufe ihr nicht nach."

„Ich glaube langsam, es hat keinen Zweck", hatte Vanno nachher zu Claudio gesagt. „Wir werden uns nach einem anderen Mann für Sophia umsehen müssen."

KAPITEL 16

Das Weihnachtsgeschäft in der Buchhandlung Mayenkranz übertraf alle Erwartungen. Schon Mitte November hatte der Laden seinen Vorjahresumsatz erreicht. Strahlend vor Glück kam Frau Mayenkranz von ihrem Steuerberater zurück und lud die gesamte Belegschaft zum Abendessen ein. Sophia rief Herrn Schlüter an und bat ihn, etwas länger auf Pomponia aufzupassen.

Viertel nach acht Uhr saßen Petra, Silvie, Tetzibär, Sophia, Herr Wahlich und Joschi mit ihrer Chefin beim „Apfelwein-Klaus" in der nahen Meisengasse und bestellten quer durch die Speisekarte. Frau Mayenkranz hielt eine kleine Rede mit reichlich Lob und Dank für Fleiß und Mühe und mahnte zu weiterem Einsatz. Da ihre Helden sämtlich müde waren, löste sich die heitere Runde früh auf. Schon gegen halb zehn waren Petra und Sophia auf dem Weg zur U-Bahn.

Vor dem Abgang Fressgasse blieb Petra plötzlich stehen. „Sophia, was ich dir schon die ganze Zeit erzählen wollte: Die Sache mit Pascha ist geregelt."

„Gott sei Dank", sagte Sophia erfreut.

„Ich habe meine Schwiegereltern angerufen und ihnen meine Probleme geschildert. Sie waren entsetzt. Zwei Tage später meldete sich mein Exmann. Ich konnte es erst gar nicht fassen, aber er war es tatsächlich. Er wohnt jetzt in Ankara, ganz in der Nähe seiner Eltern. Er hat mir angeboten, Pascha zu sich zu nehmen. Er ist wieder verheiratet, hat keine Kinder und würde seinen Sohn gern bei sich haben."

„Und wie steht Pascha dazu?"

„Na ja, ein bisschen verunsichert ist er schon. Ich habe ein langes Gespräch mit ihm geführt und ihm die Vor- und Nachteile so objektiv dargestellt, wie ich konnte. Schließlich ist er alt genug, allein zu entscheiden. Er hat eine ganze Woche lang gegrübelt und dann gesagt, er wolle es versuchen. Zwar kann er sich an seinen Vater kaum erinnern und spricht fast kein Türkisch, aber in Ankara gibt es eine deutsche Schule, sodass er einen auch bei uns anerkannten Abschluss machen kann. Ich habe ihm auch gesagt, dass er jederzeit zurückkommen darf, wenn es ihm nicht gefällt. Ich glaube, er hat begriffen, dass sein Vater ihm eine Chance bietet."

„Das wäre großartig. Fabian Weiße geht übrigens auch von Frankfurt weg. Seine Eltern haben ihn in einem norddeutschen Internat angemeldet. Vielleicht ist ein neuer Anfang für Jungen wie ihn und Pascha die beste Lösung."

„Man hofft es", seufzte Petra. „Schließlich wünscht sich jeder das Beste für sein Kind. Am ersten Dezember fliegt er."

Als sich Sophia von Petra verabschiedet hatte und in der U-Bahn saß, dachte sie ein wenig neidisch, dass sich für manche Leute die Probleme fast wie von selbst lösten. Sie gehörte offenbar nicht zu diesen Bevorzugten. Mehr und mehr gestand sie sich ein, dass sie Philipp vermisste und dass sie ihn liebte. Nachts träumte sie, dass sie ihn anrief oder ihm einen Brief schrieb oder einfach zu ihm ging. Aber ihre Träume endeten jedes Mal mit einer Katastrophe: Philipp legte wortlos den Hörer auf, beantwortete ihren Brief nicht oder ließ sie vor der Tür stehen. Sie erwachte schweißgebadet und wusste, dass sie es nicht wagen würde, den ersten Schritt zur Versöhnung zu tun. Sophia war unglücklich. Im Augenblick war das nicht so schlimm, weil sie abends so kaputt nach Hause kam, dass sie selbst zum Trübsalblasen zu müde war. Aber ihrem langen Urlaub sah sie mit Grauen entgegen.

Ab und zu telefonierte sie mit Claudio und häufiger mit Anna. Vanno war inzwischen aus Italien zurückgekehrt, hatte aber so viel Arbeit mitgebracht, dass sie ihn und Claudio längere Zeit nicht zu sehen bekommen hatte. Erst Anfang Dezember rief er sie an und lud sie für den nächsten Sonntagabend in den Loft ein. Wie immer hatten die beiden Freunde wunderbar gekocht und auch Pomponia nicht vergessen. Vanno berichtete von seinen Erlebnissen beim Familienbesuch und bestellte Grüße, zeigte seine Neuerwerbungen und verkündete stolz, dass der Jahresumsatz vermutlich fast fünfzig Prozent über dem des Vorjahres liegen würde. Er hatte Sophia ein lapislazuliblaues Seidentuch mitgebracht, das ihre blonden Haare leuchten ließ. Sie dankte ihm entzückt.

Eines Tages fand Sophia, als sie aus der Buchhandlung nach Hause kam, einen Brief mit dem Absender Roccarossa im Kasten. Sophia erschrak, denn Anna schrieb ihr nie Briefe, sie telefonierte. Allerdings hatte Sophia schon eine Woche nichts von ihr gehört und sie auch nicht angerufen. Hoffentlich war alles in Ordnung.

Sie riss den Umschlag auf. Er enthielt ein großes weißes Blatt mit einem Farbfoto. Auf einer hellblauen Decke ruhte Tanaquil, stolz und edel wie eine echte etruskische Fürstin. Hinter ihr saß Tarquinius und blickte halb stolz, halb verlegen auf das, was zwischen Tanaquils Beinen wogte: ein Meer von Köpfchen, Öhrchen, Schwänzchen und vor allem Pfötchen.

Oben auf der Seite stand: WIR SIND DA! *Appia, Flavia, Paula, Sabina, Gaius, Julius, Titus, Livius, Justus, Crassus.*

DIE STOLZEN ELTERN *Tanaquil della bella Collina, Tarquinius della Villa Volterra*

FRANKFURT AM MAIN, DEN 15. DEZEMBER

Darunter hatte Anna geschrieben: *Sie sind alle munter und gesund. Komm und schau sie dir an!*

Sophia fiel ein Stein vom Herzen. „Pomponia!“, rief sie. „Du bist Schwester geworden! Herzlichen Glückwunsch!“ Sie streichelte die verdutzte Hündin und eilte zum Telefon. Anna war im Keller bei den Welpen, aber Vittorio nahm Sophias Glückwünsche entgegen.

„Wie geht es Tanaquil? Hat sie alles gut überstanden?“

„Ja. Es ging diesmal ganz schnell, alle sind an einem Vormittag zur Welt gekommen. Ich habe sie schon dem italienischen Zuchtverein gemeldet. Stell dir vor, da reist extra jemand an, um den Wurf abzunehmen! Komm bald, sie sind richtig süß.“

Sophia versprach, sich zu melden, sobald sie mit Herrn Schlüter gesprochen hätte, denn Pomponia durfte ihre neuen Geschwister noch nicht besuchen. Sie klebte die Geburtsanzeige an ihr Küchenregal unter Pomponias Bild, wo sie sie täglich beim Frühstück bewundern konnte. Der Gedanke an das Glück im Hause Roccarossa hob ihre Stimmung.

Am Nachmittag kamen Vanno und Claudio in lässiger Freizeitkleidung. Sie hatten für Sophia eine Auswahl ihrer neuesten Salamisorten, für die sie eine Schwäche hatte, und für Pomponia einen Parmaschinkenknochen mitgebracht. Sophia hatte Muffins gebacken – ihre Spezialität – und Kaffee gekocht. So saßen sie um Großtante Hedes Tisch wie schon oft. „Hat Anna dich schon angerufen? Sie lädt uns alle für Heiligabend ein", sagte Vanno.

„Ich fürchte, das geht nicht", antwortete Sophia. „Wie schade! Ich habe nämlich Herrn Schlüter für den Abend eingeladen. Er ist ganz allein und hat nur Pomponia und mich."

„Macht nichts. Dann kommst du eben am Fünfundzwanzigsten, und wir verschieben die Bescherung. Herr Schlüter ist bestimmt so nett, inzwischen auf Pomponia aufzupassen."

„Das tut er gern. Ich bin riesig gespannt auf die Kleinen! Eigentlich wollte ich schon nächste Woche hin, aber ich hatte vergessen, dass wir ja im Weihnachtsgeschäft sind und es keinen freien Nachmittag gibt. Und abends ist es so spät, dass die Babys schon schlafen …, und ich bin auch immer völlig erschlagen. Wenn mich Anna also für den Fünfundzwanzigsten einlädt, freue ich mich sehr."

„Natürlich lädt sie dich ein, schließlich gehörst du zur Familie – spätestens, seitdem Pomponia dich adoptiert hat."

„Und nun", sagte Claudio, „lass uns die guten Muffins vertilgen und über Vannos neue Salamis reden."

KAPITEL 17

In der letzten Woche vor Weihnachten wurde es sehr kalt. Von Montag bis Donnerstag herrschte strenger Frost. Wenn Sophia morgens zur U-Bahn ging, setzte sie ihre rote Strickmütze auf, wickelte sich in einen dicken Schal und zog Fausthandschuhe an.

Pomponia, die schon im Spätsommer ihr weiches, dünnes Welpenfell verloren und sich einen Winterpelz mit dichter Unterwolle zugelegt hatte, schien die Kälte nichts auszumachen, aber Sophia fror.

Das alte Haus in der Raabestraße war nicht besonders warm. Zwar hatte Großonkel Suhr anno 1975 die gesamte Heizungsanlage erneuern lassen, aber die Fenster waren nicht dicht, und es zog in den hohen Räumen. Vor allem das Schlafzimmer blieb trotz weit aufgedrehter Heizung kalt. Sophia ließ zum ersten Mal, seit sie dort übernachtete, das Fenster geschlossen und lüftete über die offene Tür und ein aufgeklapptes Fenster an der Rückseite des Hauses. In der dritten Nacht war ihr trotzdem so kalt, dass sie alle strengen Erziehungsregeln über den Haufen warf und, nachdem sie ins Bett gestiegen war, ganz leicht mit der Hand auf die Daunendecke klopfte. Diesen Befehl hatte Pomponia zwar nie gelernt, verstand aber wie jeder normale Hund sofort, was gemeint war. Ein geschmeidiger Sprung, und neben Sophia lag die beste Wärmflasche der Welt.

Erst am 23. Dezember, einem Sonnabend, ließen die arktischen Temperaturen nach. Es begann zu tauen und schließlich zu regnen.

Nachmittags um fünf hatte die Belegschaft der Buchhandlung Mayenkranz, heiser, erschöpft und fußkrank, aber voller Stolz auf einen Umsatzrekord, den Laden aufgeräumt. Man verabschiedete sich und wünschte einander und der Chefin ein schönes Fest. Sophia meldete sich bis zum ersten Februar ab und schleppte sich, schwer mit Einkäufen beladen, nach Hause.

Sie hatte einen kleinen Baum geschmückt und vorsorglich auf ein stabiles Tischchen gestellt, weil sie nicht wusste, wie Pomponia darauf reagieren würde. Aber der Hund wedelte nur einen Teil der zuunterst hängenden Glaskugeln herunter, worüber er selbst am meisten erschrak.

Sophia hatte von ihren Eltern und Geschwistern ein riesiges Paket mit Geschenken und heimischen Fressalien bekommen, darunter ein eingeschweißtes Stück Kasslerbraten, das sie Heiligabend Herrn Schlüter vorsetzen wollte.

Für Pomponia hatte sie ein neues Halsband gekauft, weil das alte langsam zu eng wurde, dazu einen großen Kringel Fleischwurst, der allerdings auf die drei Feiertage verteilt werden sollte.

Neben den Geschenken für die Roccarossas, Vanno und Claudio gab es auch ein Paar pelzgefütterte Lederhandschuhe für Herrn Schlüter. Sophia hatte lange Zeit gegrübelt, was ihm Freude machen würde, bis ihr vor zwei Wochen aufgefallen war, dass seine Handschuhe dünn und abgewetzt waren.

Am 24. Dezember goss es in Strömen. Nicht einmal Pomponia wollte spazieren gehen, wofür Sophia sehr dankbar war. Sie ließ sie in den Garten und vertraute auf die reinigende Kraft des Regens.

Im Übrigen beschäftigte sie sich damit, ihr Haus oder doch wenigstens das Erdgeschoss aufzuräumen und alles für das Festessen vorzubereiten. Ihr sparsames Mittagsmahl nahm sie in der Küche ein. Dann hielt sie ein längeres Nickerchen, gewärmt von Pomponia, der sie erklärt hatte, dass sie nach den Feiertagen wieder *vor* dem Bett nächtigen müsse.

Als Herr Schlüter pünktlich um 18 Uhr klingelte, war alles fertig. Sophia hatte den Tisch mit Großtante Hedes bestem Porzellan und ihren alten Kristallgläsern gedeckt und weihnachtlich geschmückt. In der Küche köchelte ein Topf mit kräftiger Fleischbrühe, im Backofen schmorte mit Äpfeln und Zwiebeln das Kassler, und auf dem Herd warteten grüne Bohnen (aus der Dose) und Kartoffelklöße (aus der Tüte). Als Nachtisch stand Macadamiaeis mit Krokantsoße im Kühlschrank.

Herr Schlüter kam mit Schirm und Regenmantel, beides trotz der Entfernung von nur fünfzig Metern von Haus zu Haus klatschnass. In der Hand hielt er eine Plastiktüte. Er trug einen dunklen Anzug mit weißem Hemd und Krawatte und sah sehr vornehm aus. Auch Sophia hatte sich mit weinroten Samthosen und silbergrauem Pullover dem Anlass entsprechend herausgeputzt. Während sie ihm einen Aperitif einschenkte und die Kerzen anzündete, zog Herr Schlüter umständlich ein kleines Päckchen aus der Tüte.

„Ich habe keine Ahnung, was man einer jungen Dame zu Weihnachten schenkt", sagte er ein wenig unsicher, „darum habe ich Ihnen etwas mitgebracht, was meiner Mutter gehört hat. Sie soll es getragen haben, als sie in Ihrem Alter war." Er überreichte ihr das Päckchen. „Für Pomponia habe ich auch etwas, aber sie soll es lieber nach und nach bekommen." Er stellte ein Glas mit Puppenwürstchen auf den Tisch.

Sophia dankte ihm und holte nun auch ihr Geschenk. Mit ungeschickten Fingern knotete er das Seidenband auf. „Handschuhe! Wie wunderbar! Aber woher wissen Sie …?"

„Anprobieren!", befahl Sophia. Sie passten wie angegossen.

„So schöne Handschuhe hatte ich noch nie. Vielen herzlichen Dank. Aber nun Sie."

Sophia riss das Band ab und das Papier auf. Ein kleines Kästchen kam zum Vorschein. Es war mit vergilbtem Samt ausgeschlagen. Darauf ruhte eine kleine Granatbrosche in Form einer Schleife. Die roten Steine funkelten im Kerzenlicht.

„Aber Herr Schlüter“, sagte Sophia verlegen. „Das kann ich nun wirklich nicht annehmen. Es ist viel zu wertvoll.“

„Es ist nur vergoldetes Silber, glaube ich, also gar nicht wertvoll. Bei mir liegt es im Schrank. Ich wäre sehr glücklich, wenn Sie es tragen würden.“

Sophia gab ihm die Hand und bedankte sich. Dann trat sie vor den Dielenspiegel und steckte die Brosche an ihren Pullover. „Es ist das erste Mal, dass ich von einem Herrn Schmuck bekomme.“

„Aber bestimmt nicht das letzte Mal“, erwiderte Herr Schlüter überzeugt.

Sophia servierte, und sie nahmen ihr Festmahl ein. Pomponia bekam, klein geschnitten in einem alten Suppenteller, einen Teil ihrer Fleischwurst.

„Herr Schlüter“, sagte Sophia, als sie nach dem Essen satt und behaglich in den Sesseln saßen, „ab heute habe ich Urlaub. Ich kann mich bis Ende Januar den ganzen Tag um Pomponia kümmern, und Sie dürfen sich erholen.“

„Um Himmels willen!“ Herr Schlüter erschrak. „Das meinen Sie doch nicht ernst. Ich weiß ja gar nicht mehr, was ich ohne Pompönchen anfangen soll. Kann ich nicht wenigstens ein bisschen von ihr abhaben?“

Schließlich kamen sie überein, dass Sophia den Hund wie immer morgens bei ihm abgeben, ihn aber nach dem Mittagessen abholen würde. Außerdem wollten sie öfter zusammen spazieren gehen. Sie bat ihn auch, Pomponia am nächsten Mittag zu übernehmen, und erzählte ihm von den neuen Geschwistern. Herr Schlüter war entzückt und wollte alles über die Welpen wissen.

„Ich habe sie selbst noch nicht gesehen“, erklärte Sophia. „Sie sind erst neun Tage alt. Sobald sie ein bisschen größer sind, haben ihre Besitzer sicher nichts dagegen, wenn ich Sie einmal mitbringe.“

Als Herr Schlüter sich um zehn Uhr verabschiedete, war ihnen die Zeit wie im Flug vergangen. Sophia begleitete ihren Gast zum Tor. Es regnete Bindfäden.

Das hatte sich auch am nächsten Morgen nicht geändert. Nachdem Sophia den Abwasch erledigt und alles wieder aufgeräumt hatte, brachte sie Pomponia zu Herrn Schlüter. Um halb zwölf brach sie mit ihren Geschenken in die Grommetstraße auf.

Vanno und Claudio waren schon da und begrüßten sie herzlich. Anna erklärte: „Und nun gehen wir Frauen in den Keller."

In ihrer warmen, großen, gut beleuchteten und belüfteten Kinderstube ruhte Mutter Tanaquil in ihrer riesigen Wurfkiste. Als sie Sophia sah, hob sie den Kopf, ließ ihn aber gleich wieder beruhigt sinken und klopfte ein paar Mal freundlich mit dem Schwanz. Sie duldete, dass Sophia und Anna sich neben der Kiste auf den Boden setzten. Zwischen Tanaquils Pfoten wimmelte es von kleinen Fellen, die mit dünnen Stimmchen fiepten und jaulten. Zehn Minibluthunde drängten sich mit rosigen Schnäuzchen an ihre Mutter und suchten, noch blind und taub, in ihrer Wärme Schutz und Nahrung.

„Kannst du sie überhaupt schon auseinander halten?"

„Ach wo", lachte Anna. „Ich weiß nur, was Junge und was Mädchen ist. Und ich kenne das kleine dicke Bürschchen dahinten, das ist Crassus."

Tarquinius hatte man weggesperrt. Außer Anna und Peppa wollte er niemanden an seine Kinder heranlassen.

„Noch drei Wochen, dann ist er wieder normal. Komischerweise hat er sich bei Pomponia viel weniger angestellt."

Sophia erzählte Anna, wie gern Herr Schlüter die Welpen einmal sehen würde.

„Na, klar kann er kommen", sagte Anna sofort. „Aber erst ab Mitte Januar. Dann hat er auch mehr davon, weil sie bis dahin sehen und hören können und kleine Milchzähne haben. Sie sehen dann sogar schon ein bisschen nach Bluthund aus."

Sie gingen wieder nach oben. Im großen Wohnzimmer stand eine hoch ragende Nordmanntanne, sparsam mit Glitterzeug geschmückt. Davor saßen die drei Herren, sämtlich in festlichen dunklen Anzügen. Sophia trug ihre rehbraune Hose mit der sahnefarbenen Seidenbluse, veredelt durch Vannos lapislazuliblaues Tuch. Anna hatte ein hellgraues Hemdblusenkleid gewählt, dessen einziger Aufputz in einem breiten, silberbeschlagenen roten Ledergürtel bestand. Sie kam Sophia noch schöner vor als sonst.

Die Bescherung fand vor dem Essen statt. Sophia hatte für alle Bildbände gekauft: eine Monografie über Offenbacher Fayencen des 18. Jahrhunderts für Vittorio, ein großes Handbuch der Hundezucht für Anna und Fotobücher über moderne italienische Möbel und Grafiken für Vanno und Claudio. An den erfreuten Gesichtern sah sie, dass sie das Richtige getroffen hatte.

Vittorio führte sie zu einem großen, flachen Kissen mit lammfellartigem Bezug, das in einer Ecke an der Wand lehnte. „Entschuldige, dass wir es nicht weihnachtlich verpackt haben! Es ist für dein Wohnzimmer, damit Pomponia dort auch einen eigenen Platz hat. Ein bisschen groß, aber sie wächst ja noch."

Anna hatte ihr einen Korb mit ihren Lieblingsparfums voll gepackt, „Cool Water Women". Sie muss es in meinem Bad gesehen haben, als wir das Haus besichtigten, dachte Sophia. Dass sie sich das gemerkt hat!

Vanno überreichte ihr zwei große, flache Teller und Claudio zwei große Becher und Untertassen, alles aus der gleichen blau-weißen Fayenceware hergestellt wie die kleine Schale, die Claudio ihr geschenkt hatte.

Sophia bedankte sich gerührt bei allen. Sie kam sich tatsächlich vor wie in einer Familie, in der sie so selbstverständlich willkommen war wie in ihrer eigenen.

Peppa hatte ein vielgängiges Festmahl gezaubert, dessen gemächliche Einnahme sich bis in den Nachmittag hinzog. Um halb fünf wollte Sophia sich endlich verabschieden, aber da meinte Anna, sie müsse sich unbedingt vorher noch einmal die Babys anschauen.

„Jetzt schlafen sie, da sind sie besonders niedlich."

Bereitwillig folgte Sophia ihr nach unten und bewunderte die schlummernden Welpen. Als sie sich zum Gehen wandte, hielt Anna ihren Arm fest und flüsterte: „Ich muss mit dir reden. Du darfst es aber keinem verraten." Sie lächelte Sophia an. „Sophia, ich muss es dir einfach sagen, sonst platze ich. Ich bin so glücklich! Ich erwarte Nachwuchs! Zum ersten Mal! Der Arzt meint, es sei alles in Ordnung. Vittorio und ich können es kaum fassen."

„O Anna!" Sophia fiel ihr vor Freude um den Hals. „Wie wundervoll! Das ist mein schönstes Weihnachtsgeschenk!"

„Meins auch. Ich bin im dritten Monat. Wir wollen es nur noch nicht bekannt geben …, man weiß ja nie."

„Unsinn. Du hast doch selbst gesagt, dass du nie eine Fehlgeburt hattest. Mach dir keine Sorgen! Vittorio wird dir die Füße küssen, wenn du einen Erben oder eine Erbin des Hauses Roccarossa auf die Welt bringst."

„Nicht nur er", sagte Anna vergnügt. „Vanno und Claudio auch. Es werden nämlich Zwillinge."

„Wann willst du es ihnen sagen?"

„Ich denke, kurz bevor man etwas sieht. Lange wird es nicht mehr dauern. Aber bis dahin – kein Wort.“

„Hand aufs Herz“, versprach Sophia.

Wie auf Wolken schwebten sie die Treppe wieder hinauf.

„Babys sind einfach süß“, sagte Sophia und blinzelte Vittorio zu. „Aber nun muss ich wirklich gehen, Pomponia wartet. Vielen Dank für alles und morgen noch einen schönen Feiertag.“

„Komm doch Silvester“, schlug Vittorio vor. „Wir sind zu Hause und passen auf die Welpen auf. Keine große Veranstaltung, aber es gibt zu essen und zu trinken.“

„Sehr gern, wenn Herr Schlüter Zeit hat. Ich muss allerdings um zehn wieder gehen, weil er nicht länger als bis halb elf aufbleiben darf. Ich rufe euch an.“

Vanno und Claudio fuhren sie nach Hause. Sie dankte ihnen noch einmal für die Geschenke und versprach, sich im neuen Jahr zu melden. Die beiden Freunde wollten für eine Woche nach Mauritius fliegen.

Sie umarmten sie und verschwanden. Sophia holte Pomponia von Herrn Schlüter und berichtete, dass er im Januar gern die kleinen Bluthunde anschauen dürfe. Dann lief sie eilig nach Hause. Nach Silvester zu fragen hatte sie vergessen.

KAPITEL 18

Den zweiten Weihnachtsfeiertag wollte Sophia eigentlich dazu benutzen, in aller Ruhe ihren Schreibtisch aufzuräumen, alte Unterlagen auszumisten und Post zu erledigen. Aber es kam anders.

Als sie morgens noch etwas verschlafen im Badezimmer vor dem Spiegel stand und sich die Zähne putzte, traf ein eiskalter Tropfen ihren nackten Rücken. Sie zuckte zusammen und schaute erschrocken nach oben. Ein zweiter Tropfen folgte. Sie bemerkte, dass sich an der Decke ein großer, nasser Fleck gebildet hatte. Sie blickte nach unten. Tatsächlich, auf der Badematte war eine Pfütze. Hatte sie vergessen, oben den Wasserhahn zuzudrehen? Unsinn, sie war ja seit Tagen nicht mehr im zweiten Stock gewesen.

Rasch zog sie sich an und stieg die Treppe hinauf. In dem kleinen Badezimmer war der Fußboden fingerbreit mit Wasser bedeckt. Es kam unter der dünnen Wand hervor, die die Dachschräge abtrennte. Dahinter waren, unmittelbar unter dem Dach, die Leitungen verlegt. In der Abmauerung befand sich eine kleine Tür.

Vorsichtig watete Sophia durch den See und öffnete sie. Ein Schwall Wasser strömte heraus. Erschrocken drückte Sophia die Tür wieder zu und rannte nach unten.

Aus dem Keller holte sie ein paar alte Wolldecken, aus dem Bad im ersten Stock Eimer, Schrubber und Lappen. Sie wischte das Bad auf und legte die Wolldecken, zu Wülsten gerollt, vor das Türchen.

Dann setzte sie sich an ihren Schreibtisch und griff zum Telefonbuch. Sie erinnerte sich vage, von einem Installateurnotdienst gehört zu haben. Aber sie konnte die Nummer nicht finden. Schließlich rief sie die Feuerwehr an.

„Wo ist der Brand?“, fragte ein freundlicher Herr.

„Es ist kein Brand – im Gegenteil“, antwortete Sophia zaghaft. „Ich fürchte, es handelt sich um einen Rohrbruch.“

„Dann brauchen Sie keine Feuerwehr, sondern einen Klempner.“

„Ich weiß“, gestand Sophia, „aber es ist Feiertag, und ich finde keinen Notdienst im Telefonbuch.“

„Kein Problem“, meinte der freundliche Herr. „Ich gebe Ihnen die Nummer.“ Er diktierte. Sophia dankte ihm, legte auf und wählte.

„Installateurnotdienst, Firma Immelmann“, meldete sich eine Männerstimme mit starkem Frankfurter Akzent.

„Guten Morgen, hier ist Sophia Dukakis. Ich glaube, ich habe einen Rohrbruch.“

„Da stehe Sie net allaan“, erwiderte der Mann munter. „Sie sin heut schon die viert. Des mächt des Wetter – erst die Kält un dann uff aamol die Wärm. Lääft dann des Wasser noch?“

„O ja“, sagte Sophia bekümmert. „Und wie! Im zweiten Stock, direkt unter dem Dach.“

„Hawwe Sie dann de Haupthahn zugedreht?“

„Nein. Ich …, ich weiß nicht, wo der Haupthahn ist.“

„Unne im Keller“, erklärte der Klempner geduldig. „Nebe de Wasseruhr – da, wo mer abliest. Jetz gehe Se erst emol enunner un drehe den zu. Mir komme, so schnell wie dass mir könne. Leider sin unser Leut ewe all unnerwegs. Inzwische gewe Sie mer Ihrn Nam un Ihr Adress.

Wie haaße Sie? So-phi-a Du-ka-kis? Gelle, Sie sin net von hier? Un die Strass?"

„Raabestraße 79, das ist im Dichterviertel."

„Raabestraße 79, Dichterviertel", wiederholte der Mann. „Un bitte noch Ihr Telefonnummer."

Sie gab sie ihm.

„Un jetz bleiwe Sie schee dehaam. Mir rufe Sie aa."

„Bitte beeilen Sie sich", flehte Sophia.

Sie lief in den Keller, fand den Haupthahn und drehte ihn zu. Dann ging sie wieder nach oben. Die vor die Mauertür gelegten Decken waren durchnässt, aber auf dem Boden stand kein Wasser mehr. Im Stockwerk darunter tropfte es allerdings weiter. Sie stellte eine Plastikschüssel unter den Fleck.

Die Lust zum Schreibtischaufräumen war ihr vergangen. Sie frühstückte, setzte sich ins Wohnzimmer und stellte sich auf eine längere Wartezeit ein. Pomponia rollte sich auf dem vornehmen neuen Kissen zusammen.

Sophia nahm ein Buch und versuchte zu lesen, aber sie konnte sich nicht konzentrieren. Es war halb zehn. Wenn der Notdienst jetzt schon so beschäftigt war, konnte es Nachmittag werden, bis jemand kam. Sie legte das Buch weg und blätterte lustlos in einer Zeitschrift.

Eine Viertelstunde später klingelte es Sturm. Pomponia sprang auf und bellte, und Sophia eilte zur Tür. Wer konnte das sein? Doch nicht etwa schon der Notdienst? Aber der wollte ja anrufen. Durch die Sprechanlage fragte sie: „Ja, bitte?"

Eine Stimme brummte: „Installateurnotdienst."

Sophia drückte auf den Knopf für das Gartentor und riss die Haustür auf.

Es regnete so fürchterlich, dass der Klempner, der offenbar keinen Parkplatz vor dem Haus gefunden hatte, eine Jacke über seinem Overall trug, deren Kapuze er sich tief in die Stirn gezogen hatte. Erst als er unter dem Vordach stand und seinen Werkzeugkoffer absetzte, schob er die Kapuze zurück.

Es war Philipp. Sophia erstarrte zu Stein.

„Hallo, Sophia. Ich habe gehört, du hättest einen Rohrbruch. Firma Gebrüder Weiße meldet sich zum Einsatz. Kann ich reinkommen? Es regnet."

Sophia trat stumm zurück.

„Im oberen Bad, nicht wahr?“, fragte Philipp. „Die Isolierung dort ist mir gleich bedenklich vorgekommen.“

Sophia hatte die Haustür geschlossen und die Tür zur Diele geöffnet. Pomponia kam heraus, erkannte Philipp und sprang mit lautem Freudengeheul an ihm hoch. Er streichelte sie und klopfte ihren Rücken. „Wenigstens eine, die sich freut.“

„Entschuldigung.“ Sophia nahm sich zusammen. „Gib mir die nasse Jacke. Ich war nur so überrascht, weil ich jemanden von dieser Firma Immelmann erwartet hatte.“

Philipp grinste. „Ich war zufällig in seinem Büro, als du angerufen hast. Peter Immelmann ist ein alter Freund. Als ich hörte, wie er deinen Namen buchstabierte und dir sagte, dass er keinen Mann frei habe, habe ich gesagt, ich würde ihm die Sache abnehmen.“

„Aber wieso …?“ Sophia hatte einen roten Kopf bekommen.

„Na ja“, sagte Philipp trocken, „ich wollte mir mal wieder dein Haus ansehen.“ Er räusperte sich. „Also, wo ist es?“

„Ganz oben im Bad.“

„Hast du den Haupthahn abgestellt?“

„Ja.“

Sie gingen zusammen nach oben. Pomponia folgte. Im Badezimmer schüttelte Philipp den Kopf. „Sieht nicht gut aus.“ Er nahm die Decken weg und öffnete das Türchen, um in den Hohlraum unter der Dachschräge zu kriechen. Als er wieder herauskam, zuckte er die Achseln. „Das Rohr liegt gleich hinter der Vormauer und ist kaum isoliert. Bei dem Kälteeinbruch letzte Woche ist es eingefroren, und als es plötzlich taute, hat sich das Wasser ausgedehnt und es gesprengt. Dann hat es ein paar Tage gedauert, bis es aus dem Kämmerchen lief und durch den Fußboden sickerte. Ich muss die alte Isolierung entfernen, ein neues Kupferrohr setzen und eine neue, bessere Isolierung anbringen.“

Er holte sein Werkzeug und vermaß das Rohr. Dann stieg er mit Sophia nach unten, um aus seinem Auto ein passendes Ersatzstück zu holen. „Bleib ruhig unten, Sophia. Es kann zwei Stunden dauern, bis ich fertig bin.“

„Soll ich dir einen Kaffee kochen?“

„Heißer Tee mit viel Zucker wäre mir lieber.“

Sie brachte ihm einen großen Becher nach oben und überließ ihn seiner Tätigkeit. Während sie unten im Wohnzimmer wartete, ging ihr manches durch den Kopf. Wie das Wasser im Rohr begann ihr Starrsinn zu tauen, und wie das Rohr selbst platzte am Ende der letzte Rest des Panzers, den sie um ihr Herz gelegt hatte. Sie bereute ihre Heftigkeit und gestand sich, dass sie aus einer Mücke einen Elefanten gemacht und sich ins Unrecht gesetzt hatte. So wie Philipp blind gewesen war, wenn es um Fabian ging, war sie blind gewesen, als Pomponia betroffen war.

Schließlich kam sie zu einem Entschluss. Wenn ich es auch nicht wieder gutmachen kann, kann ich mich doch wenigstens entschuldigen. Dann liegt die Entscheidung bei Philipp.

Sie stand auf, ließ Pomponia in den nassen Garten und ging in die Küche, um aus den Resten ihres weihnachtlichen Großeinkaufs und des Familienpakets ein paar kalte Platten zu zaubern. Dann deckte sie den Tisch und wartete.

Wenig später vernahm sie Schritte auf der Treppe. Sie lief in die Diele. Philipp war auf dem Weg in den Keller. „Ich drehe den Haupthahn wieder auf. Oben bin ich fertig.“ Gleich darauf kam er zurück. „So, alles erledigt.“ Er griff nach seiner Jacke.

„Philipp …“ Sie sah ihn bittend an. „Möchtest du nicht mit mir zu Mittag essen? Ich würde gern ein paar Dinge mit dir besprechen.“

„Wenn du meinst, dass es etwas zu besprechen gibt?“

Sophia kochte eine neue Kanne Tee, und die beiden setzten sich an den Tisch. Philipp langte kräftig zu. Sophia brachte kaum einen Bissen hinunter. Erst jetzt fiel ihr auf, wie mager Philipp geworden war. Aber auch er erkannte mit Schrecken, dass Sophia stark abgenommen hatte, dass sie blass war und Ringe unter ihren Augen lagen.

„So, nun muss ich aber los“, meinte er, als die Platte fast leer war und Sophia nichts mehr gesagt hatte. „Vielen Dank für das feine Essen.“ Er erhob sich. Sophia war ebenfalls aufgestanden.

„Philipp …, bitte warte noch einen Augenblick. Ich möchte mich entschuldigen. Damals im September war ich vor lauter Sorge um Pomponia so außer mir, dass ich dich ungerecht behandelt habe. Ich verstehe, dass du wütend auf mich bist, aber ich will dir trotzdem sagen, dass es mir Leid tut. Ich hätte es schon längst tun sollen, aber ich war zu feige. Ich hatte Angst, du würdest mich nie wiedersehen wollen, und ich wollte nicht anrufen oder schreiben, und zu dir nach Hause zu gehen, traute ich mich nicht. Philipp, es ist in Ordnung, wenn du nichts mehr von mir wissen willst, aber wenigstens …“ Sie stockte und fuhr dann entschlossen fort: „… wenigstens sei mir nicht mehr böse.“

Philipp war um den Tisch herumgegangen. Er legte die Hand unter ihr

Kinn und hob ihr Gesicht zu sich hinauf. „Sophia", sagte er, „ich war genauso dumm, verbohrt und feige wie du. Ich habe auch nicht den Mut besessen, dich um Verzeihung zu bitten. Erst nach Wolfgangs Gespräch mit Fabian ist mir klar geworden, was für ein Miststück mein Neffe ist und wie Recht du gehabt hast. Ich schäme mich für meine Uneinsichtigkeit. Du ahnst nicht, wie oft ich abends in dieser Straße gestanden habe und nicht zu klingeln wagte, weil ich fürchtete, du würdest mich rauswerfen. Und als ich dann heute Morgen beim Junggesellenfrühstück mit meinem Freund Peter saß und du anriefst, da war das ein Wink des Schicksals." Er nahm Sophia in die Arme, ließ sich vorsichtig auf dem Sofa nieder und setzte sie auf seinen Schoß. „Wollen wir uns nicht wieder vertragen? Ich habe dich nämlich schrecklich lieb."

Sophia konnte vor Seligkeit nicht sprechen. Sie nickte.

„Ich habe dich so vermisst", flüsterte Philipp und küsste sie mit Leidenschaft.

Pomponia, die mit wachsamem Blick zugeschaut hatte, seufzte zufrieden und tat, als schliefe sie.

Nach einer ganzen Weile holte Philipp Atem. „Und dass uns ausgerechnet ein Rohrbruch wieder zusammengebracht hat … Kann es für einen Klempner etwas Romantischeres geben?"

Sophia schmiegte sich an ihn. „Ich *liebe* Rohrbrüche", sagte sie glücklich.

VERENA C. HARKSEN

Foto: Pia Pfannmüller

Mit Herz, Hund und Humor

Nach ihrem ersten Roman *Das Glück ist mollig* ist der Frankfurter Autorin Verena C. Harksen auch mit ihrem neuen Werk *Die Westentaschenvenus* wieder ein heiteres Buch geglückt, das aufs Vergnüglichste von den Abenteuern einer jungen Frau mit Hund erzählt.

Ganz bewusst wählte Verena C. Harksen diesmal Bluthunde für ihren Roman aus, um das Bild dieser friedfertigen Spürhunde, die aufgrund ihres Namens in der Öffentlichkeit fälschlicherweise als Kampfhunde in Verruf geraten sind, gerade zu rücken.

Auch im wirklichen Leben schlägt das Herz der Autorin für Hunde. Zusammen mit ihrem Mann adoptierte sie aus einem Tierheim die Bassethündin Adelaide. Als diese im Alter von 17 Jahren starb, folgten ihr weitere sechs Bassets nach, die meisten ebenfalls aus Heimen.

Doch nicht nur mit Hunden kennt sich die 1942 in Berlin-Charlottenburg geborene Autorin gut aus. Da es in der Familie ihres Mannes eine Kunsthistorikerin gab, die tatsächlich ein kleines Buch über Zerbster Fayencen geschrieben hatte, konnte sich Verena C. Harksen auch auf diesem Gebiet sachkundig informieren.

Getreu ihrem Motto „Mit Herz, Hund und Humor“ sitzt die Autorin bereits über ihrem nächsten Roman, der sich um eine gutherzige Astrologin, einen widerborstigen Mops und Einbrüche in einem beschaulichen Kurort drehen wird und auf den schon jetzt eine begeisterte Lesergemeinde wartet.

GEFÄHRLICHE JAGD
Originalausgabe: *Open Season*
erschienen bei G. P. Putnam's Sons, a division of Penguin Putnam

NELLS GEHEIMER GARTEN
Originalausgabe: *A Peculiar Chemistry*
erschienen bei Warner Books, London

FEUERENGEL
Originalausgabe: *Demolition Angel*
erschienen bei Doubleday, a division of Random House Inc.

DIE WESTENTASCHENVENUS

Übersetzer:
Gefährliche Jagd: Joachim Pente
Nells geheimer Garten: Adelheid Zöfel
Feuerengel: Udo und Esther Breger

Illustrationen und Fotos:
Gefährliche Jagd: S. 6/7: Jäger: ZEFA-ZEFA U. K.
Nells geheimer Garten: S. 4 (rechts), S. 144/145/146: Haus: Elf Sülzle-Müller
Feuerengel: S. 5 (links), S. 306/307/308: Chris Kihlstrom
Die Westentaschenvenus: S. 5 (rechts), S. 462/463/464: Lee Kelley/ZEFA-N.Y. Gold;
Hund: Reader's Digest; Kapitelvignette: Reader's Digest

Die ungekürzten Ausgaben von *Nells geheimer Garten* und *Die Westentaschenvenus* sind im Buchhandel erhältlich. *Feuerengel* wird in Kürze im Buchhandel erhältlich sein. *Gefährliche Jagd* wird in Kürze unter dem Titel *Keine Schonzeit* im Buchhandel erhältlich sein.